Der Schatten des Highlanders

Lynn Kurland

Der Schatten des Highlanders

Deutsch von Edigna Hackelsberger

Weltbild

Originaltitel: *With Every Breath*
Originalverlag: The Berkley Publishing Group/Penguin Group
(USA) Inc., New York

Besuchen Sie uns im Internet:
www.weltbild.de

Die Autorin

Lynn Kurland verbrachte ihre Kindheit in Hawaii, wo sie bereits im Alter von fünf Jahren ihre ersten Geschichten schrieb. Nach einer Ausbildung zur klassischen Pianistin und Cellistin ist Lynn Kurland heute als freie Schriftstellerin tätig. Sie lebt mit ihrem Mann, zwei Kindern und drei Katzen im Nordwesten der Vereinigten Staaten. Lynn Kurland hat mehr als ein Dutzend Romane und zahlreiche Kurzgeschichten veröffentlicht. In den USA sind ihre Bücher regelmäßig in den Bestsellerlisten zu finden.

Weltbild Taschenbuch

Danksagung

Ich danke Lynn Rowley und Mike Forbes, weil sie mir geduldig alles erzählt haben, was ich über den Aktienmarkt und das Wertpapiergeschäft wissen wollte.

Dem Mediziner Derek Anderson danke ich dafür, dass er mir meine endlosen Fragen über potenziell schwierige medizinische Szenarien beantwortete.

Ich danke Charles Bleakley für die medizinischen Erläuterungen an einem wunderbaren Frühlingsnachmittag letztes Jahr in Devon.

An David und Claire Bleakley sowie Joanna Pratt geht mein Dank, weil sie mit mir – ebenfalls an einem wunderbaren Frühlingsnachmittag in Devon – alle Arten von britischem Slang erörtert haben.

Darüber hinaus an meinen brillanten Finanzberater John Schleuter für alle möglichen nützlichen Ideen zu Überseekonten und den Vorteilen des Schweizer Bankwesens.

Keines meiner Bücher würde es auf den Markt schaffen ohne meine wunderbare Lektorin Kate Seaver und meine hervorragende Agentin Nancy Yost. Danke, meine Damen, für mehr, als ich hier ausführen kann. Ich bin auch meiner Verlegerin, Leslie Gelbman, zu großem Dank verpflichtet; sie hat mich so konsequent und großzügig unterstützt. Ich kann mich wirklich glücklich schätzen, mit drei so umwerfend talentierten Frauen zusammenzuarbeiten.

Und nicht zuletzt danke ich meiner Familie, die mein Leben so viel wunderbarer macht, als ich es mir je zu erträumen gewagt hätte.

Für meine Großmutter Ramona
und meine Urgroßmutter Violet,
die mich gelehrt haben,
Dinge zu lieben, die wachsen.

1

Schottland
2005

Schottland im Regen.

Es gab, stellte Sunshine Phillips fest, nicht viele andere Wörter, die mehr romantische Bilder heraufbeschwören konnten als jene drei. Sie zog die Tür des Fitnessstudios hinter sich zu, dann hob sie ihr Gesicht zum Himmel und schloss die Augen. Der Regen, der auf sie herabfiel, war nicht besonders warm – schließlich war es erst Ende März –, aber es war genau die Art von Regen, bei dem man es sich als Frau am liebsten mit einem heißen Getränk vor dem Kamin gemütlich macht und den Tropfen lauscht, die sanft aufs Dach fallen. Sie lächelte vergnügt vor sich hin. Alles war bestens.

Sie war richtiggehend verliebt in Schottland. Sie mochte es, wie der Himmel schwer über dem Land lastete und ihr das Gefühl gab, geerdet zu sein. Sie liebte die Wachstumszyklen, die Jahreszeiten in den Highlands, die Großfamilie, in die ihre Schwester eingeheiratet hatte.

Aber am liebsten mochte sie den Regen.

Einen Vorgeschmack auf den schottischen Nieselregen hatte sie im Jahr zuvor bekommen, als ihre Schwester sie eingeladen hatte, in die Highlands zu kommen. Nur zu gern hatte sie damals ihr hektisches Leben in Seattle zugunsten dieses Besuchs hinter sich gelassen, der sich schließlich über die ganze Schwangerschaft und das Wochenbett ihrer Schwester hingezogen hatte.

Und irgendwann in all diesen Monaten hatte es sich für sie herauskristallisiert, dass sie nach einem Grund suchte, um länger in Schottland zu bleiben als nur einen einzigen Frühling und Sommer. Sie hatte es nicht ernsthaft zu hoffen gewagt.

Doch dann war ihr, völlig überraschend, ein kleines moosbewachsenes Cottage zugefallen, das aussah, als entstamme es geradewegs einem Highland-Märchen. Sie hatte ohne Zögern angenommen und den vergangenen Winter damit verbracht, glücklich am Feuer zu sitzen und ihren Träumen nachzuhängen.

Dann hatte der Frühling seine Vorboten ausgesandt, und eine innere Unruhe hatte sie ergriffen. Sie hatte sogar überlegt, wieder in die Staaten zu gehen und endlich dieses Rohkost-Catering auf die Beine zu stellen, mit dem sie vor ihrer Reise nach Schottland gerade hatte loslegen wollen. Aber damals war Madelyn zu Besuch gekommen, frisch zurückgekehrt aus Schottland, wo ihr Leben eine umwälzende Veränderung erfahren hatte.

Ein Umzug nach Seattle würde jedoch bedeuten, die Highlands zu verlassen, und sie konnte sich nicht dazu überwinden, auch nur einen Gedanken daran zu verschwenden. Ihr wunderschönes, windschiefes Häuschen war über und über mit Kräuterbüscheln bewachsen und der Wald rundherum überwuchert mit Blumen und Heidekraut. Das alles konnte sie einfach nicht aufgeben. Noch nicht. Nicht, bevor sie sich nicht überzeugt hätte, dass sie das, wonach sich ihr Herz am stärksten sehnte, hier nicht finden würde.

Aber über all das konnte sie auch später noch nachdenken, wenn sie gemütlich vor ihrem heimischen Kaminfeuer saß. Jetzt musste sie erst einmal dringend der Nässe entfliehen. Sie wischte sich den Regen vom Gesicht und wollte gerade um die Ecke gehen. Doch dann stutzte sie beim Anblick einer Frau, die keine zehn Meter von ihr entfernt stand. Sie trug eine dunkle Sonnenbrille – etwas vollkommen Überflüssiges an diesem Tag. Eigentlich waren es nicht nur ihre Sonnenbrille oder ihr rabenschwarzes Haar, die irgendwie beklemmend wirkten; ihre gesamte Erscheinung strahlte etwas Dunkles und Furchteinflößendes aus. Diese Frau war ihr unheimlich, obwohl sie mit gespenstischen, spukhaften Dingen eigentlich wohlvertraut war.

Madelyn hätte sich über ihre Reaktion köstlich amüsiert.

Sie diagnostizierte spontan, zu langes Verweilen im Regen habe ihr wohl den letzten Rest von gesundem Menschenverstand geraubt und gab sich einen Ruck.

»Kann ich Ihnen helfen?«, fragte sie.

»Ich warte auf jemanden.«

»Aus dem Yogakurs?«, fragte Sunny verwirrt. »Ich bin aber die Letzte, die anderen sind schon weg.«

»So, so«, sagte die Frau mit auffallend monotoner Stimme. Sie blieb reglos eine weitere Minute auf demselben Fleck stehen, dann wandte sie sich plötzlich um und ging davon.

Sunny sah ihr nach, dann ließ sie die Begegnung Revue passieren. Vielleicht war die Frau von ihrem Freund versetzt worden oder von einem Polizisten auf dem Weg ins Dorf angehalten worden, oder sie wartete am falschen Ort und hatte deshalb schlechte Laune. Sunnys Problem war es jedenfalls nicht. Sie warf sich ihre Tasche über die Schulter, ging die Gasse zwischen den Häusern entlang und ließ die Frau und ihre eventuellen Sorgen hinter sich. Sie bog um die Ecke des Gebäudes und blieb stehen, um die Aussicht zu genießen.

Das Dorf war nicht groß, aber für ihre Bedürfnisse genügte es vollauf: Es gab eine Postfiliale, einen Gemüsehändler und ein paar weitere Geschäfte, die Waren verkauften, für die man nicht unbedingt die Fahrt nach Inverness auf sich nehmen mochte. Und, man höre und staune, sogar einen Kräuterladen gab es, in dem sie ein paar Stunden pro Woche arbeitete. Damit vertrieb sie sich die Zeit nach ihren Yogastunden, und das Studio, in dem sie sie erteilte, schloss sich direkt hinten an den Laden an. Wirklich ein bezaubernder Ort. Das Dorf jedenfalls. Der Kräuterladen weniger.

Sie begutachtete die Ladenfront vor ihr. *Fergussons Kräuter-*

und Gemischtwaren stand dort in nüchternen, schnörkellosen Lettern. Wäre das ihr Laden, so würden die Buchstaben der potenziellen Kundschaft entgegentanzen, würden sie anlocken und einladen, eine Tasse Tee zu trinken und an den Kräutern zu schnuppern. Ihr Schwager, Patrick MacLeod, bot ihr zwar mindestens einmal pro Woche an, den Laden für sie zu kaufen, aber sie hatte bisher stets abgelehnt. Sie hatte selber genug Geld, um zumindest mit in das Geschäft einzusteigen, hatte bisher aber keine Lust dazu verspürt. Sie war nicht zur Ladenbesitzerin geboren, nicht einmal von einem Laden, der Dinge feilbot, die sie liebte. Ihr schwebte etwas anderes vor.

Sie zog den Kopf ein, als sie unter der Markise durchging, und betrat den Laden. Vermutlich wäre für ihr weiteres Verweilen auf dieser Seite des Großen Teiches eine Heirat durchaus von Vorteil, aber eine Heirat setzte voraus, dass sie in einem Umkreis von 50 Meilen jemanden zum Ausgehen fand. Zwar hielt sie die Augen immer offen – aber ohne großen Erfolg. Sie musterte den Mann hinter der Theke, der ein gewaltiges Veilchen unter seinem rechten Auge zur Schau trug.

Bei dieser Sorte Mann war das kein bisschen verwunderlich.

»Sie kommen spät.«

Tavish Fergusson blickte beim Sprechen nicht einmal zu ihr auf. Er war eingehend damit beschäftigt, etwas auf einem Zettel zu notieren. Vielleicht erstellte er eine Liste all der Flaschen, die sie im Regal nicht in Reih und Glied aufgestellt hatte. Vielleicht berechnete er, wie viele Blättchen Pfefferminze man einem Teebeutel entnehmen konnte, damit dieser trotzdem noch ansatzweise so schmeckte, wie er sollte. Oder vielleicht zählte er auch gerade nach, wie viele Sekunden mittlerweile vergangen waren zwischen dem Augenblick, in dem er gestern versucht hatte, sie im Lagerraum zu begrapschen, und jenem Zeitpunkt, als ihre Faust sein Auge getroffen hatte.

Nach ihrer Zählung nicht sehr viele.

Sie trat hinter die Theke und stellte ihre Tasche auf den Boden. »Was soll ich tun?«

»Seife auffüllen.«

»Das hab ich gestern gemacht.«

Er warf ihr einen finsteren Blick zu. »Dann machen Sie es eben nochmal.«

Seine Grobheit verschlug ihr die Sprache. Nun gut, ein perfekter Gentleman war er nie gewesen, aber zumindest hatte er Höflichkeit vorgetäuscht. Doch offensichtlich sah er dafür jetzt keine Notwendigkeit mehr.

Sie schürzte die Lippen und schaute nach, was er an diesem Tag bisher unter die Leute gebracht hatte. Sie kontrollierte die nüchternen Metallregale, bestückt mit langweiligen Seifen, dann holte sie eine aus dem Lager, um die einzige zu ersetzen, die offensichtlich gekauft worden war.

Auf der Suche nach anderen Aufgaben lief sie im Laden umher. Vielleicht war es ein Fehler gewesen, den Job überhaupt anzunehmen, aber sie hatte einfach eine Beschäftigung gebraucht. Und wie hätte sie die Offerte ablehnen können, wo Tavish ihr doch die Stelle trotz ihrer angeheirateten Verwandten, dem ihm verhassten, etwas weiter entfernt ansässigen MacLeod-Clan, angeboten hatte? Es war ihr wie ein Zeichen ihres guten Willens vorgekommen, anzunehmen. Abgesehen davon war sie fest überzeugt gewesen, alle persönlichen Verwicklungen mit ihm vermeiden zu können, selbst nachdem Tavish ihre alles andere als zarten Hinweise ignoriert hatte und seine Hemden im Versuch, sexy zu wirken, stets immer viel zu weit aufknöpfte.

Das alles war selbstverständlich vor gestern Abend gewesen. Nach vier Monaten hatte er plötzlich beschlossen, es sei an der Zeit, sie noch um einiges besser kennenzulernen. Als sie einen Karton zum Abfall trug, sah sie kurz zu ihm hinüber. Dieses Veilchen war eine wahre Pracht. Patrick wäre stolz auf sie.

Es war Patrick gewesen, der darauf bestanden hatte, dass sie lernte, sich selbst zu verteidigen – und dabei nicht zimperlich zu sein. Sie hatte schließlich eingewilligt, weil sie vermutete, er könnte recht haben. Sie und Madelyn hatten einen guten Teil des vergangenen Sommers darauf verwendet, sich verschiedene nützliche Dinge anzueignen. Das heißt, *sie* hatte sich verschiedene nützliche Dinge angeeignet. Madelyn dagegen hatte den Großteil ihrer Zeit damit verbracht, ihren sehr schwangeren Leib in einen bequemen Sessel zu lümmeln und mit hochgelegten Beinen Sunny anzufeuern, die sich unermüdlich darin übte, Patricks gnadenlose Attacken abzuwehren.

Sie hatte sich ganz besondere Mühe gegeben, nur für den Fall, dass sie nicht nur sich, sondern auch Madelyn einmal beschützen müsste. Dann hatte sie ihre Fertigkeiten ruhen lassen, da sie glaubte, in der Praxis keine Verwendung dafür zu haben – so ähnlich wie bei der Geometrie, die man in der zehnten Klasse lernte. Und nun hatte sie ausgerechnet darauf zurückgreifen müssen, weil sich Tavish Fergusson nur für einen einzigen geometrischen Neigungswinkel interessierte: die Horizontale.

Sie verbrachte ein paar Stunden damit, den einen oder anderen Kunden zu bedienen und sich nützlich zu machen. Dennoch war sie durchaus nicht unglücklich, als die Uhr sechs schlug.

»Möchten Sie, dass ich abschließe?«, fragte sie.

Tavish blickte sie kalt an. »Nein, ich kann mich nicht auf Sie verlassen.«

Sie verdrehte die Augen. »Jetzt machen Sie mal einen Punkt, Tavish. Vielleicht weiß ich Ihre Avancen nicht recht zu würdigen, den Wert Ihrer Gemischtwaren aber sehr wohl. Ich würde den Laden niemals unverschlossen lassen.«

»Dazu bekommen Sie auch gar keine Gelegenheit mehr, denn Sie werden nicht mehr länger hier sein.«

Sie blickte ihn eine Weile entgeistert an, bis sie begriff, worauf er hinauswollte. »Wollen Sie mich etwa *feuern?*«

»Genau das. Nessa Paine kann die Yogastunden übernehmen.«

»Wer?«, fragte Sunny überrascht.

»Nessa Paine«, wiederholte Tavish mit einfältigem Grinsen. »Sie ist jung und wunderschön. Genau, was wir brauchen. Warum gehen Sie nicht wieder in ihre Berge zurück und sind dankbar, dass ich Sie nicht wegen Körperverletzung anzeige?«

»Wegen Körperverletzung?«, echote sie.

Er deutete auf sein Auge.

Sie klappte den Mund zu und marschierte schnurstracks durch den Laden. Zufrieden registrierte sie, dass er zurückzuckte, als sie hinter die Theke trat, um ihre Tasche zu holen. Sie wühlte darin herum und legte dann die Ladenschlüssel sorgsam auf seine Unterlagen.

»Sie können ja Ihren Bruder Hamish anrufen und ihm was vorjammern«, sagte sie und warf sich die Tasche über die Schulter, »aber dann müssten Sie ihm wohl auch erklären, warum Sie meine Faust ins Auge bekommen haben, nicht wahr? Und das wäre Ihnen vermutlich weniger angenehm.«

»Der Tag wird kommen, an dem keine MacLeods in der Nähe sind, um Ihnen zu Hilfe zu kommen«, knurrte Tavish.

Sie blieb auf dem Weg zur Tür stehen und wandte sich halb um, damit sie ihn ansehen konnte. »Ist das eine Drohung?«

Er starrte sie wütend an. »Gehen Sie.«

Ein halbes Dutzend schlagfertiger Antworten lag ihr auf der Zunge, aber sie konnte sich sehr gut beherrschen, verkniff sich alle und ging. Sie zog die Tür hinter sich zu und blieb eine Weile stehen, damit die frische Luft ihre Wut abkühlen konnte. Kein Wunder, dass die MacLeods die Fergussons so sehr verabscheuten.

Sie holte tief Luft und ging los – doch schon im nächsten Augenblick knallte sie der Länge nach auf den Boden. Sie griff hastig nach ihrer Tasche, bevor die womöglich mit ihrem Angreifer verschwand, doch dann merkte sie, dass ihre Tasche gar nicht in Gefahr war, ihr Inhalt aber umso mehr. Dennoch blieb sie einen Augenblick reglos liegen, zu benommen, um sich zu rühren, und hörte, wie ihre Besitztümer über das nasse Trottoir rollten.

»Passen Sie doch auf«, fauchte eine weibliche Stimme. »Jetzt wäre ich fast über sie gestolpert.«

Sunny kam nicht einmal dazu, sich aufzurichten, da trat die Frau auch schon auf eine ihrer Hände. Es tat so weh, dass sie nur laut nach Luft schnappen konnte.

»Das musste ja so kommen«, höhnte die Frau verächtlich. »Die ist wohl besoffen.«

Was für eine Person musste das sein, die noch nicht mal stehen blieb, um einer Betrunkenen, wenn nötig, auf die Füße zu helfen? Nun, zumindest hatte der Trampel keine Stöckelschuhe getragen – es hätte noch viel schlimmer ausgehen können.

Als Sunny sich aufsetzte und abwesend ihre Handfläche rieb, bemerkte sie, dass die Frau nicht alleine war.

Vor sich sah sie eine Hand – die hilfreich ausgestreckte Hand eines Mannes. Sein Gesicht konnte sie nicht erkennen, da Tavish bereits das Licht im Laden ausgemacht hatte. Sie streckte ihren Arm aus und ergriff die dargebotene Hand.

Da durchzuckte sie ein Gefühl, als hätte sie geradewegs in eine Steckdose gefasst.

Mit einem Aufschrei riss sie sich los. Die männliche Hand schüttelte sich kurz, wurde wieder ruhig und blieb ausgestreckt.

»Oh, Mac, jetzt komm endlich weiter«, beklagte sich die Frau. »Hör auf, den edlen Ritter zu spielen.«

Der Mann seufzte leise, dann griff er nach ihrer Hand und zog Sunny auf die Füße. Der Stromstoß bei seiner Berührung war nicht anders als vorhin, aber diesmal war sie darauf vorbereitet.

»Ist alles in Ordnung mit Ihnen?«, fragte er.

Sunny rang nach Luft. Nun ja, in ihrem Leben gab es viele mannhafte Highlander, mit ihrem singenden Tonfall, ihren herrlichen rollenden Rs und purzelnden Konsonanten. Einer mehr war eigentlich keine große Sensation.

Aber irgendwie war er das doch.

Der Mann nahm ihre Hand in seine beiden und fuhr mit seinen langen, schwieligen Fingern über ihre Handfläche. »Zumindest blutet es nicht –«

»Mac, *jetzt aber wirklich!* Ich will nicht länger in diesem verdammten Regen herumstehen. Und ich will irgendwo hin, wo man was Anständiges zu essen kriegt – in diesem Kaff hier gibt es ja nichts.«

Der Mann murmelte auf Gälisch einen Fluch, dann bückte er sich und sammelte Sunnys Sachen ein. Er packte alles wieder in ihre Handtasche und reichte ihr diese, dann legte er ihr kurz seine Hand auf die Schulter und ging dann weiter, um seine Freundin einzuholen.

Sunny drehte sich um und sah den beiden nach. Der Mann war groß, sicher einiges über einsfünfundachtzig, und so breitschultrig wie all die gut gebauten MacLeod-Männer um sie herum. Sie legte ihre Finger auf die Stelle ihrer Handfläche, die er berührt hatte.

Na schön, und was würde ihr dieser Tag sonst noch Verrücktes bringen?

Sie wollte es gar nicht wirklich wissen, daher drehte sie sich um und tappte zu ihrem Auto. Ihre Hand tat scheußlich weh, und sie gestattete sich ein paar unfreundliche Gedanken über diese Frau, die ihr einen Highlander ohne Fehl und Tadel weggeschnappt hatte.

Zumindest sprang ihr Auto auf Anhieb an, obwohl das eigentlich auch nicht anders zu erwarten war. Es war ein bescheidener kleiner Mini, aber nagelneu. Sie hatte im Jahr zuvor von ihrer Urgroßmutter Geld geerbt, und die Summe hatte ihr ermöglicht, nicht nur ein Auto zu kaufen, sondern auch eine Weile über die Runden zu kommen, ohne sich zu überarbeiten.

Im Grunde hätte sie auch einige Zeit ganz ohne Arbeit leben können, nachdem sie ihr winziges Haus in Seattle verkauft hatte und nach Schottland gezogen war. Ein Auto erschien ihr zwar eine ziemlich langfristige Anschaffung, aber es war genau das Richtige. Zwar war ihr Mini nichts im Vergleich zu den Hunderttausende Dollar teuren Sportwagen, die ihre Schwäger fuhren, aber dafür bekamen sie auch andauernd Bußgelder wegen Geschwindigkeitsüberschreitung aufgebrummt, während sie in aller Seelenruhe in ihrem eigenen Tempo nach Hause zuckelte.

Sie hatte gerade die Hauptstraße des Dorfs erreicht, als ein tiefliegender, dunkler Sportwagen hupend an ihr vorbeibrauste. Es waren nicht Jamie, Patrick oder Ian, daher sah sie keinen Grund zur Höflichkeit. Sie erwiderte das Hupen, denn es blieb nicht genug Zeit, dem Fahrer den Stinkefinger zu zeigen. Mit dem Gefühl, dass ihre Welt jetzt wieder in Ordnung war, bog sie auf die Straße ab, die sich über die Wiesen hinauf in die Berge schlängelte.

Und prompt hatte sie einen Platten.

Sie machte sich nicht mal die Mühe, an den Rand zu fahren. Außer Familienangehörigen und dem einen oder anderen unerschrockenen Touristen, der das zehn Meter zuvor angebrachte Schild »Unbefugtes Betreten verboten« nicht beachtet hatte, fuhr niemand auf dieser Straße. Nicht etwa, weil die MacLeods kein gastfreundliches Häuflein waren, sondern schlicht und ergreifend, weil auf ihrem Land überall Schlaglöcher lauerten.

Sunny seufzte, dann zog sie die Handbremse und stieg aus. Sie wühlte in ihrem Kofferraum nach dem Pannen-Set und fand die leistungsstarke Taschenlampe, die Patrick ihr geradezu aufgedrängt hatte. Es war eine praktische Lampe, stark genug, um bei ihrem Licht einen Reifen zu wechseln. Wenn sie doch nur seinem Rat gefolgt wäre, sich auch ein Handy zuzulegen, dann hätte sie jetzt Hilfe herbeirufen können. Aber sie hatte nicht damit gerechnet, dass sie mal eines brauchen könnte.

Das waren vermutlich häufige letzte Worte.

Sie hatte keine Ahnung, wie lange sie brauchte, um den Reifen zu lösen, aber als sie es geschafft und den neuen an seine Stelle gesetzt hatte, war sie nass bis auf die Knochen. Sie ging in die Hocke und passte die Radbolzen ein, was nicht so leicht war, wie sie erwartet hatte. Dabei brach sie sich zwei Fingernägel ab, setzte sich aus Versehen in den Matsch und schürfte sich die Fingerknöchel blutig, bis es ihr schließlich gelungen war, die Radmuttern festzuziehen und sie den kaputten Reifen in ihrem Kofferraum verstauen konnte. Sie stieg wieder ein und versetzte sich ganz bewusst in ihre fröhlichste Regen-macht-mir-nichts-aus-Stimmung, bevor sie an Patricks und Madelyns Schloss vorbeikam und von dort weiter durch die Wälder zu dem kleinen Haus fuhr, das nun ihr gehörte.

Moraig MacLeod war in diesem Haus geboren worden und neunzig Jahre später darin gestorben, nach einem langen Leben, in dem sie genau das getan hatte, was sie tun wollte – nämlich vor allem in ihrem Garten herumwerkeln, Kräuter trocknen und den Burgherrn unten daran zu erinnern, welches Glück ihm doch beschieden war, weil er seine eigene Hexe hatte. Und als Zeichen seiner Wertschätzung hatte Jamie Moraig dafür einmal im Monat zum Abendessen eingeladen.

Oder vielleicht tat er es auch nur, damit sie ihn nicht verhexte.

Sunny hatte Moraig kennengelernt, kurz nachdem sie in Schottland eingetroffen war, und in ihr eine verwandte Seele gefunden. Sie hatte den Großteil des vergangenen Frühlings und Sommers damit verbracht, Moraigs Aufträge zu erledigen und dabei Dinge zu lernen, über die sie vorher noch nie nachgedacht hatte. Sie wusste jetzt, wie man sich in den Highlands zu jeder Jahreszeit ernähren, wie man alle möglichen Wunden und Entzündungen behandeln und einen Liebestrank brauen konnte.

Letzteres hatte sie bisher allerdings noch nicht ausprobiert.

Als Moraig auf ihrem Sterbebett letzten Herbst darauf bestanden hatte, dass Sunny ihr Haus und ihre Habseligkeiten bekommen sollte, hatte sie das über die Maßen gerührt. Sie hatte Jamies Einladung angenommen, in Schottland zu bleiben und Moraigs Stellung innerhalb des Clans einzunehmen. Clan-Hexe zu sein war besser, als sich mit dem Verkehrschaos in Seattle herumzuschlagen.

All das hatte dazu geführt, dass sie jetzt, ein Jahr und ein paar Monate, nachdem sie nach Schottland gekommen war, ihren eigenen kleinen Wagen vor ihrem eigenen kleinen Haus parkte und das Gefühl hatte, ihr Leben sei fast perfekt.

Sie ging nach drinnen, schloss die Tür hinter sich und schaltete das Licht ein, eines der wenigen Zugeständnisse an das einundzwanzigste Jahrhundert, die es hier gab. Dann lehnte sie sich gegen die Tür und blickte sich lächelnd um: Kräuter hingen von den Dachsparren, Töpfe und hölzerne Schalen stapelten sich auf den Regalbrettern, die vielleicht einmal gerade gewesen sein mochten, mittlerweile aber genauso schief waren wie das übrige Haus. Ein solide gemauerter Kamin beherrschte das geräumige Wohnzimmer. Sie stand inmitten dieser Szenerie, und eine tiefe Zufriedenheit breitete sich in ihr aus. Eigentlich hatte sie sich von ihrem Leben zwar etwas anderes erwartet, aber sie war nicht unglücklich damit, wie es jetzt war. Immerhin lebte sie in Schottland mit seinem Regen. Was wollte sie mehr?

Ein forsches Klopfen ließ sie unwillkürlich zusammenzucken. Sie legte sich die Hand auf die Brust, atmete tief durch und öffnete dann die Tür. Ein Highlander wie aus dem Bilderbuch stand draußen und strahlte sie an.

Schade nur, dass er ihr Schwager war.

Sie lächelte trotzdem. Patrick MacLeod war ein Traummann, der seine Frau und seine kleine Tochter so sehr vergötterte, dass Sunny sich fragte, wie er überhaupt noch etwas anderes zustande brachte.

»Abendessen?«, fragte er.

Sie nickte. »Immer.«

»Sunny, du bist ja ganz schmutzig.«

»Ich hatte einen Platten«, brummte sie und wischte sich die Hände an ihren Leggings ab – ein nutzloses Unterfangen.

»Wenn du ein Handy hättest«, argumentierte Patrick pragmatisch, »dann hättest du mich anrufen können.«

»Und das aus dem Mund eines Mannes, der sein Handy erst dann zum ersten Mal auflud, als er erfuhr, dass seine Frau schwanger war.«

Patrick zog sie aus dem Haus, schaltete das Licht aus und schloss die Tür ab. »Ja, aber jetzt, wo ich gemerkt habe, wie nützlich sie sind, kann ich es nur empfehlen.«

»Ich brauche keines, denn ich muss ab heute nirgends mehr hingehen.«

Er sah sie erstaunt an. »Hat dich Tavish rausgeschmissen?«

»Ja.«

»Muss an dem Veilchen liegen, das du ihm verpasst hast«, sagte er und versuchte vergeblich, ein boshaftes Lächeln zu unterdrücken. »Wie hat es heute ausgesehen?«

»Es entwickelt sich gut.«

»Braves Mädchen!« Er legte ihr den Arm um die Schultern und führte sie den Weg entlang. »Mach dir deswegen keine Sorgen, Sunny. Wir lassen dich nicht verhungern.«

»Ich habe selbst Geld, Patrick«, erwiderte sie nüchtern.

»Aber wir füttern dich durch, damit du nicht alles ausgeben musst.« Er zog seinen Kragen bis zu den Ohren hoch. »Das ist vielleicht eine Kälte. Lass uns rennen. Wenn wir nicht schneller laufen, werden wir nass bis auf die Knochen – ach, das bist du ja sowieso schon.«

Sie sah ihn verdrießlich an, aber er lachte nur.

»Keine Sorge, du kannst Madelyns Kleiderschrank plündern, wenn wir zu Hause sind. Ich kaufe ihr etwas Neues.«

»Du kaufst ihr doch schon viel zu viel«, murmelte Sunny. »Sie beklagt sich ständig darüber.«

»Ja, ich weiß«, sagte er mit dem selbstzufriedenen Lächeln eines Mannes, der weiß, dass seine Frau ihn vergöttert.

»Komm, wir beeilen uns trotzdem. Hab ich dir gesagt, dass Madelyn ein Dessert gemacht hat? Irgendwas mit Schokolade, extra für dich.«

Nach diesem Tag, dachte Sunny, konnte sie sich ruhig ein bisschen verwöhnen lassen. Sie nickte und eilte weiter mit Patrick den Weg entlang.

Einige Stunden später saß sie mit einer Tasse Tee wieder vor ihrem eigenen Feuer. Es hatte keinen Sinn, früh ins Bett zu gehen, wenn sie am nächsten Morgen keine Verpflichtungen hatte. Ob es wohl doch ein Fehler war, in Schottland zu bleiben?

Aber bald kam sie zu dem gleichen Schluss wie immer: Sie wollte hierbleiben. Sie liebte die Heidegebiete in den Bergen, das Feuer im Kamin und den Regen, der leise auf das Dach über ihr fiel.

Als sie einen Stich in ihrer Hand spürte, fiel ihr auf, dass sie ganz vergessen hatte, was an diesem Abend passiert war. Wie hatte es diese blöde englische Zicke wohl geschafft, sich einen so fürsorglichen, Gälisch sprechenden Highlander zu angeln? Ob man ihn vielleicht dazu bringen könnte, diese Schreckschraube für eine gewitzte, kräuterliebende Amerikanerin sitzen zu lassen?

Sie musste über sich selbst lächeln. Vermutlich nicht. Wenn er so eine anstrengende Freundin hatte, dann war er selber sicher auch anstrengend und damit nicht ihr Typ. Auch Tavish Fergusson mit seiner biederen, knauserigen Art war nichts für sie. Sie wollte einen weltläufigen, entspannten, unabhängigen Mann, der sich nicht überarbeitete. Sie könnte ja das gemeinsame Einkommen mit selbst gezogenem Gemüse und gelegentlichen Einsätzen als Hebamme ergänzen.

Vielleicht würde sie sich aber auch einfach mit ihrer Aufgabe als Heilerin der MacLeods zufriedengeben. Sie würde morgens aufstehen und sich Gedanken zu ihrem Buch über Kräutermedizin machen, das sie schon seit Jahren schreiben wollte. Auch die monatliche Einladung zum Abendessen bei Jamie, mit dem man die Hexe bei Laune hielt, würde sie pflichtgetreu weiterhin wahrnehmen. Vielleicht würde sie beim Öffnen der Tür Jamies Hofsänger Joshua draußen stehen sehen, der sie zum Anwesen der MacLeods begleiten sollte – genau so, wie er sie im vergangenen Jahr jeden Monat abgeholt hatte. Und sollte er sich tatsächlich einmal aufraffen, sich mit ihr zu verabreden, anstatt immer um den heißen Brei herumzureden, dann würde sie sicher nicht Nein sagen. Ihm zumindest müsste sie garantiert kein Veilchen verpassen.

Aber für heute wollte sie dankbar sein für das, was sie hatte, und den Rest dem Schicksal überlassen. Es hatte immer gut für sie gesorgt. Sie spülte ihre Tasse aus, schob die Glut zu einem Häufchen zusammen und ging zu Bett.

Das Geräusch des Regens auf ihrem Dach begleitete sie in den Schlaf.

2

Cameron Hall, Schottland
1375

Robert Francis Cameron Mac Cameron stand bis zu den Knöcheln in Schlamm und Blut und fluchte.

Der Tag war anders verlaufen als geplant. Um ihn herum wimmelte es von Toten und Sterbenden, was ihn sonst nicht weiter gestört hätte, aber heute gehörten zu viele dieser armen Seelen seinem eigenen Clan an. Diese verfluchten Fergussons sollten zur Hölle fahren.

Er hatte sie nie leiden können. Sogar noch weniger als die MacLeods aus dem Süden. Immerhin zog ein MacLeod stets mit dem Schwert in der Hand und einem Lächeln im Gesicht in die Schlacht. Er war aber noch keinem Fergusson begegnet, der nicht hinter irgendeinem verfluchten Busch auf der Lauer lag, wegen irgendeiner eingebildeten Kränkung eine Schmähung ausstieß und Vergeltung forderte.

Außerdem erstachen sie einen gern von hinten.

Sein jüngster Bruder hatte das am eigenen Leibe erfahren. Sim lag mit dem Gesicht nach unten im Schlamm, und ein tückischer Dolch ragte halb aus seinem Rücken. Sein nächstjüngerer Bruder, Breac, war auf die Knie gesunken und hielt sich den Bauch, in dem eben noch ein Schwert gesteckt hatte.

»Cameron, reite zur MacLeod-Hexe.«

Cameron blickte auf. »Was?«

Sein Cousin Giric stand vor ihm. »Ich sagte, reite zur MacLeod-Hexe. Hier ist unsere Niederlage besiegelt. Ich werde Breac zurück zur Burg bringen. Geh die Heilerin holen, bevor er stirbt.«

Cameron ließ den Blick über das Schlachtfeld schweifen und sah, dass sein Cousin recht hatte. Vor ihm lagen zwar mehr tote Fergussons, als seine Augen je hatten sehen dürfen, aber sein Clan hatte einen hohen Preis dafür bezahlt – obgleich auf ihrer Seite auch weniger Männer ums Leben gekommen waren.

Wenn er jedoch den Verlust des Bruders in Betracht zog, der bereits tot war, und den des anderen Bruders, der noch vor Mitternacht tot sein würde, dann war der Preis sogar außerordentlich hoch. Und wofür? Für eine weitere eingebildete Demütigung.

Er stand im Regen und blickte fassungslos auf Sim hinunter, den schönen, furchtlosen Jungen, der nur 20 Winter gesehen hatte. Wo blieb da die Gerechtigkeit, wenn er an diesem nasskalten Frühlingstag seinem Tod begegnete? Ein Mädchen wartete auf ihn in der Burg, ein Mädchen, das er im Sommer heiraten wollte und dessen eigenes Leben nun der Verzweiflung anheimfiel.

Und dann Breac. 24 Jahre hatte er erlebt, Jahre voller Lachen und Jungfern, die sich um ihn zankten. Er hatte eine Frau, einen kleinen Sohn, und im Herbst würde ein weiteres Kind geboren. Wie würde Gilly reagieren, wenn man Breac zurückbrachte, blutend aus einer Wunde, die keine Macht der Welt heilen konnte?

Zumindest auf ihn wartete niemand in der Burg. Er war zu mürrisch, zu fordernd, zu barsch. Hin und wieder fand sich ein junges Ding bereit, mit ihm das Lager zu teilen, aber keine hatte die Absicht, sein Herz zu erobern. Vielleicht war es ein Unglück, dass von all seinen Brüdern ausgerechnet er unverletzt aus der Schlacht zurückkehrte.

»Cam!«

Er richtete den Blick auf seinen Cousin. »Nenn mich nicht so«, knurrte er. »So nennt mich nur Sim.«

»Also gut, *Cameron*«, schnarrte Giric, »Jetzt hol endlich diese verdammte MacLeod-Hexe, bevor du einen weiteren deiner Brüder umbringst.« Er spuckte auf den blutgetränkten Boden. »Du hättest dieser Herausforderung nicht in einem offenen Kampf begegnen sollen.«

»Ich bin kein Fergusson«, erwiderte Cameron eisig. »Ich krieche nicht hinter denen her, die ich töten möchte.«

»Ja, und wegen deiner kostbaren Ehre sind deine Brüder nun tot, oder etwa nicht?«

Cameron wusste, er sollte das blutbefleckte Schwert, das er in seinen Händen hielt, ein letztes Mal benutzen, um den Hurensohn zu töten, der vor ihm stand. Aber da Giric sein Cousin ersten Grades war – und der einzige, den er noch hatte –, gab es wohl Grund genug, ihn noch ein wenig länger leben zu lassen. »Bring Breac in meine Kammer«, befahl er.

»Das werde ich. Nun geh!«

Cameron nickte, dann gewahrte er einen Priester, der durch den Schlamm watete und sich hin und wieder bückte, um Augenlider zu schließen oder nach einem Herzschlag zu fühlen.

Er wandte sich ab, denn er brachte es nicht über sich, zuzusehen, wie der Mann seinen Brüdern die Augen schloss – nicht, solange es in seiner Macht stand, noch einen von ihnen zu retten.

Er wandte sich in fieberhafter Eile um, steckte sein Schwert in die Scheide zurück, die über seinen Rücken geschnallt war, schwang sich auf sein Pferd, riss es herum und galoppierte Richtung Süden davon.

Er würde die Hexe holen und hoffen.

Etwas anderes konnte er nicht tun.

Fast zwei Stunden galoppierte er, als sei ihm der leibhaftige Teufel auf den Fersen. Er verlangsamte seinen Ritt erst, als er das Land der MacLeods erreichte, und auch dann nur, weil es hier angebracht war, vorsichtig zu sein. Vielleicht wäre es klug gewesen, ihnen kundzutun, warum er ihre Heilerin entleihen wollte; aber dem stand entgegen, dass sie ihn vielleicht getötet und sich später erst gefragt hätten, was er wohl gewollt hatte. Das war das Einzige, was er an ihnen mochte: Er selbst war auch keiner, der lange fackelte.

Aber er brauchte ihre Heilerin, und daher war er vorsichtig.

Er kannte den Weg ungefähr. Gerüchten zufolge befand sich das Haus der Heilerin nördlich der Burg, ein Stück nach Osten versetzt. Sicher konnte er an den Spähern vorbeischleichen, die Frau schnappen, während sie gerade in ihrem Topf rührte und sich mit ihr davonmachen, bevor sie einen Alarm auslösen konnte. Mit etwas Glück hatten die MacLeods genauso viel Furcht vor ihr wie er selbst und würden sie nicht bewachen. Sie wäre also allein und es wäre leicht, sie zu entführen.

Er band sein Pferd an einen Baum am Waldrand an, dann verschmolz er mit den Schatten der Bäume. Er hörte nichts, aber das war keine Gewähr. Späher waren von Natur aus sehr leise Zeitgenossen. Wenn nicht, dann waren sie so gut wie tot.

Begleitet von diesen angenehmen Gedanken kroch er weiter durch den Wald. Er würde die alte Frau finden, sie zum Mitkommen überreden, indem er ihr irgendeine Belohnung versprach, die sie nicht ablehnen konnte, und sie damit zu seinem Pferd locken. Man sagte, sie könne Wunder wirken, daher wäre sie vielleicht auch in der Lage, Breac wiederherzustellen. Von seinem Wesen her war Cameron, wenn auch griesgrämig, so doch keineswegs pessimistisch; dennoch hätte es ihn doch sehr überrascht, wenn sein Bruder lange genug überleben würde, dass ihn sich die Hexe überhaupt noch ansehen konnte.

Er verdrängte den Gedanken, dass er dann also der letzte Sohn seines Vaters war, teils, um seine Brüder nicht zu vermissen und teils, weil sich für ihn dadurch nichts ändern würde: Er wäre weiterhin der Anführer eines widerspenstigen und zerstrittenen Clans. Giric würde ihn nach wie vor belauern und nur auf eine Gelegenheit warten, ihm ein Messer zwischen die Rippen zu stoßen. Er würde auch in Zukunft durch schiere Willensstärke seine Macht behaupten. Hatte sein Vater nicht dasselbe getan, hatte er nicht mit eisernem Willen und harter Hand weiterregiert, nachdem Camerons Mutter vor lauter Gram ein frühes Grab gefunden hatte?

Cameron hatte immer gewusst, dass er einmal den Platz seines Vaters einnehmen würde – und das nicht nur, weil er der Älteste war. Sein Vater hatte ihm den Namen seines Clans verliehen, um ihn daran zu erinnern, wer er war und worin seine Aufgabe bestand.

Seine Mutter hingegen hatte ihm auch noch einen anderen, zuvor gänzlich unbekannten Namen gegeben, um ihn daran zu erinnern, dass er auch *ihr* Sohn war und einer Linie edler, kluger Männer entstammte. Sein Vater hingegen hatte ihn stets nur Cameron gerufen, vermutlich aus reiner Bosheit. Die Ehe seiner Eltern war keine glückliche gewesen.

Vermutlich war das der Grund, warum er immer noch unverheiratet war.

Vielleicht lag es aber auch daran, dass er noch keine verständige Frau gefunden hatte. Er wollte keine neunmalkluge wie Gilly, Breacs Frau, die ihren Gatten für alles, was in ihrem Leben nicht glatt lief, verantwortlich machte, und er wollte auch kein unreifes, überempfindliches Mädchen wie Heather, Sims junge Frau, die sich über Sims leblosem Körper wohl die Seele aus dem Leib weinen würde. Er wollte eine Frau, die ihm ebenbürtig war, ihn aber trotzdem nicht ankeifen würde, die ihn respektieren, aber sich nicht vor ihm ducken würde, die ihn lieben und ihm die Treue halten würde. Offensichtlich war es sein Schicksal, ohne einen Nachkommen zu sterben.

Er ging leise weiter durch den Wald, bis er eine Lichtung sah. Ein kleines Haus stand dort, mit leichter Schlagseite nach Westen; aus den gerundeten Fenstern fiel ein seltsam fahler Lichtschein. Die Luft um das Haus herum schien erfüllt von einem magischen Leuchten, das er nicht wirklich sehen, wohl aber spüren konnte.

Er schien am richtigen Ort angelangt zu sein.

Er fuhr sich mit dem Ärmel über seine plötzlich schweißbedeckte Stirn und hastete vorwärts. Es war schließlich nur eine Frau, noch dazu eine alte. Er war müde, und das hatte ihn dazu verleitet, sich unwirkliche Dinge einzubilden. Er hatte nichts zu befürchten.

Er zögerte weit länger vor ihrer Tür, als es geboten war, aber dann richtete er sich auf, nahm die Schultern zurück, und erinnerte sich daran, dass er schon verdammte 27 Lenze gesehen hatte. Er würde sicher nicht auf dem Herd dieser Alten sein Leben lassen, die – trotz wilder Gerüchte – nichts weiter als Tinkturen gegen Warzen zusammenbraute.

Er holte tief Luft und klopfte forsch an die Tür.

Einen Wimpernschlag lang hoffte er, das Glück zu haben, dass sie ihm vielleicht nicht öffnete.

Doch plötzlich ging die Tür auf, und eine Frau stand vor ihm. Cameron konnte ihr Gesicht nicht sehen, denn das Feuer leuchtete hinter ihr, und ihr Gesicht lag im Schatten.

»Seid Ihr die Hexe der MacLeods?«, fragte er in seinem barschesten Ton. Nicht, dass er aufgeregt gewesen wäre; er war einfach nur in höchster Eile. Sicher war es gut, wenn er der Hexe gleich von Anfang klarmachte, wer hier das Sagen hatte.

Sie neigte den Kopf auf eine Seite. »Jaaa, das bin ich«, sagte sie gedehnt.

Cameron fühlte sich unwillkürlich erleichtert, dass ihr Gälisch verständlich war. Es hätte ihn nicht überrascht, wenn sie irgendein Kauderwelsch gebrabbelt und ihn sogleich mit einem Fluch belegt hätte.

Wenn er überhaupt an so etwas glauben würde, was natürlich nicht der Fall war.

»Hat Jamie Sie geschickt, um mich abzuholen?«, fragte sie.

Er überlegte, ob er ihr die Wahrheit sagen sollte, entschied sich aber dagegen. Wenn sie erwartete, von einem Jamie gerufen zu werden, dann wäre er eben ein Bote Jamies, bis er sie sicher auf seine Burg gebracht hatte. Er würde auch so schon in die Hölle kommen, weil er sich mit einer Hexe einließ. Eine Lüge oder zwei würden keinen Unterschied machen.

»Ja«, sagte er rasch. »Kommt auf der Stelle mit mir.«

»Gut.« Sie trat zurück. »Lassen Sie mich nur –«

»Nein«, unterbrach er. »Jetzt sofort.«

»Ich muss mich erst noch um das Feuer kümmern.«

Er hätte das für sie getan, aber er fand es ratsamer, ihre Schwelle nicht zu überschreiten. Er blieb draußen im Schatten stehen und streckte nur eine Hand ins Haus, aber dennoch musste er gegen einen Schauder ankämpfen. Um sich abzulenken, beobachtete er sie, wie sie auf das Feuer zuging. Doch als sie sich ihm nun wieder zuwandte, fiel ihm vor Staunen die Kinnlade herunter.

Warum zum Teufel hatte er gedacht, die Hexe der MacLeods sei eine alte Vettel?

Ihr Haar umspielte in einer Flut von Locken ihre Schultern und umrahmte ein Gesicht, um das sie sicher die Engel im Himmel beneideten. Sie bewegte sich mit einer Geschmeidigkeit und Grazie, die seinen Mund schlagartig entsetzlich trocken werden ließ. Nun, zumindest war sie ganz in Schwarz gekleidet. Das entsprach immerhin seinen Erwartungen, und aus irgendeinem Grund fühlte er sich dadurch ein wenig besser.

Bis sie ihre Lampe mit einem lauten Klicken löschte.

Er bemühte sich, einen erschreckten Aufschrei zu unterdrücken, bekreuzigte sich hastig und packte sie dann mit seiner ausgestreckten Hand am Arm.

»Warten Sie«, sagte sie und stemmte die Füße in den Boden. »Ich muss noch meine Schuhe holen.«

»Keine Zeit«, sagte er und zog sie aus ihrem Haus und um die Ecke herum. »Ich habe ein Pferd dabei.«

»Brauchen wir ein Pferd?«, fragte sie.

»Ich dachte, es wäre ganz nützlich«, erwiderte er. »Es wartet oben am Berg auf uns.«

»Aber Jamie wohnt doch am Fuß des Berges.«

Natürlich. Wer sonst würde nach ihr schicken, wenn nicht ein MacLeod? Er drückte ihr die Hand. »Wir gehen den Berg hinauf zum Pferd, und dann reiten wir den Berg hinunter«, erklärte er. »Beeilt Euch. Wir sind schon spät dran.«

Bevor sie etwas einwenden konnte, zog er sie hinter sich her, und zwar so rasch, dass sie keinen Atem übrig hatte für weitere Fragen. Sie protestierte weder gegen die Hast noch den steinigen Weg, obgleich er spürte, wie der Boden unter seinen Stiefeln knirschte, und er nahm an, dass diese Brocken an ihren bloßen Füßen schmerzten. Doch sie beklagte sich nicht, obgleich er sie ein, zwei Mal laut Luftholen hörte.

Plötzlich rutschte sie aus und fiel hin. Er versuchte noch, sie aufzufangen, war aber nicht schnell genug. Er half ihr wieder auf die Beine und hob sie dann auf seine Arme. Sie legte ihre Arme um seinen Hals und stieß dabei mit einer Hand an sein Schwert. Er spürte, wie sie sich sofort ganz steif machte.

»Lassen Sie mich runter«, sagte sie mit leiser Stimme.

»Nein«, widersprach er ohne Zögern. »Ich brauche Euch.«

Sie wehrte sich, aber er packte sie fest und ging weiter.

»Sagen Sie, muss ich etwa Ihr eigenes blödes Schwert ziehen und es Ihnen über den Kopf schlagen?«, keuchte sie wütend. »Lassen Sie mich sofort runter!«

»Still«, zischte er, »wenn Ihr uns nicht jeden MacLeod in Schottland auf die Fersen hetzen wollt. Ich habe nicht die Absicht, Euch etwas anzutun. Ich brauche Euch.«

Sie hörte auf, sich zu wehren. Er wusste, dass sie ihn wütend ansah, aber er achtete nicht darauf. Zumindest zog sie keinen winzigen Dolch aus irgendeinem Winkel ihres Hexengewandes und versenkte ihn in einem seiner Augen. Sie sagte nichts, nicht einmal, als er sein Pferd erreichte und sie heruntergleiten ließ.

Doch kaum stand sie wieder auf ihren eigenen Füßen, drehte sie sich blitzschnell um und sauste davon.

Er fing sie rasch wieder ein, denn er hatte so etwas erwartet. Er packte sie an den Armen und zog sie unter dem Dickicht hervor. Die Wolkendecke war zu dicht, um viel Mondlicht durchzulassen, aber er konnte sie dennoch gut genug sehen.

Aus ihren Augen sprach blankes Entsetzen.

»Ich brauche Eure Hilfe«, sagte er mit fester Stimme und schüttelte das plötzliche Mitleid ab, das er für sie empfand. »Ich gebe Euch mein Wort, dass ich Euch unbeschadet wieder in Euer Haus zurückbringe. Jetzt aber kommt. Ich habe keine Zeit mehr zu verlieren.«

»Wer sind Sie?«

»Ich habe keine Zeit –«

»Sagen Sie mir, wer Sie sind, oder ich komme nicht mit.«

Er blickte sie scharf an. Verängstigt mochte sie ja sein, aber sie bewies definitiv Rückgrat.

Und sie war so schön, dass es ihm wehtat, sie nur anzusehen.

Er lockerte seinen Griff an ihren Armen leicht, damit sie keine blauen Flecke bekam. »Ich bin Robert Francis Cameron Mac Cameron«, erklärte er ungeduldig. »Meine Heilerin ist tot, und ich brauche Euch, um nach meinem Bruder zu sehen. *Jetzt.*«

Ein Zittern durchlief sie, aber sie riss sich zusammen und holte tief Luft. »Wann wurden Sie geboren?«

»Was zum Teufel spielt das für eine Rolle?«, fragte er überrascht.

»Beantworten Sie meine Frage, oder ich gehe nach Hause.«

»Glaubt Ihr denn, dass Ihr das schafft?«, fragte er. Er hörte den drohenden Unterton in seiner Stimme, aber es war zu spät, und jetzt war keine Zeit für weitschweifige Entschuldigungen. Er würde später versuchen, respektvoller mit ihr umzugehen, wenn Breacs Leben nicht mehr auf dem Spiel stand.

»Ja, das glaube ich tatsächlich«, erwiderte sie kühl und schälte seine Finger von ihren Armen.

Bei allen Heiligen, wie hatte er die Frau für ängstlich halten können? Sie meisterte kühn und scheinbar unbeeindruckt die

Gefahren ihrer Lage. Er schnaubte wütend. »Steigt sofort auf dieses Pferd, Frau. Ich werde nicht antworten.«

»Dann komme ich nicht mit.«

Er verschränkte die Arme vor der Brust. »Doch, das werdet Ihr.«

Sie öffnete den Mund zum Sprechen, aber stattdessen hustete sie nur. Er dachte, das sei eine List, bis sie wirklich begann, nach Luft zu ringen. Sie wandte sich von ihm ab und deutete verzweifelt auf ihren Rücken. Er sah die Chance, seinen Bruder zu retten, zwischen seinen Fingern zerrinnen. Verflucht, was passierte wohl als Nächstes? Die Fergussons, die MacLeods und nun eine Hexe, die so schwach auf der Brust war, dass sie fast erstickte, wenn sie sich nur verschluckte. Er stieß einen Fluch aus, dann klopfte er ihr so sanft er konnte auf den Rücken.

»Fester«, keuchte sie.

Er gehorchte. Aber noch bevor er merkte, dass sie viel gewitzter war, als er ihr zugetraut hätte, stieß sie ihm schon so heftig mit dem Ellbogen in die Rippen, dass er sich ächzend vornüber krümmte. Sie packte seinen Arm, riss ihn herum und schleuderte Cameron dann mit einem mächtigen Schwung über sich hinweg.

Er landete flach auf dem Rücken und blickte in den Regen, der scheinbar speziell für ihn eingesetzt hatte.

Einige Augenblicke lag er wie betäubt da, bis er wieder atmen konnte. Dann rappelte er sich mit einer Reihe wilder Verwünschungen auf und blickte sich um.

Die Hexe war flink, das musste er ihr zugestehen.

Er aber auch. Er musste schnell rennen, um sie zu fangen, aber es gelang ihm. Er packte sie um die Taille, rutschte aber auf dem nassen Gras aus. Dabei rollte er sich im Fallen ab und zog sie viel vorsichtiger mit zu Boden, als sie angesichts dessen, wie sie ihn eben behandelt hatte, verdient hätte. Er drückte sie unter sich fest auf den Boden und starrte wütend auf sie herab, bis er bemerkte, dass er sie offensichtlich bewusstlos geschlagen hatte. Er rappelte sich hoch, beugte sich über sie und legte seine Hände auf beide Seiten ihres Kopfes.

Sie versuchte, ihn mit den Knien in den Hintern zu treten. Er sprang auf, dann stellte er sich – außerhalb ihrer Reichweite – vor sie hin und beobachtete sie, bis sie wieder zu Atem gekommen war. Als sie sich schließlich aufsetzte, streckte er ihr die Hände hin, um ihr aufzuhelfen, woraufhin sie sogleich versuchte, ihm die Beine unter dem Körper wegzuschlagen.

»Verflucht, Frau, haltet ein«, schrie er, streckte die Hände aus und zerrte sie auf ihre Füße.

»Lassen Sie mich gehen!«, schrie sie zurück.

Er war verblüfft genug, um beinahe genau das zu tun. Noch nie im Leben hatte eine Frau ihm gegenüber einen derart rüden Ton angeschlagen.

Allerdings hatte er ja auch noch nie eine Hexe entführt.

Er umschlang sie mit seinen Armen und hielt sie dicht an sich gepresst, wo sie ihm nicht mehr schaden konnte. Dabei bemühte er sich, sie möglichst sanft zu behandeln, denn er fürchtete, dass er zuvor ein wenig ruppig gewesen war. Sie hatte keinen Ton von sich gegeben außer einem leisen Quieken, aber sie machte sich in seinen Armen steif wie ein Schwert. Vermutlich konnte er ihr deswegen keine Vorwürfe machen, und er lockerte seine Umklammerung, aber nicht zu sehr. Die Kleine war verschlagen und überraschend stark. Er würde gut daran tun, in ihrer Nähe äußerst wachsam zu sein.

»Nun?«, keuchte sie schließlich. »Werden Sie meine Frage beantworten oder soll ich Sie diesmal kampfunfähig machen?«

Er hätte gelächelt, wenn die Situation nicht so ernst gewesen wäre. Bei allen Heiligen, sie war wirklich ein tollkühnes Stück. Und sie roch sehr gut. Dadurch war er derart abgelenkt, dass er ihre Frage beantwortete, was er eigentlich nicht hatte tun wollen.

»1346«, sagte er. »Im Spätherbst, so hat es mir zumindest meine Mutter gesagt.«

Sie schwieg betroffen. »Und was für ein Jahr haben wir jetzt?«

»Wollt Ihr meinen Verstand auf die Probe stellen?«, fragte er stirnrunzelnd. »Wir schreiben das Jahr des Herrn 1375, das war gestern so und ist heute nicht anders.«

Sie rückte weit genug von ihm ab, um zu ihm aufsehen zu können. Er war verblüfft über den Ausdruck in ihren Augen. Es war eine Mischung aus Entsetzen, Überraschung und Resignation. Sie sah ihn einen weiteren Augenblick an, dann senkte sie den Kopf.

Etwas wie ein Schluchzen entrang sich ihrer Brust. Ganz leise, und sofort unterdrückte sie es. Er hätte es vielleicht nicht einmal wahrgenommen, wenn er nicht so dicht bei ihr gestanden hätte.

Und dieser kleine Schluchzer entwaffnete ihn völlig. Er nahm seine blutverkrustete Hand, legte sie auf ihren Hinterkopf und zog sie an sich. Er hatte keine Ahnung, warum dieses Datum sie derart aufwühlte, aber vielleicht wohnte dem eine besondere, ihm unbekannte Bedeutung inne.

Er schloss die Augen. Die Heiligen mochten ihm gnädig sein, er war ein solcher Narr! Er hätte nichts anderes tun sollen, als ihr eins überzuziehen und sie wie einen Sack Getreide zu seiner Burg zu schleppen. Stattdessen stand er seit einer halben Stunde mitten in Feindesland und hielt eine Hexe in seinen Armen, während sie immer wieder verzweifelt um Luft rang.

Dann bemerkte er, dass sie ihre Arme um ihn gelegt hatte und sich an ihm festklammerte, als sei er ihre letzte Rettung, die sie vor dem Abgleiten in den gähnenden Schlund der Hölle abhielte.

Er strich ihr um einiges länger übers Haar, als er es hätte tun sollen, aber dann dämmerte ihm, dass sie sich auf den Weg machen mussten, sonst würden sie nie mehr von hier fortkommen. Er räusperte sich. »Wie heißt Ihr, junge Frau?«

»Sunshine.«

Er lächelte leise. Das war sicher kein Name für eine Hexe, aber was wusste er schon? Vielleicht hatte ihre Mutter einen feinen Sinn für Ironie besessen. »Seid Ihr die Hexe der MacLeods, Sunshine?«

Sie stieß zittrig die Luft aus. »Ja.«

»Werdet Ihr mir helfen?«

»Ja.«

Er hätte keine solche Erleichterung verspüren sollen. Schließlich war er ein Cameron, und sie war nur eine einfache Clansfrau der MacLeods. Sie würde tun, was er von ihr verlangte.

Obgleich er nicht abstreiten konnte, dass es ihm angenehmer war, sie kam freiwillig mit, ohne ihn mit einem bösen Fluch zu belegen.

»Gut«, sagte er. »Gehen wir.«

Sie nickte, nur einmal.

Er ließ sie los, behielt aber ihre Hand in seiner. Doch sie versuchte weder, sie ihm zu entziehen, noch, ihn wieder niederzuschlagen. Er schwang sich auf sein Pferd und streckte seine Hand zu ihr herab. Sie stellte ihren Fuß auf seinen und zog sich hinter ihm hoch.

»Haltet Euch fest«, sagte er.

»Das werde ich.«

Er trieb sein Ross an und galoppierte Richtung Heimat. Nun, jetzt hatte er sie.

Er hoffte nur, der weite Ritt, um sie zu holen, wäre der Mühe wert.

3

Überlege gut, was du dir wünschst; es könnte in Erfüllung gehen.

Sunny dachte über den Wahrheitsgehalt dieses Sprichworts nach, während sie, fest an Robert Francis Cameron Mac Cameron geklammert, mit ihm durch Regen und Dunkelheit zu seinem Familienstammsitz ritt – zumindest vermutete sie das.

Zu seinem *mittelalterlichen* Familienstammsitz.

Nun, schließlich hatte sie sich ja einen Highlander gewünscht, oder nicht? Sie konnte sich nur nicht daran erinnern, dass es einer aus dem Mittelalter sein sollte, der von ihr, anstatt sie zum Dinner ins nächste Gasthaus auszuführen, verlangte, sie solle mit ihm auf seine Burg reiten und durch den Einsatz ihrer mystischen Kräfte seinen Bruder retten, der vermutlich schon seit 650 Jahren tot war.

Vielleicht hätte sie diesen monatlichen Beschwichtigungsessen, zu denen Jamie sie partout immer einladen wollte, einen Riegel vorschieben sollen. Sie hatte sich zunächst dagegen gesträubt, aber da Jamie ihr Laird war und sie seine Heilerin, musste sie wohl bestimmte traditionelle Gepflogenheiten einhalten. Das hatte er mit Nachdruck betont, als sie vor ihm niedergekniet war, ihre Hände in seine gelegt und ihm mit einer mittelalterlichen Schwurformel treue Gefolgschaft gelobt hatte. Nicht im Traum wäre ihr eingefallen, das könnte einmal dazu führen, dass sie auf ein harmloses Klopfen hin ihre Tür aufmachen und prompt in die Vergangenheit gezogen würde.

Aber eigentlich war es nicht weiter überraschend. Gerüchte über spukhafte Begebenheiten auf dem Land der MacLeods kursierten immer wieder im Pub unten im Dorf. Auch sie selbst glaubte an allerlei Highland-Magie. Geister hatte sie schon mit eigenen Augen gesehen. Und sie war sich fast sicher, dass sie schon eine oder zwei Feen erspäht hatte, die zwischen den von der Decke ihres Cottages herabhängenden Kräuterbüscheln hervorlugten. Zudem glaubte sie fest an die Möglichkeit einer Zeitreise – und befand sich dabei, was Jamies Familie anbelangte, in guter Gesellschaft.

Und warum auch nicht, immerhin hatte Jamie in seinem Büro eine Landkarte hängen, auf der all jene Orte auf seinen Tausenden Morgen Land eingezeichnet waren, auf denen man sich plötzlich in einem Jahrhundert wiederfinden konnte, das nicht das eigene war.

Zwar konnte sie sich nicht erinnern, auf dieser speziellen Landkarte je ihre Türschwelle entdeckt zu haben, auch nicht auf den Kopien, die Jamie für alle angefertigt hatte, die sich auf seinem Grund und Boden aufhielten. Offensichtlich musste diese Stelle neu eingezeichnet werden. Sie würde Jamie bei ihrem nächsten Zusammentreffen darum bitten.

Vorausgesetzt, sie sah ihn überhaupt jemals wieder.

Sie schüttelte ungläubig den Kopf. Wie war es möglich, dass sie buchstäblich schon tausende Male Moraigs Türschwelle überschritten hatte, und nie war irgendetwas Außergewöhnliches geschehen? Und ausgerechnet an diesem Abend hatte ein Cameron – und sie nahm schwer an, dass es sich bei ihm um *den* Cameron handelte – seine Hand in ihr Haus hineingestreckt und sie ins Jahr 1375 zurückgezogen? Sie hatte nichts Seltsames feststellen können, bis sie seine Hand berührt hatte. Es war das zweite Mal in zwei Tagen gewesen, dass sie die Hand eines Mannes berührt und dabei eine elektrische Entladung verspürt hatte.

Sie beschloss, dass es im Augenblick keinen Sinn hatte, weiter darüber nachzudenken. Ihr Entführer – oder Leihnehmer, wie er sich vielleicht bezeichnen würde – tätschelte ihr die Hände, also wirkte sie vielleicht etwas verängstigter, als ihr bewusst war. Sie legte die Stirn an die Scheide seines sechs Fuß langen Breitschwerts, die er quer über seinem Rücken trug, und versuchte, sich zu entspannen. Aber nicht einmal ihr Allzweck-Beruhigungsmantra konnte angesichts dieses ungeheuerlichen Ereignisses seine Wirkung entfalten. Ihr blieb nichts weiter übrig, als einfach hin und wieder tief Luft zu holen.

Er ritt wie der Teufel, aber sie war sicher, dass es mehrere Stunden gedauert hatte, bevor sie die schwachen Umrisse von Cameron Hall in der Dunkelheit erkennen konnte. Sie wusste, wie die Burg im 21. Jahrhundert aussah, denn sie und Madelyn hatten im vergangenen Sommer die lange Fahrt dorthin unternommen. Es war ein spektakulärer Anblick, da sich die Burg viel von ihrem mittelalterlichen Charakter bewahrt hatte, aber offensichtlich auch durch umsichtige und umfangreiche Renovierungsmaßnahmen ergänzt und modernisiert worden war.

Die mittelalterliche Version war kleiner, wirkte aber nicht weniger wehrhaft. Sie betrachtete sie im Licht des Mondes, das gerade durch die Wolken brach, als sie durch das Dorf und unter dem äußeren Tor der Befestigungsanlage hindurchritten. Ihr Begleiter sprang vor dem Burgtor vom Pferd und streckte dann die Arme aus, um ihr herunterzuhelfen. Sie ließ ihn gewähren, denn sie war sich nicht sicher, ob sie es schaffen würde, einigermaßen elegant abzusteigen.

Er zog sie sogleich hinter sich her durch den Großen Saal und durch das Treppenhaus ins obere Stockwerk. Dort führte er sie in eine geräumige Kammer mit einem gewaltigen Kamin. Ein Feuer loderte hell darin, was sie sehr angenehm fand, da sie völlig durchgefroren war. Vor dem Kamin lag reglos ein Mann, und eine junge Frau kniete neben ihm, wiegte den Oberkörper vor und zurück und erging sich in lautem Wehklagen.

Cameron blickte sie an. »Also?«

Sunny schluckte. »Das ist Ihr Bruder?«

»Ja. Was kann ich tun?«

»Schaffen Sie die Frau raus«, befahl Sunny ohne Zögern, »dann bringen Sie mir alle Kräuter, die Sie haben, und irgendein starkes alkoholisches Getränk. Ich werde auch ein Messer brauchen.«

»Könnt Ihr ihn retten?«

»Das weiß ich noch nicht«, erwiderte Sunny.

Cameron zog ein Messer aus seinem Stiefel und reichte es ihr mit dem Griff voran; dann ging er hinüber und hob die rothaarige Frau auf seine Arme. Er gab keinen Ton von sich, nicht einmal, als sie ihn kratzte und verfluchte und mit den Fäusten auf ihn einschlug. Er trug sie einfach kommentarlos aus der Kammer.

Sunny ging zum Feuer hinüber und kniete sich neben Camerons Bruder hin, der auf einem Plaid lag und die Hände auf der Brust gefaltet hatte. Mit seinem dunklen Haar und den außergewöhnlich schönen Gesichtszügen sah er Cameron sehr ähnlich. Seine Miene zeigte kein Zeichen von Schmerz, also spürte er vielleicht schon gar nichts mehr. Das war zweifellos ein Segen. Sie legte das Messer auf dem Boden ab und machte sich an die Arbeit. Zunächst streckte sie seine Arme an seinen Körperseiten aus und zog dann ganz vorsichtig das Tuch ab, das seinen Leib bedeckte.

In seinem Bauch klaffte eine große Wunde, als hätte ihn jemand mit einem Schwert durchbohrt und dann die Klinge mehrfach darin herumgedreht. Selbst wenn er bisher wie durch ein Wunder überlebt hatte, würde er vermutlich nicht mehr genesen. Sie verfügte über hervorragende anatomische Kenntnisse, hatte viel Erfahrung mit Kräutermedizin, und sie wusste theoretisch alles über die Versorgung von Kampfwunden, was Patrick MacLeod ihr hatte vermitteln können – aber nichts davon würde den Mann retten, der vor ihr lag.

Dennoch würde sie tun, was sie konnte.

Cameron stürmte wieder in die Kammer herein; er trug diverse Stoffsäckchen in den Händen und einen Ledertrinkbeutel unter jedem Arm. Er stellte alles neben ihr auf dem Boden ab.

»Noch etwas?«, fragte er.

»Bringen Sie Wasser in einem Topf zum Kochen«, sagte sie. »Dann brauche ich noch Nadel und Faden. Und legen Sie im Kamin Holz nach.«

»Was werdet Ihr tun?«, fragte er.

»Ich nähe ihn zusammen und bete, dass er überlebt«, sagte sie resigniert, dann fiel ihr wieder ein, wen sie vor sich hatte. Sie blickte zu ihm auf. »Es tut mir leid. Das war schonungslos offen.«

Er schüttelte den Kopf. »Offenheit ist mir lieber. Ich kümmere mich um das Wasser und das Übrige.«

Sunny nickte, dann schnupperte sie an den Kräutersäckchen, die er ihr gebracht hatte. Die Kräuter waren nicht frisch, aber sie glaubte nicht ernsthaft, dass das einen Unterschied machte. Sie stellte einige davon, die ihr nützen könnten, an der Seite auf und legte die anderen auf einen Haufen. Dann stand sie auf, schürte selbst das Feuer und ging ungeduldig auf und ab, bis Cameron wieder in die Kammer zurückgerannt kam. Er drückte ihr ein paar Sachen in die Hand und befahl dann in barschem Ton einem jungen Diener, den Kessel in die Mitte des Feuers zu stellen. Sunny wartete, bis der Junge gegangen war, bevor sie Cameron ansah.

»Ich werde tun, was ich kann«, sagte sie. »Gehen Sie mir zur Hand, wenn ich Sie brauchen kann. Wenn nicht, halten Sie Abstand.«

Er nickte finster.

Sunny nahm eine Nadel, die sich wohl eher zum Sattelflicken als zum Nähen von Wunden eignete, hielt sie ins Feuer und wischte dann die rußgeschwärzte Spitze ab. Sie legte die Nadel beiseite, dann zerschnitt sie ihren Rock und zog mehrere lange Fäden aus dem Stoff. Sie waren stärker als das Garn, das ihr Cameron gebracht hatte, und ein klein wenig sauberer. Dann flocht sie ihr Haar zu einem Zopf und band das Ende mit einem Stoffstreifen zusammen, den sie ebenfalls aus ihrem Rocksaum geschnitten hatte. Sie wartete, bis das Wasser kochend heiß war, bevor sie einen Becher hineintauchte. Dabei verbrannte sie sich die Finger an den Flammen, die rund um den Kessel emporzüngelten, aber sie klagte nicht. Sie ließ die Kräuter in den Becher fallen, und zuletzt wusch sie ihre Hände in dem restlichen heißen Wasser. Das war alles andere als steril, aber besser ging es eben nicht. Sie nahm die Nadel und fädelte sie ein.

»Waschen Sie sich die Hände«, sagte sie zu Cameron, »und dann reißen Sie saubere Tücher in Streifen und tauchen sie ins kochende Wasser.«

Er wusch sich die Hände im heißen Wasser wie sie, fluchte aber, als er sich die Finger verbrannte. Dann zog er den Saum von seinem langen safrangelben Hemd heraus und begann den Stoff in Streifen zu reißen.

»Ich habe gesagt, *saubere* Tücher«, bemerkte sie streng.

»Etwas anderes habe ich nicht.«

Sie schloss kurz die Augen. Klar. »Tut mir leid. Nehmen Sie einfach den saubersten Teil davon.« Sie hielt inne. »Wie heißt Ihr Bruder?«

»Breac.«

Sie sah ihn mit fragendem Lächeln an. »Er hat nur einen Namen?«

»Beim zweiten Kind konnte mein Vater meiner Mutter Einhalt gebieten.«

Sie lächelte, dann blickte sie auf Breac hinunter, und ihr Lächeln verschwand. Sie fühlte mit den Fingern an seinem Hals und konnte es kaum glauben, dass sie noch einen Puls spürte. Das verdankte er entweder seiner kräftigen Konstitution oder seinem unbezähmbaren Lebenswillen.

Cameron reichte ihr die eingeweichten Tücher, um die sie gebeten hatte. Sie nahm eines, tupfte das Blut von Breacs Bauch und machte sich ans Werk. Zuerst nähte sie seinen Darm wieder zusammen, dann die Bauchmuskeln. Irgendwann hielt sie inne und strich sich mit dem Ärmel über die Stirn. Dann wählte sie ein Säckchen getrockneten Wegerich aus.

»Machen Sie daraus einen Tee«, sagte sie müde.

Cameron kam ihrer Aufforderung wortlos nach.

Als sie die Muskeln zusammengenäht und die Bauchdecke geschlossen hatte, war Breacs Puls nur noch ganz schwach. Sie legte ihre blutige Hand auf seine Stirn und senkte den Kopf. Tränen rannen ihr über die Wangen.

Natürlich war es ein hoffnungsloses Unterfangen gewesen. Vielleicht hätte er in einer modernen Notaufnahme eine Chance gehabt, wo ihm die Ärzte eine Bluttransfusion nach der anderen verabreicht und lebenserhaltende Maßnahmen ergriffen hätten, bis seine Lebenskraft zurückgekehrt wäre. Anschließend hätten sie ihn dann mit Antibiotika vollgepumpt, um die schweren Infektionen einzudämmen, die er bekommen würde, wenn er die Verletzung überlebte. Aber er befand sich im Schottland des 14. Jahrhunderts, und sein Leben verrann.

»Sunshine? Der Tee ist fertig.«

Sie legte ihre Finger an Breacs Hals und sah Cameron in die Augen.

»Wir brauchen ihn nicht mehr«, sagte sie ganz leise.

Er presste die Lippen zusammen, holte tief Luft und atmete dann geräuschvoll aus. Er stellte den Becher ab und nahm die andere Hand seines Bruders in seine. Tränen liefen ihm die Wangen herunter, aber er schien es gar nicht zu bemerken. Er legte seine andere Hand über Sunnys, die seitlich an Breacs Hals ruhte.

Breacs Puls verlangsamte sich.

Und schließlich hörte er ganz auf.

Stille senkte sich auf sie herab. Das Gefühl, das sie empfand, war ganz ähnlich wie bei der Geburt eines Kindes. Die Welten des Sichtbaren und des Unsichtbaren schienen sich einen Augenblick lang zu vermischen und eins zu werden.

Manchmal ergab das ein friedliches Zusammentreffen, ein andermal eine laute, lärmende Kollision. Bei Breac jedoch geschah es sehr leise und sehr traurig, als täte es dem Himmel leid, dass es so sein musste. Sunny blickte auf den bildschönen jungen Mann hinunter und fragte sich, warum gerade er sterben musste, während andere am Leben blieben.

»Ist er tot?«

Sunny beugte sich über Breac und legte ihr Ohr auf seine Brust. Sie vernahm keinen Herzschlag mehr, aber das hatte sie auch nicht erwartet. Sie blieb noch ein, zwei Minuten in dieser Stellung, dann setzte sie sich wieder auf ihre Fersen und richtete ihren Blick auf Cameron.

»Es tut mir so leid«, sagte sie ruhig.

Er schüttelte den Kopf. »Ich habe nicht erwartet, dass er am Leben bleibt.« Er sah sie an. »Trotzdem musste ich es versuchen.«

»Natürlich.«

Er streckte die Hand aus und schloss seinem Bruder die Lider. Schweigend blickte er einige Minuten auf ihn hinunter, dann suchte er ihren Blick. »Danke.«

»Ich wünschte, ich hätte etwas für ihn tun können«, sagte sie leise. »Es zeugt von seiner Stärke, dass er es geschafft hat, noch so lange zu überleben …«

Sie wurde unterbrochen, als die Tür hinter ihr aufgerissen wurde. Die junge Frau, die zuvor schon ihrer Trauer freien Lauf gelassen hatte, stürzte herein, blieb taumelnd stehen und brach erneut in schrilles Schreien und Wehklagen aus.

Sunny stand auf, um ihr Platz zu machen, aber plötzlich spürte sie die Hände der Frau an ihrer Gurgel und wurde zu Boden gerissen. Vielleicht hätte Patrick ihr auch beibringen sollen, wie sie sich gegen eine mittelalterliche Clansfrau wehren konnte, die vor rasendem Schmerz vollkommen außer sich war.

Die Frau kratzte, biss und kreischte wie eine böse Fee. Sunny hörte, wie Cameron sie anbrüllte, dann spürte sie, dass er die Frau von ihr wegzerrte. Es gelang ihr, die Fäuste der Frau aus ihrem Haar zu winden, und sie setzte sich überrascht wieder auf.

»Sie hat ihn getötet«, kreischte die Frau, und ihre wilden Blicke zeugten von Kummer und Zorn.

»Hör auf, Gilly«, befahl Cameron und drückte ihr die Arme an die Seiten. »Das stimmt nicht.«

»Sie ist eine Hexe«, schrie Gilly und wehrte sich gegen ihn. »Ich werde mich rächen und sie töten.«

»Genug!«, herrschte Cameron sie an und versuchte, sie unter Kontrolle zu bringen. »Sie ist keine Hexe, und dein Mann war schon tot, noch bevor er vom Schlachtfeld getragen wurde.«

Sunny beobachtete, wie Gilly weiter um sich schlug, als wäre sie kurz davor, den Verstand zu verlieren. Ihr feuerrotes Haar war lang und strähnig und hing ihr wild vor dem Gesicht herunter, sodass sie wirklich wie eine Wahnsinnige aussah. Irgendwann kam sie Camerons Hand nah genug, um ihn beißen zu können. Cameron schrie auf und fluchte schrecklich, aber er ließ sie nicht los.

Sunny hörte, dass Gilly immer wirreres Zeug schrie, und fragte sich, ob jetzt vielleicht ein guter Zeitpunkt wäre, um nach Hause aufzubrechen. Sie stand zögernd auf. Es kam ihr respektlos vor, Cameron zu fragen, ob sie noch irgendetwas tun könnte, aber sie hatte wohl keine andere Wahl.

»Wenn Sie mich nicht mehr brauchen …«, begann sie langsam.

Er wies mit dem Kopf Richtung Tür. »Lasst Euch unten etwas zu essen geben. Ich kümmere mich schon um sie.«

Sunny zögerte. »Es tut mir wirklich leid um Ihren Bruder.«

Ihre Worte lösten bei Gilly neuerliche Schimpftiraden aus. Cameron schüttelte nur den Kopf und neigte den Kopf noch einmal zur Tür hin. Sunny seufzte und ging über den unebenen Dielenboden durch die Kammer. Sie blieb im Türrahmen stehen und beobachtete, wie Gilly sich endlich aus

Camerons Armen befreite und sich auf Breac warf. Sie schüttelte ihn, als könne sie ihn dadurch wieder zum Leben erwecken.

Dann hielt sie inne und warf Cameron einen hasserfüllten Blick zu. »Das ist deine Schuld«, sagte sie kalt. »Du hast alles zerstört!«

Cameron verschränkte die Arme vor der Brust und sah Gilly nur schweigend und finster an.

Sunny schloss leise die Tür, bevor sie noch mehr mitanhören musste. Sie ging durch den langen Gang zurück, fand einen Abtritt, den sie rasch benutzte, und machte sich dann auf die Suche nach Wasser, um sich die Hände zu waschen.

Als sie in den Großen Saal kam, wurde es bei ihrem Eintreten ganz still. Männer in Plaids beäugten sie misstrauisch. Einer bekreuzigte sich, bevor er über seine Schulter spuckte. Andere folgten seinem Beispiel.

Nun, sogar sie wusste, dass das kein Zeichen von Wohlwollen war.

Sie versuchte zur Küche zu gelangen, bevor sie noch genauer begutachtet wurde. Aber wie sollten die Menschen eigentlich auch *nicht* glauben, dass sie eine Hexe war? Sie trug einen Gymnastikanzug, dazu einen langen, fließenden Rock aus maschinell gewebtem Leinen und war über und über mit Blut verschmiert. Wenn sie es nicht besser gewusst hätte, hätte sie vor sich selbst Angst bekommen. Noch ein Grund mehr, sich unverzüglich auf den Heimweg zu machen.

Sie fand Wasser, wusch sich die Hände, bat um etwas zu essen und bekam einen Rest Suppe vom Abendessen und ein Stück altbackenes Brot. Sie aß und überlegte ihre nächsten Schritte. Das Vordringlichste war ganz klar, aus Cameron Hall zu verschwinden. Sie konnte sich in den Wäldern verstecken und bei Sonnenaufgang Richtung Süden gehen. Schließlich würde die Morgendämmerung nicht mehr allzu lange auf sich warten lassen.

Sie überlegte, ob sie durch den Großen Saal hinausgehen

sollte, entschied sich dann aber dagegen. Wenn sich die Männer schon bekreuzigten, sobald sie die Fremde sahen, dann war es nicht vernünftig, ihnen noch einmal unter die Augen zu treten. Sie würde einfach auf die Morgendämmerung warten und dann aufbrechen. Es könnte ja alles noch schlimmer sein: Sie hätte auch im Burgverlies landen können.

Sie schlang die Arme um den Körper, fröstelte aber trotzdem. Man konnte sich kaum vorstellen, wie kalt es in einer mittelalterlichen Burg werden konnte, wenn das Feuer niedergebrannt war. Sie blickte in die Dunkelheit der Küche und versuchte sich durch positive Gedanken innerlich aufzuwärmen. Nicht mehr lange, und sie würde wieder vor Moraigs Kamin sitzen, nachdem sie mit einer ausgiebigen Dusche den Warmwassertank geleert hätte, den Jamie und Patrick ihr letzten Herbst hatten einbauen lassen. Und sie würde sich vielleicht sogar eine kleine Tasse heiße Schokolade gönnen. Solche Sachen hatte sie normalerweise nicht im Haus, aber sie fand nichts dabei, wenn Madelyn sie für sie bevorratete. Wenn sie nach Hause käme, müsste sie wahrscheinlich dieses Notfall-Lager plündern.

Sie holte tief Luft und schloss die Augen. Sie hörte, wie das Stimmengewirr aus dem Großen Saal allmählich leiser wurde, und auch Gilly im oberen Stockwerk hatte aufgehört zu schreien, obwohl Sunny meinte, weiter entfernt noch eine andere Frau weinen zu hören.

Was für ein hartes Leben.

Sie war sehr froh, wenn sie ihm bald wieder den Rücken kehren konnte.

4

Cameron saß neben seinem Bruder, der vor dem Kamin tot auf dem Boden lag, und lauschte in die völlige Stille hinein. Gilly war endlich neben Breac eingeschlafen, ihre blutige Hand ruhte auf seiner Brust. Die ganze Nacht lang hatte sie mit gellender Stimme wüste Beschimpfungen ausgestoßen. Cameron hatte ihr nichts erwidert, aus Respekt vor seinem Bruder, und weil er wusste, was für ein Verhalten dieser von ihm seiner Frau gegenüber erwartet hätte. Jetzt aber, wo sie schlief, musste er zugeben, dass er unendlich erleichtert war, ihr nicht länger zuhören zu müssen. Nur zu bald würde sie wieder aufwachen und von Neuem zu schreien beginnen. Doch im Grunde konnte er ihr deswegen nicht einmal einen Vorwurf machen.

Auch er selbst hätte am liebsten seinen Schmerz herausgeschrieen.

Sein erster Gedanke war gewesen, sich sein Plaid umzulegen, ein paar Langdolche in den Stiefelschaft zu stecken und sich in Simon Fergussons Stammsitz zu schleichen, um ihn im Schlaf zu erledigen. Er hätte es sicher geschafft, auch noch ein paar weitere Männer vom Fergusson-Clan ihrem Laird in die Hölle folgen zu lassen. Die ganze Sippe im Alleingang umzubringen, wäre jedoch ohnehin unmöglich gewesen – obwohl er genau dies das nächste Mal versuchen würde, wenn sie es noch einmal wagen sollten, das Schwert gegen einen Cameron zu erheben.

Doch dann wandte er seine Gedanken von solchen Racheplänen ab und blickte auf seinen Bruder hinunter. Er sah Gilly an, die neben ihm schlief, und fragte sich, wie Breac es ausgehalten hatte, mit ihr verheiratet zu sein. Sie war eine unfreundliche, streitsüchtige und nur leidlich attraktive Frau. Normalerweise beurteilte Cameron Frauen nicht nach ihrem Aussehen, aber er dachte sich immer wieder, dass Gilly angesichts all ihrer anderen Makel wenigstens ein gefälliges Äußeres hätte haben können. Cameron wusste, dass Breac gehofft hatte, durch seine Heirat mit Gilly Fergusson würde sich das Verhältnis zwischen den beiden Clans etwas entspannen.

Ein tödlicher Irrtum, daran gab es keinen Zweifel mehr.

Cameron fuhr sich mit den Händen übers Gesicht und zwang sich, darüber nachzudenken, was als Nächstes zu tun war. Er würde sich so bald wie möglich um die Bestattung kümmern müssen. Er würde Fergusson eine Nachricht zukommen lassen müssen und ihm mitteilen, wie viele Männer dieser verloren hatte, damit ihm klar würde, wie teuer ihn seine Überheblichkeit zu stehen kam. Sonst war dies für Cameron stets der befriedigendste Moment nach einer Schlacht, doch heute stand ihm nicht der Sinn nach solchen grausigen Details. Es spielte überhaupt keine Rolle, wie viele Männer diese verdammten törichten Fergussons verloren hatten. Sie würden ihn immer wieder aufs Neue angehen, immer wieder das Blut ihrer jungen Männer vergießen, nur um den Stolz ihrer Alten zu befriedigen, immer wieder seinen Boten mit der Meldung empfangen, wie viele Opfer sie der Kampf gekostet hatte. Es würde sich überhaupt nichts ändern.

Nur dass seine Brüder nicht mehr an seiner Seite kämpfen würden.

Die Tür ging auf. Cameron hätte sich nicht gewundert, wenn Sim hereingestürmt wäre, übers ganze Gesicht strahlend und sprudelnd vor Begeisterung wegen irgendeines lächerlichen Abenteuers, das Ruhm, eine Vergrößerung ihrer Viehbestände und Todesgefahr versprach. Aber es war nicht Sim, sondern Giric. Er warf einen Blick auf Breac, dann einen etwas längeren auf Gilly, und lehnte sich an den Türpfosten.

»Ich dachte mir, dass du dich allmählich um die Bestattung kümmern solltest.«

Cameron blinzelte. »Ist es denn schon Tag?«

Giric runzelte die Stirn. »Hast du das denn nicht gemerkt?«

Cameron schüttelte müde den Kopf. »Nein. Wie viele sind auf dem Schlachtfeld umgekommen?«

»Wir haben sechs Männer verloren. Die Fergussons fünfundzwanzig. Aber das ist noch nicht alles.«

Cameron stöhnte. Zu viele von seinen Leuten waren tot, aber daran ließ sich jetzt auch nichts mehr ändern. Er sann einen Augenblick darüber nach, bevor ihm Girics letzte Worte wieder ins Bewusstsein kamen. Er blickte auf. »Was gibt es noch?«

»Die Hexe.«

Cameron nickte erst geistesabwesend, doch dann wurde ihm klar, was sein Cousin eben gesagt hatte. Überrascht schaute er ihn an. »Die Hexe der *MacLeods?*«

Giric zuckte kaum merklich mit der Schulter. »Sie machen eben die Wasserprobe mit ihr, unten am Loch ...«

Cameron sprang auf. »Und du bist nicht eingeschritten?«

»Allein schon ihre Schönheit ist verdächtig ...«

»Giric, du bist ein verdammter Narr«, fuhr Cameron ihn an, während er die Kammer durchquerte und an seinem Cousin vorbeistürmte.

Die Sonne kam gerade hinter den Hügeln im Osten hervor, während er durch den Burghof rannte. Fluchend lief er durch das Dorf und über die Wiese. Wenn sie noch am Leben war, wäre das ein Wunder, und wenn sie tot war, wäre es seine Schuld.

Wenige Augenblicke später bahnte er sich einen Weg durch die Grüppchen von Männern, die unten am Ufer standen. Er machte sich nicht die Mühe, die Stiefel auszuziehen, bevor er ins Wasser watete. Er stieß zwei seiner Männer beiseite, um sehen zu können, was vor sich ging.

Und dann sah er es: Sie hatten Sunshine MacLeod halb

ertränkt. Das Mädchen hätte sich vielleicht sogar noch auf den Beinen halten können, doch die Männer zogen sie ihr immer wieder unter dem Leib weg. Wahrscheinlich glaubten sie, Sunshine so leichter unter Wasser halten zu können. Cameron musste mitansehen, wie es noch einmal geschah, bevor er endlich bei ihr war. Dann packte er Brice, einen seiner entfernteren Cousins, energisch an der Schulter und schob ihn zur Seite. Er musste untertauchen, um Sunshine an die Wasseroberfläche zu befördern. Sie hustete nicht einmal mehr.

Cameron bückte sich, seine Schulter an ihren Bauch gedrückt, dann richtete er sich auf. Sie hing völlig leblos da. Zur Hölle mit Giric und den anderen! Er kämpfte sich durch das Wasser und stolperte hastig ans Ufer. Wütend verfluchte er die Dorfbewohner, die er für das, was geschehen war, allerdings nicht verantwortlich machte, und ebenso seine eigenen Männer, die er sehr wohl für schuldig hielt.

»Macht Platz, damit das Mädchen Luft bekommt«, bellte er die Umstehenden an.

Sie rückten zur Seite und bekreuzigten sich.

Camerons Blick ließ sie weiter zurückweichen. Die Dorfbewohner drehten sich um und eilten davon. Seine Männer taten es ihnen gleich und machten sich ebenfalls davon, wenn auch deutlich langsamer. Lediglich Giric blieb zurück und beobachtete die beiden schweigend.

Cameron legte Sunshine vorsichtig auf die Erde, drehte sie dann auf die Seite und schlug ihr mehrmals fest auf den Rücken. Sie hustete zwar und spuckte eine ganze Menge Wasser aus, kam aber nicht zu Bewusstsein. Cameron versuchte, noch mehr Wasser aus ihr herauszupressen, indem er ihr auf den Bauch drückte, aber irgendwann begriff er, dass er mit seinen Bemühungen nichts erreichte. Wenigstens atmete sie noch. Vorerst würde er sich damit wohl zufriedengeben müssen. Er sah seinen Cousin an.

»Das habt ihr hervorragend hinbekommen«, sagte er frostig.

Giric zuckte nur mit den Schultern. »Wie immer habe *ich*

zuerst an die Sicherheit des Clans gedacht. Ich hätte niemals eine wie die in die Burg mitgebracht …«

Cameron warf ihm einen Blick zu, der ihn ausnahmsweise einmal verstummen ließ. Giric war ein gefährlicher Narr, und gerade dass er so dumm war, machte ihn unberechenbar. Es war kein Geheimnis, dass Giric der Meinung war, er selbst sei der rechtmäßige Anführer des Clans. Dabei vergaß er, dass Camerons Vater, und nicht seiner, der vorherige Laird gewesen war, und dass sein Vater ihn für mehr als unfähig gehalten hatte, irgendjemanden woanders hinzuführen als auf den falschen Weg. Cameron traute ihm nicht, aber er achtete darauf, dass er in seiner Nähe blieb. So würde er schneller merken, wenn Giric eines Tages losschlug.

»Allein, dass sie noch atmet, sagt doch schon alles«, fuhr Giric, unfähig, den Mund zu halten, mit seinen Verdächtigungen fort.

»Sie ist keine Hexe«, schnaubte Cameron. »Wenn sie eine wäre, würde Breac noch leben, oder etwa nicht?«

»Vielleicht ist sie ja nur nicht besonders gut.«

Cameron blickte ihn unverwandt an. »Wenn du willst, dass sich mein Schwert durch deinen Leib bohrt, bis es hinten wieder herauskommt, dann sprich ruhig weiter.«

Giric grinste ihn an. »Du hast dein Schwert doch gar nicht bei dir.«

Mit Schrecken stellte Cameron fest, dass sein Cousin recht hatte. »Dann werde ich einfach deines benutzen.«

»Tatsächlich?«

Cameron richtete sich auf. »Allerdings. Sollen wir es ausprobieren?«

Giric verschränkte die Arme vor der Brust. »Ich würde mir an deiner Stelle etwas genauer überlegen, gegen wen ich meine Klinge richte, Cousin. Man weiß nie, ob sie irgendwann nicht das Einzige ist, was zwischen dir und einer Vielzahl todbringender Hände steht.«

»Ich werde daran denken«, erwiderte Cameron kühl.

Giric warf einen letzten, langen Blick auf Sunshine, dann drehte er sich um und stapfte davon. Cameron sah ihm nach und wünschte sich sehnlichst, er hätte das beruhigende Gewicht seines Schwertes auf seinem Rücken gespürt. Doch er konnte nichts tun. Wenigstens hatte er noch die Dolche in seinem Stiefel und seinen klaren Verstand. Er würde also unversehrt zu seiner Burg zurückgelangen.

Er hob Sunshine hoch und trug sie in seinen Armen auf demselben Weg zurück, den er gekommen war. Er beeilte sich, denn obwohl die Straßen menschenleer waren, wusste er, dass man ihn beobachtete. Seine Untertanen bekreuzigten sich wahrscheinlich heftig und kramten in ihren Häusern nach irgendwelchen Abwehrzaubern gegen das Böse – und dabei war es doch nur eine hübsche, unschuldige junge Frau, die bewusstlos in seinen Armen lag.

Er betrat seinen mächtigen Stammsitz und bedachte seine Männer mit wütenden Blicken, während er an ihnen vorüberschritt und hinauf in sein Schlafgemach ging. Gilly war nicht mehr dort, aber Breac lag noch immer vor dem Kamin. Cameron hoffte inständig, er würde Sunshine nicht auch noch daneben legen müssen, bevor es Abend wurde. Er ließ sie auf sein Bett gleiten und sah sie an. Sie konnte auf keinen Fall so bleiben, wie sie war, sonst würde sie Schüttelfrost bekommen und sterben. Sie musste unbedingt aus ihren Kleidern heraus.

Bloß wie? Er konnte sich nicht dazu überwinden, das Gewebe zu berühren.

Ihr Rock war aus einem Stoff gewirkt, wie er ihn noch nie in seinem Leben gesehen hatte, nicht einmal in Edinburgh, wo er als junger Mann einmal gewesen war. Er war zwar nicht besonders abergläubisch, doch in diesem Fall stand für ihn fest, womit er es zu tun hatte.

Mit Zauberei.

Aber schließlich war er keine Zimperliese, und die Frau vor ihm würde sich den Tod holen, wenn er ihr nicht half. Er überlegte deshalb nicht länger, sondern holte sein Messer aus dem Stiefel und schlitzte ihren Rock von der Taille bis zum Saum auf. Dann zog er ihn unter ihr heraus und warf ihn hastig ins Feuer, wobei er ihn so vorsichtig wie möglich anfasste. Er legte noch ein paar Holzscheite nach, damit es besser brannte, holte tief Luft und ging wieder zum Bett hinüber.

Die übrigen Kleider, die Sunshine trug, bedeckten sie vom Handgelenk bis zur Fessel und waren aus einem ebenso ungewöhnlichen Zauberstoff gemacht. Cameron schnitt ihr alles vom Leib. Er zwang sich, das, was sie unter dieser Schicht trug, nicht eines Gedankens zu würdigen, sondern schnitt ihr auch das vom Körper und warf alles ins Feuer. Er sah Sunshine nicht an, während er sie zudeckte.

Zumindest nicht lange.

Dann stand er neben der Leiche seines Bruders und beobachtete, wie die Flammen ganz allmählich das verzehrten, was Sunshine getragen hatte. Eigentlich wollte er nicht darüber nachdenken, was er eben gesehen hatte, aber er konnte nicht anders. Es gab keine Menschenseele, die Kleider aus einem derart feinen – und sonderbaren – Gewebe trug. Vielleicht war sie ja doch eine Hexe, und er war mit etwas so Überirdischem in Berührung gekommen, dass er es nicht unbeschadet überstehen würde.

Doch andererseits war er sich ziemlich sicher, dass es keine Hexe auf der Welt gab, die unter ihren Kleidern so schön war wie diese Frau.

Ein leises Pochen an der Tür hinter ihm ließ ihn aufschrecken. Er drehte sich um und sah eine seiner jungen Dienstmägde in seinem Schlafgemach stehen.

»Herr, kann ich Euch behilflich sein?«, fragte sie schüchtern.

Cameron zwang sich zu einem beruhigenden Lächeln. »Bring mir etwas zu essen, Brianna, sei so gut. Zu essen und zu trinken. Und sieh nach Brice und schicke ihn zu mir, ja?«

Das Mädchen machte einen Knicks und verschwand. Cameron schaute ihr nach, dann wandte er sich wieder dem

Feuer zu. Es rauchte gewaltig, während die Flammen Sunshines Kleider zu verschlingen suchten. Cameron warf noch mehr Holz aufs Feuer. Er versuchte, nicht weiter auf den beunruhigenden Geruch zu achten, den der brennende Stoff verströmte, und wartete. Endlich hörte er hinter sich das verlegene Räuspern eines Mannes.

»Cameron?«

Cameron drehte sich um und lächelte. »War das deine Idee, Brice?«

Brice trat von einem Bein auf das andere. »Was genau meinst du?«

»Eine Frau zu ertränken, deren einziges Verbrechen es war, mit mir zu kommen und zu versuchen, Breacs Leben zu retten. Hast du dir das alles selbst ausgedacht oder war dir jemand dabei behilflich?«

»Äh«, setzte Brice an, »Gilly und Giric hatten ein ungutes Gefühl, und da begann auch ich, mich zu fragen, ob …«

Cameron winkte ihn zu sich herein. Er stand neben dem Bett und wartete, bis sein Cousin bei ihm war.

»Sieh sie dir an«, sagte Cameron sanft. »Sieh dir an, wen du beinahe getötet hättest, nur weil du ein Narr bist.«

»Aber sie ist eine Hexe«, brach es aus Brice hervor.

Cameron packte seinen Cousin an den Haaren und zerrte seinen Kopf ganz nah zu Sunshines Gesicht hinunter. »Es gibt keine Hexen, du Tölpel«, knurrte er. »Nur hübsche Frauen wie die hier. Und wenn sie stirbt, dann stirbst du auch.« Er ließ Brice los und stieß ihn von sich. »Denk darüber nach. Und tritt mir nicht mehr unter die Augen, bevor ich sicher bin, dass sie nicht vor dir das Zeitliche segnet.«

Brice warf ihm einen hasserfüllten Blick zu und stampfte heftig fluchend aus dem Zimmer.

Jetzt war auf Cameron Hall wieder alles in Ordnung.

Cameron seufzte und verbannte den Cousin aus seinem Kopf. Es hatte keinen Sinn, noch einen weiteren Gedanken an den Kerl zu verschwenden, solange er nicht dazu gezwungen war. Er zog einen Stuhl neben das Bett und legte seine Hand auf Sunshines Gesicht. Es war nicht kalt, also lebte sie noch, aber auch nicht heiß, was bedeutete, dass das Fieber noch nicht in ihr wütete. Sie atmete – das musste für den Augenblick wohl reichen.

Er zog ihr die Decken bis zum Kinn hinauf, ließ seine Hand auf ihrer Stirn ruhen und wartete.

Brianna kam mit einem Tablett zurück, das sie beinahe fallen ließ, als sie Cameron erblickte. Er sprang auf und griff danach, bevor es zu Boden fiel. Das Mädchen zitterte heftig. Cameron sah sie eine Weile lang an, dann schloss er die Tür mit einem Fußtritt.

»Was ist los, Brianna?«

Sie rang in ihrer Schürze die Hände. »Giric …«, brachte sie kläglich hervor.

Cameron blickte auf das Tablett, das er in den Händen hielt, dann sah er Brianna an. »Soll ich die Suppe trinken?«

Sie nickte.

»Und den Wein?«

Sie wurde mit einem Mal blass.

Cameron stellte das Tablett auf dem Boden ab, dann deutete er auf den Stuhl. »Setz dich. Ich bin gleich zurück.«

Sie gehorchte und blickte stumm und mit angstgeweiteten Augen zu ihm auf.

Cameron griff nach dem Becher und ging los, um Giric zur Rede zu stellen. Er fand ihn am Eingang zur Küche, wo er gerade mit einem drallen Dienstmädchen schäkerte. Cameron drückte seinem Cousin den Wein in die Hand.

»Trink!«

Giric erbleichte. »Ich bin aber nicht durstig.«

»Und ich sage dir, du bist durstig«, entgegnete Cameron mit einer bedrohlich tiefen Stimme. »Trink, oder ich werde dir das Zeug selbst in den Rachen gießen.«

Giric griff nach dem Becher, dann fuhr er plötzlich zusammen. Der Becher glitt ihm aus der Hand und fiel mit einem lauten Scheppern auf den Steinboden. Giric feixte. »Ich dachte, ich hätte eben jemanden hinter mir gehört.«

»Hast du auch.«

Giric blinzelte. »Wen denn?«

»Den Tod«, erwiderte Cameron klar und deutlich. »Und glaube mir: Er wird kommen und dich holen, lange bevor er mich holt.« Er beugte sich vor. »Versuche nicht noch einmal, meinen Wein zu vergiften, sonst wachst du eines Tages mit meinem Messer im Bauch auf.«

Giric stieß ein lautes Lachen aus, aber es klang nicht gerade überzeugend. »Gift in deinem Wein? Was für eine blühende Fantasie du doch hast, Cameron.«

»Sie hält mich am Leben«, murmelte Cameron. Er ging in die Küche, holte sich frischen Wein und warf dann seinem Cousin einen langen, warnenden Blick zu, bevor er sich wieder nach oben zurückzog. Er machte die Tür zu seinem Schlafgemach zu, verriegelte sie und sah Brianna an, die immer noch auf dem Stuhl saß. »Du bleibst heute Nacht lieber hier, Mädchen. Und ich empfehle dir, dich von Giric fernzuhalten.«

Sie nickte und setzte sich neben der Feuerstelle auf den Boden. Sie sah zu Breac hinüber, dann wandte sie den Blick mit einem Schaudern ab.

Cameron aß, probierte dann von dem Wein und überlegte sich, ob er versuchen sollte, Sunshine etwas davon einzuflößen.

Ihr Atem war flach und schnell. Cameron stellte den Wein auf die Seite und legte sein Ohr auf ihre Brust. Er hatte alles für sie getan, was er tun konnte, aber immer noch konnte er es in ihr gurgeln hören. Er zog einen ihrer Arme unter der Decke hervor, umfasste ihre Hand mit seinen Händen und senkte den Kopf.

Ihm blieb nichts anderes übrig, als abzuwarten.

Drei Tage später saß er an derselben Stelle, und immer noch hielt er Sunshines Hand. Das Fieber brannte in ihr. Immer noch besser als die Kälte des Todes, fand er, denn auch diesen Zustand hatte sie schon durchlitten. Er strich ihr das Haar aus der Stirn, nahm das Tuch, das Brianna ihm reichte, und wusch ihr damit das Gesicht. Es half zwar nicht, die Hitze zu mindern, die in ihr glühte, aber er wusste nicht, was er sonst hätte tun sollen. Er hatte keine Heilerin. Die letzte Frau, die es gewagt hatte, sich so zu nennen, war im Loch verendet.

Sein Clan war ein verdammt misstrauischer Haufen, das musste er zugeben.

Er dachte über die vergangenen Tage nach. Er hatte seine Brüder bestattet, Sims Verlobte beerdigt, und hatte dann untätig mitansehen müssen, wie seine anderen Männer zur ewigen Ruhe gebettet worden waren. Der Tod war so allgegenwärtig gewesen, dass er zum ersten Mal in seinem Leben das Gefühl hatte, genug davon zu haben.

Am Morgen hatte er mit dem Priester die letzten Dinge geregelt und sich dann nach oben zurückgezogen. Er war neben seinem Bett niedergekniet und hatte Gott um Erlösung angefleht. Und er hatte für die Frau gebetet, die vor ihm lag, die bereit gewesen war, ihm zu helfen, und beinahe mit ihrem Leben dafür bezahlt hätte.

Er wandte sich um und blickte zum Kamin hinüber, wo Breac gelegen hatte. Der Boden war inzwischen geschrubbt worden, aber die Kräuter lagen noch dort, wo Sunny sie zurückgelassen hatte. Cameron erhob sich stöhnend und ging zum Feuer, um sie zu holen. Er roch daran, aber das half ihm auch nicht viel weiter. Er kannte sich durchaus ein wenig mit Heilpflanzen und derlei Dingen aus. Er konnte Wegerich erkennen, um den Schmerz nach dem Kontakt mit Brennnesseln zu lindern, und er konnte eine ganze Weile lang mit dem überleben, was Wiesen und Wälder an Essbarem zu bieten hatten. Die uralten Kräuter in den verschiedenen Beuteln zu bestimmen, die gewiss längst ihre einstige Heilkraft eingebüßt hatten – noch dazu nach so wenigen Stunden Schlaf, wie sie ihm in den vergangenen drei Tagen vergönnt gewesen waren – war mehr, als er im Augenblick zu leisten vermochte.

»Wir machen Tee«, sagte er zu Brianna und wählte aufs Geratewohl ein oder zwei Beutel aus. »Ich bin sicher, das wird ihr guttun.«

Brianna nickte und lief los, um ihm Wasser zu holen. Er wusste, dass sie unverzüglich zurückkehren würde. Wenn sie seine Kammer verließ, um irgendwohin zu gehen, rannte sie immer. War sie nicht innerhalb weniger Minuten zurück, machte Cameron sich auf die Suche nach ihr. Nur ein einziges Mal hatte er Giric dabei erwischt, wie er Brianna bedrängte. Er hatte seinen Cousin beiseitegestoßen, Brianna wieder hinauf in sein Gemach geschickt und nur wütend geschnaubt, als Giric ihm unterstellte, er würde es sowohl mit Brianna als auch mit der Hexe treiben.

Es schien, dass Giric allmählich frech wurde.

Cameron wartete an der Tür, bis er Brianna durch den Korridor auf sich zueilen sah. Er nahm ihr den Topf mit Wasser ab, warf mehrere Handvoll getrockneter Kräuter hinein und stellte ihn dann aufs Feuer, um das Gebräu zum Kochen zu bringen. Er hatte keine Ahnung, ob es Sunshine Linderung verschaffen würde, aber schaden würde es ihr zumindest nicht.

»Sie bewegt sich, Herr.«

Cameron wirbelte herum und sah, wie Sunshine den Kopf drehte. Es war ihre erste Regung seit drei Tagen.

Vielleicht lag es am Geruch der Kräuter, der den des Todes vertrieb. Cameron musste zugeben, dass der Duft auch ihn aufmunterte, obwohl er nicht sagen konnte, auf welche Pflanzen dies zurückzuführen war. Er sah Brianna an und lächelte.

»Na dann«, sagte er zufrieden.

»Ein gutes Zeichen«, bemerkte Brianna.

»Da hast du recht, Mädchen«, pflichtete er ihr bei.

Natürlich hätten Sunshines Bewegungen genauso gut auch

ein letztes Sich-Aufbäumen sein können, bevor sie starb, aber Cameron sagte lieber nichts. Er schöpfte einen Becher Tee aus dem Topf, fischte mit den Fingern die Kräuter heraus und warf sie ins Feuer. Sie zischten und qualmten, doch der Geruch war immer noch angenehmer als der, den Sunshines Kleider beim Verbrennen verströmt hatten, sodass Cameron sich nicht beklagte.

Er trug den Becher zum Bett hinüber und setzte sich auf den Stuhl. Dann schob er seine Hand unter Sunshines Kopf und hob ihn ein Stück hoch, um ihr den Becher an die Lippen zu setzen. Es gelang ihr, ein paar Schlucke zu trinken, bevor sie den Kopf wieder abwandte.

»Mehr, Herr?«, fragte Brianna zögerlich.

»Lass ihr noch ein paar Minuten Zeit, Mädchen«, sagte Cameron. Er war zuversichtlicher als in den ganzen vergangenen Tagen. »Wir versuchen es gleich noch einmal.«

»Gewiss, Herr.«

Cameron betrachtete die Frau, die in seinem Bett lag, und seufzte schwer. Er bedauerte, dass er ihr nicht vor der Schlacht begegnet war. Nun war er verpflichtet, Breacs Witwe zu heiraten und die Söhne seines Bruders als seine eigenen aufzuziehen. Er bedauerte, dass er ihr nicht zu einem Zeitpunkt begegnet war, als er noch die Freiheit besaß, zu lieben, wonach er sich sehnte.

Und er bedauerte, dass sie eine MacLeod war.

Leider kannte er seine Pflichten nur zu genau. Er würde alles tun, was erforderlich war, um die Sicherheit des Clans und dessen Fortbestehen zu gewährleisten. Und etwas mit einer MacLeod-Hexe zu schaffen zu haben, gehörte gewiss nicht dazu.

Trotzdem bedauerte er es zutiefst.

5

Sunny wachte auf, wünschte sich aber sofort, sie hätte weitergeschlafen. Sie fühlte sich entsetzlich, als hätte man jede Zelle in ihrem Körper durch einen Fleischwolf gedreht. Sie stöhnte, als sie versuchte, eine bequemere Haltung einzunehmen, dann öffnete sie ganz vorsichtig die Augen, um zu sehen, wo sie sich befand und was mit ihr geschehen war.

Das Zweite zu bestimmen war einfach. Man hatte sie zu einem See gebracht und ertränkt. Nun, offensichtlich nicht ganz, denn sie lebte ja noch, aber sie wusste nicht, auf welchen Umstand die Tatsache zurückzuführen war, dass sie jetzt Luft einatmete statt Wasser. Sie dachte weiter an die Ereignisse zurück, die zu ihrem kleinen, unbeabsichtigten Schnorchelausflug geführt hatten.

Sie war kurz vor der Morgendämmerung aufgewacht, nachdem sie die Nacht in der Küche verbracht hatte, und kurz darauf überwältigt worden. Sie hatte alle Tricks angewandt, die Patrick sie gelehrt hatte, hatte ein, zwei Nasen eingeschlagen und ein paar Männer niedergestreckt, die sich mit schmerzverzerrten Gesichtern die Lenden hielten. Aber es waren einfach zu viele gewesen, und sie waren grimmig entschlossen, herauszufinden, ob sie wirklich eine Hexe war, als dass sie ihnen allen hätte entkommen können.

Ihr hatte diese Praxis, eine Frau unterzutauchen, um zu prüfen, ob sie eine Hexe war, noch nie eingeleuchtet. Wenn eine Frau unterging und ertrank, dann war sie unschuldig – aber tot. Schaffte sie es, an der Oberfläche zu bleiben, dann war sie eine Hexe und wurde ohnehin ertränkt – und dann war sie auch tot. Vielleicht maß man der Logik im Mittelalter noch keine allzu große Bedeutung zu.

Vermutlich hatte sie jemand schließlich gerettet, und darum fand sie sich jetzt in einem Bett wieder statt auf dem Grund des Lochs. Aber wer war diese gute Seele?

Und warum war sie nackt?

Sie blickte zur Decke hoch, einer schönen Decke, also war sie wohl nicht im Haus eines Dörflers gelandet. Sie wandte den Kopf und blickte auf den in dic Wand eingelassenen Kamin. Es war derselbe Kamin, vor dem sie auch gekniet hatte, um Breac Mac Cameron zu behandeln. Er lag nicht mehr da, also hatten sie ihn vielleicht schon beerdigt. Jetzt schlief dort eine junge Dienerin. Sunny betrachtete sie ein, zwei Augenblicke, dann merkte sie, dass sie nicht allein waren. Jemand bewegte sich in einem Sessel, der linker Hand vom Kamin stand.

Sie holte tief Luft, dann blickte sie hinüber, um zu sehen, wer es war.

Robert Francis Cameron Mac Cameron saß zurückgelehnt in diesem Sessel, die Arme über der Brust verschränkt und die Füße an den Knöcheln übereinandergeschlagen, und beobachtete sie. Er wirkte vollkommen erschöpft.

Aber das tat seinem attraktiven Aussehen leider keinen Abbruch.

Sie blickte auf seine Füße, denn wenn sie in sein Gesicht sah, bekam sie nicht nur etwas weiche Knie, sondern es war ihr, wie gesagt, auch ausgesprochen peinlich, splitternackt in seinem Bett zu liegen.

Seine Füße steckten in ziemlich derben, aber durchaus funktionalen braunen Stiefeln. Sie sahen allerdings schon sehr abgetragen aus, so als verfüge er nicht über die Möglichkeit, rasch nach Inverness zu Marks & Spencer zu fahren, um sich ein neues Paar zu kaufen. Aus beiden Schäften schaute der Griff eines Messers heraus. Das war nichts, was sie nicht schon in Patricks Familie gesehen hätte, ebenso wenig wie die nackten Knie, die absolut unzureichend von einem grob gewebten Plaid bedeckt waren – einem *sehr grob* gewebten

Plaid, muss man sagen, obgleich die Kleider der Camerons schöner waren, als zu erwarten gewesen wäre. Die Schlafkammer, in der sie lag, war schlicht und solide, und das Bett eigentlich ganz bequem. Vielleicht ging es den Camerons besser als den meisten anderen.

Allerdings hatte sie nicht viel Erfahrung mit mittelalterlichen Lairds, die sich immer noch in ihrer mittelalterlichen Lebenswelt tummelten.

Sie atmete tief und befreit auf, dann gestattete sie sich das Vergnügen, den Blick auf sein Gesicht zu richten. Dabei war sie alles in allem froh, dass sie lag.

Er war einfach umwerfend – und das, obwohl sie mit dem Anblick gut aussehender Männer durchaus vertraut war. James MacLeod war ausgesprochen attraktiv, sein Cousin Ian war ebenfalls eine Augenweide. Und angesichts von Patrick MacLeod erschien einem das Wort prächtig blass. Sie hatte diese Gesichter nun über ein Jahr bewundert und sich daran gewöhnt, von perfekter männlicher Schönheit umgeben zu sein.

Was war also der Grund dafür, dass sie Cameron Mac Cameron kaum ansehen konnte, ohne dass ihr die Spucke wegblieb?

Das dunkle Haar reichte ihm bis zu den Schultern und umrahmte ein Gesicht, dessen Züge genau den Grad an Milde aufwiesen, um schön zu sein und nicht zu hart. Seine Augen waren so blau, dass sie ihre Farbe über die ganze Kammer hinweg erkennen konnte. Und sein Mund … nun, der war einfach unglaublich. Fast war sie versucht, aus ihrem Lager zu kriechen, zu ihm hinüberzugehen und ihn zu berühren.

»Ausgeschlafen?«

Sie sah seinen amüsierten Blick. »Ich habe Fieber«, sagte sie schlagfertig. »Und leide an Wahnvorstellungen.«

»Zweifellos«, sagte er lächelnd. Er gähnte herzhaft, rieb sich das Gesicht mit beiden Händen und schüttelte dann energisch den Kopf. Er stand auf und räkelte sich, dann kam er quer durchs Zimmer zu ihr. »Ich glaube, Ihr seid über den Berg. Ich muss mich jetzt meinem Tagwerk widmen.«

»Warten Sie«, bat sie und setzte sich auf, das Leintuch bis zum Kinn hochgezogen. »Wohin gehen Sie?«

Er blieb stehen und sah zu ihr herunter. »Nach draußen.«

»Wo sind meine Kleider?«

»Verbrannt.«

Sie klappte den Mund wieder zu, denn der Unterkiefer war ihr heruntergefallen. »Wer hat sie mir ausgezogen?«

Er lehnte sich an den Pfosten am Fußende des Betts und sah sie freundlich an. »Ich.«

»Aber …«

»Ich habe Euch dabei nicht angesehen.«

»Wirklich nicht?«, fragte sie überrascht.

»Nun«, meinte er und dehnte das Wort ziemlich lange, »ich habe mir vielleicht ein, zwei diskrete Blicke gestattet.«

Unerklärlicherweise wurde ihr unangenehm heiß. Sie hätte gern die Hände an die Wangen gelegt, aber dann hätte sie ihr Leintuch loslassen müssen, und das hätte nur die Aufmerksamkeit darauf gelenkt, dass sie noch immer nichts am Leibe trug.

Cameron nickte in Richtung einer Truhe in der Ecke. Darauf war ein Kleid ausgebreitet.

»Das ist für Euch.«

»Oh«, sagte sie, enorm erleichtert. »Danke.«

Er stieß sich von dem Pfosten ab, ging zur Tür und legte die Hand auf die Klinke, dann blieb er noch einmal stehen und sah zu ihr zurück.

»Seid Ihr wirklich in Ordnung?«

»Ich werde es schon überleben«, brachte sie heraus. »Ich bin Ihnen für meine Rettung zu Dank verpflichtet, nicht wahr?«

»Das stimmt.« Er lächelte und zuckte die Schultern. »Zufällig glaube ich nicht an Hexen.«

»Und doch sind Sie ins Land der MacLeods geritten und haben mich von dort geholt.«

»An Heiler glaube ich sehr wohl.« Er musterte sie ein, zwei Augenblicke. »Seid Ihr eine MacLeod?«

Sie zog sich die Decken noch näher ans Kinn. »Liegen Sie mit den MacLeods im Clinch?«

»Nicht mehr als üblich, nehme ich an«, sagte er lächelnd.

Sollte sie das nun beruhigen oder nicht? »Ich bin keine geborene MacLeod«, gab sie zu. »Meine Schwester ist mit einem verheiratet, und deswegen haben sie mich bei sich aufgenommen. Der Laird ist recht angetan von meinem Kräuterwissen.« Sie hielt inne. »Es tut mir leid, dass dieses Wissen Ihrem Bruder nicht geholfen hat.«

»Er war schon in dem Moment tot, als ihn das Schwert durchbohrte. Außerdem lässt sich jetzt wohl nichts mehr daran ändern, oder?« Er blickte sie nachdenklich an. »Wenn Ihr keine MacLeod seid, aus welchem Clan stammt Ihr dann?«

»Ich bin eine Phillips, obgleich der Herkunft nach eigentlich eine MacKenzie.« Sie warf ihm einen kurzen Blick zu. »Stehen Sie im Krieg mit den MacKenzies?«

»Die MacKenzies leben zu weit entfernt, um uns hier Ärger zu machen, daher seid Ihr vermutlich sicher.« Er lehnte seine Schulter an die Tür und verschränkte die Arme vor der Brust. »Ruft Eure Schwester Euch Sunshine oder hat sie einen Kosenamen für Euch?«

»Sunny.«

»Sunny«, wiederholte er.

Er betrachtete sie ein Weilchen lächelnd, dann richtete er sich plötzlich auf, wandte sich ab und machte die Tür auf. »Nehmt die Kleider. Ich bin sicher, Ihr wollt heute nach Hause zurückkehren.«

Er trat aus der Tür und ließ sie hinter sich zufallen, noch bevor sie etwas erwidern konnte.

Sunny legte sich die Hände auf die Wangen und spürte, wie sie glühten. Vom Fieber, zweifellos, und nicht etwa, weil sie feuerrot geworden war. Zumindest war sie das noch vor einem Moment gewesen. Jetzt war ihr ziemlich kalt.

Sie hatte keineswegs erwartet, dass Robert Cameron sie bei sich behalten wollte, sein abrupter Abgang war allerdings nicht gerade schmeichelhaft. Allerdings hatte es keinen Sinn, einen weiteren Gedanken an einen mittelalterlichen Lord zu verschwenden – ganz gleich, was er für sie getan hatte. Zweifellos fühlte er sich verantwortlich für sie, weil er sie auf seine Burg geholt hatte, daher hatte er nicht schuld sein wollen an ihrem Tod.

Aber sie war am Leben und ihre Aufgabe in der Vergangenheit beendet. Und um sie wieder in die Zukunft zurückzubringen, war kein Zeitpunkt günstiger als die Gegenwart.

Sie ließ sich die Absurdität dieses Gedankens durch den Kopf gehen, dann schob sie ihn beiseite. Sie konnte auch später noch darüber philosophieren, wenn sie mit einer Tasse heißer Schokolade vor Moraigs Kamin saß. Dazu könnte sie sich sogar noch ein paar Marshmellows von Madelyn borgen.

Sie rappelte sich hoch, musste sich dann aber erneut für ein paar Minuten hinsetzen, bis sich in ihrem Kopf nicht mehr alles drehte. Schließlich stand sie auf und tapste auf unsicheren Beinen auf die andere Seite der Kammer. Das Mädchen vor dem Feuer sprang auf und eilte zu ihr herüber. »Lasst mich Euch helfen, Herrin«, sagte sie und nahm Sunny am Arm.

Sunny war dankbar für die Hilfe. Sie ließ sich von dem Mädchen durch die Kammer führen, dann setzte sie sich auf die Truhe, während ihr die junge Dienerin das Kleid über den Kopf zog. Es war ziemlich ungewohnt für sie, keine Unterwäsche zu tragen, aber das ließ sich jetzt nicht ändern. Abgesehen davon war sie ja nicht mehr so lange hier, dass das zum Problem werden könnte. Sie sah das junge Mädchen an.

»Danke, ähm …«

»Brianna, Herrin.«

»Danke, Brianna«, sagte Sunny herzlich. »Ich bin immer noch ziemlich wacklig auf den Beinen.«

»Das Fieber hat Euch schwer zugesetzt«, sagte Brianna. »Laird Cameron war sehr besorgt, obgleich er es nicht zeigt. Er ist nicht von Euer Seite gewichen, Herrin. Nun«, räumte sie ein, »und wenn doch, dann nur kurz, um seine Brüder zu beerdigen.«

Sunny schloss die Augen. Sie wagte sich nicht vorzustellen, wie es wäre, ihre Schwester begraben zu müssen. Kein Wunder, dass diese MacLeod-Männer so hart waren wie Feuerstein, wenn sie in so einer rauen Wirklichkeit aufwuchsen.

Sobald ihr Kopf klar genug war, dass sie aufstehen konnte, dankte sie Brianna noch einmal für ihre Hilfe, dann schlurfte sie durch die Kammer. Sie machte die Tür hinter sich zu und ging den Korridor entlang. Sie brauchte entsetzlich lange, um die Treppe hinunterzusteigen, aber auch das schaffte sie schließlich.

Am Fuß der Treppe musste sie ziemlich lang ausruhen. Sie blickte zum Großen Saal hinüber, doch dann wünschte sie sich, sie hätte es nicht getan. Die Männer starrten sie an, dann bekreuzigten sie sich ostentativ. Das überraschte sie nicht, aber es erfüllte sie mit Sorge.

Noch einen solchen unfreiwilligen Ausflug zum See könnte sie sicher nicht verkraften. Sie hatte nicht genug Kraft, um zu kämpfen, und wagte nicht zu hoffen, dass Cameron noch einmal kommen und sie retten würde. Je eher sie Cameron Hall und dem Land der Camerons den Rücken kehrte, desto besser für sie.

Sie nahm all ihre Kräfte zusammen, ging zur Eingangstür und bemühte sich, dabei keine Schwäche zu zeigen. Keiner hielt sie auf, keiner rief ihr etwas Unziemliches hinterher, keiner wartete draußen und verschleppte sie mit Gewalt irgendwohin. Sie zog das Tor hinter sich zu, stolperte die Stufen in den Hof hinunter und überquerte ihn so schnell sie konnte. Sie erwartete nicht, Cameron zu sehen, und sie sah ihn auch nicht.

Es war besser so.

Draußen vor dem Tor blieb sie kurz stehen, dann machte sie sich auf. Sie hatte keinen besonders guten Orientierungssinn, aber sie wusste, wo sich sowohl Cameron Hall als auch Moraigs Cottage ungefähr befanden. Sie schleppte sich so rasch wie möglich durch das Dorf, dann wandte sie sich Richtung Süden und Osten. Sie kam nicht schnell voran, aber zumindest konnte sie sich auf den Beinen halten. Es hätte schlimmer sein können.

Die Sonne stand schon hoch am Himmel, als ihr mitten im Gehen klar wurde, dass sie es an diesem Tag nicht weiter schaffen würde. Sie setzte sich erschöpft und niedergeschlagen auf einen Felsen und fragte sich, wem sie wohl in die Hände fallen würde: Camerons grimmigen Kriegern oder den vielleicht noch grimmigeren MacLeods.

Dort, wo sie jetzt saß, drohte ihr von beiden Seiten Gefahr.

Sie wollte aufstehen, aber sie hatte nicht die Kraft dazu. Sie ließ sich vom Felsen zu Boden gleiten, beugte den Oberkörper und legte sich hin. Der Boden war kalt, aber zumindest war das Gras nicht nass. Nun genoss sie sogar den schottischen Sonnenschein ein wenig. Vielleicht brauchte sie ja nur ein kleines Nickerchen, um genügend Kräfte für eine weitere Etappe zu sammeln.

Vermutlich war sie eingedöst, und sie war sich fast sicher, dass sie geträumt hatte – ausgerechnet von Regen. Nur war es kein feiner schottischer Nieselregen oder ein kurzer Schauer gewesen, sondern ein ausgewachsener Sturm. Noch bevor sie die Augen aufschlagen konnte, um zu sehen, welches Unwetter die Wolken über ihr, schutzlos wie sie war, entfesseln würden, hörte sie das Donnergrollen.

Aber der Himmel war blau.

Sunny erkannte, dass das Donnern von Pferdehufen kam,

die über den Boden galoppierten. Sie setzte sich ruckartig auf, konnte sich aber nicht dazu aufraffen, davonzulaufen. Es war sowieso nur ein einsamer Reiter. Vielleicht würde er sich nicht die Mühe machen, sie ins Jenseits zu befördern und einfach vorbeireiten.

Als er näherkam, sah sie, dass es Cameron war. Er brachte sein Pferd ein paar Schritte von ihr entfernt zum Stehen.

»Ihr seid nicht weit gekommen«, bemerkte er.

»Ich bin müde.«

Er streckte ihr schweigend die Hand hinunter, um ihr hinaufzuhelfen. Sie seufzte und rappelte sich taumelnd hoch. Beim Blick auf seinen Fuß im Steigbügel fragte sie sich allerdings, ob sie ihren überhaupt so weit hochheben könnte, um sich hinter ihm aufs Pferd zu schwingen.

Nein, keine Chance. Sie blickte zu ihm auf. »Ich kann nicht.«

Er streckte ihr beide Hände hinunter. »Versucht es.«

Sie ergriff seine Hände und machte einen Versuch, schaffte es aber nicht. Sie konnte sich kaum selbst auf den Beinen halten, und schon gar nicht auf sein Pferd steigen. Er ließ sich mit einem Fluch auf den Boden heruntergleiten, formte aus seinen Händen eine Stufe, dann schob er sie in seinen Sattel hinauf. Er schwang sich mühelos hinter sie auf den Pferderücken.

Das reichte fast schon aus, dass sie sich gerne wieder hingelegt hätte.

Er umfing sie mit seinen Armen und griff nach den Zügeln. »Also, dann bringen wir Euch eben nach Hause.«

»Ich schaffe das schon«, protestierte sie. »Irgendwann.«

Er schnaubte verächtlich. »Ja, vielleicht in zwei Wochen, oder in vier. Ich werde Euch stattdessen noch heute dorthin bringen.«

Sicher hätte sie noch ein wenig mehr Widerstand leisten müssen, aber sie war einfach zu erschöpft. Außerdem konnte Cameron sie zu Moraigs Haus zurückbringen und dann wieder zu seiner Burg reiten, ohne getötet zu werden, oder nicht?

Er hatte die Strecke sicher schon einmal zurückgelegt.

»Danke, Cameron«, sagte sie mit einem tiefen Seufzer.

»Für Euch immer noch: Danke, mein Laird.«

Sie lächelte. »Ich habe zwar einen eigenen Laird, aber trotzdem danke.«

Er brummelte etwas Unverständliches, dann zog er sie an sich, damit sie sich an seiner Brust anlehnen konnte. Sunny schloss die Augen, als er seine Arme um sie legte und sie beim Reiten aufrecht hielt. Trotz allem war sie ihm unendlich dankbar für seine Hilfe. Sie konnte kaum mehr als eine oder zwei Stunden gegangen sein, dennoch war sie fast zu Tode erschöpft. Und wäre da nicht der Gedanke an eine warme Dusche und ein knisterndes Kaminfeuer, dann hätte sie sich vielleicht nicht einmal auf Camerons Pferd aufrecht halten können.

Sie sah auf seine Hände, die die Zügel vor ihr hielten, und studierte die Narben darauf. Die hatte er sich wohl beim Kampftraining oder in der Schlacht geholt. Sie streckte die Hand aus und fuhr sachte mit dem Finger darüber. Wie alt war er wohl gewesen, als er sie sich zugezogen hatte, wo war er gewesen, mit wem hatte er gekämpft?

Dann wurde ihr bewusst, was sie da gerade tat. Sie zog abrupt ihre Hand weg, aber er nahm sie und legte sie wieder auf seine. Dann bedeckte er ihre Hand mit seiner anderen und drückte sie sanft.

Vielleicht war er durch den Schlafmangel genauso verwirrt wie sie.

Sie ritten ohne Hast nach Süden. Es war später Nachmittag, als sie den Wald nördlich von Moraigs Haus erreichten. Cameron brachte sein Pferd unter einem Baum zum Stehen und schwang sich herab. Er sah sich vorsichtig um, dann streckte er die Arme nach ihr aus. Sie legte ihre Hände auf seine Schultern und ließ sich von ihm herunterhelfen.

Er stellte sie sanft auf dem Boden ab und schlug vor: »Von hier aus gehen wir zu Fuß.«

»Sie sollten nicht mitkommen«, sagte sie ernst. »Wirklich. Ich schaffe das jetzt auch allein.«

Er schnaubte abweisend. »Ihr könnt Euch kaum auf den Beinen halten. Ich begleite Euch zum Haus zurück.«

»Aber was ist mit Ihrem Pferd?«

»Das wird auf mich warten.«

»Und wenn nicht?«

»Dann gehe ich eben zu Fuß zurück. Es wäre nicht das erste Mal.« Er hob sie hoch auf seine Arme.

»Cameron!«

»Ihr habt keine Schuhe an.«

»Aber …«

»Still, Sunshine. Meine Ehre gebietet es.«

Nun, wenn das so war, warum sollte sie sich dann mit ihm streiten?

Sie gab auf und legte ihm die Arme um den Hals. Sie versuchte, sich nichts dabei zu denken, dass ihr Gesicht nur etwa eine Elle von seinem entfernt war, und sein Mund war aus der Nähe wie aus der Ferne einfach wunderschön – auf durchaus männliche Art natürlich. Sie barg ihr Gesicht aus reinem Selbstschutz in seinem Haar. Hatte sie etwa eben bei ihm ein Erschauern verspürt, so wie bei sich?

Warum musste er 650 Jahre älter sein und vollkommen unerreichbar für sie?

Sie kamen eher zu Moraigs Cottage – oder zu dem, was einmal Moraigs Cottage sein würde –, als ihr lieb war. Sunny fragte sich, ob Cameron von ihrem Gewicht wohl erschöpft war, aber er setzte sie, ohne zu ächzen oder sich zu strecken, ab und beklagte sich nicht einmal. Er legte ihr nur den Arm um die Schultern und führte sie um die Ecke zum Eingang.

Sunny blieb erschrocken stehen, zwang sich dann aber, sich zu entspannen. Der Eingang sah nicht aus wie die Tür zu Moraigs Cottage, aber schließlich war es ja auch die mittelalterliche Seite des Zeittors. Vermutlich sollte sie nichts anderes erwarten.

Sie wandte sich an Cameron. »Danke, dass Sie mich zurückgebracht haben«, sagte sie ruhig.

»Danke, dass Ihr überhaupt mitgekommen seid.«

Sie wollte etwas erwidern, aber was gab es da noch zu sagen? *Kommen Sie mit mir? Lassen Sie mich nicht gehen?* Keines von beidem war möglich.

Noch bevor ihr eine kluge Antwort einfiel, hatte er sie in seine Arme gezogen. Sunny schloss die Augen und legte die Arme um seine Taille und schmiegte sich in seine Umarmung. Es war verrückt, das zu genießen, aber sie konnte nicht widerstehen.

Er hielt sie mehrere Minuten an sich gedrückt, dann küsste er ihr Har und schob sie von sich.

»Also, dann geht jetzt, Hexe«, sagte er verdrießlich. »Fort mit Euch.«

Sunny holte tief Luft, dann drehte sie sich um, öffnete die Tür und brach in Tränen aus. Sie trat über die Schwelle und blieb abrupt stehen.

Drinnen gab es nichts.

Überhaupt nichts.

Sie blickte hinter sich, aber Cameron war immer noch da. Er runzelte die Stirn. »Nun?«

Sie würde nicht in Panik geraten, auf gar keinen Fall. Wahrscheinlich machte sie es nur nicht richtig. Zugegeben, sie hatte keinerlei Erfahrung mit Zeitreisen, aber sie konnte sich lebhaft daran erinnern, dass sie von ihrer in Camerons Zeit zurückgezogen worden war. Irgendetwas hatte da in der Luft gelegen. Eine Art Knistern.

Vielleicht war es aber auch nur die Berührung seiner Hand gewesen.

Gegenwärtig spürte sie nicht dasselbe, aber sie würde sich davon nicht beirren lassen. Sie holte tief Luft, nahm einen neuen Anlauf und trat dann noch einmal über Moraigs Schwelle.

Nichts geschah.

Sie versuchte es noch mal, nur schloss sie diesmal die Augen und wünschte sich eine warme Dusche.

Wieder nichts. Nada. Gar nichts.

Sie ging nach draußen zurück und versuchte, das Ganze pragmatischer anzugehen. Obgleich sie Cameron nicht gehen lassen wollte, lenkte es sie enorm ab, ihn so nah neben sich zu haben. Es fiel ihr schwer, sich vorzustellen, dass das, was sie sich wünschen sollte, auf der anderen Seite dieser Tür lag und nicht etwa drei Schritte hinter ihr stand. Sie drehte sich um und blickte ihn an.

»Ich glaube, Sie sollten jetzt gehen.«

Er sah sie konsterniert an. »Und Euch hier allein lassen?«

»Ich komme schon zurecht.«

»Das behagt mir gar nicht«, sagte er langsam. Er hielt inne und trat ein paar Schritte auf sie zu. »Ich werde es tun, aber es ist nicht das, was ich tun möchte.«

Sie spürte, wie ihr die Tränen die Wangen hinunterliefen. Sicher weinte sie, weil sie Probleme mit der Tür hatte, und nicht, weil sie ihn nicht verlassen wollte. Sie kannte ihn ja gar nicht. Wenn sie ihn erst einmal richtig kennenlernte, dann würde sie ihn sicher nicht mehr mögen. Er war herrschsüchtig, aggressiv, grob und …

Er konnte sicher verdammt gut küssen.

Sie schlang die Arme um seinen Hals und hielt ihn fest an sich gedrückt. Sein Mund war köstlich, weicher, als sie es sich vorgestellt hatte, und fordernder, als sie es erwartet hatte, und er raubte ihr den Atem in einer Weise, die sie nicht für möglich gehalten hätte.

Aber ebenso rasch hatte sie sich wieder von ihm gelöst, und er stand nun fünf Schritte von ihr entfernt. Sunny schlang die Arme um sich selbst.

»Ich komm schon zurecht.«

Sein Blick ließ sie fast dahinschmelzen. »Also gut«, knurrte er. Dann drehte er sich um, stapfte fluchend davon und verschwand um die Ecke.

Sunny fuhr sich mit der Hand an den Mund, dann wandte sie sich ebenfalls um und stand wieder vor Moraigs Haus. Sie konnte es durch die Tränen hindurch nicht sehen, aber sie wusste, es war vor ihr. Jetzt musste sie da durchgehen, denn in der Vergangenheit war kein Platz für sie.

Sie streckte die Hände aus und tastete nach der Tür, und dann, bevor sie es sich noch einmal anders überlegen konnte, trat sie über die Schwelle.

6

Cameron stand unter dem Dachvorsprung einer Hütte, die nur mehr stand, weil sie an einem stattlichen Baum lehnte, und fluchte leise vor sich hin. Er hätte diese verdammte MacLeod-Hexe nicht anrühren sollen. Und er hätte sie auf keinen Fall küssen dürfen. Stattdessen hätte er sie einfach vor ihrem Haus zurücklassen und sich davonmachen sollen, ohne sich noch einmal umzudrehen. Aber da war dieses verfluchte Ehrgefühl, das seine Mutter ihm anerzogen hatte und das sich nun wieder bemerkbar machte. Eines Tages würde es ihn noch teuer zu stehen kommen.

Nur dass er inzwischen leider zu alt war, um noch irgendetwas daran ändern zu können. Er ließ seine Vernunft daher Vernunft sein und schob sich vorsichtig an der Wand des Gemäuers entlang, das den Namen »Haus« eigentlich nicht verdiente, um nachzusehen, was Sunny machte.

Es war unschwer zu erkennen. Sie fluchte und weinte und stampfte so laut, dass er sie fast bitten wollte, damit aufzuhören, um nicht sämtliche MacLeods in der Umgebung herbeizulocken, denn das wäre vermutlich ihnen beiden nicht besonders gut bekommen. Er war ein Cameron und sie offensichtlich von allen guten Geistern verlassen.

Zunächst faselte sie auf Gälisch, dann hörte er etwas, was in seinen Ohren wie Französisch klang, und dann perfektes Englisch – obwohl: Ganz so perfekt war es gar nicht. Ihre Worte waren zwar durchaus verständlich, aber sie sprach sie ziemlich seltsam aus. Cameron spähte um die Ecke und sah, wie Sunny immer wieder über die Türschwelle der Hütte schritt, wobei sie bei jedem Mal verzweifelter wirkte. Rasch zog er den Kopf wieder zurück und überlegte, was das Ganze wohl zu bedeuten hatte. Offenbar erwartete sie, etwas in der Hütte vorzufinden, was nicht da war. Und irgendwie konnte er das sogar nachvollziehen, denn als er Sunny über die Schulter geschaut hatte, war er ebenso überrascht gewesen wie sie: Das Haus war vollkommen leer – ganz im Gegensatz zu jenem, aus dem er sie herausgezerrt hatte.

Er grübelte weiter und merkte deshalb erst nach einer Weile, dass das Fluchen inzwischen aufgehört hatte. Panisch schoss er um die Ecke, wo er Sunny vor der Türschwelle knien sah. Sie wiegte sich vor und zurück und murmelte auf Gälisch etwas über Zeittore, Kreuze auf einer Landkarte und den Tod, den sie einem gewissen MacLeod namens James wünschte.

Letzteres konnte er immerhin nachvollziehen.

Er ging zu ihr und blieb neben ihr stehen. »Sunny?«

Sie blickte zu ihm auf. Auf ihrem Gesicht war schiere Verzweiflung zu lesen. »So nennt mich meine Schwester immer.«

Er runzelte die Stirn. »Ja, das habt Ihr mir erzählt.« War es für sie eine solche Qual, dass er sie so nannte, weil sie ihre Schwester so furchtbar vermisste? Oder gab es vielleicht – der Himmel bewahre! – einen Grund, den nur eine Frau nachempfinden konnte, der ihm jedoch verborgen blieb und den er vermutlich auch nicht besonders erquicklich finden würde, wenn er ihn erfuhr? Der richtige Umgang mit schluchzenden Frauen war nicht gerade seine Stärke.

Aber schließlich war er alles andere als ein Feigling, und so fasste er sich ein Herz, straffte die Schultern und ging neben Sunny in die Hocke.

»Was ist geschehen?«, fragte er mitfühlend. »Sagt es mir, dann können wir etwas dagegen unternehmen.«

Sie sah ihn lange an, ohne dass ein Ton über ihre Lippen kam, als sei das, was sie ihm zu sagen hatte, so ungeheuerlich, dass sie einfach nicht die richtigen Worte dafür fand.

Cameron zwang sich, ihren Mund zu ignorieren. Er wusste, wie sich diese Lippen auf seinen anfühlten, und es erforderte eine gehörige Portion Selbstbeherrschung, sich nicht einfach vorzubeugen und sie noch einmal zu kosten.

Er legte sich die Hand über die Augen. Bei allen Heiligen! Offenbar war er schon genauso närrisch wie die Frau ihm gegenüber. Da hockte er, weniger als eine halbe Wegstunde von Malcolm MacLeods Burgtor entfernt, sodass sein erster Gedanke seinem Schwert hätte gelten sollen. Und doch konnte er an nichts anderes denken als an Sunshine Phillips' Lippen.

Das war der blanke Wahnsinn!

Er zog sie hoch, stellte sie auf die Beine und versuchte, sich auf das vorliegende Problem zu konzentrieren. »Warum ist die Einrichtung Eures Hauses nicht mehr da? Haben die MacLeods all Eure Habseligkeiten gestohlen, während Ihr fort wart?«

Sie setzte an zu sprechen, aber dann schüttelte sie den Kopf. »Wenn ich es Ihnen erzählte, würden Sie mir nicht glauben.«

»Gewiss würde ich das«, entgegnete er ohne zu zögern.

»Nein, bestimmt nicht«, gab sie ebenso überzeugt zurück. »Und selbst wenn ich es Ihnen erzählen würde, könnten Sie mir nicht helfen. Ich denke, es ist am besten, wenn Sie von hier verschwinden, bevor die MacLeods Sie entdecken.«

»Ich werde Euch auf *keinen* Fall allein hier zurücklassen«, antwortete Cameron entschieden, »und ich *kann* Euch helfen. Ihr vergesst wohl, wen Ihr vor Euch habt.«

Sie lächelte, aber er hatte nichts Herablassendes. »Ich habe keineswegs vergessen, wer Sie sind.«

»Dann beantwortet mir meine Fragen!«

Sie blickte ihn lange an und nickte dann.

»Nun gut, ich werde Ihnen alles erzählen. Aber zuerst müssen Sie mir Ihre Hände zeigen.«

Er blinzelte verwirrt. »Weshalb das?«

»Mir wäre um einiges wohler, wenn ich sie weit entfernt von Ihrem Schwertgriff wüsste.«

Er hob langsam die Hände.

Sunny folgte ihnen mit den Augen, sah ihn an und holte schließlich tief Luft. »Also gut. Was ich Ihnen jetzt erzähle, ist die Wahrheit. Das, was sich zwischen dem Äußeren und dem Inneren dieses Hauses befindet, ist keine normale Türschwelle. Es ist eine Schwelle zwischen den Zeiten.«

Cameron blinzelte. Er hatte Sunnys Worte gehört, und jetzt wartete er darauf, dass sie sich in seinem armen Hirn zu einem zusammenhängenden Gedanken verdichteten. Doch das geschah nicht. Er runzelte die Stirn. Vielleicht hatte er irgendetwas überhört. »Ich bin mir nicht sicher, ob ich Euch richtig verstanden habe«, sagte er.

Sunny deutete zur Türschwelle hinüber. »Auf dieser Seite der Tür ist das Jahr 1375. Und auf der anderen Seite, hinter einem unsichtbaren Tor, ist die Zukunft – das Jahr 2005, um genau zu sein.«

Dann schwieg sie. Wahrscheinlich wollte sie sehen, wie er das aufnehmen würde. Er musste zugeben, dass er viel zu verblüfft war, um überhaupt irgendeine Reaktion zu zeigen.

»In jener Nacht, als Sie kamen, um mich zu holen, stand ich auf der anderen Seite der Tür und damit in einer Zeit sechshundert Jahre nach der jetzigen«, fuhr sie fort. »Eigentlich sollte ich ganz einfach über diese Schwelle schreiten können, um wieder in meine Zeit gelangen.« Sie schwieg lange. »Aber offensichtlich funktioniert das Zeittor nicht.«

Cameron merkte, dass ihm der Mund offen stand, und er schloss ihn.

Verdammt noch mal! Wie konnte eine Frau, die so schön war, so gut roch und so makellose Zähne und strahlende Augen hatte, zugleich so heillos verrückt sein?

Offenbar standen ihm diese Gedanken ins Gesicht geschrieben, denn mit einem Mal wich sie vor ihm zurück und stürzte davon.

Er hatte sie eingeholt, noch bevor sie fünf Schritte weit gekommen war. Mit einem Arm packte er sie um die Taille, mit dem anderen um die Schultern und zog sie eng an sich.

»Hört auf«, flüsterte er ihr ins Ohr. »Hört auf, Euch zu wehren. Atmet ein, Sunshine, und schreit nicht, wenn Ihr ausatmet. Ich habe nicht vor, Euch wehzutun.«

»Sie hatten Ihre Hand am Schwert.«

»Das ist nicht wahr.«

»Doch.«

»Ja, gut, ich habe gewiss ein paar schlechte Angewohnheiten«, gab er ohne Zögern zu, als er merkte, dass sie recht hatte. »Aber dieses wirre Zeug, das Ihr von Euch gegeben habt, hat mich einfach erschreckt. Ich werde Euch nichts zuleide tun.«

Sie entspannte sich nicht, aber das konnte er verstehen. Schließlich ging es ihm genauso, wenn er wusste, dass jemand hinter ihm stand, der ihn im nächsten Moment erstechen könnte. Cameron legte sein Kinn auf ihre Schulter, summte das heiterste Liebeslied, das ihm einfiel, und hielt sie dabei fest umschlungen.

»Atmet tief ein und aus«, flüsterte er.

Sie tat, wie er ihr geheißen hatte, doch ihr Atem ging stoßweise. Irgendwann jedoch spürte er, wie sie ihre Hände hob und auf seinen Arm legte. Ein Schluchzer entfuhr ihr, aber sie hatte sich sofort wieder im Griff. Cameron war beeindruckt. Er kannte sonst keine Frau, die noch etwas anderes konnte, als zu kreischen, wenn sie das Gefühl hatte, dass gerade ein hysterischer Heulanfall angebracht war.

»Ein Zeittor«, sagte er schließlich, wobei er die Worte in seinem Mund hin und her wendete. »Zwischen zwei verschiedenen Jahrhunderten …«

»Genau.«

Nur mit großer Mühe gelang es ihm, ein ungläubiges Schnauben zurückhalten. Das war einfach das Lächerlichste, was er je gehört hatte. Gewiss gab es Gerüchte über allerhand unerklärliche Dinge, die sich angeblich auf dem Territorium der MacLeods abspielten, aber das hier war um einiges verworrener als alles, was ein närrischer MacLeod je zusammenspinnen konnte. Ein Mensch war nun mal ein Mensch, der in der Zeit lebte und starb, die das Schicksal ihm zugedacht hatte.

Es sei denn, ein MacLeod erzählte die Geschichte. Dann war natürlich alles möglich. Die MacLeods verbrachten die langen Winterabende meist damit, Mutmaßungen über das Schicksal von Laird James anzustellen, der angeblich dem Tode entronnen und mit seiner Frau Elizabeth in ein prächtiges Paradies eingegangen war. Cameron dagegen glaubte, dass die beiden nur leichtsinnigerweise ihre Burg verlassen hatten, um die Zweisamkeit zu suchen, und dann von einem forschen Fergusson aufgegriffen und ins Loch gestoßen worden waren, auf dessen Grund sie seit nunmehr vierundsechzig Jahren ruhten.

Es hätte ihn also nicht weiter überraschen sollen, dass Sunshine, selbst wenn sie eine MacKenzie war, an etwas glaubte, das so gut zu diesen Geschichten passte. Offenbar übten die MacLeods auf sensible Gemüter stets eine schädliche Wirkung aus.

Cameron schloss die Augen und gestattete sich, den blumigen Duft der Frau in seinen Armen einzuatmen. Sein Entschluss stand fest. Er würde sie noch ein Weilchen besänftigen, sie dann davon überzeugen, dass sie sich irrte, und dann würde er sie zurück in seine Burg bringen, wo er …

Er würde Gilly heiraten, und nichts weiter.

Cameron unterdrückte einen Fluch. Nie in seinem Leben hatte er mit der Stellung im Clan, die ihm zugefallen war, mehr gehadert als jetzt. Wäre er ein einfaches Clanmitglied gewesen, dann hätte er seinen Laird um die Erlaubnis bitten können, seine Türschwelle zu benutzen, und Sunshine Phillips an der Hand nehmen und sie ehelichen können. Gewiss wäre es ihm gelungen, sie im Laufe der darauffolgenden Zeit von einem Jahr und einem Tag davon zu überzeugen, bei ihm zu bleiben. Vielleicht hätte er es sogar geschafft, sich für eine halbe Stunde den Priester des Laird zu borgen, damit er sie richtig vermählte. Doch leider war er kein einfaches Clan-Mitglied, und daher fiel ihm eine Verpflichtung zu, die er nicht umgehen konnte, sondern der er nur allzu bald würde nachkommen müssen. Aber das musste sicher nicht sofort sein. Vielleicht konnte er sie noch für ein Weilchen beiseite schieben und sich stattdessen der Frau widmen, die er in seinem Arm hielt.

»Sunshine«, fragte er sie, »gibt es von diesen Toren, von denen Ihr spracht, noch weitere?«

»Im Wald westlich der Burg ist noch eines.«

Natürlich. Er hätte nichts anderes erwarten dürfen. »Sollen wir es dort einmal versuchen?«

Sie riss sich von ihm los, drehte sich zu ihm um und sah ihn überrascht an. »Sie würden mir helfen?«

»Selbstverständlich.«

Die Tränen rannen ihr über das Gesicht. Sie sah so dankbar aus, dass er selbst auch beinahe zu weinen begonnen hätte.

»Ich danke Ihnen«, flüsterte sie.

»Schon gut. Ich würde einem närrischen Mädchen doch niemals einen Wunsch abschlagen«, entgegnete er brüsk und legte ihr den Arm um die Schultern. »Wir holen mein Pferd und reiten dorthin. Wenn uns eine Horde dieser lästigen MacLeods angreift, kann ich Euch so wenigstens vom Sattel stoßen, direkt in ihre Arme, und meine eigene Haut retten. Aber warum ich Euch nicht gleich zur Burg bringen soll, ist mir schleierhaft.«

»Weil man mich dort nicht kennen würde«, sagte sie leise.

Cameron stöhnte, sagte jedoch nichts, sondern nahm sie an der Hand und zog sie hinter sich her. Sie war wirklich verrückt. Ein wunderschönes, bezauberndes Mädchen, aber vollkommen verrückt.

Und jetzt ließ er sich auch noch in diesen ganzen Wahnsinn mit hineinziehen.

Er versuchte, nicht daran zu denken, dass ihr Haus nicht leer gewesen war, als er sie geholt hatte, dass ihre Kleidung so völlig anders ausgesehen hatte als alles, was ihm jemals untergekommen war, und dass sie die Wunden seines Bruders auf so fachkundige Art und Weise genäht hatte, wie er es noch bei keinem Heiler gesehen hatte.

Nach einer Weile hob er Sunshine hoch und trug sie in seinen Armen weiter. Sie hatte zwar nicht geklagt, aber ihm war aufgefallen, dass ihre Füße sie schmerzten. Sunshine sträubte sich nicht, sondern schlang ihm die Arme um den Nacken und legte ihre Wange an sein Haar.

Cameron beschleunigte den Schritt. Er musste das Mädchen unbedingt loswerden, bevor es ihn noch um den Verstand brachte. Was ihn fast zum Wahnsinn trieb, waren jedoch nicht diese verfluchten Zeittore. Wäre es nach ihm gegangen, dann würde er sich nach einem einsamen Fleckchen umsehen, wo er Sunshine beiliegen und ihr immer wieder beteuern würde, was für eine gute Idee es doch wäre, sich mit ihm zu vermählen, ganz gleich welchen Stand sie beide hatten. Er wusste, dass er es nicht mehr rechtzeitig nach Hause schaffen und einen Priester aufsuchen würde, wenn er noch länger ihren Atem an seinem Ohr spürte.

»Ich kann es Ihnen nicht verübeln, dass Sie mir nicht glauben«, sagte Sunshine irgendwann.

Cameron war heilfroh über diese Ablenkung. »Es tut mir nur leid, dass ein Mädchen, das so reizend ist, ganz offensichtlich nicht alle Sinne beisammen hat. Aber ich werde Euch dennoch dorthin bringen, wo Ihr hinwollt, wenn ich damit beweisen kann, dass Ihr Euch irrt. Und dann werde ich Euch mit nach Hause nehmen und Euch in mein Verlies sperren, damit Ihr Euch aus Verzweiflung nicht noch etwas antut.«

»Wie fürsorglich!«

»Selbstlos bis zum letzten Atemzug«, pflichtete er ihr bei und glaubte, ein leises Lachen zu hören.

Dann setzte er Sunshine auf sein Pferd und schwang sich hinter ihr auf den Sattel. Er wusste genau, wo sich die Burg der MacLeods befand, doch weil er Sunshine auf die Probe stellen wollte, folgte er trotzdem ihren Richtungsangaben. Ein wenig überraschte es ihn dennoch, dass sie sich in der Gegend so gut auskannte.

»Erzählt mir noch einmal, weshalb wir nicht einfach bei Malcolm vorbeireiten und bei ihm anklopfen sollen?«

»Er würde mich nicht kennen.«

»Weil Ihr nicht aus dem Jahre des Herrn 1375 stammt.«

»Genau.«

Es lief ihm kalt den Rücken hinunter. Er bekreuzigte sich mehrmals, doch da Sunshine vor ihm saß, musste er es vor ihrem Körper tun, sodass es ihr wohl kaum verborgen blieb.

»Wollen Sie das Böse abwehren, mein Laird?«

Er grunzte zufrieden. »›Mein Laird‹ – so ist es recht! Endlich zollt mir das Mädchen hier den nötigen Respekt! Offenbar bedurfte es eines derart ungewöhnlichen Geschehnisses, um ihr diese Worte abzuringen. Ihr wisst wohl nicht, Sunshine, dass die meisten Menschen niederknien und um Gnade winseln, wenn ich sie nur streng ansehe. Ihr aber habt es mir gegenüber entschiedenen an Respekt fehlen lassen.«

Sie tätschelte ihm den Arm, den er um ihre Taille geschlungen hatte. »Eigentlich sind Sie ja auch gar nicht mein Laird.«

Cameron wurde klar, dass er es nur allzu gerne gewesen wäre. Einen kurzen Moment lang schloss er die Augen und betete, dass er nicht schwach würde. Er musste Gilly heiraten, und er musste die Kinder seines Bruders als seine eigenen aufziehen, denn wenn er es nicht tat, würde es Giric an seiner Stelle tun, und dann würde der Clan vor die Hunde gehen. Es würde ihn nicht weiter überraschen, wenn Gillys Kinder eines Nachts verschwanden und Giric mit Blut an den Händen auf die Burg zurückkehrte. Doch selbst wenn Cameron nicht dazu verdammt gewesen wäre, Gilly zu heiraten, konnte er keine MacLeod-Hexe zur Frau nehmen, ganz gleich wie verlockend dieser Gedanke ihm plötzlich auch erscheinen mochte. Sein Clan würde sie niemals akzeptieren, und er konnte ihr nicht zumuten, für den Rest ihres Lebens eine solche Schmach ertragen zu müssen.

Schließlich kamen sie an eine Stelle im Wald, wo Sunshine ihn bat, anzuhalten. Er sprang vom Pferd und streckte ihr die Arme entgegen. Als er sie absetzte, hielt er sie möglichst weit weg von sich. Er konnte sich gerade noch beherrschen, sie nicht an sich zu ziehen und einmal mehr zu küssen. Je weiter fort sie war, umso besser für das, was von seiner Selbstbeherrschung noch übrig war.

Sie sah ihn einen Augenblick lang an, dann stellte sie sich auf die Zehenspitzen und drückte ihm einen Kuss auf die Wange.

»Ich danke Ihnen.«

Sie war so schnell verschwunden, dass seine Hände ins Leere griffen, als er sie festhalten wollte. Statt dessen packte er mit der einen Hand die Zügel seines Pferdes und lockerte mit der anderen sein Schwert in der Scheide, das er am Rücken trug. Schließlich musste man jederzeit auf alles vorbereitet sein.

Er sah zu, wie Sunny sich an verschiedene Stellen im Wald begab, wunderte sich jedoch nicht, dass nichts weiter geschah.

Das Mädchen war hübsch, aber offenbar vollkommen verwirrt.

Einmal scheuchte sie ihn sogar fort, und er kam ihrer Bitte nach und zog sich ein Stück weit zurück. Er führte sein Pferd tiefer ins Dunkel des Waldes, legte dem Tier die Hand auf den Widerrist und wartete. Das Pferd gab keinen Laut von sich. Selbst Sunny war still, während sie, die Arme um ihren Leib geschlungen, mehrere Minuten lang einfach nur dastand.

Und dann hörte man das Knacken eines Zweiges, der unter dem Gewicht eines Stiefels zerbrach, und ein leises Fluchen. Cameron sah, wie ein ziemlich kräftiger Mann – Malcolm MacLeods Neffe Walter – aus dem Dickicht hervorkam und direkt hinter Sunny stehen blieb.

»Habt Ihr Euch verlaufen, mein Fräulein?«, fragte Walter höflich.

Überrascht wirbelte Sunny herum und wich ein paar Schritte zurück. »Ich fürchte, ja.«

Walter rieb sich die Hände. Es war nicht zu übersehen, was er im Schilde führte. »Ich könnte Euch schon dabei helfen, den richtigen Weg zu finden, Mädchen, und zwar den in mein Bett ...«

Cameron wartete nicht erst ab, ob noch andere Männer vom MacLeod-Clan in der Nähe herumlungerten, die ähnliche Absichten hegten. Mit einem Satz sprang er aus dem Gebüsch und stieß Sunny zur Seite, während er gleichzeitig sein Schwert mit einem metallischen Sirren aus der Scheide riss.

»Los, aufs Pferd!«, befahl er ihr barsch. Er hörte, wie sie losrannte, und wandte sich dann seinem Widersacher zu. »Ich suche keine Händel mit Euch«, sagte er ruhig. »Wenn Ihr den nächsten Sonnenaufgang noch erleben wollt, lasst uns ziehen.«

Walter schnaubte verächtlich. »Seid Ihr närrisch, Mann? Da habe ich Cameron höchstpersönlich in meiner Gewalt und soll ihn laufen lassen? Ich denke gar nicht daran. Und das Mädchen bleibt auch da. Ist ein hübsches Ding, nicht wahr?«

»Kennt Ihr sie?«, fragte Cameron. Er musste es einfach wissen.

»Nein«, antwortete Walter mit einem Grinsen, »aber das lässt sich gewiss ändern. Los jetzt, kommt mit und verhaltet Euch ruhig, damit ich mich anschließend ihr zuwenden kann.«

Cameron schlug Walter das Schwert aus der Hand und verpasste ihm einen solchen Hieb ins Gesicht, dass er zu Boden ging. Dann rannte er über die Lichtung und schwang sich hinter Sunny in den Sattel.

»Hü!«, rief er.

Das Pferd preschte so schnell davon, dass es Sunny die Zügel aus der Hand riss. Sie beugte sich nach vorn, um danach zu greifen, und wäre fast hinuntergestürzt, wenn sich

Cameron nicht ebenfalls blitzschnell vorgebeugt und sie gepackt hätte. Im selben Augenblick hörte er etwas über ihre Köpfe hinwegschwirren. Er blieb daher nach vorne gebeugt und drückte Sunny gegen den Hals seines Pferdes, bis er das Gefühl hatte, dass sie außer Reichweite irgendwelcher fliegender Messer oder Steine waren.

Dann schob er sein Schwert wieder in die Scheide auf seinem Rücken, nahm Sunny die Zügel aus der Hand und schlang ihr den Arm um die Taille. Sie ritten wie der Teufel, und Cameron war froh, dass sein Pferd so schnell und ausdauernd war. Nur allzu leicht hätten sie den MacLeods in die Hände fallen können, aber das Glück war auf ihrer Seite. Oder aber die MacLeods hatten gar kein gesteigertes Interesse daran, sie zu verfolgen.

Cameron grübelte eine ganze Weile lang darüber nach. Walter hatte Sunshine ganz offensichtlich nicht gekannt – aber warum nicht? Immerhin war die Heilerin eines Clans eine ausgesprochen wichtige Person und jemand, dem man für gewöhnlich mit Respekt begegnete.

Außer natürlich auf Camerons eigenem Grund und Boden.

Gut, Walter hatte Sunshine also nicht erkannt, obwohl er das eigentlich hätte tun sollen. Und für Sunshine hätte es das Natürlichste der Welt sein müssen, sich in die Sicherheit von Malcolms Burg zu begeben, doch sie hatte es nicht getan. Und sie hätte ihr Haus bei ihrer Rückkehr so vorfinden müssen, wie sie es verlassen hatte – aber das war auch nicht der Fall gewesen.

Cameron begann sich zu fragen, ob sie ihm nicht doch die Wahrheit gesagt hatte.

Etwa eine Stunde, bevor sie sein Dorf erreichten, zügelte er sein Pferd. Er brauchte Zeit, um zu überlegen, was zu tun war. In seinen Gemächern konnte er Sunny auf keinen Fall unterbringen, weil sein Clan sonst glauben würde, er würde ihr beiliegen. Und vermutlich würde er diesem Drang nachgeben und genau das tun, wenn er sie noch länger anschauen musste.

Doch ganz egal, ob er es nun tat: Sobald irgendjemand glaubte, dass Cameron sich mit Sunshine eingelassen hatte, würde man auch ihn sofort als Hexer brandmarken und sie beide im Loch ertränken. Wie Giric so treffend bemerkt hatte: Die Kampfkünste eines Mannes konnten ihm nur helfen, solange er keiner Übermacht von Angreifern gegenüberstand.

Vielleicht war genau das die Lage gewesen, in der sich auch James und Elizabeth MacLeod befunden hatten. Vielleicht hatte man sie überwältigt und erschlagen, sodass man selbst jetzt noch, Jahre nach ihrem Tod, nur mit gedämpfter Stimme von ihnen sprach.

Er wollte nicht, dass ihn und Sunny dasselbe Schicksal ereilte. Er musste einen Weg finden, sie zu beschützen. Wenn er sie allein im Dorf zurückließ, würde es allerdings nicht länger als eine Nacht dauern, bis irgendein Halunke in ihr Haus eindringen und sich entweder an ihr vergehen oder ihr die Kehle aufschlitzen würde.

Was sollte er nur tun, verdammt noch mal?

Er zermarterte sich das Gehirn, bis sie schließlich ins Dorf gelangten, und beschloss dann, dass ihm nichts anderes übrig blieb, als sie so weit wie möglich von der Burg entfernt unterzubringen. Giric hatte im Laufe der vergangenen Jahre mit viel Geschick daran gearbeitet, dass sich Camerons Gefolgsleute nach und nach gegen ihn gewandt hatten. Bislang hatte ihm das nicht viel ausgemacht, da er seine Brüder hinter sich wusste und die drei ein unbezwingbares Gespann gebildet hatten. Jetzt aber, wo er auf sich allein gestellt war, stellte die Burg eine wenig verlässliche Zufluchtsstätte dar.

Nein, er musste Sunshine irgendwo anders unterbringen. Annehmlichkeiten würde er ihr wohl kaum bieten können, aber so hätte sie wenigstens eine Chance zu überleben. Und das war er ihr schuldig. Immerhin hatte sie versucht, seinem Bruder das Leben zu retten – und er trug die Verantwortung dafür, dass sie sich jetzt in seinem Jahrhundert befand.

Er konnte es kaum glauben, dass er sie in dieser Sache offenbar ernst nahm, aber schließlich hatte er auch eine ziemlich harte Woche hinter sich.

Cameron brachte sein Pferd vor einer Hütte im östlichsten Winkel des Dorfes zum Stehen. In der Nähe floss ein Bach vorbei, und es war nicht weit bis zum Waldrand. Für Wasser und Brennholz war also gesorgt. Cameron zog einen seiner Dolche aus dem Stiefel und drückte ihn Sunshine in die Hand.

»Stecht zu, ohne lange zu fragen«, sagte er lediglich.

»Und wenn Sie es sind?«

»Ich werde vorher anklopfen.«

»Stimmt, das haben Sie beim letzten Mal auch getan.«

Er musste unwillkürlich grinsen, wurde aber sofort wieder ernst. Am liebsten hätte er sie fest in seinen Armen gehalten, wo sie sicher war, hätte sie an sich gepresst und sich an ihrem Mund gütlich getan, bis er nicht mehr wüsste, wo sein Körper endete und der ihre begann. Er hatte das lächerliche Verlangen, vor ihr niederzuknien und sie anzuflehen, die Seine zu werden.

Vielleicht war sie ja tatsächlich eine Hexe und hatte ihn mit ihren funkelnden grünen Augen und ihrem zaghaften Lächeln verzaubert.

Er drängte sich an ihr vorbei in die verlassene Hütte, bevor sie ihn auch noch um den letzten Rest seines Verstandes bringen konnte, und fluchte leise. Drinnen gab es nichts außer einem Hocker, nicht einmal ein Bett.

Er schlug die Klinge seines Messers gegen einen Feuerstein, um mit dem Brennholz, das in der Mitte der Hütte aufgehäuft war, ein Feuer anzuzünden. Er würde ihr zumindest ein Bett und einen Stuhl bauen. Und eine massivere Tür, die sie verriegeln konnte.

Er legte Holz nach, bis er sicher war, dass das Feuer warm genug brannte, dann ging er mit zwei Schritten zur Tür zurück, trat wieder vor die Hütte und sah Sunshine an.

»Mehr kann ich im Augenblick nicht für Euch tun«, sagte er bescheiden.

»Ich danke Ihnen. Das ist sehr großzügig. Wer hat früher hier gewohnt?«

»Meine Heilerin.«

»Und jetzt lebt sie nicht mehr hier?«

»Sie ist tot.«

Sunshine spitzte die Lippen. »Das ist wenig überraschend.«

Cameron lächelte schwach und tippte sich mit dem Zeigefinger an die Schläfe. »Überlegt es Euch gut, Sunshine. Das hier ist immer noch wesentlich komfortabler als mein Verlies.«

»Das glaube ich gern.« Sunshine holte tief Luft, atmete aus und sah ihn dann an. »Und was werden Sie jetzt machen?«

»Mit Euch oder mit meiner Zukunft?«, fragte er und stolperte dabei ein wenig über das letzte Wort.

»Beides.«

Er dachte kurz nach, legte seine Worte zurecht und spie sie dann so schroff aus, wie er nur konnte, um nicht mehr von seinen wahren Gefühlen zu offenbaren, als ihm lieb war. »Ich werde die Witwe meines Bruders heiraten«, brachte er mühsam hervor, »seine Kinder aufziehen wie meine eigenen und noch ein paar weitere mit ihr zeugen. Damit dürfte die erste Frage wohl auch beantwortet sein, oder?«

Sunshine zuckte zusammen, fasste sich aber sofort wieder. Sie sah ihn an, und auf ihrem Gesicht zeigte sich ein Lächeln, das beinahe echt gewirkt hätte, wenn es ihr nicht so unübersehbar schwergefallen wäre. »Natürlich. Das ist nun mal Ihre Pflicht.«

Cameron unterdrückte ein Fluchen. Dann nahm er sein Plaid ab und legte es ihr um die Schultern. »Morgen bringe ich Euch ein paar Decken.«

»Aber Sie müssen nicht …«

»Doch, das muss ich«, unterbrach er sie barsch. Er holte tief Luft. »Und ich will es auch«, fügte er mit sanfterer Stimme hinzu. »Es tut mir leid, dass ich nicht mehr für Euch tun kann, Sunshine.«

»Ich komme schon zurecht.«

Es grämte ihn, dass sie sich mit so wenig zufrieden geben musste und dennoch so dankbar für dieses Wenige war. Aber leider gab es tatsächlich nichts, was er im Augenblick tun konnte. Seine Verpflichtungen gegenüber dem Clan standen nun mal an erster Stelle, vor allem anderen, was er selbst sich vielleicht wünschte, und vor dem, was Sunshine möglicherweise von ihm erwartete.

Cameron trat einen Schritt zurück. »Schlaft gut, Sunshine.«

Sie nickte, ging in die Hütte und schloss die Tür. In diesem Augenblick fiel ihm ein, dass sie seit Tagen nichts gegessen hatte. Umso mehr überraschte es ihn, dass sie sich überhaupt noch auf den Beinen hielt. Offenbar war sie zäher, als er glaubte.

Er schwang sich aufs Pferd und machte sich auf den Weg zur Burg. Er würde etwas zu essen und zu trinken besorgen und es ihr bringen.

Und er würde auf jeden Fall vorher anklopfen.

Doch nach dem, was er ihr eben gesagt und vor allem wie er es gesagt hatte, würde er ihr keinerlei Vorwurf machen können, wenn sie ihm nicht aufmachen würde.

7

Sunny stand gebückt neben einem Feuer mitten im Haus einer verstorbenen Heilerin des Cameron-Clans, zog Camerons Plaid enger um ihren Körper und fragte sich, was um alles in der Welt sie jetzt tun sollte.

Das war keine gute Woche gewesen. Schlimm genug, dass sie aus ihrem gemütlichen kleinen Cottage – ausgestattet mit fließendem Wasser und einem Kühlschrank – herausgerissen und in eine Zeit versetzt worden war, in der ihr Beruf tödlich sein konnte.

Schlimmer noch: Sie hätte eine Hexenprobe fast nicht überlebt, und geradezu katastrophal hatte ihr Versuch geendet, nach Hause zu gelangen – das Vorhaben hatte sich schlicht als unmöglich erwiesen.

Und obendrein, musste es wirklich sein, dass sie zärtliche Gefühle für einen Mann entwickelte, der gedachte, seine Schwägerin zur Frau zu nehmen?

Sie hätte sich in den Hintern beißen können, dass sie nicht irgendeinen dieser verdammten MacLeod-Zeitreisenden nach seinen Erfahrungen gefragt hatte. Eine einzige Unterhaltung mit Jamie hätte eine ganze Reihe von Fragen klären können. Stattdessen hatte sie nur den Rat befolgt, auf den sicheren Wegen zu bleiben, dann müsste sie sich keine Sorgen machen.

Und warum auch? Sie hatte, mit ihrer warmen Dusche und dem endlosen Regen, insgesamt recht glücklich und sorglos im modernen Schottland gelebt. Wann immer ihr der Sinn nach engem persönlichem Kontakt mit einem Zeitreisenden aus dem Mittelalter stand, ging sie zum Abendessen zu ihrer Schwester, zu Jamie oder auch zu Ian. Hin und wieder hatte sie sich zwar schon auch gefragt, wie es wohl wäre, eine Zeit zu besuchen, die nicht ihre eigene war; aber sie hätte sich nie, nicht einmal in ihren schrecklichsten Alpträumen, die sie nach gelegentlichen Ausschweifungen mit dunkler Schokolade heimsuchten, vorstellen können, selbst einmal einen solchen Ausflug zu unternehmen, geschweige denn, dabei irgendwo in der Vergangenheit zu stranden.

Bei Männern, die sie für eine Hexe hielten, und einem Laird, der seine Schwägerin zur Frau nehmen würde.

Sie holte tief Luft und verdrängte diese Gedanken. Sie musste das Ganze logisch durchdenken. Wenn sie durch das Durchschreiten einer Tür in die Vergangenheit gelangen konnte, dann müsste es doch ebenso möglich sein, auf ähnliche Weise wieder in die Zukunft zu gelangen. Und selbst wenn Moraigs Tür beim Durchschreiten irgendwie kaputtgegangen wäre, dann hätte ihr die Rückkehr doch zumindest durch jenes Zeittor der Extraklasse, diese Mutter aller Zeittore im Wald, gelingen müssen. Sie kannte mehrere Personen, die es erfolgreich passiert hatten – im Falle ihrer Schwester war es allerdings unbeabsichtigt geschehen. Madelyn hatte sich im mittelalterlichen Schottland wiedergefunden und war von den Fergussons gefangen genommen worden – ein weiterer Grund, diese nicht zu mögen –, aber Patrick hatte sie gerettet und sie beide sicher nach Hause zurückgebracht.

Sie hielt die Luft an.

Auch ihre Schwester war im mittelalterlichen Schottland gewesen.

Für den Bruchteil einer Sekunde spürte sie eine Woge der Erleichterung, so stark, dass sie fast in die Knie ging.

Doch ebenso rasch erkannte sie, warum das ihr das rein gar nichts half: Madelyn war ins Jahr 1382 gereist.

Sie stieß enttäuscht den Atem aus.

1382?

Sie müsste also sieben Jahre auf ihre Schwester warten?

Das war keine echte Option.

Nein, sie würde nicht auf Madelyn warten, denn das wäre nicht nötig. Sie würde es bei allen Toren erneut versuchen, und diesmal würde eines von ihnen sie durchlassen. Sie bedauerte kurz, dass sie nicht mehr Zeit darauf verwandt hatte, sich alle Tore auf Jamies Karte einzuprägen, aber zumindest waren die kleinen roten Kreuzchen zwischen ihrem und Madelyns Haus unauslöschlich in ihrem Gedächtnis eingeprägt. Sie führten alle zu recht wenig verlockenden Zeiten und Orten: Sie verspürte keinerlei Verlangen danach, sich im 17. Jahrhundert auf Barbados wiederzufinden und mit Piraten Rum zu trinken, oder in Spanien des 15. Jahrhunderts, um sich an den Inquisitionstribunalen zu ergötzen, oder auch im Frankreich des 17. Jahrhunderts mit seinen anderen Ausschweifungen aller Art. Zumindest war sie nur im vergleichsweise freundlich gestimmten Schottland gelandet. Das Ganze hätte noch viel schlimmer ausgehen können.

Sie hätte am liebsten laut aufgelacht, sich über ihre Lage lustig gemacht oder die Augen vor den Tatsachen verschlossen, aber das war nicht möglich. Ihr blieb nur, neben dem Feuer niederzusinken, das Cameron mit eigenen Händen aufgeschichtet hatte, und sich bewusst zu machen, dass es schlimm um sie stand.

Sie war hungrig, erschöpft und hatte, wenn sie ehrlich war, panische Angst. Die Tränen halfen nicht, auch nicht die verzweifelten Schluchzer, die sie immer wieder schüttelten. Sie presste sich die Hände auf den Mund und gab sich Mühe, leise zu sein.

Sie spürte, Camerons Messer lag tröstlich in ihrer Hand, und sein Plaid wärmte ihre Schultern. Trotzdem hatte sie sich noch nie im Leben so allein gefühlt.

Und sie würde allein bleiben, denn sie konnte nicht nach Hause zurückkehren, und sie konnte sich auch nicht vorstellen, dass jemand kommen und sie finden würde. Wie sollte das möglich sein, wenn niemand eine Ahnung hatten, wo sie hingegangen war?

Angenommen, die Suchenden würden irgendwie doch über Moraigs Türschwelle stolpern – obgleich sie über ein Jahr in dem Cottage gewohnt hatte, ohne dass ihr irgendetwas Ungewöhnliches an dieser Tür aufgefallen war –; selbst wenn sie es herausbekämen, woher sollten sie wissen, in welcher Zeit sie gelandet war? Sie war die sprichwörtliche Nadel im Heuhaufen der Geschichte, und die Suchenden würden Monate brauchen, um überhaupt nur ahnen zu können, wohin sie geraten sein könnte.

Und selbst wenn sie tatsächlich die richtige Zeit finden würden, dann wüssten sie noch lange nicht ihren Aufenthaltsort, denn nun lebte sie ja im Haus von Robert Francis Cameron Mac Camerons verstorbener Heilerin, zwei Stunden zu Pferd von dort entfernt, wo sie hätte sein sollen.

Unglücklicherweise konnte sie nicht in Moraigs Haus zurückkehren und dort auf sie warten. Die Mitglieder des MacLeod-Clans wären ihr gegenüber ebenso feindlich gesinnt wie Camerons Männer und würden sie wohl, ohne lang zu fackeln, zur Burghure erklären, wenn sie sie nicht auf der Stelle töteten. Auf dem Land des Cameron-Clans konnte sie zumindest noch damit rechnen, dass Cameron sie hin und wieder vor dem Verderben rettete.

Wenn ihm Gilly das gestattete.

Ein leises Klopfen an der Tür – und sie wäre vor Schreck fast ins Feuer gestürzt. Sie rappelte sich auf mühsam hoch und schlich auf wackligen Beinen leise zur Tür, wo sie ihre Hand aufs Holz legte, aber nichts sagte.

»Sunshine?«

Erleichtert schloss sie kurz die Augen, dann öffnete sie. Cameron stand, in ein Plaid gehüllt, draußen und trug in der einen Hand eine Ledertasche und in der anderen einen grobleinenen Beutel.

Er bemerkte ihr vermutlich vollkommen verweintes Gesicht und seufzte tief.

»Es tut mir leid, Sunshine«, sagte er ruhig.

Sie schüttelte heftig den Kopf. »Mir geht es gut. Es ist nur kurz mit mir durchgegangen.«

Er sah sie stirnrunzelnd an. »Was ist mit Euch durchgegangen?«

Sie musste unwillkürlich lächeln. »Meine weiblichen Gefühle. Aber es geht schon wieder.«

»Vielleicht seid Ihr hungrig«, meinte er. »Ich habe heute noch nicht dafür gesorgt, dass Ihr etwas zu essen bekommt.« Er streckte ihr seine Mitbringsel hin. »Es ist das Beste, was ich finden konnte.«

»Danke«, sagte sie, nahm die Sachen entgegen und hielt sie fest an sich gedrückt. »Wollen Sie hereinkommen und mit mir essen?«

»Das wage ich nicht«, erwiderte er bedächtig. »Die Leute hier im Dorf sind auch so schon misstrauisch, und ich will keine Spekulationen anheizen. Ich komme morgen wieder, um zu sehen, wie es Euch geht.«

Sie setzte ein Lächeln auf, obgleich dieser Versuch vermutlich nicht allzu erfolgreich war. »Sie sind sehr fürsorglich. Vielen Dank.«

Er blies sich die Haare aus den Augen und trat einen Schritt zurück. »Verriegelt Eure Tür, so gut es geht. Und beim Schlafen solltet Ihr immer diesen Dolch, den ich Euch hier gebe, in der Hand behalten.«

»Das werde ich tun.«

Er bedeutete ihr mit einer Geste, die Tür zu schließen.

Sie tat, wie geheißen, dann legte sie den gänzlich unzureichenden Riegel vor und redete sich ein, die Tür sei damit gut gesichert. Sie legte Holz nach und dankte im Geiste demjenigen, der es gehackt und hier zurückgelassen hatte. Dann setzte sie sich an das Feuer, um zu kosten, was Cameron ihr zu essen mitgebracht hatte.

Der Wein schmeckte scheußlich, aber sie trank ihn trotzdem. Er hatte auch Brot und Käse und völlig verschrumpelte Äpfel eingepackt. Sie aß von allem ein wenig und widmete ihm zärtliche Gedanken. Sicher würde er sie nicht auf Dauer durchfüttern können, aber sie wollte dankbar sein für die Zeit, in der er es tat.

Sie blieb sitzen, bis sie sich nicht mehr aufrecht halten konnte, dann legte sie sich auf den schmutzigen Boden und machte die Augen zu. Sie dachte mit Sehnsucht an den Luxus von Camerons Bettstatt zurück, bedauerte zugleich aber keineswegs, nicht mehr auf der Burg zu sein, denn dort wäre sie vielleicht mittlerweile im Schlick eines Verlieses gelandet. Zumindest war sie an diesem Ort hier annähernd sicher.

Allerdings verfügte die Tür zum Verlies wohl zumindest über ein sicheres Schloss, dachte sie, als sie eine Weile später ein leises, schabendes Geräusch an ihrer Tür vernahm.

Das kleine Stück Holz, aus dem ihr Riegel bestand, wurde mit einem Messer hochgeschoben, das jemand zwischen der Tür und dem Rahmen entlangführte. Sunny setzte sich auf und umklammerte Camerons Messer. Normalerweise war sie nicht besonders furchtsam, aber jetzt würde sie freimütig zugegeben, dass sie schreckliche Angst hatte. Sie sprang auf und glitt hinüber in den dunkelsten Winkel der kleinen Hütte. So hätte sie zumindest eine Chance, selbst anzugreifen, bevor sie angegriffen wurde.

Die Tür schwang auf. Ein Mann trat einen Schritt hinein, dann zuckte er zusammen und stieß einen grunzenden Laut aus. Er beugte sich langsam nach vorn. Sunny drückte sich dicht an die Wand und versuchte, sich dort so dünn wie möglich zu machen. Inzwischen sank der Mann langsam zu Boden und landete mit dem Gesicht nach unten zu ihren Füßen.

Ein gewaltiges Schwert steckte in seinem Rücken.

Nur ein paar Sekunden später tauchte Cameron im Eingang auf. Er zog mit einem Ruck das Schwert aus dem Rücken des Mannes, wischte es an dessen Hemd ab und steckte es zurück in seine Scheide.

»Tut mir leid wegen dem Boden«, sagte er kurz angebunden, dann hob er den Mann hoch, hievte ihn über seine Schulter und trug ihn vor die Hütte.

Sunny presste sich die Hand auf den Mund, um die Entsetzensschreie, die aus ihrer Kehle drängten, zu unterdrücken, dann stolperte sie durch den Raum zur Tür und sah hinaus.

Cameron ließ den Leichnam draußen direkt vor dem Haus zu Boden fallen und sah sie vielsagend an.

»Zur Abschreckung«, sagte er knapp. »Verriegelt die Tür.«

Sunny machte den Mund auf, um etwas zu sagen, aber Cameron war bereits wieder in die Dunkelheit eingetaucht. Sie hätte ihn gern gefragt, ob es nicht doch einfacher wäre, wenn er sie einfach in der Burg wohnen ließe, aber vermutlich hatte er gute Gründe, die dagegen sprachen. Vielleicht könnte er ja bei seinem Clan durchsetzen, dass man sie in Frieden ließ, und irgendwann würde auch er sie wohl nicht mehr aufsuchen. Sie würde im mittelalterlichen Schottland leben und sterben, im Regen, ohne ein anständiges Feuer und ganz allein.

Sie presste sich einmal mehr die Hand auf den Mund, um ihr Schluchzen zu unterdrücken. Sie schloss die Tür, schob den kümmerlichen Riegel wieder vor und setzte sich an die gegenüberliegende Wand.

Sie konnte die ganze Nacht nicht schlafen.

In der Morgendämmerung verließ sie die Hütte. Sie hatte sich nicht hinlegen können, ganz gleich, was Cameron zur Abschreckung vor der Tür abgelegt hatte. Vielleicht könnte sie von Cameron ein Übungsschwert erbitten und es dazu verwenden, ihre Tür zu verbarrikadieren, bis sie irgendeine Möglichkeit fand, diese mit einem robusteren Riegel zu versehen.

Sie brauchte dringend Schlaf, aber das war nicht möglich, solange sie sich nicht sicher fühlte.

Nun, so sicher man sich unter den gegebenen Umständen eben fühlen konnte.

Sie suchte nach einer Toilette, aber weit und breit war nichts Derartiges in Sicht. Schließlich fand sie eine Stelle, die vermutlich diesem Zweck diente, direkt hinter dem Waldrand, stellte sicher, dass sie allein war, und machte dann ihr Geschäft. Anschließend wusch sie sich im Bach, dann stellte sie sich vor ihre Hütte und ließ die Blicke umherschweifen. Nirgends waren irgendwelche mordlustigen Clanmitglieder oder Dorfbewohner mit Holzbündeln unter den Armen in Sicht und auch kein Laird, der ihr unterstellte, von Sinnen zu sein. Einen einzelnen Einheimischen sah sie allerdings dann doch noch, aber sobald er sie erblickte, bekreuzigte er sich und floh Hals über Kopf in sein Haus. Sie seufzte. Was um alles in der Welt sollte sie die nächsten dreißig Jahre im mittelalterlichen Schottland nur anfangen?

Im Grunde könnte es sogar noch viel länger dauern. Ihre Vorfahren, sowohl die mütterlicher- wie auch väterlicherseits, hatten gesund und munter bis weit in ihre Neunziger hinein gelebt. Also konnte es durchaus passieren, dass sie die nächsten sechzig Jahre versuchen würde, sich an einem Feuer zu wärmen, das mitten in ihrem Wohnzimmer brannte.

Sie schloss die Augen und betete um ein Wunder und darum, dass Patrick MacLeod käme, um sie zu retten. Hätte sie doch wenigstens eine Nachricht an ihrem Badezimmerspiegel hinterlassen, obgleich ihr nichts einfiel, was sie darauf hätte schreiben können.

Hey, Pat, vor meiner Tür steht ein extrem gut aussehender Typ, und ich glaube, die Idee zu diesem vielversprechenden Blind Date stammt von Jamie. Wirklich nett von ihm. Ich muss jetzt los.

Leider konnte sie sich mittlerweile sehr gut zusammenreimen, wie jener schicksalsträchtige Abend in Wirklichkeit verlaufen sein musste. Joshua war vermutlich vorbeigekommen, um sie zum Abendessen abzuholen, aber da war sie schon fort gewesen. Er hatte dann sicher Patrick angerufen, der daraufhin bei Jamie anrief, und dann waren sie beide vermutlich zu Moraigs Cottage gefahren, während Ian derweil auf Jamies Burg für die Sicherheit der Frauen und Kinder sorgte. Als die beiden keine Anzeichen eines Verbrechens finden konnten, war ihnen vermutlich sofort klar gewesen, was geschehen war.

Solche Dinge passierten Jamie ziemlich oft, aber er war ein wahrer Experte, sich aus jeder Klemme herauszumanövrieren, in die er geriet.

Er verließ nie sein Haus, ohne ein paar Langdolche in den Stiefelschäften unter seinen Jeans zu verstecken.

Wenn sie je wieder nach Hause käme, dann würde sie sich bei Jamie für einen Kurs zum Thema Portalerkennung und -klassifikation anmelden. Zum Teufel, selbst Madelyn hatte ihn absolviert. Sie hingegen hatte sich die Zeit lieber damit vertrieben, bei Moraig MacLeod herumzusitzen und die vielen Anwendungsmöglichkeiten von Wegerich zu erörtern, als sich mit so etwas zu belasten.

Sie holte tief Luft und schob diese Selbstvorwürfe beiseite. Vielleicht war es ihr ja auch beschieden, hier in der Vergangenheit eine Aufgabe zu erfüllen, und sie könnte nicht eher nach Hause zurückkehren, bis sie diese erledigt hätte. Vielleicht sollte sie eine neue Heilerin ausbilden, damit Cameron in der nächsten Schlacht ein paar seiner Männer retten könnte. Zumindest könnte sie die überalterten Kräuter, mit denen sie seinen Bruder behandelt hatte, durch frische ersetzen.

Das würde sie wenigstens davon abhalten, sich den Gesichtsausdruck ihrer Schwester vorzustellen, wenn diese realisierte, was geschehen war.

Sie vergewisserte sich, dass Camerons Langdolch noch immer in dem behelfsmäßigen Gürtel steckte, den sie aus dem Saum ihres Kleides gefertigt hatte, dann schlenderte sie hinter ihrem Haus umher und blickte auf die Wiese auf der anderen Seite des Bachs. Sie stand in voller Blüte mit allen Arten von Frühlingsblumen, und das erfüllte sie mit neuer Zuversicht.

Sie hob ihren Rock und watete durch das seichte Gewässer, dann erklomm sie das gegenüberliegende Ufer. Sie faltete sich aus Camerons Plaid einen zweiten Rock und schlang ihn sich um die Taille, sodass sie eine Ecke wie eine Schürze verwenden konnte. Sicher bot sie in ihrem Aufzug – ihr Kleid war sowieso schon zu kurz gewesen und sah jetzt, mit dem darüber geschlungenen Plaid des Lairds noch kürzer aus – einen seltsamen Anblick. Aber wenn sie all die anderen Anfeindungen in Betracht zog, dann würde es wohl keinen besonders jucken, wie sie angezogen war.

Sie pflückte friedlich ihre Kräuter, bis sie merkte, dass sie nicht allein war. Die Schritte hinter ihr waren so leise, dass sie nichts gehört hätte, sie sah nur einen Schatten. Also wartete sie bis zum letztmöglichen Moment, dann schlug sie mit aller Kraft nach hinten aus, drehte sich um und fegte dem Mann die Füße unter dem Körper weg. Sie zog Camerons Dolch aus ihrem Gürtel und hielt ihn dem Mann vor eines seiner Augen, bevor sie erkannte, auf wen sie im Begriff war, einzustechen.

Cameron packte ihr Handgelenk mit eisernem Griff und gebot dem Dolch einen Fingerbreit vor seinem Auge Einhalt. Er holte stockend Atem.

Sie allerdings auch.

Dann schob er ihren Arm eine weitere Handbreit zurück und blickte entsetzt zu ihr auf.

»Wer zum Teufel *seid* ihr?«, keuchte er.

»Das habe ich Ihnen doch schon gesagt«, brachte sie stammelnd hervor.

»Ich glaube, Ihr habt mir etwas gebrochen, blutdürstige Hexe. Wer hat Euch das Kämpfen gelehrt?«

Sie setzte sich auf die Fersen, doch er hielt ihr Handgelenk weiterhin fest. »Mein Schwager.«

Er holte vorsichtig Luft. »Ich habe vergessen, anzuklopfen.«

»Stimmt.«

»Ihr hättet mich beinahe umgebracht.«

»Oh, das hätte ich sicher nicht geschafft, dazu sind Sie viel zu zäh«, widersprach sie lächelnd.

Er knurrte etwas, dann entwand er ihr sein Messer und stieß es neben sich in die Erde. »Ihr könnt es zurückhaben, wenn ich mir sicher bin, dass Ihr es nicht für irgendwelche hinterhältigen Zwecke missbraucht.« Wieder zuckte er beim Einatmen vor Schmerz zusammen. »Ich schätze, Ihr schuldet mir ein wenig Fürsorglichkeit.«

»Was werden Ihre Dorfbewohner dann wohl denken?«

»Sie werden denken, dass ich meine Hexe gut im Griff habe.«

Sie streckte die Hand aus und berührte seine Seite. »Habe ich Ihnen wirklich wehgetan?«, fragte sie.

Er stöhnte auf. »Bei allen Heiligen, Sunshine, das habt Ihr. Ihr habt vermutlich nichts bei der Hand, um eine so ernste Verletzung rasch zu heilen, damit ich mein Schwert schwingen könnte, wenn man uns in einer halben Stunde überfällt?«

»Ich hatte keine Ahnung, dass Ihr das seid«, sagte sie entschuldigend. »Ich wollte den Angreifer kampfunfähig machen.«

»Das ist Euch wahrlich gelungen.« Er deutete Richtung Bach. »Ich hab dort Wein zum Kühlen ins Wasser gestellt, und etwas zu essen liegt am Ufer. Das könntet Ihr zumindest herbeiholen und mich hier in Ruhe sitzen lassen, damit ich etwas von meinem Stolz bewahren kann.« Er zwinkerte ihr zu. »Ihr wollt nicht zufällig mein Garnisonskommandant werden, oder?«

Sie rang sich ein Lächeln ab. »Das ist verlockend, aber ich bin nicht besonders versiert mit dem Breitschwert.«

»Nun, Ihr könntet auch Eure kampfstarken Füße zum Einsatz bringen. Aber wir besprechen das besser später. Jetzt seid eine gute Hexe und bringt mir etwas, das den Schmerz wenigstens lindert.«

Sie wollte ihm gerade sagen, er solle sich seinen Wein doch selber holen, aber da bemerkte sie, dass er ihr schelmisch zuzwinkerte. Wie konnte er angesichts dieser bitterernsten Lage scherzen? Aber vielleicht sollte sie sich ein Beispiel an ihm nehmen. Sie sah ihn verdrießlich an, aber er lachte nur herzhaft auf, allerdings sogleich gefolgt von einem keuchenden Fluchen. Sie sprang rasch auf, bevor sie sich noch weiter aus der Reserve locken ließ.

Sie fand im Gras einen Sack voller Lebensmittel und eingeklemmt zwischen zwei Felsen am Bachrand einen Lederbeutel. Dass sie Cameron beim Herankommen nicht gesehen oder gehört hatte, überraschte sie, aber sie war wohl abgelenkt gewesen.

Als sie zurückkehrte, fand sie ihn noch immer auf dem Rücken liegend, wie er geistesabwesend in den Himmel blickte und sich die Seite rieb. Er wandte ihr den Kopf zu und sah sie an.

Mit einem Lächeln.

Ihr erster Gedanke war, davonzulaufen. Sie konnte es sich einfach nicht erlauben, sich mit ihm einzulassen. Es würde zu nichts führen, außer zu einem gebrochenen Herzen. Zu schade, dass er in dieser mittelalterlichen Welt – in die sie ungewollt hineingeraten war und in der sie sich nur unter großen Gefahren bewegen konnte – das einzig Verlässliche und Vertraute war.

Sie breitete das Essen und den Wein neben ihm aus. »Sie sollten eigentlich gar nicht hier sein, hab ich recht?«

Er sah sie ernst an. »Ich musste herkommen, Sunny«, sagte er, »auch, damit Ihr nicht ganz auf Euch allein gestellt seid«, fügte er hinzu, als meinte er damit zwei unterschiedliche Dinge.

»Aber Sie haben doch sicher auch noch andere Dinge zu tun«, wandte sie ein wenig ratlos ein. »Vielleicht müssen Sie mit Ihren Männern Kampfübungen absolvieren. Und sicher auch mal schlafen.«

»Wiederum vergesst Ihr, wen Ihr vor Euch habt.«

Unglücklicherweise hatte sie das nicht vergessen. Genau das war ja das Problem.

Sie schloss die Augen und wich vor ihm zurück. »Ich gehe Kräuter suchen, die Ihren Schmerz lindern.« Sie drehte sich um und ging fort, um ihn nicht weiter ansehen zu müssen. Sie würde schauen, ob sich etwas finden ließe, das gegen die Verletzung half, die sie ihm zugefügt hatte. Dann würde sie ein paar Kräuter auf Vorrat pflücken, für alle Fälle. Wer wusste schon, was die Zukunft für sie bereithielt?

Sie wusste nur, wer darin keinen Platz einnehmen konnte, und dieser Mann lag zehn Schritt hinter ihr.

8

Cameron schnallte seinen Schwertgurt ab und ließ die Waffe mit einem herzhaften Stöhnen vom Rücken gleiten. Bei allen Heiligen, die Hexe war nicht zimperlich mit ihm umgesprungen. Er zog die Klinge aus der Scheide, dann legte er das Schwert neben seinen Kopf, den Griff in Reichweite seiner Hand. Selbst wenn er es nicht hochzuheben vermochte, könnte er danach greifen und einem potentiellen Mörder einen warnenden Blick zuwerfen. Mehr als das konnte Sunshine nicht von ihm erwarten. Schließlich war es ihre Schuld, dass er bei jedem Einatmen zusammenzuckte.

Offensichtlich war es eine ziemlich dumme Idee gewesen, sich ihr leise zu nähern.

Er stützte den Kopf auf die Hand und beobachtete sie, wie sie über die Wiese ging, sich hin und wieder bückte, um das eine oder andere Kraut zu pflücken. Vermutlich waren sie entweder dazu gedacht, ihn zu heilen oder ihn zu vergiften. Vielleicht verdiente er ja nichts anderes. Er hatte ein großes Schlamassel angerichtet und es schien nichts zu geben, was er zur Verbesserung der Lage unternehmen konnte. Die Liste der Dinge, die er getan hatte, aber nicht hätte tun sollen, war lang genug, um jeden Schreiber ausreichend zu beschäftigen. Zunächst einmal hätte er sie nicht aus ihrem Haus zerren sollen. Dann hätte er sie in jener ersten Nacht nicht unbewacht zurücklassen dürfen. Und schließlich hätte er ihr auch nicht eigenhändig die Kleider vom Leib schneiden sollen.

Und er hätte sie definitiv nicht vor ihrem Haus, das plötzlich gar nicht mehr ihres war, küssen sollen.

Er hätte augenblicklich diese Erinnerung in sich auslöschen müssen, aber er konnte sich nicht einmal zu einem halbherzigen Versuch aufraffen. Er beobachtete sie, wie sie seine Wiese mit geübtem Blick musterte, und dabei dachte er ständig daran, wie sie sich in seinen Armen anfühlte und wie sie den Atem angehalten hatte, als er sie küsste.

Als hätte ihr das gefallen.

Vermutlich war sie nicht für weitere Küsse zugänglich – und er wäre ein verfluchter Narr, sie darum zu bitten. Er hatte vor, die Frau seines Bruders zu heiraten, und er mochte zwar manches sein, aber ein Ehebrecher war er nicht.

Dennoch, bei allen Heiligen, er konnte nicht den Blick von ihr wenden.

Er wartete ab, bis sie auf zwanzig Schritt herangekommen war, dann räusperte er sich laut und klopfte vor sich auf das Gras.

»Kommt und setzt Euch, Sunshine.«

Sie sah sich um, wo sie sich stattdessen hinwenden könnte.

»Ich werde Euch einfach folgen«, fügte er hinzu.

Als er jedoch ihren Gesichtsausdruck sah, wünschte er sich, er hätte lieber den Mund gehalten. Er schloss einen Augenblick die Augen, dann blickte er sie an.

»Bitte, Sunshine.«

Sie musterte ihn eine Weile schweigend, dann seufzte sie tief auf und kam zu ihm herüber. Sie schüttelte ihre behelfsmäßigen Röcke vor ihm aus, setzte sich dann neben seinen Knien hin und begann, ihre Kräuter zu sortieren. Er sah ihr zu, wie sie immer wieder eines der gepflückten Blätter kostete und dann entweder ein Häufchen davon behielt oder aussonderte. Nach einer Weile kam er zu dem Schluss, dass sie ihn vermutlich den ganzen Tag lang ignorieren würde, wenn er nichts dagegen unternahm.

»Was für Kräuter habt Ihr da gesammelt?«, fragte er höflich.

»Wegerich«, erwiderte sie und deutete auf ein Häufchen, »Löwenzahnblätter und hübsche Blumen. Aber das wussten Sie vermutlich schon, nicht wahr?«

»Vielleicht«, stimmte er zu. »Ich kenne den Nutzen des ersten Krautes, und ich vermute, dass sich aus dem zweiten ein bitteres Gebräu herstellen lässt, aber ich habe keine Ahnung, was Ihr mit dem dritten vorhabt.«

Sie nahm eine Handvoll der Blüten und begann sie zu einer Kette aufzureihen. Sie bildete daraus einen mittelgroßen Kranz und streckte die Arme aus, um ihn auf seinen Kopf zu setzen.

»Aus diesen machte ich eine Krone«, sagte sie in feierlichem Ton. »Für den bezaubernden Kopf seiner Hoheit.«

Er versuchte, irgendeine mürrische Antwort zustande zu bringen, um zu verbergen, wie sehr ihr Lächeln ihn ins Herz getroffen hatte, aber er konnte sie nur sprachlos ansehen.

»Nun«, sagte sie mit gespielter Überraschung. »Wir erleben hier eine Art historischen Moment, nicht wahr?«

Er konnte sie nicht einmal verfluchen.

»Haben Sie nichts dazu zu sagen, Robert Francis?«

»Zum Teufel mit Euch«, stieß er hervor. »Und nennt mich nicht Francis.«

Sie musste lächeln. »Wie werden Sie denn für gewöhnlich genannt? Wie hat Ihre letzte Hexe Sie angeredet?«

»Sie sagte ›Herr‹ zu mir oder ›mein Laird‹«, erwiderte er ohne nachzudenken. »Aber sie hat es jedes Mal mit einem teuflischen Gekicher gesagt, sodass sich einem stets die Nackenhaare aufstellten. Meine Cousins nennen mich Cameron, allerdings auch meine Feinde. So gesehen, könnt Ihr mich nennen, wie es Euch beliebt.«

»Ich sollte Ihnen vielleicht öfter Kronen flechten«, meinte sie nachdenklich. »Es macht Sie ziemlich umgänglich. Vielleicht haben Sie heute Nacht aber auch nur besonders gut geschlafen.«

»Mit einer Baumwurzel unter dem Hintern und Rinde, die mir in den Rücken piekste?«, knurrte er. »Nein, nicht besonders gut, obgleich ich Euch nicht für meinen Mangel an Bequemlichkeit verantwortlich mache.«

Sie sah ihn erstaunt an. »Sie haben im Wald geschlafen?«

»Wie hätte ich denn sonst Eure Tür bewachen können?« Er setzte sich anders hin, sodass seine Knie gegen ihren Rücken drückten. Sie lehnte sich zwar nicht zurück, aber immerhin berührte er sie, und sie suchte dennoch nicht blitzschnell das Weite. Sie musterte ihn währenddessen mit einem Blick, der grenzenloses Erstaunen ausdrückte.

»Was ist?«, fragte er.

»Sie haben meine Tür bewacht?«

»Selbstverständlich«, erwiderte er. »Ihr seid in meiner Obhut. Solange Ihr hier seid, werde ich alles tun, damit Ihr in Sicherheit seid.«

»Oh«, murmelte sie. »Ich verstehe. Vielen Dank.«

Er konnte sich nicht vorstellen, dass sie das nicht von ihm erwartet hatte; allerdings war sie eine Hexe und war es vielleicht nicht gewohnt, dass man gut für sie sorgte.

Ein Grund mehr für ihn, das zu tun.

»Hat es heute Morgen irgendwelchen Ärger gegeben?«, fragte er.

Sie schüttelte den Kopf.

»Ich glaube, das Warnsignal, das Sie vor meiner Tür abgelegt haben, hat sich als ziemlich hilfreich erwiesen, auch wenn es grässlich ist.«

»Um diesen Kerl wird keiner trauern«, sagte er in abschätzigem Ton. »Er hat schon ein paar andere Mädchen belästigt, deshalb war ich auch nicht weiter überrascht, ihn gestern an Eurer Tür zu sehen. Vielleicht war meine Reaktion ein wenig heftiger, als sie es im Normalfall gewesen wäre, aber ich kann nicht sagen, dass er das nicht verdient hätte.«

Er spürte, wie sie erschauerte, aber sie sagte nichts weiter. Er selbst war zufrieden damit, hier auf der annähernd trockenen Wiese zu liegen und Sunshine Phillips beim Sortieren ihrer Kräuter zuzusehen. Es war nicht warm – schließlich war ja erst Frühling –, aber dennoch nicht unangenehm. Schließlich musste er allerdings seine Seitenlage aufgeben, und er legte sich auf den Rücken, wobei er vor Schmerz zusammenzuckte.

»Habe ich Sie wirklich verletzt?«, fragte sie.

»Meint Ihr denn im Ernst, ich würde es zugeben?« Er streckte sich vorsichtig aus. »Ihr seid gemeingefährlich.«

»Ich war nicht absichtlich so brutal. Aber ich bin mit den Nerven ziemlich am Ende.«

Das konnte er verstehen. Ihm war es an diesem Morgen ähnlich ergangen, nachdem er von seinem kurzen Streifzug nach Essbarem in seiner Küche hierher gekommen war und sie nicht im Haus angetroffen hatte. Als er sie dann endlich auf der Wiese draußen entdeckt hatte, musste er einfach ganz ruhig stehen bleiben und abwarten, bis sich sein Herz wieder so weit beruhigt hatte, dass er nicht mehr meinte, es müsse ihm gleich aus der Brust springen.

Er seufzte so tief, wie es möglich war, ohne dass es ihm Schmerzen bereitete. Er musste sich etwas einfallen lassen, was sie anbelangte – über ihre grundlegenden Bedürfnisse und ihre Sicherheit hinaus. Entweder musste er sie dorthin zurückbringen, wo sie hingehörte, oder er musste sie ganz für sich haben. Letzteres würde leider seine Sorge um sie nur noch verschlimmern. Und in Anbetracht dessen, dass sie nicht die Seine werden konnte, sollte er sich besser Gedanken darüber machen, wie er sie nach Hause bringen konnte.

Aber vielleicht musste das ja nicht gleich sein. Vielleicht würde er den Tag mit ihr verbringen und dann ein für allemal zu dem Schluss kommen, dass sie nicht für ihn bestimmt war.

Allerdings setzte er keine große Hoffnung darauf, dass das tatsächlich geschehen würde.

Er seufzte wieder, so tief er es wagte, dann schloss er die Augen. »Sagt mir Bescheid, wenn jemand kommt.«

»Wen erwarten Sie denn?«, fragte sie. »Gilly?«

Er musste fast lächeln. »Frau, Ihr habt einen Ton am Leib, der mich ganz schön in Rage bringen könnte. Hat Euer Laird Euch nicht gelehrt, wo Euer Platz ist? Oder dass Ihr Eurem neuen Laird gegenüber keine Frauen erwähnen solltet, über die er nicht sprechen will?«

»Sie sind nicht mein neuer Laird, und schließlich haben Sie mir selbst gesagt, dass Sie sie heiraten wollen.«

»Ich habe nie gesagt, dass ich sie heiraten *will*«, sagte er und blinzelte ihr zu. »Ich habe gesagt, ich werde es tun.«

»Warum sind Sie dann hier?«

Er schloss die Augen und überlegte eine Weile schweigend. Warum? Nun, die Liste der Gründe war ziemlich lang. Weil Sunshine Phillips wunderschön, gewitzt und offensichtlich bereit war, sich in Gefahr zu begeben, wenn ihre Pflicht es verlangte – das hatte sie bewiesen, als sie mitgekommen war, um die Wunden seines Bruders Breac zu versorgen. Weil er drei Tage damit verbracht hatte, sie anzusehen, als sie fieberglühend vor ihm gelegen war und ihn seither das Bild ihres Gesichts überallhin begleitete. Weil sie sich mit ihm in einer Unbefangenheit unterhielt, die er sehr mochte – als sei er einfach nur ein Mann und nicht ein Laird, als würde sie seine Gesellschaft tatsächlich genießen.

Ja, warum also?

»Weil«, begann er schließlich, da ihm immer noch weitere Gründe einfielen. »Weil ich Euch in meine Arme nehmen und küssen will, bis keiner von uns beiden mehr klar denken kann. Aber da das nicht ratsam erscheint, werde ich davon Abstand nehmen. Aber ich kann trotzdem nicht von Euch lassen.«

Sie schwieg so lange, dass er schließlich die Augen aufschlug und sie ansah.

Sie sah ihn mit einem Gesicht an, in dem eine solche Mischung aus Bangigkeit und schrecklicher Hoffnung geschrieben stand, dass er nichts weiter tun konnte, als tunlichst sein zu lassen, was er ihr gerade angedroht hatte.

Also blieb er einfach liegen, beobachtete sie und fragte sich, wie es einer Frau, die offensichtlich ein verrücktes Huhn war, gelungen war, ihn in weniger als einer Woche im Sturm zu erobern, sodass er bei der bloßen Erinnerung an ihr Lächeln feuchte Augen bekam und beim Gedanken, ihr auf immer nah zu sein, Herzklopfen und bei der Vorstellung, mit ihr für die kommenden Jahre sein Lager zu teilen, sein ganzer Körper in Aufruhr geriet?

Zum Teufel, wie sollte er ohne sie leben?

Er setzte sich stöhnend auf und griff nach ihrer Hand. »Ich glaube, Ihr seid wirklich eine Hexe, Sunshine Phillips.«

»Was hat das mit Ihrer oder meiner Zukunft zu tun?«

»Nichts«, erwiderte er und verschränkte seine Finger mit ihren, »nur dass ich jeden Tag meiner Zukunft damit verbringen werde, mir zu wünschen, dass wir eine gemeinsame hätten.«

»Das ist nicht Ihr Ernst«, sagte sie mit leiser Stimme.

Er sah auf ihre Finger hinunter, die mit seinen verflochten waren, dann trafen sich ihre Blicke. »Doch, ich glaube schon«, sagte er gedehnt.

»Sie wissen doch gar nichts über mich …«

»Ich weiß genug.«

Ihre Augen füllten sich mit Tränen. »Es hat keinen Sinn, darüber nachzudenken, darüber zu sprechen, ja nicht einmal, sich auch nur ansatzweise vorzustellen …«

Er beugte sich vor und brachte sie mit seinem Mund zum Schweigen. Es war keine besonders gute Idee, aber er konnte sich nicht zurückhalten. Und als er sich einmal der äußerst angenehmen Beschäftigung, sie zu küssen, hingegeben hatte, *wollte* er sich auch gar nicht mehr zurückhalten. Wenn nur seine Seite nicht so schmerzen würde. Er hätte sie gern in seine Arme gezogen und noch ein paar andere Dinge mit ihr getan, als sie nur zu küssen.

Und dann, als er hörte, wie sie nach Atem rang, wurde ihm klar, dass sie wahrscheinlich keine erfahrene Frau mit Dutzenden von Liebhabern war.

Sein Kuss ließ augenblicklich an Heftigkeit nach und wurde viel keuscher als noch vor einem Moment. Es dauerte ein bisschen, aber schließlich entspannte sie sich in seinen Armen. Und nach einiger Zeit spürte er, wie sich ihre Hand auf seine Schulter hinaufstahl.

Bei allen Heiligen, er hatte wirklich ein Problem.

Er küsste sie zärtlich auf den Mund, auf ihre geschlossenen Lider, ihre Wangen. Dann hob er den Kopf, solange er noch über einen Rest von Vernunft verfügte, aber er vergrub seine Hand in ihrer Lockenpracht, um sie ganz nah bei sich zu haben.

Eine einzelne Träne rollte ihre Wange hinunter. »Der Himmel steh uns bei«, flüsterte sie, ohne die Augen zu öffnen.

»Sunshine, ich fürchte, für uns kommt jede Hilfe zu spät.«

Sie blickte zu ihm auf. »Das können wir nicht tun.«

Er holte tief Luft, nickte, dann ließ er seine Hand über ihren Rücken hinuntergleiten, bevor er sich wieder neben ihr ausstreckte, dabei rückte er aber nicht eine Handbreit zu viel von ihr ab. Es brachte ihn um den Verstand, sie zu berühren, aber vermutlich wäre es noch viel schlimmer, es nicht zu tun. Er suchte nach irgendeiner passenden Bemerkung. »Ich werde Euch all meine Fehler auflisten«, sagte er leichthin. »Dann werdet Ihr froh sein, dass Ihr nicht mit mir vorliebnehmen müsst.«

Sie hob die Hand und berührte ihren Mund. Vermutlich geschah das unbewusst, denn als sie merkte, dass er sie beobachtete, ließ sie die Hand sofort wieder sinken.

»Also gut«, sagte sie und setzte ein Lächeln auf, das kein bisschen überzeugend wirkte. »Dann sollten Sie dafür sorgen, dass es eine möglichst umfassende Liste wird.«

»Es wird mich einige Mühe kosten«, meinte er nüchtern, »aber ich werde es versuchen. Erster Punkt: Ich bin schroff. Und fordernd. Ich habe oft schlechte Laune und bin verdrießlich. Ich habe keine Geduld mit Dummheit und ich fordere treue Gefolgschaft.« Er hielt inne, um zu sehen, ob etwas davon sie abschreckte.

Sie sah ihn nur schweigend an.

Er redete schnell weiter: »Ich gewähre mein Vertrauen nicht leichtfertig. Ich verbringe schrecklich viel Zeit mit Fechtübungen, und ich neige dazu, zuerst zu töten und mich später zu fragen, ob ich vielleicht einen Fehler gemacht habe.« Er hielt inne. »Bekommt Ihr schon Angst?«

Sie schüttelte den Kopf. »Vermutlich sollten Sie noch etwas tiefer gehen.«

Er musste unwillkürlich lächeln. »Ich schätze ein behagliches Feuer, ein warmes Bad und eine willfährige junge Frau in meinem Bett. Schreckt Euch das jetzt ab?«

»Haben Sie viele willfährige junge Frauen in Ihrem Bett?«, fragte sie mit einem leisen Lächeln. »Oder vertreiben Sie alle mit Ihrer schlechten Laune und Verdrießlichkeit?«

»Da gab es schon ein paar«, murmelte er. »Und wie viele willfährige Männer hattet *Ihr* in Eurer Bettstatt?«

Ihre Wangen glühten auf einmal. »Das werde ich *Ihnen* ganz bestimmt nicht sagen.«

Er sah zu, wie sie bis hinter beide Ohren errötete, und ihm kam ein verblüffender Gedanke: »Seid Ihr noch *Jungfrau?*«

Sie bewegte sich so schnell wie noch keine Frau, die er je gesehen hatte. Doch es nützte ihr nichts, dass ihn in dem Moment, als er versuchte sich aufzurappeln, plötzlich ein so starker Schmerz durchfuhr, dass er auf den Knien verharren musste; er rappelte sich trotzdem auf und rannte ihr hinterher. Er fing sie auf halbem Weg zum Bach ein und drehte sie zu sich um, aber er wagte nicht, sie in seine Arme zu nehmen oder sie erneut zu küssen oder ihr auf sonst irgendeine Art zu zeigen, was er für sie empfand. Dafür befanden sie sich zu nahe am Dorf. Er hielt sie einfach an den Armen fest, um sie davor abzuhalten, noch weiter wegzulaufen.

»Mir ist noch ein weiterer Fehler eingefallen«, sagte er und griff das Erstbeste auf, das ihm in den Sinn kam.

»Welcher?«, fragte sie kläglich.

»Ich bin viel zu neugierig. Man wirft mir vor, dass ich zu viel über andere nachdenke und zu viele Fragen stelle. Mein Vater hielt das für einen sehr unangenehmen Charakterzug. Er hat mir immer wieder gesagt, es hätte besser zu mir gepasst, eine Zofe in einem vornehmen Haushalt zu sein als ein Krieger in seiner Burg.« Er hielt inne. »Er nannte mich von Zeit zu Zeit auch eine Zimperliese.«

Sie musste lächeln. »Das glaube ich nicht.«

»Doch, das stimmt«, erwiderte Cameron aufrichtig. »Ich glaube, er wollte mich damit anfeuern, mich noch mehr anzustrengen und mich im Schwertkampf zu üben, aber wer weiß? Der Mann hatte keinerlei Skrupel.«

»Sie scheinen einige zu haben.«

»Zu meiner immerwährenden Schande.« Er wollte sie in die Arme nehmen, um seinem Herz Ruhe zu schenken, aber er wusste, dass er sie damit in Gefahr bringen würde, und das kühlte seine Leidenschaft sofort ab. Er ließ sie los, strich ihr mit den Händen über die Arme und trat einen Schritt zurück. »Wir sollten Eure Kräuter holen. Ich glaube, der Wind frischt auf.« Er schenkte ihr sein zuvorkommendstes Lächeln. »Kommt Ihr mit?«

Sie holte tief Luft, dann nickte sie. Er wünschte sich, er könnte etwas Charmantes zu ihr sagen, aber Charme war nicht gerade seine Stärke, ganz gleich, was seine Mutter behauptet hatte. Er konnte hin und wieder ein ganz respektables Lächeln zustande bringen, um sich von der Köchin eine Süßigkeit zu erschmeicheln, aber mehr auch nicht. Jetzt musste er zumindest irgendetwas Nettes sagen. Er machte den Mund auf und hoffte, dass etwas Brauchbares herauskäme.

»Was wünscht Ihr Euch von Eurem Leben?« Das war anscheinend das Beste, was er zuwege brachte.

Sie sah ihn verblüfft an.

Er konnte es ihr nachfühlen. Noch nie im Leben hatte er eine so dumme Frage gestellt, noch nicht einmal seinem Vater, den er damit zu einer weiteren Standpauke über die Unsitte, zu viele Fragen zu stellen, provoziert hätte. Er sah sie bestürzt an.

»Ich neige eigentlich nicht zur Grübelei«, sagte er kleinlaut. »Ich weiß auch nicht, wie ich darauf gekommen bin, das zu fragen.«

»Das kommt von den Blumen in Ihrem Haar.«

Er griff sich an den Kopf und merkte, dass er noch immer den Blumenkranz trug. »Das glaube ich gern. Ihr müsst nicht antworten, wenn Ihr nicht möchtet. Das ist schließlich etwas sehr Persönliches.«

Sie zuckte die Schultern. »Ich antworte Ihnen, obgleich es vermutlich nichts sehr Interessantes zu erfahren gibt. Ich hätte gerne einen Mann und Kinder. Einen Garten.« Sie lächelte. »Und Regentropfen auf dem Dach.«

»Ihr seid eine richtige Schottin, nicht wahr? Außerdem ist nichts von dem Genannten langweilig. Das sind wichtige Dinge.«

Und da er selbst sie nie aus freien Stücken von jemandem bekommen würde, waren sie wirklich kostbar.

»Und was wünscht Ihr Euch von Eurem Leben?«, fragte sie.

Er trat nervös von einem Bein aufs andere, aber vermutlich verdiente sie eine ehrliche Antwort. Er faltete die Hände auf dem Rücken. »Ich möchte eine Frau, die mich auch dann lieben würde, wenn ich kein Laird wäre.«

»Hat es denn wirklich so viele Vorzüge, ein Laird zu sein?«, fragte sie. »Sie stehen in der Schlacht an vorderster Front, Sie sind der Letzte, der schlafen gehen kann, wenn in der Burg etwas im Argen liegt und der Erste, der aufstehen muss, wenn Sie gebraucht werden.«

»Es könnte schlimmer sein. Ich könnte auch ein Küchenjunge sein und genauso wenig Schlaf, dafür aber nicht so gut zu essen bekommen.«

Sie lächelte. »Wäre das so schlimm?«

»Normalerweise würde ich sagen, ja. Heute würde ich mich damit aber durchaus zufrieden geben.« Er hielt inne. »Es würde mir eine Reihe von Freiheiten gestatten, die ich nicht genieße.«

Sie brach ab, als er sich bückte, um sein Schwert aufzuheben. »Was denkt Gilly über Sie und darüber, dass Sie ihr Laird sind?«

Er steckte sein Schwert lächelnd in die Scheide zurück. »Eigentlich habe ich keine Ahnung, was sie denkt, und es ist mir auch egal. Warum sprecht Ihr so oft über sie?«

»Sie haben vor, sie zu heiraten. Ich dachte, so wäre es Sitte.«

Vermutlich hatte sie recht. Als er sich das Schwert wieder auf den Rücken schnallte, stöhnte er auf und beim Bücken fluchte er. Sunny hielt ihn zurück und hob ihre Kräuter und die Lebensmittel selbst auf.

»Nun?«

»Gilly würde mir eher ein Messer in den Bauch rammen, als mir etwas Nettes zu sagen«, meinte er mit abschätzigem Schnauben. »Ich bin mir ziemlich sicher, sie würde viel lieber Giric heiraten. Allerdings glaube ich sogar, am allerliebsten würde sie mich *und* Giric umbringen und selbst über den Clan herrschen.«

»Pflichterfüllung kann manchmal sehr schwierig sein«, räumte sie ein. »Insbesondere wenn es um Herzensangelegenheiten geht.«

»Sunshine, meine Liebe, Ihr habt *keine* Ahnung. Aber da ich meine Pflichten nicht ändern kann, lasst uns zurückgehen und das Beste daraus machen.«

Sie nickte und sie überquerten die Wiese. »Wohin gehen Sie jetzt?«, fragte sie.

Auf ihrem Gesicht lag ein Lächeln, das ihn irgendwie anrührte. Er hatte noch nie jemanden so angestrengt lächeln sehen. Vermutlich hätte es ihm schmeicheln müssen, dass sie das für ihn tat, aber das war nicht der Fall. Er war zu sehr damit beschäftigt, sich zu wünschen, dass sie so nicht lächeln müsste.

Er nahm behutsam den Blumenkranz ab, dann legte er ihr die Blumen über die Stirn. »Ich muss heute Nachmittag meinen Männern etwas Respekt beibringen, aber ich komme später wieder und bringe Euch noch etwas zu essen.«

»Cameron, das müssen Sie nicht …«

»Ich *will* später zurückkommen und ich *will* heute Nacht Eure Tür bewachen.«

Sie blickte zu ihm auf. »Sie können doch nicht immer wach bleiben.«

»Wenn ich nicht mehr länger wach bleiben kann, dann übergebe ich Euch einfach mein Schwert und betraue Euch damit, mich zu bewachen. Das schafft Ihr schon, nicht wahr?«

Sie nickte, und wieder umspielte dieses Lächeln ihre Lippen.

Er ging mit ihr über die Wiese zum Haus und ließ sie dort mit dem mitgebrachten Essen zurück.

»Gebt gut acht auf Euch.«

Sie nickte, sagte aber nichts.

Er verstand.

Was hätte sie auch sagen sollen?

Er lief durch das Dorf zurück und plauderte freundlich mit den Bewohnern, dann ging er weiter seines Weges. Je mehr die Leute mit Sunny vertraut wurden, je deutlicher sie sahen, dass er von ihr nicht negativ beeinflusst wurde, desto eher würden sie glauben, dass sie keine Hexe war, und desto sicherer wäre sie.

Vermutlich konnte er sich seinen Kummer darüber sparen, dass er sie nicht in der Abgeschiedenheit seiner eigenen Schlafkammer unterbringen konnte.

Er ging in die Burg und ließ den Blick über seine Männer schweifen, die träge um das Feuer herumlümmelten. Nur ein paar von ihnen sahen auf und zollten ihm Respekt. Das erzürnte ihn. Er trat zu ihnen und legte die Hand auf Brices Stuhllehne.

»Nun, Männer«, sagte er gedehnt, »gibt es keine Arbeit heute? Sind keine Pferde zu versorgen? Keine Klingen zu schärfen, auf dass Ihr nicht durch die Hand eines Fergusson oder MacLeod sterbt? Solltet Ihr Euch nicht im Schwertkampf üben, damit Ihr nicht vergesst, wie man die Waffe führt?«

Brice stand auf. »Kommt schon, Männer. Er hat recht.«

»*Cameron* hat recht«, knurrte Cameron. Er bedachte sie mit einem drohenden Blick. »Muss ich Euch alle in den Hof hinausjagen und Euch die Erinnerung daran, wer Euer Laird ist, in Eure Dickschädel einhämmern?«

Sie brachten alle eine halbherzige Ehrbezeugung zustande, bevor sie aus dem Saal abzogen. Cameron sah ihnen nach, dann bemerkte er, dass einer nicht dabei gewesen war.

Giric.

Er wandte sich um und ging zur Treppe. Er nahm zwei Stufen auf einmal, bis er im oberen Stockwerk angekommen war, dann ging er auf Zehenspitzen durch den Korridor. Er legte das Ohr an seine eigene Tür, hörte aber nichts außer Briannas fröhlichem Singen.

Sie war zweifellos hinter einer sicher verriegelten Tür mit einer Stickarbeit, mit Putzen oder Ähnlichem beschäftigt. Cameron ging den Korridor weiter entlang und blieb vor Breacs Kammer stehen.

Die Geräusche von drinnen klangen keineswegs nach Trauer.

Cameron stieß die Tür auf und sah auf das Paar, das auf der Bettstatt seines Bruders lag. Gilly blickte ihn bestürzt an, Giric mit unverschämtem Grinsen. Cameron lehnte sich an die Tür und gab ihnen ein Zeichen weiterzumachen.

»Lasst Euch nicht stören.«

»Ich bin schon fertig«, erwiderte Giric, wälzte sich vom Bett und band sich ein Plaid um. Er verschränkte die Arme vor der Brust und blickte Cameron herausfordernd an. »Ihr wolltet etwas?«

»Die Frau meines Bruders«, sagte Cameron gelassen.

»Die könnt Ihr nicht haben«, entgegnete Giric mit leiser, drohender Stimme.

»Nicht?«, meinte Cameron. »Ich glaube, ich bin dem

Gedenken meines Bruders verpflichtet.« Er sah Giric kühl an. »Oder irre ich mich da vielleicht?«

Giric schob sich an ihm vorbei. »Es wäre gut für Euch, wenn Ihr auch hinten im Kopf Augen hättet.«

Cameron schnaubte verächtlich. »Ich könnte Euch noch im Halbschlaf besiegen.«

Giric stieß einen Fluch aus, den Cameron nicht beachtete. Er blickte Gilly an, die sich aufsetzte und sich das Leintuch unters Kinn hielt. »Zieht Euch an«, forderte er sie auf.

»Ich will Euch nicht ehelichen«, giftete sie ihn an.

Nun, dieses Gefühl teilte er, aber es kam nicht darauf an, was er wollte.

Sie deutete mit zitternder Hand auf ihren Sohn. »Er ist nicht von Breac, sondern von Giric.«

Cameron wäre trotz seiner entsetzlichen Neugier nie in den Sinn gekommen, seinen Bruder über sein Eheleben auszufragen, aber Gillys läppischer Täuschungsversuch fruchtete bei ihm nicht – Aidan sah haargenauso aus wie Sim als kleiner Junge ausgesehen hatte. Daran konnte sich Cameron gut erinnern. Gilly wollte offenbar mit allen Mitteln vermeiden, sein Bett teilen zu müssen, dass sie zu einer solchen Lüge bereit war.

Aber wenn sie dazu geneigt war, zu behaupten, dass sie die Kinder anderer Männer geboren hatte, dann war er seinem Bruder gegenüber vielleicht weniger verpflichtet als bisher angenommen. Vielleicht könnte er ja doch heiraten, wen er wollte.

Was für einen Aufruhr würde es wohl verursachen, wenn er die MacLeod-Hexe zur Frau nahm?

Besser, man wusste es nicht.

Er sah Gilly an. »Ich gebe Euch eine Woche Zeit.«

»Lieber töte ich Euch.«

Cameron schnaubte verächtlich, dann drehte er sich um und ging den Korridor zurück. Er zweifelte nicht daran, dass sie es versuchen würde, also wäre es vielleicht sicherer, er würde eine Weile draußen im Wald kampieren, bis sie sich in ihr Schicksal ergeben hätte.

Abgesehen davon wäre er dann näher bei Sunshine.

Das war sicher der angenehmste Gedanke, der ihm in der vergangenen Viertelstunde gekommen war.

Er ging hinaus, um eine Zeitlang an den Kampfübungen seiner Männer teilzunehmen, aber er hielt es nicht lange durch. Seine Seite schmerzte entsetzlich, und er wusste ja, wo er ein Gegenmittel bekommen könnte.

Konnte man es ihm zum Vorwurf machen, wenn dieselbe Frau auch seinem Herzen Linderung verschaffte?

9

Sunny fuhr sich mit der Hand durch ihr fettiges Haar und sehnte sich verzweifelt nach einem Bad. Sie war nun seit zwei Wochen im 14. Jahrhundert, lange genug, um den Wunsch nach Sauberkeit wirklich drängend werden zu lassen. Vermutlich zählte ihr Ausflug zum Loch auch als Bad, aber sie war nicht besonders begierig darauf, diese Erfahrung zu wiederholen, also musste sie vermutlich einfach schmutzig bleiben. Vielleicht würde ja so aus ihr irgendwann doch noch eine richtige mittelalterliche Jungfer – ungewaschen und von einem nicht gerade angenehmen Geruch umgeben. Sie war an diesem Morgen schon auf der Wiese gewesen und hatte Kräuter zum Trocknen gesammelt, und dabei zumindest die Hände und Füße in den Bach gestreckt. Das war nicht das Optimum, aber es musste vorerst genügen.

Sie fand sich mit vielen Dingen ab, vor allem damit, in welcher Zeit sie gelandet war. Zwar hatte sie sich überlegt, zu Moraigs Cottage zurückzukehren, aber die richtige Gelegenheit für einen neuerlichen Versuch hatte sich einfach noch nicht ergeben. Sie konnte es sich nicht vorstellen, ihr restliches Leben im mittelalterlichen Schottland zu verbringen, aber für den Moment konnte sie überleben. Sie hatte den Regen, sie hatte die Erde unter ihren Füßen, und sie hatte den Himmel, der sich wolkenverhangen über ihr wölbte wie eine tröstende Umarmung. So konnte sie auch noch einige Zeit ohne eine warme Dusche auskommen.

Abgesehen davon hatte das mittelalterliche Schottland auch seine Vorteile. Kein Verkehr, keine Handys, keine Feinstrumpfhosen. Cameron war nicht ganz der unkomplizierte Mann, den sie sich gewünscht hatte – und sie würde ihn auch nicht so bald für sich haben –, aber nach einiger Zeit könnte sie für ihn vielleicht einen Garten anlegen, ohne dass die Dorfbewohner und seine Männer sie gleich ertränken wollten. Es hätte alles viel schlimmer sein können.

Sie flocht ihr Haar neu, band den Zopf mit ein paar Fäden zusammen, die sie aus dem ausgefransten Saum ihres Kleides gezogen hatte, dann richtete sie sich energisch auf. Camerons Dolch steckte noch immer hinten in ihrem Gürtel, das gab ihr größere Zuversicht, den restlichen Nachmittag zu überleben. Sie öffnete die Tür und war innerlich gegen fast alles gewappnet. Der Leichnam lag nicht mehr vor ihrem Eingang, aber anscheinend hatte schon die Erinnerung daran ihre Unversehrtheit gesichert.

Bisher hatte sie Cameron jeden Tag gesehen, oft mehrmals, wie es sich gerade ergab, aber er war nie mehr länger als auf ein kurzes Gespräch über die Lage oben auf der Burg bei ihr geblieben. Seine Antworten reichten von *Wie zu erwarten* bis *Nicht gut.* Gestern hatte seine einzige Auskunft in einem zusammengepressten Mund und einem Kopfschütteln bestanden. Was er wohl vorhatte? Sie hatte gewagt, anzudeuten, seine Schwierigkeiten könnten vielleicht mit ihr zusammenhängen, aber er hatte ihr so heftig widersprochen, dass sie das Thema nicht wieder angeschnitten hatte.

Sie zog die Tür hinter sich zu und ließ den Blick über die Umgebung schweifen, dann schreckte sie leicht zusammen. Dort, nur zehn Schritte entfernt, am Waldrand stand der Laird des Cameron-Clans.

Sie versuchte, nicht daran zu denken, wie schön es war, ihn zu sehen, oder zu wissen, dass er über sie wachte. In der vergangenen Woche hatte sie die Erfahrung gemacht, dass der Mann vor allem unermüdlich war – und starrköpfig. Er hatte ihre Beteuerungen ignoriert, dass sie nicht so viel zu essen brauchte, und bei ihrer Bitte, er sollte seine Nächte nicht damit zubringen, sie vom Waldrand aus zu beobachten, nur verächtlich geschnaubt. Und als sie vorgeschlagen hatte, sie könnte vielleicht einfach einen kleinen Proviantbeutel packen und ihr Glück bei einem anderen Clan versuchen, hatte er nur einen finsteren Blick für sie übrig gehabt.

Allerdings hatte er sie bei letzterer Gelegenheit nicht nur mit seinen Blicken fixiert. Es war in der ganzen Woche das einzige Mal gewesen, dass er sie berührt hatte. Er hatte sie heftig an sich gezogen und seine Arme so fest um sie geschlungen, bis sie quiekte, und dann hatte er ihr mit heiserer Stimme ins Ohr geraunt.

Wenn Ihr mich verlasst, wird mich das umbringen.

Und dann hatte er sie geküsst, bis sie ihm versprochen hatte, sie würde nicht mehr länger gegen ihn ankämpfen. Seither hatte er sie zwar nicht mehr angerührt, aber sie häufig mit derart glühenden Blicken bedacht, dass sie sich allmählich wunderte, dass sie nicht zu brennen begonnen hatte.

Die Lage war aussichtslos. Er war Laird eines mittelalterlichen Clans und sie eine Frau aus dem gemeinen Volk – und aus dem 21. Jahrhundert. Selbst wenn er den Plan aufgab, seine Schwägerin zu heiraten, so würde er sie dennoch nicht ehelichen können. In dieser rauen Wirklichkeit würden sie sich nicht behaupten können.

Er hob seine Hand und winkte sie mit gekrümmtem Finger heran. Sie schloss kurz die Augen und unterdrückte die Schmetterlinge, die in ihrem Bauch zu flattern begannen, dann trat sie aus dem Schatten ihres Cottages und rannte über den schlammigen Weg zum ihm. Er schlang ein weiteres Plaid um ihre Schultern.

»Es ist kalt draußen«, meinte er nur.

»Es ist Frühling.«

»Stimmt«, erwiderte er mit leisem Lächeln. »Davon habe ich auch schon gehört.«

Sie zog das Plaid enger um sich und blickte zu ihm auf. »Was haben Sie heute vor?«

»Mit Euch einen Waldspaziergang machen.«

»Wirklich?«, fragte sie überrascht. »Warum?«

»Liebe Sunny, wenn ich nicht eine Stunde trauter Zweisamkeit mit Euch genießen kann, dann werde ich verrückt.«

»Aber …«

Er sah sie mit einem so ernsten Gesichtsausdruck an, dass sie ihre Einwände herunterschluckte.

»Also gut«, meinte sie.

Er legte seinen Arm um ihre Schultern und zog sie tiefer in den Wald hinein. »Bitte verzeiht, dass ich keine Schuhe für Euch habe, aber der Weg ist weich. Er ist ziemlich sicher, glaube ich.«

»Sicher?«, echote sie, »oder angenehm zu gehen?«

Er lächelte verdrießlich. »Ich wollte eigentlich sagen, angenehm zu gehen.«

Das konnte sie sich nicht vorstellen. Sie zog das Messer aus ihrem behelfsmäßigen Gürtel und reichte es ihm. »Vielleicht sollten Sie das lieber selbst wieder nehmen.«

Er zögerte, dann steckte er es in seinen Stiefel. »Heute Abend gebe ich es Euch zurück.«

»Ich will nicht wieder darauf herumreiten, dass Sie nicht andauernd über mich wachen müssen«, begann sie, »aber vielleicht ist mir der Hinweis gestattet, dass es für Sie einfacher sein könnte, wenn Sie mich in der Burg schlafen ließen.«

Er zögerte, dann schüttelte er den Kopf. »Das ist viel zu gefährlich, Sunny. Ich erzähle Euch unterwegs, warum.«

Nun, das ließ eine ausführlichere Begründung als bisher erwarten. Sie nickte und ging weiter an seiner Seite. Der Weg war, wie er versprochen hatte, weich unter ihren Füßen, und nicht matschig vom Regen, der durch die Baumkronen herabfiel. Wann immer sie an eine steinige Stelle kamen, hob er sie darüber hinweg, ansonsten ging er einfach neben ihr her. Bisweilen blieb er stehen, als lausche er.

»Cameron?«

Er sah zu ihr herunter. »Was ist?«

»Warum bleiben Sie stehen?«

»Ich weiß gern, was im Wald um mich herum geschieht«,

sagte er schlicht. »Und nun zu der Frage, warum Ihr hier im Dorf sicherer seid. Sie ist nicht leicht zu beantworten. Zum Teil deshalb, weil wenn Ihr in meiner Schlafkammer übernachtet, wird man denken, dass ich bei Euch liege und dann wird es uns beiden schlecht ergehen.«

»Weil ich die MacLeod-Hexe bin?«, fragte sie.

Er lächelte. »Ja, das ist ein Grund. Aber ich kann Euch auch nicht außerhalb meiner Kammer schlafen lassen, weil – nun Ihr habt ja schon gesehen, was geschieht, wenn ich Euch ihnen schutzlos überlasse. Und wenn Ihr die ganze Wahrheit wissen wollt, ich bin mir auch nicht mehr sicher, ob ich ihnen trauen kann, wenn wir mit ihnen in der Burg sind.« Er sah sie vielsagend an. »Da gibt es einfach zu viele Schurken zwischen uns und dem Eingangstor.«

»Oh, Cameron«, sagte sie mit erschrockener Miene. »Aber das sind doch Ihre Gefolgsleute.«

»Man sollte meinen, das bedeutet ihnen etwas, aber scheinbar ist das nicht der Fall.« Er holte tief Luft. »Warum lenkt Ihr mich nicht ein bisschen damit ab, indem Ihr mir von Eurer Familie erzählt? Vermutlich liegen Eure Verwandten nicht nachts wach und schmieden finstere Pläne, wie sie Euch still und heimlich um die Ecke bringen können.«

Sie rang sich ein Lächeln ab. »Ich weiß nicht, wie Sie darüber scherzen können.«

Er zuckte die Schultern. »Entweder scherzen oder weinen, und ich weine nie. Also, jetzt ist es Eure Pflicht, die Neugier Eures Laird zu befriedigen.«

»Und Neugier ist ja Ihr größter Fehler«, bemerkte sie. »Oder ist es eher Ihre Ritterlichkeit?«

»Ritterlichkeit«, sagte er mit verächtlichem Schnauben. »Das ist englischer Unsinn, Mädchen. Bei uns in Schottland gibt es dergleichen nicht.«

»Selbstverständlich gibt es das. Hier nennt man es ›Ehre‹.«

Er lächelte. »Gut, mag sein. Und nun, fahrt fort, Sunshine, bevor ich erröte. Erzählt mir zuerst von Euren Eltern. Und ich nehme zur Kenntnis, Ihr streitet nicht länger ab, dass ich Euer Laird bin.«

»Ich tue es Ihnen zu Gefallen.«

»Ganz wie es sein sollte.«

Sie lachte über ihn. »Sie sind unerbittlich – und schamlos. Aber ich werde Ihnen Ihre neugierigen Fragen beantworten. Meine Eltern sind Gelehrte. Sie verbringen ihre Tage damit, anderen Gelehrten Sprachen beizubringen.«

»Auch Eure Mutter?«

Sie lächelte über das Staunen in seiner Stimme. Hätte ihre Mutter das gehört, ihre Nackenhaare hätten sich aufgestellt, und sie hätte Cameron mit Worten aufgespießt. »Ja, auch sie«, sagte sie. »Es ist eine ganz andere Welt, dort, wo ich herkomme.«

Er sah sie nachdenklich an. »Es hört sich an, als seien Eure Eltern recht belesen. Selbst Eure Mutter.«

»Dem würde sie sicher zustimmen. Wahrscheinlich sind sie für uns Normalsterbliche zu gebildet. Ich habe nur eine Schwester, Madelyn.«

»Ist das die, die den Mut aufbrachte, einen MacLeod zu heiraten?«

Sie nickte. »Patrick trägt sie auf Händen, also habe ich nichts an ihm auszusetzen. Er ist ein wunderbarer Mann.«

Er ging eine Weile schweigend neben ihr her. »Er wird sich Sorgen machen um Euch«, sagte er schließlich.

»Ich denke schon.«

Er legte seinen Arm um ihre Schultern, dann griff er mit der anderen hinter seinen Rücken, nahm ihre Hand und legte sie um seine Taille. Sunny prägte sich diesen Moment ganz fest in ihrem Gedächtnis ein: Sie gingen in einem herrlichen Wald spazieren, ein Frühlingsschauer rieselte sachte durch die Bäume, und ein ritterlicher, starker Mann hielt sie fest, als wolle er sie nie wieder loslassen.

Zwar hatte sie kein Zuhause, war Hunderte von Jahren von ihrer eigenen Zeit entfernt und besaß keine Schuhe, aber als

Gegenleistung für diesen einen Moment konnte sie vielleicht auch weiterhin ohne diese Dinge auskommen.

Cameron blieb schließlich stehen, blickte sich kurz um, dann setzte er sich auf einen umgestürzten Baumstamm und zog sie neben sich. Er nahm ihre Hand in seine, betrachtete sie eingehend schweigend mehrere Minuten lang von beiden Seiten, dann sah er sie an.

»Wie alt seid Ihr?«, fragte er.

»Dreiunddreißig«, brachte sie heraus. »Warum?«

Er zuckte die Schultern. »Ich frage mich, warum Ihr immer noch Jungfrau seid. Sind denn die Männer, die Ihr kennt, einfach nur blind oder sind sie noch dazu dumm?«

Sie rutschte unruhig auf ihrem Sitz herum, aber er sah sie weiter an, ohne den geringsten Ansatz von Verachtung oder Spott in seinem Gesicht.

»Ich werde um eine Antwort auf diese Frage nicht herumkommen, oder?«, fragte sie schließlich.

Er schüttelte langsam den Kopf.

»Warum ist das für Sie wichtig?«

»Weil ich glaube, dass es eine Menge über Euch aussagt, und ich bin neugierig, was.«

Es dauerte noch ein, zwei Augenblicke, bis sie entschieden hatte, wie sie es ihm erklären könnte, damit er es auch verstand.

Warum hatte sie noch mit keinem Mann geschlafen? Weil sie eine Außenseiterin gewesen war, darum. Die Highschool war für sie ein Alptraum gewesen. Es war nicht gerade ein Vorteil gewesen, dass sie ein Dutzend Sprachen beherrschte, Pflanzen interessanter fand als Kleider und vegetarische Gerichte schmackhafter als Hamburger. Wäre Madelyn nicht gewesen, dann hätte sie niemanden gehabt, mit dem sie reden konnte.

Natürlich hatte sich das geändert, sobald sie aufs College kam, dort hatte sie gleichgesinnte Freunde kennengelernt, aber selbst in diesen Kreis hatte sie nicht gut hineingepasst. Sie lief in einem Ledermantel herum, weil sie das Tragegefühl mochte, sie half bei Geburten, weil sie es herrlich fand, wie sich die Welt veränderte, wenn ein neues Leben seinen ersten Atemzug tat, und sie trug Leinenkleider, da diese direkt aus dem Koffer gut aussahen. Sie war nicht alternativ genug für die Umweltaktivisten, aber gleichzeitig zu unkonventionell für die Hamburger-Fraktion. Und während dieser ganzen Zeit hatte sie einfach keinen Mann gefunden, mit dem sie sich gerne einlassen wollte.

Bis sie den an ihrer Seite getroffen hatte.

»War es wegen der Kräuter?«, versuchte er ihr zu entlocken.

»Zum Teil«, pflichtete sie ihm bei. »Aber auch deshalb, weil ich immer schon Dinge mochte, die andere nicht besonders aufregend fanden.«

»Dinge wie Blumenwiesen und neugierige, ungehobelte Highland-Lairds?«, fragte er.

Sie erwiderte sein Lächeln. »Sie sind nicht ungehobelt, aber ich mag Blumenwiesen tatsächlich. Und es stimmt schon, dieser Hexenkram war den Männern nicht geheuer. Aber Sie haben ja keine derartigen Probleme, also warum zanken sich dann die Frauen hier nicht um den Platz in Ihrem Bett – obwohl das, wie ich mir lebhaft vorstellen kann, wahrscheinlich sehr wohl der Fall ist, ganz gleich, was Sie sagen.«

»Das möchte man meinen, aber das ist ein gewaltiger Irrtum.« Er zuckte die Schultern. »Ich bin sehr wählerisch. Und ich mag keine Frauen, die nicht das Rückgrat haben, sich mir gegenüber zu behaupten.«

»Das ist nicht leicht, immerhin sind Sie der Laird.«

»Ihr scheint damit aber keine Schwierigkeiten zu haben.«

»Soll ich etwa schmeichlerisch und unterwürfig sein?«, fragte sie leichthin.

»Die Heiligen mögen uns beide davor bewahren«, sagte er mit mattem Lächeln. Er blickte ziemlich lange auf ihre Hand in seiner hinunter, bevor er wieder aufsah. »Ich bin unglücklich mit dieser ganzen Situation, Sunny. Ich möchte Euch gern in meiner Nähe haben, aber ich habe keine Ahnung, wie ich das arrangieren soll, ohne dass es Euch in Gefahr bringt.«

Sie spürte, wie ihr auf einmal Tränen in die Augen stiegen, und zwinkerte wütend, um sie wieder dorthin zurückzuschicken, wo sie hingehörten. »Danke.«

»Gerne geschehen.« Er fuhr sich mit der Hand durchs Haar, fluchte, dann schob er seine Hand unter ihre Locken und zog sie eng an sich. »Ich werde Euch jetzt küssen – keusch, hoffe ich. Zum Teufel mit dem gesunden Menschenverstand.«

Sie schloss die Augen und ihre Lippen trafen sich. Es war nicht so ein Kuss, wie er in ihr vor Moraigs Cottage abgerungen hatte, oder wie der neulich auf der Wiese oder sein überaus zarter letzter Kuss, aber sie verspürte dasselbe Kribbeln wie damals, als er zum ersten Mal ihre Hand berührt hatte. Nur war es diesmal hundertmal intensiver.

Sie erschauerte, als er sich von ihr löste. »Cameron …«

»Cam«, korrigierte er.

»Cam?«

»So nennt – nannte – mich mein Bruder Sim …«

Er brach abrupt ab. Sunny sprach weiter, aber er drückte ganz fest ihre Hand, und sie hielt inne. Sie beobachtete ihn, wie er sich in eine Art Schurken-Aufspürantenne verwandelte. Er saß ein, zwei Augenblicke ganz still da, dann sah er sie an.

»Wir sind nicht allein.«

Sie spürte eine Woge der Panik in sich aufsteigen. Sie wäre am liebsten aufgesprungen und losgerannt, aber er schüttelte nur fast unmerklich den Kopf.

»Sprecht einfach weiter, meine Liebe«, sagte er ruhig. »Als hättet Ihr nichts Verdächtiges bemerkt. Kommt her und lasst Euch einen Moment lang von mir ablenken.«

»Cam …«

Er legte seinen Mund auf ihren und schnitt ihr damit das Wort ab. Sunny wünschte sich, sie könnte diesen Kuss genießen. Und fast wäre es ihr auch gelungen, aber ihr Herz schlug zu schnell. Sie spürte, wie seine Hand an ihr emporglitt und auf ihrem Hinterkopf ruhte. Er legte seine Lippen an ihr Ohr.

»Wir gehen ganz gemächlich zurück. Euch wird nichts geschehen.«

»Aber …«

Er küsste sie wieder, dann rückte er weit genug von ihr ab, um sie lächelnd anzusehen. »Wie üblich habt Ihr vergessen, wer ich bin.«

»Niemals«, versetzte sie. »Aber ich glaube, das ist ein Teil des Problems. Wer auch immer uns auflauert, hat es sicher nicht auf mich abgesehen.«

»Ihr seid das vorwitzigste junge Ding, das mir je untergekommen ist«, sagte er immer noch lächelnd. »Habt ein wenig Vertrauen in mich, Sunny. Ich bringe Euch sicher ins Dorf zurück.«

Sie nickte nur und kämpfte gegen die Angst an, die ihr Schwindel zu verursachen drohte. Sie ließ sich von ihm auf die Füße hochziehen und ergab sich willig seinen Armen, als er sie einen Moment lang dicht an sich gedrückt festhielt. Dann versuchte sie, weiter normal zu atmen, als er ihr den Arm um die Schultern legte und sie den Weg zurückführte, den sie gekommen waren. »Keine Sorge«, sagte er in unbekümmertem Ton.

Sie glaubte ihm nicht, aber sie wollte keine Diskussion darüber beginnen. Er schien tatsächlich nicht allzu besorgt, vielleicht hatte er sich das Ganze also nur eingebildet. Schließlich neigte auch sie dazu, sich die wildesten Dinge vorzustellen, wenn sie mitten in der Nacht ein Geräusch hörte. Und bis vor Kurzem hatte sie jedes Mal panische Angst bekommen, wenn sie dachte, in Moraigs Cottage etwas aus dem Augenwinkel gesehen zu haben.

Natürlich hatte sie später festgestellt, dass sie tatsächlich aus dem Augenwinkel gewisse Dinge gesehen hatte – vorwiegend Geister und Gnome –, aber darüber sollte sie vielleicht lieber an einem anderen Tag nachdenken.

»Auf mir lastet ein Fluch«, sagte er plötzlich, während sie den Weg ohne ungebührliche Eile zurückliefen.

»Wirklich?«, fragte sie. »Wieso?«

»Es geht um Euch«, sagte er mit geschürzten Lippen. »Ich finde endlich eine Frau, die ich besitzen möchte, und was ist sie? Eine Jungfrau, verdammt nochmal. Ich sollte einfach mit Euch schlafen und sehen, ob mich das zufriedenstellt.«

»Denkt ihr ausgerechnet jetzt an *so etwas?*«, fragte sie erstaunt.

»An was sonst?«

»Werden wir denn nicht verfolgt?«

Er zuckte die Schultern. »Ich werde andauernd verfolgt. Ich bin dabei normalerweise nicht in Begleitung einer Frau, die ich begehre, also bin ich diesmal etwas vorsichtiger als sonst. Aber trotzdem gestatte ich mir unterwegs ein paar angenehme Gedanken.«

Sie lächelte den ganzen Weg zurück zum Dorf still vor sich hin. *Eine Frau, die ich begehre.* Ihr war danach zumute, in Tränen auszubrechen, aber sie war keine Heulsuse. Eher würde sie sich an ihrem Garten abreagieren oder einen Kopfstand machen, um die innere Anspannung loszuwerden.

Und auch, dass sie am liebsten Camerons Schwert nehmen und irgendjemand damit ein paar Hiebe versetzen würde, war ein deutlicher Hinweis darauf, dass sie vielleicht schon ein paar Tage zu lange im mittelalterlichen Schottland verbracht hatte.

Was für ein Pech, dass sie diesem Umstand auf absehbare Zeit keine Abhilfe schaffen konnte.

Cameron blieb am Dorfrand stehen. »Wollt Ihr meine Geliebte werden?«, fragte er plötzlich.

»Vielen Dank, nein«, erwiderte sie, war aber gleichzeitig entsetzt darüber, dass sie schwer versucht war, Ja zu sagen.

Er knurrte. »Ich hatte nicht erwartet, dass Ihr einwilligen würdet, aber ich musste es zumindest versuchen.« Er seufzte, drückte ihr die Schulter, dann hakte er sich bei ihr ein und verschränkte seinen Finger mit ihren. »Nun, für den Augenblick haben wir wieder unsere Ruhe. Ich vermute, Ihr habt kein Essen auf dem Feuer stehen, oder?«

»Also ist die Gefahr vorbei?«, fragte sie überrascht.

»Es war nur irgendein einzelner Kerl, also werde ich mir deshalb keine grauen Haare wachsen lassen.« Er lächelte sie an. »Gibt es Löwenzahnsuppe, oder darf ich auf etwas Schmackhafteres hoffen?«

»Sie wollen wirklich mit mir essen?«

»Nach so einem Vormittag? Ja, und die Leute im Dorf soll der Teufel holen.«

Vermutlich hätte sie Einwände erheben sollen, aber sie fühlte sich sicherer, wenn er in ihrer Nähe war, also ließ sie es bleiben. Sie ließ ihn in ihr Häuschen eintreten und bat ihn, auf einem Schemel Platz zu nehmen.

Sie entfachte das Feuer, wie Patrick es sie gelehrt hatte, dann setzte sie die Suppe auf. Sie hatte einen Topf, einen Teller, eine Tasse und dank Camerons Großzügigkeit sogar eine Talgkerze – sie wusste, dass so etwas auf der Burg ein sehr knappes Gut war. Sie stellte eine Platte mit Brot und Käse neben ihn auf den Boden, dann setzte sie sich ihm zu Füßen und kreuzte die Beine unter sich. Als sie ihn schließlich anblickte, sah sie, dass er sie mit ernster Miene musterte.

»Was ist?«, fragte sie.

»Ich denke über das nach, was ich nicht haben kann, und das treibt mich um«, erwiderte er nüchtern. »Ich kann Euch nicht als Bettgefährtin haben, und auch nicht auf meiner Burg oder in meinem Herzen, und das alles missfällt mir sehr.«

»Manche Dinge sind uns eben nicht vorbestimmt.«

Er zog sie näher an sich, legte ihre verschränkten Arme auf seine Knie, dann streckte er die Hände aus und löste ihren Zopf. Er fuhr mit den Fingern eine Weile schweigend durch ihre Lockenpracht, dann suchte er ihren Blick. »Ich will, dass Ihr mir alles noch einmal erzählt«, bat er ruhig. »Ich habe viel darüber nachgedacht, während ich vergangene Woche dort draußen saß und Eure Tür nicht aus den Augen ließ. Ich schenke zwar Euren Fantastereien über Zeitreisen und Zeittore eigentlich keinen Glauben, aber ich werde auf jeden Fall noch einmal zuhören.«

»Ihr werdet mir also nicht den Mund stopfen, oder?«, fragte sie mit einem angedeuteten Lächeln.

Er nahm ihr Gesicht in seine Hände, beugte sich vor und küsste sie zärtlich, dann lehnte er sich zurück, ließ aber seine Hände auf ihren Armen liegen. »Nein, ich werde mir nichts Schlimmeres zuschulden kommen lassen als einen gelegentlichen Kuss.«

Sie holte tief Luft. »Also gut. Womit soll ich beginnen?«

»Am Anfang, ganz von vorne. Ihr wart in Eurem Haus und habt zweifellos etwas zusammengebraut, um irgendeinen MacLeod heimlich zu vergiften, und dann öffnetet Ihr Eure Tür und saht mich dort stehen. Und danach?«

»Da gibt es nicht mehr viel zu erzählen. Sie haben mich durch die Eingangstür über meine Schwelle zurück in Ihre Zeit gezogen. Ich war eigentlich nicht so besonders überrascht, mich in der Vergangenheit wiederzufinden, denn mein Laird im 21. Jahrhundert, James MacLeod, hat mir immer wieder über Zeittore berichtet. Und er muss es wissen, wenn man bedenkt, wie viele von ihnen er entdeckt hat.« Sie hielt inne. »Er war, wenn Sie das glauben können, Laird des MacLeod-Clans im Jahr dreizehnhundert-«

»-undelf«, beendete Cameron den Satz für sie. Er sah nicht sonderlich überrascht aus. »Der Sage nach verließ er mit seiner Braut, Elizabeth, die Burg und fand einen Weg ins Paradies.« Er hielt inne. »Ich hatte immer angenommen, er habe auf dem Grund des Lochs ein nasses Grab gefunden.«

Sie schüttelte den Kopf. »Nein. Er entschwand in die Zukunft. Ebenso wie sein Bruder Patrick und sein Cousin Ian …«

»Patrick«, sagte Cameron dann doch überrascht. »Eure Schwester ist mit *jenem* Patrick MacLeod verheiratet? Und *der* hat Euch das Kämpfen beigebracht?«

Sie nickte schweigend.

Cameron musterte sie einen Augenblick und sah dabei aus, als versuchte er etwas zu verarbeiten, was er schon ansatzweise glaubte, aber noch nicht ganz akzeptiert hatte. Er setzte ein-, zweimal zum Reden an, dann schüttelte er den Kopf. Er sah sie forschend an und schüttelte einmal mehr den Kopf. Er tätschelte ihre Arme, dann stand er auf und ging hin und her. Sunny nahm ihre Suppe vom Feuer und beobachtete ihn. Er war zu groß für so einen winzigen Raum, und die Anspannung, die er mit seinen Flüchen verbreitete, ließ alles noch kleiner wirken.

Plötzlich kam er zu ihr herüber, zog sie vom Boden hoch und ließ sie auf dem Schemel Platz nehmen. Er blickte auf sie herunter.

»Was zum Teufel soll ich jetzt mit Euch tun?«

»Was für einen Unterschied macht das denn alles?«, fragte sie verwirrt.

»Es macht einen Unterschied, weil ich Euch glaube. Es war nicht so, dass ich vorher nicht überzeugt war, dass *Ihr* Eure Geschichte glaubtet, aber jetzt … nun, jetzt könnt Ihr nicht mehr hierbleiben.«

Sie schluckte heftig. »Ich kann aber auch nicht zurück, wie mir scheint.«

Er sah sie an, dann zog er sie zu sich empor und legte seine Arme fest um ihren Körper.

»Verflucht«, sagte er knapp. »Verflucht in drei Teufels Namen.«

»Es spielt doch alles keine Rolle«, stieß sie mühsam hervor. »Sie werden ja doch Gilly heiraten.«

»Eher friert die Hölle zu«, erwiderte er, bevor er den Kopf neigte und sie küsste.

Sunny schlang ihre Arme um seinen Nacken und hielt ihn fest. Nun folgte kein – wie er es genannt hätte – keuscher Kuss. Sie hatte noch nie zuvor etwas Ähnliches gefühlt, obgleich sie bereitwillig einräumte, dass sie keine allzu großen Vergleichsmöglichkeiten hatte. Es überstieg ihre Erfahrungen und Erwartungen so meilenweit, dass sie sich nur in seine Arme flüchten und darauf vertrauen konnte, irgendwann wieder unversehrt aufzutauchen.

Er musste ihre Kapitulation gespürt haben, denn er stöhnte auf und murmelte einen Fluch an ihren Lippen. Er umschlang sie noch enger, hielt sie dabei aber sehr sanft und küsste sie so zärtlich, dass ihr die Tränen in die Augen stiegen. Schließlich hob er den Kopf und sah sie noch einen Augenblick schweigend an, dann ließ er sie abrupt los. Er schüttete die Suppe ins Feuer, trat die restliche Glut aus und nahm dann ihre Hand.

»Kommt mit.«

»Cam …«

Er lächelte sie erfreut an. »Danke. Ich höre diesen Namen gern wieder von einem geliebten Menschen.«

Sunny schwindelte immer noch von seinen Worten, als er sie aus der Hütte zog.

Sie hatte kaum Zeit, darüber nachzudenken, dass sie vielleicht ihrem Verfolger im Wald ein wenig mehr Aufmerksamkeit hätten schenken sollen.

10

Cameron hörte ein Schwert durch die Luft sausen, bevor ihm bewusst wurde, dass ein Angriff drohte. Er duckte sich und zog Sunny mit sich hinunter. Dann schob er sie zum Schutz an eine Wand hinter ihnen, und richtete sich wieder auf.

»Hurensöhne«, schrie er wütend und zog sein Schwert aus der Scheide. »Lasst das Mädchen gehen.«

Keine Antwort. Von zweien der Kerle erwartete Cameron auch gar keine mehr, denn er hatte ihnen gerade die Kehlen mit einem einzigen mächtigen Schwerthieb durchtrennt, aber die anderen hätten sicher eine Meinung dazu äußern können.

»Nehmt eines der Messer«, bellte er Sunny an.

Er spürte, wie sie eines aus seinem Stiefel zog. Er nahm rasch das andere und stürzte sich in den Kampf. Er rief um Hilfe, aber niemand kam.

Irgendwie überraschte ihn das nicht.

Zum Teufel, er hätte im Wald besser aufpassen sollen. Nun, zumindest gab es hier von einer Seite Deckung. Er versuchte, nahe genug bei Sunny zu bleiben, um sie zu schützen, wurde aber immer weiter nach vorn abgedrängt. Er hatte keine Ahnung, wie viele Gegner es waren. Ein endloser Strom von Kämpfern schien begierig darauf, sich ihm entgegenzustellen.

Und noch immer kam ihm keiner zu Hilfe.

Er kämpfte mit Schwert, Messer und Flüchen und verspürte einen heftigeren Zorn als je zuvor in einer Schlacht. Diese Burschen waren keine Fergussons, die ihre Toten rächen wollten. Es waren Männer, die er nicht kannte, aber er wusste, was sie wollten und wer sie angeheuert hatte.

Giric würde teuer dafür bezahlen.

Nach Sonnenuntergang stand keiner der feindlichen

Kämpfer mehr, und Cameron war über und über mit Blut besudelt. Glücklicherweise war nur wenig davon sein eigenes. Er fuhr sich mit dem Ärmel übers Gesicht, um sich den Schweiß abzuwischen, der ihm in die Augen tropfte, dann drehte er sich um, und ein eisiger Schreck durchfuhr ihn.

Ein Mann stand an Sunny gepresst, und Cameron sah, wie sich eine ihrer Hände verzweifelt an der Mauer festkrallte.

Er konnte sich nicht rühren und stand nur bebend da.

Dann fiel der Mann langsam hintenüber. Er landete im Schlamm zu Camerons Füßen, und Camerons Messer ragte aus seinem Bauch. Sunnys Kleid war vorn voller Blut. Cameron suchte ihren Blick. Ihre Augen waren vor Entsetzen geweitet.

»Hat er Euch verletzt?«, fragte er mit schwacher Stimme.

Sie schüttelte ruckartig den Kopf.

Er senkte kurz das Haupt, dann holte er tief Luft und schob seinen Schreck beiseite. Er zog sein Messer aus dem Leib des Mannes und steckte es mit dem anderen in seinen Stiefelschaft zurück. Dann packte er Sunny an der Hand, zog sie hinter sich her, und gemeinsam rannten sie stolpernd davon. Er machte sich nicht die Mühe, sein Schwert zurück in die Scheide zu stecken. In dieser Nacht hatte er noch mehr damit vor.

Er hastete mit Sunny zur Burg hinauf und war nur wenig überrascht, dass sich eine Handvoll seiner Gefolgsleute davor versammelt hatte. Es war nicht möglich, dass sie seine Rufe nicht gehört hatten. Er merkte sich jeden einzelnen von ihnen und ging weiter zum Tor. Er würde sie sich später vorknöpfen.

Er trat in den großen Saal und fand dort Giric vor dem Feuer auf einen Stuhl gelümmelt, die Füße auf einen Schemel hochgelegt. Er sah gleichmütig auf.

»Warst du im Regen draußen, Cam?«, fragte er.

»Ich hab dir gesagt, du sollst mich nicht so nennen«, knurrte Cameron. »Und das ist Blut, kein Regen, du Hurensohn.« Er ließ Sunny an der Wand stehen, dann ging er hinüber zum Kamin. Er hob seinen Fuß zur Sitzfläche von Girics Stuhl und warf seinen Cousin damit um, sodass er nach hinten flog und auf dem Hosenboden landete.

Fluchend rappelte Giric sich wieder hoch. Cameron wartete, wippte auf seinen Fußballen vor und zurück und war begierig darauf, seinen Groll über das Geschehene an Giric auszulassen. Giric zog sein Schwert und Cameron spürte, wie ihm das Aufeinandertreffen ihrer Klingen bis ins Mark ging. Schade, dass dieser Kampf nicht besonders interessant werden würde. Sein Cousin war ein Angeber, aber kein guter Kämpfer. Cameron zog die Auseinandersetzung in die Länge, denn er hatte seinem Cousin einiges heimzuzahlen. Selbst nach dem, was ihm gerade widerfahren war, hatte er noch mehr als genug Energie übrig, um den Mann vor sich zu demütigen. Der einzige Grund, warum er diesen Narr nicht tötete, war der, dass es Girics Vorschlag gewesen war, die MacLeod-Hexe zu holen.

Er hieb auf die Klinge seines Cousins ein, bis sie diesem aus den Fingern glitt. Dann schob er sein eigenes Schwert über den Boden zu Sunny und setzte die Lektion, die er Giric erteilen wollte, mit den Fäusten fort.

Als ihm Giric nur noch als blutüberströmtes Häufchen Elend zu Füßen lag, waren auch seine eigenen Fäuste blutig, und er zitterte vor Erschöpfung. Er blickte zu Gilly hinüber, die im Lichtschein einer Fackel stand.

»Viel Spaß mit ihm«, sagte er, heftig atmend. »Aber es wäre besser, wenn du dich selbst im Schwertkampf üben würdest. Du wirst jemanden brauchen, der deine Kinder beschützt, denn dieser Weichling hier vermag es nicht.«

Gilly sagte keinen Ton. Sie ging nur quer durch den Saal und blickte auf Giric hinunter, der dort bewusstlos auf dem Boden lag.

Cameron sah, dass sich seine Männer versammelt hatten, um dem Spektakel ebenfalls beizuwohnen. Er ließ einen eisigen Blick über sie hinwegschweifen. Sie senkten alle den Kopf, einer nach dem anderen, dann drehten sie sich um und verschwanden in der Dunkelheit.

Cameron wandte sich um und trat zu Sunny. Sie stand an der Mauer beim Kamin und sein Schwert lehnte vor ihr, die Spitze auf den Boden gerichtet. Das Schwert war höher als sie, und sie musste die Arme hochheben, um den Griff festzuhalten. Er nahm ihr die Waffe ab, steckte sie zurück in die Scheide auf seinem Rücken und griff nach ihrer Hand.

»Ich glaube, ein Bad würde uns guttun«, sagte er freundlich.

»Ein gemeinsames?«, fragte sie entsetzt.

Er lachte. »Nein, Sunshine. Ihr geht zuerst in die Wanne.«

Sie wirkte ausgesprochen erleichtert. Er lächelte wieder und zog sie Richtung Küche.

»Cam, sieh dir deinen Arm an.«

Sein Herz frohlockte, als er diesen Namen aus ihrem Mund hörte, aber vermutlich war es nicht ratsam, es zu zeigen. Er blickte auf seinen linken Arm hinunter und sah den Schnitt, der von seinem Ellbogen bis zu den Fingern verlief. Er hatte ihn schon vorher bemerkt, aber mittlerweile brannte er wie Feuer, vermutlich müsste man sich um die Wunde kümmern. »Ihr könnt sie versorgen – aber zuvor sollten wir etwas essen.«

Sie nickte und ging mit ihm in die Küche. Cameron holte Sunny einen Schemel und stellte ihn neben das Feuer. Dann ordnete er an, dass man ihnen eine Wanne mit heißem Wasser bereitete. Währenddessen suchte er nach einem seiner entfernteren Cousins, der ihm bei einem kleinen Anliegen behilflich sollte. Er fand Brice und führte ihn zum Küchentisch.

»Koste davon«, forderte er ihn auf.

Brice schreckte hoch. »Was?«

»Ich bin hungrig und will sicherstellen, dass Giric nicht eines seiner Gewürze in meinen Eintopf gerührt hat. Ich kann noch eine Weile warten mit dem Essen und würde mich vorher gerne vergewissern, dass mein Mahl dich nicht umgebracht hat.«

Brice erbleichte. Cameron zog das blutige Messer aus seinem Stiefel und deutete damit auf die Speisen, die Brice probieren sollte. Brice aß nicht eben mit Genuss davon, und beim Wein weigerte er sich völlig. Cameron nahm einen Becher davon und sah seinen Cousin herausfordernd an.

»Und wenn ich ein wenig nachhelfe, damit der Wein seinen Weg durch deine Kehle findet?«

»Ich bitte dich, Cousin, nein«, flüsterte Brice.

»Ist der *ganze* Wein vergiftet?«, fragte Cameron, »oder nur das, was ihr, du und Giric, mir zugedacht habt?«

Brice schloss kurz die Augen und schluckte schwer. »Es gibt ein Fass im Keller, auf dem unten dein Name eingeritzt ist.«

Cameron erlaubte seinem Cousin, wieder aufzustehen. »Ich werde Giric nicht verraten, dass du es mir gesagt hast«, erklärte er ruhig. »Aber ich denke, er wird es herausfinden. Es wäre von Vorteil, wenn du auch hinten im Kopf Augen hättest, meinst du nicht?«

Offenbar fiel Brice darauf keine Antwort ein. Er tappte aus der Küche und verschwand in der Dunkelheit des Saals.

Cameron beschäftigte sich nicht weiter mit ihm und nahm mit Sunny einen Imbiss ein. Als die Wanne mit warmem Wasser gefüllt war, sah er sie an.

»Jetzt habt Ihr die Gelegenheit, Euch zu waschen«, sagte er.

Sie blickte an ihrem Kleid herunter, dann zu ihm. »Wozu soll das gut sein?«

»Ihr wärt dann nicht mehr voller Blut. Wenn wir heute Abend Euer Kleid waschen und es oben beim Feuer aufhängen, dann ist es bis morgen fast trocken.«

»Und was trage ich in der Zwischenzeit?«, fragte sie argwöhnisch.

»Ihr könntet meine Plaids tragen«, sagte er. Er zog sie von ihrem Schemel hoch, beugte den Kopf herab und flüsterte ihr ins Ohr: »Abgesehen davon habe ich Euch schon einmal ohne Kleider gesehen, Sunshine.«

»Aber jetzt müsst Ihr nicht hinsehen – und Eure Dienerschaft in der Küche auch nicht, oder?«

Er lachte. »Ich werde nicht hinsehen, obgleich ich das tun sollte, nur um Euch zu zeigen, wer hier der Laird ist.« Er wandte ihr den Rücken zu, scheuchte die Küchenjungen weg und warf seinem Koch einen warnenden Blick zu, dann verschränkte er die Arme über der Brust. »Beeilt Euch, Mädchen, bevor das Wasser kalt wird.«

Er spürte, dass sie ihm ihr Kleid über die Schulter legte, und hörte, wie sie mit einem lustvollen Stöhnen in die Wanne glitt, ein bisschen herumplätscherte und dann wieder herausstieg. Sie nahm sich die Plaids von seiner anderen Schulter.

»Fertig«, verkündete sie einen Augenblick später.

Als er sich umwandte, sah er, dass sie sich notdürftig in seine Plaids gewickelt hatte. Er ordnete eines davon neu, damit es ihr bis zum Hals hinaufreichte. Das alles schien ihr so schrecklich peinlich zu sein, dass er sie in Ruhe ließ.

Eine Jungfrau. Warum überraschte ihn das so gar nicht?

Er zog sein Schwert aus der Scheide und lehnte es an den Wannenrand, dann entkleidete er sich. Er sah nach, ob Sunny ihn beobachtete, aber sie hatte ihm den Rücken zugewandt. Er tippte ihr frech auf die Schulter.

»Haltet so lange meine Sachen«, bat er.

Sie drehte sich um, aber mit geschlossenen Augen. Lächelnd übergab er ihr erst seine Messer, dann seine Kleider. Er streifte sich die Stiefel ab und ließ sich dankbar in das immer noch warme Wasser sinken. Er legte den Kopf zurück an den Wannenrand und seufzte vor Wohlbehagen.

»Lasst es mich wissen, wenn mich noch jemand töten will«, sagte er träge. »Ich werde mich darum kümmern, wenn ich mit Baden fertig bin.«

»Ich glaube, im Moment sind Sie sicher«, erwiderte Sunny, legte seinen Sachen auf dem Tisch ab und zog einen Schemel neben die Wanne. »Lassen Sie mich Ihren Arm ansehen.«

Er sah ein, dass die Wunde versorgt werden musste, obgleich er nicht behaupten konnte, dass er sich darauf freute. Er wartete, während nach Brianna geschickt wurde, um alles

Notwendige herbeizuholen. Dann schloss er die Augen, und Sunny begann die Wunde zu nähen. Sie war schnell und geschickt, dennoch war es alles andere als angenehm. Als sie fertig war, zog er sie an sich und gab ihr einen Kuss.

»Danke«, sagte er lächelnd.

»Die Wunde könnte einen Breiumschlag und einen Verband gebrauchen, aber ich vermute mal, eine Narbe macht Ihnen nichts aus.«

»Auf eine mehr oder weniger kommt es nicht an«, sagte er mit gleichmütigem Schnauben.

Sie drehte sich auf ihrem Schemel herum, sodass sie den Eingang zum großen Saal im Auge behalten konnte. »Ich halte Wache, wenn Sie sich noch etwas entspannen wollen.«

»Seid Ihr sicher, dass Ihr nicht zu mir in die Wanne steigen wollt?«

Sie warf ihm über die Schulter hinweg einen verlegenen Blick zu und runzelte die Stirn, als sie sein amüsiertes Lächeln sah, dann wandte sie sich wieder ab.

Er hörte auf, sie zu necken, und fuhr ihr nur mit den Fingern durchs Haar; dabei merkte er, wie sie ein wohliger Schauer durchlief. Er fuhr fort mit seinen Liebkosungen, ohne in seiner Wachsamkeit nachzulassen. Er wäre nicht der erste Cameron, der im Bad ermordet wurde.

Als ihm das Wasser zu kalt wurde, stieg er aus der Wanne, nahm von Brianna ein sauberes safrangelbes Hemd entgegen und zog es sich über den Kopf. Es reichte ihm fast bis zu den Knien, also war damit vielleicht der Schicklichkeit Genüge getan.

Er nahm sein Plaid, sein schmutziges Hemd und Sunnys Kleid und tauchte alles in die Wanne. Dort schwenkte er die Wäsche gründlich und zog dann das Kleid heraus. Es würde zwar nie mehr so aussehen wie früher, aber besser als vor dem Durchspülen. Wenn ihre Umgebung ihnen wieder etwas freundlicher gesinnt wäre, dann würde es vielleicht jemand richtig reinigen. Er wrang die Sachen aus, reichte sie Brianna, dann griff er mit der einen Hand nach seinem Schwert und mit der anderen nach Sunnys Hand.

»Gehen wir hinauf«, gebot er.

»Sind Sie sicher, dass ich mitkommen soll?«, fragte sie.

Er sah sie vielsagend an. »Meint Ihr, ich könnte Euch irgendwo in der Nähe dieser Kerle in Sicherheit wähnen? Ich schere mich einen Teufel darum, was sie denken. Zumindest weiß ich dann, dass Ihr nicht in Gefahr seid.«

Seufzend nickte sie und folgte ihm. Er bemerkte, dass Giric noch immer bewusstlos am Boden lag. Gilly kniete neben ihm und versuchte, ihn zum Aufstehen zu bewegen. Cameron behielt Sunnys Hand in seiner und ging zu ihnen hinüber.

»Ist er tot?«, fragte er hoffnungsvoll.

Gilly blickte ihn wütend an. »Er lebt, er ist nur nicht bei Sinnen.«

»Na, dann hat sich ja wenig verändert«, sagte er zufrieden. »Viel Glück mit ihm, Schwägerin.«

Er wandte sich um und ging davon. Es würde ihn nicht überraschen, von ihr ein Messer in den Rücken gerammt zu bekommen, aber vielleicht nicht gerade an diesem Tag. Sicher hatte sie mit Girics Wehwehchen, wenn er nach einiger Zeit aufwachte, alle Hände voll zu tun, um sie eine Weile auf Trab zu halten.

Er stieg mit Sunny die Treppe hinauf und blickte immer wieder zu ihr, um herauszufinden, wie es ihr ging. Sie hielt sich krampfhaft sein Plaid an den Hals, als erwarte sie jeden Moment, dass es ihr jemand vom Körper riss. Vermutlich wäre jeder vernünftige Mann versucht gewesen, genau das zu tun, aber er besaß mehr Selbstbeherrschung als die meisten. Er führte sie in seine Schlafkammer, verriegelte die Tür hinter ihnen, dann suchte er für sich selbst ein anderes Plaid heraus. Dabei verhielt er sich viel zurückhaltender, als er es normalerweise getan hätte. Er reichte Brianna ihre Sachen, die sie am Feuer aufhängte, dann blickte er Sunny an.

»Ihr könnt im Bett schlafen, Sunshine«, sagte er lächelnd. »Ich werde auf dem Boden nächtigen.«

»Danke, Cam«, erwiderte sie ruhig.

Er ging zu ihr hinüber, weil sie ihn einfach magisch anzog, und legte ihr seine Hände auf die Arme.

»Sagt nochmals meinen Namen«, bat er.

»Robert Francis ...«

Er schüttelte den Kopf. »Nein, nicht so. Den anderen Namen.«

Sie sah ernst zu ihm auf. »Danke, Cam.«

Er beugte den Kopf zu ihr hinunter und küsste sie sanft, da er sich einfach nicht zurückhalten konnte. Dann küsste er sie noch einmal, diesmal viel länger, als es sich geziemte, aber dennoch konnte er sich davon abhalten, nach seinen Plaids zu greifen und sie ihr vom Leibe zu reißen. Er hob den Kopf, holte tief Luft, drehte sie herum und schob sie sanft in Richtung seines Bettes.

»Legt Euch allein hinein, Mädchen, solange Ihr noch könnt.«

Sie ging zum Bett, dann zögerte sie. »Machen Sie Ihre Augen zu – nein, drehen Sie sich um und schließen Sie die Augen.«

Er drehte sich mit einem schweren Seufzer um und wartete, bis er sie in die Bettstatt hineinsteigen und das Laken über sich ziehen hörte, bevor er sich daneben auf den Boden setzte. »Ihr solltet jetzt schlafen, meine Liebe«, sagte er und lehnte sich an die Wand. »Ich kann mir vorstellen, dass hier morgen die Hölle losbricht, und dafür müssen wir beide gut ausgeruht sein.«

Sie faltete eines der Plaids, die er ihr gegeben hatte, zu einem Kissen und legte ihr Kinn darauf. »Machen Sie sich Sorgen?«

»Sorgen? Nein. Ich bin ein wenig ratlos, ja, das gebe ich gerne zu.« Er lächelte, aber er merkte selbst, dass es eher gequält wirkte. »Ich hatte immer Gefolgsleute um mich herum, denen ich vertraut habe. Mein Vater war der loyalste Mensch, den ich kannte. Breac hätte jederzeit sein Leben für mich gegeben. Und das hat er ja auch tatsächlich getan. Er hat in jener letzten Schlacht einen Schwerthieb abgefangen, der eigentlich mir gegolten hatte. Selbst Sim, dieser leichtsinnige Bursche, der eher dem Wein zugeneigt war als dem Schwertkampf, stand stets an meiner Seite, bereit, mir den Rücken freizuhalten. Aber auf wen kann ich mich jetzt verlassen?«

»Ich weiß es nicht«, sagte sie ernst. »Auf wen?«

»Auf Giric jedenfalls nicht, das steht fest«, sagte er grimmig. »Er bildet sich ein, fähig zu sein, diesen Haufen anzuführen, aber selbst sein Vater traute ihm das nicht zu.« Er seufzte und fuhr ihr mit den Händen durch das feuchte Haar. »Nein, ich bin der einzige, der versucht, Zusammenhalt unter diesen widerspenstigen Heißspornen herzustellen. Und jetzt stehe ich ganz allein da.«

Sie streckte die Hand aus und legte sie auf seine, die auf seinen Knien ruhte. »Es tut mir leid, was mit Ihren Brüdern geschehen ist, Cam. Besonders, dass ich für Breac nichts tun konnte.«

»Ihr habt getan, was Ihr konntet.« Er brachte ein mattes Lächeln zustande. »Und wenn Ihr nicht gewesen wärt, mit Euren wunderschönen grünen Augen, dann hätte ich vor einer Woche Gilly zur Frau genommen. Ihr habt mich zumindest davor bewahrt, eine Fergusson zu ehelichen.«

Sie riss erstaunt den Mund auf. »Gilly ist eine Fergusson? Und Ihr Bruder hat sie geheiratet?«

Cameron zuckte die Schultern. »Er dachte, das könnte Frieden stiften. Aber dem war nicht so.«

Sie schluckte. »Sieht nicht so aus.« Sie setzte an, noch etwas zu sagen, doch dann zwinkerte sie ihm zu. »Dann werden Sie Gilly also nicht zur Frau nehmen?«

Er streckte die Hand aus und strich ihr mit den Fingern über die Wange.

»Nein, Sunshine, das werde ich nicht.«

Sie wirkte nun ein wenig blass. »Ich traue mich kaum zu fragen, was Sie nun vorhaben.«

»Ich werde die ganze Nacht über hier sitzen«, begann er lächelnd, »und mich darüber wundern, dass ich an meiner verdammten Ehre festhalte und nicht zu Euch in dieses Bett krieche. Wir könnten die Ehe auch mit einem Handschlag besiegeln, müsst Ihr wissen. Ich könnte Euch nach unten bringen, Euch auf meiner Türschwelle zu meiner Frau erklären, Euch dann hier heraufragen und mich mit Euch auf diese Bettstatt legen. Ganz rechtmäßig und allgemein anerkannt, ich müsste mich nicht mal um einen Priester kümmern, da meiner Anfang der Woche in der Abfallgrube gefunden wurde.«

»Oh, Cameron, nein«, rief sie entsetzt.

»Das ist Girics Werk«, sagte er mit einem Schulterzucken. »Aber das andere ist eine Überlegung wert.« Er hielt inne. »Ihr hättet ein Jahr und einen Tag Zeit, zu entscheiden, ob Ihr mich haben wollt.«

Ihr Gesicht glühte. »Ich glaube nicht, dass ich so lange bräuchte.«

Er lachte unwillkürlich, dann beugte er sich vor und küsste sie. »Sunshine, wenn ich nicht überzeugt wäre, dass drei Dutzend Kerle unten stehen, die mir nach dem Leben trachten, dann würde ich mit Euch auf der Stelle hinuntergehen. Ich glaube, wenn wir die nächsten paar Tage überleben, dann können wir eine etwas feierlichere Zeremonie ins Auge fassen, selbst wenn ich dazu diesmal den Priester der MacLeods entführen muss.« Er hielt inne. »Wenn Ihr überhaupt gewillt wärt.«

Sie holte tief Luft. »Ich denke, ich wäre durchaus gewillt.«

Er lächelte, dann setzte er sich mit dem Rücken an die Wand und griff nach ihrer Hand. »Ich kann mich einfach nicht entscheiden, ob es besser wäre, Euch zu bitten, hier bei mir zu bleiben oder mit Euch fortzugehen.«

»Wirklich?«, fragte sie überrascht.

»Ich denke darüber nach«, gab er zu. »Was das jeweils für uns beide bedeuten würde.«

Sie schloss die Augen. Er fragte sich, ob ihr dieser Gedanke gefiele. Doch da schlug sie die Lider wieder auf und sah ihn mit Tränen in den Augen an.

»Oh, Cam«, flüsterte sie.

Auch er musste vor Rührung ein oder zwei Mal blinzeln. Wenn sie nur wüsste, wie gut es ihm tat, diesen Namen aus ihrem Mund zu hören. Er beugte sich vor und küsste sie, nicht so leidenschaftlich, wie er es gern getan hätte, aber die Umstände waren eben so, wie sie waren. Er sah ihr schönes Gesicht so nahe an seinem und brachte ein Lächeln zustande.

»Was haltet Ihr von diesem Zeittor? Wird es diesmal klappen, was meint Ihr?«

»Wenn ich das nur wüsste«, flüsterte sie.

»Nun, wir haben nichts zu verlieren.« Er kaute ziemlich lange auf seinen nächsten Worten herum, bevor er sie aussprechen konnte: »Selbst wenn wir keine Gewissheit haben, dass Eure Zeittore uns offen stehen, hier können wir nicht bleiben.« Er seufzte schwer. »Wir werden später alles noch genauer überlegen. Ihr müsst mir berichten, was es für einen Laird aus dem Mittelalter Hunderte von Jahren außerhalb seiner Zeit zu tun gäbe. Aber zunächst solltet Ihr schlafen. Morgen wird ein schwieriger Tag, denke ich. Ich habe noch ein weiteres Messer in meiner Truhe. Bitte tragt das jederzeit bei Euch, ja?«

Sie nickte schaudernd.

Er zog die Decke bis zu ihren Ohren hoch und packte sie gut ein, dann setzte er sich wieder zurück an die Wand. Sein Schwert lag auf dem Boden neben seiner Hand, die Messer steckten in seinen Stiefeln, aber dennoch fühlte er sich nicht sicher. Ihn beschlich ein unheimliches Gefühl, als würde der gesamte Trupp Männer unten nur darauf warten, dass er einschlief, damit sie über ihn herfallen und ihn töten könnten.

Er spürte, wie Sunnys Hand ein oder zwei Mal zuckte, dann lag sie friedlich da. Er schloss ebenfalls die Augen, aber er fand keine Ruhe.

Ein paar Stunden vergingen, mehr nicht, bevor er ruckartig aufwachte und merkte, dass er eingeschlafen war. Er blickte zum Feuer hinüber und sah, Böses ahnend, dass Brianna nicht da war. Er erinnerte sich vage daran, dass sie ihm gesagt hatte, sie müsse im Korridor etwas Dringendes erledigen. Er hatte genickt, dem ganzen aber keine weitere Beachtung geschenkt. Nun war ihm klar, dass das ein Fehler gewesen war.

Er entflocht seine Finger von denen Sunnys und stand leise auf. Er ging durch seine Kammer und öffnete vorsichtig die Tür.

Brianna lag vor ihm auf dem Boden.

Er ging in die Hocke und legte vorsichtig seine Finger an ihren Hals.

Er stand auf, schloss leise die Tür und ging dann durch die Kammer zurück. Er legte seine Hand sachte auf Sunnys Schulter. Sie erwachte und blickte verschlafen zu ihm auf. Er beugte sich zu ihr hinunter und legte seinen Mund dicht an ihr Ohr.

»Wir müssen sofort hier weg«, murmelte er. »Anscheinend steht unsere Schlacht dichter bevor, als wir glaubten. Wir werden uns vermutlich den Weg nach draußen erkämpfen müssen. Ich bringe Euch Euer Kleid und ein Messer. Bewegt Euch nicht, bis ich es Euch sage.«

Sie erschauerte, aber dann nickte sie.

Er holte ihr feuchtes Kleid vom Stuhl und nahm das Messer aus seiner Truhe, dann ging er auf Zehenspitzen zum Bett zurück, wobei er die knarrenden Dielen aussparte. Er reichte Sunny ihr Kleid, wandte ihr den Rücken zu, bis sie hineingeschlüpft war, dann zog er sie vorsichtig auf die Füße. Er wickelte eines seiner Plaids um ihre Hüften und befestigte es, zog ein anderes über ihre Schultern und band es ihr unter den Armen und hinter dem Rücken fest, wo es sie nicht behinderte, aber dennoch warm halten würde. Er reichte ihr das Messer und beugte sich dann dicht zu ihr.

»Brianna liegt tot vor der Tür. Wir schaffen es vielleicht ohne Zwischenfall bis zum Saal, aber vermutlich nicht weiter. Schweigt wie ein Grab, Liebes. Unser Leben hängt davon ab.«

Sie legte sich ihre freie Hand über den Mund – zweifellos, um einen Schreckenslaut zu unterdrücken – und nickte. Cameron zog sie in seine Arme und hielt sie fest, bis ihr Atem sich beruhigt hatte.

»Tapferes Mädchen«, sagte er ruhig. »Bleibt dicht hinter mir. Haltet Euch, wenn möglich, ganz nah an der Wand. Ich werde zwischen Euch und den anderen stehen, wie unten im Dorf. Wenn Euch jemand nahe kommt, tötet ihn. Zögert nicht, zeigt kein Erbarmen, tötet einfach. Diese Hurensöhne verdienen kein Mitleid.«

Sie nickte wieder, mit einer ruckartigen Kopfbewegung, die ihm zeigte, wie groß ihre Angst war.

»Setzt Eure Füße immer direkt hinter meinen auf. Der Boden knarrt.« Er lächelte ihr zu. »Still, Liebes. Ich werde Euch sicher nach draußen bringen.«

Sie legte ihm eine Hand auf die Schulter und nickte ein letztes Mal. Er öffnete vorsichtig die Tür, sie stiegen mit Schaudern über Briannas Leiche, und er geleitete Sunny die Treppe hinunter.

Keiner stellte sich ihnen in den Weg, was ihm Sorgen bereitete. Auch im Saal schienen alle zu schlafen, und er steuerte vorsichtig, aber ohne Zögern das Eingangstor an. Nichts rührte sich, und das beunruhigte ihn mehr als alles andere. So leicht würden sie ihn sicher nicht gehen lassen.

Er hob den Holzbalken, mit dem der Eingang verbarrikadiert war, dann öffnete er die Tür selbst. Sie knarrte entsetzlich. Er zerrte Sunny mit sich hinaus und zog die Tür hinter ihnen zu. »Lauft«, zischte er.

Sie rannte mit ihm zu den Ställen hinüber. Er hielt sich nicht lange mit dem Satteln seines Pferdes auf, sondern hob

Sunny auf dessen Rücken, packte es an der Mähne und schwang sich hinter ihr hinauf. Er zog sein Schwert aus der Scheide, als sein Ross vorwärts preschte.

Sie warteten beim Tor auf ihn.

»Wir überrennen sie«, rief er.

Sunny hielt sein Messer in der Hand. Sie schleuderte es, während er das Pferd direkt auf Giric zuhielt. Er mähte drei seiner eigenen Cousins nieder und schlug einem anderen, der ihr Pferd aufhalten wollte, mit dem Fuß ins Gesicht und trabte weiter.

»Alles in Ordnung bei Euch?«, schrie er.

»Ja«, erwiderte sie außer Atem.

Cameron zwang sein Ross in den Galopp, und das brave Tier schoss davon, als wüsste es, dass er fliehen musste.

Aber es war noch nicht vorüber.

Seine Cousins, seine verfluchten *Gefolgsleute,* waren innerhalb von Minuten hinter ihnen her. Er konnte nichts weiter tun, als drauflosreiten und hoffen, dass das Gute schließlich über das Böse siegen würde. Es hatte keinen Sinn, sich ihnen allen entgegenstellen, daher steckte er sein Schwert in die Scheide zurück, legte den freien Arm um Sunny und hielt sie fest an sich gepresst.

Sie mussten versuchen, das Haus der MacLeod-Hexe zu erreichen. Vielleicht hatte es ja neulich bei Sunny mit dem Zeittor nicht geklappt, weil sie bei ihm bleiben sollte. Aber jetzt standen die Dinge anders. Diesmal würde es klappen.

Er würde nichts anderes akzeptieren.

Zwei zermürbende, endlos lange Stunden später hetzte er durch den Wald der MacLeods. Leider war ihm Giric dicht auf den Fersen und schrie ihm hinterher. Zumindest war sein Cousin der Einzige, der die Ausdauer bewies, ihm weiter zu folgen, die übrigen waren vor einer Stunde zurückgefallen. Die Chancen standen also zur Abwechslung einmal ganz gut.

Cameron legte den Arm fester um Sunny. »Ich werde bald

abspringen und mit ihm kämpfen. Reitet weiter, dann steigt ab und rennt auf das Haus zu.«

Sie nickte.

Er drückte sie fest an sich. »Braves Mädchen.«

Sie griff mit der Hand hinter sich und berührte sein Haar. Er ließ sich vom Pferd gleiten und duckte sich unter den Hufen von Girics Pferd weg. Er rappelte sich hoch, dann rannte er seinem Cousin hinterher.

»Kämpfe mit mir, du Feigling!«, schrie er.

Giric riss sein Pferd herum, aber der Boden unter ihm war zu weich, und er sprang vom Pferd, als es stürzte. Cameron rannte zu ihm hin und schlug seinem Cousin, so fest er konnte, ins Gesicht, dann ließ er ihn halb bewusstlos liegen. Girics Pferd kam wieder auf die Beine, dann jagte es ohne seinen Reiter davon. Cameron wandte sich um und rannte Sunny hinterher.

Er holte sie ein, als sie sich gerade von seinem Pferd heruntergleiten ließ, packte ihre Hand und rannte mit ihr zum Haus der Hexe.

Im Unterholz hinter sich hörte er es laut knacken. Er wirbelte herum und verhinderte durch bloßes Glück, dass Giric ihm den Schädel spaltete. Er stieß seinen Widersacher zurück.

»Du kannst den Clan haben«, schrie Cameron wütend. »Du hast aus ihm einen Haufen Lügner und Bastarde gemacht. Übernimm die Herrschaft und lass uns in Ruhe.«

»Niemals«, knurrte Giric.

Cameron bewegte sich rückwärts in Richtung des Hauses und drängte Sunny mit seinem Körper weiter. Dabei kämpfte er heftig mit Giric, schlug ihn zurück, wandte sich dann um und rannte mit Sunny los.

»Geht«, rief er und schob sie vor sich her.

Das Haus tauchte vor ihm auf. Cameron drückte die Tür auf und stieß Sunny hinein.

Er spürte, wie ihn etwas heftig am Rücken traf und

erkannte, dass es ein Messer war. Fast gleichzeitig hörte er einen Aufschrei von Sunny. Er wirbelte gerade noch rechtzeitig herum, um zu sehen, wie Giric sich bückte und einen Stein aufhob. Er registrierte wie aus weiter Ferne, dass ihn dieser sehr scharfe Steinbrocken am Kopf traf.

Der Schmerz ließ seine Sinne schwinden.

Er taumelte rückwärts, dann drehte er sich im letzten Moment um. Wenn er auf dem landete, was in seinem Rücken steckte, würde er sich selbst töten, fiele er hingegen auf die Brust, so könnte er vielleicht überleben.

Er warf sich nach vorn.

Verdammt, er hatte als Laird seines Clans aus dem Leben gehen wollen, mit Sunshine Phillips an seiner Seite, mit seinen Kindern an seinem Lager, die ihm dankbar waren für das Erbe, das er ihnen hinterließ. Er wollte jetzt nicht sterben und Sunny allein zurücklassen.

Den Aufprall auf dem Boden spürte er schon nicht mehr.

11

Sunny erwachte mit stechenden Kopfschmerzen. Sie lag ganz still und versuchte sich zusammenzureimen, wo sie sich befand und was ihr zugestoßen war. Sie hörte nichts Beunruhigendes. Keine Schwerter klirrten. Keine Feinde schrien. Keine wütendenden Krieger des Cameron-Clans fluchten laut. Es war, fand sie, unheimlich still.

War sie tot?

Sie spürte den Boden unter ihren Fingern und fand ihn ziemlich kalt. Sie hatte also immer noch Gefühl in den Fingern, woraus sie schloss, dass sie noch am Leben war. Sie wusste einfach nicht, wo sie sich befand. Sie schloss die Augen und lauschte, hörte aber nichts als ihren eigenen, stoßweise gehenden Atem. Sie hielt die Luft an und konzentrierte sich, aber zu ihrem Entsetzen war es vollkommen still um sie. War Cameron verletzt worden?

War er tot?

Sie dachte an das letzte zurück, woran sie sich erinnern konnte. Cameron hatte sich umgedreht, um sich seinem Cousin entgegenzustellen, hatte sie aber mit dem Rücken zu Moraigs Cottage geschoben und sie dann hineingestoßen. Sie erinnerte sich an einen stechenden Schmerz in ihrem Hinterkopf, als hätte sie ein Stein getroffen.

Sie betastete den Boden um sich herum und fand einen Steinbrocken, einen sehr scharfkantigen, aber sonst nichts. Neben ihrem Kopf spürte sie etwas Feuchtes.

War das Blut?

Bevor sie sich darauf einen Reim machen konnte, hörte sie ein Geräusch. Es klang, als sei jemand draußen vor der Tür. Sie tastete nach einer Waffe, fand aber nichts. Camerons Messer hatte sie nicht mehr. Sie hatte es einem seiner Gefolgsmänner entgegengeschleudert und zugesehen, wie er davonwankte und sich dabei die Kehle hielt.

War das Cameron an ihrer Türe? Aber er konnte nicht an der Tür sein, er müsste direkt neben ihr liegen. Sie griff nach dem Steinbrocken, nur für den Fall, dass es jemand war, gegen den sie sich zur Wehr setzen musste. Sie würde sich und Cameron beschützen, bis sie herausbekam, was da vor sich ging.

Die Tür zu ihren Füßen ging auf. Sie versuchte aufzustehen, aber es gelang ihr nicht. Das Licht ging an und sie schrie auf vor Schmerz.

»Sunny!«

Sie umschlang ihren Kopf mit beiden Armen, aber dann zwang sie sich, zu blinzeln, um zu erkennen, was da vor ihr war.

Patrick MacLeod stand dort und sah sie verblüfft an.

Patrick MacLeod, und nicht Robert Francis Cameron Mac Cameron.

Sunny hielt die Hände weiter an den Kopf gepresst und blickte sich um. Sie war in Moraigs Cottage, Moraigs Haus aus dem 21. Jahrhundert, das jetzt ihr Haus war, mit ihrem Mantel am Haken bei der Tür und ihren Bildern an den alles andere als ebenen Wänden und der Einrichtung, die aus Moraigs und ihren eigenen Möbeln bestand.

Aber sie war allein.

Sie begann zu hyperventilieren. Gleichzeitig spürte sie, wie starke Arme sie umschlangen, dann hörte sie Patricks Stimme.

»Sie ist hier, Liebes. Nein, ich glaube, ich sollte sie besser nicht bewegen. Ihr Kopf blutet. Ruf Jamie für mich an, ja? Er wird Ian informieren.«

Natürlich. Diese MacLeod-Burschen hatten eine perfekt funktionierende Telefonkette, die jede Society-Lady vor Neid erblassen ließe.

»Nein, Liebes, mach dir keinen Sorgen, du brauchst nichts mitzubringen. Sunny hat sicher alles Nötige hier.«

Sunny hörte, wie er auflegte.

»Sunny, du blutest«, sagte er mit besorgter Stimme.

Sunny legte sich die Hand über die Augen, um sie gegen das Licht abzuschirmen, und spähte zu ihm hinüber.

»Wo ist Cam?«

»Wer?«

Sie schob ihn beiseite und rappelte sich mühsam hoch. »Hilf mir auf«, bat sie. »Bitte. Ich muss zur Türschwelle.«

»Das ist keine gute Idee, Mädchen«, sagte er. »Lass mich zumindest erst noch einen Blick auf diese Beule werfen. Und merkst du eigentlich, dass du auf Gälisch vor dich hin stammelst?«

»Hilf mir einfach auf die Beine, verdammt«, befahl sie grimmig. »Oder geh mir aus dem Weg.«

Er stand auf und zog sie hoch. Sie schwankte und das ganze Zimmer drehte sich. Patrick legte seinen Arm um sie und hielt sie fest, bis sie es schaffte, ohne Hilfe zu stehen. Sie blickte sich im Haus um. Das Licht stach ihr in die Augen, aber sie zwang sich, auf den Boden zu sehen, auf ihr Bett, in die Küche hinein.

Doch sie sah nichts außer einem unschönen Blutfleck und einem scharfen Steinbrocken auf dem Boden. Sie war allein – abgesehen von Patrick natürlich.

»Bist du« – sie musste eine Weile nach dem Wort suchen – »hergefahren?«

»Nein, Schwester, ich bin zu Fuß gegangen«, sagte er mit verwirrter Miene. »Warum?«

»Ich brauche Licht für draußen«, sagte sie und streckte ihre Hand aus.

Er zog seine Taschenlampe aus seiner Jackentasche, schaltete sie ein und reichte sie ihr.

»Sunny, wo warst du?«

»Nicht hier«, erwiderte sie. Sie zog ihn mit sich, um sich

auf ihn stützen zu können. Sie leuchtete mit der Lampe über die Türschwelle, suchte nach Stiefelabdrücken oder nach Blut oder irgendetwas, das darauf hindeutete, dass auch Cameron hier gewesen war.

Doch da war nichts.

Sie ging, zunehmend panisch, zurück ins Haus und suchte alles ab, aber das einzige Außergewöhnliche war die Blutlache, in der sie gelegen hatte, und daneben der Stein. Sonst nichts. Kein Hinweis darauf, dass jemand mit ihr in die Zukunft zurückgekommen war.

Die Taschenlampe fiel ihr aus der Hand, weil sie einfach nicht mehr die Kraft aufbrachte, sie festzuhalten. Sie spürte, dass Patrick sie in seine Arme nahm, krallte ihre Finger in seine Jacke und rang verzweifelt nach Luft. Er hatte es nicht geschafft.

Cameron hatte nicht mit ihr zusammen das Zeittor durchschritten.

Nach einer Weile hörte sie andere Leute ins Haus kommen, aber sie erschienen ihr wie Gespenster, die am Rande ihres Gesichtsfelds vorüberschwebten. Vielleicht hatte sie schluchzend in Madelyns Armen gelegen, und sie war sich ziemlich sicher, dass Patrick ihr beigestanden hatte, als sie sich übergeben musste.

Schließlich fand sie sich in ihrem eigenen Bett wieder, noch immer in ihrem feuchten Kleid und in zwei von Camerons Plaids gewickelt, und nur noch Patrick saß auf einem Schemel neben ihrem Bett und sah sie mit einem so ernsten Gesichtausdruck an, wie sie ihn noch nie bei ihm gesehen hatte.

»Ich bleibe heute Nacht bei dir«, sagte er ruhig. »Aber ich werde dich jede halbe Stunde aufwecken. Morgen fahren wir zur Untersuchung nach Inverness. Das ist nämlich eine ziemlich schlimme Beule da an deinem Hinterkopf.«

Sunny schloss die Augen, um die Tränen zurückzuhalten. Patrick sprach Gälisch mit mittelalterlichem Akzent und klang unglaublich beruhigend. »Danke«, brachte sie mühsam hervor.

Er strich ihr sanft das Haar aus dem Gesicht. »Willst du darüber sprechen?«

»Nein.«

»Sunny, du warst über zwei Wochen verschwunden.«

»Sieht ganz so aus«, krächzte sie.

Er seufzte. »Gut, erzähl mir alles, wenn du dazu bereit bist.« Er hielt inne. »Wir haben uns große Sorgen um dich gemacht. Besonders Jamie.«

»Ich habe ihn bei seinem Abendessen versetzt.«

»Er wird einen ausführlichen Bericht hören wollen.«

»Da kann er lange warten.«

Patrick lachte leise. »Er ist dein Laird, Mädchen. Etwas mehr Respekt.«

Dem konnte sie nicht zustimmen. Ihr Laird war irgendwo im Jahr 1375 zurückgeblieben, vermutlich hatte er durch Girics Schwerthieb oder einen Dolch im Rücken den Tod gefunden. Vielleicht war Cameron jetzt ein Geist, und sie würde ihn am nächsten Tag neben ihrem Feuer stehen sehen – nur würde sie ihn nicht berühren können.

»Musst du noch mal aufs Klo?«, fragte Patrick rasch.

»Nein«, brachte sie mühsam hervor. »Nein. Alles bestens. Danke.«

Er drückte ihr die Hand. »Natürlich, ich bin da, wenn du mich brauchst.«

Sie nickte und schloss die Augen. Sie konnte nicht mehr sprechen, nicht mehr denken, konnte sich nicht mehr der harschen Realität der vergangenen Ereignisse stellen.

Cameron hatte es nicht geschafft.

Sie war sich nicht sicher, ob sie das überleben würde.

Zehn Tage später wurde ihr klar, dass sie das Unvermeidliche nicht mehr länger aufschieben konnte. Sie musste zu Jamie gehen und ihm irgendeine vernünftige Erklärung dafür geben, warum sie zwei Wochen verschwunden gewesen war, dann würde sie seinen skeptischen Gesichtsausdruck ertragen müssen, wenn sie ihm in Hinblick darauf, ob sie eines seiner Zeittore benutzt hatte, nicht die Wahrheit sagte.

Allerdings würde er sie bei ihrem ersten Besuch vielleicht noch gar nicht ausfragen. Selbst Patrick hatte sich das bisher verkniffen, außer der Erkundigung, wie es um ihre Kopfschmerzen bestellt war.

Vielleicht sah sie ja wirklich so furchtbar aus, wie sie sich fühlte.

Das lange Schlafen hatte nicht viel genützt. Sie hatte zwar eine ganze Woche das Bett gehütet, in ihr schmutziges Kleid und in Cameron Mac Camerons zwei leidlich saubere Plaids gehüllt, und darauf gehofft, dass er irgendwann doch an ihrer Tür erscheinen würde. Sie hatte anschließend noch zwei weitere Tage im Sessel vor einem fröhlich knisternden Feuer gesessen und gewartet.

Aber er war nicht gekommen.

Schließlich hatte sie die Hoffnung aufgegeben. Wenn er den Weg zu ihr finden sollte, dann wäre das mittlerweile geschehen. Aber er hatte diesen Weg nicht gefunden und würde ihn wohl auch nicht finden – nicht einmal als Geist.

Der einzige Lichtblick war, dass die Verletzung an ihrem Hinterkopf so weit abgeheilt war, dass sie sich wieder die Haare waschen konnte. Eine Untersuchung in Inverness hatte ergeben, dass sie zwar eine gewaltige Beule davongetragen hatte, sie aber auch einen harten Schädel hatte. Man hatte ihr geraten, das Bett zu hüten, und sie war dem nur zu gerne nachgekommen. Zur Zeit war das Leben leichter zu ertragen, wenn sie das meiste davon verschlief.

Sie schlurfte ins Badezimmer und betrachtete sich im Spiegel. ›Betrachten‹ konnte man es eigentlich nicht nennen, eher war es ein gelegentlicher kurzer Blick, wenn sich die Sternchen vor ihren Augen so weit lichteten, dass sie etwas sehen konnte.

Sie fand sich nicht sehr verändert, obgleich sie etwas dünner geworden war. Patrick hatte versucht, alles Mögliche an Flüssigkeit in sie hineinzuzwingen, zubereitet aus Früchten und Gemüsesorten, die sie normalerweise gerne mochte. Das Trinken bereitete ihr große Mühe, und sie hatte nur etwas zu sich genommen, weil es lebenswichtig war.

Sie beugte sich über den Waschtisch und betrachtete sich. Sah man ihr an, dass sie eine Zeitreise gemacht, sich verliebt und diese Liebe wieder verloren hatte? Erkannte man an ihren Händen, dass sie versucht hatten, zu heilen, dass sie Gegner besiegt und das Gesicht eines Mannes berührt hatten, den sie von ganzem Herzen liebte?

Sie war sich nicht sicher, ob sie das wirklich wissen wollte.

Sie putzte sich die Zähne. Danach musste sie sich hinsetzen und ausruhen. Nun, eines war sicher: Sie wagte es nicht, mit dem Auto zu Jamie zu fahren. Wenn sie beim Gehen ohnmächtig würde, dann würde sie zumindest nicht von der Fahrspur abkommen und jemand gefährden.

Sie setzte sich wieder ein paar Minuten hin, dann stand sie auf und wankte aus dem Haus. Sie machte die Tür hinter sich zu und schleppte sich den Weg entlang, der zu Jamies oberer Weide hinunterführte. Sie blieb stehen und sah, wie weit es noch war.

Am liebsten wäre sie wieder zurückgegangen und hätte sich ins Bett gelegt, aber sie hatte versprochen, vorbeizukommen. Immerhin führte der Weg bergab. Es hätte schlimmer sein können.

Für den normalerweise halbstündigen Spaziergang brauchte sie fast zwei Stunden. Als sie durch Jamies Hoftor trat, fürchtete sie, ohnmächtig zu werden, bevor sie den Eingang erreichte.

Sie mühte sich den Weg zum Haus hoch, dann lehnte sie sich ziemlich lange an einen staubigen Range Rover, den sie noch nie gesehen hatte. Sie schaffte es bis zu den Stufen, dann musste sie, an einen Holzstapel gelehnt, erneut ausruhen.

Als sie sich kräftig genug fühlte, hob sie die Hand und klopfte an.

Die Tür ging auf und sie taumelte nach vorn. Kräftige Arme fingen sie auf und stellten sie wieder auf die Füße. Sie spähte nach oben und sah Zachary Smith, Elizabeths jüngsten Bruder.

»Du bist aber gewachsen«, stieß sie hervor.

»Du machst Witze«, sagte er lächelnd. Er schloss die Tür hinter ihr, dann legte er ihr seinen Arm um die Schultern. »Sunny, du hättest anrufen sollen. Dann hätte ich dich abgeholt.«

»Ich wusste nicht, dass du zu Hause bist. Ist das dein Wagen draußen?«

»Nein, das ist nicht meine Preisklasse«, erwiderte Zachary lächelnd. »Es gehört irgendeinem Typen, mit dem Jamie Geschäfte macht. Und das ist zufälligerweise auch der Grund dafür, dass ich zu Hause bin. Jamie und dieser sehr reiche neue Freund überlegen, ein Freizeitzentrum im Dorf aufzuziehen, und sie wollen, dass ich den Entwurf dafür mache.«

»Schön«, keuchte Sunny. »Vielleicht kann ich ja dort Yogakurse geben?«

»Klar«, meinte Zachary mit verschmitztem Lächeln. »Drängen wir Tavish Fergusson aus dem Geschäft.«

Tavish Fergusson. Sie hatte mindestens einen Monat nicht mehr an ihn gedacht. Übrigens auch nicht an das Dorf. Sie war in jeder Hinsicht auf einem anderen Planeten gewesen. Irgendwie hatte jedoch das Leben in der Welt, die sie hinter sich gelassen hatte, weiter seinen normalen Gang genommen.

Das war alles sehr merkwürdig.

»Sunny?«

»Klar«, erwiderte sie rasch. »Was immer du gesagt hast.« Sie legte ihm den Arm um die Taille. »Hilf mir zu einem Stuhl, Zach. Ich fühle mich auf einmal ziemlich wacklig.«

»Du hättest wirklich anrufen sollen«, schimpfte er erneut.

»Ich hab kein Telefon.«

»Ich sorge dafür, dass Jamie dir eines installiert. Dann kannst Bescheid geben, bevor du das nächste Mal irgendwo hingehst.«

Sie nickte und schloss kurz die Augen. »Gut, das mache ich. Vielen Dank.«

Er half ihr auf einen Stuhl, dann ließ er sie in Ruhe dort sitzen. Sie lehnte ihren Kopf an die Stuhllehne und schloss die Augen. Tränen quollen unter ihren Lidern hervor, und sie hatte nicht die Kraft, sie wegzuwischen. Es spielte sowieso keine Rolle. Ihr Herz war gebrochen, und sie sah aus wie eine Leiche auf Urlaub. Vielleicht würden die Leute sie alle bald in Frieden lassen, damit sie sich in ihrem Bett verkriechen, in Embryonalstellung zusammenrollen und sich zu Tode weinen könnte.

Sie wusste, es tat ihr nicht gut, weiter über Camerons Schicksal nachzugrübeln, aber sie konnte es einfach nicht lassen. Sie war in den wenigen Augenblicken, in denen sie einen klaren Gedanken fassen konnte, zu dem Schluss gekommen, dass Giric ihn getötet hatte.

Wenn sie damals nur gewusst hätte, wie das Ganze enden würde, dann hätte sie ihn schneller ins Haus hineingezogen. Oder sich zwischen ihn und Giric gestellt. Oder ihn gedrängt, schneller zu reiten oder früher aufzubrechen. Jede Kleinigkeit hätte darüber entscheiden können, ob er nun tot oder hier bei ihr wäre.

»Sunny?«

Sie schlug die Augen auf und sah Zachary mit einem Glas vor ihr stehen.

»Möchtest du Saft?«, fragte er.

Sie nahm das Glas, trank ein paar Schlucke davon und reichte es ihm zurück.

»Danke«, sagte sie mit rauer Stimme.

»Ich freue mich immer, wenn ich schönen Frauen zu Diensten sein kann.«

»Ein guter Spruch.«

»In deinem Fall ist es kein Spruch, aber ich muss sowieso üben. Man weiß schließlich nie, wann man auf ein Klopfen hin die Tür öffnet und draußen eine schöne Frau auf einen wartet.«

Nun, sie wusste, wie sich das anfühlte, aber sie konnte nicht darüber sprechen. Allein der Gedanke daran brach ihr das Herz.

»Oh, da kommen sie ja«, meinte Zachary. »Willst du den anderen großen Investor treffen? Wenn er dich erst mal gesehen hat, wird er uns anbetteln, noch mehr Geld von ihm anzunehmen, damit wir dir dieses Yoga-Studio einrichten können.«

Sunny hätte am liebsten verächtlich geschnaubt, aber das hätte zu viel Energie gekostet, die sie nicht hatte. Sie ließ sich von Zachary auf die Beine ziehen und durch den große Saal führen. Sie hörte Jamie lebhaft plaudernd die Treppen herunterkommen, also mussten die Verhandlungen gut gelaufen sein.

Ein anderer Mann folgte ihm nach unten. Zuerst sah sie polierte schwarze Schuhe, dann dunkle Hosenbeine, dann ein dazu passendes Jackett mit stark gepolsterten Schultern, die wie dafür gemacht waren, dass eine junge Frau ihren Kopf daran anlehnen und sich sicher fühlen konnte. Er trug eine dezente Krawatte mit einem burgunderroten Karomuster, das sie ein wenig an Camerons Plaids erinnerte, die zusammengefaltet unter ihrem Kopfkissen lagen.

Dann sah sie sein Gesicht.

»Sunny«, rief Zachary erschreckt.

Sunny bemerkte zu spät, dass sie ihn so heftig beiseite gestoßen hatte, dass er zu Boden ging. Ihr Glas zerbarst auf dem Steinboden von Jamies großem Saal, aber das war ihr gleich. Sie hatte nur Augen für den Mann, der inzwischen die Treppe heruntergekommen war und nun fünf Schritte von ihr entfernt stand. Sie traute ihren Augen kaum.

Es war Cameron.

»Sunshine«, sagte Jamie und klang angenehm überrascht. Er kam die paar Schritte zu ihr herüber und bot ihr seinen Arm.

Mit einem Ausruf der Erleichterung ließ sie Jamie links liegen und warf sich in Camerons Arme. Er lebte. Sie konnte es nicht glauben, aber vor ihr stand … der lebende Beweis …

Ganz starr vor Schreck.

Sunny zuckte zurück und blickte zu ihm auf.

Er blickte sie an, als hätte er sie noch nie gesehen.

»Sunshine«, sagte Jamie bestürzt. »Sunny?«

Sunny starrte in Camerons schönes, geliebtes Gesicht und verstand nicht, warum er sich nicht freute, sie zu sehen. Sie konnte es nicht fassen, warum er nicht seine Arme ausstreckte und sie an sich zog.

Und warum zum Teufel hatte er einen Anzug an?

Sie wollte seinen Namen sagen, aber ihr Mund konnte die Worte nicht bilden. Und das hätte ihr auch gar nichts genützt, denn sie hatte keinen Atem, sie auszusprechen. Sie legte ihre Hände auf sein Gesicht und sah ihm in seine lebhaften blauen Augen.

Augen, die vor Überraschung geweitet waren, aber keine Spur von Erkennen zeigten.

»Sunshine?«

Jamies Stimme brachte sie wieder zu sich. Schlagartig wurde ihr bewusst, dass Cameron nicht so glücklich war, sie zu sehen, wie sie ihn.

Sie ließ ihn abrupt los und taumelte zurück. Dort stieß sie mit Jamie zusammen und spürte seine Hände auf ihren Schultern. Sie schüttelte den Kopf, denn sie konnte einfach nicht glauben, was ihr geschah. Sie schüttelte noch einmal den Kopf, aber das änderte nichts. Sie wollte einen weiteren Schritt zurücktreten, aber Jamie stand ihr im Weg.

»Ich möchte dir Robert Cameron vorstellen«, sagte er mit sonorer Stimme, und sein Brustkorb vibrierte an ihrem Rücken. »Ich habe ihn letzte Woche angerufen, ob er Interesse hätte, seine Pennys mit meinen zusammenzulegen, um ein Bauvorhaben im Dorf anzugehen.«

»Robert Cameron«, echote Sunny. Sie sah Cameron an und spürte, wie ihr die Tränen über die Wangen rannen. Er war es, kein Zweifel. Er musste es sein. Er sah zwar irgendwie älter aus. Geschliffener. Sauberer. Aber sie hätte ihn überall wiedererkannt.

»Korrekt heißt es eigentlich Lord Robert«, fuhr Jamie fort. »Er ist Laird des Cameron-Clans. Du hast sicher schon einmal auf dem Weg hierher sein Schloss gesehen.« Er hielt inne. »Und vielleicht bist du ihm ja bereits begegnet.«

Sunny hatte Angst, den Mund aufzumachen, aus Angst davor, was sie sagen könnte. Vielleicht war sie ihm ja bereits begegnet? Sie schüttelte wieder den Kopf, aber ihr wurde nur schwindlig davon.

»Sie hatte eine starke Gehirnerschütterung«, verkündete Jamie an niemanden Bestimmten gerichtet.

Sunny blickte Cameron an und sah, dass er sie mit einer interessiert freundlichen Miene betrachtete – aber es lag kein Anzeichen darin, dass er sie erkannte.

Warum nicht?

Sie dachte, ihr Herz müsste bersten, dabei aus ihrer Brust springen und direkt vor ihnen auf dem Boden in unzählige Stücke zerschellen.

»Mac? Mac, wo bist du?«

Sunny sah eine Frau die Treppe hinunterschweben. Sie sah umwerfend aus, war gekleidet wie ein Model und bewegte sich mit der Grazie und Haltung einer Primaballerina.

»Mac«, sagte sie und schob ihre Hand besitzergreifend in seine Armbeuge, »du bist ohne mich davongestürmt, Liebling.«

»Das ist Lord Roberts Verlobte, Penelope Ainsworth«, sagte Jamie.

Sunny blickte von Penelope zu Cameron und wieder zurück zu Penelope. Seine Verlobte? Sie wollte Jamie sagen, dass er sich irrte, dass Cameron keine blonde Verlobte hatte, sondern dass er in sie verliebt war, aber die Worte blieben ihr im Halse stecken. Sie stand nur da und starrte alle fassungslos an.

Penelope blickte pikiert an ihr vorbei. »Oh, ich glaube, wir sind uns schon einmal begegnet, nicht wahr, meine Liebe? Sie sind letzten Monat im Dorf mit mir zusammengestoßen. Sie hatten einen über den Durst getrunken an diesem Abend, habe ich recht?«

Sunny sah sie blinzelnd an, dann fiel ihr der Kiefer noch weiter herunter. Es war diese unverschämte Engländerin, die sie umgerannt hatte und ihr dann auf die Hand getreten war. Aber das würde ja bedeuten, dass der Mann, der ihr aufgeholfen und auch die Utensilien aus ihrer Tasche zusammengesucht hatte und nun vor ihr stand …

Cameron.

Sie fuhr sich mit den Händen an den Kopf, der so furchtbar wehtat, dass ihr speiübel wurde.

»Das ist meine Schwägerin, Sunshine Philipps«, sagte Jamie steif, »und sie trinkt niemals Alkohol.«

»Sind Sie sich da sicher?«, fragte Penelope Ainsworth zweifelnd. »Vielleicht hat sie ja Angewohnheiten, mit denen Sie nicht vertraut sind.«

Jamie gab einen missvergnügten Laut von sich, der ein wenig wie ein Knurren klang. Normalerweise hätte Sunny sich darüber gewundert, warum er sie so engagiert verteidigte, aber sie war von Camerons Anblick abgelenkt, der ihr jetzt zur Begrüßung seine Hand entgegenstreckte. Sie ergriff sie, ohne lange nachzudenken.

Der elektrische Schlag, der sie durchfuhr, warf sie fast um.

Sie blickte rasch zu ihm auf, um zu sehen, ob er das Gleiche verspürt hatte. Er zog seine Hand zurück und betrachtete seine Finger mit einem nachdenklichen Ausdruck, als hätten sie etwas getan, was er nicht gutheißen konnte.

»Es ist mir ein Vergnügen, Miss Phillips«, sagte er stirnrunzelnd an sie gewandt.

Dennoch sah sie an ihm noch immer keinerlei Anzeichen eines Wiedererkennens.

Der Raum um sie begann sich zu drehen. Sie sank zu Boden und konnte nichts dagegen tun. Die frisch verheilte Wunde würde wieder aufbrechen und Jamies Fußboden mit Blut besudeln. Aber vermutlich wäre das immer noch besser als das, was in den letzten fünf Minuten geschehen war.

Cameron hatte sie nicht erkannt.

Das war schlimmer, als von seinem Tod zu erfahren.

Sie versank in der Schwärze der Bewusstlosigkeit, ohne sich dagegen zu wehren.

12

Cameron fing die dunkelhaarige Frau auf, bevor sie zu Boden sank. Er hob sie in seine Arme und war so erstaunt wie seit Jahren nicht mehr. Nicht dass er nicht vertraut gewesen wäre mit schönen Frauen, die sich ihm an den Hals warfen, denn das geschah regelmäßig. Nein, das war es nicht, was ihn überraschte.

Er war überrascht, dass er diese hier kannte.

Er brauchte einen Augenblick, um sich zu erinnern, woher. Vermutlich lag es einfach daran, dass sie mit Penelope zusammengestoßen und dabei gestürzt war – vor einem Monat etwa, nicht wahr? Er erinnerte sich daran, dass er Miss Phillips aufgeholfen hatte und sich dann den ganzen Weg zum Abendessen in Inverness hatte anhören müssen, wie schrecklich lästig doch dieses ganze ritterliche Gehabe sei.

Das waren Penelopes Worte gewesen, nicht seine.

»Lass sie, Mac«, forderte Penelope ihn auf und unterbrach damit seinen Gedankengang. »Sicher können sich ihre Freunde um sie kümmern.«

Cameron sah sie gleichmütig an. »Penelope, ich helfe noch dabei, sie zu versorgen, dann treffen wir uns im Wagen. Warum gehst du nicht schon mal raus und wartest dort auf mich?«

Sie verdrehte die Augen, seufzte ungehalten und stolzierte dann durch den Saal, riss die Eingangstür auf und ließ sie hinter sich offen stehen. Zachary Smith, Jamies Schwager, machte sie leise zu. Cameron wandte sich wieder an James MacLeod.

»Das ist Ihre Schwägerin?«, fragte er.

James lächelte spitzbübisch. »Und meine Hexe.«

Auch Cameron musste jetzt unwillkürlich lächeln. »Ein interessantes Mitglied Ihrer Belegschaft, meinen Sie nicht?«

»Das ist bei uns so Tradition«, erwiderte James mit samtweicher Stimme. »Wir halten hier auf meinem Land eisern daran fest. In dem kleinen Cottage nördlich von hier hat schon immer eine Hexe gewohnt.«

Ich weiß, hätte Cameron fast gesagt, aber er schluckte die Bemerkung noch rechtzeitig herunter. Seit er denken konnte, hatten dort Hexen gewohnt. Eine von ihnen, Moraig MacLeod, hatte er persönlich gekannt, aber er sah keine Veranlassung, das zu erwähnen.

»Sunny ist eine gute Heilerin«, fuhr James fort. »Sie kam letztes Jahr zu Besuch und ich bat sie, zu bleiben, statt wieder in die Vereinigten Staaten zurückzukehren.«

»Dann ist sie also Amerikanerin?«, fragte Cameron überrascht.

»Ja, man höre und staune«, sagte James nachsichtig. »Anscheinend ziehen sie uns magisch an. Sunny interessiert sich sehr für Dinge wie Yoga und Naturheilkunde. Wir sollten ihr im Zentrum einen Laden einrichten. Und damit diesen verdammten Tavish Fergusson dazu bringen, seinen Kram woanders zu verkaufen.«

Cameron schürzte die Lippen. Er ließ keine Möglichkeit aus, um einem Fergusson eins auszuwischen. »Ganz meine Meinung«, sagte er. »Wo soll ich sie jetzt hinbringen? Zurück in ihr Haus?«

»Nein, das ist zu weit«, erwiderte James. »Bringen wir sie ins Gästezimmer hinauf.«

Cameron folgte James nach oben und hörte ihm zu, wie er weiter auf Gälisch von dem geplanten Freizeitzentrum schwärmte. Dabei konnte er nicht umhin, sich über ihn zu wundern. Was das Weiterführen der alten Traditionen anbelangte, war er viel nachlässiger als MacLeod, aber er hatte schon oft genug die Klatschgeschichten unten im Pub gehört. Die Männer dort sagten, James MacLeod sei ein Rückkehrer aus früheren Zeiten. Das war natürlich blanker Unsinn. Menschen machten keine Zeitreisen von einem Jahrhundert in ein anderes.

Es war ziemlich leicht, eine plausible Erklärung für James' Schrullen zu finden: Seine hervorragenden Gälischkenntnisse zeigten nur, dass hier ein Highlander versuchte, seine Muttersprache zu pflegen. Er hatte die Statur eines Mannes, der jeden Tag stundenlang Sport trieb, weil er eben jeden Tag stundenlang Sport trieb. Er besaß eine perfekt restaurierte mittelalterliche Burg mit allem Drum und Dran, denn Geschichte war zweifellos sein Steckenpferd. Und die Bewohner dieser Burg behandelten ihn eben mit derselben Ergebenheit, die Untertanen ihrem Laird gegenüber an den Tag legten, weil sie ihn schätzten und liebten.

Cameron selbst hatte damit definitiv keine Erfahrung.

James machte die Tür zu einer Schlafkammer auf, schaltete das Licht an und trat dann zurück. »Hier herein. Legen Sie sie einfach ab, wir kümmern uns dann um sie. Mein Bruder ist sowieso schon auf dem Weg hierher. Er wird nach ihr sehen.«

»Ihr Bruder Patrick?«, fragte Cameron.

»Ja. Kennen Sie ihn?«

»Wir haben in Inverness den gleichen Automechaniker«, sagte Cameron gedehnt. »Wir sind ein, zwei Mal aneinander vorbeigefahren.« Er überlegte. »Er arbeitet doch in diesem Trainingsinstitut für Stuntmen, das Ihr Cousin betreibt, nicht?«

»Trainingsinstitut für Stuntmen«, echote James gedehnt. »Ja, so könnte man es vermutlich nennen. Ja, er arbeitet an Ians Institut. Er gibt Kurse, wie man in den Highlands überlebt, nur mit der Kraft seiner Hände, seines Verstandes und mit einem scharfen Messer.«

»Durchaus interessante Fertigkeiten.«

James lächelte ziemlich geheimnisvoll. »Ja, das stimmt. Patrick hat eine Vorliebe dafür, beim Fechten scharfe Klingen zu benutzen, und Ian gibt ihm oft die Gelegenheit dazu – eine

Vorliebe, die ich im Übrigen teile.« Er blinzelte wie eine Eule. »Sie befassen sich nicht mit Schwertern, Robert, oder?«

»Mit Rapiers«, sagte Cameron und schien plötzlich verlegen, »wenn ich mit ihnen umgehen kann.«

James hob kurz eine Augenbraue. »Das möchte ich doch meinen«, murmelte er. »Nun, Sie legen Sunshine jetzt am besten hier ab und machen sich auf den Weg. Ihre Verlobte wartet.«

Cameron merkte, dass er seltsamerweise gar keine Lust hatte, Sunshine Phillips loszulassen. Er blickte auf sie hinunter und spürte, dass ihn ein merkwürdiges Gefühl durchfuhr, dasselbe Kribbeln im Arm, das er auch bei den beiden vorherigen Gelegenheiten wahrgenommen hatte, bei denen er sie berührt hatte.

Wirklich merkwürdig.

Er verlagerte ihren Körper in seinen Armen und merkte, wie leicht sie war. James hatte gesagt, sie hätte eine Kopfverletzung gehabt, aber vielleicht war sie auch krank gewesen. Aber dieser Eindruck konnte auch täuschen. Unbezweifelbar war, dass sie ihn unten mit stürmischer Wiedersehensfreude umarmt hatte. Und mit Erleichterung.

Als hätte sie ihn gekannt.

Aber das war unmöglich. Er hatte sie noch nie zuvor gesehen, außer im trüben Licht von Tavish Fergussons Leuchtreklame an der Ladenfassade.

»Lord Robert?«

Cameron sah James gedankenverloren an, dann konzentrierte er sich wieder auf die Situation. Er zwang sich, durch die Kammer zu gehen, legte Sunshine Phillips sanft auf dem Bett ab und blieb dann noch einen Augenblick stehen. Vielleicht hatte ihr die Beule am Kopf ja vorübergehend das Bewusstsein geraubt, und sie hatte ihn mit jemandem verwechselt.

»Was ist mit Sunny passiert?«

Cameron blickte sich um und sah, dass zu ihm und James

noch ein weiterer Mann getreten war, bei dem es sich, angesichts seiner Ähnlichkeit mit seinem älteren Bruder, nur um Patrick MacLeod handeln konnte. Beide waren zähe, kräftige Kerle. Cameron mochte ihre Art, und fast konnte er darüber die unselige Erbfehde vergessen, an die ihn ihr Nachname erinnerte.

Er trat zur Seite, da Patrick sich auf den Bettrand setzen wollte. Patrick legte seine Hand auf Sunshines Stirn, dann blickte er auf. Cameron realisierte, dass der Blick, der ihn traf, nicht sonderlich unfreundlich war, aber forschend.

»Lord Cameron«, sagte Patrick mit gedehnter Stimme. »Sie sind geschäftlich hier, nicht wahr?«

»Einfach nur Cameron, ohne den Lord«, sagte Cameron abwesend, »und ja, das stimmt.« Er hielt inne. »Sie ist ohnmächtig geworden.«

»Sie hatte eine schwere Gehirnerschütterung«, erklärte Patrick. Er griff nach ihrem Handgelenk und fühlte fachmännisch den Puls. Dabei warf er seinem Bruder einen strengen Blick zu. »Das war viel zu früh, sie herzuzitieren, du Trottel.«

»Aber *du* hast mir doch gesagt, es ginge ihr gut genug, dass sie herkommen könnte«, entgegnete James empört.

»Das habe ich nie gesagt. Ich habe *nur* gesagt, es gehe ihr gut genug, dass sie aufstehen kann. Sie ist extrem widerspenstig und befolgt meinen Rat nicht, noch zwei Wochen zu Hause zu bleiben. Du hättest das nicht zulassen dürfen. Und jetzt ist sie hier, und sie hat verdammt Glück gehabt, dass sie nicht schon wieder mit dem Kopf aufgeschlagen ist!«

James sah aus, als hätte er seinen Bruder am liebsten erwürgt, und Patrick schien bereit, diese Gunstbezeugung zu erwidern. Cameron räusperte sich.

»Die Schuld liegt zum Teil bei mir«, bemerkte er. »Ich glaube, sie dachte, dass sie mich irgendwie wiedererkannt hat, und das hat sie aus der Fassung gebracht. Ich bin sicher, dass ich sie nie zuvor gesehen habe. Obwohl«, fügte er hinzu, »das stimmt nicht ganz. Ich bin ihr vor einiger Zeit schon einmal begegnet. Penelope ist im Dorf mit ihr zusammengestoßen und hat sie zu Fall gebracht, und ich habe ihr aufgeholfen.« Er sah Sunny bestürzt an. »Vielleicht stammt die Beule an ihrem Kopf ja daher.«

»Vielleicht«, stimmte Patrick zu, »aber ich würde mir deswegen keine Gedanken machen. Ich weiß Ihre Sorge zu schätzen, aber ich kümmere mich schon um sie.«

Cameron nickte und wusste, dass es an der Zeit war, zu gehen. Er trat widerstrebend aus der Kammer, dann stieg er mit James die Treppe hinunter. Unten blieb er stehen und sah James an.

»Lassen Sie mich das Ganze noch eine Weile überdenken«, sagte er langsam. »Ich melde mich bald wieder, ja?«

James lächelte und wollte anscheinend keineswegs drängen. »Selbstverständlich.«

Cameron sah ihn noch einen Augenblick an, dann schüttelte er den Kopf. James MacLeod sollte ein Laird aus dem Mittelalter sein? Was für ein Quatsch. James hatte sich hier sein kleines Reich geschaffen, samt einer Hexe, die ihm Tinkturen braute, mehr nicht. Aber er musste zugeben, dass James' Hexe eine der schönsten Frauen war, die er je gesehen hatte. Schön und zerbrechlich und unerklärlich vertraut.

Sehr merkwürdig.

Er konzentrierte sich wieder ganz auf die Gegenwart, nickte James und dessen Schwager Zachary zum Abschied noch einmal zu und ging dann hinaus, bevor er sich noch weiteren Spekulationen über Dinge hingeben konnte, die lächerlich und unmöglich waren, oder über Frauen, die er nicht kannte.

Er setzte sich widerstrebend in seinen Range Rover und ließ den Motor an; dabei wappnete er sich innerlich gegen die Flut von Vorwürfen, die ganz gewiss gleich auf ihn einprasseln würden. Und er musste nicht lange warten.

»Sie war ganz hübsch«, sagte Penelope nüchtern, »aber sie sind immer hübsch, nicht wahr, Mac? Ich bin es leid, dass sich dir ständig die Frauen an den Hals werfen. Diesmal buchstäblich.«

»Ich kann nichts dafür, was andere tun«, wandte er, in seinen Augen ziemlich vernünftig, ein.

»Doch, das kannst du sehr wohl. Du forderst es geradezu heraus.« Sie warf den Kopf herum und schnaubte empört. »Vielleicht könntest du hin und wieder mal deine verdammte Ritterlichkeit ein wenig zügeln.«

In Schottland nennen wir das ›Ehre‹, hätte er fast erwidert. Das war ein Satz, den sein Vater immer gesagt hatte – nein, das stimmte gar nicht. Vermutlich hatte ihn irgendwann irgendjemand zu ihm gesagt, aber er hatte keine Ahnung, wer. Der Satz gefiel ihm jedoch, daher hatte er ihn sich gemerkt. Aber da Penelope seine Bedeutung sowieso nicht verstehen würde, behielt er ihn für sich.

Er nickte knapp, nur um sie zu beschwichtigen, dann passierte er James' Burgtor und fuhr den Weg zum Dorf hinunter. Es wäre schneller gegangen, wenn er einfach quer über James Land und sein eigenes hätte hinauffahren können, aber da das nur zu Pferde möglich war, war er der Straße zunächst Richtung Westen, dann Richtung Norden gefolgt und bog jetzt auf die endlos lange Zufahrt zu seiner Burg ein.

»Ich verstehe nicht, wie du es hier aushältst«, murmelte Penelope. »Meilenweit nichts als Wildnis.«

Cameron hatte keine Lust, zu streiten, denn sie hatte ja recht. Hier gab es keine exklusiven Läden, keine teuren Restaurants, keine Orte zum Sehen und Gesehenwerden.

Aber es gab Ruhe, endlose Wiesen mit Highland-Wildblumen und stille Lochs, die an einem ruhigen Tag den Himmel und die Berge widerspiegelten. Man konnte fischen und jagen und reiten. Er besaß, ebenso wie James MacLeod, Tausende Morgen Land – eigenes Land, das man nach Belieben durchstreifen konnte.

Nicht zum ersten Mal bedauerte er, dass er viel zu viel Zeit in London verbrachte. Mehr Zeit, als ihm recht war.

Penelope war schon halb aus dem Wagen ausgestiegen, bevor er in seine Garage eingefahren war. »Ich werde mal nachsehen, ob schon alle Einladungen verschickt sind«, sagte sie kurz angebunden, dann knallte sie die Tür zu und stolzierte zum Haus. Cameron lehnte sich in seinem Sitz zurück und blickte ihr nach. Sie sah, das musste er zugeben, einfach umwerfend aus. Ihr platinblondes Haar, auf Kinnlänge geschnitten, schien immer perfekt zu sitzen, ganz gleich, wie oft sie gereizt den Kopf hin und her warf. Wirklich schade, dass sie abgesehen von ihrem Aussehen keine guten Eigenschaften hatte.

Schon merkwürdig, dass er mit ihr verlobt war.

Aber da das Überlegungen waren, denen er sich im Moment nicht stellen wollte, war es vermutlich das Beste, sich einen hochprozentigen Drink zu gönnen.

Er zog die Schlüssel aus dem Zündschloss und stieg müde und deprimiert aus dem Auto. Dann ging er in seine Burg und blieb stehen, um ihre mittelalterliche Pracht zu bewundern. Sie war ziemlich gut erhalten, und er hatte in den letzten Jahren eine Menge seines Sterlingsilbers darauf verwandt, sie restaurieren zu lassen. Es war ein beeindruckender Ort, und er war keineswegs unzufrieden damit, hier Burgherr zu sein.

Penelope stand mitten im großen Saal und telefonierte. Sie sah ihn mit gerunzelter Stirn an, drehte ihm dann den Rücken zu und ging hinaus.

Cameron seufzte, trat an die Anrichte und schenkte sich einen großzügigen Whisky ein. Dann stieg er die Treppen hoch, die vom mittelalterlichen Teil der Burg zu dem Flügel führten, wo man im 16. Jahrhundert Schlafzimmer eingerichtet hatte, die im 18. Jahrhundert neu ausgestattet worden waren. Er ging in seines, machte die Tür hinter sich zu und blieb stehen.

Ob Sunshine Phillips jetzt wohl wieder bei Bewusstsein war?

Er wollte nicht länger über sie nachgrübeln, aber die

Gedanken an sie ließen sich nicht vertreiben. Innerlich aufgewühlt ging er im Raum auf und ab und versuchte einen Weg zu finden, sich abzulenken.

Schließlich blieb er vor einer Tür stehen. Sie war verschlossen und führte in eine Art Wandschrank, für den nur er den Schlüssel hatte. Darin waren Dinge verstaut, die er sich jahrelang nicht mehr angesehen hatte. Und warum sollte er das auch tun? Er war Robert Cameron, der adoptierte Erbe des alten Alistair Cameron. Sein Leben hatte vor acht Jahren begonnen, als er, angeschlossen an ein Dutzend Schläuche, im Krankenhaus aufgewacht war, und der alte Alistair Cameron mit seinem schlauen, berechnenden Pferdegebisslächeln hatte sich über ihn gebeugt. Alles, was davor geschehen war, erschien ihm als vager Alptraum, verursacht durch zu viel, aber bei Weitem nicht genug Whisky.

Er blickte nachdenklich auf den Wandschrank, dann hinunter auf das Glas in seiner Hand.

Mit einem Fluch ging ins Bad und schüttete den Alkohol in den Ausguss. Offensichtlich schaffte er es heute ebensowenig, sich einen schönen Rausch anzutrinken wie an jedem anderen Tag. Er stellte das Glas am Waschbeckenrand ab, dann zog er sein Handy aus der Tasche und wählte eine Nummer. Das Telefon klingelte am anderen Ende nur einmal, bevor sich eine Stimme meldete.

»John Bagley.«

»Haben Sie heute irgendwann Zeit?«

Der Mann am anderen Ende der Leitung lachte. »Für Sie, Cameron, immer.«

»Dann bin ich in einer Stunde da«, sagte Cameron finster entschlossen. »Und vielleicht nehme ich Sie den restlichen Nachmittag über in Beschlag.«

»Abgemacht.«

Cameron legte auf und zog sein Jackett aus. Er ging durchs Zimmer und entledigte sich dabei seiner restlichen Businesskleidung. Er hängte die Sachen aus Gewohnheit in den

Schrank, dann suchte er nach Shorts und einem T-Shirt. Er zog Turnschuhe an, schnappte sich den Degen, der in einer Ecke lehnte, und seine Schlüssel, dann ging er rasch hinaus. Er eilte die Stufen hinunter und schaffte es fast den ganzen Weg durch die Burg, bevor er geschnappt wurde.

»Wohin gehst du?«

Er holte tief Luft und drehte sich zu Penelope um. »Raus.«

Sie sah ihn stirnrunzelnd an. »Was hast du mit diesem Schwert vor? Und warum kannst du nicht irgendeine zivilisierte Sportart ausüben?«

»Eine zivilisierte?«, konnte er sich nicht verkneifen zu fragen. »Was denn zum Beispiel?«

»Polo. Oder hin und wieder eine Stunde Fitnesstraining.«

Er verbrachte sehr wohl hin und wieder eine Stunde im Fitnessraum, sowohl im Untergeschoss seiner Burg als auch in seinem sündteuren Studio in London. Aber Polo? Er konnte sich nichts Quälenderes vorstellen.

Cameron erkannte, dass jede Antwort zwecklos war. Also machte er nur eine tiefe Verbeugung in ihre Richtung und verließ das Haus, solange das noch möglich war. Er schaffte es tatsächlich ins Dorf, ohne von irgendeinem übereifrigen Verkehrspolizisten angehalten zu werden, fuhr auf den Parkplatz eines enorm hässlichen Gebäudes und blieb noch einen Moment nach dem Abschalten des Motors im Wagen sitzen. Schon merkwürdig, wie viele Orte es innerhalb eines Umkreises von 200 Kilometern um seine Burg gab, wo ein Mann den Schwertkampf üben konnte.

Was für Klingen Ian MacLeod in seinen Stunt-Kursen – wie Cameron diese immer spöttisch bezeichnete – wohl verwendete? Er dachte daran, wie James auf diese Bezeichnung reagiert hatte.

Das alles war wirklich sehr merkwürdig.

Er stieg aus, schloss den Wagen ab und ging hinein, bevor er noch weiter darüber nachdenken konnte. John wartete schon auf ihn, im Fechtanzug und mit der Schutzmaske in der Hand.

Cameron schob seine Schlüssel und die Sonnenbrille in eine Ecke, dann streckte er die Hände über den Kopf aus. John beobachtete ihn.

»Und Ihr Fechtanzug?«

»Den habe ich an.«

»Eines Tages steche ich Ihnen noch ein Auge aus«, meinte John freundlich. »Machen Sie mich nicht dafür verantwortlich, wenn es passiert.«

»Das schaffen Sie nie«, erwiderte Cameron in vollem Ernst.

Und davon war er überzeugt. Er war buchstäblich mit dem Schwert in der Hand groß geworden – einem fast zwei Meter langen Breitschwert. Er gestattete sich nicht oft, daran zu denken, aber es war die Wahrheit.

Was für Gerüchte wohl über ihn im Pub die Runde machten, wenn er nicht da war?

Ohne Vorwarnung sah er vor seinem geistigen Auge auf einmal das Bild einer Frau mit dunklen Locken, bezaubernden grünen Augen und einem Gesicht auftauchen, das ein Mann sicher sein ganzes Leben lang ansehen und sich dabei wahrhaft glücklich schätzen könnte. Er musste eine Weile stehen bleiben, um wieder zu Atem zu kommen. Würde er wohl jedes Mal wieder diesen Schauer durch seinen Körper rieseln spüren, wenn er sie berührte, oder war das eine Ausnahme gewesen?

Würde je wieder ein Tag vergehen, an dem er nicht an sie dachte?

»Cameron?«

»Ich bin bereit«, erwiderte Cameron sogleich.

»Das habe ich nicht angezweifelt«, entgegnete John fröhlich. »Aber Sie sind nicht voll konzentriert. Plant Penelope etwa wieder eines ihrer Bankette? Mir scheint, als hätten Sie gerade erst vor ein paar Wochen eines veranstaltet.«

Cameron sah ihn stirnrunzelnd an. »Sie wissen zu viel über mein Privatleben.«

John grinste nur. »Sie plappern ja auch immer beim

Fechten. Eigentlich ist das eine ziemlich lästige Angewohnheit.«

Cameron hob seinen Degen. »Ich hoffe, Sie sind gut ausgeruht.«

John setzte seine Maske auf. »Ich habe ein Nickerchen gemacht, während ich auf Sie gewartet habe.«

Cameron zögerte den Kampf noch einen letzten Moment heraus, denn er fragte sich, warum um alles in der Welt sich Sunshine Phillips ausgerechnet in seine Arme geworfen hatte … und das mit einem Ausruf der … nun, was war es nur gewesen? Glückseligkeit?«

Erleichterung?

Er schüttelte energisch den Kopf. Es war der Schlag auf den Kopf gewesen, der solche Verwirrtheitszustände auslöste. Das war einleuchtend. Sie war nicht ganz bei sich gewesen und hatte ihn mit jemandem verwechselt.

Der Glückliche.

Er zwang sich, diese Gedanken an eine Frau, an die er nicht denken sollte, aus seinen Kopf zu verdrängen und sich stattdessen auf seinen Kampf zu konzentrieren.

Allerdings wagte er nicht zu hoffen, dass ihm das Fechten auch nur annähernd genug Ablenkung bieten würde.

13

Sunny kniete auf der feuchten Erde und jätete Unkraut. Diese Aufgabe, Moraig MacLeods Garten von Unkraut zu befreien, war ihr schon kurz nach ihrer Ankunft in Schottland zugefallen. Sie hatte sich um den Garten gekümmert, und Moraig saß derweil in der Sonne und sprach über das Leben und den Tod und über all die wundersamen Dinge, die einer jungen Frau in den Wäldern rundherum begegnen konnten, wenn sie sich nur gründlich genug umsah. Nicht einmal im Traum wäre es Sunny eingefallen, dass Moraig damit vielleicht einen Mann meinen könnte, und schon gar nicht den Laird des Cameron-Clans.

Der offensichtlich auch im 21. Jahrhundert noch quicklebendig war.

Sie wollte aufhören, über ihn nachzugrübeln, aber es gelang ihr nicht. Seit sie vor drei Tagen in Jamies Gästezimmer aus ihrer Ohnmacht erwacht war – Patrick hatte an ihrem Bettrand gesessen und Jamie hatte über dessen Schulter auf sie heruntergespäht –, war ihr Cameron nicht mehr aus dem Sinn gegangen. Eigentlich reagierte sie normalerweise auf erschreckende Erlebnisse nicht mit Ohnmachtsanfällen, aber vielleicht war ihre Kopfverletzung ja doch ernster gewesen, als sie es wahrhaben wollte. Vielleicht hatte aber auch das Gesehene einfach das Maß überstiegen, was sie in bewusstem Zustand ertragen konnte.

Sie vermutete Letzteres.

Zusammen mit Patrick war sie dann von Jamies Burg geflohen, noch bevor dieser die Möglichkeit gehabt hatte, ihr irgendwelche Fragen zu stellen. Zuvor hatte sie ihm noch hoch und heilig versprochen, zum Abendessen zu kommen, sobald es ihr besser ginge. Und vielleicht würde er sich nun so ausführlich in Abhandlungen über Kopfverletzungen versenken, dass er gar nicht bemerkte, wenn sie das ganze nächste Jahr lang nicht bei ihm aufkreuzte.

Patrick hatte sie klugerweise den Heimweg über mit Fragen verschont.

Madelyn leistete ihr, zusammen mit Hope, an den beiden folgenden Tagen Gesellschaft, während sie im Bett lag und versuchte, wieder zu Kräften zu kommen. Die meiste Zeit hatte sie damit verbracht, sich selbst einzureden, dass sie sich das Gesehene nur eingebildet hatte.

Aber es war ihr nicht gelungen. Was auch immer geschehen sein mochte, die unwahrscheinlichste Möglichkeit von allen war, dass sie Robert Francis Cameron Mac Cameron wiedergetroffen hatte, dass er jedoch keine Ahnung hatte, wer sie war.

Als sie sich darüber nicht mehr weiter den Kopf zerbrach, war sie über sein Alter ins Grübeln geraten. Er war älter gewesen, und er hatte einen Anzug getragen. Und nicht nur das, er war anscheinend auch wieder Lord von Cameron Hall. Wie hatte er es bewerkstelligt, fast sieben Jahrhunderte zu überspringen, sich moderne, geschliffene Umgangsformen anzueignen, als Laird desselben Clans wieder auf die Füße zu fallen und sie dabei vollkommen zu vergessen?

Sie war versucht gewesen, nach Cameron Hall zu fahren – oder sich fahren zu lassen –, um herauszufinden, was genau mit ihm geschehen war. Aber dann war ihr klar geworden, dass sie seinen verdatterten Gesichtsausdruck nicht noch einmal ertragen könnte. Außerdem war sie sich gar nicht so sicher, ob sie überhaupt an seiner makellosen Model-Verlobten vorbeikäme, um ihn irgendetwas zu fragen.

»Sunny?«

Sie schreckte hoch, dann legte sie sich erleichtert die Hand auf die Brust, als sie merkte, dass dort am Rand ihres Gartens nur Zachary stand. »Hast du mich erschreckt!«

»Ich habe angerufen«, verteidigte er sich. »Aber du hast das Handy nicht abgenommen, das Jamie dir gegeben hat.«

»Es ist abgeschaltet. Ich mag keine Handys.«

»Pass bloß auf, Sunny«, sagte er lächelnd. »Du klingst schon wie Patrick.« Er kam zu ihr herüber und blickte anerkennend auf ihre Arbeit. »Der Garten ist eine wahre Pracht. Auch das Haus sieht gut aus. Schöner Anbau dort hinten.«

»Aber den kennst du doch«, sagte sie lachend, hockte sich auf die Fersen und fuhr sich mit dem Unterarm übers Gesicht. »Schließlich wurde er nach deinen Entwürfen gebaut. Ich habe das luxuriöseste Bad, das sich eine Hexe nur wünschen kann. Aber bist du hergekommen, um sicherzugehen, dass der Mörtel noch hält, oder gibt es einen anderen Grund?«

Er lachte. »Sei nicht so streng mit mir, Sunny; heute komme ich nur als Bote. Klein-Ian hat Magen-Darm-Grippe und Elizabeth wollte dich bitten, ob du nach ihm sehen kannst.«

Sunny stand mühsam auf. »Habe ich noch Zeit für eine Katzenwäsche?«

»Der arme Junge kotzt sich die Seele aus dem Leib«, sagte Zachary, »also würde ich sagen, nein. So ein bisschen Erde stört ja keinen.«

»Also gut.« Sie wischte sich die Hände an den Jeans ab, schnappte sich ihre Tasche vom Stammplatz hinter der Tür und ließ sich dann dankbar auf den Vordersitz von Zacharys bescheidenem kleinem Ford fallen. Zu Fuß zu Jamie zu gehen hätte ihre Kräfte im Moment noch überstiegen, ganz gleich, wie krank sein Sohn war. Sie fand, ein kleines Nickerchen könnte nicht schaden, und schloss die Augen.

»Sunny?«

»Was?«, fragte sie, ohne die Augen zu öffnen.

»Wo bist du gewesen?«

Sie zwang sich, ein paar Mal tief und gleichmäßig durchzuatmen. Ihr war klar gewesen, dass die Frage einmal kommen würde – sie hatte nur nicht erwartet, dass ausgerechnet Zachary sie ihr stellen würde. Keiner sonst hatte es bisher gewagt. Vielleicht hatten alle befürchtet, sie sei noch zu labil und würde in einen so tiefen Abgrund stürzen, dass niemand sie mehr retten könnte. Entweder hielt Zachary sie für zäher als die anderen, oder er war einfach nur furchtbar neugierig. Sie vermutete, das beides ein bisschen zutraf.

»Nirgendwo Interessantes«, erwiderte sie, sobald sie glaubte, das in überzeugendem Ton sagen zu können.

»Und hat dieses nirgendwo Interessantes etwas damit zu tun, dass du neulich Robert Cameron so stürmisch umarmt hast?«

»Ich habe halluziniert«, sagte sie ohne zu zögern.

»Sunny«, sagte er bedächtig, »du warst vollkommen klar, als du ihn gesehen hast.«

Sie blickte zu ihm hinüber und fand, dass er sie viel eingehender musterte, als ihr das lieb sein konnte. »Achte lieber auf die Straße, Junge.«

Er lächelte flüchtig. »Netter Versuch. Willst du mir jetzt endlich antworten?«

Sie holte ein weiteres Mal tief Luft. »Ich dachte, ich hätte ihn wiedererkannt, aber ich habe mich geirrt. Bitte, Zachary, frag mich jetzt bitte nicht weiter aus.«

Er bog an der Straßengabelung scharf ab und fuhr in Richtung von Jamies Burg. »Ich werde dich nicht drängen. Aber du sollst wissen, dass Geheimnisse bei mir gut aufgehoben sind.«

»Deswegen bist du ja auch Jamies Lieblingskollege in der Zeitreisenforschung.«

Er lachte. »Kann sein. Und dass ich Freiberufler bin, ist auch von Vorteil. Ich verdiene zwar nicht viel Geld, habe aber flexible Arbeitszeiten.«

Sie brachte ein Lächeln zustande, aber vermutlich kein sehr glaubhaftes. Zachary sagte nichts mehr, und auch sie gab freiwillig nichts mehr preis. Sie war heilfroh, als sie vor Jamies Eingang hielten, obgleich sie sich beim Reingehen fragte, warum. Zachary hatte sich vielleicht abwimmeln lassen, aber

Jamie wäre nicht so entgegenkommend. Wenn er glaubte, es sei im Interesse ihrer geistigen Gesundheit, sich ein paar Details von der Seele zu reden, dann würde er sie ohne viel Federlesens zum Sprechen bewegen.

»Ist der kleine Ian oben?«, fragte sie Zachary. Vielleicht konnte sie unbemerkt hinaufhuschen und der Befragung ganz entkommen.

»Vermutlich ist er im Badezimmer.«

»Na, dann suche ich ihn mal«, sagte sie und nahm ihm ihre Tasche ab.

»Danke fürs Herbringen.«

»War mir ein Vergnügen.«

Sie wartete, bis sich ihre Augen an die Lichtverhältnisse gewöhnt hatten, dann ging sie durch den großen Saal. Auf halbem Weg zur Treppe merkte sie, dass der Raum nicht leer war. Jamie saß vor dem Kamin und unterhielt sich mit jemandem. Er blickte auf, lächelte und winkte sie herüber. Sie nahm an, dass Klein-Ian noch ein paar Minuten länger ohne ihre Hilfe überleben würde, daher nickte sie und ging hinüber zu seinem Sessel.

Erst dann sah sie, wer ihm gegenüber saß.

Ihre Tasche glitt ihr aus den Fingern und landete auf dem Boden. Das Geräusch von zerbrechendem Glas hallte in der Stille des Saals wider.

Cameron stand rasch auf. Er nahm sie am Arm und zog sie hinüber zu seinem Sessel.

»Setzen Sie sich«, befahl er.

Sie setzte sich hin, bevor sie sich eines Besseren besinnen konnte. Anscheinend war sie in einem anderen Jahrhundert schon zu oft von ihm herumkommandiert worden. Sie sah zu, wie er in ihrer Tasche herumwühlte und die Utensilien herauszog, die noch zu retten waren. Nur wenige Augenblicke später erschien Zachary schon mit einem Lappen. Er sagte nichts und sah Cameron nur immer wieder vielsagend an, während er den Boden wischte.

Endlich richtete sich Zachary auf. »Komm, Sunny. Bereiten wir den Tee für Ian.«

Sunny hievte sich aus dem Sessel, und stand nun direkt vor Cameron. Sie wollte ihn nicht ansehen, aber es ließ sich nicht vermeiden. Er trug Jeans und eine Art langärmeliges Hemd. Hätte sie es nicht besser gewusste, dann hätte sie ihn einfach für einen durchschnittlichen, wenn auch außergewöhnlich gut aussehenden Highlander gehalten.

Doch sie wusste es besser.

»Setz dich wieder zu uns, wenn du fertig bist, Sunshine, sei so gut«, sagte Jamie. »Unser guter Lord Robert hat beschlossen, die Hälfte der finanziellen Lasten für das neue Freizeitzentrum im Dorf zu übernehmen, und wir würden gerne deine Meinung hören.«

Bevor sie eine Ausflucht ersinnen konnte, hatte Zachary sie schon an der Hand genommen und aus der Schusslinie gezogen. Sie seufzte erleichtert, als sich die Küchentür hinter ihnen beiden schloss.

»Danke«, sagte sie.

»Interessant«, bemerkte er.

»Hör auf«, legte sie ihm nahe.

Er lachte und warf die Lumpen mit den Glassplittern in den Mülleimer. »Jetzt erzähl schon, Sunny. Ich sterbe vor Neugier.«

»Dann musst du noch ein wenig länger sterben«, sagte sie mit eiserner Entschlossenheit. Und von dieser Haltung würde sie nicht abweichen.

Er lehnte sich an die Küchentheke und verschränkte die Arme vor der Brust. »Du weißt, Sunshine, wir mögen es nicht, wenn jemand unseren Frauen etwas antut.«

»Bist du neuerdings etwa ein MacLeod?«, fragte sie mit spöttischem Schnauben.

Er warf ihr einen gleichmütigen Blick zu. »Ich bin niedergekniet und habe Jamie meine Gefolgschaft geschworen, ebenso wie du, meine kleine Freundin aus den Kolonien. Und ich werde wiederholen, was ich damals sagte: Wir MacLeods mögen es nicht, wenn jemand unseren Frauen etwas antut. Wer das nicht beachtet, wird es bitter bereuen.«

»Mir hat niemand etwas getan.«

Er schürzte die Lippen, drehte sich aber von ihr weg und bereitete den Tee aus den Kräutern zu, die sie ihm reichte. Er wandte ihr weiter den Rücken zu, solange der Tee ziehen musste, dann goss er ihn in eine Thermoskanne. »Ich werde nichts verraten«, versicherte er, als er sich umdrehte und ihr die Kanne reichte. »Aber ich werde die Augen offen halten. Und er *wird* dafür bezahlen, wenn er dir auch nur ein Haar krümmt.«

Sie floh aus der Küche, bevor sie antworten musste, und steuerte auf die Treppe zu, ohne sich einen Blick in den Saal zu erlauben. Sie wäre am liebsten die Treppe hinaufgerannt, aber das schaffte sie noch nicht, also begnügte sie sich damit, sie so rasch wie möglich hochzusteigen.

Und dann sah sie auch, dass sie sich noch auf etwas anderes konzentrieren musste als auf ihr gebrochenes Herz. Klein-Ian, Jamies ältester Sohn, ging es wirklich hundeelend. Sie fand ihn in Elizabeths Badezimmer mit grünlichem Gesicht auf dem Boden sitzend vor.

»Armer Kleiner«, sagte Sunny und kauerte sich neben ihn hin. »Ist es sehr schlimm?«

»Furchtbar schlimm«, brachte er mühsam hervor. Er blickte sie düster an. »Sicher hast du nichts besonders Leckeres in dieser Kanne, Sunny, stimmt's?«

Sie lächelte und legte ihm die Hand auf die Stirn. »Nein, das weißt du doch. Aber wenn du das alles trinkst, dann kriegst du von deiner Mom bald mal wieder was Süßes.«

Ian nickte zahm. Er trank allen Tee, den sie ihm einflößte, übergab sich noch einmal, dann setzte er sich auf und strich sich mit einer Geste übers Kinn, die so stark an seinen Vater erinnerte, dass Sunny fast aufgelacht hätte.

»Ich glaube, es geht mir schon besser«, gab er zu.

»Warte noch eine Stunde«, sagte Sunny und unterdrückte

ein Lächeln. »Wenn du dich dann immer noch schwach fühlst, trink den Rest.« Sie sah zu Elizabeth hinüber. »Ich habe dir ein Säckchen Himbeerblätter unten hingelegt. Wenn er heute nichts außer dem Tee zu sich nimmt, erholt er sich schneller.«

Elizabeth griff nach ihrer Hand und drückte sie. »Vielen Dank, Sunny. Ich weiß gar nicht, was wir ohne dich täten.«

»Ach, Patrick hätte leicht herkommen und genau dasselbe bewirken können«, sagte Sunny abschätzig.

Elisabeth schnaubte verächtlich. »Ich liebe ihn heiß und innig, aber er kann nicht gut mit Kranken umgehen. Er würde Ian einfach sagen, er solle es wie ein Mann nehmen, dann würde er nach unten gehen und nachsehen, was der Kühlschrank so hergibt, bevor er nach Hause geht und seinen eigenen leer isst. Da bist du uns schon viel lieber.«

»Ich mache mich gern nützlich«, sagte Sunny zufrieden. »Ich werde morgen nochmal nach Ian sehen.« Sie stand auf, beugte sich über ihn und strich im übers Haar. »Trink deinen Tee, Kleiner.«

Er nickte dankbar. Sunny tauschte noch ein Lächeln mit Elizabeth, dann ging sie aus dem Schlafzimmer und verlangsamte ihre Schritte, als ihr wieder einfiel, dass ihr Heimweg durch den großen Saal unten führte.

Aber vermutlich war es trotzdem nicht klug, einfach aus dem Fenster zu springen und darauf zu hoffen, auf einem weichen Stück Gartenboden zu landen.

Sie atmete tief durch und ging die Treppe hinunter. Wenn Jamie künftig mit Cameron Geschäfte tätigen wollte, dann müsste sie sich sowieso daran gewöhnen, ihn zu sehen. Abgesehen davon machte sie vermutlich aus einer Mücke einen Elefanten. Sie hatte den Mann schließlich nur zwei Wochen gekannt. Es war gar nicht möglich, sich so schnell in jemand zu verlieben.

Oder etwa doch?

Nein, sagte sie sich, und blieb auf der untersten Stufe

stehen. Von dort spähte sie in den großen Saal, um zu sehen, ob sich jemand, in den sie gar nicht verliebt sein *konnte,* noch immer dort aufhielt.

Jamie und Cameron saßen tatsächlich noch am Tisch und steckten die Köpfe über Unterlagen zusammen. Sie fasste die Eingangstür ins Auge und steuerte darauf zu.

»Ach, Sunshine«, sagte Jamie laut. »Komm her, wir würden gern deine Meinung hören.«

Mist, geschnappt. Sie atmete tief durch, dann drehte sie sich um und setzte ihr schönstes falsches Lächeln auf. Sie ging zum Tisch hinüber und hoffte, dass sie mit einem flüchtigen Blick auf die Dokumente davonkäme, aber es sah nicht danach aus. Als sie näherkam, stand Cameron auf und bot ihr seinen Stuhl an.

Sie konnte ihm nicht in die Augen blicken, als sie sich hinsetzte. Hätte sie ihn ansehen müssen, und er hätte sie wieder nicht erkannt, dann hätte sie nicht mehr an sich halten können. Sie zwang sich, Jamie zuzuhören. Er sprach vermutlich über das Gebäude, das die beiden zusammen im Dorf bauen wollten und was es den Dorfbewohnern für Vorteile brächte. Aktivitäten für Teenager, geselliges Beisammensein für die Älteren. Ein Schwimmbad, Sportmöglichkeiten, ein Yoga-Studio. Er redete weiter, aber sie hörte ihn nicht mehr. Sie konnte ihre Augen nicht von Camerons Händen lösen, die mit einem Stift herumspielten. Sie hatte diese Hände auf ihrem Gesicht gespürt, in ihrem Haar, auf ihren Armen. Er hatte sie mit ihnen an sich gedrückt, hatte sie mit ihnen beschützt.

Als er seine linke Hand ausstreckte, um nach einem Blatt Papier zu greifen, sah sie die Narbe, die quer über seinem Handrücken verlief und unter seinem Ärmel verschwand. Sie reichte, da war sie sich ganz sicher, bis fast zu seinem Ellbogen. Das wusste sie, denn sie hatte diese Wunde selbst genäht.

»Sunny?«

Sie konzentrierte sich wieder auf die Gegenwart und blickte Jamie an. »Wie bitte?«

»Das Freizeitzentrum, Sunshine«, sagte Jamie. »Was hältst du davon?«

Sie dachte, wenn sie jetzt noch länger neben dem Mann sitzen müsste, den sie liebte – und ja, es war möglich, sich in nur zwei Wochen in jemanden zu verlieben –, dann würde sie einfach den Kopf in den Nacken werfen und laut losschreien. Sie schob ihren Stuhl zurück und stand auf.

»Ich finde es großartig«, sagte sie. »Aber jetzt muss ich gehen.«

Sie hörte nichts mehr von dem, was man zu ihr sagte. Alles war nur noch Lärm, Verwirrung und ein schrecklicher Schmerz, der ihr die Kehle zuschnürte und nicht nachlassen wollte.

Sie rannte zur Tür des Saals, riss sie auf und schlug sie hinter sich zu.

Den ganzen Weg nach Hause rannte sie.

Sie mühte sich vorwärts bis in Moraigs Cottage, sank drinnen auf die Knie und rang verzweifelt nach Luft.

Schließlich musste sie sich auf dem Boden ausstrecken. Die Kühle an ihrer Wange half ihr, bis ihr wieder einfiel, dass sie sich das letzte Mal, als sie hier auf dem Boden lag, beim Aufwachen wider Erwarten allein dort wiedergefunden hatte. Dennoch schaffte sie es nicht, sich von der Stelle zu rühren, also blieb sie weinend dort liegen, bis sie jemand klopfen hörte. Es war wahrscheinlich Zachary, der herausfinden wollte, ob sie jetzt wirklich die Kontrolle über sich verloren hatte oder nur Theater machte.

Sie rappelte sich hoch, obgleich sie sich kaum auf den Beinen halten konnte, und stützte sich an der Wand ab, als sie zur Tür taumelte.

Sie wischte sich rasch die Tränen weg. Eine gesammelte Miene aufzusetzen würde helfen, unerwünschte Fragen abzuwehren. Sie öffnete die Tür und musste feststellen, dass all ihre Vorsätze keinen Pfifferling wert waren, wenn sie mit der Realität konfrontiert wurden.

Es war Cameron.

Er war so unheimlich schön, so schrecklich vertraut und so entsetzlich fern, dass sie wieder anfing zu weinen. Er sah sie überrascht an.

»Tut Ihnen der Kopf weh?«, fragte er.

»Mir geht es gut«, krächzte sie.

Er runzelte nachdenklich die Stirn, widersprach ihr aber nicht. Stattdessen hielt er ihr ihre Tasche hin, dann erstarrte er. Er sah überrascht die Türschwelle an, dann zog er seine Hand zurück, die heftig zitterte. »Sie haben Ihre Sachen vergessen«, sagte er. Er machte einen neuen Anlauf, sie ihr zu überreichen, schaffte es aber irgendwie nicht.

»Was ist?«, fragte sie schließlich.

Er trat einen Schritt zurück. »Ihre Türschwelle hat etwas an sich … etwas, das …« Er setzte wieder an, zu sprechen, dann schüttelte er den Kopf. Er holte tief Luft und streckte ihr die Tasche hin. »Ich dachte, Sie brauchen sie vielleicht.«

Natürlich. Er würde sie nicht ohne Grund besuchen kommen. Sie streckte die Hand aus, nahm ihm ihre Tasche ab und hielt sie sich vor die Brust.

»Danke«, brachte sie hervor.

Er zögerte. »Kann ich noch etwas für Sie tun?«

Sie schloss die Augen.

Ja, nehmen Sie mich in die Arme und lassen Sie mich nie wieder los.

Aber das hatte sie neulich schon versucht, und es war nicht gut ausgegangen.

»Ich bin müde«, sagte sie. »Ich muss mich wieder hinlegen.«

»Selbstverständlich …«

Sie knallte ihm die Tür vor der Nase zu, bevor er noch etwas sagen konnte, bevor sie ihn noch länger ansehen musste, bevor sie so laut zu schluchzen anfing, dass es ihn zutiefst erschrecken würde. Sie wandte sich um und lehnte sich an den massiven hölzernen Türrahmen, dann ließ sie sich daran hinabgleiten, bis sie auf dem Boden saß.

Sie hielt das nicht aus. Sie wollte ihm nicht mehr begegnen. Sie konnte es einfach nicht ertragen, dass er sie ansah, als sei sie einfach nur irgendeine Frau.

Sie griff nach oben und verriegelte ihre Tür, dann kroch sie zu ihrem Bett. Sie zog Camerons Plaids unter ihrem Kissen hervor, wickelte sich in beide ein und legte sich dann auf ihre Bettdecke.

Sie schloss die Augen und achtete nicht auf die Tränen, die ihr auf den Wangen brannten. Sie hatte doch nur nach einem Grund gesucht, in Schottland bleiben zu können.

Was sie bekommen hatte, war ein Grund, so schnell wie möglich von hier zu verschwinden.

14

Cameron errang einen letzten Punkt gegen John und hob den Griff seines Degens an sein Kinn, dann ließ er die Degenspitze sinken und beendete den Fechtkampf. Er wischte sich mit dem Hemdzipfel über die schweißnasse Stirn und atmete tief durch. Er war fast den ganzen Tag über in Johns Fechtstudio gewesen, um sich abzulenken. Im Grunde hatte er die vergangenen zwei Tage unvernünftig viel Zeit dort verbracht und stets das Gleiche gesucht. Er konnte nicht behaupten, dass es ihm gelungen war, es zu finden.

John nahm seine Maske ab und klemmte sie sich unter den Arm. »Wann wirst du mir einmal verraten, wo du den Umgang mit der Waffe gelernt hast?«

Cameron versuchte, seine Verlegenheit zu überspielen. Er war dieser Frage seit Jahren ausgewichen, aber vielleicht war es nur eine Frage der Zeit, bevor John seiner Ausflüchte müde wurde. Er zuckte mit den Schultern. »Ich habe mir einfach hier und da etwas abgeschaut.«

»Unsinn«, sagte John ernst. »Du bist vor siebeneinhalb Jahren in mein Studio hereinspaziert …«

»Hereingekrochen«, korrigierte Cameron.

»Hereingekrochen«, bestätigte John. »Du bist vor all diesen Jahren hier hereingekrochen, hast mich allerdings nie darum gebeten, dir etwas beizubringen, sondern wolltest dich immer nur mit jemand messen, den du besiegen konntest. Meinst du nicht, dass du mir nach so vielen Kämpfen endlich die Wahrheit anvertrauen kannst?«

Cameron legte sein Rapier über die Schulter. Es ging John natürlich nichts an, aber vielleicht verlangte es die Höflichkeit, dass er ihm irgendeine Antwort gab. »Mein Vater hat es mich gelehrt«, sagte er. »Da hast du dein Häppchen Wahrheit.«

John sah ihn nachdenklich an. »Aber nicht mit dem Rapier, oder? Ich weiß, diese Waffe hast du gewählt, als du zum ersten Mal herkamst, aber ich glaube, das war nur, weil du damals nichts Schwereres halten konntest. Es ist nicht deine Waffe der Wahl, habe ich recht?«

Cameron warf ihm einen gereizten Blick zu. »Gibt es denn irgendeine andere Fechtwaffe?«

»Wir sind schließlich in Schottland. Ich habe alle Arten von Fechtwaffen gesehen – und benutzt. Und noch etwas anderes ist merkwürdig«, fuhr John unbeirrt fort, »und zwar, wie ähnlich ihr beide, du und Ian MacLeod, kämpft – und das insbesondere, da du gerade sagtest, dass du den Schwertkampf nicht von ihm gelernt hast.«

Cameron zwang sich, es bei einem abschätzigen Schnauben zu belassen. »Ein Drink im Pub unten wird dir all deine Fragen beantworten. Danke für das Training. Das habe ich heute wirklich gebraucht.«

»Ich habe hinten ein paar Claymores«, fuhr John hartnäckig fort. »Vielleicht bist du daran interessiert?«

Cameron zwang sich, eine gleichgültige Miene beizubehalten. »Wenn du denkst, dass ich dieser Herausforderung gewachsen bin, dann lass es mich wissen, und ich denke darüber nach.«

John stand einfach nur da und sah ihn schweigend an.

Cameron nickte ihm forsch zu, schnappte sich die Autoschlüssel und die Sonnenbrille und ging so lässig wie möglich zu seinem Wagen.

Diese Art von Spekulationen mochte er nicht.

Er warf sein Rapier auf den Beifahrersitz, kurbelte das Fenster herunter und machte sich auf den Heimweg. Fluchend sah er auf die Uhr. Er würde viel zu spät kommen.

Aber sich von einer Frau abzulenken, die man nicht kannte und nicht begehren sollte, kostete eben Zeit.

Er hätte vermutlich das Gaspedal durchtreten sollen, aber er war – nicht zum ersten Mal in den vergangenen zwei Monaten – keineswegs begierig darauf, nach Hause zu kommen, solange Penelope da war.

So war es eben, wenn man mit einer Frau verlobt war, die man zwar kannte, aber nicht mehr begehrte.

Er seufzte und ließ seinen Arm zum Wagenfenster hinaushängen. Obgleich er Penelope nicht besonders begehrte, hatte er doch einen sehr zwingenden Grund, mit ihr verlobt zu bleiben, also spielte es vielleicht keine Rolle, ob er sie liebte oder nicht. Er hatte die Gewissheit, dass sie *ihn* nicht liebte.

Wenn er *darüber* nachdachte, verspürte er jedoch einen bohrenden Schmerz zwischen den Augen, daher beschloss er, zugunsten der Sicherheit aller anderen Verkehrsteilnehmer, dem nicht weiter nachzugehen. Es war keine Feigheit, dass er diesen Gedanken mied, es war reiner Pragmatismus.

Immerhin war er ein Schotte!

Fünfundvierzig Minuten später fuhr er in seine Garage, stellte den Motor seines Range Rover ab und stieg aus. Er ging ins Haus, ließ aber sein Hemd an, anstatt es sofort auszuziehen, wie er es gerne getan hätte. Sich seines Hemdes außerhalb der Privatsphäre seines eigenen Schlafzimmers zu entledigen, war undenkbar. Penelope hatte ihn mit tiefer Abscheu betrachtet, als er es vor ihr das erste und einzige Mal getan hatte, also ließ er es bleiben – zumindest während sie seine Burg mit ihrer Anwesenheit beglückte.

»Du kommst spät.«

Cameron blickte auf und sah sie mitten im großen Saal stehen: die Hände vor der Brust verschränkt und ungeduldig mit dem Fuß tippend.

»Tut mir leid«, sagte er. »Ich hänge dem Terminplan heute ein wenig hinterher.«

»Ein wenig?«, echote sie fassungslos. »Mac, in einer Stunde haben wir *Gäste!*«

Er holte tief Luft und ging weiter. »Bis dahin bin ich fertig.«

»Ich will morgen nach London zurückfahren«, sagte sie kurz angebunden. »Ich will, dass du mitkommst.«

»Wenn du möchtest«, sagte er über seine Schulter hinweg.

»Ich bestehe darauf. Und sei nicht so stur und komm das nächste Mal pünktlicher.«

Cameron eilte die Stufen hinauf, ging in sein Schlafzimmer und knallte die Tür hinter sich zu. Stur war er also, meine Güte. Was Penelope wollte, war ein Mann, den sie beherrschen konnte, und so einer war er ganz sicher nicht. Er konnte es kaum glauben, dass er sich in eine solche Lage hineinmanövriert hatte, in der die einzige ehrenwerte Handlungsalternative darin bestanden hatte, seine Einwilligung zu einer Heirat zu geben.

Pflichterfüllung war eine verdammt unbequeme Sache.

Er warf einen finsteren Blick auf den verschlossenen Wandschrank, warf seine Fechtsachen auf einen Stuhl und ging ins Bad.

Er rasierte sich, obgleich es ihm schwerfiel, etwas zu tun, bei dem er Vorsicht walten lassen musste. Aber schließlich war es sein Gesicht, und es nutzte nichts, seine Frustrationen daran auszulassen. Er stellte sich unter die Dusche, viel länger als notwendig, stützte sich mit den Händen an der Wand ab und ließ das sich Wasser den Rücken hinunterlaufen. Es war schwierig, einen Blick auf die Narben zu vermeiden, die über seinen ganzen Körper verteilt waren, oder die Erinnerung daran auszublenden, wie er zu ihnen gekommen war. Seine Brust war übersät damit. Sein linker Unterarm wies einen langen Schnitt auf, der nicht sehr gut verheilt war. Er konnte sich nicht mehr daran erinnern, wie er sich den zugezogen hatte.

Wenn er ehrlich war, musste er zugeben, dass er sich an einige Dinge nicht mehr erinnern konnte.

Aber an eines erinnerte er sich sehr gut, und zwar an das letzte formelle Abendessen, das er hier in Schottland mit Penelope durchstehen musste. Ihre Freunde waren Snobs, jeder einzelne von ihnen, nur an Geld und Besitz interessiert. So etwas konnte er nicht noch einmal ertragen.

Zehn Minuten später ging er mit dynamischen Schritten die Treppe hinunter, in Jeans und ein Denim-Hemd gekleidet und entschlossen, das Blaue vom Himmel herunterzulügen.

»Was hast du denn an?«, fragte Penelope verblüfft. »Geh wieder hoch und zieh dich um!«

Cameron schnappte sich seine Lieblingslederjacke vom Garderobenhaken am Eingang. »Ich habe eine Besprechung, von der ich soeben erst erfahren habe«, sagte er so überzeugend wie möglich. »Ich verliere vielleicht das Schloss, wenn ich nicht wenigstens persönlich dort auftauche. Du kommst sehr gut ohne mich zurecht, Liebling.«

Penelope spuckte Gift und Galle. Cameron schlüpfte zum Eingang hinaus, während sie sich anderweitig abreagierte, und ging raschen Schrittes um die Burg herum zu seiner Garage. Sie lief ihm nicht hinterher. Vielleicht dachte sie, ohne Cameron Hall, das bei einem Verkauf eine beträchtliche Summe einbringen würde, lohnte es sich nicht wirklich, ihm noch hinterherzulaufen.

Er ließ sich in des Sitz seines Range Rover fallen und schoss die Straße zum Dorf hinunter, bevor sie es sich noch anders überlegen würde – obgleich in dieser Hinsicht wohl keine große Gefahr bestand. Penelope würde glauben, er schaffe Geld heran, und sie würde einen Abend mit Speisen und Leuten verbringen, die kostspielig von irgendwo außerhalb importiert worden waren. Und er war weg und konnte tun, was er tun wollte. Es war für beide Seiten ein Gewinn.

Er fuhr durchs Dorf und weiter zu Jamies Burg hinauf, dann kam er zu einer Straßengabelung. Nach links ging es zum Besitz der MacLeods. Er nahm ohne Zögern die rechte Straße.

Schließlich hatte er nicht die Absicht, an diesem Abend James MacLeod zu besuchen.

Er fragte sich kurz, ob er einen gewaltigen Fehler machte, vor Sunshine Phillips' Tür aufzutauchen. Es war offensichtlich, dass sie seinen Anblick nicht ertrug. Entweder fiel sie in Ohnmacht oder sie rannte davon – oder sie knallte ihm die Tür vor der Nase zu. Es war also kein besonders erfolgversprechendes Vorhaben.

Aber sie hatte etwas an sich, das ihn auf eine Art und Weise anzog, wie er es seit Jahren nicht mehr verspürt hatte.

Genauer gesagt seit acht Jahren nicht.

Er unterdrückte einen Schauder und fuhr weiter. Linker Hand lag Patrick MacLeods Burg, die er auch am Tag zuvor gesehen hatte, als er Sunshines Tasche bei ihr vorbeigebracht hatte. Das Schloss sah prächtig aus, aber er hatte kein Interesse an einem Besuch dort.

Allerdings hatte er anscheinend durchaus Interesse an einem Besuch im Leichenschauhaus, denn fast hätte er Sunshine über den Haufen gefahren, bevor er merkte, dass sie ihm entgegenkam. Er war ziemlich weit auf die andere Fahrbahn hinübergeraten. Er trat so heftig auf die Bremse, dass sein Range Rover seitwärts ausbrach. Sunshine hechtete aus seinem Gesichtsfeld.

Er riss die Tür auf, sprang heraus und betete inständig, dass er sie nicht angefahren hatte.

»Miss Phillips?«, rief er angsterfüllt und eilte vorne um sein Auto herum, wo er sie im Gras sitzend vorfand. »Sind Sie verletzt?«

Sie saß einen Augenblick nur stumm da und atmete schwer, dann rappelte sie sich auf. Sie schwankte kurz und ließ die Hände, die er ihr entgegenstreckte, um ihr zu helfen, unbeachtet, dann klopfte sie sich energisch den Staub und Schmutz von den Kleidern.

Sie drehte sich um und ging davon.

Er sah ihr bestürzt hinterher. Bei allen Heiligen, was war bloß mit diesem reizbaren Mädchen los? Passte ihr seine Nase nicht? Sein Aufzug? War sie sauer, dass er sie fast überfahren hätte?

Lag es daran, dass er verlobt war?

Er nahm an, allein das Letztere würde schon ausreichen, um

sie in die Flucht zu schlagen, aber er war niemand, der beim ersten Anzeichen einer Auseinandersetzung die Flinte ins Korn warf. Er folgte ihr zurück über die Straße, dann fasste er sie am Ellbogen.

»Ich habe nicht versucht, sie zu überfahren.«

Sie blieb stehen, dann blickte sie starr auf seine Hand hinunter, die er ihr auf den Arm gelegt hatte. »Entschuldigen Sie mich«, sagte sie steif.

Vermutlich sollte er das durchaus persönlich nehmen, aber er war nicht so dünnhäutig – und sie schien ihm so unheimlich vertraut. Er ließ ihren Arm los, ging aber weiter neben ihr her.

»Wohin gehen Sie?«

»Zu meiner Schwester, zum Abendessen«, sagte sie kurz angebunden.

»Können Sie jemanden mitbringen?«

»Nein.«

Er faltete die Hände hinter dem Rücken. »Dürfte ich mitkommen und selbst nachfragen?«

»Nein. Es gibt im Dorf ein Pub. Gehen Sie doch dort essen.«

»Das Essen dort schmeckt furchtbar.«

Sie senkte den Kopf und beschleunigte ihre Schritte. »Das ist nicht mein Problem.«

»Das könnte aber sehr bald Ihr Problem werden, wenn ich nämlich danach vor Ihrer Tür stehe und um irgendeinen Heiltrank für meinen verdorbenen Magen flehe, den nur Sie für mich zubereiten können.«

Sie blieb abrupt stehen, dann wandte sie sich um und blickte zu ihm auf. Ihre Miene wirkte nicht einladend. Sie sah eigentlich ziemlich mitgenommen aus, als hätte sie einen so schweren Verlust erlitten, dass allein schon der Gedanke daran ihre Kräfte überstieg. Er hätte am liebsten die Arme ausgestreckt, um sie zu trösten, aber er fürchtete sich davor, sie anzufassen. Sie wirkte so fragil, dass er glaubte, sie würde tatsächlich auseinanderbrechen, wenn er sie an der falschen Stelle berührte.

Aber anstatt vor ihm zurückzuweichen, was er eigentlich erwartet hatte, trat sie einen Schritt näher zu ihm heran. »Und was für eine Art von Heiltrank wäre das, mein Laird«, flüsterte sie heiser, »den die MacLeod-Hexe für Sie zubereiten sollte?«

Cameron holte tief Luft, um seinen Kopf so klar zu bekommen, dass ihm eine vernünftige Antwort einfiel. Unwillkürlich atmete er dabei ihren Duft ein.

Sie roch herrlich nach Wildblumen.

Der Schmerz, der ihn ohne Vorwarnung überkam, war so intensiv, dass er ihm fast die Sinne raubte. Er merkte ganz plötzlich, dass er kurz davor war, ohnmächtig zu werden, und taumelte einen Schritt zurück; dann sah er alles doppelt.

Er stand da, die Hände in die Hüften gestemmt, rang verzweifelt nach Luft und fragte sich, wie ihm zum Teufel geschah. Wie konnte es sein, dass ein hübsches, heiltrankbrauendes Yankee-Mädchen, das wie eine Wildblumenwiese an einem warmen Sommertag duftete, ihn derart aus der Fassung brachte?

»Lord Cameron?«

»Es sind nur … Kopfschmerzen«, stieß er hervor. »Weiter nichts.«

»Sind Sie wirklich krank?«, fragte sie in einem viel freundlicheren Ton als vorhin, »oder wollen Sie nur unbedingt mit zum Abendessen kommen?«

Er hätte gern den Kopf geschüttelt, aber er schaffte es nicht. Alles, was er tun konnte, war, die Augen zu schließen und zu hoffen, dass er sich nicht auf ihre Schuhe übergeben müsste.

Sie seufzte tief, dann nahm sie ihm die Schlüssel aus der Hand. Er hörte, wie seine Wagentür zugeschlagen und die Alarmanlage ausgelöst wurde. Das nächste, was er wusste, war, dass Sunshine sich einen seiner Arme über die Schulter gezogen hatte. Ihren anderen Arm hatte sie um seine Taille gelegt.

»Schaffen Sie es bis zu Patrick? Ich glaube nicht, dass ich Sie tragen kann.«

»Ich werde es schon schaffen.« Er richtete sich auf, aber in seinem Kopf drehte sich alles, als er sich zwang, aufrecht stehen zu bleiben. Entsetzt registrierte er, wie schwer er sich auf sie stützte. Er nahm all seine Kräfte zusammen und zwang sich zur Ruhe. »Verzeihung. Normalerweise fühle ich mich nicht so schwach.«

»Wahrscheinlich brauchen Sie etwas zu essen. Ich mache Ihnen einen Tee, damit Sie anschließend irgendwo einkehren können.«

Vermutlich konnte er nicht auf mehr hoffen. Er stolperte mit ihr weiter und schließlich standen sie vor Benmore Castle. Er schloss die Augen und senkte den Kopf, als Sunshine klopfte. Es dauerte nicht lange, bis die Tür aufging.

»Sunny!«, rief eine Frauenstimme erfreut aus. »Und … ein Freund?«

»Cameron Mac Cameron«, sagte Sunshine. »Er hat Kopfschmerzen, und ich habe ihm versprochen, ihm hier etwas dagegen zu geben. Er bleibt *nicht* zum Abendessen.«

Cameron hätte gelächelt, aber er war zu sehr damit beschäftigt, sich auf den Füßen zu halten. Er nahm nebelhaft eine Frau wahr, die Sunshine Phillips sehr ähnlich sah und ihn mit großem Interesse anblickte, bevor sie ihn hereinbat. Er folgte Sunshine und fand sich in einem Sessel wieder. Seine Schlüssel wurden ihm in die Hand gedrückt, und die beiden ließen ihn allein. Er war froh über die Gelegenheit, einfach nur die Augen zu schließen und den Schmerz in seinem Kopf abebben zu lassen. Es tat gut, zu sitzen. Er steckte die Schlüssel in seine Tasche, dann legte er den Kopf an die Sessellehne und lauschte auf die alltäglichen Geräusche einer Familie, die über ihn hinwegspülten. Es waren heimelige Geräusche von einem Abendessen, das zubereitet wurde, und wohlklingende Frauenstimmen schwatzten glücklich im Plauderton über angenehme Dinge, die sie interessierten.

»Himmel, nein, Ich werde nicht wieder dort hineingehen. Du kannst es ihm selber bringen.«

»Sunny, was um alles in der Welt hast du für ein Problem? Ich finde, er ist ein sehr attraktiver Mann. Bist du von Sinnen?«

»Mir ist egal, was du denkst, ich bin nicht von Sinnen, und er ist verlobt!«

»Oh«, kam als Antwort, die sich ziemlich lange hinzog. »Und warum ist er dann mit dir hier?«

»Er ist nicht mit *mir* hier, sondern er ist einfach hier. Nun, bitte bring ihm einfach seinen Tee, damit er sich wieder auf den Weg machen kann.«

»Wenn du dir sicher bist …«

»Maddy!«

Cameron wartete, bis er leichte Schritte hörte, die vor ihm stehen blieben, dann schlug er die Augen auf. Er musste zwei Mal hinsehen, um zu erkennen, dass es nicht Sunshine war, die er anblickte. Er brachte ein Lächeln zustande.

»Sie müssen Patricks Frau sein.«

»Madelyn«, bestätigte sie. Sie reichte ihm einen Teebecher. »Das Essen ist bald fertig.«

»Er bleibt *nicht* zum Essen!«, tönte es aus der Küche.

Madelyn lächelte höflich. »Ich glaube, meine Schwester befürchtet, wir haben nicht genug Tischsets. Ich sehe mal nach, ob das stimmt oder nicht. Kann ich Ihnen in der Zwischenzeit noch etwas bringen?«

»Tee ist wunderbar, danke«, sagte er höflich. »Ich bin sicher, er wird mir helfen.«

»Sunnys Heiltränke helfen immer.«

»Ich bin mir sicher, alles, was von der MacLeod-Hexe kommt, hilft«, sagte er. Es sollte ein Scherz sein, aber ganz plötzlich fand er, dass er diese Worte nicht so leichthin gesagt hatte, wie beabsichtigt.

»Lord Cameron?«

Er sah zu Madelyn MacLeod auf und zwang sich zu einem Lächeln. »Es sind nur Kopfschmerzen. Kein Grund zur Sorge.«

Sie sah ihn einen Augenblick forschend an, dann runzelte sie nachdenklich die Stirn und ging davon.

Cameron trank Sunnys Tee ohne weitere Gesellschaft aus. Er begann sich tatsächlich zu entspannen, hier in dem gut ausgestatteten riesigen Wohnzimmer mit einem knisternden Feuer vor sich. Das Pochen hinter seinen Augen ließ nach, und er musste zugeben, dass Sunshine Phillips wirklich gute Heiltränke braute.

Er schloss wieder die Augen und versuchte, weiter den Gesprächen zu lauschen. Das wurde eine Weile später durch die Ankunft des Hausherrn in seiner Küche erleichtert.

»Wer?«, fragte Patrick MacLeod verblüfft.

Cameron fragte sich, ob jemand von ihnen wusste, wie man flüsterte.

»Lord Robert Cameron.«

Das war nicht Sunshine. Sie hätte seinen Namen nicht so gesagt.

»Cameron. So, so. Und warum?«

»Was weiß ich? Er hat mich fast umgefahren.«

Das war Sunshine. Er war überrascht, als er feststellte, das er ihre Stimme auch aus einer großen Menschenmenge herausgehört hätte.

»Nun«, meinte Patrick ironisch, »dann müssen wir ihn ja erst recht zum Abendessen einladen.«

»Ich will nicht, dass er zum Abendessen bleibt – verdammt, Patrick, hör auf damit!«

Cameron hörte schwere Schritte und schlug die Augen auf, gerade noch rechtzeitig, um mitzubekommen, dass sich Patrick MacLeod im Sessel ihm gegenüber niederließ.

»Willkommen«, sagte Patrick lächelnd.

»Danke.« Cameron hielt seinen Teebecher hoch. »Ihre Schwägerin war so nett, mir ein Tässchen Tee anzubieten.«

»Sie ist sehr fürsorglich – besonders nachdem man sie fast überfahren hat.«

»Ich habe sie nicht überfahren.«

»Ich sagte *fast.*«

Cameron brachte ein Lächeln zustande. »Das *fast* muss ich zugeben.«

Patrick schlug die Beine übereinander. »Warum sind Sie hier?«

»Kein Smalltalk?«, fragte Cameron.

»Darin bin ich nicht gut. Ich lege Wert auf eine schlichte Sprache und auf Antworten ohne viel Firlefanz.«

Cameron betrachtete den Teebecher in seinen Händen eine Weile schweigend. »Ich weiß es nicht genau«, sagte er ruhig. »Ich musste sie einfach sehen.« Er blickte auf. »Sunshine, meine ich.«

Das zu sagen, klang völlig schwachsinnig, aber er konnte es nicht anderes ausdrücken. Vielleicht steckte nichts weiter dahinter, als dass er eine schöne Frau sah und seine Fantasie aus dem Ruder lief. Vielleicht bekam er auch einfach nur kalte Füße – und der Himmel wusste, dass er Grund genug dazu hatte.

»Nun, zumindest sind Sie ehrlich«, sagte Patrick und stand auf. »Ziehen Sie Ihren Mantel aus und bleiben Sie ein wenig.«

»Einfach so?«, fragte Cameron leichthin.

Patrick warf ihm einen vielsagenden Blick zu. »Die Gastfreundschaft in den Highlands. Man sollte meinen, *Sie* wüssten darüber Bescheid.«

Cameron nickte, denn Patrick hatte recht. Irgendwann in der Vergangenheit hatte er ziemlich vielen Menschen Unterschlupf auf seiner Burg gewährt, ganz gleich, ob das klug gewesen war oder nicht. Das Wetter in den Highlands war unberechenbar; die Behaglichkeit eines knisternden Feuers war nicht zu unterschätzen. Den Anblick einer schönen Frau zu genießen, während man vor diesem Feuer saß, machte es noch erstrebenswerter, zu bleiben.

Er ließ seinen Mantel über der Stuhllehne hängen, dann nahm er seinen Teebecher und folgte Patrick in die Küche.

Er musste einen Moment an der Tür innehalten und die drei Schönheiten bewundern. Madelyn war bildhübsch mit ihren dunklen Locken, die ihr den Rücken hinunterfielen und ihren braungrünen Augen, die ihren Sinn für Humor verrieten. Die Ebenmäßigkeit ihres Gesichts machte sie schön, aber das Glück, das sie – vielleicht unbewusst – ausstrahlte, machte sie außergewöhnlich schön. Sie drückte einen Kuss auf den Kopf des zweiten schönen weiblichen Wesens, einem noch sehr kleinen, das in einem Hochstuhl saß und mit einem Spielzeug auf das leere Tablett vor sich klopfte.

Und dann war da noch Sunshine Phillips.

Sie trug Speisen auf, die er normalerweise nicht aß, wie Salat und gedämpftes Gemüse. Vermutlich spielte es keine Rolle, was sie ihm vorsetzten; er würde dem Essen sowieso keine besondere Aufmerksamkeit schenken.

Sie war zugegebenermaßen die bezauberndste Hexe, die er je gesehen hatte.

Im Moment sah sie jedoch so aus, als würde sie gleich weinen oder nach der nächstbesten Klinge greifen, um ihr Leiden zu beenden. Es hätte ihn auch nicht überrascht, wenn sie diese Klinge gegen ihn gerichtet hätte. Er nahm den Platz, den Patrick ihm anbot, denn er fürchtete, Sunshine würde einen Weg finden, um ihn von der Tafel auszuschließen, wenn sie könnte.

Abgesehen davon brachte ihn das Hinsetzen dem Objekt seines Interesses näher. Er ignorierte einfach, dass es besser wäre, er sähe sie nicht an. Sunshine gehörte ihm nicht – und wenn man in Betracht zog, wie demonstrativ sie ihn wie Luft behandelte, dann würde sie ihm wahrscheinlich selbst dann nicht gehören wollen, wenn er nicht verlobt wäre.

Er war überrascht, wie sehr ihn das traf.

Ein kurzes Tischgebet wurde gesprochen, das seine freudlosen Gedanken unterbrach, dann reichte Patrick die Kartoffeln herum. Cameron nahm sich ein wenig von allem, ließ sich von Madelyn eine weitere Tasse Tee einschenken und beobachte, dass Sunshine nichts anrührte, das nicht grün war. Allem Anschein nach war sie durch und durch eine Kräuterhexe.

Eine Kräuterhexe, die es vorzog, ihn nicht zu beachten.

Sie unterhielt sich bereitwillig mit Patrick und Madelyn. Einmal nahm sie sogar die kleine Hope aus ihrem Stühlchen und ging mit ihr auf dem Arm hin und her, damit Madelyn ihr Essen in Ruhe beenden konnte. Aber ihn würdigte sie keines Blickes.

Er sah, dass das auch Patrick auffiel, denn er warf seiner Schwägerin einige fragende Blicke zu. Die Blicke, die Sunshine zurückgab, waren vernichtend. Cameron war dankbar, dass er nicht der einzige war, über den sie anscheinend verärgert war. Madelyn tat nichts weiter, als ausgesprochen vorsichtig mit ihrer Schwester umzugehen und ihrem Mann hin und wieder einen Blick zuzuwerfen, der besagte, dass er einfach den Mund halten sollte.

Interessant.

Cameron wiederum ignorierte die Tatsache, dass er eigentlich hier nicht so in aller Seelenruhe herumsitzen und eine Frau ansehen sollte, die nicht die seine war. Er richtete seine Aufmerksamkeit wieder auf das Essen und begnügte sich die restliche Mahlzeit damit.

Es war sicherer so.

15

Sunny saß am Abendbrottisch ihrer Schwester und wünschte sich, sie hätte den Mumm, ihr Messer zu nehmen, sich über den Tisch zu beugen und es in das grausame Herz ihres Schwagers zu senken. Sie sah ihn wütend an, erntete aber nur ein spöttisches Lächeln. Sie warf ihm einen weiteren missbilligenden Blick zu, aber er wandte sich zu Cameron um und setzte sein entwaffnendstes Lächeln auf.

»Also, Cameron«, sagte er gedehnt und spielte dabei mit seiner Gabel, »was bringt Sie heute Abend wirklich an meine bescheidene Tafel? Abgesehen davon, dass Sie sich von Herzen dafür entschuldigen möchten, *fast* meine Schwester überfahren zu haben.«

»Ist sie denn nicht Ihre Schwägerin?«, fragte Cameron.

»Ich habe keine eigenen Schwestern«, sagte Patrick mit einem Schulterzucken. »Deswegen hege ich, wie Sie sich vorstellen können, Sunshine gegenüber besondere Beschützerinstinkte.«

Sunny hätte ihn am liebsten auf der Stelle umgebracht. Aber da das ihre Schwester unglücklich machen würde, begnügte sie sich mit einem weiteren mordlüsternen Blick und spülte ihre Flüche mit einem großen Schluck Weizengrassaft hinunter.

»Was trinken Sie denn da, Mistress Sunshine?«

Sunny merkte, dass es Cameron war, der mit ihr sprach. Sie streckte ihm ihre Tasse hin, ohne ihn anzusehen. Es war besser so. Wenn sie ihn nicht ansah, musste sie ihn auch nicht erkennen. Und wenn sie ihn nicht erkannte, dann musste sie nicht der Tatsache ins Auge sehen, dass er sie, obgleich er sie vielleicht ansah, nicht wiedererkannte.

»Gütiger Himmel«, stöhnte er und stellte die Tasse wieder vor ihr ab. »Wie können Sie dieses Zeug nur trinken?«

»Es ist sehr gesund«, murmelte sie. Sie trank den Rest aus, dann sah sie sich in der Hoffnung um, dass sie die Quälerei, die dieses Abendessen für sie bedeutete, bald beenden könnte. Patrick lehnte sich auf zwei Stuhlbeinen zurück; er hatte zu seiner Muttersprache gewechselt. Eine perfekte Gelegenheit, mit dem Abzuräumen zu beginnen.

Sie stand auf, dann schüttelte sie zu Madelyn gewandt den Kopf. »Bleib sitzen«, sagte sie auf Französisch.

»Warum?«, fragte Madelyn.

»Weil ich etwas zu tun brauche«, sagte Sunny mit leiser Stimme.

Sie machte sich sofort an die Arbeit. Sie trug alle Teller zum Spülbecken, dann kam sie zurück und holte die Tassen und Gläser. Sie räumte Camerons Gedeck als letztes ab, denn ihr schlimmster Fehler war es, Dinge aufzuschieben, die ihr Mühe bereiteten. Sie nahm sein Glas, aber er legte seine Hand um ihre.

»Lassen Sie das, seien Sie so gut«, sagte er.

Auf Französisch.

Sie verkniff sich eine Grimasse. Sie musste wirklich vorsichtiger sein, welche Sprache sie wählte, wenn sie ihn ignorieren wollte. Sie würde auch lernen müssen, das Kribbeln zu ignorieren, das sie jedes Mal verspürte, wenn sie sich berührten. Noch ein Grund, ihm möglichst aus dem Weg zu gehen.

Sie ließ sein Glas los und zog ihre Hand weg, dann ging sie rasch zurück zum Spülbecken und begann mit dem Abwasch. Die Unterhaltung auf Gälisch plätscherte am Tisch hinter ihr flüssig dahin, wie sonst nach dem Abendessen auch. Es hätte tröstlich sein können, aber unglücklicherweise konnte sie es kaum ertragen, Cameron Gälisch sprechen zu hören, mit dem mittelalterlichen Akzent, den er immer noch hatte.

Er räusperte sich plötzlich. »Vielleicht sollten wir Englisch sprechen«, sagte er auf Englisch, »mit Rücksicht auf Mistress Sunshine.«

»Das ist nicht nötig«, sagte Patrick. »Sunny und Madelyn sprechen beide so gut Gälisch, als ob sie hier aufgewachsen wären.«

Cameron zeigte sich überrascht, dass sie und Madelyn seine Sprache beherrschten, und Patrick erklärte ihm, die Phillips-Mädchen seien immer für eine Überraschung gut. Madelyn lachte, und sie begannen über Dorfangelegenheiten zu plaudern, gefolgt von einer Diskussion über das neue Freizeitzentrum.

Sunny fragte sich, wie sie den Abwasch über den ganzen Abend ausdehnen könnte.

Als sie dann die Überreste einer nichtexistenten angebrannten Kruste von einer Pfanne schrubbte, trat Madelyn zu ihr und legte ihr den Arm um die Schultern.

»Alles in Ordnung?«, flüsterte sie.

»Das ist dir doch wohl ziemlich egal«, murrte Sunny.

»Es ist mir nicht egal. Ich konnte nur einfach den armen Mann nicht wieder in die Nacht hinausschicken, so grün, wie er im Gesicht war. Aber dich schick ich hier gleich raus, wenn du nicht aufhörst, meine Pfanne durchzuscheuern.«

Sunny hörte auf, dann holte sie tief Luft und spülte die Pfanne aus. »Ich bin fertig.«

Madelyn küsste ihre Wange. »Wir besprechen das später.«

»Da gibt es nichts zu besprechen, du Psychotante.«

»Sunny, ich bin nicht blöd. Es gibt Dinge, die du mir verschweigst. Dinge, die du mir erzählen solltest. Du würdest dich besser fühlen.«

»Bitte, Maddy«, flüsterte Sunny, »nicht heute Abend.«

Madelyn taxierte sie unbeirrt noch ein, zwei Minuten, dann nickte sie langsam. »Also gut. Heute Abend nicht. Aber bald.«

Sunny schloss kurz die Augen, nickte und stellte die Pfanne beiseite. Sie wischte die Arbeitsflächen ab und suchte dann nach einer anderen Beschäftigung. Sie kochte Tee, aber das dauerte nicht so lange, wie es ihr recht gewesen wäre. Viel zu bald stand ihre Schwester wieder neben ihr und schnitt den Kuchen in Stücke.

»Setz dich hin«, sagte Madelyn und stupste sie mit dem Ellbogen an.

Sunny seufzte, dann trug sie die Sachen für den Tee zum Tisch und schenkte vier Tassen ein.

Cameron nahm eine und schnupperte daran. »Minze«, schwärmte er. »Köstlich! Vielen Dank.«

Sunny nickte, aber sie konnte ihn nicht ansehen. Sie war so angespannt, dass sie fürchtete, die kleinste Kleinigkeit könnte sie zum Explodieren bringen. Sie war kurz davor, aus der Küche zu stürmen und den ganzen Weg nach Hause zu rennen. Was sie davon abhielt, war nur, dass Cameron ihr folgen würde, und dann wäre sie auch noch allein mit ihm.

Und das wäre tausend Mal schlimmer.

Also setzte sie sich hin und hörte ihm zu, wie er entspannt mir ihrer Schwester und ihrem Schwager plauderte. Was zum Teufel machte er hier?

»Erzählen Sie uns von sich«, bat Patrick. »Es kommt ja nicht oft vor, dass ich einen Cameron bei mir zu Gast habe.«

Sunny fand eine Kopfhaltung, in der sie Cameron perfekt aus dem Augenwinkel beobachten konnte. Es war eine Qual, aber sie konnte nicht anders. Sie drehte sich noch ein kleines Stück und gestand sich einen offenen Blick auf ihn zu.

Er war schön. Nein, nicht schön. Aber er zog die Blicke auf sich. Sein Gesicht sah noch genauso aus wie damals im mittelalterlichen Schottland, aber es war noch etwas hinzugekommen. Kleine Altersfältchen in den Augenwinkeln, die seinem Gesicht Ausdruckskraft und Charakter verliehen. Sein Haar war genauso dunkel wie einst und fast genauso lang, und er strich es noch immer ungeduldig mit den Fingern aus dem Gesicht, wenn es ihm in die Augen fiel.

Und seine Augen waren noch immer von jenem strahlenden

Blau, und aus ihnen sprach sowohl Leidenschaft wie auch gutmütiger Humor.

Sie beobachtete ihn noch eine Weile länger und bemerkte, dass da auch noch etwas anderes war. Es war dieselbe Traurigkeit, die sie damals in seinen Augen gesehen hatte, wenn er darüber sprach, seinen Clan zurückzulassen, nur war diese jetzt noch ausgeprägter. Was hatte er verloren?

Und warum zum Teufel hatte er sie nicht sofort wiedererkannt?

»Meinen Antiquitätenladen betreibe ich eigentlich mehr als Hobby«, sagte er gerade mit einem leisen, bescheidenen Lächeln. »Das Geschäft besteht nur aus mir und ein, zwei Bekannten, denen ich vertraue. Wir suchen nach Dingen, die man normalerweise nicht mehr findet, und wir kaufen sie von Menschen, die sie nicht verkaufen wollen, aber durch die Umstände dazu gezwungen sind. Es reicht natürlich nicht mal für die Butter aufs Brot, aber ich mag alte Sachen einfach.«

»Und wie alt sind Sie?«, fragte Madelyn.

Sunny gab ihrer Schwester unter dem Tisch einen Tritt. Madelyn warf ihr einen wütenden Blick zu, dann lächelte sie Cameron an.

»Nun?«, fragte sie nach.

»Fünfunddreißig«, sagte er leichthin. »Und wie alt sind Sie?«

»Vorsicht«, warf Patrick mit einem belustigten Lächeln ein, »meine Frau ist Anwältin. Wenn Sie Gegenfragen stellen, ziehen Sie den Kürzeren.«

Cameron lächelte Madelyn an. »Davor habe ich keine Angst, obgleich ich mir das Recht vorbehalte, nicht zu antworten, wenn ich dadurch wie ein Esel dastehe.«

Sunny vermutete, dass Madelyn ihm ihre Standardantwort gab, dass sie ihn in Ruhe lasse, solange er sich kooperativ zeige, aber sie konnte die genauen Worte ihrer Schwester nicht verstehen. Das Blut in ihren Ohren rauschte so laut, dass sie kaum noch etwas um sich herum wahrnahm.

Fünfunddreißig? Wann war Robert Francis Cameron Mac Cameron fünfunddreißig geworden?

Hatte er schon so lange in der Zukunft gelebt?

Vielleicht waren diese zwei Wochen, die er mit ihr in der Vergangenheit verbracht hatte, so unbedeutend gewesen, dass er sie tatsächlich vergessen hatte. Oder vielleicht liebte er diese blonde Schreckschraube ja wirklich, die sich nichts dabei dachte, einer Betrunkenen auf die Hand zu treten – oder unschuldigen Kräuterhexen, die einfach nur versuchten, ihrem widerlichen Ex-Arbeitgeber zu entfliehen.

»Es war keine Absicht, dass ich sie fast überfahren hätte«, sagte Cameron gerade. »Ich flüchtete vor einem formellen Abendessen, und ich fürchte, ich war mit den Gedanken woanders.«

»Und Sie dachten, Sunny würde Ihnen stattdessen etwas zu essen anbieten?«

Sunny sprang auf. »Ich glaube, ich habe Hope gehört. Ich schau besser mal nach ihr.«

Sie schoss aus der Küche, bevor sie sich seine Antwort anhören musste. Sie wollte nicht wissen, warum er hergekommen war oder vor was er floh oder was er von ihr hielt.

Sie ging in Patricks Bibliothek und hoffte, Cameron wäre bald so genervt von Madelyns Fragerei, dass er heimgehen würde. Bis dahin gedachte sie sich zu verstecken.

Unglücklicherweise brannte im Kamin in der Bibliothek kein Feuer, und die Eiseskälte ließ sie noch stärker erschauern als das, mit dem sie in der Küche konfrontiert war. Es hätte sie nicht überrascht, eine Gruppe von Geistern in den Sesseln sitzen zu sehen, wenn sie sich umdrehte. Das hatte sie früher schon hier erlebt. Aber vielleicht dachten sogar die Gespenster, sie sei auch so schon verwirrt genug, sodass sie sie nicht auch noch mit ihrer überirdischen Erscheinung belästigen mussten.

Cameron war fünfunddreißig. Sie konnte es nicht glauben.

Sie stand da, und diese Zahl wirbelte ihr durch den Kopf, bis sie Schritte hörte, die ein Stück hinter ihr stehen blieben.

Es war noch nicht genug Zeit vergangen, als dass Madelyn Mitleid mit ihr gehabt und ihn hinausgeworfen haben könnte. Wahrscheinlich war es nur Patrick, um ihr zu sagen, sie solle sich zusammenreißen und höflich sein. Vermutlich hatte er recht. Zumindest das konnte sie ja wohl zustande bringen. Sie holte tief Luft und drehte sich um, bereit, klein beizugeben. Aber es war nicht Patrick, der da stand.

Es war Cameron.

Er lehnte am Türrahmen und beobachtete sie. »Ihr Tee wird kalt«, sagte er ruhig.

»Ich bin nicht durstig«, brachte sie hervor.

Er runzelte die Stirn. »Habe ich irgendetwas getan, was Sie verletzt hat, Mistress Sunshine?«

Sie hatte das Gefühl, als hätte ihr gerade jemand einen Schlag in die Magengrube versetzt, und sie bekam kaum Luft.

Wie konnte er nicht wissen, was er ihr angetan hatte?

»Natürlich nicht.« Sie biss sich heftig auf die Lippe. Nur das bewahrte sie noch davor, in Tränen auszubrechen.

Sie war wirklich keine Heulsuse – wenn man einmal von den vergangenen zwei Wochen absah. Normalerweise rannte sie vor ihren Problemen davon oder versuchte sie in der Gartenerde zu vergraben oder sie von ihren Pfannen und Kochtöpfen wegzuscheuern. Unglücklicherweise war es zu dunkel, um einfach zur Tür herauszulaufen, und Madelyns Pfannen und Töpfe waren bereits gespült. Jetzt konnte sie nur noch am anderen Ende des Raumes stehen bleiben – in gebührender Entfernung von einem Mann, der sie wiederholt mit seinen Küssen fast um den Verstand gebracht hatte, und das vor fast siebenhundert Jahren, und zu versuchen, nicht in hemmungsloses Schluchzen auszubrechen.

Und dann wurde ihr auf einmal schlagartig und mit einem Gefühl schrecklicher Gewissheit klar, dass er nicht vorgab, sie nicht zu kennen. Der Ausdruck äußerster Verblüffung auf seinem Gesicht war echt.

Er erinnerte sich wirklich nicht an sie.

Irgendetwas war offenbar geschehen, etwas Furchtbares, etwas, das alles ausgelöscht hatte, das er über seine Vergangenheit wusste – oder zumindest über den Teil seiner Vergangenheit, in dem sie vorkam. Diese Erkenntnis war so schockierend, dass sie die Hand auf den Mund presste, um keine eigenartigen Laute von sich zu geben.

Mit ein paar Schritten durchmaß er den Raum und fasste sie an den Schultern. »Werden Sie ohnmächtig?«, fragte er erschrocken.

Sie schüttelte den Kopf, dann rückte sie von ihm ab. Würde er sie nämlich tatsächlich in Arme schließen, dann *würde* sie eigenartige Laute von sich geben.

»Mir geht es gut.«

»So sehen Sie aber nicht aus. Warum kommen Sie nicht mit rüber und setzen sich ans Feuer?«

Sie wollte nicht, aber sie wusste, wenn sie jetzt Nein sagte, dann würde er sie hochheben und einfach dorthin tragen, wo er sie haben wollte. Trotz seines geschliffenen Benehmens hatte er sich vermutlich nicht so sehr verändert. Also nickte sie und ließ sich von ihm in den großen Saal der Burg zurückführen, der inzwischen zum Wohnzimmer umgebaut worden war. Patrick hatte Feuerholz aufgeschichtet und zog gerade vier Sessel näher an den Kamin. Cameron führte sie zu dem Sessel, der dem Kamin am nächsten stand, dann setzte er sich neben sie.

Sunny hörte die anderen um sich herum reden, aber sie bekam nicht mit, was gesagt wurde. Sie blickte starr auf Camerons Füße, damit sie nicht versucht war, sein Gesicht anzusehen. Vermutlich hatte er seine Stiefel im Edinburgh der Gegenwart erstanden. Der Grad ihrer Abnutzung ließ sie jedoch vermuten, dass er, ganz gleich, was er sonst so machte, immer noch gern durch sein Land streifte. Seine Knie mochten zwar mit Jeansstoff bedeckt sein, aber er rieb sie sich immer noch gedankenverloren gegen die Kälte, gerade so wie damals, als sie ihn ebenfalls dabei beobachtet hatte. Und sie nahm an, hätte er ein Messer zur Hand, so würde er immer noch auf die gleiche Art damit herumspielen.

Sie blickte widerstrebend auf und ließ den Blick über das Denim-Hemd gleiten, das seine Schultern bedeckte, um die sie Dutzende Male ihre Arme geschlungen hatte, und dann weiter über sein Gesicht. Sie musste mehrmals blinzeln, um es wirklich klar sehen zu können.

Ein Schauer durchlief sie, als Cameron eine schwarze Lederjacke von seiner Stuhllehne nahm und sie ihr umlegte.

»Das ist nicht nötig«, sagte sie rasch.

Er warf ihr einen Blick zu, der besagte, dass er nicht die Absicht hatte, auf ihre Proteste einzugehen. Sie hatte diesen Blick früher schon an ihm bemerkt, mehr als einmal.

Es brachte sie fast um, ihn jetzt wieder zu sehen.

Er zog ihr den Kragen bis unters Kinn, dann setzte er sich wieder hin. Sunny schloss die Augen. Die Jacke roch nach ihm, nach der Heide und dem Wind in den Highlands. Das war mehr, als sie ertragen konnte. Sie stellte die Füße auf den Sessel, zog ihre Knie an, legte den Kopf darauf und begann zu weinen. Ihr war egal, was die anderen dachten. Sie konnte diese Qual einfach keinen Moment länger ertragen.

Cameron legte sanft seine Hand auf ihren Kopf. »Lassen Sie sich von mir nach Hause bringen, Sunshine«, sagte er ruhig. »Mit Kopfverletzungen ist nicht zu spaßen.«

»Woher wissen Sie das denn?«, fragte Madelyn prompt.

Cameron schwieg eine Weile. »Ich hatte auch mal eine«, sagte er schließlich, »und es hat Monate gedauert, bis ich wieder ganz der alte war.«

»Wirklich?«, fragte Patrick und klang dabei neugieriger, als angemessen war. »Wann war das?«

»Vor acht Jahren«, antwortete Cameron in einem Ton, als gebe er das nur widerstrebend preis. »Ich war einen Monat lang im Krankenhaus. Dort wäre ich noch länger geblieben, wenn mich nicht Alistair und Moraig herausgeholt hätten.«

Sunny hob den Kopf und sah ihn mit tränennassen Augen an. »Moraig MacLeod? Sie kannten sie?«

»Ja«, sagte er. »Ich nehme an, Sie auch, da Sie in Ihrem Haus wohnen.«

Sunny brachte kein Wort heraus. *Ich werde dir mein Haus vermachen, wenn ich einmal nicht mehr bin,* hatte Moraig zu ihr gesagt. *Du wirst es brauchen – aus Gründen, die du jetzt noch nicht verstehst.*

Sunny lief ein kalter Schauer den Rücken hinunter. Es war nicht möglich, dass Moraig Cameron gekannt hatte – nun ja, natürlich war es möglich. Sie hatte ihn offenbar aus dem Krankenhaus herausgeholt. Aber Moraig konnte unmöglich gewusst haben, dass *sie* Cameron gekannt hatte. Zumindest hatte sie nie etwas darüber verlauten lassen.

Sunny schob alle weiteren derartigen Spekulationen beiseite. Vielleicht hatte der alte Alistair Cameron für Camerons Entlassung Hilfe gebraucht, und Moraig gebeten, mitzukommen. Vielleicht hatte Moraig ihr das Haus vermacht, weil sie sie geliebt hatte.

Vielleicht war es ein schrecklicher Fehler gewesen, nach Schottland zu kommen.

Sie spürte Camerons Arm auf ihren Schultern.

»Erlauben Sie, dass ich Sie heimbringe«, wiederholte er. »Ich hole schon mal meinen Wagen …«

»Nein«, sagte sie, sprang auf und schwankte heftig. Sie kämpfte um ihr Gleichgewicht, dann streckte sie ihm seinen Mantel entgegen. »Ich bleibe heute Nacht hier.«

»Ach, du willst …«, begann Madelyn überrascht.

Sunny warf ihr einen vielsagenden Blick zu, und sie verschluckte den Rest dessen, was sie zweifellos noch hatte sagen wollen. Patrick sah sie prüfend an, sagte aber nichts.

»Wie Sie wünschen«, sagte Cameron zögerlich, und zog ebenso zögerlich seinen Mantel an. »Ich gehe jetzt wohl besser. Wenn ich noch länger bleibe, wird es mir nicht gut ergehen.«

Patrick streckte seine Hand aus. »War mir ein Vergnügen, Cameron. Kommen Sie bald einmal wieder.«

»Sehr gerne«, sagte Cameron und schüttelte Patrick die Hand. »Ich bin jetzt erst einmal eine Weile in London, aber vielleicht das nächste Mal, wenn ich zu Hause bin.« Er ergriff Madelyns Hand und verbeugte sich. »Vielen Dank für Ihre Gastfreundschaft, Mylady.«

Madelyn lächelte nur. »Es war mir eine Freude, Sie kennenzulernen, Lord Robert. Sie müssen unbedingt wiederkommen.«

Sunny schob sich möglichst unauffällig hinter Patrick und hoffte, Cameron würde keine Notwendigkeit sehen, sich auch von ihr zu verabschieden. Sie merkte jedoch ziemlich schnell, dass er sich so hinstellte, dass er sie sehen konnte.

»Gute Nacht, Mistress Sunshine.«

Sie nickte heftig, sagte aber nichts.

Patrick legte Cameron die Hand auf die Schulter und brachte ihn zur Tür. Cameron dankte Patrick nochmals für das Essen und die angenehme Unterhaltung. Sunny drehte sich um und sah ins Feuer, bis sie hörte, wie Patrick die Tür zumachte und den Riegel vorschob.

»Nun«, sagte er gut gelaunt, »das war ja ein interessanter Besuch.«

»Ja, nicht wahr?«, murmelte Sunny. Sie sah Madelyn an. »Danke dafür, dass ich übernachten darf. Ich sehe euch dann morgen früh.«

»Oh, nein«, sagte Patrick, trat zu ihr und versperrte ihr den Weg. »So leicht entkommst du mir nicht, Schwester. Nachdem ich mir die Mühe gemacht habe, höflichen Umgang mit dem Laird eines benachbarten Clans zu pflegen, den ich in einem anderen Leben ohne Zögern umgebracht hätte, habe ich meines Erachtens das Recht auf ein paar Antworten.«

»Ich habe keine Antworten.«

»Ich glaube sehr wohl, dass du die hast«, sagte Patrick leichthin. »Ich bin neugierig, Sunshine, warum Robert

Cameron jahrelang dort oben auf dem Berg lebt und uns erst heute Abend mit seiner zugegebenermaßen charmanten Anwesenheit beehrt.«

»Warum fragst du ihn nicht selbst?«, fragte Sunny ausweichend. Sie ließ den Blick über die Diele schweifen und fragte sich, ob es wohl unhöflich wäre, hinauszulaufen, bevor die beiden irgendetwas unternehmen konnten.

»Das könnte ich durchaus tun.«

Sie hielt den Atem an, als sie merkte, in welche Richtung das ganze lief. »Bitte, Patrick«, sagte sie rasch, »bitte sprich nicht mit ihm darüber.«

»Dann spuck ein paar Antworten aus, Sunshine. Ich finde es nämlich sehr eigenartig, dass du vor fast drei Wochen wie aus dem Nichts wieder aufgetaucht bist und Cameron-Plaids getragen hast.«

»Im Mittelalter hatte noch nicht jeder Highland-Clan sein eigenes Tartan-Muster, das weißt du doch.«

»Stimmt, aber ich habe zu meiner Zeit genügend Cameron-Plaids gesehen und bin durchaus vertraut mit den Farben, die sie bevorzugt trugen.«

»Spielst du heute Abend den Anwalt?«, fragte Sunny und versuchte, spöttisch zu klingen.

Patrick sah sie nur forschend an.

Madelyn tauschte mit ihrem Mann einen vielsagenden Blick, dann trat sie vor ihn hin. Sie legte ihre Arme um Sunny und drückte sie. »Geh ins Bett, Schwester. Morgen früh sieht alles wieder ganz anders aus. Ich habe leckere Pop Tarts.«

»Verlockend«, sagte Sunny, obgleich sie nicht glaubte, dass sie jemals so etwas hinunterbringen könnte. Sie schwieg eine Weile, dann sah sie ihren Schwager an. »Danke dafür, dass du so freundlich zu ihm warst.«

»Das hat mich keine Mühe gekostet«, sagte Patrick mit einem Schulterzucken. »Zumindest nicht viel. Ich musste nur ein halbes Dutzend statt zwanzig Mal den Impuls unterdrücken, zu meinem Schwert zu greifen.«

Sunny nickte, dann suchte sie das Weite, während Madelyn ihren Mann wegen seiner verzerrten Sicht auf die Realität neckte, aber ihm gleichzeitig versicherte, dass sie ihn trotzdem liebte. Sunny musste die Tür des Gästezimmers rasch zumachen, damit sie nicht noch mehr hörte. Normalerweise brachte sie das Glück der beiden zum Lächeln, aber nicht an diesem Abend.

Sie zog einen von Madelyns abgelegten Pyjamas aus der Kommode, zog ihn an, dann ging sie ins Bett, sogar ohne die Zähne zu putzen. Sie hatte den Tag über sowieso nicht viel gegessen.

Sie wünschte, sie hätte Camerons Plaid hier, um sich darin einzuwickeln. Es half ihr beim Einschlafen. Aber so hatte sie nur Madelyns Pyjama mit aufgedruckten Entchen. Das war nicht annähernd dasselbe.

Es war klar: Er war nicht dumm und er hatte sich nicht verfahren. Er war nicht vorbeigekommen, um Patrick zu besuchen; er war gekommen, um sie zu sehen. Ein Mann, der mit einer anderen Frau verlobt war, hatte ihr einen Besuch abgestattet. Ein Mann, der sich nicht daran erinnerte, dass er sie vor Jahrhunderten einmal geliebt hatte, war bei ihr vorbeigekommen.

Ein weiterer triftiger Grund, schnell aus Schottland zu verschwinden, bevor er sie wieder besuchte.

Sie würde nach Hause zurückkehren …

Sie hielt inne. Nein, nicht nach Hause. Ihr Zuhause war ein windschiefes Cottage in den Highlands, voller Kräuter und Magie und einem Feuer, das sie das ganze Jahr über wärmte. Ihr Zuhause, das war ein kurzer Spaziergang durch die stillen Wälder zum Haus ihrer Schwester. Ihr Zuhause war, Teil eines Clans zu sein, dem Menschen angehörten, die sie liebten für das, was sie war und was sie konnte.

Zuhause war offenbar auch, dass in dreißig Meilen Luftlinie Entfernung ein Mann lebte, den sie liebte, der aber keinen blassen Schimmer hatte, warum er ihre Liebe erwidern sollte.

Sie wusste, dass sie, wenn sie auch nur noch einen Funken Verstand hätte, geradewegs nach Hause gehen, ihre Sachen in einen Koffer werfen und zum Flughaften fahren würde, um dort auf den ersten Flug nach London zu warten, dann in ein Flugzeug nach Seattle zu steigen und sich jeden weiteren Liebeskummer zu ersparen. Es wäre ein deutlicher Beweis für einen Mangel an Vernunft, wenn sie in Schottland bliebe, wenn sie einen kleinen Ausflug in James MacLeods Bibliothek wagte, um nachzusehen, ob sie dort vielleicht etwas darüber finden könnte, mit dem sie dem Mann, den sie liebte, helfen könnte, seine Erinnerungen an sie zurückzuerlangen, die er offenbar verloren hatte.

Wenn sie einen Anstoß dazu gab, würde er sich dann erinnern?

Wäre es überhaupt gut für sie, wenn er es täte?

Das waren Fragen, die sie sich kaum zu stellen wagte und noch viel weniger beantworten konnte. Es gab vermutlich Zeiten, in denen es am besten war, abzuwarten, in welche Richtung der Wind blies, bevor man drastische Maßnahmen ergriff. Das half bei der Behandlung manchmal, vor allem bei Frauen, die in den Wehen lagen. Es könnte auch bei unhaltbaren Situationen helfen, die sie selber nicht lösen konnte.

Ja, vielleicht würde sie dieses eine Mal bleiben, obwohl sie am liebsten davonlaufen würde. Nur noch ein Weilchen länger. Nur um zu sehen, in welche Richtung der Wind sich drehen würde.

Sie hoffte, sie könnte die Richtung ertragen, wenn sie herausfand, welche es war.

16

Cameron stand in seinem Büro und sah zum fernen Hyde Park hinüber. Es war eine spektakuläre Aussicht, die das moderne London bot, mit Blick auf Autos und Doppeldeckerbusse und Menschengewimmel. So etwas hätte er sich in seiner Jugend nicht einmal ansatzweise vorstellen können, und viel weniger noch, dass er ein Teil davon werden könnte.

Aber wie hätte er sich auch nur in seinen kühnsten Träumen ausmalen können, dass er mit fünfunddreißig, in Anzüge gekleidet und in einem Privatjet unterwegs, ein milliardenschweres Unternehmen leiten würde, statt täglich mit seinen bloßen Händen um sein Leben zu kämpfen? Auch sein Vater hätte sich so etwas in seinen hochfliegendsten Plänen und dem Wunsch nach Ruhm und Ehre für den Cameron-Clan nicht vorstellen können.

Und mit dieser Last auf seinen Schultern und mit Blick auf den Verkehr vor sich stand er im stilvollen Ambiente eines luxuriös ausgestatteten Büros, das speziell so eingerichtet war, dass es Menschen das Gefühl von Vertrauen und Seriosität vermittelte, damit sie ihm riesige Summen ihres Geldes überließen, die er dann so investierte, wie er es für richtig hielt. Er hatte großes Glück, das wusste er, und er war dankbar dafür, eine nützliche Beschäftigung zu haben, obgleich sie ihn öfter von Schottland fernhielt, als ihm lieb war. Das hatte ihm früher nicht so viel ausgemacht.

Aber jetzt machte es ihm sehr viel aus.

Er wollte lieber nicht genauer darüber nachdenken, warum das so war.

Also sinnierte er stattdessen darüber, wo er war und wie er

dorthin gekommen war. Alistair Cameron hatte vor dreißig Jahren die Cameron Ltd. aufgebaut, sie dann bei seinem Tod vor sechs Jahren an Cameron vermacht, im Vertrauen darauf, dass Cameron sie nicht zugrunde richten würde. Cameron vermutete, Alistair wäre sehr erfreut, wenn er wüsste, dass Cameron sowohl die Summe auf seinen Schweizer Bankkonten als auch die Geschäftsfelder, in denen die Cameron Ltd. tätig war, verdoppelt hatte. Was ihn selbst anging, so war er dankbar für das Vertrauen eines alten Mannes, der ihm die Chance zu einem neuen Leben eröffnet hatte. Das war sicher mehr, als er sich vor acht Jahren erhoffen konnte, als er – ohne einen blassen Schimmer, wo er war und wie es ihn dorthin verschlagen hatte – im Krankenhaus aus tiefer Bewusstlosigkeit erwacht war.

Er fuhr sich mit der Hand durchs Haar und schob diese Erinnerungen energisch beiseite. Er hatte in letzter Zeit viel zu viele Gedanken daran verschwendet und sich zu oft seinen melancholischen Grübeleien hingegeben. Das geschah zwar nicht häufig, aber er hatte sich diesem unwiderstehlichen Drang nicht entziehen können. Dann wiederum war es ziemlich schwierig, diese Vergangenheit einfach zu ignorieren, da sie viel mit der Zwickmühle, in der er im Moment steckte, zu tun hatte.

Glücklicherweise – oder vielleicht auch nicht – war es nicht seine Vergangenheit, die ihm gegenwärtig Probleme bereitete. Es war Alistairs Vergangenheit. Und dank einer Freundschaft, die Alistair in dieser Vergangenheit geschlossen hatte, war Cameron verstrickt im erbitterten Intrigenlabyrinth einer Familie, die nicht seine war.

Er stand energisch auf, ging um seinen Schreibtisch herum und dann in seinem Büro auf und ab. Obgleich er Alistair gern die Schuld für seine Schwierigkeiten in die Schuhe geschoben hätte, brachte er es nicht über sich. Denn obwohl Rodney Ainsworth und Alistair Cameron seit ihrer Jugend befreundet gewesen waren und diese Freundschaft in einer jahrelangen

Geschäftsverbindung fortgesetzt hatten, war es Cameron selbst gewesen, der nach Alistairs Tod die Beziehung zu Rodney aufrechterhalten hatte. Zum einen Teil, weil alles so gut zu passen schien, und zum anderen, weil er Rodney aufrichtig mochte.

Von seinen Besuchen bei Rodney in Ainsworth Hall kannte er auch Rodneys Kinder, Nathan und Penelope. Nun, vielleicht war es übertrieben, zu sagen, dass er sie *kannte,* insbesondere im Fall von Penelope. Er hatte sie nur bei jenen seltenen Gelegenheiten gesehen, wenn sie sich dazu herabließ, zwischen ihren Streifzügen durch In-Lokale und exklusive Ferienorte den großen Saal ihres Vaters mit ihrer Anwesenheit zu beehren. Ihr Benehmen bei diesen Gelegenheiten hatte ihn dazu verleitet, zu glauben, sie sei ebenso zuvorkommend und sanftmütig wie wunderschön.

Nathan hatte er etwas näher kennengelernt und schätzte ihn als das ein, was er war: moralisch verderbt und ohne ein Fünkchen Ehre im Leib. Nathan war aufdringlich, unsympathisch und gab nie vor, etwas anderes zu sein. Cameron hatte das in gewisser Weise respektiert. Zumindest hatte er bei Nathan gewusst, was er von ihm zu erwarten hatte. Penelopes wahrer Charakter hingegen hatte sich für ihn als perfekte und sehr unangenehme Überraschung erwiesen.

Er blieb wieder vor dem Fenster stehen. Nichts davon wäre von Bedeutung gewesen, außer ein paar Dingen, zu denen er sich verpflichtet gefühlt hatte, da Rodney ihn darum gebeten hatte.

Das erste war gewesen, dass er Rodney auf dem Totenbett versprochen hatte, sich um Penelope zu kümmern.

Das zweite war eingetreten, nachdem Rodney seinen letzten Atemzug getan hatte und Cameron sich auf die Suche nach Nathan und Penelope gemacht hatte, nur um sie dabei zu ertappen, wie sie den Schreibtisch ihres Vaters nach seinem Testament durchwühlten. Die vollkommene Stille, die den Raum erfüllte, als Nathan gelesen hatte, dass Cameron statt er selbst der Haupterbe sein sollte, war fast furchterregend gewesen.

Nathan hatte einen Tobsuchtsanfall bekommen; als er sich wieder unter Kontrolle hatte, hatte er kurz genickt und war hinausgegangen; das Testament hatte er auf dem Boden hinter sich liegen gelassen. Penelope hatte nur gelächelt, ihrem Vater zu seiner guten Menschenkenntnis gratuliert und sich dann ohne sichtbare Anzeichen von Trauer davongemacht.

Cameron hatte sich anschließend einen großzügigen Whisky aus Rodneys Karaffe genehmigt, ihn eine Weile sehnsüchtig angeblickt und dann ins Spülbecken gegossen. Er hatte nicht vor, sich gänzlich jeder Möglichkeit zu berauben, den Angriff abzuwehren, den Nathan starten würde, sobald er es vermochte.

Er hatte gar nicht realisiert, dass es Penelope war, vor der er sich hätte in Acht nehmen sollen, bis er gleich am nächsten Morgen bei einem Juwelier saß und eine geradezu lächerlich hohe Summe für einen protzigen Diamantring zahlte.

Damals hatte er eingewilligt, denn er nahm an, das Schicksal – und Rodney – hätten in sein Leben eingegriffen und ihn zur Heirat bestimmt. Er hatte eine Frau gebraucht, die sich mit Leichtigkeit in seinen gesellschaftlichen Kreisen bewegen konnte, und er selbst hatte schon seit Langem aufgegeben, eine Frau zu finden, die er wirklich lieben konnte. Er hatte gehofft, dass er Penelope mit der Zeit zumindest mögen könnte.

Er hatte ab dem Moment, in dem der Ring an Penelopes Finger steckte, etwa zwei Stunden dazu gebraucht, zu erkennen, dass das ein Ding der Unmöglichkeit sein würde. Sie hatte seinem Chauffeur für irgendeine eingebildete Unachtsamkeit eine derart hysterische Szene gemacht, dass Cameron sich fragte, ob es sehr unhöflich wäre, seine Entscheidung rückgängig zu machen.

Aber noch bevor er sich entschieden hatte, wie er dabei am besten vorgehen sollte – und zu diesem Zeitpunkt war er sogar gewillt gewesen, das übertriebene Präsent an ihrem Finger abzuschreiben – hatte er sich eines nachts auf dem Badezimmerboden in seinem Hotel wiedergefunden, wo er zwischen Anfällen von heftigem Erbrechen ausruhen musste. Als er sich endlich wieder aufrappeln und in den Spiegel schauen konnte, hatte er mit Entsetzen festgestellt, dass sein Gesicht dieselbe Farbe hatte wie das von Rodney in der vergangenen Woche – vor seinem raschen und unerklärlichen gesundheitlichen Verfall.

War es Gift gewesen?

Das fragte er sich eine Zeitlang ernstlich. Nach jener unangenehmen Nacht wurde er ein paar Mal auf seiner frühmorgendlichen Joggingstrecke überfallen, dann wurde in seine Büros eingebrochen und sein Hotelzimmer geplündert. All das hatte sich im ersten Monat nach Rodneys Tod abgespielt.

Cameron Antiquitäten war auch nicht ungeschoren davongekommen. Es hatte mit einem Diebstahl eines Stücks antiker Spitze begonnen, das Cameron für einen guten Kunden aufgespürt hatte. Die Spitze war dann irgendwo anders aufgetaucht und es hatte ihn eine verdammt große Summe gekostet, sie wieder zu kaufen und in die richtigen Hände zu bringen – weit mehr als er an dem ursprünglichen Handel verdient hatte. Hinzu kam noch ein ominöser kleiner Trust, der damit begonnen hatte, still und leise Anteile an seiner Investmentfirma aufzukaufen.

Zuerst hatte er Nathan hinter all dem vermutet, aber Nathan war nicht bei jener Abendesseneinladung dabeigewesen, als Penelope ihm den ganzen Abend über Wein aufgedrängt hatte – vor jener Nacht, in der ihm sterbenselend wurde. Er hatte sie nur widerstrebend verdächtigt, aber er hatte sich eingestehen müssen, dass er sie lediglich oberflächlich kannte, und was er über sie in Erfahrung bringen konnte, sprach nicht für sie. Außerdem war sie, wie er nach weiterem Nachdenken feststellte, über die Bedingungen des Testaments ihres Vaters ebenso zornig gewesen wie ihr Bruder. Sie hatte nur nicht so viel Aufhebens darum gemacht. Er konnte sich sehr gut vorstellen, dass sie jemand engagiert hatte, um ihn zu überfallen, und dass sie nur zu gerne ihre gierigen Finger auf die Gewinne aus seinem Geschäft legen würde.

Allerdings hatte er weiterhin auch Nathan verdächtigt.

Aber all das hatte ihn nicht zum Handeln bewegt: Er war immer noch mit einer Frau verlobt, die er nicht liebte, er hatte immer noch Umgang mit ihrem Bruder und fragte sich immer noch, wer von beiden insgeheim ein Komplott gegen ihn spann. Soviel er wusste, steckten sie unter einer Decke. Aber es war schließlich nicht das erste Mal, dass er gegen eine Überzahl von Gegnern ankämpfen musste und sich von allen Seiten umzingelt sah.

Es war nicht seine Art, übereilt um Hilfe zu bitten, aber er war hier nicht in seinen eigenen Gefilden, wo er die Landschaft um seine Burg weit und breit wie seine Westentasche kannte. Er war in London und versuchte, mehr zu retten als nur seinen Kopf. Er seufzte und zog sein Handy aus der Tasche, um seinen Anwalt anzurufen. Es war Zeit, zu überprüfen, wie seine Schutztruppen ihren Dienst versahen. Er wurde augenblicklich durchgestellt, was ihn immer wieder bass erstaunte.

»Ah, weitere honorarpflichtige Stunden«, meldete sich eine Stimme am anderen Ende der Leitung.

»Es ist mir ein Vergnügen«, erwiderte Cameron säuerlich. »Wie schön, dass ich Ihnen dabei helfen kann, die Zahlungen für Ihre kleine Bruchbude um die Ecke abzuleisten.«

»Was tut man nicht alles, um die liebe Gattin bei Laune zu halten.«

Cameron unterdrückte ein Schnauben. Geoffrey Segrave hatte gerade für fünfzehn Millionen Pfund ein nobles Reihenhaus unweit vom Hyde Park erworben, um seiner Frau eine Freude zu bereiten, einer der bezauberndsten, nettesten Frauen, die Cameron je getroffen hatte, eine Frau, die lautstark protestiert hatte, dass sie viel glücklicher mit etwas Schlichterem gewesen wäre.

Plötzlich dachte er daran, dass Sunshine Philipps dasselbe gesagt hätte.

Sunshine. Allein der Gedanke an ihren Namen brachte ihn zum Lächeln. An sie zu denken war wie nach einer schrecklichen Schlacht tief durchzuatmen oder eine Wiese voller Wildblumen zu finden, wo man Geröll und Dornen erwartet hatte.

»Cameron? Cameron, mein Freund, dieses Gespräch kostet Geld. Haben Sie angerufen, um zu plaudern, oder gibt es etwas Wichtiges?«

Cameron schob die Gedanken an eine Frau, die er nicht haben konnte, beiseite, und zwang sich zu überlegen, warum er sich gerade sein Handy ans Ohr hielt. »Ich habe angerufen, weil ich wissen wollte, ob Ihre Recherchen etwas ergeben haben«, sagte er. »Sie wollten doch diesen Trust überprüfen, der in letzter Zeit so viele Anteile an meiner Firma erworben hat?«

»Ja, ich erinnere mich«, erwiderte Geoffrey trocken. »Und eigentlich läuft es ganz gut. Wir müssen zwar ziemlich tief graben, daher haben wir den eigentlichen Urheber noch nicht herausgefunden, aber ich kann Ihnen sagen, wessen Name auf dem Briefkopf der Tarnfirma steht.«

»Nathan Ainsworth?«

Geoffrey lachte. »Das scheint ja eine gewaltige Überraschung für Sie zu sein. Wir brauchen noch etwas Zeit, um die weitere Einzelheiten aufzudecken, aber wir werden Ihnen die Ergebnisse so bald wie möglich präsentieren. Vielleicht erstellen Sie einfach eine Liste der Leute, denen Sie in letzter Zeit in die Quere gekommen sind, das würde mir eine Menge Lauferei ersparen.«

Cameron schürzte die Lippen. »Ich weiß nicht, ob ich heute eine solche Liste zustande bringe.«

»Dann haben Sie bitte noch etwas Geduld, Cameron, und wir finden heraus, was Sie wissen wollen. Sie kaufen immer noch Anteile von Ainsworth Associates auf, nicht wahr?«

»Durch verschiedene Körperschaften«, bestätigte Cameron. »Und sie sind gerade ziemlich preisgünstig. Nathan tut alles, damit das Unternehmen seines Vaters an Wert verliert.«

»Zweifellos.« Geoffrey hielt inne. »Wenn man bedenkt, mit wem Sie Geschäfte machen, frage ich mich, ob Sie vielleicht daran interessiert wären, ein paar weniger angenehme Details zu erfahren. Wenn ja, dann könnte ich Ihnen einen Mann nennen, den Sie kennenlernen sollten. Er ist fast so neugierig wie Sie. Kennen Sie Alexander Smith?«

Cameron gab einen verächtlichen Laut von sich, bevor er sich zügeln konnte. »Ich saß ihm vor einigen Jahren an einem Konferenztisch in Manhattan gegenüber, und die Erfahrung war nicht angenehm. Ich hatte keine Ahnung, dass er seinen schmutzigen Geschäften auch hierzulande nachgeht.«

»Das tut er schon seit Jahren«, sagte Geoffrey, »obgleich er jetzt nicht mehr häufig als Anwalt, sondern überwiegend als privater Ermittler arbeitet. Und da Sie seine exorbitanten Honorare zahlen können, wäre er wahrscheinlich bereit, sich Ihrer Sorgen und Nöte anzunehmen. Sind Sie also daran interessiert, es mit ihm zu versuchen?«

Cameron überlegte eine Weile fieberhaft: »Ist er diskret?«

»Er kann schweigen wie ein Grab.«

»Also gut«, stimmte Cameron zu. »Bitten Sie ihn, zu prüfen, was er über den Trust herausfinden kann. Vielleicht könnte er auch einen Blick auf Rodneys Testament werfen, ob es darin etwas gibt, was wir übersehen haben.« Er räusperte sich. »Aber gehen Sie behutsam vor, Geoffrey. Ich will nicht, dass irgendjemand Wind davon bekommt.« Er hielt inne. »Und nehmen Sie zur Kenntnis, wie groß das Vertrauen ist, das ich Ihnen entgegenbringe.«

»Robert, mein Freund, ich war mir dessen immer sehr wohl bewusst.«

Cameron lächelte. »Grüßen Sie mir Ginny ganz herzlich. Sie ist viel zu gut für Sie.«

»Diese Bemerkung werde ich Ihnen extra in Rechnung

stellen«, sagte Geoffrey mit einem Schnauben. »Ich wünsche eine angenehme Party heute Abend.«

»Woher wissen Sie davon?«

»Penelope hat es natürlich in die Zeitung gesetzt. Für einen so zurückgezogen lebenden Mann wie Sie wird Ihr Privatleben ganz schön ausführlich auf den Klatschseiten ausgebreitet, nicht wahr?«

»Vielen Dank, dass Sie mich daran erinnern.«

»War mir ein Vergnügen«, sagte Geoffrey freundlich. »Ich lasse es Sie wissen, wenn ich unseren neuen Freund erreicht habe. Und Cameron? Lassen Sie heute Abend den Wein stehen.«

Cameron legte den Hörer mit einem Fluch auf. Zu viele Leute wussten zu viel über sein Leben.

Zumindest über die vergangenen acht Jahre.

Mit einem tiefen Seufzer ließ er sich in einen Sessel fallen. Er würde niemals mit jemandem darüber sprechen, was in der Zeit davor geschehen war. Es war für ihn schwierig genug, Einzelheiten aus seinem gegenwärtigen Leben preiszugeben. Er musste sich noch immer zusammenreißen, um nicht stets die Burschen in seinem geschäftlichen Umfeld zu überprüfen, nur um sicherzugehen, dass sie ihn nicht hinterrücks meuchelten.

Alte Gewohnheiten konnte man nur schwer ablegen.

Das Telefon auf dem Schreibtisch klingelte, bevor er darüber länger nachgrübeln konnte, als für ihn gut war. Seufzend hob er ab.

»Aye?«

»Hallo«, sagte Penelope kurz angebunden. »Man meldet sich mit *Hallo,* Lord Robert.«

Er unterdrückte ein Seufzen. »Hallo, Penelope.«

»Bist du etwa immer noch im Büro? Wir essen zwar erst um neun, aber ich will, dass du früh genug hier bist, um unsere Gäste zu begrüßen.«

»Natürlich«, beschwichtigte er sie und fragte sich, ob ihm

noch genug Zeit bliebe, sich etwas zum Mitnehmen zu bestellen, bevor er nach Hause fuhr. Er hatte keine Lust, an diesem Abend etwas von Penelopes Tafel anzurühren.

»Sag George, dass er sich beeilen soll.«

Dann war die Leitung tot. Er verkniff sich einen unfreundlichen Gedanken an Robert Ainsworth; den restlichen Nachmittag arbeitete er.

Schließlich sammelte er seine Unterlagen zusammen, steckte sie in eine Aktenmappe und ging aus dem Büro. Die Versuchung war groß, einfach in sein Hotel zurückzugehen und darauf zu hoffen, dass der Abend auch ohne seine Anwesenheit über die Bühne gehen würde, aber er wusste, dass das nicht möglich war. Er musste den Schein wahren, sowohl Penelope als ihrem Bruder gegenüber. Es war nicht klug, den Feinden freie Hand zu lassen, ohne sie dabei zu beobachten.

Er hatte das in der Vergangenheit bitter erfahren müssen.

Er verließ das Gebäude und traf unten George an, der auf ihn wartete. George war sein Fahrer in London, ein diskreter, nüchterner Mann, dem Camerons Überstunden nichts ausmachten, und der sich nichts dabei dachte, dass er in einem Hotel wohnte, denn er konnte sich nicht zum Kauf einer eigenen Wohnung aufraffen, oder dass er das gesellschaftliche Leben verabscheute. George ertrug auch, dass sich Penelope von ihm überall hinchauffieren ließ, wenn Cameron, was viel zu selten vorkam, in Schottland weilte.

»Mylord«, sagte George mit einer kleinen Verbeugung und öffnete die Tür zum Rücksitz.

Cameron stieg ein, lehnte sich zurück und vertraute darauf, dass George ihn ohne Aufhebens dorthin bringen würde, wo er hinwollte.

Er hätte viel dafür gegeben, jetzt in seinem Range Rover zu sitzen und über die holprige Straße zu Patrick MacLeods Haus zu rumpeln. Das wäre die Art von Abendeinladung, auf die er sich gefreut hätte. Er hätte sogar Madelyn MacLeod ihre unaufhörlichen, unverschämt neugierigen Fragen verziehen. Sie war zu einer echten MacLeod geworden, die ihre Schwester mit Zähnen und Klauen verteidigte. Das hätte selbst einer geborenen MacLeod Respekt abverlangt.

Er hatte nichts über seine Tätigkeiten in den vergangenen Jahren verraten, und das nicht nur, weil er nie über seine Vergangenheit sprach, mit keinem Menschen. Es war ihm nie recht gewesen, der Empfänger von Alistair Camerons Almosen zu sein – nicht, dass seine Wohltätigkeit allzu lange angehalten hatte. Sobald Cameron in der Lage gewesen war, das Bett zu verlassen, hatte Alistair ihn zur Arbeit angehalten. Unterricht, Geschäfte, Umgang mit den feinen Kreisen in London – die Erwartungen waren unerbittlich hoch gewesen, aber Cameron hatte sich ohne zu zögern zu allem bereit erklärt, denn er wusste, dass die einzige Möglichkeit, die Zukunft zu überleben, darin bestand, ihre Tücken zu meistern.

Er hatte Alistair mehrere Male gefragt, warum er sich so viel Mühe mit ihm gab – mit der Ausbildung, den Kontakten und vor allem der Änderung seines Testaments, die Alistairs entfernte Cousins zu Tobsuchtsanfällen reizte. Alistair hatte nur einmal darauf geantwortet.

Einmal ein Laird des Cameron-Clans, mein Junge, immer ein Laird des Cameron-Clans.

Das war Antwort genug gewesen. Cameron hatte nie mehr nachgefragt und war dem alten Mann stattdessen dankbar gewesen, dass er den seltsamen Verlauf seiner ersten siebenundzwanzig Lebensjahre mit einem Schulterzucken akzeptiert hatte. Und er selbst hatte nur zu gerne sowohl die weltlichen Besitztümer Alistairs als auch nach seinem Tod sein Geschäft übernommen. Er war fleißig und sehr erfolgreich gewesen. Warum war ihm aber sein Leben immer so verdammt leer erschienen?

Er versuchte, sich auf allerlei Arten Erfüllung zu verschaffen. Diskrete Frauengeschichten. Reisen zu weit entfernten Schauplätzen. Hinter Dingen herzujagen, die man nicht kaufen konnte und um ihren Preis zu feilschen. Er hatte nie dem Glücksspiel gefrönt, sich nie betrunken, sich nie sexuellen Ausschweifungen hingegeben. Irgendwie hatte ihn nichts befriedigt. Als sein Leben vor acht Jahren in jenem Krankenhaus in Inverness begonnen hatte, war etwas in ihm tot gewesen.

Und dann hatte er Sunshine Phillips gesehen.

Und seine Welt war mit einem Ruck zum Stehen gekommen.

Zunächst hatte er sich das nicht eingestehen wollen. Als sie sich in seine Arme warf, hatte er sich zunächst eingeredet, er wäre überrascht, und sie für verrückt gehalten. Die wahre Überraschung hatte aber darin bestanden, dass er innerlich vor Erleichterung tief aufgeatmet hatte, als er sie in seinen Armen hielt.

»George, wie lange brauchen wir noch?«

»Vielleicht eine halbe Stunde, Mylord, mehr nicht.«

Cameron fluchte insgeheim. Angesichts der bevorstehenden Qual war das alles andere als lange genug. Er dachte mit Schrecken daran, dass er den Abend in unbequemen Schuhen verbringen und sich das Essen verkneifen würde, das für seinen Magen sowieso zu schwer war, auch wenn er sich seiner Unbedenklichkeit sicher gewesen wäre, und die Blicke der ungläubigen Diener zu ertragen, die ihm immer wieder Wein nachschenken wollten, nur um zu sehen, dass dazu keine Notwendigkeit bestand. Er wäre gezwungen, höflichen Smalltalk mit verwöhnten kleinen Adligen zu führen, die keinen originellen Gedanken in ihren hohlen Köpfen hatten, müsste mit hingerissener Aufmerksamkeit allem lauschen, was Penelope sagte, und sich davon abhalten, ihren Bruder umzubringen.

Fast hätte er George gebeten, umzukehren.

Am liebsten wäre er jetzt mit hochgelegten Füße in Schottland am Feuer gesessen und hätte einen anständigen Teller Stew verdrückt. Er wäre gerne in seinem Dorf und würde den

Degen weit vorstrecken, um John in Schach zu halten, und den Kampf dabei leicht aussehen lassen, wie ein Spiel. Er säße jetzt gern in Patrick MacLeods großem Saal und würde Sunshine Phillips im Schein des Kaminfeuers betrachten.

Verdammt.

»George«, verkündete er plötzlich. »Ich gehe um Mitternacht. Halten Sie sich bereit.«

George warf einen Blick in den Rückspiegel. »Noch eine Party?«

»Ein Termin in meinem Club.« Vielleicht könnte er sich einen Rausch antrinken und aufhören, über all diese Dinge nachzudenken.

»Sind Sie denn Mitglied in einem Club, Sir?«

Cameron sah ihn erzürnt an.

»Nach Mitternacht passiert nie etwas Gutes, Mylord.«

Himmel nochmal, das wusste er auch. Aber er hatte einen schrecklichen Abend vor sich, er war Gefangener in einer Hölle, die er sich nicht selbst geschaffen hatte, und dem Ort, an dem er gerne wäre, sollte er besser fernbleiben.

Ein weiterer Gedanke schoss ihm plötzlich durch den Kopf. Hätte er einen heftigen Kater, dann würde Sunshine Phillips ihm vielleicht nicht die Tür vor der Nase zuschlagen, wenn er sie um einen Heiltrunk bitten würde. Er hatte sie eine ganze Woche lang nicht gesehen; vielleicht hatte sie ja in der Zwischenzeit ihren Abscheu vor ihm überwunden.

Es gab nur eine Möglichkeit, das herauszufinden.

Cameron erwachte beim Knall eines Schusses.

Er setzte sich mit einem Ruck kerzengerade im Bett auf, dann stachen ihm glühende Schürhaken geradewegs in die Augen. Er ließ sich mit einem entsetzten Schrei wieder auf sein Kissen zurückfallen und zog sich die Bettdecke über den Kopf.

Die Decke wurde ihm weggezogen.

»Steh auf, du Dummkopf.«

Er zog sich das Kopfkissen übers Gesicht. Es war Penelope. Der Knall kam vom Hochschnappenlassen der Jalousien und der Schmerz in seinen Augen vom Sonnenlicht. Verdammt, wann würde die Concierge endlich aufhören, sie in sein Zimmer zu lassen? Sie war *nicht* das, was er als Erstes am Morgen sehen wollte – insbesondere wenn er sich nicht ganz sicher war, wo er war oder wie er dorthin gelangt war. Er hob sein Kopfkissen an und sah höchst erleichtert, dass er allein in seinem Bett war.

Er sollte wirklich nichts trinken.

Penelope riss ihm das Kissen aus den Händen. »Setz dich auf und sei ein Mann.«

Er legte sich den Arm über die Augen und versuchte, sich vor dem Sonnenlicht zu schützen, das ihm wie mit langen Schwertklingen ins Gehirn stach.

»Mir geht es heute nicht gut«, murmelte er.

»Du hast immer noch deine Schuhe an«, sagte sie voller Abscheu. »Was hast du dir nur dabei gedacht.«

Wie zum Teufel sollte er ihr das erklären?

Aber anscheinend erwartete sie gar keine Antwort. »Los, unter die Dusche mit dir«, befahl sie. »Ich warte unten auf dich.«

Das reichte aus, um ihn sofort nüchtern werden zu lassen. »Du wartest?« Er setzte sich auf und spähte zu ihr hinüber. »Warum?«

Ihr blieb vor Staunen den Mund offen stehen. »Du hast doch nicht etwa den Brunch mit Lord und Lady Huntingdon vergessen.«

Ihm fiel keine passende Antwort ein. Er war ganz offensichtlich nicht in bester Verfassung. Brunch. Wer hatte sich bloß dieses dumme, verdammte, unpassende Wort ausgedacht?

Sie sah ihn wütend an. »Ich kann es nicht glauben, dass du so tief sinken konntest. Die Huntingdons, Mac! Ich werde mich nie wieder auf irgendeiner Party in London blicken lassen können, wenn du dich nicht – *nüchtern* – sehen lässt und charmant bist.«

»Ich bin nicht betrunken.«

»Du hast einen verfluchten Kater!«

Er rieb sich mit den Händen übers Gesicht. »Zum Teufel damit.«

Sie stapfte durchs Zimmer. »Ich habe Kaffee bestellt.«

Cameron quälte sich aus dem Bett und merkte, dass er nicht nur die Schuhe noch anhatte, sondern auch die restlichen Kleider. Nur sein Jackett fehlte, und er sah, dass es über der Lehne eines Stuhls am anderen Ende des Zimmers hing. Er schwor sich, George das Gehalt zu kürzen, sobald es sich machen ließe.

Er duschte und zog sich an, warf seine Kleider in einen Koffer, dann holte er seine Papiere aus dem Safe. Zwanzig Minuten später stolperte er nach unten, was Penelope etwas milder zu stimmen schien. Er begleitete sie hinaus zu dem wartenden Wagen und machte ihr die Tür auf. Er schloss sie wieder, nachdem sie eingestiegen war, sodass sie nicht hören würde, was er sagte, dann reichte er George seinen Koffer und seine Aktentasche.

»Die Kleider sind mir nicht wichtig«, sagte er mit Nachdruck.

George nickte. »Ich verstehe.«

»Ich werde Ihr Gehalt kürzen«, murrte Cameron. »Hätten Sie mir nicht wenigstens die Schuhe ausziehen können?«

»Das habe ich versucht, aber Sie wollten es nicht zulassen«, erwiderte George. »Sie sagten, dass Ihnen ohne Schuhe beim Weg durch den MacLeod-Forst die Füße schmerzen werden.«

Cameron starrte ihn entgeistert an: »Ich habe *was* gesagt?«

»Anscheinend haben Sie empfindliche Fußsohlen.«

Cameron, reite zur MacLeod-Hexe.

Die Worte kamen aus dem Nichts und trafen ihn mit der Wucht von einem Dutzend Fäusten. Er legte seine Hände auf den Wagen und lehnte sich schwer dagegen, während er darum rang, sich zu erinnern, wer das zu ihm gesagt hatte.

Giric. Giric, der neben ihm gestanden hatte, als Breac sterbend zu seinen Füßen lag. Giric, der vorschlagen hatte, er solle die MacLeod-Hexe holen, weil es niemand innerhalb von hundert Wegstunden gab, der seinen Bruder hätte retten können. Er erinnerte sich daran, wie er auf sein Pferd gestiegen war, aber danach an nichts mehr.

Es fiel ihm schwer, wieder normal zu atmen. War er wirklich in den MacLeod-Forst geritten? War es dort geschehen, dass er irgendwie ins 20. Jahrhundert geraten war?

Der Gedanke war verblüffend.

Sein Atem ging stoßweise. Der Schmerz, der in seinem Kopf hämmerte, zwang ihn fast in die Knie – und er war nicht von dem Kater verursacht.

»Mylord?«

»Ich war wohl gestern Nacht ganz schön blau.«

»Und wie, Mylord.«

Er hörte, wie George seine Sachen im Kofferraum verstaute, dann spürte er die Hand seines Chauffeurs auf seinem Arm.

»Lord Robert?«

»Es geht schon«, sagte Cameron durch die zusammengebissenen Zähne hindurch. »Ich habe nur Kopfschmerzen.«

»Wenn Sie meinen, Mylord. Hier, ich habe die Tür für Sie geöffnet.«

Cameron, reite zur MacLeod-Hexe.

Er musste das Fenster herunterdrehen und mehrere tiefe Züge der unangenehmen Londoner Luft einatmen, bis er sich etwas besser fühlte. Bei allen Heiligen, woher kam das? Diese Wörter hallten in seinem Kopf wieder, sie übertönten selbst Penelopes Auslassungen über die vielen Qualitäten der Huntingdons und die noch größeren ihrer wertvollen Antiquitäten. Er wusste, er hätte zumindest letzterem Aufmerksamkeit schenken sollen, aber er schaffte es nicht. Alles, was er tun konnte, war, zu atmen und zu hoffen, dass er nicht gleich in Tränen ausbrechen würde. Was er gegenwärtig durchmachte, war viel schlimmer als die Kopfschmerzen, die er in Patrick MacLeods Burghof verspürt hatte. Zumindest war damals Sunshine Phillips zu Stelle gewesen, die ihm mit ihren sanften Händen und ihren wundersamen Heiltränken geholfen hatte.

Wenn er sich rasch auf den Weg zu ihrem Cottage machte und mitleiderregend dreinblickte, vielleicht würde sie ihm dann noch einmal helfen.

Vielleicht könnte er ja nach diesem wahrscheinlich endlosen Brunch rasch nach Schottland aufbrechen, einen kleinen Ritt nach Süden unternehmen und nachsehen, ob bei Mistress Phillips jemand zu Hause wäre. Ein schlichtes Klopfen an ihrer Tür, eine Tasse Tee an ihrem Kamin, eine kleine Unterhaltung. Was könnte das schon schaden?

Er war überrascht, wie sehr der Gedanke, sie wiederzusehen, den Schmerz in seinem Kopf – und in seinem Herz – linderte.

Er war wirklich sehr überrascht darüber.

17

Sunny ging ruhig von ihrem Cottage aus in nördlicher Richtung durch den Wald, dankbar dafür, dass die Bäume den Regen abhielten und dass sie ihre Beule nicht mehr spürte. Schlaf, Tee und grünes Gemüse hatten den Heilungsprozess ein gutes Stück vorangebracht.

Und eine Woche ohne ein Zusammentreffen mit Robert Cameron hatte fast die Hoffnung in ihr geweckt, dass auch ihr Herz wieder heilen würde.

Nachdem sie den Schock überwunden hatte, einen Abend neben ihm bei Madelyn verbringen zu müssen, hatte sie mit größerer innerer Ruhe über ihn nachgedacht. Ob diese Kopfverletzung wohl all seine Erinnerungen ausgelöscht hatte oder nur seine Erinnerungen an sie? Und ob seine atemberaubend schöne Verlobte überhaupt eine Ahnung hatte, wann er geboren worden war? Oder hielt sie ihn einfach für einen erfolgreichen Geschäftsmann, der zufällig ein Schloss in Schottland besaß?

Sie selbst hätte wahrscheinlich Letzteres geglaubt, hätte sie es nicht besser gewusst. Eines Morgens hatte sie nämlich Patricks Computer für ihre Zwecke genutzt und alle möglichen Details über den modernen Cameron, seine Geschäfte und seine öffentlich zelebrierte Verlobung mit Penelope Ainsworth vor weniger als zwei Monaten herausgefunden. Es war sehr merkwürdig gewesen, über sein Leben in der Zukunft zu lesen, ein Leben, in dem sie nicht vorkam und das er ganz in ihrer Nähe geführt hatte, während sie in Moraigs Cottage gesessen, eifrig an Kräutern geschnuppert und keine Ahnung gehabt hatte, dass sie sich in einem ganz anderen Jahrhundert in ebendiesen prominenten Mann verlieben würde.

Sie hatte den frischen Frühlingswind eine Woche lang beobachtet und war zu dem Schluss gekommen, dass er keine umherstreifenden Cameron-Lairds mehr in ihre Richtung wehen würde. Daher war es vielleicht an der Zeit, die ganze Angelegenheit ad acta zu legen. Er würde die wunderschöne Penelope heiraten, und sie würde eben weiter nach einem netten Highlander Ausschau halten, mit dem sie ausgehen konnte. Nichts hatte sich verändert. Und mit der Zeit würde sie es vielleicht sogar schaffen, einzuschlafen, ohne sich in seine Plaids einzuwickeln.

Und wenn sie das schaffte, dann könnte sie Schottland auch weiterhin ihre Heimat nennen. Sie könnte weiterhin über schottischen Boden streifen und die Berge, die Bäume und den Regen genießen. Sie wünschte es sich so sehr.

Am Rand von Moraigs Wald legte sie eine Pause ein und blickte auf die Wiese hinaus, die sich vor ihr erstreckte, dann zog sie die von Jamie handgezeichnete Landkarte aus der Tasche und suchte nach infrage kommenden Stellen. Entweder war das Gelände vor ihr sicher, oder Jamie hatte gezögert, das Land der Camerons auf solche Eigentümlichkeiten zu erforschen, denn im Norden war die Karte bemerkenswert frei von Kreuzchen. Sie verspürte keinerlei Gewissensbisse, hier herumzustreifen, vor allem, weil sie ja wusste, dass der fragliche Laird nicht zu Hause war. Sie war darüber informiert, weil Patrick John Bagley kannte, der sich anscheinend öfter mit Cameron Fechtwettkämpfe lieferte, und John hatte gesagt, Cameron würde derzeit in London festgehalten – zweifellos um seine liebe Verlobte von Party zu Party zu begleiten und den Salonlöwen zu spielen. Sie war nicht unglücklich darüber, dass sie nicht Teil dieses Lebens war.

Sie steckte Jamies Landkarte in ihre Jackentasche zurück, dann machte sie sich daran, die Wiese zu überqueren. Je länger sie ging, desto besser fühlte sie sich. Sie würde über ihn hinwegkommen. Im Grunde genommen war sie ziemlich sicher, dass sie bereits über ihn hinweg *war.*

Schließlich kannte sie ihn ja gar nicht besonders gut. Sie wusste zum Beispiel noch nicht einmal, was seine Lieblingsfarbe oder sein Lieblingsgericht war oder welche Musik er mochte. Sie hätte nicht sagen können, ob er die Fernbedienung an sich reißen, die Zahnpastatube von oben statt von unten ausdrücken oder sein schmutziges Geschirr stehen lassen würde und sie es am nächsten Tag aufräumen müsste.

Sie ignorierte dabei allerdings, dass sie genau wusste, wie er aussah, wenn er über sie wachte, sie neckte oder sie begehrte. Sie wusste, wie er mit einem Wildblumenkranz auf dem Kopf aussah, wie sich seine Hand um ihre anfühlte, wie seine Muskeln spielten, wenn er mit dem fast zwei Meter langen Breitschwert kämpfte, daher würde sie es sicher noch einen Tag länger aushalten, nicht zu wissen, was wohl seine Lieblingsfarbe war.

Er hatte sie gebeten, ihn Cam zu nennen, denn er wollte diesen Namen von jemandem hören, den er liebte.

Sie schloss einen Moment die Augen. Sie konnte diesen Weg nicht erneut beschreiten: Er hatte sein Leben; sie hatte ihres. Sie waren offenbar nicht füreinander bestimmt. Je früher sie damit fertig wurde, desto besser.

Und im Augenblick war es vielleicht das Beste, wieder zu Moraigs Cottage zurückzukehren. Sie zog ihren Mantel enger um sich und fröstelte auf einmal. Der Himmel über ihr war schwarz, und ein bitterkalter Wind kam auf. Es war dumm von ihr gewesen, so spät am Nachmittag hinauszugehen. Sie blickte sich um und bemerkte, dass sie nicht darauf geachtet hatte, wo sie war. Sie befand sich mitten auf einer langgestreckten Weide, aber sie konnte wegen des dichten Nebels keinen der Berge sehen, die sie seitlich begrenzten.

Sie fragte sie sich mit gehörigem Schrecken, ob sie wohl geradewegs wieder in die Vergangenheit gestolpert war.

Das Wiehern eines Pferdes dicht hinter ihr erschreckte sie so sehr, dass sie aufschrie, und sie wirbelte herum. Ein kastanienbraunes Ross kam etwa einen Meter vor ihr schlitternd zum Stehen. Sie legte sich die Hand aufs Herz, dann blickte sie hoch, um zu sehen, wer da über sie hinwegreiten wollte.

Es war Cameron.

Sie war so überrascht, ihn zu sehen, dass sie ihn nur verblüfft anstarrte. Nun, zumindest war er diesmal in Jeans gekleidet, aber vielleicht war das ja umso schlimmer. Er mochte zwar moderne Kleidung tragen und in der Gegenwart leben, aber er war ihr so fern, als befände er sich Hunderte von Jahren in der Vergangenheit.

Er ritt direkt neben sie. »Geben Sie mir Ihre Hand, Mistress Sunshine.«

Sie legte ihre Hand in seine, bevor sie sich darüber klar wurde, was sie da tat, dann erschauerte sie von dem Kribbeln, das sie bei seiner bloßen Berührung durchlief. Sie hätte ihre Hand am liebsten wieder zurückgezogen, aber er hielt sie fest.

»Erlauben Sie, dass ich Sie nach Hause bringe«, sagte er.

»Das brauchen Sie nicht«, protestierte sie.

»Seien Sie vernünftig, Sunshine. Sie können doch in diesem Sturm nicht zurücklaufen.«

Sie musste zugeben, dass er nicht unrecht hatte. Wenn sie zu Fuß nach Hause zurückginge – angenommen, sie würde tatsächlich nach Hause finden – dann würde sie halb erfroren dort ankommen. Mit ihm zu reiten war das kleinere Übel. Sie wollte ihn fragen, warum er immer gerade dann auftauchte, wenn sie ihn brauchte, aber sie brachte die Frage nicht über die Lippen. Vielleicht war er nur ein wenig ausgeritten, und sie war ihm rein zufällig über den Weg gelaufen.

Ebenso wie damals vor 650 Jahren, als er auf der Suche nach einer Heilerin für seinen Bruder an ihre Hütte gekommen war und stattdessen sie dort vorgefunden hatte.

»Sunshine.«

Sie sah auf, und ihre Blicke trafen sich. In seinen Augen blitzte tatsächlich so etwas wie ein Wiedererkennen auf, obgleich es vermutlich nichts weiter war als der Blick, den ein Mann einer Frau in Not, die er zu retten versuchte, zuwarf und der besagte, sie solle sich auf seine heroischen Bemühungen einlassen, bevor sie sich beide hier draußen in dem nasskalten Wetter den Tod holten.

Sie tat einen tiefen Atemzug und nickte. Dann stellte sie ihren Fuß auf seinen und ließ sich hinaufziehen, sodass sie sich hinter ihm aufs Pferd schwingen konnte.

Er legte ihre Arme um seine Taille. »Halten Sie sich gut fest.«

Sie hatte wohl keine andere Wahl, wenn sie nicht vom Pferd rutschen wollte. Doch es fiel ihr nicht leicht, denn es erinnerte sie zu sehr an das letzte Mal, als sie mit ihm zusammen geritten war. Nur trug er damals ein fast zwei Meter langes Breitschwert um den Rücken geschnallt, und sie hatte furchtbar Angst gehabt, dass sie die Morgendämmerung nicht erleben würden, geschweige denn die Zukunft. Und nun ritt er ganz unbekümmert über sein Land und dann über Jamies, anscheinend nicht übermäßig besorgt, dass ein zorniger MacLeod ein Schwert in seiner Brust versenken könnte, weil er es wagte, den Besitz der MacLeods zu betreten.

Die Zeiten hatten sich geändert.

Er hielt vor ihrem Haus an, schwang sich aus dem Sattel und sprang federnd auf den Boden. Er drehte sich um und streckte die Arme nach ihr aus.

Sie schloss ihre Augen, weil ihr diese Geste so vertraut war, dann legte sie ihm die Hände auf die Schultern. Er fasste sie um die Taille und stellte sie behutsam auf die Füße. Sie entzog sich ihm sofort. Ob sie wohl genug Mut hatte, ihm zu sagen, er solle verschwinden, solange sie es noch über sich brachte?

Dann beging sie den Fehler, zu seinem Gesicht aufzusehen. Er sah schrecklich aus.

»Was ist mit Ihnen?«, fragte sie überrascht.

»Ich habe einen Kater«, sagte er und rieb sich behutsam über die Stirn.

»Warum zum Teufel reiten Sie dann hier draußen herum?«, fragte sie entgeistert.

Er lächelte schwach. »Ich wollte sehen, ob Sie mir etwas zur Linderung geben könnten. So, wie sie das schon einmal getan haben.«

Es dauerte einen Augenblick, bis sie begriff, was er gesagt hatte. »Sie sind hierher geritten, um mich zu besuchen?«

»In Wirklichkeit bin ich sogar nach Schottland geflogen, um Sie zu sehen.«

Sie rückte von ihm ab, bevor ihr bewusst wurde, was sie tat. Sie hätte sich umgedreht und wäre im Nu zur Tür geeilt, aber er fasste sie gerade noch rechtzeitig am Arm und hielt sie zurück.

»Bitte, Sunshine«, sagte er mit einem kummervollen Lächeln. »Ich flehe Sie an. Wenn Sie einen Funken Mitleid in sich haben, so schieben Sie bitte all Ihre Vorbehalte gegen mich beiseite, und bereiten Sie mir etwas zu, das keine rohen Eier enthält.«

Sie wagte es nicht, ihm in die Augen zu sehen, also fixierte sie sein Kinn.

»Sie hätten sich etwas in der Apotheke besorgen können.«

»Ich wollte aber nicht zur Apotheke.«

Sie hätte ihm am liebsten gesagt, er solle doch in seinem eigenen Medizinschränkchen nachsehen, aber sie brachte die Worte nicht über die Lippen.

»Abgesehen davon«, sagte er und rieb ihren Arm, wo er sie gepackt hatte, »werden Sie mich doch nicht fortschicken, ehe ich mir an Ihrem Feuer ein wenig die Kleider getrocknet habe, nicht wahr?«

Eigentlich klang der Vorschlag, ihn geradewegs in den Sturm zurückzuschicken, wie die beste Idee, die sie an diesem Tag gehört hatte. Aber leider sah Cameron nicht so aus, als würde er es noch bis zu ihrem Feuer schaffen, geschweige denn den ganzen Weg zurück nach Hause.

So ein Mist, sie hasste diesen Florence-Nightingale-Zug an sich.

»Ich bereite Ihnen etwas zu«, sagte sie mit belegter Stimme.

»Aber das trinken Sie besser rasch aus, damit sie nach Hause kommen, bevor es völlig dunkel ist.«

Anscheinend brauchte er keine weitere Einladung. Er schenkte ihr ein kurzes Lächeln, das leider denjenigen ähnelte, mit denen er sie schon vor einigen Jahrhunderten beglückt hatte, dann machte er sich daran, sein Pferd zu versorgen. Sunny holte tief Luft und trat auf ihre Eingangstür zu.

»Warten Sie.«

Sie blieb auf der Schwelle stehen und sah ihn an.

»Warum?«

»Ich sollte zuerst reingehen. Um sicherzustellen, dass drinnen alles in Ordnung ist.«

Sie hätte ihm am liebsten gesagt, sie habe keinen Grund, sich hier nicht sicher zu fühlen, insbesondere wenn sie drinnen war und er samt seinem Charme draußen, aber sie blieb stumm. Sie beobachtete, wie er seinem Pferd das Zaumzeug abnahm und das Tier mit einem freundlichen Klaps auf den Rücken wegschickte. Sie seufzte und trat zur Seite, sodass er ihre Tür aufmachen und hineingehen konnte.

Auf halbem Weg über ihrer Schwelle blieb er abrupt stehen, und sie prallte gegen seinen Rücken. Er griff hinter sich, damit sie nicht stolperte.

Er hielt sie ziemlich fest am Arm gepackt, fand sie.

Sie schob sich an ihm vorbei und machte das Licht an, damit sie sein Gesicht sehen konnte. Sein Gesichtsausdruck wirkte, als hätte er ein Gespenst gesehen.

Sie blickte zu den Sesseln vor ihrem Feuer, um sicherzugehen, dass dort keine Geister saßen, dann wandte sie sich zu ihm um. »Was ist denn?«

»Irgendetwas ist mit Ihrer Türschwelle …« Er erschauerte heftig. »Das gefällt mir gar nicht.«

»Aber Sie waren doch schon früher hier«, wandte sie ein. »Sie haben doch Moraig besucht?«

»Nein. Alistair schickte immer einen Wagen, um sie nach Cameron Hall zu bringen.« Er holte tief Luft, aber das änderte nichts an seiner fahlen Gesichtsfarbe. »Ich fühle mich aber, als sei ich schon einmal hier gewesen, dabei ist das ganz unmöglich …«

Nun, das war es nicht, aber sie hielt es nicht für angebracht, ihm das jetzt zu sagen. Er hatte vorher schon schlecht ausgesehen; jetzt fürchtete sie, er würde gleich in Ohnmacht fallen, wenn sie ihn nicht in einen Sessel verfrachtete. Sie zog seinen Arm über ihre Schultern, gerade so, wie sie es auf dem Weg zu Patrick getan hatte, dann ihren Arm um seine Taille und zog ihn ins Cottage. Dann führte sie ihn zu einem der bequemen Sessel vor dem Feuer und ließ ihn hineingleiten.

»Ich muss nach Ihrem Feuer sehen«, sagte er mit schwacher Stimme.

»Was Sie tun müssen, ist, sich den Kopf zwischen die Knie stecken, bevor Sie mir noch ohnmächtig werden«, befahl sie. »Ich kann mein Feuer selbst anzünden. Und sogar Ihr Pferd versorgen. Jamie stattet meinen Stall immer mit Heu und Hafer aus, und Patrick war heute morgen hier, und ich bin sicher, dass es draußen für Ihr Pferd auch noch Wasser … ähm … gibt …«

Sie hielt inne, denn ihr wurde bewusst, dass sie dummes Zeug redete.

Sie war nervös. In jenen ersten Tagen hatte sie sich so sehnlich gewünscht, dass Cameron irgendwie den Weg zu ihrem Haus finden und seinen Platz vor ihrem Feuer einnehmen würde. Aber nun, da er hier war, aber alles so ganz anders als in ihrer Vorstellung ablief, konnte sie nur mit größter Mühe ihre Tränen zurückhalten.

Weglaufen war die bessere Alternative.

Sie würde sein Pferd versorgen und dann zu Patricks Haus fliehen. Cameron könnte sich vor ihrem Feuer die Kleider trocknen und sich dann auf den Heimweg machen, bevor sie … nun in ein, zwei Tagen … wieder hierher zurückkehren würde. Seine Kopfschmerzen würden auch ohne ihre Hilfe vergehen.

Sie überließ Cameron sich selbst und ging nach draußen. Dort lockte sie sein Pferd mit ein paar Handvoll Hafer in den kleinen Stall, rieb sein Fell trocken und versicherte sich, dass genug Futter da war. Sie zögerte, dann ging sie noch einmal ums Haus herum, um Camerons Sattel zu holen, denn er würde sonst im Regen Schaden nehmen. Sie hob ihn hoch, schrie dann aber erschreckt auf, als er ihr aus der Hand genommen wurde. Glücklicherweise – oder vielleicht unglücklicherweise – war es nur Cameron, der ihn von der anderen Seite festhielt.

»Gehen Sie und setzen Sie sich vor den Kamin, Sunshine«, befahl er. »Ich komme gleich nach.«

Sie wollte protestieren, aber er sah noch schlimmer aus als vor zehn Minuten. Sie sah ihm nach, wie er auf unsicheren Beinen in die schwarze Nacht hinausging, und ihr wurde plötzlich bewusst, dass er Gälisch gesprochen hatte. Dass sie sich nicht daran erinnern konnte, wie lange er das schon tat und ob sie ihm in derselben Sprache geantwortet hatte, spiegelte vermutlich ihren eigenen Geisteszustand ganz gut wider.

Sie war von Sinnen.

Sie holte tief Luft. Also gut, vielleicht würde es sie nicht umbringen, wenn sie ihm einen Tee zubereitete und ihm erlaubte, noch eine Stunde lang dort zu sitzen. Sie würde sich nett mit ihm unterhalten, ein für alle Mal feststellen, dass er sie nicht kannte und auch kein Verlangen danach hatte, sie kennenzulernen, dann würde sie sich an die Heilung ihres gebrochenen Herzens machen.

In Seattle, wenn sie noch einen Funken Verstand hatte.

Sie ging nach drinnen und kümmerte sich um das Feuer, dann bereitete sie eine Killerdosis Anti-Kater-Medizin zu.

Cameron kam herein und machte die Tür hinter sich zu. Sie hörte ihn seine Stiefel ausziehen und an die Tür stellen, zweifellos neben ihre. Er zog seinen Mantel aus und hängte ihn an einen Haken. Es schien alles so vollkommen normal, nach dem Motto Ich-bin-da-Schatz-was-gibt's-zum-Abendessen, so, wie es hätte sein können, wäre nicht alles ganz anders gekommen.

Seine Schritte kamen hinter ihr zum Stehen. »Ich nehme Ihnen den Mantel ab, Sunshine.«

Sie ließ es zu, dann trug sie einen Teebecher mit einem unangenehm riechenden Gebräu für ihn und einem würzig duftenden für sich selbst in ihr kleines Wohnzimmer. Sie reichte ihm seinen Becher, dann setzte sie sich auf Moraigs Schemel vor den Kamin. Cameron schnupperte an dem, was sie ihm gegeben hatte, überlegte, dann nahm er einen tiefen Zug und schluckte ihn herunter.

Es dauerte ein paar Minuten, aber schließlich sah sie, dass der Ausdruck von Anspannung und Schmerz aus seinem Gesicht verschwand. Sie saßen beide schweigend da, und dieses Schweigen hätte angenehm sein können angesichts der Tatsache, dass sie ihn in diesem Jahrhundert antraf, in dem moderne medizinische Versorgung möglich war. Aber es war nicht angenehm. Sie versuchte zufrieden mit dem zu sein, was sie hatte, aber das funktionierte ebenso wenig.

Er musste gehen, und wenn sie ihn dazu eigenhändig aus der Eingangstür schieben müsste.

Sie nahm ihm den Teebecher aus der Hand und floh in die Küche, bevor sie noch länger vorgeben musste, sich bei seinem Schweigen wohlzufühlen. Sie schenkte ihm den Rest des Gebräus ein, das sie für ihn zubereitet hatte, dann wusch sie ab. Er konnte das noch austrinken, dann musste er gehen. Nicht einmal Moraig hätte ihr Vorwürfe gemacht, dass sie ihn hinauswerfen wollte.

Für sie galten mildernde Umstände. Mit seinem Becher wandte sie sich wieder zum Wohnzimmer um, wo sie erwartete, ihn vor dem Kamin sitzen zu sehen.

Stattdessen stand er zwei Schritte hinter ihr an die Wand gelehnt und beobachtete sie.

Sie ließ beinahe den Becher fallen. Er sprang vor und nahm

ihn ihr gerade noch rechtzeitig ab, dann lehnte er sich wieder an die Wand.

»Warum sind Sie so nervös?«

»Das bin ich nicht«, log sie. »Ich mache mir nur Sorgen, dass Sie es vor der Dunkelheit nicht mehr nach Hause schaffen. Also trinken Sie jetzt besser Ihren restlichen Tee aus.«

Er lächelte schwach. »Werfen Sie mich jetzt raus?«

»Genau das.«

Sein Lächeln wurde breiter. »Wollen Sie mir denn vorher nicht noch etwas zu essen anbieten?«

»Möchten Sie denn, dass ich Ihnen etwas zu essen anbiete?«, fragte sie erstaunt.

»Ich glaube eigentlich nicht, dass ich mich traue, etwas essen«, gab er verlegen zu. »Ich war heute morgen gezwungen, einen Brunch herunterzuwürgen – einen üppigen Londoner Brunch, genauer gesagt. Ich bin immer noch damit beschäftigt, ihn mühsam zu verdauen.«

»Soll ich jetzt Mitleid mit Ihnen haben?«, fragte sie in schärferem Ton, als sie beabsichtigt hatte.

Darauf sagte er nichts. Sein Lächeln verschwand, und er widmete sich seinem Tee. Er trank aus, dann reichte er ihr langsam den Becher. »Was habe ich getan, dass Sie mich so sehr verabscheuen?«

Sie trat verlegen einen Schritt zurück. »Ich verabscheue Sie nicht.«

»Warum sind Sie dann so zornig auf mich?«

»Ich bin nicht zornig auf Sie.«

»Aber warum rennen Sie dann jedes Mal weg, Mistress Sunshine, wenn ich in Ihre Nähe komme?«

Weil sie es einfach nicht ertrug, in seine hellblauen Augen zu blicken und darin kein Anzeichen des Wiedererkennens zu entdecken. Weil sie es nicht ertrug, dass er nur zwei Schritte von ihr entfernt stand, und sie genau wusste, wie sie sich fühlen würde, wenn sie diese zwei Schritte überwinden und sich in seine Arme werfen könnte. Weil sie es nicht ertrug, seinen schönen Mund anzusehen und zu wissen, was für ein wunderbares Gefühl dieser Mund auf ihrem eigenen in ihr auslösen konnte.

Sie gab ihm die erstbeste Antwort, die ihr in den Sinn kam. »Warum kümmert Sie das?«, fragte sie etwas verkrampft.

Er schien die Worte für seine Erwiderung mit Bedacht zu wählen: »Ich bin mir nicht sicher, ob ich die passende Antwort darauf habe, eine, die dieser Frage gerecht wird.«

»Vielen Dank dafür, dass Sie sich trotzdem so große Mühe geben«, versetzte sie schnippisch. Das rutschte ihr so heraus, weil es leichter war, zornig zu sein als verletzt – und sie hatte eigentlich keinen Grund, verletzt zu sein. Dem Mann fehlten einfach verschiedene entscheidende Erinnerungen, und er konnte nichts dafür, was das in ihr auslöste.

Aber er konnte etwas dafür, dass er nun in ihrem Haus stand, wo er doch irgendwo ganz anders sein sollte. Sie wandte sich ab und wusch seinen Teebecher aus. Dann hätte er genug Zeit, seine Stiefel und den Mantel zu holen und sich zum Teufel zu scheren.

Sie hörte ihn davongehen. Das klang ja schon mal vielversprechend. Sie stellte den Becher auf das Abtropfbrett und schloss die Augen; sie hörte, wie die Eingangstür aufging. Sie atmete stoßweise aus, und als die Tür wieder zugemacht wurde, drehte sie sich um.

Leider stand Cameron auf der falschen Seite der Tür.

Er lehnte sich gegen das Holz und sah sie an. »Draußen wütet ein furchtbarer Sturm. Es ist wirklich viel zu nass, um rauszugehen.«

Ihr fiel die Kinnlade herab.

»Wie bitte?«

Er ging zu ihr hinüber und lehnte sich an das kleine Bufett, das Moraigs Küche vom Wohnzimmer trennte. »Mein Pferd ist in Ihrem Schuppen ganz gut untergebracht, und ich glaube, ich könnte es mir die Nacht über genauso gut hier auf Ihrem

Boden einrichten.« Er sah sie mit leisem Lächeln an. »Ich bräuchte noch nicht mal ein Kissen.«

»Aber Sie können nicht hierbleiben«, sagte sie verblüfft.

»Ich habe nichts Unziemliches vorgeschlagen«, sagte er gelassen. »Nur um ein Quäntchen Highland-Gastfreundschaft gebeten.«

»Ha«, schnaubte sie empört. Sie war versucht, ihn an all die Zeiten zu erinnern, wo die Gastgeber dabei den Kürzeren gezogen hatten, aber sie verkniff sich die Bemerkung. »Ich glaube, ich habe für den heutigen Tag meine Pflicht schon erfüllt.«

Er lächelte. »Aber Sie wollen doch sicher nicht, dass ich auf dem ganzen Weg nach Hause würgen muss, oder?«

»Warum meinen Sie, dass es Ihnen so ergehen wird?«

Er warf ihr einen vielsagenden Blick zu. »Ich habe eine ungefähre Vorstellung davon, was Sie mir in diesen Tee getan haben, meine Liebe. Ich glaube, Sie sollten so viel Schuldgefühle haben, dass Sie mir zumindest die Benutzung Ihres Klos gestatten.«

Sie schloss kurz die Augen, denn er hatte sie ganz klar in die Enge getrieben, und ihr fiel spontan keine Lösung ein. Schlimmer noch, sie wusste nicht einmal, ob sie überhaupt aus ihrer Zwickmühle heraus wollte. Es war eine verkehrte Welt. Ihre Vorsätze, ihn auszufragen, waren wie weggewischt, ihre Entschlossenheit, ihn aus dem Haus zu bugsieren, war verschwunden, und nun überlegte sie ernsthaft, ihn die Nacht über in ihrem Haus zu beherbergen. Das Einzige, was das ansatzweise vernünftig erscheinen ließ, war, dass er vermutlich einen Großteil der Nacht in ihrem Badezimmer verbringen und sich die Seele aus dem Leib kotzen würde.

Er griff über die Büfetttheke hinweg und nahm ihre Hand. »Wenn Sie eine Decke für mich hätten, wäre ich Ihnen sehr dankbar.«

»Sie haben ja wirklich nicht die geringsten Skrupel.«

»Aber ich habe durchaus Ehre im Leib.«

Sunny seufzte tief, dann stapfte sie davon, um ihm eine Decke und ein Kissen zu holen. Sie verdrehte die Augen, suchte aber sogar nach der Campingmatratze, von der sie wusste, dass die irgendwo in ihrem lächerlich großen Wandschrank verstaut war. Sie sah nach, ob sie seine Plaids auch wirklich den Tag über in der Schublade verräumt hatte, und brachte ihm die anderen Sachen. Dann zog sie sich ins Badezimmer zurück, wo sie in ihren Jogginganzug schlüpfte.

Beim Zähneputzen blickte sie in den Spiegel. Es war kein Wunder, das er nur Tee und ein Schlafplätzchen auf dem Boden wollte. Sie sah elend aus.

Also ging sie in ihr kleines Wohnzimmer zurück, ohne den Mann, der dort stand, zu beachten, und legte im Kamin Holz nach. Cameron nahm ihr den Schürhaken aus der Hand.

»Lassen Sie das. Ich werde mich später darum kümmern, wenn der Sturm vorbei ist«, sagte er mit rauer Stimme.

Sie sah rasch zu ihm auf. Er war wieder ganz bleich und seine Stirn schweißnass. »Sie sehen nicht gut aus.«

»Ich fühle mich noch schlechter, als ich vermutlich aussehe.«

Sie deutete in Richtung des Badezimmers. »Bitte dort hinein, wenn Sie sich übergeben müssen.«

Er presste sich die Hand auf den Bauch. »Dann mache ich das besser gleich mal.«

Sie sah ihn hineingehen und die Tür hinter sich zumachen, überlegte und verdrehte die Augen. Dann breitete sie die Matratze für ihn aus und legte die Decke und das Kopfkissen darauf. Von einem der Sessel nahm sie noch einen Überwurf und legte ihn ebenfalls parat. Anschließend ging sie zu Bett, deckte sich gut zu und betete um Schlaf.

Doch leider war sie noch immer wach, als Cameron aus dem Badezimmer kam, was ihrer Nachtruhe nicht förderlich war. Er zögerte, dann setzte er sich auf die Campingmatratze und streckte sich stöhnend aus.

»Der Brunch?«, fragte sie.

»Eine schöne Erinnerung.«

Sie drehte sich zur Seite, beobachtete ihn im Feuerschein und wartete darauf, dass er einschlief.

Es war riskant.

Und vor allem vergebens. Er wälzte sich stöhnend zur Seite, rappelte sich auf und hastete schnurstracks wieder ins Badezimmer.

Vielleicht hatte sie bei einem bestimmten Kraut oder auch bei zweien zu großzügig in die Teedose gegriffen.

Erst eine ganze Weile später kam er wieder heraus und verfluchte sie. Sunny griff nach einem Buch über die Flora und Fauna der Hebriden. Sie wusste bereits, was darin stand, aber es war dick und sehr wissenschaftlich geschrieben. In den vergangenen Monaten hatte sie es öfter als Einschlafhilfe benutzt. Sie knipste ihre Taschenlampe an und hoffte darauf, dass es ihr auch diesmal wieder helfen würde. Vielleicht würde lautes Vorlesen auch Camerons Flüche übertönen.

Plötzlich stellte sie erschreckt fest, dass er seinen Schlafplatz verlagert hatte. Ausgerechnet neben ihren.

»Was machen Sie?«, schimpfte sie.

»Es wurde mir zu heiß am Feuer«, erwiderte er. Er setzte sich auf, zog sein Hemd und seine Socken aus und legte sich dann wieder hin. »Verdammter Mist, Sie Kräuterhexe, Sie haben zu viel Lobelie in diesen Tee getan.«

»Das bewirkt nur, dass es Ihnen umso schneller wieder besser geht.«

»Der Pfad zu diesem glückseligen Zustand wird vermutlich lang und dornenreich sein.«

Sie musste unwillkürlich lächeln. »Sie haben nur gesagt, dass Sie sich gerne besser fühlen möchten, nicht, wie Sie das erreichen möchten.«

»Das nächste Mal werde ich mich deutlicher ausdrücken.«

Sunny konnte um ihres armen Herzens willen nur hoffen, dass es kein nächstes Mal geben würde. Sie versuchte, sich auf ihr Buch zu konzentrieren, aber es war, wie sie schon zuvor hatte feststellen müssen, staubtrocken geschrieben.

Und Cameron hatte sich anscheinend eine Menge neuer unfreundlicher Bemerkungen über sie ausgedacht. Er begann, auf Französisch zu murmeln, wechselte dann zu Latein und hatte sich gerade auf Italienisch ereifert, als sie die Nase voll hatte. Sie drehte sich zu ihm, um ihm die Meinung zu sagen.

Dabei entglitt das Buch ihren Fingern und landete auf seinem Gesicht.

Er jaulte auf, fuhr hoch und starrte sie wütend an. »Warum zum Teufel dachte ich nur, es sei eine gute Idee, die Nacht auf Ihrem Fußboden zu verbringen?«

»Ich habe Sie nicht darum gebeten!«, giftete sie zurück.

Er sah sie mit offenem Mund entgeistert an, dann klappte er ihn wieder zu.

»Ach, Himmelherrgott«, sagte er seufzend und legte das Buch beiseite. »Sunshine …«

»Schon gut«, sagte sie versöhnlich. »Nichts für ungut.«

»Nein, das war nicht nett von mir. Bitte verzeihen Sie mir.« Er streckte die Hand aus und legte seine Hand über ihre. »Ich habe das nicht so gemeint. Ich bin sehr dankbar, dass Sie so freundlich zu mir waren, besonders wo ich Ihnen praktisch keine andere Wahl gelassen habe.«

»Ach, ich weiß nicht«, brachte sie hervor. »Ich bin sicher, ich hätte es rein kräftemäßig schon geschafft, Sie rauszuschmeißen.«

Er lächelte und zog seine Hand zurück. »Ich bin sicher, das wäre Ihnen gelungen, und ich weiß Ihre Zurückhaltung sehr zu schätzen. Warum legen Sie sich nicht wieder hin, meine Liebe, und schlafen friedlich ein. Ich werde über Sie wachen.«

»Vom Badezimmer aus«, murmelte sie. Sie legte sich wieder hin, allerdings nur, weil sie dachte, dass sie sich so die Decke über den Kopf ziehen könnte und ihn somit nicht mehr ansehen müsste. Sie schloss die Augen, als sie plötzlich spürte, wie er ihr das Haar aus dem Gesicht strich.

»Wenn nötig vom Klo aus«, pflichtete er ihr bei. »Sie haben mir viel mehr Gastfreundschaft gewährt, als ich es verdient habe, und ich bin Ihnen dankbar dafür.« Er schwieg eine Weile. »Und ich bin Ihnen sehr dankbar für den Platz vor Ihrem Feuer.«

Sie blickte ihn stumm an.

Er zog ihr die Decke bis zu den Ohren hoch, strich ihr noch einmal über die Stirn und legte sich dann hin. Eine ganze Weile verharrte er schweigend. »Danke für die Zuflucht, Sunshine.«

Sie konnte nicht antworten, sondern wartete, bis sein Atem gleichmäßiger wurde, dann drehte sie sich auf die andere Seite und holte viele Male tief Luft, um sich das Weinen zu verkneifen. Sie wollte nicht nur seine Zuflucht sein.

Sie wollte wieder das sein, was sie einmal für ihn gewesen war.

Sie hätte ihn am liebsten geschüttelt, um herauszufinden, ob er sich nicht an mehr erinnern könnte, als an das, was er auf Moraigs Schwelle gespürt hatte. Sie wollte ihn so heftig schütteln, bis er sie anflehen würde, damit aufzuhören. Sie wollte ihn am liebsten in die Ecke treiben, wo er keine andere Wahl hätte, als entweder zuzugeben, dass er wusste, wer und was er gewesen war, oder aber dass er keinen blassen Schimmer hatte, was geschehen war, bevor er den Schlag auf den Kopf erhalten hatte.

Mit gleicher Intensität wollte sie aber vor ihm weglaufen – so weit weg, wie sie nur konnte. Sie fühlte sich innerlich so sehr zerrissen, dass sie erstaunt war, dass sie es überhaupt schaffte, nicht in herzzerreißendes Schluchzen auszubrechen.

Vielleicht war er ja morgen früh, wenn sie aufstand, gegangen, und sie müsste diese Entscheidung nicht mehr treffen.

Aber sie hegte diesbezüglich keine allzu große Hoffnung mehr.

18

Cameron fachte Sunnys Kaminfeuer so leise wie möglich wieder an, dann rieb er sich fröstelnd die Arme und ging in die Küche, um Teewasser aufzusetzen. Es war Frühling, das sagte zumindest der Kalender, aber derzeit konnte er es kaum glauben. Allerdings hatte er 28 Lenze mit weit weniger Kleidung auf dem Leib und kärglicheren Essensrationen erlebt, daher hatte er keinen Grund, sich zu beklagen.

Eigentlich hatte er überhaupt keinen Grund, sich über irgendetwas zu beklagen, vor allem nicht, seit ihm nicht mehr speiübel war. Er fühlte sich wunderbar, obgleich er den Verdacht hegte, dass Sunshine den Tee stärker als nötig zubereitet hatte. Vielleicht könnte er zu all ihren Reaktionen auf seine Person *versuchter Mord durch Kräutertee* hinzufügen.

Aber zumindest hatte sie ihm gestattet, über Nacht dazubleiben. Entweder hatte er wirklich erbarmungswürdig ausgesehen, oder sie hatte einfach beobachten wollen, was jedes Mal mit ihm geschah, wenn er ihre Türschwelle überschritt. Es verursachte ihm dieselbe Art von Kopfschmerzen, die er in den letzten paar Wochen bei verschiedenen Anlässen verspürt hatte: an Sunshines Türschwelle, in Patrick MacLeods Burghof, wenn ihm Worte aus der Vergangenheit einfielen …

Cameron, reite zur MacLeod-Hexe.

Seltsam, dass er seit Jahren nicht mehr an diese Aufforderung und auch nicht an die damalige Schlacht gedacht hatte. Er hatte sich auch nicht über die Erinnerungslücken bezüglich der Zeit nach jenen Kämpfen gewundert, sondern es war so, als wäre er bei einem Ausritt vom Pferd gefallen und in einem Jahrhundert, das definitiv nicht sein eigenes war, im

Krankenhaus wieder aufgewacht. Zauberei? Davon war er zu jener Zeit fest ausgegangen.

Er war sich nicht so sicher, ob er davon nicht immer noch überzeugt war.

Er holte tief Luft und schob diese sinnlosen Gedanken beiseite, dann nahm er den Wasserkessel vom Herd, bevor er zu pfeifen anfing. Er goss das kochende Wasser über die Himbeerblätter, dann wartete er ab, bis der Tee gezogen hatte. Nachdem er einige weitere Minuten die Aussicht vor dem Fenster betrachtet hatte, schenkte er zwei Tassen Tee ein und ging hinüber, wo sich ihm ein anderer wunderbarer Anblick bot.

Er setzte sich und widmete sich einer Tasse Tee, von der er ziemlich sicher war, dass sie seinem Magen gut bekommen würde. Und während er trank, sah er sich satt. Sunshine bot ein Bild des Friedens.

Wie herrlich, ein Leben zu führen, bei dem man wusste, dass am folgenden Tag aufzuwachen ebenso angenehm war wie am Tag davor.

Er beneidete sie darum.

Plötzlich holte sie tief Luft, seufzte und schlug die Augen auf. Sie blickte einen Moment lang zur Decke, dann setzte sie sich auf und blickte ihn an.

»Sie sind dageblieben.«

Er deutete auf das dunkler werdende Veilchen unter seinem linken Auge, das durch ihr Buch verursacht worden war. »Ich wurde unter Ihrem Dach verwundet. Und vergiftet obendrein.«

»Wahrscheinlich haben Sie beides verdient.«

Er lächelte. »Vermutlich.« Er reichte ihr die andere Tasse. »Ist es zu früh für Tee?«

»Ist es dafür jemals zu früh?«

»Niemals, besonders wenn der Tee großzügig mit Whisky gestreckt ist.«

»Das würde ich nicht empfehlen«, sagte sie und nahm ihm

die Tasse ab. »Bedenken Sie nur, wohin Sie das zuletzt gebracht hat.«

Ja, dahin, dass ich dich beim Aufwachen neben mir sah. Er konnte aufrichtig sagen, dass es diesen Preis sehr wohl wert gewesen war.

»Haben Sie schon geduscht?«, wollte sie wissen. »Ich habe Sie gar nicht gehört.«

»Nein, aber ich habe mir mit Ihrem Rasierer das Gesicht zerschnitten und beim Herumschnüffeln in Ihrem Bad eine neue Zahnbürste gefunden, die ich verwendet habe. Dafür bekommen Sie dann auch eine von mir, wenn Sie mal bei mir übernachten.«

Sie erstarrte. Dann stand sie sehr vorsichtig auf und stieg an ihm vorbei. Sie stellte ihren Teebecher auf dem Kaminsims ab und ging weiter ins Bad. Er hörte deutlich, wie sie die Tür hinter sich verriegelte.

Cameron senkte den Kopf. Sein erster Gedanke war, dass er seine Attraktivität wohl gründlich überschätzt hatte. Dicht gefolgt von der Erkenntnis, dass Sunnys Zögern vermutlich weniger mit ihm selbst als mit seinen persönlichen Verhältnissen zu tun hatte.

Damit, dass er mit einer anderen Frau verlobt war.

Er rieb sich mit den Händen übers Gesicht. Hätte er nur einen Funken Verstand gehabt, dann hätte er einen Zettel mit Dankesworten auf ihrer Anrichte hinterlassen und wäre fest entschlossen nach Cameron Hall zurückgeritten und wieder in jenes unerquickliche Dasein eingetaucht, das sein Leben war. Hätte er auch nur ein Fünkchen Verstand gehabt, so hätte er sich niemals im Leben – nur um eine Entschuldigung dafür zu haben, dass er sie aufsuchte – diesen Mordsrausch angetrunken; noch hätte er die ganze vergangene Woche damit verbracht, alle Gedanken an sie aus seinem Bewusstsein zu verbannen. Eigentlich war es länger als eine Woche gewesen, von dem Augenblick an nämlich, als er sie in James MacLeods großem Saal in seinen Armen aufgefangen hatte.

Die folgenden Tage hatte er damit verbracht, entweder an sie zu denken oder zu versuchen, nicht an sie zu denken. Und nun sollte er einfach weggehen, wenn er leibhaftig vor ihrem Feuer saß?

Unmöglich.

Er trank seinen Tee aus, machte Sunnys Bett für sie, rollte die Campingmatratze zusammen und faltete die Decken, dann setzte er sich in den Sessel am Feuer und ließ die Badezimmertür nicht aus den Augen.

Er hörte das Wasser in der Dusche laufen. Kurz danach vernahm er das Geräusch eines Föhns. Dann herrschte so lange Stille, dass er sich fragte, ob sie vielleicht aus dem Badezimmerfenster geklettert war, um ihm zu entkommen. Das hätte ihn auch nicht weiter überrascht.

Aber noch bevor er sich entschließen konnte, ob er klopfen sollte oder nicht, ging die Tür auf und eine frischgeschrubbte Sunshine Phillips erschien. Es war der schönste Anblick seines ganzen bisherigen Lebens.

Er stand mit einem Ruck auf und ging an ihr vorbei in die Küche, bevor er etwas Dummes anstellte, wie zum Beispiel sie stürmisch zu umarmen und zu küssen.

»Ich mache Ihnen Frühstück«, sagte er.

Sie blieb vor der Küche stehen. »Kann ich es wagen, es zu essen?«

»Ich verspreche, die Lobelie wegzulassen«, sagte er, machte den Kühlschrank auf und sah hinein. Keine Butter, keine Eier, keine Milch und keine Würstchen. Brot, das aussah, als stamme das Mehl aus einer mittelalterlichen Mühle, und ringsum nichts als Unmengen Grünzeug aller Art. »Mist, hier gibt es ja überhaupt nichts Essbares«, rief er aus und sah sie verblüfft an. »Wovon leben Sie eigentlich?«

»Von Früchten und Salaten. Das ist gut für ein ausgeglichenes Chi.«

Er machte die Kühlschranktür zu. »Sie sind doch hoffentlich nicht eine von diesen Gestörten, die uns missionieren und die übrige Menschheit von Würstchen mit Kartoffelbrei befreien wollen?«

»Mir ist gleich, was *Sie* essen«, sagte sie hochmütig. »Ich achte nur darauf, was *ich* esse.«

»Mädchen, gegen Porridge ist doch nichts einzuwenden. Ich versichere Ihnen, die Haferkörner hatten keine Angst davor, geschlachtet zu werden.«

Sie sah ihn einen Augenblick verwirrt an, dann musste sie lächeln.

Er war dankbar, dass er neben der Küchentheke stand und sich dagegenlehnen konnte, denn das war sicher das erste echte Lächeln, das er von ihr geschenkt bekam. Sofort wollte er mehr davon.

Ihr Lächeln erstarb viel zu rasch. Ihm folgte ein Blick, der zum Ausdruck brachte, dass sie zu einer Entscheidung gelangt war, was ihn betraf. Er verkniff sich jede Bewegung, um sie ihrerseits nicht zu einer zu verleiten, die ihm nicht gefallen würde.

Sie schob die Hände tief in die Hosentaschen und dachte nach. »Wir könnten uns von Patrick ein leckeres Frühstück erbetteln«, sagte sie gedehnt. »Da finden Sie vielleicht etwas, das Ihrem Geschmack eher entspricht.« Sie sah ihn forschend an. »Es sei denn, Sie haben heute Morgen schon etwas anderes vor.«

Cameron hatte keine 35 Winter überlebt, weil er strohdumm oder nicht fähig war, die Hintergedanken seiner Gegner zu erkennen. Sunny lenkte ihn in die Richtung, in der sie ihn haben wollte; darauf hätte er seine Burg verwettet. Aber das störte ihn nicht. Wenn das hieße, dass er ein, zwei Stunden länger in ihrer Gesellschaft verbringen konnte, dann würde er bereitwillig jeden Preis bezahlen, den sie ihm dafür abringen würde.

»Ich habe noch keine Pläne für heute«, sagte er. Außer darüber nachzugrübeln, über was er alles nicht nachgrübeln sollte. Oder sich zu fragen, wie er es anstellen könnte, sich ihre

Gesellschaft für mehr als nur diesen einen Tag zu sichern. Es war besser, nicht darüber nachzudenken.

»Also, gehen wir«, sagte er ohne Zögern. Er trat zu ihrem Kamin und kümmerte sich um das Feuer. Dann sah er sich im Cottage um, ob alles in Ordnung war, nahm ihre Jacke vom Garderobenhaken an der Tür und hielt sie ihr hin.

Sie zögerte nur leicht, bevor sie sich von ihm hineinhelfen ließ. Er warf sich seine eigene Jacke über, zog die Stiefel an und machte ihr die Tür auf. Er schaffte es fast, dem eisigen Schauer keine Beachtung zu schenken, der ihn durchlief, als er ihr über die Türschwelle folgte.

Er ging mit ihr ums Haus, versicherte sich, dass sein Pferd für eine Weile genug Futter und Wasser hatte, dann folgte er ihr auf einen schmalen, ausgetretenen Pfad.

»Bleiben Sie auf dem Weg«, sagte sie einmal und sah ihn über ihre Schulter hinweg an.

»Ich habe Stiefel an«, erwiderte er lächelnd. »Die Brennnesseln können mir nichts anhaben.«

»Ich spreche nicht von den Brennnesseln.«

Er schnaubte verächtlich. »Wollen Sie mir jetzt etwa irgendwelche Märchen über Geister und Gnome, Feen oder übernatürliche Phänomene erzählen, wie es die MacLeods so gerne tun?«

»Das Land der MacLeods hat wirklich etwas Unheimliches an sich«, erwiderte sie ernsthaft.

Das war schon immer so, hätte er fast hinzugefügt, biss sich aber gerade noch rechtzeitig auf die Zunge, um diesen ganzen Unsinn nicht auch noch zu unterstützen. Aber dennoch tauschte er mit ihr den Platz. »Lassen Sie mich vorangehen. Wenn etwas Unvorhergesehenes geschieht, dann passiert es mir zuerst.«

»Sehr ritterlich, Mylord.«

Er lächelte ihr über die Schulter hinweg zu.

»Das ist meine größte Schwäche.«

Sie lächelte, ein zögerliches Lächeln, das in ihm die Frage

aufwarf, ob er nicht zusammen mit allem, was er gestern gegessen hatte, auch gleich noch seinen Verstand aus sich herausbefördert hatte. Wieso zum Teufel flirtete er mit einer Frau, die er nicht haben konnte?

Er musste verrückt sein.

Aber sie war wie der erste Sonnenstrahl des Sommers nach einem endlos kalten Winter und einem nasskalten, scheußlichen Frühling. Er wurde von demselben Gefühl überwältigt wie damals in seinem Büro, von diesem Behagen, das ihn allein schon beim Gedanken an ihren Namen durchrieselte. Am liebsten würde er einfach nur dastehen und sein Gesicht diesem Licht zuwenden. Die Heiligen mochten ihm beistehen.

Und ab und zu warf er einen Blick zurück, um zu sehen, ob sie ihm noch folgte, dann schließlich streckte er die Hand nach hinten aus und nahm die ihre. Sie entzog sie ihm nicht – was ihn überraschte –, aber er hatte nicht vor, eine Diskussion darüber anzufangen. Er genoss das Gefühl, seine Fingern mit ihren zu verschränken, eine gute Viertelstunde, bis sie in Sichtweite von Patrick MacLeods Burghof waren. Sunshine zog ihre Hand aus seiner und verbarg sie energisch in ihre Tasche. Er hätte protestiert, aber wahrscheinlich hatte sie recht. Vollends überzeugt war er, als er der finsteren Blicke des guten Lord von Benmore gewahr wurde.

Er blieb ein paar Schritte vor Sunnys Schwager stehen und wünschte sich nichts sehnlicher als ein Schwert.

Patrick sah ihn einen Augenblick lang prüfend an, dann musste er Camerons Veilchen bemerkt haben, denn er fing an zu lachen.

»Ich wollte Sie schon fragen, was zum Teufel Sie zu dieser unchristlichen Zeit mit meiner Schwester hier wollen, aber ich sehe, die Zeit wurde gut genutzt …« Er hielt inne und wandte sich mit einem finsteren Stirnrunzeln an Sunny. »Hast du ihm einen Fausthieb verpasst?«

»Ich habe ein Buch auf ihn fallen lassen.«

»Ein Buch fallen lassen?«, echote er. »Du meinst wohl, ›ein Buch geworfen‹?«

Sunny seufzte. »Das sind doch Wortklaubereien, Pat. Ich habe nicht meine Jungfräulichkeit verteidigen müssen. Er hat sich wie ein perfekter Gentleman benommen. Es war nur, als wir ins Bett gingen und ich mich über ihn gebeugt habe …«

»Du hast *was?*«

Cameron sah, dass Sunshine die Frechheit besaß, zu lachen, und dann unter Patricks Arm hindurch in die Sicherheit der Burg entwischte. Es hätte ihn nicht weiter überrascht, wenn Patrick ihn zu einem Schwertkampf herausgefordert hätte – falls das die Art war, wie er Dinge regelte, was Cameron nicht bezweifelte.

»Würden Sie so freundlich sein und mir eine Erklärung liefern?«, sagte Patrick frostig.

Cameron hob abwehrend die Hände. »Ich habe auf ihrem Fußboden geschlafen, nicht in ihrem Bett, aber …«

»Nichts *aber!*«, knurrte Patrick wütend. »Was glauben Sie eigentlich, was Sie mit ihr machen, Sie verfluchter Narr? Und wenn Sie mir noch einmal sagen, Sie wissen nicht genau, warum Sie ihre Nähe suchen, dann werden Sie das bitter bereuen.«

In seiner Jugend hätte Cameron als Antwort auf Patricks Tonfall sicher das Schwert gezogen, aber er war nicht mehr so ein Heißsporn wie damals – und schließlich war es ja auch Patrick MacLeods gutes Recht, eine Erklärung zu verlangen. Vermutlich war es das Mindeste, ihm so ehrlich wie möglich Rede und Antwort zu stehen.

»Ich habe mir wegen ihr vorletzte Nacht einen bösen Rausch angetrunken, dann kam ich gestern Nachmittag zu ihr und bat sie, ob sie mir einen Tee zubereiten könnte, der den Kater vertreibt. Da haben Sie Ihre Antwort.«

»Aber Sie sind doch verlobt!«

»Bitte glauben Sie mir«, erwiderte Cameron grimmig, »ich bin mir dieser Tatsache unangenehm bewusst.«

Patrick verschränkte die Arme vor der Brust. »Dann will ich mal sehen, ob ich mit meinem geringen Verstand Ordnung in Ihr Durcheinander bringen kann. Sie sind mit einer Frau verlobt, aber dennoch schrecken Sie nicht davor zurück, zu einer anderen nach Hause zu kommen und ihr die Ohren vollzujammern? Einer Frau, die zufällig auch noch meine Schwester ist? Haben Sie denn gar keine Ehre im Leib, oder fehlt es Ihnen schlicht an Verstand?«

Cameron fuhr sich mit der Hand durchs Haar. »Vielleicht stimmt beides ein bisschen.«

»Sie befinden sich hier nicht auf Cameron-Land, Bürschchen«, fuhr Patrick in leisem, gefährlichem Tonfall fort. »Ganz gleich, wie nett wir uns neulich abends unterhalten haben, wenn Sie Sunny auch nur ein Haar krümmen, dann werde ich Sie in Scheibchen schneiden, Ihnen das Gedärm herausreißen und Sie damit erwürgen und dann alles so aussehen lassen, als wäre es ein tragischer Unfall gewesen. Und wenn Sie meinen, ich kann – oder werde – so etwas nicht tun, dann täuschen Sie sich.«

Cameron hatte im Grunde nichts anderes erwartet und hegte keinen Zweifel, dass Patrick seine Drohung wahrmachen würde, wenn er ihn reizte. »Die Warnung ist angekommen.« Er schwieg eine Weile. »Vielleicht beruhigt es Sie, zu wissen, dass sie mich nicht mag.«

Patrick blickte wieder auf sein Veilchen, schnaubte verächtlich, dann ging er in seine Burg zurück. »Dann ist wenigstens sie vernünftig. Kommen Sie rein zum Essen.«

Cameron ließ sich nicht zweimal bitten.

Und als er bald darauf fröhlich am Tisch saß und Köstlichkeiten verdrückte, die er nicht in Sunshines Kühlschrank gefunden hatte, grübelte er über Patrick MacLeod nach. Er dachte an die Geschichten, die im Pub über James MacLeod kursierten, und an die Gerüchte, an die er sich aus seiner Jugend erinnerte – Gerüchte über James, den Laird des MacLeod-Clans, der den Tod überlistet und seine Frau ins

Paradies geführt hatte. Der Cousin dieses Lairds, Ian, war mehrere Jahre später unter ähnlich mysteriösen Umständen verschwunden. Und sein Bruder Patrick war schon Jahre vor diesen beiden spurlos verschwunden gewesen.

Vielleicht waren die Geschichten über seltsame Phänomene auf dem Land der MacLeods ja doch nicht so weit hergeholt.

Er wandte seine Aufmerksamkeit wieder dem Essen zu, teils weil Patrick MacLeod ein ausgezeichneter Koch war, und teils, weil er nicht weiter über Dinge nachdenken wollte, die ihm Unbehagen bereiteten. Schließlich lehnte er sich mit einer Tasse Kaffee zurück und seufzte zufrieden auf.

»Danke«, sagte er, und das kam von Herzen.

»Haben Sie denn nicht erst vor Kurzem gut gegessen?«, fragte Patrick.

»Ich war in London, bitte ziehen Sie Ihre eigenen Schlussfolgerungen daraus. Ich gebe allerdings zu, dass ich hungriger bin als sonst, da ich gestern Nacht bei Ihrer Schwester die meiste Zeit über die Toilettenschüssel umarmt habe.«

Patrick warf Sunny einen fragenden Blick zu. »Wirklich?«

»Er hatte einen Kater und einen verdorbenen Magen von zu viel Whisky und einem Brunch«, erklärte Sunshine. »Ich konnte ihm meine Hilfe nicht versagen und habe ihm etwas Lobelientee zubereitet. Man sollte meinen, der Laird des Cameron-Clans wüsste ein wenig besser Bescheid über den Geschmack von Kräutern, aber anscheinend ist das nicht der Fall.«

»Ich wusste genau, was ich trinke«, sagte Cameron milde. »Ich war nur höflich und wollte mich nicht beklagen. Außerdem war ich nicht in Bestform.«

Sunny sah ihn einen Augenblick forschend an, dann wandte sie sich an Patrick. »Er hat heute nichts zu tun.«

»Und was soll ich deiner Meinung nach dagegen unternehmen?«, fragte Patrick mit einem verächtlichen Schnauben. »An deiner Stelle den Babysitter für ihn spielen?«

»Vielleicht würde er gern Ian kennenlernen«, schlug Sunshine vor. »Jetzt, wo er sich wieder so munter fühlt.«

Patrick warf ihr einen vielsagenden Blick zu, der für Cameron zu kurz war, als dass er ihn hätte deuten können. Noch bevor er anfangen konnte, zu spekulieren, wandte sich Patrick an ihn.

»Haben Sie Lust auf ein kleines Duell, Cameron?«

Cameron fiel vor Staunen fast der Unterkiefer herunter. »Ein Duell?«

»Ich weiß, wie viel Zeit Sie bei Bagley verbringen«, sagte Patrick. »Vielleicht möchten sie mit mir ein paar Minuten die Klingen kreuzen? Obwohl ich Ihnen sicher bei Weitem unterlegen bin.«

Das Letzte sagte er mit einem spöttischen Lächeln, das Cameron zeigte, dass Patrick MacLeod hinsichtlich seiner eigenen Fähigkeiten keine Zweifel hegte.

Cameron blickte zu Sunshine hinüber. Sie beobachtete ihn eingehend, als wartete sie darauf, dass er sich zu irgendeiner Entscheidung durchrang. Also darum war es ihr vorhin gegangen, aber warum? Aus welchem Grund sollte sie einen Vormittag bei Ian MacLeod vorschlagen? Warum sollte es ihr etwas bedeuten, ob er zusagte oder nicht?

Es lief ihm kalt den Rücken herunter. Er hätte es nicht als Unbehagen bezeichnet, aber vielleicht traf es das am ehesten. Es war doch nicht möglich, dass sie etwas über seine Vergangenheit wusste, oder? Der Gedanke, er könnte in einem ganz anderen Jahrhundert als ihrem geboren worden sein, war so lachhaft, dass er ihn kaum selber in Erwägung ziehen wollte. Sein Leben hatte vor acht Jahren begonnen. Alles andere ließ er lieber ruhen.

Dazu gehörte auch, sich mit anderen Waffen als mit Rapiers einen Zweikampf zu liefern.

»Dann holen Sie sich mal passende Klamotten«, meinte Patrick kurz angebunden.

Cameron riss sich aus seinen Gedanken über die Vergangenheit los. »Ich würde ja gerne«, sagte er mit gespieltem Bedauern, »aber ich bin nicht mit dem Auto hier. Es würde zu lange dauern, nach Hause und wieder zurück zu fahren, es lohnt sich ja gar nicht, dass Sie so lange warten.«

Patrick zog seine Autoschlüssel aus der Tasche und schob sie ihm über den Tisch hinweg zu. »Nehmen Sie meinen Wagen und beeilen Sie sich.«

Cameron sah zu Sunny hinüber. Nach ihrem Blick zu urteilen wartete sie nur darauf, dass er bewies, was in ihm steckte. Der Himmel sollte ihnen beiden beistehen, wenn sie es je herausfände.

»Sie haben doch nicht etwa Angst, oder?«, fragte sie.

Er versuchte, sich zu entspannen. »Wollen Sie mich etwa reizen?«, fragte er vorsichtig.

Sie lächelte und griff nach seinem Teller. »Ich glaube nicht, dass Sie das wirklich wissen wollen. Jetzt gehen Sie besser und holen Ihre Sachen, bevor Patrick denkt, Sie wollen kneifen.«

Er sah zu Patrick hinüber, aber der saß nur abwartend da und beobachtete ihn gelassen. Cameron streckte langsam die Hand aus und nahm Patricks Schlüssel.

»Es dauert vermutlich eine Stunde nach Hause und eine Stunde zurück, auch mit dem Auto«, sagte er mit gedehnter Stimme. »Schuhe habe ich bei John, aber keinen Fechtanzug.«

»Einen Anzug kann ich Ihnen leihen«, sagte Patrick mit einem angedeuteten Lächeln. »Beeilen Sie sich, Mann. Wir warten auf Sie.«

Das war es, wovor er Angst hatte. Er warf Sunny einen Blick zu, aber die war vollauf mit dem Frühstücksgeschirr beschäftigt, und er nahm an, ihr eine Verabschiedung abzuringen, würde ihn bei Patrick MacLeod nicht beliebt machen. Er dankte dem Lord von Benmore für das Frühstück, dann ging er, bevor ihm noch weitere beunruhigende Dinge widerfuhren.

Er fuhr mit Patricks Wagen ins Dorf und schaffte es, ohne

Fragen beantworten zu müssen, seine Schuhe aus Johns Ausrüstungskammer herauszuholen, dann fuhr er denselben Weg wieder zurück, den er gekommen war.

Er parkte Patricks Wagen dort, wo er ihn vorgefunden hatte, dann bemerkte er, dass Patrick und Sunny auf der vorderen Terrasse standen und auf ihn warteten. An Patricks Schulter lehnte ein Schwert wie eine altmodische Donnerbüchse der Kolonisten.

Um genau zu sein, war es ein fast zwei Meter langes Breitschwert.

Sunny sah nicht so aus, als finde sie das in irgendeiner Weise außergewöhnlich. Allerdings pflegte sie mit den MacLeods ständigen Umgang, also kam ihr das vielleicht nicht sonderlich merkwürdig vor. Cameron ging zu ihnen und warf Patrick seine Autoschlüssel zu.

»Vielen Dank fürs Ausleihen.«

»Klamotten sind im Bad«, sagte Patrick. »Beeilen Sie sich.«

Cameron zog sich um, dann kehrte er nach draußen zurück, wo er Patrick allein vorfand. Sunny sah er schon ziemlich weit in der Ferne auf dem Pfad, der Richtung Osten zum Wald führte. Cameron räusperte sich.

»Wo ist Ihre Frau?«

»Die übt auf ihrer Fiedel.«

Cameron riss erstaunt die Augen auf. »Ich dachte, das sei eine Aufnahme, was ich drinnen gehört habe. Sie spielt sehr gut.«

»Stimmt«, pflichtete ihm Patrick bei. »Ich finde ja, sie sollte es professionell machen, aber sie ist damit zufrieden, unsere Kleine zu bemuttern und hin und wieder einen Nachmittag lang zusammen mit Angus McKinnon den Burschen unten im Pub musikalisch ordentlich einzuheizen.«

»Ich habe sie dort leider noch nie gehört.« Er überlegte. »Was das andere angeht, kann man ihr das nicht zum Vorwurf machen. Viele Menschen ziehen es vor, zu Hause zu bleiben.«

Patrick warf ihm einen forschenden Blick zu, sagte aber nichts.

»Wie ist das bei Ihnen?«, fuhr Cameron fort und suchte nach einem Thema, auf das er sich konzentrieren konnte, denn er konnte es kaum ertragen, zu sehen, dass sich Sunny schon fünfzig Schritt von ihnen entfernt hatte. »Wie ernähren Sie Ihre Familie?«

»Ich gebe in Ians Institut Kurse zum Überleben in der Wildnis. Und Fechtunterricht, wenn es sich zeitlich einrichten lässt. Außerdem habe ich letztes Jahr in meinem Garten eine Kiste Dublonen ausgegraben und verkaufe hin und wieder eine davon.« Er warf Cameron einen vielsagenden Blick zu. »Obendrein schreibe ich an einem Buch über mittelalterliche schottische Kriegsführung.«

Cameron stolperte, konnte sich aber gerade noch fangen. »Ach, wirklich?«, brachte er hervor. »Und, haben Sie schon einen Verleger dafür?«

»Ja, kaum zu glauben. Mit all dem und damit, so viel Zeit wie möglich damit zu verbringen, meine Frau anzusehen und mich darüber zu freuen, was für ein Glück ich mit ihr habe, bin ich ziemlich ausgelastet.«

Cameron sah Sunshine wie gebannt hinterher. »Das verstehe ich.«

»Sunny ist auch schön, nicht wahr?«

»Atemberaubend«, pflichtete Cameron ihm bei.

Patrick beugte sich zu ihm herüber. »Nun, sie ist nicht die Ihre, also sehen Sie lieber nicht zu lange hin.«

Cameron fand, dass Patrick recht hatte.

Aber er schaute ihr trotzdem weiter nach, da er den Blick nicht abwenden konnte, bis sie in Ian MacLeods Hinterhof standen. Nun, eigentlich war es kein Hinterhof, sondern es wirkte eher wie ein Übungsplatz. Direkt am Haus befand sich eine gemütliche Sitzecke mit Kinderspielzeug, aber Sunny blieb dort nicht stehen. Cameron folgte ihr und Patrick zu Ian MacLeod, der auf dem Übungsplatz auf sie wartete.

Ian zog Sunny an sich und legte ihr seinen Arm um die Schultern. »Ach, das ist also der Weichling, von dem Pat mir erzählt hat, dass du ihn vorbeibringst«, empfing er sie spöttisch. »Von welchem Nähkränzchen hast du den denn weggezerrt?«

Sunny verzog das Gesicht. »Von Cameron Hall, das wusstest du, wo er Laird ist, das wusstest du ebenfalls. Bitte ein wenig mehr Respekt Höhergestellten gegenüber, Ian.«

Ian lachte nur. »Lord Robert und ich kennen uns schon, und er weiß, dass ich ihn nur provoziere, um ihn aus der Reserve zu locken und sein Blut in Wallung zu bringen.«

»Das wird er auch nötig haben«, sagte Patrick kurz angebunden. »Ian, gib ihm ein Schwert.«

Cameron entnahm Patrick MacLeods Gesichtsausdruck, dass er all die Heißblütigkeit brauchen würde, die er aufbringen konnte. Patrick hatte gerade das Schwert aus der Scheide gezogen, als hätte er das schon Tausende von Malen getan – und Cameron begriff ganz plötzlich, dass das zweifellos der Fall war. Er holte tief Luft, dann wandte er sich um und sah Sunny an. Auf ihrer Miene stand ein für ihn vollkommen überraschender Ausdruck.

Hoffnung.

Etwas ganz Elementares in ihm geriet in Bewegung, sodass er einen Augenblick fast die Fassung verlor. Er musste sich beherrschen, nicht die Arme auszustrecken und sie an sich zu reißen. Aber dennoch konnte er nicht umhin, zu ihr hinüberzugehen und ihr sanft die Hand auf die Schulter zu legen.

»Was ist, meine Liebe?«, fragte er ruhig.

»Nichts«, erwiderte sie rasch. »Es ist nichts. Viel Spaß beim Kampf.«

Er legte unwillkürlich seinen Arm um sie. Ian sagte nichts, und auch Patrick stieß ihm keineswegs wütend sein Schwert in den Rücken: Die Welt ging nicht unter.

Aber etwas in ihm löste sich aus der Erstarrung.

Sunny umarmte ihn plötzlich heftig, dann riss sie sich von ihm los und sagte: »Du trittst jetzt besser zum Kampf an, bevor Pat dich holt.«

Er war zu verwirrt, um etwas zu entgegnen, und sah, dass sie trotz ihrer leicht dahingesagten Worte immer noch denselben Gesichtsausdruck hatte, als hoffte sie auf etwas so Gewaltiges, dass sie es nicht auszusprechen wagte.

Was es wohl sein mochte? Und warum zum Teufel hatte er sich in diese Situation hineinmanövrieren lassen? Er hätte ein halbes Dutzend Entschuldigungen vorbringen können, um sich diesen Männern, die zweifellos perfekt mit dem Schwert umgehen konnten, nicht zu stellen. Vermutlich könnte er auch jetzt noch einfach gehen. Schließlich hatte er nun acht Jahre lang seine Vergangenheit bewusst ignoriert, eine Vergangenheit, in der er vielleicht, vielleicht aber auch nicht, mit einem Schwert in der Hand zum Mann herangewachsen war. Mit einem mittelalterlichen Schwert. Überreicht von seinem Vater, ganz nach mittelalterlichem Brauch.

Er fragte sich, was Sunny wohl denken würde, wenn sie sähe, wie er damit umgehen konnte.

Bevor er noch länger darüber nachgrübeln konnte, warf ihm Ian ein Schwert zu. Er fing es geschickt auf. Und wo er es schon einmal in seinen Händen hielt, da machte es doch wirklich keinen Sinn, es in seiner Scheide stecken zu lassen, nicht? Und als die Klinge erst einmal bloß lag, machte es noch weniger Sinn, es nicht auch seiner Bestimmung gemäß einzusetzen.

Patrick attackierte ihn ganz plötzlich und mit einer Wucht, die ihn nach hinten taumeln ließ.

Aber nur kurz.

Acht Jahre fielen von ihm ab, als wäre die Zeit stehen geblieben. Er hielt das schwere Schwert in seinen Händen und schwang es, als hätte er noch am Tag zuvor nichts anderes getan, als sich von morgens bis abends im Schwertkampf zu üben. Er focht nun mit fest eintrainierten Reflexen zurück, er kämpfte leidenschaftlich und mit allen Tricks, die er jemals erlernt hatte.

Es war ein Gefühl, als habe er einen Schritt um Hunderte von Jahren zurückgetan. Das hätte er bei einer anderen Gelegenheit vielleicht genossen, aber er musste sich auf etwas anderes konzentrieren. Patrick MacLeod war ein spektakulärer Schwertkämpfer und ebenso skrupellos wie jeder andere Krieger der MacLeods, dem Cameron je gegenübergestanden hatte. Er musste sich weit über seinen üblichen Kampfgeist hinaus anstrengen, um ihm ebenbürtig zu sein. Es war ein herrliches Gefühl.

Eine Stunde verging, vielleicht mehr, bevor es ihm gelang, einen Blick auf Sunny zu erhaschen. Zu diesem Zeitpunkt hätte ihn nichts mehr überrascht: Erstaunen, Erschrecken, Abscheu, er war auf alles gefasst.

Aber in ihr tränenüberströmtes Gesicht zu sehen, traf ihn völlig unvorbereitet.

Nur lebenslange Erfahrung, wann er Gefahr lief, den Kopf abgeschlagen zu bekommen, bewahrte ihn davor, dass ihm das jetzt tatsächlich widerfuhr. Er riss sein Schwert hoch und hörte, wie Patricks Schwertspitze klirrend der Länge nach an seiner Klinge hinuntersauste. Er sah Patrick erschrocken an.

»Ihr hättet mich fast umgebracht.«

»Dann passt eben besser auf!«

Cameron spürte, wie sich seine Augen verengten. »Das werdet Ihr bereuen!«

Patrick schnaubte verächtlich. »Das bezweifle ich. Aber ich bezweifle nicht, dass Ihr und ich ein ernstes Wörtchen miteinander reden müssen. Ich werde eine Liste mit unmissverständlichen Fragen für Euch ausarbeiten.«

»Gelingt Euch das, während wir kämpfen?«

Patrick lachte laut auf, dann traf er Camerons Klinge plötzlich mit solcher Wucht, dass dieser die Waffe beinahe fallen ließ.

Aber er war nicht umsonst William Mac Camerons Sohn.

Er war mit dem Schwert in der Hand zum Mann herangereift und hatte stets Wert darauf gelegt, es in seinen Händen zu behalten und nicht auf dem Gras zu seinen Füßen liegen zu sehen. Er warf Sunny einen weiteren Blick zu und sah, dass ihr Gesichtsausdruck unverändert war, hatte aber dann keine Zeit mehr, sich darüber zu wundern. Die MacLeods blieben einfach MacLeods, ganz gleich, in welchem Jahrhundert, und sie forderten seine volle Aufmerksamkeit.

Er würde diese Aufmerksamkeit jedoch ihrer Hexe zuwenden, sobald er den Kopf dafür frei hatte. Warum sie ihn wohl so unerbittlich in diese Situation gedrängt hatte? Er hatte nicht die geringste Ahnung, was sie damit bezwecken wollte.

Ob er die Antwort wohl ertragen könnte, sollte er sie je erfahren?

19

Sunny stand neben Ian MacLeod am Rand seines Übungsplatzes und fragte sich, ob sie den Verstand verloren hatte. Sie war an diesem Morgen mit dem Anblick von Cameron erwacht, der neben ihrem Bett saß, und ihr Herz hatte einen Schlag lang ausgesetzt. Spontan hatte sie beschlossen, dass ein kleiner Ausflug zu Ian eine großartige Idee wäre. Aber jetzt kam es ihr ganz anders vor.

Vielleicht war sie wirklich verrückt.

Sie tat einen diskreten Blick – bereute es aber gleich. Cameron war … nun, er war wieder ganz der Alte. Zwar trug er Shorts, ein T-Shirt und Tennisschuhe statt eines Plaids und abgetragener Stiefel, aber diese wären die einzigen Anzeichen dafür gewesen, dass er nicht mehr im Jahr 1375 lebte. Er war so geschickt, so tödlich, so schön – er bestand ganz aus Muskeln und Leidenschaft und schwang sein Schwert, als sei für ihn die Zeit stehen geblieben. Und er strich sich immer noch die Haare mit einem Fluch aus den Augen, ganz so wie damals in der fernen Vergangenheit.

»Dieser Bursche da hat den Schwertkampf nicht in unserem Jahrhundert erlernt.«

Erst da bemerkte Sunny wieder, dass Ian neben ihr stand, und richtete ihre Aufmerksamkeit mit einiger Mühe auf ihn. »Woraus schließt du das?«

»Weil er nicht darüber nachdenken muss, was er tut.« Er sah Cameron noch eine Weile aufmerksam zu. »Beobachte ihn, wenn er kämpft. Das ist kein einstudiertes Herumtänzeln. Entweder reagiert er ohne Zögern auf Pats Angriff oder er greift selber an, und zwar so, dass er sich Pats Schwächen zunutze macht. Sein Schwert ist wie ein verlängerter Arm, wie eine Erweiterung seines Körpers.« Er sah sie lächelnd an. »Das ist der Unterschied zwischen jemandem, der damit aufgewachsen ist, sein Schwert dazu zu verwenden, sich am Leben zu erhalten, und einem, der diese Kampfkunst aus weniger zwingenden Gründen erlernt hat.«

»Du kennst dich in deinem Metier schon sehr gut aus, oder?«

Ian lächelte stolz. »Kaum zu glauben, nicht wahr?«

»Ich weiß, dass du gut kämpfen kannst, Ian«, sagte sie nüchtern. »Ich habe nur noch nie genauer darüber nachgedacht, was für ein Wissen dahinter steckt.«

»Nun, darum kriege ich ja auch diese vielen Dollars dafür«, prahlte er im breitesten, gut imitierten amerikanischen Slang. »Ich mache aus all diesen mickrigen Hollywood-Stuntmen echte Highland-Krieger.«

»Was sie trotzdem nie werden.«

»Manche schaffen es«, räumte er ein. »Aber diese Männer leben jahrelang ganz für die Fechtkunst. Gelegentlich finde ich ein Naturtalent.« Er nickte in Richtung Turnierplatz. »Aber dein kleiner Freund hier kämpft deshalb so gut, weil er mit einem Schwert in der Hand aufgewachsen ist und es dazu gebraucht hat, sich am Leben zu erhalten.«

»Meinst du wirklich?«, sagte sie und auf einmal hatte sie einen ganz trockenen Mund.

Er warf ihr einen vielsagenden Blick zu. »Sunny, ich bin kein Dummkopf. Ich kann dir keine genaue Zeit nennen, aber ich würde ihn zeitlich zumindest vor dem 15. Jahrhundert ansiedeln. Vermutlich weißt du auch nichts Genaueres, oder?«

»Ich?«, fragte sie mit rauer Stimme. »Warum sollte ich?«

»Weil du hier neben mir stehst und nicht einmal merkst, dass dir die Tränen über die Wangen laufen – und ich versuche gerade so gentlemanlike wie möglich, diese Tatsache zu ignorieren.«

Sie fuhr sich mit dem Ärmel übers Gesicht. »Du hast eine überbordende Fantasie, Ian.«

»Nun, das hat nichts mit Fantasie zu tun, was ich da auf dem Platz sehe. Robert Cameron schlägt sich ausgezeichnet. Selbst Pat hat seine liebe Mühe, findest du nicht?«

Sie wandte sich wieder zum Turnierplatz und musste zugeben, dass Ian recht hatte. Vermutlich war das alles nichts gegen ihren Schwager, aber wenn sie mit Cameron die Klingen kreuzen müsste, würde sie sich ihm ohne zu zögern ergeben.

Allerdings kämpfte er jetzt gegen Patrick MacLeod, und das sollte selbst ihn ein wenig Kraft kosten. Und bald darauf legte er auch tatsächlich eine Kampfpause ein und sah zu ihr hin.

»Wasser«, forderte er, heftig schnaufend.

Ian blickte sie überrascht an. »Was, du willst ihm wirklich etwas geben?«

»Vielleicht zieht er ja zum Dank sein Hemd aus«, sagte sie, bevor sie sich eines Besseren besinnen konnte.

Ian sah sie an und musste lachen. »Sunny, schmachtest du diesen Burschen hier etwa an?«

Sie ließ ihn stehen, bevor sie antworten musste. Ian würde sicher umstandslos Cameron weitererzählen, was sie ihm gesagt hatte, daher hatte sie keine Eile, wieder zurückzukommen.

Sie trat in Ians Küche, aber dort traf sie nicht wie erwartet Ians hochschwangere Frau Jane an, die ihr einen Grund gegeben hätte, erst wieder zurück zum Turnierplatz zu gehen, wenn sie dazu bereit wäre. Sie füllte einen großen Krug mit kaltem Wasser und nahm vier Becher, dann ging sie wieder hinaus in den Garten.

Sie musste ihm seinen Becher drei Mal nachfüllen, bevor er ihr zum Dank zunickte.

»Und, wo bleibt die Belohnung?«, fragte Ian sanftmütig.

Cameron blinzelte überrascht. »Das hat sie doch sicher nicht ernst gemeint?«

Sunny hatte es wirklich nicht ernst gemeint, aber jetzt konnte sie es nicht lassen, ihn noch ein wenig zu piesacken.

»Aber ich könnte es sehr wohl ernst gemeint haben«, sagte sie. »Und immer noch ernst meinen.«

»Ich habe aber ein, zwei Narben …«

»Ich etwa nicht?«, unterbrach ihn Patrick. Er zog sein Hemd aus und hängte es Sunny über die Schulter. »Gebt dem Mädchen die versprochene Belohnung und dann geht's weiter. Ich bin noch nicht fertig mit Euch.«

Cameron sträubte sich. Sunny fragte sich, warum. Er hatte schließlich im mittelalterlichen Schottland kein Problem damit gehabt, sich vor ihr zum Baden auszuziehen. Allerdings hatte er damals den Körper eines mittelalterlichen Lairds gehabt, und dazu gehörten nun einmal auch Narben. Vielleicht dachte er, wenn sie ihn jetzt so sähe, wäre sie schockiert.

»Gestern Abend haben Sie ja auch Ihr Hemd ausgezogen«, erinnerte sie ihn.

»Er hat *was?*«, donnerte Patrick.

»Aber da war es ja dunkel«, sagte sie bedauernd.

Patrick stapfte wieder auf den Turnierplatz. »Cameron, bewegt Euren elenden Hintern und kämpft weiter. Ich muss Euch noch ein paar Benimmregeln beibringen.«

Cameron zerrte sich das Hemd über den Kopf. Er trat einen Schritt zu ihr und legte es ihr behutsam über die Schulter.

»Das zahle ich Euch heim, glaubt mir«, sagte er leise.

Leider konnte sie sich das nur zu gut vorstellen, und allmählich ging ihr auch auf, dass ihre Bitte, er möge sein Hemd auszuziehen, alles andere als eine gute Idee gewesen war. Der ganze Vormittag war keine gute Idee gewesen. Sie hatte darauf gehofft, nach einem kleinen Schlag mit dem Schwert würden schon ein paar alte Erinnerungen wieder nach oben kommen, wie Fettaugen auf einer Suppe. Stattdessen hatte er seinen Körper, wie er im Mittelalter gewesen war – seinen *nackten* Körper, wie er im Mittelalter gewesen war – ohne jedes Erinnerungs-Flashback präsentiert, denn sonst hätte er entweder in die Knie gehen oder in ihre Arme sinken müssen.

Jetzt fühlte sie sich noch elender.

»Penelope Ainsworth ist ein zänkisches Weib«, bemerkte Ian träge. »Er ist ein Narr, wenn er sie heiratet.«

»Hierzulande gibt es wohl keine Geheimnisse?«, murmelte sie.

»Nicht, wenn man Laird der benachbarten Burg ist und die Burschen unten im Pub meinen, man müsse verrückt sein, wenn man sich überhaupt südlich der Grenze nach einer Frau umsieht.«

»Nun, er liebt sie offenbar, sonst hätte er sie ja nicht gefragt, ob sie sich vorstellen könnte, ihn zu heiraten.«

»Aber warum sieht er dich dann mit großen Augen an, wenn er sich besser ganz auf seinen Kampf konzentrieren sollte? Und warum hat er die Nacht auf deinem Fußboden verbracht?«

»Er brauchte etwas gegen seine Kopfschmerzen, und der Sturm hat ihn in meinem Haus festgehalten«, erwiderte sie. »Und ich war es auch, die ihm das hier eingebrockt hat.«

»Um herauszufinden, ob er ein ganzer Kerl ist?«, fragte Ian. »Oder um ihn dazu zu bringen, dass er endlich merkt, dass er einer ist?«

Sie erwiderte seufzend: »Vermutlich von beidem ein bisschen.«

»Ich glaube, liebe Cousine, dass du mir nur die halbe Wahrheit erzählst. Aber da ich unter meinen Verwandten der am wenigsten neugierige bin, werde ich nicht weiter nachbohren. Aber ich sage dir, ich würde ihn für dich töten, wenn du es von mir verlangst. Und wenn er dir was zuleide tut, dann töte ich ihn auch ohne deine Erlaubnis.«

»Nach gutem mittelalterlichen Brauch, Ian.«

Er zwinkerte ihr zu. »Von mir kannst du schließlich nichts anderes erwarten, oder?«

Nein, das konnte sie sicher nicht.

Eine ganze Weile später dämmerte ihr, dass Patrick vermutlich noch den ganzen Tag weitergekämpft hätte, wenn Ian nicht geltend gemacht hätte, dass er jetzt endlich auch einmal an der Reihe war. Patrick verließ schließlich widerstrebend den Kampfplatz, jedoch nicht, ohne Cameron mit Verwünschungen zu überhäufen. Ian nahm seine Stelle ein, und er war in Bestform.

»Dann wollen wir mal sehen, wie du dich gegen einen echten Schwertkämpfer behaupten kannst«, rief er gutgelaunt.

Patrick verfluchte seinen Cousin, aber Ian lachte nur. Sunny reichte Patrick den Krug mit Wasser. Er trank direkt aus dem Krug, den Rest goss er sich über den Kopf. Er schüttelte sich wie ein Hund, und Wassertropfen spritzten in alle Richtungen – und trafen auch Sunny.

Sie benutzte den am wenigsten feuchten Teil seines Hemdes, um sich das Gesicht abzutrocknen, dann reichte sie es ihm. Er zog es über den Kopf und machte sich auf die Suche nach der Scheide seines Schwerts. Dann steckte er es nachdenklich zurück und stellte sich neben sie.

»Nun«, sagte er schließlich. »Jetzt weiß ich, *was* er ist. Aber ich will auch noch wissen, *wer* er ist.« Er blickte sie an. »Wirst du es mir sagen, oder soll ich raten?«

Sie erwiderte seinen Blick, wandte sich dann um und ließ ihn stehen. Sie setzte sich auf eine Bank. Sie hatte für diesen Tag genug von Schwertkämpfen.

Patrick setzte sich neben sie. »Weißt du, Sunshine«, fuhr er unerbittlich fort, »das Erste, was aus deinem Mund kam, als du von deinem kleinen Ausflug neulich zurückkehrtest, war nicht *Patrick, wie schön, dich wiederzusehen,* sondern *Wo ist Cam?* Ich nehme an, Cam ist die Abkürzung für Cameron. Seltsam, nicht wahr, dass hier nun ein Mitglied des Cameron-Clans fünfzig Schritte vor uns steht, der magisch von dir angezogen zu sein scheint und von dem ich dir persönlich garantiere, dass er nicht im 20. Jahrhundert geboren wurde.«

»Bist du sicher?«

Er bedachte sie mit einem leicht abschätzigen Blick.

»Gut, du bist dir also sicher«, sagte sie seufzend. »Aber wenn du dir schon sicher bist, was willst du dann noch?«

»Ich will, dass du nicht verletzt wirst«, sagte er ernst. »Ich will wissen, was dir zugestoßen ist, wohin du gegangen bist, in wen du dich verliebt hast.«

»In wen ich mich ...«, echote sie verdattert.

»Ich erkenne die Symptome, wenn nicht gar die Krankheit.«

Sie wollte weiter alles abstreiten, wusste aber, dass es keinen Zweck hatte. Patrick hatte sie über eine Woche lang weinen gesehen, nachdem sie heimgekehrt war – und er war nicht auf den Kopf gefallen. Vermutlich hatte er sich das meiste sowieso schon zusammengereimt. »Maddy wird mich umbringen, wenn ich dir diese Dinge vor ihr erzähle«, sagte sie seufzend.

»Du kannst mir glauben, Sunny, nichts, was du mir erzählst, reicht an die überbordenden Spekulationen heran, die deine Schwester im letzten Monat angestellt hat.«

Das konnte sich Sunny lebhaft vorstellen. Und auf Patrick war wirklich Verlass, wenn es darum ging, Geheimnisse zu bewahren. Sie hatte schon beobachtet, wie Jamie ohne jeden Erfolg Dinge aus ihm herauskitzeln wollte. Ganz gleich, unter welchem Druck er stand, Patrick gab nie nach. Was immer sie ihm im Vertrauen erzählte, würde nicht weitergegeben, nicht mal an ihre Schwester.

»Also gut«, sagte sie und gab auf. »Was willst du wissen?«

»Wer ist Cam?«, fragte er ohne Zögern.

Sie deutete mit einem Nicken zum Turnierplatz.

»Er dort.«

Patrick wirkte kein bisschen überrascht. »Und du hast ihn in der Vergangenheit kennengelernt?«

»Ja.«

»Warum erkennt er dich hier nicht wieder?«

Sie blickte zu Cameron hinüber, der gegen Ian mit einer Energie kämpfte, die über die Stunden hinwegtäuschte, die er sich bereits gegen Patrick zur Wehr gesetzt hatte; dann wandte sie sich wieder an ihren Schwager. »Anscheinend gibt es Zeiten, in denen Menschen dasselbe Zeittor benutzen, aber nicht am selben zeitlichen Bestimmungsort herauskommen. Das ist besonders unpraktisch, wenn einem der beiden halb der Schädel eingeschlagen wird und er alle Erinnerungen an die Frau verliert, der er einst die Liebe geschworen hat.«

Patrick schloss kurz die Augen. »Ach, Sunny, das tut mir so leid.« Er lächelte sie schmerzlich an. »Hast du gedacht, ein kleiner Schwertkampf könnte seinem Gedächtnis auf die Sprünge helfen?«

»Ich hatte es gehofft, aber es scheint nicht eingetreten zu sein.« Sie beobachtete Cameron weiter. »Magst du ihn?«

»Er ist ein Cameron, trotzdem habe ich ihm zwei Mal zu essen gegeben. Was schließt du daraus?«

»Ich schließe daraus, dass du ein wahrer Edelmann bist«, sagte sie aufrichtig. »Ich bin so glücklich, dass meine Schwester dich gefunden hat.«

»Danke, Mistress Lobelie«, sagte er trocken.

Sie lächelte, dann aber wurde sie wieder ernst. »Bitte, lass mich Maddy den Rest selbst erzählen. Wenn du möchtest, kannst du ihr das sagen, was du jetzt weißt, aber die Einzelheiten soll sie von mir erfahren.«

»Was du mir bisher erzählt hast, hat sie sich tatsächlich schon selbst zusammengereimt. Und du solltest wissen, dass sie heute Morgen hin und her gerissen war, ob ich ihn nun kurz und klein hauen oder doch noch etwas von ihm für dich übrig lassen soll.«

»Er ist verlobt.«

»Das einzig Endgültige, liebe Sunshine, ist der Tod.«

»Willst du mir damit sagen, dass du dein Ehegelübde infrage stellst?«

Er blickte so schockiert drein, dass sie lächeln musste.

»Das beantwortet meine Frage«, sagte sie. »Und nur damit du es weißt, so einen Mann will ich auch. Einen, den das blanke Entsetzen beschleicht beim Gedanken, mich zu verlassen. Aber bis ich so einen finde, bin ich dir dankbar, wenn du den dort freundlich behandelst.«

Patrick zuckte mit den Schultern. »Was tut man nicht alles für die Familie, sogar freundlich sein zu einem Cameron«, fügte er mit einem Augenzwinkern hinzu, bevor er sich wieder ganz den beiden Fechtenden widmete.

Sunny sah ebenfalls zu, bis aus dem Morgen allmählich ein Nachmittag wurde. Sie hatte noch mehrere Male Wasser geholt und auch einen Imbiss für zwei Personen. Aber erst als der Tag schon weit vorangeschritten war, bat Cameron um Frieden. Sie sah zu, wie Ian und Cameron sich die Hand reichten, bevor sie den Turnierplatz verließen. Sie waren beide schweißgebadet. Sie versuchte, nichts dabei zu finden, dass Cameron sich neben sie und nicht neben Patrick stellte. Sie ignorierte auch, wie er ihren Arm berührte, als er höflich um etwas zu trinken bat, wagte ihn aber nicht anzusehen, wie er in Patricks Shorts so dicht neben ihr stand, als sie ihm sein Hemd zurückgab.

Ian klopfte ihm auf die Schulter. »Kommen Sie wieder, wann immer Sie mögen«, sagte er lächelnd. »Ich berechne Ihnen nichts für die Fechtstunden.«

»Wie freundlich von Ihnen«, sagte Cameron gut gelaunt.

Ian lachte nur, küsste Sunny auf beide Wangen, dann beugte er sich zu ihr, sagte aber gut hörbar: »Ich mag ihn.«

Sie wollte ihm den Mund verbieten, aber er entwischte ihr noch rechtzeitig. Er nahm Camerons Schwert zurück, dann ging er fröhlich summend ins Haus zurück.

Patrick musterte Cameron eine Weile schweigend, dann blickte er Sunny an. »Du kannst den Burschen hier zum Abendessen mitbringen. Vielleicht erzählt er uns, wo er so passabel zu fechten gelernt hat. Sicher ist die Antwort für uns beide erhellend. Also trödelt nicht, ihr beiden.«

Er nahm sein Schwert und trabte in Richtung seines Hauses.

Sunny sah ihm nach, dann blickte sie Cameron an. Er beobachtete sie misstrauisch, als wartete er auf irgendeine unangenehme Reaktion von ihr.

»Nun?«, fragte er schließlich. »Wie fanden Sie mich?«

Sie wollte ihm sagen, dass sie sehr beeindruckt war, dann aber merkte sie, dass es keine Rolle spielte, ob sie beeindruckt war oder nicht.

Die Tatsachen hatten sich seit dem Morgen kein bisschen verändert.

Er war nicht frei.

»Ich frage mich ebenso wie Patrick, wo Sie so gut fechten gelernt haben«, sagte sie schließlich. »Aber vermutlich werden Sie mir das nicht verraten.«

»Wenn ich mir sicher bin, wie Sie reagieren werden«, begann er langsam, »dann verrate ich es Ihnen.«

»Vor oder nach Ihrer Hochzeit?«

Er seufzte leicht. »Warum müssen Sie das immer wieder erwähnen?«

»Warum sind Sie nicht bei ihr?«

Er sah sie so ernst an, dass sie wünschte, sie hätte nicht gefragt. Keine Antwort darauf zu verlangen war vermutlich das Beste, was sie den ganzen Tag getan hatte.

»Ich will es gar nicht wissen«, sagte sie brüsk und ging davon. »Ich wünsche Ihnen ein schönes Abendessen bei Patrick.«

»Sie kommen doch auch, oder?«

»Nein. Ich gehe nach Hause.«

»Warum?«

»Ich bin müde«, sagte sie. Das stimmte zwar nicht, aber es war leichter, als ihm die Wahrheit zu sagen, die darin bestand, dass sie ihn trotz all ihrer schönen Beschlüsse noch genauso liebte wie vorher, aber in der Zukunft mit ihm zusammenzukommen, war nicht möglich. Er war für sie ebenso unerreichbar, als wäre er vor 650 Jahren in der Vergangenheit stecken geblieben.

Zeitreisen waren einfach das Letzte.

Das würde sie Jamie schon sagen, wenn sie ihn das nächste Mal sah.

»Ich bringe Sie nach Hause.«

»Ich brauche Ihre Hilfe nicht.«

Er gab einen ungeduldigen Laut von sich. »Warum lassen Sie es nicht zu, dass ich für Sie sorge?«

»Weil Sie schon eine Frau haben, für die Sie sorgen sollten.« Sie beschleunigte ihren Schritt, aber seine Beine waren länger als ihre, daher nützte es ihr nichts. »Tun Sie das also.«

»Sie mag mich nicht.«

Sie wäre fast stehen geblieben und hätte ihn entgeistert angestarrt, schaffte es aber gerade noch, den Impuls zu unterdrücken.

»Dann ist sie eine dumme Gans.«

»Danke«, sagte er und klang, als würde er lächeln. »Und nun, Sunshine, geben Sie endlich nach und lassen Sie mich Ihnen ein Abendessen kochen.«

»Kochen Sie doch Ihrer Verlobten etwas zum Abendessen.«

»Sie mag das, was ich koche, auch nicht mehr als mich.«

Sie warf ihm einen Blick zu. »Ich will nicht die Zuflucht für Sie sein.«

Er blickte sie überrascht an, aber sie sah in seinem Gesicht keine vielversprechenderen Gefühle, daher wandte sie das Gesicht ab und stapfte davon. Wie auf Bestellung begann es zu regnen.

Sie hätte nichts anderes erwarten sollen.

Eine Weile später trottete sie an Patrick und Madelyns Trockensteinmauer vorbei. Madelyn stand vor dem Eingang und wartete auf sie beide.

»Kommt ihr zum Essen?«, rief sie.

»Nein«, entgegnete Sunny laut. »Ich gehe nach Hause.«

»Cameron, kommen Sie …?«

Sunny strich sich das feuchte Haar aus dem Gesicht und warf ihrer Schwester einen wütenden Blick zu. Madelyn hob entschuldigend die Hände.

»Lass gut sein«, sagte sie. »Aber vielleicht wollen Sie Ihre Kleider abholen, Cameron?«

Sunny hörte, wie Cameron durch den Hof hinter ihr herkam. Ob sie es wohl schaffen könnte, schneller als er beim Cottage anzukommen und ihre Tür zu verriegeln? Spontan beschloss sie, dass es einen Versuch wert war.

Aber er war wirklich sehr schnell.

Als sie zu Hause ankam, war sie ganz außer Atem, völlig durchnässt und stinkwütend. Sie konnte weder sagen, wann sie so zornig geworden war, noch, worüber: über Cameron, Penelope oder über das verfluchte Zeittor, das alles zerstört hatte.

Auf der anderen Seite hatte das Zeittor ihr ein kleines Scheibchen Ewigkeit mit dem Mann geschenkt, der sie zu einem Spaziergang hundert Schritte zurück in die Vergangenheit gezogen hatte und der nun unter dem Giebel ihres Hauses neben ihr stand, also sollte sie sich vielleicht nicht allzu sehr beklagen.

Cameron wollte sie nicht die Tür öffnen lassen. Er tat es selbst und erschauderte einmal mehr, als er die Schwelle überschritt, dann machte er das Licht an. Er warf einen Blick in ihr Badezimmer, in die Küche und kam dann zum Eingang zurück.

»Alles sicher.«

»Hierher kommt keiner«, sagte sie und rang nach Atem.

»Es gibt immer ein erstes Mal«, erwiderte er und zog sie nach drinnen. »Setzen Sie sich, Sunshine.«

Sie hatte keine Lust, sich länger gegen ihn zu wehren. Sie war nicht kräftig genug, um ihn hinauszuwerfen, und vermutete, dass er fest entschlossen war, ihr zumindest etwas zu essen zu machen, bevor er aus freien Stücken ginge. Sie ließ sich von ihm zum Kamin führen und dankbar in einen Sessel fallen. Von dort sah sie ihm zu, wie er zuerst Feuer machte und dann in der Küche im Kühlschrank herumkramte.

Und wieder dachte sie bei sich, dass Zeitreisen nicht nur

einfach das Letzte waren, sondern das Grässlichste, Herzzerreißendste und Ungeheuerlichste, was sich auf dem Land der MacLeods abspielte. Da war es ganz gleich, dass die Sache für Madelyn, Elizabeth und Jane gut ausgegangen war.

Die einzige Ausnahme zu sein, fand sie schrecklich.

Sie wollte den Blick von Cameron abwenden, schaffte es aber einfach nicht. Verzweifelt wünschte sie sich, er könnte in aller Offenheit hier bei ihr sein und nicht nur als klammheimliche Leihgabe.

Er hantierte herum, summte und pfiff vor sich hin, hielt sogar einen Augenblick inne und blickte ins Leere, als versuche er sich an eine Melodie zu erinnern, bevor er nickte und beim Gemüseschneiden sang.

Ob ihre Augen wohl je wieder aufhören würden, vom Weinen zu brennen?

Er kam mit einem Teller in der Hand zu ihr und blieb dann überrascht stehen, als er sie so sah. »Liegt es an meinem Gesang?«, fragte er.

Sie schüttelte den Kopf und wischte sich über die Augen. »Das war wunderschön.«

»Dann weinen Sie etwa, weil es Ihnen *gefallen* hat?«, fragte er, offensichtlich verblüfft.

»Ich bin müde.«

»Das sagen Sie ständig, und ich beginne daran zu zweifeln.«

Er stellte einen Teller mit köstlichem Salat auf ihren Schoß und reichte ihr eine Gabel. »Essen Sie. Danach geht es Ihnen sicher besser.«

»Das sieht wunderbar aus«, sagte sie. »Vielen Dank.«

»Gern geschehen.«

Er holte seinen eigenen Teller, dann zog er einen Stuhl neben ihren und setzte sich. »Ich kann allerdings nicht garantieren, dass die Sauce schmeckt. In der Küche gab es nichts, was Fett enthielt.«

»Fett ist schlecht für mein …«

»… Chi«, ergänzte er. »Das haben Sie schon mal gesagt.« Er

sah sie zweifelnd an. »Haben Sie denn nie Appetit auf eine riesige Portion Fish and Chips, Sunny?«

Sie seufzte tief. »Ab und zu.«

»Und, werden Sie dann schwach?«

»Ab und zu.«

Er lächelte und widmete sich wieder seinem Salat.

Sunny aß so viel, wie sie herunterbrachte, aber es war schwierig zu essen, wenn man vom Weinen einen dicken Kloß in der Kehle hatte.

Cameron aß auf und sah ihr eine Weile zu, schließlich nahm er ihr den Teller ab und stellte ihn für sie in den Kühlschrank. Er räumte rasch die Küche auf, dann kam er zu ihr zurück und streckte die Hände aus.

Sie blickte überrascht auf. »Was ist?«

»Ich bringe Sie jetzt ins Bett.«

Sie ließ sich von ihm auf die Füße ziehen.

»Aber, Cam ...«

Er sah sie an, als hätte sie ihm eine Ohrfeige verpasst. »Wie haben Sie mich gerade genannt?«

»Cameron«, verbesserte sie sich. Meine Güte, sie würde sich wirklich in Schwierigkeiten bringen, wenn er nicht bald ginge. Sie entzog sich ihm. »Ich kann allein ins Bett gehen.«

»Ich weiß, dass Sie das *können*«, sagte er geduldig. »Ich will doch nur galant sein. Ziehen Sie sich fürs Bett an, Sunny, ich decke sie zu.«

Sie hätte am liebsten die Arme um ihn geschlungen und geweint, bis sie keine Tränen mehr hatte.

Wie hatte sie an jenem Abend, als Tavish Fergusson sie gefeuert hatte, bloß denken können, ihr Leben sei schrecklich? Es wäre so viel besser gewesen, wenn sie Cameron Mac Cameron nie begegnet wäre, nie seine Arme um sich gespürt hätte, wenn er nie ihr Gesicht angehoben hätte, um es zu küssen. Er war ganz genau so, wie er einmal gewesen war. Ritterlich. Beschützend. Fordernd.

Es würde sie noch umbringen.

Er drehte sie zum Badezimmer hin. »Ziehen Sie Ihren Pyjama an.«

Sie gehorchte ihm, weil sie anscheinend unfähig war, mit ihm zu streiten. Sie zog einen Flanellpyjama mit dem Muster des MacLeod-Plaids an, den sie vor Weihnachten aus dem Schrank ihrer Schwester gemopst hatte, kämmte sich das Haar und ging dann wieder ins Wohnzimmer zurück. Cameron blickte sie ernst an, dann schlüpfte er hinter ihr mit seinen Kleidern ins Bad. Ein paar Minuten später kam er wieder angezogen heraus, Patricks Klamotten in der Hand.

»Ich gehe erst mein Pferd satteln, dann bringe ich Sie ins Bett.«

»Ich komme schon zurecht«, sagte sie rasch. »Ich muss sowieso vor dem Schlafengehen die Tür zusperren.«

Er überlegte, dann nickte er und nahm seinen Mantel vom Haken. Er legte Patricks Kleider am Eingang ab, zog seinen Mantel an, hielt inne und sah sie an.

Sunny konnte ihm nicht in die Augen sehen. Sie blickte auf einen Punkt unterhalb seines Schlüsselbeins, das etwa auf gleicher Höhe war wie ihre Nase. Sie spürte, dass er ihr ein paar Haarsträhnen hinter ein Ohr strich.

»Sunshine …«

»Ich habe keine Lust, die andere Frau zu sein, Cameron.«

Er seufzte tief auf. »Ich weiß.« Er schwieg eine Weile. Er steckte ihr einfach die Haare hinter die Ohren, Strähne für Strähne, als wollte er jede einzelne Bewegung auskosten. »Schlafen Sie gut, liebe Sunny.«

Sie nickte, konnte aber nichts erwidern, weil sie sonst gleich wieder in Tränen ausgebrochen wäre.

Er ließ den Arm sinken, hob seine Sachen auf, dann wandte er sich um und ging zur Tür hinaus. Er zog sie leise hinter sich zu. Sunny legte den Riegel vor, drehte sich um und ließ sich zu Boden gleiten. Sie sah tränenlos ins Leere. In ihr Haus, in Moraigs Haus, das nun so leer und kalt war, dass sie es kaum aushielt.

Sie legte sich die Arme um den Körper, um sich zu wärmen. Es half nicht. Sie konnte einfach nicht verstehen, was Cameron von ihr wollte, warum er sie ständig aufsuchte, was sie tun sollte, wenn sie ihn wieder sehen müsste. Er war nicht frei und sie wollte weder seine Zuflucht noch eine bloße Liebelei sein. Wozu sollte das gut sein?

Vielleicht würde er nach London zurückkehren, und sie könnte sich wieder sammeln. Das war wohl die einzige Hoffnung für ihr Herz.

Sie schloss ihre Schlafzimmertüre ab, holte Camerons Plaids aus ihrer Kommode und wickelte sich in sie ein, dann ging sie zu Bett.

Sie war sogar zu erschöpft, um zu weinen.

20

Lange vor der Morgendämmerung überquerte Cameron den Hof zu seinen Stallungen. Er hatte von Schlachtengetümmel und Blutvergießen und allerlei Aktivitäten geträumt, bei denen man ein Schwert führte und die im aktuellen Jahrhundert nicht mehr üblich waren, die einem aber dennoch den ruhigen Nachtschlaf rauben konnten.

Er schwankte innerlich, ob er Sunshine Phillips dafür verwünschen oder sich lieber bei ihr bedanken sollte.

Nachdem er von seinem Tag auf Ian MacLeods Turnierplatz nach Hause gekommen war, hatte er zum ersten Mal seit acht Jahren in seinen abgeschlossenen Wandschrank geschaut. Und mit ziemlicher Verblüffung hatte er dort nichts weiter vorgefunden als ein schottisches Breitschwert, drei Dolche, ein safranfarbenes Hemd und ein handgewebtes Plaid – mehr hatte er aus seinen 28 Jahren im Schottland des 14. Jahrhunderts nicht herübergerettet.

Was wohl all diese MacLeods in ihren Schränken unter Verschluss hielten?

Unvorstellbar, dass ihre Ehefrauen nicht genau Bescheid wussten, wen sie da zum Mann hatten. Wie hatte es wohl Jamie, Patrick und Ian in die Zukunft verschlagen? Aber auch darauf gab es wohl eine plausible Antwort. Vielleicht würde es ihm weiterhelfen, wenn er herausfände, wie es bei ihnen vor sich gegangen war – er wusste nichts darüber, wie es bei ihm geschehen war. Doch das Letzte, was Sunshine zu ihm gesagt hatte, war ihm glasklar im Gedächtnis.

Ich habe keine Lust, die andere Frau zu sein.

Er fuhr sich mit der Hand durchs Haar und fluchte. Auch er wollte nicht, dass sie das war, doch er war sich noch nicht ganz schlüssig, was er dagegen tun konnte. Er war im modernen London ebenso ein Gefangener seiner Verpflichtungen, wie er es im mittelalterlichen Schottland gewesen war. Und auch seine wilden Verwünschungen änderten nichts an seiner Situation. Warum hatte er sie nicht früher kennengelernt? Es hätte ja nicht einmal viel früher sein müssen. Vielleicht ein paar Monate.

Der bloße Gedanke daran, dass er sie in diesen Wahnsinn seiner Verstrickung mit Nathan und Penelope Ainsworth hineingezogen hatte, jagte ihm eisige Schauer den Rücken hinunter.

Er schob diese Gedanken beiseite. Er war jetzt in Schottland, er war für diesen einen Tag in Sicherheit, und er konnte sich vielleicht noch ein paar Stunden freischaufeln, um das zu tun, was sein Herz ihm eingab. Im Stall sattelte er eilig zwei Pferde, dann führte er sie hinaus in den frischen Frühlingsnebel. Er schwang sich in den Sattel und galoppierte nach Süden. Er würde mit Sunshine Phillips ausreiten und sehen, was der Tag für sie beide bringen mochte.

Aus ihrem Küchenfenster drang schon Licht, als er beim Cottage eintraf. Er stieg ab, band die beiden Rösser hinter dem Haus fest und ging leise zur Eingangstür. Innerlich wappnete er sich bereits gegen die unangenehme Empfindung, die ihn beim Überqueren von Sunnys Türschwelle stets heimsuchte.

Doch er war nicht darauf vorbereitet, was ihn erwartete, als sie auf sein Klopfen hin die Tür öffnete. Ein Déjà-vu überwältigte ihn mit solcher Wucht, dass es sich anfühlte, als würde er von einem Pferd überrannt. Er klammerte sich an den Türrahmen, um nicht in die Knie zu gehen.

Er war hierher zu diesem Haus gekommen, hatte geklopft, und eine Frau hatte ihm geöffnet. Eine Frau mit langen, lockigen Haaren, einer schwarzen Bluse und einem schwingenden schwarzen Rock.

»Cameron? Cameron, ist alles in Ordnung mit Ihnen?«

Er musste einen Schritt zurücktreten, wollte sprechen, brachte aber kein Wort heraus. Er legte sich die Hand über die Augen und spürte, wie ihm übel wurde. Mist, nicht schon wieder!

Sunny schob ihn ein paar Schritte zurück. »Beugen Sie sich nach vorn«, befahl sie. »Atmen Sie tief durch.«

Er stützte die Hände auf den Oberschenkeln ab und beugte sich, wie geheißen, vor. So blieb er eine Weile stehen und kämpfte darum, seinen Porridge im Magen zu behalten. Er spürte ihre Hände, eine auf seiner Schulter, die andere strich ihm tröstend übers Haar. Die Türschwelle hatte es nicht geschafft, doch diese Berührung gab ihm jetzt den Rest.

Bei allen Heiligen, war er damals vor 700 Jahren wirklich losgeritten, um die MacLeod-Hexe zu holen?

Allein schon der Gedanke daran verursachte ihm rasende Kopfschmerzen. Er konzentrierte sich ganz aufs Atmen, richtete sich langsam auf, und als er meinte, seine Schwäche überwunden zu haben, bemerkte er, dass Sunny ihn verblüfft ansah.

»Was machen Sie denn hier?«, fragte sie mit schwacher Stimme.

»Ich wollte Sie fragen, ob Sie Lust auf einen kleinen morgendlichen Ausritt haben«, erklärte er mit rauer Stimme und gab sich alle Mühe, es wie eine beiläufige Einladung und nicht wie ein inständiges Flehen klingen zu lassen.

Sie sah ihn einen Augenblick an und wandte sich dann ab. »Ich kann nicht.«

Er griff nach ihrer Hand. »Sunshine, bitte.« Noch einmal musste er einige Male tief durchatmen, bevor er mit ausreichend fester Stimme sprechen konnte. »Ein platonischer Ausritt nach Cameron Hall, ein Frühstück dort. Nichts weiter.«

Sie senkte den Kopf, wandte sich nach einer Weile langsam um und fragte, zu ihm aufblickend: »Ein Frühstück für drei Personen?«

»Nein«, sagte er ruhig, »nur Sie und ich.«

Sie entzog ihm ihre Hand und trat einen Schritt zurück. »Das ist wirklich keine gute Idee …«

»Sind Sie bestechlich?«, fragte er, ohne nachzudenken.

Sie sah ihn erstaunt an. »Wie meinen Sie das?«

»Ich meine damit, ich gebe Ihnen, was Sie wollen, und Sie geben mir, was ich will – und ich will, dass Sie mit mir zu meiner Burg reiten.« Er schwieg eine Weile. »Sie könnten einen hohen Preis dafür verlangen.«

Sie wirkte hin- und hergerissen. Dann sah sie ihn schweigend an und zuckte mit den Schultern, sah dabei aber alles andere als gleichgültig aus. »Vielleicht könnten Sie mir dafür ein paar persönliche Fragen beantworten.«

»So einen hohen Preis nun auch wieder nicht«, entgegnete er lächelnd, obgleich er den Verdacht hegte, dass dieses Lächeln ziemlich gezwungen aussah. Er legte nicht den geringsten Wert auf persönliche Fragen. Er hatte eine Menge Geheimnisse und vermied jede Situation, in der diese Geheimnisse enthüllt werden mussten.

Schon, dass er es überhaupt in Erwägung zog, sich in eine solche Lage zu bringen, zeigte, wie verzweifelt er sich nach ihrer Nähe sehnte.

»Holen Sie Ihren Mantel, Sunshine, und kommen Sie mit«, drängte er, bevor sie es sich anders überlegen konnte.

»Also gut«, sagte sie gedehnt, allerdings nicht sonderlich begeistert. Sie sah ihn noch einmal forschend an, drehte sich um und ging ins Haus.

Er war versucht, an der Tür stehen zu bleiben, damit sie ihm nicht entschlüpfte und zu Patrick floh, aber um seines armen Schädels willen entschied er sich, dass es das Sicherste war, wenn er einfach bei den Pferden wartete. Er tätschelte dem Wallach den Hals, senkte den Kopf und atmete weiter tief durch, um den Schmerz zu lindern, der noch immer in seinem Kopf wütete.

»Cameron?«, rief Sunny einen Augenblick später.

Er schloss die Augen. Penelope rief ihn nie so, es sei denn

vor anderen Leuten, und dann setzte sie immer ein *Lord* vor seinen Namen. Sonst nannte sie ihn *Mac,* wie ihn über die Jahre verschiedene Leute genannt hatten und was ihn nie gestört hatte, bis sie damit anfing.

»Cameron?«

»Ich bin hier«, brachte er mit Mühe hervor.

Sunny kam mit einer Jacke in der Hand um die Ecke und blieb neben dem Pferd, das er für sie mitgebracht hatte, stehen. Sie zögerte. »Werden sich Ihre Bediensteten nicht wundern, warum Sie mit einer Frau frühstücken, die nicht Ihre Verlobte ist?«

»Die werden begeistert sein, eine richtige Schottin am Frühstückstisch zu sehen.«

»Ich bin keine Schottin.«

Er runzelte die Stirn. »Ich dachte, Sie sind eine MacKenzie.«

Sie sah ihn entgeistert an.

»Wie bitte?«

Er rieb sich die Nasenwurzel und brachte einen forschenden Blick zustande. »Wieso *wie bitte?*«

Sie sah ihn an, als hätte sie gerade ein Gespenst gesehen. »Woher um alles in der Welt wissen Sie das?«

Er öffnete den Mund, um ihr zu sagen, dass sie ihm das selbst gesagt hatte, dann bemerkte er, dass er sich nicht genau erinnern konnte, wann das gewesen war. Er setzte mehrmals zum Sprechen an und zuckte schließlich die Schultern. »Keine Ahnung. Stimmt es denn?«

»Meine Mutter ist eine MacKenzie«, erwiderte sie mit einer Stimme, die nicht mehr als ein Flüstern war.

»Dann habe ich ja gut geraten«, erwiderte er und beschloss, dass er das Thema besser nicht vertiefen sollte. Es geschahen, wie er selbst bezeugen konnte, seltsame Dinge auf dem Land der MacLeods. Je eher sie in seiner Burg waren, desto besser würde es ihm sicher gehen. Er hob Sunny in ihren Sattel, dann schwang er sich auf den Rücken seines eigenen Pferdes und ritt los. Mit einem Blick über die Schulter fragte er: »Werden Patrick und Madelyn sich Sorgen machen und sich fragen, wo Sie hingegangen sind?«

»Ich habe im Badezimmer eine Nachricht hinterlassen. So mache ich es immer.«

Er nickte, dann lenkte er sein Pferd Richtung Norden aus dem Wald. Sobald sie die Wiesen erreicht hatten, beobachtete er Sunny, die ernst die verregnete Landschaft betrachtete, als sehe sie darin etwas, das sie zu tief berührte, um darüber zu sprechen.

Er verstand das, denn wenn er sie ansah, wurde er von ähnlichen Gefühlen ergriffen.

Zwei Stunden später stieg er vor seinen eigenen Stallungen ab. Er ging zu ihr hinüber, um ihr vom Pferd zu helfen, aber er war nicht schnell genug. Daher nahm er ihr die Zügel ab und übergab die beiden Pferde einem neuen Stallburschen. Der Mann sah Sunny mit einem missbilligenden Stirnrunzeln an. Cameron stellte sich zwischen ihn und Sunny und fluchte insgeheim.

Eigentlich sollte er wirklich mehr Zeit in Schottland verbringen und darauf achten, wer für seine Pferde eingestellt wurde.

Er legte den Arm um Sunnys Taille und murmelte auf Französisch: *»Allons-y.«*

Sie warf ihm einen Blick zu, der deutlich besagte, dass sie ihn für einen Idioten hielt, dann riss sie die Stalltür auf und ging hinaus, ohne auf ihn zu warten.

Er folgte ihr sofort und zog die Tür hinter sich zu. »Sunshine …«

»Ich muss telefonieren. Patrick wird mich abholen.«

Er folgte ihr und holte sie ein, bevor sie die Burg betreten konnte, zog die Tür zu, dann legte er ihr die Hände auf die Schultern und drehte sie zu sich um.

Ihr Ärger verwandelte sich in etwas völlig anderes. Zum ersten Mal, seit er sie an jenem Abend auf dem Weg zu Patricks Burg fast überfahren hatte, sah sie so aus, als würde sie zerbrechen, wenn man nicht vorsichtig mit ihr umging. Er nahm seine Jacke ab und legte sie ihr um die Schultern, dann zog er ihr nasses Haar darunter hervor. Er lehnte sich mit der Schulter an die Eingangstür unter dem Vordach, das irgendein unternehmungslustiger Bauherr im 19. Jahrhundert hatte anbringen lassen, und legte seine Arme um sie.

»Sunny, bitte bleiben Sie«, flüsterte er. »Bitte.«

Sie machte sich eine Weile noch ganz steif, dann atmete sie stockend aus. Er zog sie an sich, und sie wehrte ihn nicht ab. Er strich ihr mehrere Minuten mit der Hand übers Haar, bis sie schließlich tief aufseufzte, ihre Arme um seine Taille legte und ihre Wange an seiner Brust ruhen ließ.

»Ich sollte nicht bleiben.«

»Der Mann im Stall ist erst seit Kurzem hier angestellt, und ich bin nicht gerade sehr glücklich mit ihm«, sagte er rasch. »Mich starrt er auch immer so unfreundlich an, also nehmen Sie es bitte nicht persönlich. Abgesehen davon können Sie nicht fortgehen, bevor Sie nicht Ihren Preis von mir eingefordert haben. Hier bin ich – vollkommen in Ihrer Hand. Ich erwarte, dass Sie sich diese Chance nicht entgehen lassen, mich mit Ihren Fragen zu piesacken.«

Sie entspannte sich sichtlich. »Gut, ich bleibe ein oder zwei Minuten. Da Sie nun mal in meiner Hand sind.«

Er lächelte. »Einverstanden.«

»Patrick sagte mir, Alistair hat sie vor acht Jahren zu seinem Erben eingesetzt«, begann sie ohne Zögern. »Was haben Sie vor dieser Zeit gemacht?«

Er klappte den Mund zu, denn er merkte auf einmal, dass er ihm vor Staunen offen stand. Bei allen Heiligen, das war die letzte Frage, die er von ihr erwartet hätte.

»Wollen Sie jetzt etwa Ihr Versprechen brechen?«

Er legte seine Arme fester um sie. »Ich hole nur tief Luft. Sie gehen mir ja wirklich an die Gurgel.«

»Ich bin nur neugierig. Das macht eine gute Kräuterhexe aus.«

»Das treibt Sie wohl auch dazu, überall nach Lobelien zu suchen«, murmelte er. Er tat noch einen weiteren tiefen Atemzug, dann atmete er in seinem normalen Rhythmus weiter. »Ich bin natürlich, ähm … ein Verwandter von Alistair. Und ich geriet ziemlich … unvorhergesehen in seine Gesellschaft.«

»Wie?«

»Da setzt meine Erinnerung aus«, gestand er ehrlich ein.

»Was ist das Letzte, an das Sie sich erinnern?«

Er hätte sie gern gefragt, warum sie so neugierig war, aber da sie bereitwillig in seiner Umarmung verharrte, fand er es nicht ratsam, irgendwelche Fluchtgedanken zu ermutigen. »Ich erinnere mich daran, dass ich ausritt«, sagte er mit gedehnter Stimme. »Das Nächste, an das ich mich erinnere, ist, dass ich im Krankenhaus aufwachte. Dazwischen weiß ich nichts.«

Außer der Erinnerung daran, jemand aus Moraigs Haus geholt zu haben. Er fragte sich, wer dieser Jemand wohl gewesen sein mochte.

Konnte es Sunny gewesen sein?

»Cameron, Sie zittern ja.«

»Es ist auch eiskalt hier draußen«, erwiderte er rasch, denn es klang weniger verrückt als die Wahrheit – nämlich, dass er an die Tür der MacLeod-Hexe geklopft und Sunny die Tür geöffnet hatte. Aber das war unmöglich.

Oder etwa nicht?

»Es ist Frühling, und vermutlich werden Sie es überleben«, sagte sie mit fester Stimme. »Und wie genau sind Sie mit Alistair verwandt?«

»Wollen Sie etwa das Testament anfechten?«, brachte er hervor.

Er hatte es als Scherz gemeint, aber als er ihren Kopf anhob, um ihr Gesicht zu sehen, sah er, dass es ihr mit alledem todernst war. Er fuhr ihr mit den Fingern durch das feuchte Haar, strich es ihr aus der Stirn und steckte ihr einzelne Strähnen hinter die Ohren.

»Weshalb wollen Sie das wissen?«, fragte er schließlich mit einer Grimasse, die einigermaßen an ein Lächeln herankam.

»Weil ich alles über Sie wissen will«, flüsterte sie. »Ich will wissen, wer Ihr Vater war und Ihre Mutter, wer Ihre Brüder waren. Ich will erfahren, was für ein Leben Sie von der Morgen- bis zur Abenddämmerung geführt haben. Ich will herausfinden, warum Sie jedes Mal auf meiner Türschwelle ein solches Schwindelgefühl überkommt.«

Er machte den Mund auf, um ihr irgendetwas Banales zu antworten, das sie von ihren Fragen ablenken, seine Privatsphäre unberührt lassen, sie zugleich aber in seinen Armen halten würde. Stattdessen purzelten Wörter aus seinem Mund, bevor er sie zurückhalten konnte.

»Vielleicht«, hörte er sich sagen, »ist es die Erkenntnis, dass ich Sie jedes Mal, wenn ich diese Schwelle überschreite, zurücklassen muss.«

Sie blickte ihn einen Augenblick tief erschrocken an, dann traten ihr so plötzlich die Tränen in die Augen, als hätte ihr jemand eine Ohrfeige verpasst. Er versuchte, etwas zu sagen, sich zu entschuldigen, sie zu beruhigen, aber er hatte nichts Vernünftiges und Besänftigendes zu bieten, daher konnte er sie nur enger an sich drücken und festhalten.

Sie weinte, und das zu hören, zerriss ihm fast das Herz. Ihr Schluchzen klang rau und so heftig, dass er glaubte, sie würde daran ersticken.

»Sunshine«, sagte er hilflos, merkte aber, dass sie ihn gar nicht hörte. Er hatte Angst, dass sie in seinen Armen ohnmächtig würde, wenn er nicht bald etwas unternahm. Er tastete nach dem Türgriff, hob sie auf seine Arme und trug sie ins Haus.

Madame Gies begegnete ihm auf halber Strecke durch die Burg und sah ihn erstaunt an. Er hatte ihr am Morgen mitgeteilt, er wolle einen Gast zum Frühstück mitbringen, der garantiert nicht alles in die Küche zurückgehen lassen würde, wie Penelope das immer tat. Vermutlich hatte sie auch nicht erwartet, dass die Besucherin zusammenbrechen würde, noch bevor er sie zum Tisch geleitet hätte.

»Bringen Sie sie sofort nach oben«, wies ihn Madame Gies unverzüglich an. »Ich werde dafür sorgen, dass sie ein warmes Bad bekommt.« Sie warf ihm einen strengen Blick zu. »Sie hätten mit ihr nicht durch den Regen reiten sollen.«

Er vermutete, dass der Regen nichts mit Sunnys Zustand zu tun hatte, aber er sagte nichts, sondern gehorchte den Anordnungen seines obersten Hausdrachens und folgte Madame Gies in eines der Gästezimmer. Dort stellte er Sunny auf die Füße und wurde sogleich des Raumes verwiesen.

»Aber …«

Sie machte ihm dir Tür vor der Nase zu.

Er klopfte, bekam aber keine Antwort. Stirnrunzelnd beschloss er, sich in der Zwischenzeit umzuziehen, damit er zu Diensten sein könnte, wenn Madame Gies die Tür jemals wieder öffnen würde. Er fand auch trockene Kleidung für Sunny und sandte eines seiner jungen Hausmädchen damit zu ihr, dann zog er sich um und setzte sich in seinen Wintergarten. Dort legte er im Kamin Holz nach und ging im Raum auf und ab.

Vielleicht ist es die Erkenntnis, dass ich Sie jedes Mal, wenn ich diese Schwelle überschreite, zurücklassen muss.

Ihm wurde bewusst, dass diese Worte der Wahrheit näher waren, als er es beabsichtigt hatte. Und er erkannte mit erschreckender Klarheit, dass seine Gefühle für Sunny viel weiter zurückreichten, als dass er sie erst seit so kurzer Zeit kennen konnte.

Es war Wahnsinn.

Er hatte sie … vor wie vielen Wochen zum ersten Mal gesehen? Vor vier? Fünf? Er konnte die Male seit ihrem ersten unerwarteten Zusammentreffen an einer Hand abzählen.

Aber wieso hatte er sich dann jeden Tag seither so verzweifelt nach ihr gesehnt?

Er überlegte eine ganze Weile, fand aber keine befriedigende Erklärung dafür. Bald hörte er Stimmen auf dem Korridor näher kommen. Eine davon konnte er Madame Gies zuordnen. Er brauchte einen Augenblick, um festzustellen, dass die andere Sunny gehörte, die in akzentfreiem Französisch sprach. Die beiden tauschten Wangenküsschen aus, und Madame Gies versprach Sunny einen köstlichen Tee, um sie von innen aufzuwärmen, und ein Frühstück ganz nach ihren besonderen Vorlieben, dann eilte sie davon, um ihre Versprechen zu erfüllen.

Sunny wandte sich um und sah ihn an.

Sie trug seinen einzigen Flanellpyjama. Die Ärmel und Hosenbeine waren hochgekrempelt und ihr Haar war in ein Tuch gewickelt. Sie sah so bezaubernd aus, dass er nicht anders als lachen konnte.

Sie funkelte ihn ärgerlich an. »Ich konnte nichts anderes finden.«

»Ich habe Ihnen den Schlafanzug bringen lassen«, sagte er und trat zu ihr.

»Gab es denn nichts anderes in meiner Größe?«, fragte sie vorwurfsvoll.

»Vermutlich hätten Sie auch etwas halbwegs Passendes von Madame Gies bekommen können, obwohl Sie ein ganzes Stück größer sind.«

»Lässt Penelope denn keine Sachen hier?«

»Nein, niemals«, sagte er. »Das würde sie nicht einmal tun, wenn sie öfter in Schottland wäre, was nicht der Fall ist. Sie war erst zwei Mal hier und hat sich beide Male ständig bitter beklagt.«

»Wie lange sind Sie mit ihr verlobt?«

»Fast zwei Monate.«

Sie wirkte ein wenig erstaunt. »So kurz erst?«, brachte sie hervor.

Er glaubte zu wissen, worauf sie hinauswollte – und er teilte ihre Gefühle. Er hatte Penelopes Ring bezahlt, und dann, zwei

Wochen später, hatte er Sunny vor Tavishs Laden zum ersten Mal gesehen. Wenn er doch nur so vernünftig gewesen wäre, die Verlobung zu verschieben.

Wenn er sie doch nur jetzt auflösen könnte.

»Man sollte meinen, sie würde etwas in Ihrem Zimmer zurücklassen, um Sie an sie zu erinnern«, fuhr sie mit Nachdruck fort. »Vor allem, wenn sie nicht oft hier ist.«

»Sie hat noch nie in meinem Schlafzimmer übernachtet«, sagte er ohne nachzudenken, dann klappte er den Mund zu und spürte, dass er rot bis zu den Ohren wurde. Er konnte kaum glauben, dass er überhaupt so etwas gesagt hatte, aber anscheinend hatte er mit dem Ausplaudern von Geheimnissen nicht an seiner Eingangstür aufgehört.

Nun blieb *ihr* der Mund vor Staunen offen stehen. »Sie haben noch *nie* mit ihr geschlafen?«

Er trat unruhig von einem Bein aufs andere. »Ich würde gerne die Aussage verweigern.«

»Das verstößt gegen unsere Vereinbarung«, erwiderte sie prompt. »Warum haben Sie nicht mit ihr geschlafen?«

Die Liste von Gründen war ziemlich kurz, und der Großteil hatte mit fehlender Liebe zu tun. Er bezweifelte jedoch, ob er das Sunny erzählen könnte, ohne dass sie sich fragte, warum zum Teufel er dann nicht seine Verlobung löste. Er suchte nach dem am wenigsten entlarvenden und stichhaltigsten Grund, den er im Augenblick nennen konnte.

»Sie hat andere Geliebte«, sagte er gedehnt.

»Und Sie haben keine Lust, ein weiterer auf ihrer Liste zu sein?«

Er hob kurz die Augenbrauen. »Nein, wirklich nicht.«

Sie musterte ihn noch eine Weile, dann ging sie an ihm vorbei zum Tisch. »Also gut. Dann bleibe ich zum Frühstück.«

»Mit was für einem Eingeständnis kann ich Sie dazu bewegen, zum Lunch zu bleiben?«, fragte er spontan.

»Das wollen Sie vermutlich gar nicht wissen, und Sie sollten auch nicht übermütig werden. Ich werde weiter all Ihre geheimen Ecken und Winkel ausleuchten und Sie mit allen möglichen persönlichen Fragen in Verlegenheit bringen. Das ist doch unterhaltsam genug, oder?«

Er lächelte. »Ja, vermutlich schon.«

Sie blickte ihn über die Schulter hinweg an. »Sie kann übrigens nicht recht bei Sinnen sein«, sagte sie, dann wandte sie sich ab und sah sich in seinem privaten Salon um.

Er musste sich an den Türrahmen lehnen, um sich aufrecht zu halten. Unwillkürlich musste er lächeln, teils wegen dem, was sie gesagt hatte, teils, weil sie sich in seinem Lieblingszimmer so wohl zu fühlen schien.

Ganz anders als Penelope, die niemals so etwas wie Schlafanzüge und nackte Füße geduldet hätte, und schon gar nicht einen ganzen Vormittag ohne Shopping, Society-Leben oder Paparazzi.

Er sah Sunny zu, wie sie durch sein privates Allerheiligstes ging, Gegenstände berührte, die sie interessierten, vor Bildern stehen blieb, ihre Hände auf den kühlen Stein der Wand legte, und er war nicht überrascht, dass er sich wünschte, sie würde länger bleiben als nur diesen Vormittag.

»Das ist ein herrlicher Anbau«, sagte sie schließlich. »Den gab es im Mittelalter noch nicht, oder?«

Er blinzelte. »Nein, das stimmt. Er wurde im 16. Jahrhundert gebaut und im 18. Jahrhundert erweitert. Und ich habe vor einigen Jahren ebenfalls noch Veränderungen vorgenommen.«

»Natürlich«, sagte sie verlegen. »Das hätte ich mir denken können.«

»Haben Sie alte Zeichnungen davon gesehen?«, fragte er vorsichtig.

»Hm, ja sicher«, sagte sie und nickte heftig. »Viele. Oh, und dort drüben. Was für ein prächtiger Kamin.«

Er sah zu, wie sie hinüberging und sich vor das Feuer stellte. Er wollte darüber nachdenken, was sie gerade gesagt hatte, aber allein ihr Anblick lenkte ihn schon zu sehr ab. Er stand einfach da und sah sie an, wie sie ins Feuer blickte.

Dann nahm er von Madame Gies eine Platte voller Köstlichkeiten entgegen und stellte sie auf dem Couchtisch ab. Sunny machte der älteren Hausdame so viele Komplimente über ihre Kochkünste, dass sie übers ganze Gesicht strahlte. Beim Hinausgehen warf ihm Madame Gies einen Blick zu, der ihm ganz klar sagte, er wäre ein Narr, wenn er Sunny gehen lassen würde. Sunny kniete sich neben dem Couchtisch hin und füllte einen Teller für ihn.

»Ihr Französisch ist perfekt«, sagte er ruhig.

»Meine Eltern sind Linguisten«, sagte sie schulterzuckend, »und ich habe ein Jahr auf einem Schweizer Internat verbracht, wo Französisch *de rigueur* war. Und nach dem Medizinstudium habe ich noch ein Jahr in Paris gelebt.«

»Ihre Eltern waren darüber sicher sehr erfreut, wenn sie beide die Leidenschaft für Sprachen sogar zu ihrem Beruf gemacht hatten.«

»Nein, im Gegenteil, sie waren stinksauer«, räumte sie ein. »Ich hatte das Medizinstudium beendet, aber ich habe mein chirurgisches Praktikum nicht angetreten; stattdessen bin ich nach Paris gegangen, um kochen zu lernen – zu ihrem anhaltenden Missfallen.«

»Warum wollten Sie nicht Ärztin werden?«

Sie zuckte die Schultern. »Ich konnte mir nicht vorstellen, mein ganzes Leben in einem Krankenhaus zu verbringen und an Leuten herumzuschneiden. Ich wollte mich lieber mehr im Freien aufhalten.«

Das konnte er ihr gut nachfühlen. »Und was haben Sie sonst noch so gemacht, was Ihre armen Eltern zur Weißglut brachte?«

»Ich bin dreiunddreißig, Cam«, sagte sie und reichte ihm seinen Teller. »Ich habe alles durchprobiert.«

Er kniff bei der Nennung dieses Namens erstaunt die Augen zusammen, dann musste er seinen Teller abstellen, damit er aufspringen und Sunny aufhalten konnte, bevor sie wie ein Wiesel aus dem Zimmer flüchtete. Bei allen Heiligen, sie war wirklich blitzschnell. Er schaffte es kaum, sie an der Tür noch zu erwischen.

»Laufen Sie nicht weg.«

Sie zitterte am ganzen Körper. »Ich wollte sagen *Cameron.*«

Er legte ihr die Hände auf die Schultern und drehte sie langsam um. »Es macht mir nichts aus«, sagte er gedehnt. Er nahm ganz behutsam ihre Hand und zog sie wieder in den Raum. »Kommen Sie zum Feuer zurück, Sunshine, und essen Sie. Wenn Sie bei den Leckereien, die Ihnen Madame Gies zubereitet hat, nicht beherzt zugreifen, dann werden Sie hier nicht lebend rauskommen.«

Sunny nickte, obgleich sie so aussah, als sei sie bereit, beim geringsten Anlass wieder loszuspurten. Er wartete, bis sie sich gesetzt hatte, nahm dann selber wieder Platz und konzentrierte sich aufs Essen, damit sie Zeit hatte, sich zu entspannen, und er, zu verdauen, wie sie ihn genannt hatte.

Es war schon so lange her, dass ihn jemand mit diesem Namen gerufen hatte, und ihn zu hören, hatte ihn tief aufgewühlt.

Aber es hatte sicher nichts zu bedeuten. Es war vermutlich nur ein Versprecher gewesen.

Und plötzlich tauchte wieder dieses Bild einer Frau, die in einem langen, fließenden schwarzen Rock in Moraigs Haus stand, vor seinem inneren Auge auf.

Aber das war nicht das einzige Merkwürdige. Woher kannte Sunny die baulichen Gegebenheiten seiner Burg in früheren Zeiten? Er wusste von keiner einzigen Darstellung seiner Burg außer den Bauplänen in seiner umfangreichen Privatbibliothek. Und wie hatte sie wissen können, dass er Geschwister hatte? Sie hatten überall verbreitet, dass er das einzige überlebende Kind eines entfernten Cousins von Alistair war, der mit seiner Frau vor 35 Jahren bei einem Brand ums Leben gekommen war.

Wie war sie überhaupt auf die Idee gekommen, ihn *Cam* zu nennen?

Eine Tasse wurde ihm in die Hand gedrückt.

»Trinken Sie etwas Tee. Sie sehen ganz blass aus.«

Genauso fühlte er sich auch. Er trank den Tee, den sie ihm gereicht hatte, und sah sie an. Sie wich seinem forschenden Blick geflissentlich aus und widmete sich ihrem Essen, dann wanderte ihr Blick wieder zur Tür. Er hätte sie gern gefragt, ob sie … ja was denn? Ob sie ihn in einer anderen Zeit gekannt hatte?

Es klang vollkommen verrückt. Sie würde ihn ansehen, als hätte er den Verstand verloren, und dann würde sie endgültig die Flucht ergreifen. Er rieb sich mit den Händen übers Gesicht, um seinen gesunden Menschenverstand wiederzuerwecken, dann suchte er nach irgendeiner Betätigung. Er sah einen Schemel neben dem Kamin stehen, zog ihn mit dem Fuß heran und winkte Sunny herbei.

»Ich werde Ihnen die Haare kämmen.«

Sie schloss kurz die Augen, dann seufzte sie tief, rutschte auf den Knien zu dem Schemel und setzte sich.

Er postierte sich hinter ihr, wickelte ihr das Tuch vom Kopf, legte es beiseite und begann mit der Arbeit. Es war vielleicht das Angenehmste, das er seit Jahren getan hatte. Es lenkte ihn von seinen Grübeleien ab und gab ihm Gelegenheit, Sunshine Phillips in seiner Nähe zu haben, ohne ihr einen Anlass zur Flucht zu bieten. Er kostete die Situation so lange wie möglich aus, dann fuhr er ihr einfach mit den Fingern durchs Haar und bewunderte die üppige Lockenpracht. Sie erschauerte mehr als einmal. Und ihm erging es nicht anders.

Schließlich verschränkte er seine Arme über ihren Schultern und zog sie an sich. Er legte sein Kinn auf ihren Scheitel und schloss die Augen. Bei allen Heiligen, er war verloren. Ganz und gar verloren.

Was zum Teufel sollte er jetzt tun?

Er würde sein Leben später ordnen. Jetzt gab es für ihn nur eines. Er holte tief Luft, dann drehte er sie langsam um, bis sie ihn von Angesicht zu Angesicht gegenübersaß. Sie blickte mit ihren wunderschönen großen Augen zu ihm auf.

»Cameron ...«

Er schüttelte den Kopf, dann ließ er eine Hand unter ihre langen Haare gleiten und legte die andere an ihre Wange. Sie rührte sich nicht, entzog sich nicht, und sah ihn nur mit einer Art verzweifeltem Verlangen an. Etwas wie Hoffnung sprach aus ihrem Blick, wie bei ihrem Besuch bei Ian MacLeod, nur konnte er den Ausdruck diesmal besser deuten, da er das Gleiche empfand.

Er lächelte, dann schloss er die Augen und senkte den Kopf, um sie zu küssen ...

Neben seinem Ellbogen schrillte plötzlich das Telefon.

Cameron schrak so heftig auf, als ob er aus einem Traum gerissen würde. Er stieß einen unterdrückten Fluch aus, dann griff er nach dem Hörer auf dem Tisch neben sich.

»Ja?«, bellte er in den Hörer.

»Das heißt Hallo, Mac. *Hallo.*«

Er seufzte. »Hallo, Penelope.«

Sunny stand auf und ging zur Tür. Er legte die Hand über den Hörer. »Warten Sie ...«

Sie sah ihn fassungslos an, schüttelte den Kopf und ging schnurstracks hinaus.

»Mac? Mac, du hörst mir gar nicht zu!«

»Was willst du, Penelope?«, fragte er gereizt.

»Ich möchte dich an die Wohltätigkeitsveranstaltung erinnern, die wir morgen Abend geben. Du solltest heute wieder zurück in London sein, erinnerst du dich? Heute ist Montag, Mac, oder ist dir das entgangen?«

Es war ihm nicht entgangen, denn er hatte verschiedene Termine, die für den Morgen angesetzt waren, verlegen müssen, um den ganzen Tag, wie er gehofft hatte, mit Sunny verbringen zu können.

»Denk doch nur daran, wer alles kommt«, redete ihm Penelope ins Gewissen.

Er konnte sich ehrlich gesagt nicht daran erinnern; zudem war es ihm vollkommen egal. »Ich werde da sein«, sagte er und schwor sich, das wäre das letzte Mal, dass er einer solchen Veranstaltung beiwohnen würde.

Nun, vielleicht nicht das letzte Mal. Vermutlich würde er noch eine Reihe weiterer solcher Anlässe besuchen müssen, nur um Nathan und Penelope Ainsworth im Auge zu behalten.

»Mac, hörst du mir überhaupt zu?«

»Natürlich«, sagte er automatisch. »Ich werde morgen da sein.«

»Du sollt noch heute Abend kommen«, insistierte Penelope. »Ich habe *heute Abend* gesagt.«

»Das schaffe ich nicht. Ich habe geschäftliche Termine.«

»Dann mach eben rechtzeitig Schluss.«

Die Leitung war tot. Er hängte den Hörer mit einem Fluch ein, dann eilte er aus dem Zimmer. Er blieb im Korridor kurz stehen und hörte die Eingangstür zuschlagen. Er lief den Gang entlang, nahm drei Treppenstufen auf einmal und rannte quer durch den großen Saal. Er riss gerade noch rechzeitig die Tür auf und sah, wie die Beifahrertür eines schwarzen Range Rover zugeschlagen wurde.

Der Kies war äußerst unangenehm unter seinen nackten Füßen, aber er lief dennoch über ihn hinweg, um den Kofferraum des Wagens herum, und riss die Tür auf.

»Sie tragen meinen Pyjama«, war das Erste, was ihm einfiel.

Der Blick, den ihm Patrick MacLeod vom Fahrersitz aus zuwarf, war schlichtweg mordlustig. Cameron erwiderte ihn.

»Wie haben Sie es so schnell hierher geschafft?«

»Ich habe die Nachricht in Sunnys Badezimmer gesehen und dachte, sie müsste vielleicht gerettet werden«, sagte Patrick kühl. »Und wie ich sehe, war das tatsächlich der Fall.«

Cameron streckte die Hand aus und berührte Sunnys Arm. »Bitte gehen Sie nicht«, sagte er ruhig. Als sie ihn weiter ignorierte, suchte er fieberhaft nach einer Möglichkeit, sie aufzuhalten, bis er sie davon überzeugen konnte, zu bleiben. »Warum haben Sie mich *Cam* genannt?«

»Weil Sim Sie so genannt hat«, flüsterte sie und sah zu ihm auf. »Weil Sie diesen Namen wieder von jemandem hören wollten, den Sie lieben.«

Er fühlte sich, als hätte sie ihm einen Schlag in die Magengrube versetzt. Er krümmte sich, das machte das Atmen leichter.

Patrick beugte sich über sie hinweg. »Treten Sie zurück, Mann.«

Cameron gehorchte, denn er war sicher, dass Patrick ihn sonst in der Tür einklemmen würde. Er zuckte zurück, als Sunnys Schwager mit Vollgas anfuhr und der Kies hinter den Rädern wegstob. Er schaffte es, den Kopf weit genug zu heben, dass er den Range Rover die Straße hinunter davonjagen sah.

Weil Sim Sie so genannt hat. Ich will alles über Ihre Brüder wissen. Meine Mutter ist eine MacKenzie. Weil Sie diesen Namen wieder einmal von jemandem hören wollten, den Sie lieben.

Ihre Worte hallten in seinem Kopf so laut wieder, dass er dachte, er müsse ohnmächtig werden. Er blieb vor dem Eingang im Regen stehen, bis er die Kraft fand, sich wieder aufzurichten. Dann drehte er sich um und ging schwankend in die Burg zurück. Madame Gies sprach ihn auf halbem Weg zur Treppe an.

»Ihre Kleider sind jetzt wieder trocken.«

»Ich bringe sie ihr bei Gelegenheit vorbei«, erwiderte er mühsam.

Er schaffte es in seine Schlafkammer, dann fiel er auf sein Bett. In seinem Kopf hämmerte es unerbittlich. Er wünschte sich sehnlichst einen Schluck von Sunnys übelstem Gebräu.

Cameron, reite zur MacLeod-Hexe.

Bei allen Heiligen, hatte er sie in der Vergangenheit gekannt?

Als sein Kopfschmerz so weit nachgelassen hatte, dass er sich aufrichten konnte, war ein Großteil des Vormittags vorüber. Er rappelte sich auf und machte sich auf die Suche nach seinen Schlüsseln.

Er hatte ein paar Fragen an diese vielgerühmte MacLeod-Hexe, und er hatte nicht die Absicht, auf die Antworten zu warten.

Er fuhr mit dem Auto zu ihrem Haus, da das schneller ging, als hinzureiten. Dort angekommen, stieg er aus und taumelte zu ihrer Tür. Ihm war so schwindlig, dass ihm nicht einmal ihre Türschwelle weiter zusetzte. Er klopfte.

Die Tür wurde von Patrick MacLeod geöffnet, der sich nicht einmal Zeit nahm für ein freundliches Hallo, sondern Cameron gleich einen Schwinger ins Gesicht versetzte. Cameron wirbelte herum und fiel hin – quer über die Kühlerhaube seines Mercedes. Er rappelte sich wieder hoch, aber nur, um Patricks eiserne Fäuste noch ein paar Mal in seiner Magengrube zu spüren.

»Verdammt noch mal, Mann«, keuchte Cameron und hielt die Hände hoch, um ihn abzuwehren, »das reicht jetzt!«

»Es ist erst genug, wenn Sie meinen Garten düngen«, stieß Patrick wütend hervor.

Nun, zumindest hielt Patrick seine Fäuste nun unten. Cameron stützte sich mit der Hand an der Mauer von Moraigs Cottage ab, um sich auf den Beinen zu halten, und wartete ab, bis er sprechen konnte, ohne dass ihm sein Frühstück Hallo sagte.

»Ich will Sunny sehen«, keuchte er.

»Sie ist nicht da.«

»Wo ist sie hingegangen?«

»Nach Inverness, um den Flug nach London zu kriegen. Sie fliegt in die Staaten zurück.«

Cameron fragte sich, ob er nun wegen Patricks zarter Anwendung seiner Fäuste oder aufgrund dieser Nachricht Sternchen sah. »In die Staaten?«, echote er ungläubig. »Warum?«

»Warum meinen Sie denn, Sie verdammter Narr?«

Cameron tastete sich zu seinem Wagen hinüber und blickte auf die Kühlerhaube hinunter. Der oberste Knopf seiner Jeans hatte einen Kratzer quer über die ganze Fläche verursacht, aber das war nun auch schon egal. Er setzte sich, tat ein paar weitere tiefe Atemzüge und blickte dann wieder zu Patrick auf. »Ich nehme an, Sie sind nicht bereit, sie anzurufen und aufzuhalten?«

»Da gehen Sie wohl recht mit Ihrer Annahme.«

Cameron holte ein weiteres Mal tief Luft, dann zuckte er von dem Schmerz in seiner Seite zusammen. »Und vermutlich macht es für Sie keinen Unterschied, wenn ich Ihnen sage, dass ich sie liebe?«

»Das macht für mich nicht den geringsten Unterschied«, entgegnete Patrick scharf. »Und zum jetzigen Zeitpunkt kann ich mir nicht vorstellen, dass es für sie einen Unterschied macht. Sie haben sie schändlich behandelt.«

»Das war nie meine Absicht«, sagte Cameron ruhig. Er legte seine Hände auf die Knie und überlegte. Er musste eine Weile nach den richtigen Worten suchen, um Patrick zu überzeugen, ihm zu helfen. Er sah Sunnys Schwager eindringlich an. »Ich brauche Ihre Hilfe. Nennen Sie mir Ihren Preis.«

Patrick verschränkte die Arme vor der Brust und lehnte sich an den Türrahmen. »Ihr Geburtsdatum.«

Cameron war nicht überrascht über die Frage, und er vermutete, dass auch Patrick über die Antwort nicht überrascht wäre. »Der 25. November 1346.«

Patrick schnaubte. Er stieß sich vom Türrahmen ab und griff in seine Gesäßtasche. »Dafür bekommen Sie etwas, was Jamie für Sie hinterlassen hat. Wir werden über Sunny sprechen, wenn Sie es gelesen haben.«

Cameron stand auf, um den Brief entgegenzunehmen, und

dabei spürte er einen Luftwirbel um sich, als seine Finger ihn berührten. Er glaubte im Allgemeinen nicht an Magie, aber in diesem Augenblick gewann er die feste Überzeugung, dass er diese Haltung noch einmal überdenken sollte. Er sah zu Patrick hin, aber der stand nur da, die Arme vor der Brust verschränkt, und beobachtete ihn schweigend.

»Von wem ist er?«, fragte Cameron beunruhigt.

»Von Moraig an Jamie.«

Er musste ihn drei Mal lesen, bevor er die Worte begriff. Und als das endlich der Fall war, tat er das Angemessenste, was er in diesem ganzen Monat getan hatte.

Er warf sich herum zu Sunnys Tür und schlug seinen Kopf so heftig auf die Schwelle, dass er bewusstlos wurde. Er ergab sich ohne Widerstand der Schwärze, die ihn umfing.

Es schien passend.

21

Sunny zog ihren Koffer auf dem Trottoir hinter sich her und wünschte sich ein Taxi – oder zumindest einen Koffer mit funktionierenden Rollen. Vielleicht hatte sie in der letzten Stunde zu heftig an ihm gezerrt, und seine Rollen hatten aus reinem Selbstschutz aufgegeben. Da sie alles wahllos hineingestopft hatte, was sie besaß, war der Koffer schwerer geworden als vorgesehen, und das hatte ihm vielleicht den Rest gegeben. Sie traute sich jedoch nicht, ihn zu tragen, denn sie wollte sich zu dem gebrochenen Herzen nicht auch noch ein gebrochenes Rückgrat zuziehen.

Sie blieb stehen, um sich auszuruhen. Bisher war es nicht gerade ihr Tag gewesen. Sich an diesem Morgen in Camerons Armen wiederzufinden, war zwar herrlich gewesen, und aus ihm ein paar Antworten herauszulocken, ebenfalls sehr vielversprechend. Fast von ihm geküsst zu werden, war … nun, sie hatte vermutlich einfach Glück gehabt, dass sie dabei unterbrochen worden waren. Sonst hätte ihr Verlangen sie verzehrt, bis nichts mehr von ihr übrig gewesen wäre.

Sie wusste jedoch nur zu gut, dass auch von Cameron nichts mehr übrig wäre, hätte sie Patrick nicht davon abhalten können, nach Cameron Hall zurückzufahren und ihn zu töten. Sie hatte pausenlos auf ihren Schwager eingeredet und sich damit ganz gut ablenken können, bis sie sich in Moraigs Cottage verkroch, um ihre Sachen zusammenzupacken.

Erst ab diesem Zeitpunkt war es mit ihr wirklich bergab gegangen.

Sie hatte das Handy benutzt, das Jamie ihr gegeben hatte, und sich ein Flugticket kaufen wollen, dann aber feststellen müssen, dass sie kein Geld auf ihrem Bankkonto hatte. Und sie hatte kein Geld auf ihrem Bankkonto, weil von ihrem Aktiendepot kein Geld überwiesen worden war. Und es war kein Geld überwiesen worden, weil ihr Aktienhändler ihre gesamten Ersparnisse verschleudert hatte. Und nicht nur das, er war auch noch getürmt, und sie hatte jetzt sogar noch Schulden bei der Bank.

Vermutlich hätte sie ein oder zwei Mal in den vergangenen Monaten ihre Post lesen sollen, anstatt zu Hause herumzusitzen und sich die Augen wegen eines Mannes auszuweinen, der mit anderen Frauen frühstückte und dabei von seiner Verlobten unterbrochen wurde.

Patrick hatte sie überzeugen wollen, zu bleiben, und ihr fest versprochen, dass er und Jamie für sie sorgen würden, aber sie hatte seine Almosen nicht annehmen können; sie ließ lediglich zu, dass er ihr den Flug bezahlte. Sie würde ihr Lager auf der Couch ihrer Eltern aufschlagen und sich einen Job suchen. Ihrem Vater würde sie ein paar neue gälische Redewendungen beibringen, und vielleicht würde sie sich dadurch eine Ruhepause von all den Bewerbungsformularen für Aufbaustudiengänge erwirken können, die er und ihre Mutter ihr jeden Abend unters Kopfkissen stecken würden.

Madelyn hatte auf der Fahrt zum Flughafen sehr wenig gesprochen. Sunny hatte allerdings nichts anderes erwartet. Ihre Schwester hatte damals ihre eigenen Gründe gehabt, den Highlands den Rücken zu kehren. Aber Madelyn war von ihrer großen Liebe dorthin zurückgeholt worden.

Sunny zweifelte ernsthaft daran, dass ihr ein ähnliches Glück beschieden wäre.

Sie fluchte, bis ihre Tränen langsam versiegten. In Amerika müsste sie zumindest nicht dauernd Fotos von Cameron und seiner bezaubernden Braut sehen – oder auch nur von ihm, wie er aus dem Fond seines Rolls Royce ausstieg, aus Restaurants herauskam und den Paparazzi sein – wie sie leicht erkennen konnte – nur aufgesetztes höfliches Lächeln präsentierte.

Zuerst hatte sie gedacht, die Fotos erschienen in den Klatschpostillen, weil er Penelopes Begleitung war. Als sie dann aber eine Zeitschrift durchblätterte, die sie aus dem Gepäcknetz des Sitzes vor sich gezogen hatte, vermutete sie, es läge eher an seiner fotogenen Erscheinung. Nun ja, und an der Tatsache, dass er ein schottischer Lord und der CEO von Cameron Ltd. war.

Aber eigentlich war es wohl vor allem deshalb, weil er großartig aussah und seine Fotos dafür sorgten, dass sich die Zeitschriften sehr gut an Leserinnen verkauften, die ihn gerne ansahen.

Vielleicht hatte es ja auch sein Gutes, dass sie nie mit ihm verheiratet sein würde. Ihn mit unzähligen unbekannten Frauen teilen zu müssen, die über Fotos von ihm ihren Tagträumen nachhingen, wäre nur eine der Zumutungen gewesen, die das mit sich brachte. Sobald sie Feinstrumpfhosen hätte tragen oder darauf achten müssen, dass sich ihr Slip nicht unter der Kleidung abzeichnete, oder ihr ständig Kameras vor die Nase gehalten würden, hätte sie sicher die Krise bekommen. Sie mochte Lebewesen, solange es sich dabei um Babys oder Yoga-Schüler handelte, oder um Pflanzen, die aus dem Humus sprossen. Alles andere war für sie unbekanntes Terrain, zu dem es sie nicht unbedingt hinzog. Ja, es war definitiv das Beste, einfach in die Staaten zurückzufliegen, wo sie vor all dem in Sicherheit wäre. Das war natürlich keine Flucht; sie vollzog nur einen maßvollen, bewussten Kurswechsel.

Und je eher der erfolgte, desto glücklicher wäre sie. Also packte sie den Griff ihres Koffers fester und zog ihn mühsam weiter hinter sich her. Ihr war es gleichgültig, was sich nördlich des Hadrianswalls abspielte. Sie hatte mit Schottland abgeschlossen und war jener rollenden *Rs* und weichen *Chs* und all der Redeschwälle auf Gälisch überdrüssig geworden …

Plötzlich wurde ihr Koffer hinter ihr vom Trottoir hochgehoben. Sie wirbelte herum und wollte schon Zeter und Mordio schreien. Stattdessen tat sie einen verblüfften Ausruf.

Hinter ihr stand Robert Francis Cameron Mac Cameron und hielt den Griff ihres Koffers in der Hand. Er sah viel weniger gepflegt aus als sonst. Sie war überrascht, ihn vor sich zu sehen, nein, sie war *wie betäubt,* denn damit hatte sie niemals gerechnet, und sie konnte nichts anderes tun, als ihn entgeistert anzustarren.

Er sah entsetzlich aus. Seine Lippe war aufgeplatzt und sein Veilchen nahm langsam eine violette Färbung an. Auch über seinem anderen Auge zeigte sich ein Bluterguss, direkt unter dem Haaransatz. Außerdem war er ziemlich grün im Gesicht.

»Was ist denn mit Ihnen passiert?«, fragte sie unwillkürlich.

»Das waren die Fäuste Ihres Schwagers.«

»Da möchte ich ja nicht wissen, wie er aussieht«, sagte sie mit einem leisem Pfeifen.

»Ich habe ihn nicht angerührt«, sagte er knapp und sah dabei aus, als hätte er ihm durchaus gerne den einen oder anderen kräftigen Fausthieb verpasst. »Ich dachte, es sind mittlerweile schon genügend Mitlieder Ihrer Familie sauer auf mich, da muss ich zu dieser Liste nicht auch noch Ihre Schwester hinzufügen.«

Nun, da hatte er recht. Sie senkte den Blick und sah, dass seine Hand auf ihrer lag, seine narbige, starke, einstmals-mittelalterliche-aber-jetzt-nicht-mehr-mittelalterliche Hand. Er stand so dicht vor ihr, dass sie seinen Atem auf ihrem Haar spüren konnte.

»Was tun Sie hier?«, flüsterte sie.

Er löste ihre Finger vom Koffergriff und fasste sie am Ellbogen. »Das sage ich Ihnen an einem ruhigeren Ort, wenn es Ihnen recht ist.«

Das rüttelte sie auf. »Vielen Dank, lieber nicht. Ich bin erst kürzlich mit Ihnen an einem ruhigen Ort gewesen, und das ist nicht so gut für mich ausgegangen.«

»Sunshine, lassen Sie mich nicht länger betteln«, sagte er ruhig. »Ich garantiere Ihnen, ich knie mich hier auf offener

Straße vor Sie hin und mache Ihnen eine Szene. Kommen Sie einfach mit. *Bitte.* Ich muss unbedingt mit Ihnen sprechen.«

Sie legte die Arme um ihren Körper und blickte zwar mit trockenen Augen, aber in größter Seelenqual zu ihm auf. »Über was in aller Welt wollen Sie denn noch mit mir sprechen?«

Er holte tief Luft. »Über 1375.«

Plötzlich drehte sich alles um sie herum. Sie streckte die Arme aus und klammerte sich an seinem Hemd fest, um nicht umzukippen. Vielleicht hätte sie besser die Finger von Madam Gies' vegetarischem Omelette gelassen. Sie hatte gewusst, dass sie dafür büßen müsste, und wie es aussah, behielt sie recht.

»Ich fühle mich auf einmal ganz schwach …«, flüsterte sie.

Sie spürte nicht mehr, wie sie aufs Trottoir sank.

Sie erwachte von einem heftigen Schaukeln und Holpern und dachte zuerst, sie sei im Flugzeug eingeschlafen und würde durch eine Schlechtwetterfront fliegen. Sie flog nicht gern und hasste Turbulenzen. Es wurde ihr zwar nicht schlecht davon, aber sie bekam panische Angst. Ganz gleich, welche rationalen Erklärungen sie sich am Boden stets zurechtlegte; in 12 000 Metern Höhe mochte sie es einfach nicht, wenn das Flugzeug wackelte.

Dann merkte sie jedoch, dass sie sich gar nicht in einem Flugzeug befand, sondern in einem Taxi – und sie war nicht allein. Sie wollte sich aufsetzen, sah aber sofort Sternchen vor ihren Augen. Starke Arme drückten sie wieder sanft an eine Schulter, die sich unglaublich tröstlich anfühlte. Sie gab nur nach, weil sie dachte, sie müsste sich sonst vielleicht übergeben. Also schloss sie die Augen und kämpfte gegen den Schwindel an.

»Können Sie bitte meine Termine für morgen absagen?«, sprach Cameron gerade in sein Handy. »Und über alles Weitere sage ich Ihnen später Bescheid. Danke, Emily. Bis dann.«

Sunny hörte, wie er das Handy auf den Sitz legte, dann spürte sie seine Arme um ihren Körper.

»Wie geht es Ihnen?«, fragte er leise.

»Ich fühle mich schrecklich.«

»Das kann ich nachvollziehen, wirklich.« Er setzte sich anders hin und stöhnte dabei leise auf: »Ich glaube, Ihr Schwager hat mir etwas gebrochen.«

»Er ist nicht besonders erfreut über Ihr Auftauchen.«

»Das, liebe Sunny, ist eine ziemliche Untertreibung.«

Sunny war versucht, die beruhigende Wärme in seinen Armen noch ein, zwei Minuten zu genießen, aber sie wusste, das würde sie später bereuen. Sie entzog sich ihm, lehnte sich an die Wagentür und setzte sich möglichst weit von ihm weg.

»Wo haben Sie Patrick getroffen?«, fragte sie. »Er hat mir versprochen, er würde nicht zu Ihrer Burg fahren.«

Cameron lächelte. »Das hat er auch nicht getan. Er hat den Eingang von Ihrem Cottage bewacht und mich dort mit seinen Fäusten empfangen. Wenigstens hat er mir alle meine Zähne gelassen, aber vermutlich war das purer Zufall. Er war auch nicht bereit, mir weiterzuhelfen; außer damit, mir den Weg zur Hölle zu zeigen. Ich musste ihm etwas bezahlen, damit er die Handynummer Ihrer Schwester rausrückte, damit ich sie anrufen und herausfinden konnte, wo Sie steckten.« Sein Lächeln erstarb. »Ich musste Sie unbedingt sehen.«

»Nun, jetzt haben Sie mich ja gesehen«, sagte sie und versuchte, schroff zu klingen. Aber vermutlich klang sie nur fix und fertig. »Und jetzt könnten Sie mir den Gefallen tun, mich in mein Hotel zu bringen. Mein Flug geht morgen.«

Er setzte sich so hin, dass er sie ansehen konnte. »Sunshine, wenn ich Sie um eine einzige Sache bitten würde, würden Sie mir diese Bitte erfüllen?«

»Oh, nicht wieder auf diese Tour«, sagte sie entnervt. »Hatten wir das alles nicht schon?«

»Dann versuchen wir es eben noch mal. Ich verspreche,

dass ich Ihnen sogar noch mehr Fragen beantworte als heute morgen.«

»Sie haben mir heute morgen gar nicht geantwortet«, entgegnete sie empört. »Sie sind mir nur ausgewichen und haben sich noch mehr verschanzt.«

Er musste lächeln. »Ich bin ein Cameron. So sind wir eben.«

»Das ist keine gute Entschuldigung«, murmelte sie und sah zu ihm hinüber, aber er schien nicht vorzuhaben, sich dafür zu entschuldigen, dass er nicht freimütiger geantwortet hatte. Auch hielt er es offensichtlich nicht für nötig, ihr zu erklären, warum sie sich immer weiter von dem Ort, wo sie eigentlich hinwollte, entfernten. Im Grunde beobachtete er sie nur mit einem leisen Lächeln, als sehe er *sie* als Mensch anstatt bloß als eine ganz brauchbare Kräuterhexe, oder als Patricks Schwägerin oder als eine arme Irre in James MacLeods großem Saal. Sein Blick war fast genau der gleiche, mit dem er sie damals im mittelalterlichen Schottland angesehen hatte, sodass sie die Augen abwendete musste, um nicht zu weinen.

»Nun?«, hakte er schließlich freundlich nach.

Wenn sie doch nur nicht das Gefühl hätte, als risse er ihr mit bloßen Händen das Herz aus der Brust. »Was wollen Sie eigentlich noch von mir?«, brachte sie hervor und sah aus dem Fenster auf die Häuser, an denen sie vorbeifuhren.

»Ich werde Ihnen sagen, was ich von Ihnen will – wenn Sie mitkommen.«

»Und wenn ich nicht mitkomme?«

»Ich glaube, es wäre auch in Ihrem Interesse, mitzukommen.«

Sie warf ihm einen wütenden Blick zu. »Jetzt werden Sie sicher gleich Ihr Schwert zücken, Cameron?«

Er hob eine Augenbraue. »Wenn Sie mich noch weiter so reizen, werden Sie schon sehen, wohin das führt, Sunshine.«

Sie hätte gelächelt, wenn ihr nicht so schlecht gewesen wäre. Er klang wieder mehr wie er selbst, als seit … nun, seit Jahrhunderten. Aber auch er sah aus, als sei ihm speiübel.

»Haben Sie schon wieder die Kopfschmerzen?«, fragte sie mitfühlend.

»Ja, das auch«, erwiderte er, »aber es kommt hauptsächlich davon, dass ich mir meinen Kopf auf Ihre Türschwelle angeschlagen habe – und bitte fragen Sie mich jetzt nicht, wie und warum. Die wenig rühmliche Erinnerung ist noch ganz frisch. Ihr Schwager hat mir immerhin den Gefallen getan, mir eiskaltes Wasser aus dem Bach ins Gesicht zu schütten, um mich aus der Bewusstlosigkeit aufzuwecken, aber das war auch schon alles, wozu er bereit war.«

»Er weiß nicht, dass man nett mit Kranken umgehen muss.«

Cameron lächelte. »Das stimmt.«

Sie streckte den Arm aus und strich mit den Fingern über den dunkler werdenden Bluterguss an seinem Haaransatz, dann zog sie ihre Hand wieder weg, als sie bemerkte, was sie da tat. Er nahm ihre Hand in seine und hielt sie fest.

Sie sah auf seinen Handrücken hinunter, auf diese Naht, die sie vor fast sieben Jahrhunderten in seinem Fleisch hinterlassen hatte, und sie überlegte, wann das wohl gewesen war. 1375. Genau das Jahr, über das er mit ihr sprechen wollte.

»Sunny?«

Sie sah ihn an. »Werden Sie jetzt so lange quengeln, bis ich nachgebe?«

»Hartnäckigkeit ist, das sage ich in aller Bescheidenheit, eine meiner bemerkenswerteren Tugenden.«

Sie unterdrückte mühsam ein Lächeln. Der Mann konnte wirklich charmant sein, wenn er wollte. Charmant, fordernd und skrupellos. Vermutlich könnte sie den ganzen Tag mit ihm herumstreiten, aber sie würde nicht gewinnen.

Und sie musste zugeben, dass ein winziger Teil von ihr – zweifellos umgeben von vollkommenem Wahnsinn – gar nicht gewinnen wollte.

Sie seufzte tief auf. »Also gut. Was wollen Sie?«

»Ich will, dass Sie noch 24 Stunden in London bleiben.«

Sie sperrte vor Überraschung den Mund auf. »Warum?«

»Weil wir einiges in aller Ruhe besprechen müssen, Dinge, die mit dem Jahr zusammenhängen, das ich Ihnen genannt habe. Ich möchte ausreichend Zeit dafür, und einen privaten Rahmen.«

»Aber wir sprechen doch jetzt schon Gälisch, keiner versteht uns«, wandte sie verzweifelt ein.

»Ich will noch mehr Privatsphäre als das.«

»Mein Flug geht morgen …«

»Ich buche das Ticket für Sie um. Oder ich bezahle Ihnen für den nächsten Tag einen Flug in der Ersten Klasse. Oder ich bringe Sie in meinem Privatflugzeug in die Staaten, wenn Sie möchten, aber ich will 24 Stunden mit Ihnen verbringen, bevor Sie fliegen.«

»Aber sicher haben Sie doch eine Menge zu tun«, sagte sie in einem allerletzten Versuch, zu retten, was von ihrem armen Herzen noch übrig war.

»Ich habe alle Termine abgesagt.« Er drückte ihre Hand. »Sie wollen Antworten; ich will Sie. Bleiben Sie bei mir, und wir werden beide zufrieden sein.«

Das Einzige, was es bei ihr bewirken würde, wenn sie bei ihm blieb, war, dass sie noch mehr von ihm wollte. Sie wollte ablehnen, aber sie brachte das Wort *Nein* nicht über die Lippen. Der Mann, den sie liebte, saß neben ihr, und wollte mit ihr über Dinge sprechen, von denen sie ganz sicher war, dass er noch mit niemandem darüber geredet hatte … und außerdem sah er so aus, als hätte Patrick ihn ganz schön vermöbelt.

»Wir werden es nachher bereuen«, sagte sie in kläglichem Ton.

»Das glaube ich nicht; aber ich glaube, das war ein Ja.« Er hielt ihre Hand mit beiden Händen fest und lehnte vorsichtig den Kopf zurück. »Danke, Sunshine. Wenn Sie mich jetzt fünf Minuten entschuldigen wollen, ich muss die Augen zumachen, bevor mir mein armer Kopf noch platzt. Stupsen Sie mich an, wenn wir beim Ritz sind.«

»Wo?«, rief sie aus. »Cameron, das kann ich mir nicht leisten …«

»Aber ich kann es«, sagte er und klang vollkommen unbekümmert, »also regen Sie sich nicht auf.«

»Ich werde nicht dort bleiben.«

»Man wird Ihnen dort aber einen grandiosen Salat zubereiten«, murmelte er.

Sie sah ihn wütend an, aber seine Augen waren geschlossen, daher nahm er ihren sicher beeindruckenden Zornesblick gar nicht war. Das Ritz? Sie konnte sich keinen anderen Ort vorstellen, wo sie sich unbehaglicher fühlen würde. Sie war nicht einmal passend gekleidet, um in ein Pub zu gehen, geschweige denn in so ein Hotel.

Sie regte sich noch eine Weile heftig darüber auf, was nur dazu führte, dass sie sich noch elender fühlte. Sie drückte ein wenig auf den Akupressurpunkten an Camerons Hand herum, um sich etwas von ihrem Stress abzulenken. Das half ihr selbst zwar nicht, aber er atmete jetzt etwas freier.

Zumindest nützte es einem von ihnen.

Das Taxi hielt, bevor sie sich für einen guten Platz zum Herausspringen entscheiden konnte. Man öffnete ihr die Wagentür, und Cameron schob sie hinaus aufs Trottoir, bevor sie protestieren konnte. Sie spähte durch die Hoteltüren und fühlte sich wie eine Landpomeranze, die vor etwa sechs Minuten von einem Steckrübenwagen gefallen war. Cameron bezahlte das Taxi, dann nahm er ihren Koffer und machte eine Kopfbewegung zum Eingang hin.

»Gehen wir.«

Sie drehte ihm den Rücken zu. »Auf keinen Fall.«

»Sonst muss ich Sie über die Schulter werfen und reintragen.«

Sie blickte erschrocken auf. »Das würden Sie doch wohl nicht tun!«

»Doch, sicher.«

»Sie Barbar …«

»Schuldig im Sinne der Anklage.« Er lächelte sie an, dann legte er seine Hand auf ihre Schulter und gab ihr einen Schubs. »Nun gehen Sie schon rein, Sunshine.«

Sunny hätte sich gern noch weiter gesträubt, aber sie war zu sehr mit ihrer Situation beschäftigt, in ein Hotel geleitet – nun, eigentlich sogar geschoben – zu werden, in dem sie nicht einmal abgestiegen wäre, wenn sie es sich hätte leisten können. Sie gab sich Mühe, nicht alles mit großen Augen zu bestaunen, konnte sich aber kaum zurückhalten. In ihren Jeans und der zerknitterten Bluse kam sie sich schrecklich unpassend gekleidet vor.

Cameron war allerdings auch nicht besser angezogen als sie, und er sah aus, als käme er geradewegs von einer Schlägerei draußen auf der Straße. Es überraschte sie ein wenig, dass sie überhaupt am Portier vorbeikamen.

Ein Mann am Schalter blickte auf, als sie herantraten. »Kann ich Ihnen helfen?«, fragte er, und sein Tonfall machte klar, dass er das sehr bezweifelte.

»Es ist ein Zimmer für Miss Phillips reserviert«, erwiderte Cameron entspannt. »Meine Assistentin hat vor einer halben Stunde angerufen.«

Sunny versuchte, sich hinter Cameron zu verstecken, aber er fasste sie am Arm und hielt sie an seiner Seite fest. Sie murmelte einige wenig schmeichelhafte Anschuldigungen auf Gälisch, aber er zwinkerte ihr nur belustigt zu.

Der Hotelangestellte bat Cameron um seine Kreditkarte und den Ausweis, nahm beides mit skeptischer Miene entgegen und reichte es dann sofort an seinen Vorgesetzten weiter. Sunny beobachtete, wie dieser in der Nahrungskette höher Angesiedelte auf den Ausweis blickte und das Foto mit Cameron verglich.

Entsetzen breitete sich auf seinem Gesicht aus, und er bedachte den kleinen Angestellten mit einem wütenden Blick. »Das ist Robert Cameron, der Earl of Assynt«, zischte er leise. Er richtete sich kerzengerade auf und schenkte Cameron ein freundliches Begrüßungslächeln. »Wir hatten noch nie das Vergnügen Ihres Aufenthalts bei uns, Mylord.«

»Das haben Sie auch jetzt nicht«, entgegnete Cameron mit einem ebenso höflichen Lächeln. »Miss Phillips wird Ihr Gast sein, und ich bin sehr darauf bedacht, dass gut für Sie gesorgt wird.«

»Selbstverständlich«, bekam er zur Antwort, die mit der exakt angemessenen Zuvorkommenheit erfolgte. »Ich bin sicher, wir haben die Suite für Miss Phillips vorbereitet. Ein Träger wird …«

»… nicht notwendig sein«, ergänzte Cameron. Er unterschrieb den Kreditkartenbeleg, der ihm vorgelegt wurde, streckte die Hand nach dem Schlüssel aus und nahm Sunnys Koffer. »Nach Ihnen, Miss Phillips.«

Sunny folgte ihm, denn es war das geringere Übel – die andere Möglichkeit wäre, an der Rezeption stehen zu bleiben. Sie wartete, bis sie im Lift waren, bevor sie ihn ankeifte: »Ich fahre mit Ihnen nach oben, dann drehe ich mich um und fahre wieder runter.«

»Sunshine, Sie können nicht in dieser rattenverseuchten Absteige bleiben, in der Sie ein Zimmer genommen haben.«

»Es ist das, was ich mir leisten kann, Mister, und wer zum Teufel sind Sie, dass …«

»Ich bin Ihr Beschützer«, sagte er mit fester Stimme, »also lassen Sie mich meine Aufgabe erfüllen. Sie haben mir 24 Stunden versprochen. Sie haben keine Einschränkungen gemacht, wo wir sie verbringen werden.«

Sie merkte zu ihrem Entsetzen, dass ihre Augen zu brennen begannen und schlang die Arme um ihren Körper. »Ich hasse diese Art von Hotels. Ich mag es nicht, wenn ich mich klein fühle.«

»Das verstehe ich vollkommen, und ich stimme Ihnen zu«, sagte er ernsthaft. »Es ist aber ein sicherer Ort, Sunny, und ich bitte Sie, es hier um meinetwillen auszuhalten. Wenn jemand so ein Narr ist, dass er verächtlich auf Sie herabblickt, dann denken Sie einfach an die endlosen Blumenwiesen hinter Ihrem Cottage und dass Sie das Recht haben, diese zu genießen, Ihr Gegenüber aber nicht. So mache ich es immer.«

»Das kann ich mir gut vorstellen, Mister Hochwohlgeborener Earl of Assynt«, murrte sie und fuhr sich mit dem Ärmel über die Augen, doch dann griff sie dieses Thema erfreut auf: »Sie haben es wohl nicht für nötig gehalten, mir dieses Detail mitzuteilen.«

»Ich dachte nicht, dass Sie Wert darauf legen.«

»Ich lege keinerlei Wert darauf«, erwiderte sie steif.

Er musste lachen. »Wie ich bereits vermutete.« Er strich ihr über die Lockenpracht, die ihr auf den Rücken hinunterfiel. »Tun Sie es für mich, Sunshine, damit ich mir keine Sorgen machen muss, wo Sie schlafen.«

An diesem Punkt hatte sie vermutlich keine andere Wahl mehr, aber sie würde es nicht genießen. Sie folgte ihm mit schleppendem Gang aus dem Lift, den Korridor hinunter und in eine Suite, die aussah wie aus einem Einrichtungsmagazin.

Früchte und Saft standen auf dem Tisch bereit, daneben eine Vase mit frischen Blumen. Sie schnupperte daran, fühlte sich aber nicht behaglicher. Sie ging zum Fenster und sah hinaus. Der Ausblick war nicht gerade spektakulär, aber vermutlich war es nicht der Ausblick, für den Cameron bezahlte.

Sie hörte, wie er durch den Raum kam und hinter ihr stehen blieb, und sie schloss die Augen, als er sich an ihrem Haar zu schaffen machte, es über ihre Schultern zurückzog und so hindrapierte, dass es ihr über den Rücken fiel. In diesem Augenblick merkte sie, dass sie einen schweren taktischen Fehler begangen hatte. Sie hätte ihn bei ihrem Koffer stehen lassen und zu ihrem Hotel flitzen sollen, sobald sie ihn erblickt hatte. Es war ihr jetzt unverständlich, warum sie gedacht hatte, sie könnte es mit ihm geschlagene 24 Stunden aushalten – ganz gleich, was für neugierige Fragen er zu beantworten versprochen hatte.

Sie hätte sich am liebsten zu ihm umgewandt, sich in seine Arme geworfen und ihn gebeten, mit ihr in Moraigs Cottage zu wohnen.

Aber eigentlich müsste sie sich ihm entwinden und zur Tür hinauslaufen.

Leider konnte sie sich zu keinem von beidem durchringen.

»Ich hatte trotz allem Gelegenheit zu einem kurzen Gespräch mit Patrick«, sagte er langsam. »Eigentlich war es kein richtiges Gespräch. Er hat mich nur verflucht, und dann gab er mir diesen Brief.«

Sunny riss sich aus ihren unnützen Gedankenspielen. Dieses Gespräch interessierte sie. Es würde sie von ihrer misslichen Lage ablenken. »Einen Brief?«, echote sie geistesabwesend. »Ich habe Ihnen keinen Brief hinterlassen.«

»Er war nicht von Ihnen«, sagte er. »Sondern von Moraig an Jamie. Patrick dachte, ich könnte ihn vielleicht … erhellend finden.«

Seine Finger, die ihr durchs Haar fuhren, lenkten sie enorm ab. Sie spürte, wie die innere Anspannung nachließ, was vermutlich nichts Gutes verhieß, und legte sich die Handballen auf die Augen, damit sie aufhörten, so zu brennen. »Was hat Moraig Jamie geschrieben? Hat sie ihm mitgeteilt, wie man einen kleinen Trank zubereitet, um Zaubersprüche von zukünftigen Hexen abzuwehren?«

»Nein«, sagte er ruhig. »Sie hat ihm geschrieben, was ihr an einem besonders stürmischen Frühlingsmorgen vor acht Jahren widerfahren ist.«

Sunny hörte seine Worte, aber es dauerte einen Augenblick, bevor sie ihre Bedeutung verstand. Aber sobald das der Fall war, setzte ihr Herz einen Schlag aus. Buchstäblich. Erst nach einer Schrecksekunde konnte sie wieder atmen.

»Wirklich?«, sagte sie mit tonloser Stimme.

»Ja«, sagte er. »Anscheinend stolperte ein halbtoter Highlander in ihr Haus und stürzte zu Boden. Sein Schädel war fast zertrümmert, und ein Dolch steckte in seinem Rücken. Er war noch lange genug bei Bewusstsein, um zu sagen, wer er war, und um zu fragen, was ihm anscheinend am wichtigsten war, ob eine gewisse junge Dame, die mit ihm unterwegs gewesen war, in Sicherheit sei.

Sunny konnte sich kaum noch auf den Beinen halten. Cameron behielt seine Hände auf ihren Schultern, und das war das Einzige, das sie noch aufrecht hielt.

»Ich glaube, Sie können erraten, wer der Mann war.«

Sie nickte.

»Möchten Sie den Namen der jungen Dame hören?«

Jetzt konnte sie sich nicht mehr rühren, nicht mehr atmen, nicht mehr sprechen. Sie stand nur noch bebend da.

»Ihr Name war Sunshine.«

Ein Schluchzer entrang sich ihr, noch bevor sie ihn unterdrücken konnte. Er drehte sie zu sich um und zog sie an sich, legte seine Arme so dicht um sie, dass sie kaum noch Luft bekam. Es machte ihr nichts aus. Sie schlang ebenfalls ihre Arme um ihn und hielt ihn fest. Sie wusste, dass sie Geräusche von sich gab, die ihn hätten erschrecken können – sie erschreckten sie selbst –, aber die schienen ihm nichts auszumachen. Sie war sich nicht ganz sicher, ob er nicht ebenfalls den einen oder anderen beunruhigenden Laut von sich gegeben hatte.

Bei ihr brachen nun alle Dämme und sie weinte, bis ihr Atem nur noch keuchend ging und sie dachte, sie müsse gleich ohnmächtig werden.

Eigentlich hätte sie das alles nicht überraschen sollen. Schließlich hatte sie Moraig oftmals dabei ertappt, wie sie sie mit einem ernsten Lächeln betrachtete, als wisse sie etwas, das Sunny nicht wusste. Sunny hatte immer gedacht, es sei nur der Blick einer weisen, erdverbundenen alten Frau, mit dem sie jeden betrachtete. Jetzt wusste sie es besser.

Du wirst mein Haus brauchen, wenn ich einmal nicht mehr lebe.

Sunny hatte immer angenommen, Moraig habe das gesagt,

weil sie dachte, sie bräuchte einen guten Platz, um ihre Kräuter zu trocknen. Ihr war nicht ein Mal in den Sinn gekommen, dass es dafür noch einen weit bedeutenderen Grund geben könnte.

Und jetzt wusste Cameron Bescheid. Allein deshalb weinte sie noch ein Weilchen länger. Sie musste die Last seiner Vergangenheit, sein Geheimnis oder das ihrer gemeinsamen Erlebnisse nicht mehr allein tragen. Selbst wenn er sich nie mehr an irgendetwas erinnert hätte, so hatte ihm zumindest noch jemand anders versichert, dass er sie einst gekannt hatte.

Das Gefühl der Erleichterung war überwältigend.

Sie hatte keine Ahnung, wie lange sie noch so dastand und darum kämpfte, die Beherrschung wiederzuerlangen. Cameron schien ein unerschöpfliches Maß an Geduld zu haben. Er gab beruhigende Laute von sich, summte Melodiefetzen, die sie nicht erkannte, und schließlich strich er ihr nur noch mit der einen Hand übers Haar und hielt sie mit der anderen an sich gedrückt.

Sie hatte das Gefühl, nach Hause gekommen zu sein.

Nur war es ein Zuhause, das sie nicht haben konnte.

Schließlich atmete sie tief durch. »Ich habe Ihr Hemd ruiniert.«

»Patrick hat mein Hemd ruiniert. Ich glaube eher, Sie haben es gerade für mich gewaschen.«

Sie brachte etwas zustande, das vielleicht als Lachen durchgegangen wäre, wenn das alles nicht so schmerzlich für sie gewesen wäre. Sie fuhr sich mit dem Ärmel übers Gesicht und bat um ein Taschentuch. Cameron reichte ihr eine Packung, ohne sie ganz aus seiner Umarmung zu entlassen. Sie nahm sie und wischte sich, so gut es ging, die Tränen ab. Er zog sie wieder an sich und legte ihren Kopf an seine Schulter. Er sagte nichts, aber Sunny spürte, dass er langsam und gleichmäßig atmete. Vielleicht war das ja seine Art, seine Selbstkontrolle zu bewahren.

»Ich will alles wissen«, sagte er schließlich. Er griff nach den

Taschentüchern und wischte sich auch sein Gesicht damit ab. Er sah sie aus verweinten Augen an. »Alles.«

Sie holte tief Luft. »Also gut. Aber lass mich zuerst noch mein Gesicht waschen.«

»Du kommst sicher wieder?«

Sie schloss die Augen und nickte.

Er ließ sie so widerwillig gehen, wie sie es sich nur hätte wünschen können. »Dann warte ich auf dich.«

Sie riss sich von ihm los, solange sie es noch vermochte. Das waren die Worte, die sie hören wollte, aber das Timing war nicht richtig. Und es gab keine Möglichkeit, das zu ändern.

Sie entfloh ins Schlafzimmer und schloss die Tür hinter sich, dann blickte sie sich um, bis sie das Badezimmer entdeckte. Als sie dessen Tür erst einmal verschlossen hatte, setzte sie sich auf den Badewannenrand, von wo aus sie sich im Spiegel betrachten konnte.

Sie konnte kaum glauben, was gerade geschehen war. Cameron wusste Bescheid. Sie hatte so lange darauf gewartet, es sich so sehnlich gewünscht – und jetzt, wo es eingetreten war, wusste sie nicht, was sie tun sollte.

Sie grübelte auch darüber nach, warum Moraig ihr nicht selbst davon erzählt hatte. Aber was hätte sie sagen sollen? *Sunny, meine Liebe, du wirst eine Zeitreise in die Vergangenheit machen und dich in den mittelalterlichen Laird des Cameron-Clans verlieben, und dann wirst du ihn verlieren.* Sie wäre auf der Stelle davongelaufen, denn sie wäre sicher gewesen, dass ihr etwas Derartiges das Herz brechen würde.

Nun ja, das war in etwa das, was geschehen war.

Sie spritzte sich Wasser ins Gesicht, dann trat sie aus dem Badezimmer und warf sich aufs Bett. Sie war sich nicht sicher, ob es dort besser oder schlechter war, aber vermutlich war es nicht besser. Sie hätte nie auf Camerons Bitte eingehen sollen, aber anscheinend hatte sie ihren Verstand in Schottland auf Moraig MacLeods Schwelle verloren, wo sie auch ihr Herz zurückgelassen hatte. Der Gedanke, mit ihm, in seiner Umarmung, noch 24 Stunden zusammenzubleiben, sein Lächeln zu sehen und – der Himmel stehe ihr bei – sich von ihm küssen zu lassen … es würde alles vernichten, was von ihr nach den letzten beiden Monaten noch übrig geblieben war.

Sie zwang sich, ebenso tief und gleichmäßig zu atmen, wie Cameron es vorhin im Wohnzimmer getan hatte. Es dauerte eine Weile, bevor sie sich entspannter fühlte. Allmählich sah sie die Dinge etwas klarer.

Sie wollen Antworten. Ich will Sie.

Das hatte *er* gesagt, aber vielleicht galt das für sie genauso. Sie wollte ihn, und sei es nur einen einzigen, wunderbaren Abend lang. Das würde sie auf Jahre hinaus mit Erinnerungen versorgen – denn sie war vollkommen sicher, sie würde Jahre brauchen, um über ihn hinwegzukommen.

Vielleicht brauchte er Erinnerungen an seine Vergangenheit, ebenso wie sie Erinnerungen an ihn aus der Gegenwart brauchte. Und ob ihr das passte oder nicht, sie war die einzige lebende Person, die ihm das geben konnte, was er nicht hatte. Es war nicht ihre Art, jemandem die Hilfe zu versagen, wenn sie sie leisten konnte.

Sie tat noch ein paar weitere tiefe, stärkende Atemzüge. Diesen Abend würde sie sich zugestehen, ihn mit dem Mann verbringen, bei dessen Anblick ihr jetzt schon das Herz brach, und sie würde sich ihre eigenen Erinnerungen an den Cameron schaffen, der Jeans trug und ein Handy hatte. Und dann würde sie morgen in aller Herrgottsfrühe aufstehen und zum Flughafen fahren. Sie würde einfach so weggehen, denn sie könnte es nicht ertragen, im selben Land mit ihm zu leben und zu wissen, dass er mit einer anderen Frau verheiratet war.

Sie würde ihm diesen Abend gewähren.

Und dann würde sie gehen.

22

Cameron warf einen Blick in Richtung der Schlafzimmertür, aber sie war noch immer geschlossen. Er fühlte sich an eine Situation in Moraigs Cottage zurückerinnert, als er dort vor dem Feuer gesessen und darauf gewartet hatte, dass Sunny aus dem Bad käme. Er hatte sich sein Schlaflager auf ihrem Fußboden eingerichtet und fragte sich, was er denn nur getan haben könnte, dass sie bei jeder Gelegenheit vor ihm davonlief.

Jetzt verstand er es.

Er warf einen Blick auf die Armbanduhr und sah überrascht, dass schon zwanzig Minuten vergangen waren. Das hatte ihm Zeit gegeben, mit Emily zu telefonieren, die sich in die unerträglichen Massen der Einkaufslustigen bei Harrods gestürzt hatte, um Sunny ein Abendkleid zu kaufen, einen Tisch für zwei Personen in einem sehr diskreten französischen Restaurant zu reservieren, das nie die Fotografen informierte, wenn er dort speiste, und ein Dutzend Mal im Raum auf und ab zu gehen, bevor er vor einem erlesenen Blumenstrauß stehen blieb, den Emily bestellt haben musste.

Fast war er versucht, nachzusehen, ob sich Sunny vielleicht hingelegt hatte und eingeschlafen war, aber er ließ es bleiben. Vielleicht dachte sie darüber nach, was er ihr gesagt hatte. Der Himmel wusste, dass er fest entschlossen war, seinen Wunsch Wirklichkeit werden zu lassen.

Er führte immer noch einen inneren Kampf darum, dass er sich in den vergangenen Wochen in sie verliebt – hoffnungslos, unvernünftig, unmöglich verliebt – hatte. Und der Gedanke, dass er sie schon einmal geliebt, dann aber vergessen hatte, und später durchaus in der Lage gewesen wäre, sie wiederzugewinnen, lange bevor er sich gezwungenermaßen mit einer Frau zusammengetan hatte, die er nicht liebte, machte die Sache nicht leichter. Wenn Moraig doch nur etwas gesagt hätte. Wenn James MacLeod, der Teufel sollte ihn holen, ihm diesen Brief nur vor einem Jahr, direkt nach Moraigs Tod, gegeben hätte, statt bis jetzt zu warten.

Zu Jamies Verteidigung – nicht dass Cameron besonderes Interesse daran hatte, ihn zu verteidigen, aber er versuchte, fair zu sein – ließ sich anführen, dass er vielleicht darauf gewartet hatte, dass Sunny ihre Reise in die Vergangenheit machen würde, bevor er etwas unternahm. Es war alles recht plötzlich gekommen, Jamies Begeisterung über das Freizeitzentrum und dass er darauf bestanden hatte, die Besprechung … wann abzuhalten? Vor fünf Wochen? Also fast zwei Wochen, nachdem Sunny zurückgekehrt war, und gleich, nachdem sie wieder aufstehen und auf die Burg kommen konnte.

Er rieb sich mit den Händen übers Gesicht und stieß den Atem aus. Vielleicht hatte Jamie ja sein Bestes getan. Schließlich war es nicht seine Schuld, dass die Dinge schiefgelaufen waren. Es war niemandes Schuld, aber das machte die Sache auch nicht einfacher.

Auch nicht die Entscheidung, was er jetzt tun sollte.

Er hatte auf der Fahrt nach Inverness Zeit gehabt, sich an die Idee zu gewöhnen, dass er Sunny nicht nur gekannt, sondern anscheinend in der Vergangenheit auch geliebt hatte. Und auf dem Flug nach Süden hatte er überlegt, was er mit diesem Wissen tun könnte, und dann entschieden, dass er mit ihr reden, sich für den ihr verursachten Kummer entschuldigen und sie dann sicher und mit einem Minimum an Aufhebens in ihren Flieger zurück in die Staaten setzen würde. Bis er sein derzeitiges Problem gelöst hätte, war er nicht frei, irgendetwas von ihr zu erbitten. Das war ihm als ein vernünftiger, wenn auch schmerzlicher Weg erschienen.

Jetzt war er sich da nicht mehr so sicher.

Die Schlafzimmertür ging auf, und das unterbrach seine düsteren Gedanken. Sunny sah nicht weniger verweint aus als vor zwanzig Minuten, er aber vermutlich auch nicht. Er ging quer durch den Raum, blieb vor ihr stehen und breitete die Arme aus.

Sie zögerte nur leicht, bevor sie sich seiner Umarmung hingab. Er hielt sie schweigend fest.

Plötzlich bemerkte er, dass sie zitterte. Er hatte kein Plaid, das er ihr umlegen konnte, daher zog er sie noch enger an sich und versuchte sie mit seinem Körper zu wärmen.

»Ist dir kalt?«, fragte er.

»Ich glaube, ich habe einen Schock«, sagte sie mit klappernden Zähnen. Er beugte sich zurück und sah, dass sie es ernst meinte. Bevor sie protestieren konnte, nahm er sie auf die Arme und trug sie hinüber zur Couch, um ihr eine Tasse Kräutertee heraufbringen zu lassen. Er holte in ihrem Schlafzimmer eine zusätzliche Decke, in die er sie einwickelte, bevor der Tee kam. Dann setzte er sich neben sie und sah ihr beim Trinken zu. Ihre Hände zitterten heftig.

Schließlich rettete er ihre Tasse, stellte sie auf dem Couchtisch ab und bettete Sunny so auf die Couch, dass er seine Arme um sie legen konnte.

»Ist es besser?«, fragte er.

Sie nickte. »Ein bisschen. Danke.«

Er legte seine Wange an ihr Haar und fragte sich, ob ihr eigentlich bewusst war, wann sie Gälisch sprach, und wann nicht. Patrick hatte ihm einmal erzählt, dass sie schon immer Gälisch gesprochen hatte, weil ihr Vater es sie gelehrt hatte. Vermutlich hatte es ihr im mittelalterlichen Schottland gute Dienste geleistet. Allein der Gedanke daran, dass sie die Gefahren jener Zeit durchgestanden hatte, ließ ihn erschauern.

»Also«, sagte er schließlich, »wer ist als Erster dran mit diesem noch nie da gewesenen Ausspucken von Geheimnissen?«

»Du«, sagte sie mit einer vom Weinen ganz rauen Stimme.

»Ich weiß, dass es dir schwerfällt, und das wird dazu beitragen, dass es mir besser geht.«

Er lächelte in ihr Haar hinein. »Du bist eine böse Hexe.«

»Und trotzdem bist du hier.«

»Ja«, bestätigte er, »trotzdem bin ich hier.«

Sie atmete lange und stoßweise aus, dann zog sie die Füße auf die Couch und umschlang ihre Knie. Er legte ihr den Arm um die Schultern und zog ihr die Decke zurecht. Sie lehnte ihren Kopf an seinen Arm und seufzte.

»Vielleicht hilft es dir«, sagte sie, »wenn ich verspreche, dass ich dir alles glauben werde, was du mir erzählst. Und wenn du mit der Offenbarung all deiner Geheimnisse fertig bist, dann erzähle ich dir alles, was ich weiß. Darunter sind Dinge, die niemand außer dir glauben würde.«

Er räusperte sich, bevor er ein unbestimmtes Gefühl aussprach, das ihn sonst völlig überwältigt hätte. »Sunshine, du bringst mich noch um.«

»Für mich war es auch die Hölle, also sind wir in etwa quitt. Ich helfe dir, den Anfang zu machen: Deine Mutter hat darauf bestanden, dass du eine ganze Reihe von Namen erhältst, gab aber deinen Brüdern nur je einen. Fang von da an zu erzählen.«

Er war niemand, der zu übertriebenen Gefühlen neigte, besonders wenn es nicht darum ging, so zornig zu sein, dass man zum Schwert griff, oder so viel Angst zu haben, dass man um sein Leben lief. Er merkte jedoch zu seinem anhaltenden Staunen, dass Sunny Gefühle aus ihm herauslockte, die er kaum in sich vermutet hätte. Also murmelte er ein paar Flüche, um sich wieder wie er selbst zu fühlen, aber es half nichts.

»Ich glaube, ich brauche einen Whisky«, sagte er.

»Das ist beim letzten Mal ziemlich danebengegangen, nicht? Spuck einfach alles aus, Junge. Danach fühlst du dich besser.«

»Du musst es ja wissen, wenn man bedenkt, wie viel

Lobelientee du all die Jahre verordnet hast.« Er holte tief Luft. »Also gut. Ich beginne am Anfang.«

Und das tat er dann auch. Er erzählte ihr, wie er als William Mac Camerons Sohn herangewachsen war, dann schilderte er die ziemlich turbulente Ehe seiner Eltern und seinen Wunsch, eine solche zu vermeiden. Er erzählte ihr von den lächerlichen Abenteuern, zu denen ihn sein Bruder Sim überredet hatte, von Breac, der stets hinter ihm gestanden hatte, von der endlosen Reihe an jungen Mädchen, die über seine beiden Brüder herfielen, während er jedes Mädchen in die Flucht schlug und allein schon mit seiner schroffen Art und seinem fordernden Wesen alle vernünftigen Jungfern abschreckte.

Mittlerweile zitterte sie nicht mehr und sah ihn mit einem liebevollen Lächeln an. Er wünschte sich verzweifelt, er würde es wirklich wagen, einen sehr starken Drink zu bestellen, aber da er wusste, wohin das führen würde, erzählte er weiter die Geschichte von der Ermordung seines Vaters und von Girics ständigen Versuchen, ihm die Clanführerschaft zu entreißen. Er erzählte ihr von der Schlacht, in der Sim umgekommen und Breac verletzt worden war, und wie Giric ihn aufgefordert hatte, zur MacLeod-Hexe zu reiten.

»Und da enden meine Erinnerungen«, sagte er seufzend.

»Und meine beginnen«, erwiderte sie leise. »Aber ich fürchte, du wirst sie nicht gerne hören.«

»Willst du meine Hand halten, damit ich es leichter ertrage?«

Sie runzelte die Stirn: »Etwas mehr Ernst, bitte.«

»Ich habe das durchaus ernst gemeint.«

Sie lächelte, dann griff sie an ihre Schulter, wo seine Hand lag. »Diese Narbe da an deinem Arm, die habe ich genäht.«

Sie brachte ihn immer wieder so sehr zum Staunen, dass es ihm den Atem verschlug. »Wirklich?«

»Ja, wirklich. Ich erzähle dir später mehr darüber, wenn es dich interessiert. Aber jetzt will ich lieber dort weitermachen, wo du aufgehört hast. In deiner Erinnerung ist ausgelöscht, dass es dir tatsächlich gelungen ist, die MacLeod-Hexe zu holen, nur war es nicht die aus eurer Zeit – von der ich nicht einmal glaube, dass es sie tatsächlich gab –, sondern das war ich. Ich merkte ziemlich bald, dass du kein Freund von Jamie warst, der mich in mittelalterlichem Gewand zum Essen abholen wollte, aber da war es schon zu spät. In dem Moment, als du mich über meine Türschwelle zerrtest, hattest du mich schon in die Vergangenheit zurückgezogen. Außerdem gab es zu diesem Zeitpunkt für mich wirklich keinen Grund, nicht mit dir zu gehen und zu versuchen, deinen Bruder zu retten.« Sie lächelte kurz. »Du warst ziemlich überzeugend.«

»War ich denn charmant?«, fragte er zögernd.

»Nun, lass mich nachdenken. Zuerst hast du mich gepackt, bis ich kaum noch Luft bekam, dann hast du mir eine Antwort auf meine Frage verweigert, in welchem Jahr ich mich befinde, schließlich hast du mir dennoch widerwillig geantwortet, mich dann aber kurzerhand auf den Rücken deines Pferdes geworfen und bist mit mir davongeritten.«

Er lächelte. »Und trotzdem redest du noch mit mir.«

»Du hast es später wieder wettgemacht. Du wolltest einfach unverzüglich nach Hause, und daraus kann man dir keinen Vorwurf machen. Allerdings kam jede Hilfe zu spät.« Sie hielt inne. »Breac starb unter meinen Händen. Nun, eigentlich unter unseren Händen. Ich hielt ihm die eine und du die andere Hand, als er starb.«

Das überraschte ihn nicht, aber es war dennoch hart, es zu hören. Er blickte auf ihre Finger, die schon eine Weile mit seinen verflochten waren, bevor er es schaffte, ihr in die Augen zu schauen, ohne in Tränen auszubrechen.

»Danke, dass du es versucht hast.«

Ihren Augen schimmerten feucht. »Er hat den Schwerthieb abgefangen, der dir gegolten hatte, so hast du es mir zumindest später erzählt, und daraus kannst du etwas Trost ziehen. Trotzdem tut es mir leid, dass du dich nicht daran erinnern kannst.«

»Du musst dich eben für uns beide daran erinnern«, sagte er ruhig. Er holte tief Luft und fuhr sich mit der freien Hand durchs Haar. Vielleicht würde er sie später nach all den furchtbaren Details fragen – wenn er es ertragen könnte, sie zu hören, ohne zu weinen. Im Augenblick war es das beste, sie weiter erzählen zu lassen. »Und was ist dann geschehen?«

»Deine Männer versuchten, mich zu ertränken, und du hast mich gerettet. Aber sobald ich das Bewusstsein wiedererlangt hatte, hast du mich aus deinem Bett geworfen und mir gesagt, ich solle nach Hause gehen.«

»So war es sicher nicht«, unterbrach er sie, dankbar, dass sie jetzt etwas weniger Ernstes besprechen konnten. »Ich kann mir nicht vorstellen, dass ich so dumm war, dich aus meinem Bett hinauszuwerfen, wenn ich dich schon mal dort hatte.«

»Schockierend, nicht wahr? Soviel ich weiß, erwiesest du mir auch die Ehre, mir höchstpersönlich die Kleider vom Leib zu schneiden, und dabei hast du mich, wie du mir hoch und heilig versichert hast, nicht angesehen.«

»Sicher habe ich gelogen«, sagte er ohne Zögern.

Sie musste lachen. »Das kann ich mir gut vorstellen.«

Er freute sich so über ihr entspanntes Lächeln, dass es ihm nun weniger ausmachte, dass es so schwer war, es aus ihr herauszulocken. Allein der Gedanke, dass sie in seiner Vergangenheit gewesen war, überwältigte ihn. Dass er sich nicht an das Geringste erinnern konnte, war allerdings erschütternd.

»Du hast dann über mich gewacht, während ich als die äußerst beliebte MacLeod-Hexe in deinem Dorf weilte«, fuhr sie fort, »du hast mich mit Nahrungsmitteln versorgt und mich bei jeder Gelegenheit daran erinnert, dass du, komme was wolle, Gilly heiraten würdest, aber du würdest dich glücklich schätzen, mit mir ins Bett zu steigen, wann immer ich Interesse daran hätte.«

»Ich bin wirklich erstaunt, dass du auf dieses Angebot nicht eingegangen bist«, erwiderte er mit gespieltem Erstaunen.

Sie musste lächeln. »Ich kann mir gut vorstellen …«, sie

runzelte plötzlich die Stirn. »Warum meinst du, dass ich darauf nicht eingegangen bin?«

»Weil ich mit deiner Schwester darüber gesprochen habe, wohin du verschwunden sein könntest, und bei dieser Gelegenheit habe ich sie nach ein paar Dingen gefragt, über die du vielleicht gerne sprechen würdest. Sie schlug vor, wir sollten deine Vorstellungen bezüglich der Enthaltsamkeit vor der Ehe besprechen – Vorstellungen, die du mir gegenüber anscheinend, wie sie sagte, schon zu einer anderen Zeit und an einem anderen Ort geäußert hast.«

Sunny wurde plötzlich rot bis hinter die Ohren. »Dafür werde ich sie umbringen.«

Er musste lächeln. »Es ist schrecklich, wenn man so etwas demselben Mann zweimal sagen muss, nicht wahr?«

»Du weißt, wenn du so weiter machst, sitzt du gleich unten in der Lobby.«

Er lachte. »Ich nehm dich doch nur auf den Arm, Sunshine – nein, setz dich nicht weg.« Er zog sie zurück. »Komm her und erzähl deine Geschichte zu Ende. Sag mir, warum ich nicht genügend gesunden Menschenverstand hatte, dich auf der sicheren Burg wohnen zu lassen.«

»Weil du meintest, es sei zu gefährlich – und du hattest recht. Du warst davon überzeugt, dass Giric versucht, dich umzubringen. Ich habe mit eigenen Augen gesehen, wie du deinen Cousin Brice gezwungen hast, dein Essen vorzukosten. Er hat sich rundheraus geweigert, den Wein zu trinken.«

Er musste tief Luft holen. »Ich hatte immer den Verdacht, dass Giric meinen Vater vergiftet hat, also nahm ich an, er würde einfach mit der Strategie weitermachen, die sich zuvor als nützlich erwiesen hatte.«

»Es tut mir leid«, sagte sie leise.

Cameron zuckte mit den Schultern. »Das ist Schnee von gestern. Leider war ich der einzige, der das glaubte. Als er dann ein paar Jahre später seinen eigenen Vater auf dieselbe Weise aus dem Weg räumte, hatte er bereits den halben Clan gegen mich aufgehetzt, und es spielte keine Rolle mehr, was ich glaubte. Der einzige Grund, warum ich diesen verdammten Haufen immer noch zusammenhalten konnte, war, dass Breac und Sim hinter mir standen und mir den Rücken freihielten.« Er schwieg eine Weile. »Nachdem sie tot waren, gab es für mich keinen Grund mehr zu bleiben, oder?«

Sie blickte ihn tiefernst an. »Genau das hast du damals auch zu mir gesagt.«

Er seufzte tief. »Wie sind wir dann fortgegangen? Vermutlich haben wir tatsächlich die Entscheidung getroffen, in die Zukunft zu gehen?«

»Wir sprachen eines Nachts in deiner Schlafkammer darüber, nachdem du bei einem Überfall allein etwa ein Dutzend Männer abgewehrt und mich gerettet hattest. Ich glaube, du dachtest, du hättest keine andere Wahl, als fortzugehen. Aber wir mussten uns den Weg zum vorderen Tor freikämpfen, und Giric verfolgte uns die ganze Strecke bis zu Moraigs Haus. Du hast mit ihm am Waldrand davor gekämpft. Dann hast du mich zur Tür hineingestoßen, und dabei traf mich etwas am Hinterkopf – ich glaube, Giric hat mir einen Stein hinterhergeworfen –, und ich verlor das Bewusstsein. Als ich in Moraigs Cottage wieder zu mir kam, war ich zurück in meiner Zeit, aber ich war allein. Das nächste Mal sah ich dich erst auf Jamies Burg wieder.« Sie hielt inne. »Deswegen habe ich mich dir auch so an den Hals geworfen. Ich war so glücklich darüber, dich lebend wiederzusehen.«

Er strich ihr das Haar aus dem Gesicht. »Und ich war dumm genug, dich nicht zu erkennen.«

Sie schwieg eine Weile. »Ich gebe zu, das war einer der schwierigeren Augenblicke in meinem Leben.«

Er schloss die Augen. Es passte jetzt alles zusammen, ihr erleichterter Gesichtsausdruck, als hätte sie von ihm erwartet, dass er ebenso glücklich wäre, sie zu sehen, wie sie ihn. »Es tut mir leid, Sunshine.«

»Das spielt jetzt alles keine Rolle mehr. Aber es hilft

trotzdem, dass du das sagst.« Sie holte tief Luft. »Jetzt bist du wieder an der Reihe. Was geschah mit dir, nachdem du zu Moraigs Tür hereingestürzt kamst? Nachdem du nach mir gefragt hast«, fügte sie leise hinzu.

»Ich verlor anscheinend ebenfalls das Bewusstsein«, sagte er, »und dann erwachte ich im Krankenhaus und fragte mich, was zum Teufel mit mir passiert war. Ich dachte wirklich, ich sei in der Hölle gelandet, als ich da ans Bett gefesselt und mit Beruhigungsmitteln vollgepumpt dalag, besonders weil Moraig und Alistair beide auf mich herunterstarrten.«

»Das muss wirklich Furcht einflößend gewesen sein«, murmelte sie.

»Das kann man wohl sagen«, gab er trocken zu. Dann schwieg er. »Der Rest ist nicht mehr so interessant. Ich habe gelernt, mich den Gegebenheiten anzupassen, habe Alistairs Geschäft übernommen und war ihm für alles verdammt dankbar.«

Sie nickte, sagte aber nichts, sondern fuhr nur mit ihrem Daumen immer wieder die Linien auf seiner Handfläche nach. Cameron legte seine andere Hand auf ihre Füße und erschrak, als er merkte, wie kalt sie waren. Er zog sie sich auf den Schoß und bedeckte sie mit seiner Hand.

»Wenn Moraig doch nur etwas gesagt hätte«, meinte er schließlich. »Man sollte meinen, sie hätte alles durchschauen und mich daran erinnern können, was ich damals gesagt hatte, meinst du nicht?«

»Zu welchem Zweck?«, fragte sie. »Vor acht Jahren hatte ich gerade meinen Abschluss an der Medizinischen Hochschule gemacht, wohnte in Paris und habe alle möglichen Fleischgerichte zubereitet, die meine vegetarische Ader empfindlich trafen. Kannst du dir vorstellen, was geschehen wäre, wenn du in die Küche hereinspaziert wärst und mir gesagt hättest, du hättest mich vor 650 Jahren gekannt?«

»Du hättest mir eine Pfanne an den Kopf geworfen?«, fragte er.

»Ich hätte dir vermutlich mich an den Hals geworfen«, sagte sie, »aber das hätte das Gewebe der Zeit vollkommen durcheinandergebracht, wie Jamie es ausdrücken würde. Dann hätte Madelyn vielleicht Patrick nicht kennengelernt, und die beiden hätte Hope nicht bekommen …« Sie schüttelte den Kopf. »Es hätte alles nicht funktioniert.« Sie blickte zu ihm auf. »Aber ich hätte dir meine Telefonnummer gegeben.«

Er lächelte. »Ich hätte sie sicher gewählt. Mehrfach.«

Ihre Blicke trafen sich kurz, dann versuchte sie, ihre Finger von seinen zu lösen. »Ich wette, die haben hier einen großartigen Zimmerservice. Ich versuch das mal herauszufinden.«

Er weigerte sich, ihre Hand loszulassen. »Lauf nicht weg, Sunshine.«

»Ich bin eine Phillips«, brachte sie heraus. »So sind wir eben.«

Er musste unwillkürlich lächeln. »Ist das wahr?«

Sie versuchte zu lächeln, aber es misslang. »Nein, nur ich renne immer weg. Was uns beide betrifft, halte ich das aber sogar für eine gute Idee, denn es spielt keine Rolle, in welchem Jahrhundert wir uns befinden: Im Grunde bin ich immer noch die Hexe unten im Dorf, und du bist immer noch der Laird oben auf der Burg, der eine andere Frau zu heiraten gedenkt, die er nicht liebt.«

Er holte tief Luft. »War das damals so?«

»Das, mein Laird, war damals genauso.«

Er seufzte und ließ ihre Hand los, legte aber die Arme um sie. »Sunshine, es tut mir sehr leid. Wirklich.«

Sie schüttelte den Kopf, dann umschlang sie seinen Hals mit den Armen und zog ihn an sich, als wollte sie ihn nie mehr gehen lassen. Er schloss die Augen und fluchte leise. Es gab Dinge, die sie ihm nicht gesagt hatte, dachte er bei sich, Dinge über Gilly, über seinen Clan, über seine Gefühle für sie. Über Letzteres musste er nichts mehr erfahren, denn er konnte sich gut vorstellen, was er damals gefühlt hatte.

Vermutlich genau das Gleiche wie das, was er jetzt fühlte.

Er legte die Hand unter ihr Kinn und hob ihr Gesicht zu seinem hoch. Ihre Augen waren rot und verweint, aber es flossen keine Tränen mehr. Er beugte sich vor und küsste ihre Wangen, dann lehnte er sich gerade so weit zurück, dass er sie betrachten konnte. Sie hatte denselben Gesichtsausdruck wie damals in seiner Burg, voll verzweifelter Hoffnung, als könne sie sich nicht entscheiden, ob sie ihn wollte oder ob er sich zum Teufel scheren sollte.

Er für seinen Teil entschied sich für Ersteres und senkte den Kopf, um … – aber in diesem Augenblick klopfte es an der Tür.

»Verdammt«, sagte er ungläubig. »Was kommt jetzt?«

»Frag nicht.«

Er seufzte tief und richtete sich auf. »Ich glaube, das ist meine Assistentin Emily. Sie bringt dir ein Kleid und Schuhe, die hoffentlich passen.«

»Warum?«

Er hielt inne. »Ich hoffte, du würdest heute Abend mit mir ins Theater gehen.«

Sie zwinkerte ihm zu. »Heißt das, du bittest mich um ein Rendezvous?«

»Sunny, ich glaube, über dieses Stadium sind wir schon ein wenig hinaus.«

Sie sah ihn vorwurfsvoll an. »Wie es auch sei. Du hast immer noch diese schreckliche Angewohnheit, mich in Dinge hineinzuziehen, aus denen ich nicht mehr so leicht herauskomme.«

»Aber du kommst trotzdem mit?«

»Habe ich denn eine Wahl?«

Er nahm ihr Gesicht zwischen seine Hände und sah sie ernst an. »Ja, aber bitte sag nicht Nein. Und glaub bloß nicht, dass ich vergesse, an welcher Stelle wir unterbrochen wurden. Zufälligerweise schon zum zweiten Mal heute.«

Sie schloss die Augen und musste schlucken. »Ich freue mich zu hören, dass dein Kurzzeitgedächtnis noch in Ordnung ist.«

»Mein Kurzzeitgedächtnis funktioniert perfekt«, sagte er, als er aufstand und zur Tür ging. Vermutlich hatte er nicht das Recht, sie zu küssen, aber er würde es dennoch tun – nachdem er angemessen um sie geworben hatte.

Nun, zumindest so weit, wie er gehen konnte, solange er noch nicht frei für sie war.

Er machte die Tür auf und sah Emily draußen stehen, die Hände voll mit Einkaufstaschen, und der Träger hinter ihr schleppte noch mehr davon. Sie war, wie üblich, ein wahrer Wirbelwind an Anmut, Eleganz, Organisationstalent und Effizienz. Sie stürmte in den Raum, entließ den Träger, dann sah sie Cameron entsetzt an.

»Was ist denn mit Ihnen passiert? Ein weiterer Überfall?«

»Ein weiterer was?«, fragte Sunny und rappelte sich hoch.

Cameron warf Emily einen warnenden Blick zu. »Ach, das war nichts.« Er ging zu Sunny hinüber und nahm ihre Hand. »Emily, das ist Sunshine. Sunshine, Emily.«

Emily sah ihn stirnrunzelnd an und drückte ihm seine Kleider in die Arme, dann wandte sie sich an Sunny. Sobald sie festgestellt hatte, dass Sunny Französisch sprach, wirbelte sie mit ihr in einer Wolke von Parfum und Schnellfeuer-Französisch ins Schlafzimmer.

Scheinbar war seine Anwesenheit dabei nicht erforderlich.

Er duschte und zog sich im Bad des anderen Schlafzimmers um, dann trat er wieder ins Wohnzimmer und ging dort auf und ab. Normalerweise konnte er so besser nachdenken. Im Moment gab er sich allerdings größte Mühe, nicht nachzudenken. Die Wenn-doch-Nurs würden ihm sonst zu stark zusetzen.

Nach einer Weile ging die Schlafzimmertür auf. Er drehte sich um, damit er sehen konnte, was für Folterqualen Emily Sunny unterzogen hatte.

Unwillkürlich hielt er den Atem an. Emily hatte ein elegantes Kleid gefunden, in einem Blau, das genau der Farbe des Lochs neben seiner Burg an einem schönen Tag entsprach.

Sie hatte Sunnys Haar hochgesteckt, aber ein paar Locken ringelten sich ihren Hals hinunter, und eine schlichte Perlenkette und ein Paar zierlicher Sandalen, aus denen Sunnys Zehen unter dem Kleid hervorlugten, machten jede Hoffnung zunichte, dass er seine Selbstkontrolle bewahren könnte. Sie war so bezaubernd schön, trotz dieser Ausstattung so ganz sie selbst, dass ihm der Atem stockte.

Er sah Emily dankbar an. »Sie haben eine gute Auswahl getroffen.«

»Es ist die Frau, die ein Kleid gut aussehen lässt, *n'est-ce pas?*«, sagte Emily lächelnd. »Ihre Lady ist die Göttin. Ich habe sie nur so gekleidet, wie es ihrer Schönheit angemessen ist.«

Sunny errötete. »Das reicht jetzt, Emily«, sagte sie in ihrem perfekten Französisch. »Ich weiß Ihre Hilfe zu schätzen, aber ich möchte betonen, dass ich ganz gegen meinen Willen ins Theater gezerrt werde. Meinen Sie, ich bekomme heute Abend auch etwas zu essen, oder muss ich mir in der Pause meine eigenen Kekse kaufen?«

Emily lachte. »Ich kleide ihn nur an, *cherie.* Auf seine Manieren habe ich keinen Einfluss. Sie rufen mich morgen einfach an, *oui,* und sagen mir, ob er sich gut benommen hat.« Sie küsste Sunny auf beide Wangen, warf Cameron einen Blick zu, der Bände sprach über ihren Beifall, was Sunshine anbelangte, dann verließ sie die Suite und machte die Tür hinter sich zu.

Cameron streckte die Hand aus. »Du siehst bezaubernd aus. Bist du fertig?«

»Das ist alles verrückt«, sagte sie atemlos.

»Ein Abendessen in perfekter Abgeschiedenheit und ein dunkles Theater, wo ich in aller Ruhe deine Hand halten kann, erscheinen mir nicht verrückt«, sagte er mit einem Schulterzucken.

Sie zögerte, dann legte sie ihre Hand in seine. »Das werden wir noch bereuen.«

Er zog sie zur Tür. »Sunshine, meine Liebe, ich habe noch nicht einen einzigen Moment bereut, den ich in deiner Gesellschaft verbracht habe. Und der heutige Abend ist da sicher keine Ausnahme.«

Sie sagte dazu nichts weiter, aber sie entzog ihm ihre Hand auch nicht.

Das war immerhin ein Anfang.

Mehrere Stunden später lehnte er sich an Sunnys Hotelzimmertür und sah sie aus ihrem Schlafzimmer kommen. Er war sich bewusst, dass die Uhr tickte, wie man so sagt, aber er würde jede einzelne Minute davon nutzen.

Sie war wirklich bezaubernd, aber das war es nicht, was sein Herz betörte. Es war nicht ihr ernstes Lächeln oder wie sie die Hände rang, wenn sie nervös war, oder wie ihre nackten Zehen unter dem Saum dieses sündteuren Kleides hervorlugten. Es war, dass sie lieber in Jeans vor Moraig MacLeods Kamin gesessen oder in ihrem Garten gewerkelt oder versucht hätte, ihn zur Tür hinauszuwerfen.

Er wusste das alles, denn sie hatte solche Dinge – und noch einige andere – durchaus verständlich vor sich hingemurmelt, als sie in einem sehr exklusiven französischen Restaurant gesessen hatten und sie auf der Speisekarte die Preise nicht finden konnte.

Wenn er im Nachhinein auf den Abend zurückblickte, hätte er mit ihr genauso gut in ein Pub und ins Kino gehen können, aber dazu hatte er keine Lust gehabt. Ob das nun dumm war oder nicht, er hatte ihr zeigen wollen, dass er sie wirklich auf hohem Niveau versorgen, einkleiden und unterhalten konnte. Er hatte ihr zeigen wollen, dass er ihr einen Luxus zu bieten vermochte, der weit über das hinausging, was er ihr im mittelalterlichen Schottland hätte geben können. Das alles schien ihr jedoch vollkommen gleichgültig zu sein. Nach den vergangen zwei Monaten war der Abend für ihn überraschend erholsam gewesen.

Was ihn anbelangte, so konnte er sich kaum an einen angenehmeren Abend erinnern – nicht einmal wenn er die Mühen in Betracht zog, die er unternommen hatte, um sicherzustellen, dass sie anonym blieben. Und obgleich das nur in der Dunkelheit des Theaters möglich gewesen war, hatte er es noch nie im Leben mehr genossen, die Hand einer Frau zu halten.

Einer Frau, die er liebte.

Und wenn sie ihn nicht jetzt gleich rauswerfen würde, dann könnte er vielleicht wagen, was er zuvor nicht gewagt hatte. Er stieß sich von der Tür ab und ging zu ihr hinüber. Sie streckte abwehrend die Hände aus.

»Tu's nicht!«

Er blieb stehen. »Wirklich nicht?«

»Wenn du mich küsst, werde ich es nicht überleben.«

»Dann werde ich einfach die Arme um dich legen.« Er lächelte sie an. »Ich habe meine Hände den ganzen Abend mit einer enormen Willensanstrengung bei mir behalten. Sicher willst du ein derart gutes Benehmen mit einer oder zwei keuschen Umarmungen belohnen.«

Sie seufzte und ergab sich seiner Umarmung, als hätte sie das seit Jahren getan. Er konnte nicht anders, als sich wünschen, das wäre der Fall gewesen. Er hielt sie umfangen und schloss die Augen. Wie lange sie wohl schweigend so dastanden? Er wusste nur, dass er sich nicht dazu überwinden konnte, sie gehen zu lassen.

»Stimmt etwas nicht?«, fragte sie schließlich.

Stimmte etwas nicht? Er wusste kaum, wo er anfangen sollte, um das zu beantworten. Er war davon ausgegangen, er würde ihr einfach ein paar drängende Fragen stellen, und dann, so hatte er bis jetzt gedacht, könnte er sie tatsächlich in ihr Flugzeug steigen lassen. Aber nun fragte er sich, ob er sie möglicherweise nicht doch in seiner Nähe haben und gleichzeitig für ihre Sicherheit sorgen könnte. Gesetzt den Fall, sie würde überhaupt bleiben wollen, wenn er sie danach fragte.

Er musste tief Luft holen. »Nein, Sunshine, alles in Ordnung.«

»Dann hast du also doch dein Kurzzeitgedächtnis verloren!«

Er musste unwillkürlich lachen, nahm ihr Gesicht in beide Hände und küsste sie. Und erst, als er es wirklich tat, merkte er, dass es ganz anders war, als er gedacht hatte. Er hatte sich vorgestellt, das erste Mal, wenn er ihre Lippen berührte, müsste geradezu unvorstellbar umwerfend sein, und er müsste diesen Moment mit angemessenem Ernst und großer Feierlichkeit würdigen.

Stattdessen küsste er sie mit einer solchen Leichtigkeit, als hätte er es Dutzende Male zuvor schon getan.

Unwillkürlich musste er lächeln, als er den Kopf gerade weit genug hob, um sie anzusehen. »Nun, an das hier werde ich mich vermutlich erinnern.«

»Das kann ich nicht glauben.«

»Wir versuchen es noch einmal, dann sehe ich's schon.« Er legte ihr eine Hand um den Nacken, die andere um ihre Taille und beschloss, es sei vielleicht an der Zeit, sich neue Erinnerungen zu schaffen.

Er küsste sie nicht annähernd so lange, wie er es gerne getan hätte, zwang sich aber möglichst gentlemanlike dazu, sie aus seinem Kuss zu entlassen und die Tatsache zu ignorieren, dass ihr Kleid, obgleich bemerkenswert bescheiden für ein Abenddress, immer noch genügend von ihr enthüllte, dass es seine keusche Zurückhaltung gefährdete.

Als er wieder klar denken konnte, trat er vorsichtshalber einen Schritt zurück, solange er es noch konnte. Er legte seine Stirn an ihre.

»Sunny, wenn ich jetzt nicht gehe, dann schaffe ich es nicht mehr.«

»Oh doch, ich glaube schon«, erwiderte sie mit schwacher Stimme. »Du hast eine beeindruckende Selbstkontrolle.«

»Lass es mich anders ausdrücken: Wenn ich nicht jetzt

rausgehe, dann wird es mir sehr schwer fallen, später noch zu gehen. Zufrieden?«

Sie nickte. »Sehr. Also los, raus hier.«

»In einer Minute«, erwiderte er und zog sie wieder an sich. »Vielleicht auch in zwei.«

Nach einer gerade noch akzeptablen Anzahl von Minuten zwang er sich, den Kopf zu heben. »Ich bin morgen zurück«, versprach er.

»Mein Flugzeug geht um eins.«

»Aber das fällt in die mir gewährte Zeitspanne, Sunny. Hol deinen Pass, und ich buche das Flugticket für dich um, bevor ich ins Bett gehe.«

»Aber ...«

»Vierundzwanzig Stunden, Sunshine. Du hast zugestimmt.«

Sie sträubte sich, dann seufzte sie. »Also gut. Aber dazu musst du mich loslassen.«

Er gab sie widerstrebend frei und beobachtete, wie sie in ihrer Tasche nach ihrem Pass kramte. Er wartete, während sie ihm die Nummer aufschrieb, und hörte sie fluchen, als er die Nummer mit ihrem Pass verglich, um sicherzustellen, dass sie ihm nicht absichtlich eine falsche aufgeschrieben hatte. Er holte seine Kleider, die er im anderen Bad zurückgelassen hatte, zog sie mit sich zur Tür, küsste sie noch einmal sehr zart und sah sie an.

»Sei morgen früh hier«, sagte er in ernstem Ton.

Sie legte sich die Arme um den Körper und fröstelte. »Wir werden es noch bereuen.«

»Hast du den heutigen Abend bereut?«

Sie sah ihn nachdenklich an, und ihre grünen Augen verdunkelten sich; es lag mehr Schmerz in ihnen, als er gerne darin gesehen hätte.

»Es war ein wunderbarer Abend.« Sie holte tief Luft und lächelte. »Vielen Dank dafür.«

Jetzt verfiel sie wieder auf dieses gezwungene Lächeln, das sie schon in Schottland aufgesetzte hatte. Das gefiel ihm gar nicht, aber er konnte derzeit nichts dafür tun, dass es fröhlicher ausfiele.

Noch nicht.

Er machte die Tür auf und ging hinaus auf den Korridor. Dort drehte er sich noch einmal um und sah sie an. »Warte auf mich.«

Sie nickte und schlug ihm die Tür vor der Nase zu.

Cameron holte tief Luft, ging rasch den Korridor entlang und die Treppe hinunter. Dann eilte er aus dem Hotel und über die Straße. Er würde in der Morgendämmerung zurückkommen, noch bevor sie Zeit hatte, ihm zu entwischen. Einen Tag mit Dingen zu verbringen, die ihr Freude machten – was konnte daran falsch sein?

Er schaffte es nur einen halben Block weiter, dann blies die kalte Abendluft ein wenig Vernunft in sein benebeltes Hirn, und ihm wurde klar, was daran falsch war. Er wollte sich der Realität nicht stellen, aber er hatte jetzt keine andere Wahl mehr. Würde er sie bitten, zu bleiben – würde er ihr *gestatten* zu bleiben –, dann würde er sie unnötig in Gefahr bringen, und das hatte sie nicht verdient.

Er blieb abrupt stehen. Anscheinend lief er Gefahr, dasselbe zu tun wie damals, als er sie ins Jahr 1375 zurückgezogen hatte. Aber diesmal wusste er, was er damit von ihr verlangen würde.

Er holte tief Luft, dann zwang er sich weiterzugehen. Noch einen Tag. Er würde sich jeden Blick, jeden Seufzer, jede Berührung ihrer Hand mit seiner und das Gefühl ihres Mundes auf seinem genau einprägen.

Und er hoffte inständig, dass sich irgendeine Lösung ergeben würde, denn der bloße Gedanke, sie zu verlieren, war wie ein Dolch in seinem Herz.

Er senkte den Kopf und ging weiter.

23

Sunny stand im Badezimmer und betrachtete versonnen ihr Spiegelbild. Sie war blass. Das kam vermutlich vom Zeitreisen. Aber vielleicht war es auch einfach der Schlafmangel. In der vergangenen Nacht hatte sie ihren Koffer nur so weit ausgepackt, dass sie an ihren Pyjama kam und an eines von Camerons Plaids, das sie mitgenommen hatte. Dann hatte sie sich ins Bett gelegt, doch an Schlaf war nicht zu denken gewesen.

Wenn sie die Augen schloss, war alles nur noch schlimmer geworden, denn jedes Mal war in ihrer Vorstellung ein Bild von Cameron aufgetaucht. Sie hatte seinen gebeugten Kopf bei ihrem gemeinsamen Theaterbesuch vor sich gesehen, seine Hand, die zärtlich über die ihre strich, so als versuche er sich das Gefühl dieser Berührung genau einzuprägen. Sie hatte sich an den schmerzlichen Ausdruck auf seinem Gesicht erinnert, als sie ihm von Breac erzählt hatte. Und es war ihr nicht gelungen zu vergessen, was sie damals empfunden hatte, als sie in seinen Armen gelegen hatte und er *wusste,* wer sie war und was sie ihm bedeutete.

Kein Wunder also, dass sie sich bis zum Morgengrauen nur von einer Seite auf die andere gewälzt hatte.

Schließlich war sie aufgestanden, hatte geduscht, sich angezogen – und dann hatten die Grübeleien eingesetzt. Wenn sie auch nur einen Funken Verstand besaß, hätte sie sich mitsamt ihrem kaputten Koffer durch die Hotellobby und die Straße hinunter zur nächsten U-Bahn-Station geschleppt. Doch da sie den letzten Rest Vernunft, der ihr noch geblieben war, offenbar in Schottland gelassen hatte, war sie die letzte halbe Stunde über zu nichts anderem imstande gewesen, als auf und ab zu gehen und gelegentlich im Badezimmerspiegel zu überprüfen, ob sie immer noch so zerschlagen aussah.

Als das Telefon klingelte, schreckte sie zusammen. Sie holte tief Luft und ging aus dem Bad, um nachzusehen, wo es überhaupt stand. Einen Moment lang zögerte sie, dann hob sie ab. »Hallo?«

»Ist es noch zu früh?«

Sie musste die Augen schließen. Allein schon der Klang seiner Stimme brachte ihr geplagtes Herz zum Rasen. »Nein, ich bin schon wach.«

»Bist du bereit, mit mir zu kommen und auf den Pfaden des gemeinen Volkes zu wandeln?«

Sunny schluckte. »Für eine Absage ist es zu spät, vermute ich?«

»Ja. Und nun spute dich, Sunshine, und komm nach unten in die Lobby. Und zieh dir auf alle Fälle bequeme Schuhe an. Wir spielen heute Touristen. Und beeil dich. Ich hab nur noch ein paar Stunden bei dir gut.«

»Okay.« Sunny legte auf, bevor sie noch den Hörer fallen ließ. Sie versuchte sich klarzumachen, wie dumm es von ihr war, sich auf Camerons Plan einzulassen, aber sie wusste, dass Dummheit nicht zu ihren grundlegenden Eigenschaften gehörte.

Die Wahrheit war nicht zu leugnen: Sie hatte noch nie einen Mann wie Cameron kennengelernt und würde auch nie wieder einen wie ihn kennenlernen. Es wäre ganz einfach gewesen, letzte Nacht zum Flughafen hinauszufahren, aber sie hatte es nicht getan. Im Grunde wünschte sie sich nichts sehnlicher, als noch einen Tag mit ihm zu genießen und so zu tun, als wäre sie im Hier und Jetzt mit ihm zusammen.

Und im Laufe der nächsten Jahre würde es ganz sicher noch viele kalte Nächte geben, in denen sie sich an der Erinnerung an dieses Gefühl würde erwärmen müssen.

Sie versuchte, sich Camerons Schwächen ins Gedächtnis zu rufen, die Emily ihr gestern aufgezählt hatte, während sie ihr das Haar frisierte, aber es fielen ihr keine ein. Abgesehen davon, dass er oft zu viel arbeitete, dass er schnell gereizt reagierte, wenn ihm jemand allzu persönliche Fragen stellte, und dass er völlig unfähig war, sich eine akzeptable Verlobte zu suchen, hatte er einfach kaum Fehler. Über Camerons Tugenden dagegen hatte Emily ausführlich gesprochen, und viele davon hatte Sunny bereits selbst kennengelernt. Am liebsten hätte sie von Emily gewusst, warum diese denn eigentlich so erpicht darauf war, Cameron in einem guten Licht erscheinen zu lassen, aber sie hatte sich nicht zu fragen getraut.

Sie hatte sich auch nicht getraut, Emily zu sagen, dass es gar nicht nötig gewesen wäre, weil sie sich längst für ihn entschieden hatte, und das aus ganzem Herzen.

Sunny verließ ihre Suite und versuchte, sich abzulenken, indem sie über die anderen Dinge nachdachte, die Emily ihr erzählt hatte. So hatte sie – über die Schilderung von Camerons zahlreichen Vorzügen hinaus – auch erfahren, dass Emily die Enkelin von Madame Gies war, dass sie Cameron kannte, seit dieser aus dem Krankenhaus entlassen worden war, und dass sie während der vergangenen sechs Jahre als sein Mädchen für alles gearbeitet hatte. Ach ja, und dass sie nie mit ihm im Bett gewesen war.

Auf dieses letzte Detail hätte Sunny aber auch gut und gern verzichten können. Sie hatte Emily inständig gebeten, ihr nicht auch noch aufzuzählen, mit wie vielen Frauen Cameron *tatsächlich* geschlafen hatte. Aber Emily hatte auf typisch gälische Art nur mit den Schultern gezuckt und ihr versichert, dass diese Liste ohnehin sehr kurz ausfallen würde. Außerdem würde darauf der Name keiner Frau stehen, die ihm wirklich etwas bedeutet hätte. *Na immerhin,* hatte sich Sunny nur gedacht.

Sie betrat den Aufzug gleichzeitig mit einem Ehepaar, das sich enorm in Schale geworfen hatte. Nachdem die beiden sie flüchtig und abschätzig gemustert hatten, würdigten sie Sunny keines Blickes mehr – Grund Nummer 357, sich niemals mit Robert Cameron einzulassen: Sie passte nun mal nicht in die Londoner High Society.

Sunny versuchte, sich mit erfreulicheren Dingen zu beschäftigen und lieber an die Wiesen der schottischen Highlands zu denken. Überrascht stellt sie fest, dass es tatsächlich half.

Im Erdgeschoss angekommen, verließ sie hinter dem Paar den Aufzug und durchquerte die Lobby. Sie bemerkte, wie die Frau Cameron einen langen Blick zuwarf, was dieser jedoch überhaupt nicht zu registrieren schien. Er stand gegen den Empfangstresen gelehnt da, die Arme über der Brust verschränkt, und hatte nur Augen für *sie*.

Das half ebenfalls.

Er sah genauso aus wie an jenem Morgen, als sie ihn am Waldrand hatte stehen sehen, wo er auf sie gewartet hatte – es fehlte nur noch, dass er sie mit dem Finger zu sich herwinkte, so wie damals. Sie holte tief Luft, um die Schmetterlinge in ihrem Bauch zu beruhigen, die dort eigentlich gar nichts zu suchen hatten, rief sich noch einmal ins Gedächtnis, dass er nun mal nicht ihr gehörte, und ging auf ihn zu.

»Guten Morgen, Sunshine«, sagte er mit einem zaghaften Lächeln. »Gut geschlafen?«

»Nein, schrecklich schlecht.«

Sein Lächeln verschwand. »Das tut mir leid.« Er stieß sich vom Tresen ab. »Aber wir werden sicher später irgendeine gemütliches Ecke finden, wo du in meinen Armen ein Nickerchen machen kannst. Wir nehmen einen von diesen Sightseeing-Bussen und suchen uns ein geeignetes Plätzchen.«

»Können wir uns denn einigermaßen unbeobachtet bewegen?«, war alles, was sie hervorbrachte.

Cameron nahm sie am Ellenbogen und führte sie zur Tür. »Das will doch ich hoffen. Schließlich will ich mir ein paar Küsse von dir ergaunern.«

Sie versuchte, ihm einen strengen Blick zuzuwerfen. »Hör auf damit!«

Wieder zeigte sich ein Lächeln auf Camerons Lippen, aber diesmal schien es noch mehr von Herzen zu kommen. Er zog sie mit sich durch die Eingangstür.

Draußen an einem Kiosk kaufte er Obst und Wasser für sie beide, dann blieben sie an einer Haltestelle der Sightseeing-Buslinie stehen und warteten. Ihr fiel auf, wie aufmerksam Cameron alles, was um sie herum vorging, zu beobachten schien. Wahrscheinlich hielt er nach Fotografen Ausschau. Vielleicht aber auch nach Penelope. Möglicherweise war es aber auch gar nicht er selbst, der die Aufmerksamkeit der Presse auf sich zog, sondern Penelope, die den Fotografen jedes Mal einen Wink gab, wenn sich eine Gelegenheit für einen Schnappschuss an Camerons Seite bot.

Aber Sunny merkte, dass sie das alles eigentlich gar nicht so genau wissen wollte.

»Hier kommt unser Bus, Sunny. Es geht los!«

Sie versuchte, sich wieder auf die Gegenwart zu konzentrieren, und stieg in den Bus. Ganz hinten im Oberdeck ließ sie sich auf einen Fensterplatz fallen. Cameron setzte sich neben sie und legte ihr seinen Rucksack auf den Schoß.

»Halt mal. Ich möchte die Hände frei haben.«

Sie sah ihn überrascht an. »Warum das denn?«

»Damit ich ein paar Fotos machen kann«, antwortete er, während er den Reißverschluss der Tasche aufzog. Er warf ihr einen gespielt empörten Blick zu. »An was hattest du denn gedacht? So eine Fleischeslust hätte ich dir als Vegetarierin gar nicht zugetraut!«

»Cameron! Sei still!«

Er lachte. Dann holte er die Kamera heraus und peilte Sunny an.

»Bitte lächeln, meine Liebe.«

Sie tat, was sie konnte. Cameron schürzte die Lippen, legte seinen Kopf an den ihren und machte ein Bild von ihnen beiden. Dann lehnte er sich zurück und strahlte sie an.

»Danke, dass du geblieben bist.«

»Danke, dass du mich darum gebeten hast«, gab sie leise zurück. Sie beobachtete, wie er die Kamera wieder in seiner Tasche verstaute, den Stadtplan auffaltete, den man ihnen in die Hand gedrückt hatte, und ihn zu studieren begann. »Das hätte ich nicht gedacht, dass du ein Faible für Touristenprogramme wie das hier hast«, sagte sie auf Gälisch. »Ich meine, immerhin bist du Schotte …«

Cameron hob den Stadtplan hoch wie einen Schutzschild. Dann lehnte er sich zu Sunny herüber und küsste sie so zart, dass sie sich nicht anders zu wehren wusste, als ihre Augen zu schließen.

»Touristenstadtpläne können sehr praktisch sein«, raunte er ihr verschwörerisch zu.

»Hör sofort auf, mich zu küssen«, war alles, was sie hervorbrachte.

»Meinst du das im Ernst?«

Sie wollte ja sagen, wollte ihm sagen, er solle sie in Ruhe lassen, solle aus ihrem Leben verschwinden, ohne sich noch einmal nach ihr umzudrehen. Sie wusste, dass es ihr nichts als ein gebrochenes Herz eintragen würde, wenn sie den Tag mit ihm verbrachte, ihn berührte und ihn küsste. Sie würde nach Seattle zurückkehren, und er würde eine unausstehliche Frau heiraten, die ihn nicht verdient hatte.

Aber anscheinend war sie irgendwie doch masochistisch veranlagt, denn stattdessen nahm sie lediglich sein Gesicht in ihre Hände, beugte sich zu ihm und küsste diesmal ihn. »Du bist so verdammt zuvorkommend«, murmelte sie. Ihre Lippen berührten sich. »Was ist los mit dir?«

Er holte tief Luft und atmete dann langsam aus. »Ich versuche, mich wenigstens halbwegs zusammenzureißen«, sagte er ruhig. »Ich gebe mir Mühe – falls du dir das vorstellen kannst –, meine Finger von dir zu lassen. Und da ich mir dachte, dass es keine so gute Idee wäre, dich in deinem Hotelzimmer gefangen zu halten, führe ich dich lieber aus und versuche, *verdammt zuvorkommend* zu sein.«

Sunny lief ein kalter Schauder über den Rücken. »Aha, ich verstehe.«

»Das hoffe ich.«

Sie wollte gerade ein Stück von ihm wegrutschen, da hatte er schon die Arme um sie geschlungen und begonnen, sie stürmisch zu küssen. Es dauerte sicher ein oder zwei Haltestellen, bevor er sich wieder von ihr trennen konnte und sie mit aufgewühltem Blick ansah. »Gewähre mir noch einen Tag mir dir, Sunshine.«

»Das wären aber etliche Stunden mehr als abgemacht.«

»Das ist doch egal. Das Einzige, was heute zählt, ist, dass wir einander ganz nahe sind. Was morgen geschieht, soll uns jetzt nicht weiter stören.«

Sie lächelte, auch wenn es ihr schwerfiel. »In Ordnung.«

Er ließ den Stadtplan sinken und küsste sie erneut, bevor sie sich dagegen wehren konnte.

Nicht dass sie es ernsthaft versucht hätte …

Als er sich diesmal von ihr losriss, war er ziemlich außer Atem.

»Hör auf«, keuchte sie. »Und diesmal meine ich es ernst.«

»Was ist los?«

»Ich falle sonst noch in Ohnmacht.«

Mit einem Lächeln zog er seinen Arm hinter ihrem Rücken hervor. Er setzte sich eine Sonnenbrille auf und umfasste ihre Hand mit den seinen. Sunny blickte ihn an – ein mittelalterlicher Laird in Gore-Tex-Jacke und mit einer Ray Ban auf der Nase –, dann setzte auch sie ihre Sonnenbrille auf und wandte sich den Häusern und Straßen zu, durch die sie fuhren.

Mit Schrecken stellte sie fest, wie wenig davon sie überhaupt bewusst wahrnahm.

Am frühen Abend überquerten sie die Brücke zum Tower of London, nachdem sie den ganzen Tag lang Sehenswürdigkeiten angeschaut hatten, für die Sunny bislang nie Zeit gefunden hatte. Dass sie besonders viel davon mitbekommen hätte, konnte sie allerdings nicht gerade behaupten. Dafür war sie viel zu sehr mit Cameron beschäftigt gewesen.

Irgendwann jedoch hatte sich der lange Tag bemerkbar gemacht. Sie war zwar fröhlich und gut gelaunt gewesen, aber das hatte sie durchaus einige Mühe gekostet. Sie war sich nicht sicher, wie lange sie noch durchhalten würde. Nicht einmal die Vorstellung, das Verlies des Towers mit einem Mann zu besichtigen, der in etwa aus der gleichen Zeit stammte wie das Gemäuer selbst, konnte sie so recht aufmuntern.

Es gab weniger Hoffnung für sie beide, als es im Jahr 1375 vielleicht der Fall gewesen wäre. Wenigstens hatte Cameron damals einen Grund gehabt, sein Leben als Laird hinter sich zu lassen und mit ihr in eine gemeinsame Zukunft zu fliehen. Doch diesmal gab es keinen *Deus ex Machina,* der sie hätte retten können, der die Ehe hätte verhindern können, die er in gerade mal einem Monat eingehen würde – es sei denn, Cameron wäre bereit gewesen, das alles einfach zurückzulassen. Und da er ihr den ganzen Tag über nichts dergleichen zu verstehen gegeben hatte, erschien ihr dies höchst unwahrscheinlich.

Er nahm ihre Hand. »Sunny?«

Sie sah ihre ineinandergeschlungenen Finger, doch auch das war für sie kein Trost. Sie versuchte zu lächeln, versagte aber kläglich. »Cameron, ich kann nicht mehr.«

Er ließ ihre Hand los und legte seinen Arm um ihre Schultern. »In Ordnung. Suchen wir uns irgendeinen Ort, an dem wir ungestört sind, und sprechen wir über die Zukunft.«

Was für eine Zukunft?, hätte sie ihn am liebsten gefragt, aber sie brachte es nicht fertig. Stattdessen folgte sie ihm, wohin er sie führte. Auf einer Bank an einer Mauer setzte er sich und zog sie neben sich. Sunny betrachtete ihre Hand, die zwischen seinen Händen lag – jenen Händen, die ihr Leben gerettet und sie schließlich zurück in die Sicherheit ihres Jahrhunderts gestoßen hatten – und wünschte sich, sie hätte das Recht, diese Hände für immer festzuhalten. Sie schloss die Augen und lehnte ihren Kopf an seine Schulter.

Sie würde niemals darüber hinwegkommen. Ganz gleich, welchen Rat sie auch von irgendwelchen wohlmeinenden Freunden und Verwandten bekommen würde, es würde kein Tag ihres Lebens mehr vergehen, an dem sie nicht an ihn dachte.

Sie spürte, wie er ihr Haar küsste und dann seine Wange an ihren Kopf lehnte.

»Die ganzen letzten acht Jahre, seit dem Augenblick, als ich im Krankenhaus aufwachte, habe ich mich … leer gefühlt«, sagte er ruhig. »In der ganzen Welt habe ich nach etwas gesucht, um diese Leere auszufüllen: in den Schatzkammern mittelalterlicher Festungen, in den Vorstandszimmern der Reichen und Mächtigen, in Ländern, deren Existenz ich mir als Jugendlicher nicht hätte träumen lassen. Und dann steige ich in James MacLeods Stammsitz die Treppe hinunter und finde plötzlich, wonach ich die ganze Zeit gesucht habe.«

Sie hob den Kopf. »Und was war das?«

»Du«, sagte er nur. »Ich berührte dich, und mit einem Mal war nichts mehr wie zuvor. Nein, eigentlich geschah das sogar schon kurz davor. Zum ersten Mal berührte ich dich vor Tavish Fergussons Laden. Erinnerst du dich?«

Sie nickte. »Du halfst mir wieder auf die Beine, nachdem Penelope mich umgerannt hatte.«

»Kanntest du mich denn damals schon?«

»Nein. Du hast mich ja erst am nächsten Abend in deine Zeit mitgenommen.«

»Und trotzdem hatte ich das Gefühl, dich irgendwie zu kennen«, grübelte er. »Es ist schon sonderbar, wie die Zeiten sich überlagern können. Sonderbar und grausam.«

Sie sah auf ihre und seine Hände hinunter, die ineinander verschlungen waren. »Zeittore sind tückisch, Cameron. Jamie hätte dir das gleich sagen können.«

»Aber damals wusste ich das noch nicht«, sagte er voller Bitterkeit. »Ich wusste es einfach nicht, Sunny. Und wenn, dann hätte ich niemals …«

Sunny nickte, obwohl es sie innerlich zerriss. Aber was hatte sie auch anderes erwartet? Dass er sein Leben völlig umkrempelte, nur weil er sie allmählich wiedererkannte? Cameron brauchte eine wohlhabende Frau, eine Frau von Rang und Namen, die ihm in gesellschaftlicher Hinsicht behilflich sein konnte …

»Sunny.«

Sie blickte ihn an, konnte ihn aber nicht sehen. Tränen verschleierten ihren Blick. Sie würde dringend etwas unternehmen müssen, wenn sie wieder in Seattle war. Mehrere Stunden Yoga am Tag, viel Kräutertee, vielleicht sogar eine Parasitenkur. Irgendetwas jedenfalls, das ihr helfen würde, ihr seelisches Gleichgewicht wiederzuerlangen.

»Sieh mich an, Sunny.«

»Ich kann dich nicht sehen«, sagte sie und unterdrückte dabei mühsam einen Schluchzer.

Cameron stand auf und zog sie hoch. Er legte seinen Arm um ihre Schultern und führte sie ein Stück weiter in einen Hauseingang. »Es gibt einen zwingenden Grund, weshalb ich die Verlobung mit ihr nicht lösen kann.«

»Ich habe dich nicht darum gebeten, sie sitzenzulassen, Cameron. Ist schon in Ordnung.«

»Nein, ist es nicht.« Er stieß einen Fluch aus. Dann zog er sie zu sich heran und schlang seine Arme um sie. »Es ist nicht in Ordnung, aber daran kann ich im Augenblick nichts ändern.«

Sunny stand da und es dämmerte ihr allmählich, dass dies der Anfang vom Ende war. Hatte sie es nicht heute Morgen schon gewusst, dass dies geschehen würde? Er würde heiraten, wen er heiraten musste, aus welchen Gründen auch immer, und sie würde versuchen müssen, damit fertig zu werden und ihr eigenes Leben zu führen.

Sie musste das Land verlassen, bevor er ihr Herz noch vollends brach – und zwar diesmal endgültig.

»Bring mich zum Hotel zurück«, sagte sie und befreite sich aus Camerons Umarmung.

»Sunny, bitte geh nicht …«

»Und warum sollte ich bleiben, Cameron? Wofür? Für einen Mann, der mir niemals gehören wird? Der niemals das Bett mit mir teilen wird? Niemals der Vater meiner Kinder sein wird? Und mit dem ich nie werde ausgehen können, ohne dass er sich ständig umsieht?«

Er holte Luft, so als wolle er etwas sagen, schloss den Mund aber wieder und fuhr sich diesmal mit beiden Händen durchs Haar. »Es gibt da ein paar Dinge, die ich dir nicht sagen kann, Sunshine …«

»Wenn du sie heiraten wirst, dann hast du mir damit schon alles gesagt, was ich wissen muss.« Sie wich einen Schritt zurück und wischte sich vorsichtig die Tränen unter ihren Augen fort. Sie war sich nicht ganz sicher, ob ihr Make-up wasserfest war, und selbst dann bezweifelte sie, dass es diesen Strapazen gewachsen war. »Ich habe kein Geld dabei«, sagte sie nur. »Kannst du mir ein paar Münzen für die U-Bahn leihen?«

Er schloss einen Moment lang die Augen. »Sunshine …«

»Das Geld für die U-Bahn, Mylord«, sagte sie schroff. »Oder meine Busfahrkarte. Zu Fuß ist es ein bisschen zu weit.«

Er schwieg lange, dann atmete er langsam aus. »Ich begleite dich zurück. Wir müssen miteinander reden.«

Zuerst wollte sie ihm sagen, dass das keine gute Idee war, aber dann fiel ihr ein, dass es vielleicht gar nicht das Schlechteste für sie wäre. So würde sie wenigstens noch einmal deutlich zu spüren bekommen, wie unerreichbar er letzten Endes für sie war. Sie würde sich tief in ihrem Innersten einprägen, wie es sich anfühlte, neben ihm zu stehen und zu wissen, dass sie nicht das Recht hatte, ihre Hand in die seine zu legen oder ihn zu umarmen oder seinen Kopf zu sich herunterzuziehen und ihn zu küssen, bis er zu stöhnen begann.

Mit ihm reden aber wollte sie auf gar keinen Fall noch einmal.

So verließ sie mit ihm den Tower, stand schweigend neben ihm, als er einem Taxi winkte, und wünschte sich, sie hätte niemals eingewilligt, einen weiteren Tag mit ihm zu verbringen. Das hatte die ganze Sache nur noch um einige Potenzen schlimmer gemacht. Auch diesmal wären die Mathematikkenntnisse aus der High School hilfreich gewesen. Dann wäre das hier zumindest nicht so überraschend für sie gekommen.

Die Taxifahrt war unerträglich. Sunny saß neben Cameron und registrierte jeden seiner Atemzüge mit einer unendlich grausamen Bewusstheit. Berühren konnte sie ihn jedoch nicht, denn sonst hätte sie wahrscheinlich losgeheult wie ein Baby.

Er rührte sich nicht, sondern saß einfach nur still neben ihr und beobachtete sie.

Es kam ihr wie eine Ewigkeit vor, bis das Taxi schließlich vor dem Ritz hielt, doch wenigstens würde die Tortur nun jeden Moment ein Ende haben.

»Danke«, sagte sie und griff nach dem Türöffner.

Er packte sie am Arm. »Dein Flugticket ist flexibel«, sagte er. »Du kannst es bis kurz vor dem Flug noch stornieren lassen.«

Sie blickte ihn an und wollte ihm sagen, dass dies nicht nötig sein würde, doch als sie den unendlich traurigen Ausdruck in seinen Augen sah, der letztendlich das genaue Spiegelbild ihrer eigenen Trauer war, brachte sie es nicht übers Herz, irgendetwas zu sagen.

»Ich will nicht, dass du gehst«, sagte er leise. »Ich hatte mir unseren Abschied anders vorgestellt, aber ich habe mich wohl getäuscht. Ich wünschte nur, du würdest mir vertrauen …«

Sie war so schrecklich hin- und hergerissen, dass sie das

Gefühl hatte, es würde sie diesmal tatsächlich zerreißen. Sie schloss die Augen.

»Ich kann nicht.«

Sie stürzte aus dem Taxi, schlug die Tür zu und rannte ins Hotel. Der Empfangschef an der Rezeption wollte sich erkundigen, ob sie irgendetwas benötigte, doch sie ließ ihn einfach stehen und lief am Aufzug vorbei zum Treppenhaus. Sie rannte die Stufen hinauf, fand ihr Zimmer, stürmte hinein und warf die Tür hinter sich ins Schloss.

Dann brach sie auf dem Boden zusammen und schluchzte, bis ihr schlecht war.

Am nächsten Morgen saß sie immer noch auf dem Boden, fast an derselben Stelle wie am Abend zuvor, und warf einen Blick auf all die Dinge, die um sie herum verstreut lagen.

Neben ihr stand ihr Koffer, zum Bersten voll. Sie hatte das blaue Kleid und die Schuhe mit eingepackt, weil sie die Sachen ungern dagelassen hätte. Die Perlenkette trug sie unter ihrem T-Shirt. Weshalb, konnte sie allerdings nicht genau sagen. Die Perlen fühlten sich gut an auf der Haut, waren klein genug, um nicht allzu sehr aufzufallen, und sie wusste, dass ein Collier dieser Länge und unübersehbar hohen Qualität unverschämt teuer gewesen sein musste.

Dass es sich außerdem so anfühlte, als hätte sich mit der Perlenkette Cameron selbst um ihren Körper geschlungen, war jedenfalls bestimmt nicht der Grund dafür.

Sie versuchte, sich auf die anderen Dinge zu konzentrieren, darunter auf den Turm von Schuhkartons mit all jenen Schuhen, die ihr nicht gepasst hatten. Obendrauf klebte ein Notizzettel mit Emilys Telefonnummer, unter der der Portier diese anrufen würde, sodass Emily die Kartons wieder abholen konnte.

Auf dem Tisch vor Sunny stand in einer geschmackvollen Vase ein großer Blumenstrauß, der am vergangen Abend noch vorbeigebracht worden war, etwa fünf Minuten, nachdem sie sich übergeben hatte. Sie hatte ihn entgegengenommen, ihn auf den Tisch gestellt und sich dann gezwungen, die beiliegende Karte zu lesen.

Es tut mir leid. Cam.

Eine Stunde später hatte man ihr eine kleine Schachtel mit einem Geldbeutel darin überreicht. Darin befanden sich 2500 Pfund in praktischen Fünfzigernoten sowie eine Karte, auf der geschrieben stand: *Bitte verwende das Geld nicht für die Taxifahrt zum Flughafen.*

Eine halbe Stunde darauf war ein weiteres Paket abgegeben worden, in dem sich ein Säckchen mit Lavendelblüten und eine Schachtel Gute-Nacht-Kräutertee befanden. Eine Karte war diesmal nicht beigelegt. Wahrscheinlich hatte Cameron die Hoffnung inzwischen aufgegeben. Angerufen hatte er nicht, aber sie konnte ihm deshalb keinen Vorwurf machen. Sie wäre ohnehin nicht ans Telefon gegangen.

Eine letzte Schachtel lag noch vor ihr – ungeöffnet. Sie war am frühen Morgen für sie abgegeben worden. Sunny hatte sie über eine Stunde lang angestarrt, ohne sich dazu überwinden zu können, sie zu aufzumachen und nachzusehen, was darin war.

Doch irgendwann siegte doch die Neugier über ihre abgrundtiefe, zermürbende Trauer, gegen die sie die ganze Nacht lang angekämpft hatte. Sie zog die riesige grüne Schleife auf, streifte das Band von der Schachtel, öffnete den Deckel und schaute hinein.

Zwischen einem dicken Wust weißen Seidenpapiers lag ein knallrosa Handy. Sunny nahm es heraus und besah es sich genauer. Es war so ganz und gar nicht ihre Farbe, dass sie kaum glauben konnte, dass Cameron es ihr geschickt hatte. Doch dann fand sie die beiliegende Karte und las sie.

Sunshine,
das hier ist ein Satellitenhandy, mit dem man auf der ganzen Welt Empfang hat. Wenn du mich brauchst, dann ruf mich an – egal

ob aus Seattle oder von irgendeinem anderen Fleck dieser Erde – und ich lasse alles andere stehen und liegen und komme, um dich zu holen.

In Liebe,
Cam

PS: Bitte bleib. Bitte vertrau mir und bleib.

Sie schlug die Hände vors Gesicht und brach in Tränen aus.

Ich höre diesen Namen gern wieder von einem geliebten Menschen.

Irgendwann stand sie auf – einerseits, weil sie ein Taschentuch brauchte, andererseits, weil sie sich bewegen musste. Sie schnäuzte sich und begann dann, in der Suite auf- und abzugehen, von einem Ende zum anderen, ins Schlafzimmer und wieder hinaus.

Cameron würde Penelope Ainsworth heiraten. Ganz gleich, was er ihr gesagt und wie oft er sie gebeten hatte, zu bleiben: Es war die harte Realität, und sie würde ihr jedes Mal zu Bewusstsein kommen, wenn sie einen Blick in seine Richtung wagte. Selbst wenn sie eine Bettgeschichte mit ihm anfinge, würde er niemals ihr allein gehören.

Ihr Blick fiel wieder auf die Karte, die sie in den Händen hielt.

Bitte vertrau mir und bleib.

Was zum Teufel sollte das bedeuten? Sollte sie darauf hoffen, dass er sie öfter als nur an einigen wenigen Tagen besuchen würde, wenn es ihm hin und wieder gelang, nach Schottland zu reisen?

Sie holte ihren Koffer und wollte hinausgehen, doch obwohl sie ihre Hand bereits auf die Klinke gelegt hatte, konnte sie die Tür nicht öffnen.

Wenn sie jetzt nach Seattle zurückflog, würde sie ihn höchstwahrscheinlich niemals wiedersehen. Vielleicht sollte sie es einfach tun, nur um herauszufinden, ob er ihr vielleicht folgen würde. Aber dann kam ihr diese Idee doch reichlich kindisch vor, auch wenn ihr geistiger Zustand im Moment noch so zerrüttet sein mochte. Sie würde ihm den Rücken kehren, und dann würde sie nie wieder das Sonnenlicht auf seinem dunklen Haar glänzen sehen, würde nie wieder von seinem herzlichen Lächeln verzaubert werden und nie wieder erschauern, wenn sie seine Lippen auf ihren spürte.

Der Gedanke, ihn tatsächlich niemals wiederzusehen, war so unerträglich, dass ihr die Luft wegblieb.

Sie stellte den Koffer ab, weil er ihr zu schwer wurde. Dabei musste sie an ihr Wiedersehen am Tag zuvor denken und daran, wie furchtbar er ausgesehen hatte – sogar Emily war das aufgefallen.

Aber was hatte diese damit gemeint, als sie von einem »erneuten« Überfall gesprochen hatte?

Sunny hatte in diesem Moment nicht weiter darüber nachgedacht, aber jetzt fragte sie sich, was wohl dahinterstecken mochte. Cameron hatte ihr erklärt, dass er sich in einer Situation befand, aus der er nicht herauskönne – aber warum nicht? Wenn er Penelope nicht liebte, weshalb ließ er sie dann nicht einfach sitzen? Er hatte Sunny gesagt, es gebe einen zwingenden Grund, weshalb er die Verlobung mit Penelope nicht lösen könne – aber was um Himmels willen war dieser Grund? Gegenüber Gilly hatte Cameron die Pflicht gehabt, die Kinder seines Bruders aufzuziehen, doch im heutigen Großbritannien gab es doch keine derartigen Zwänge.

Und da war noch etwas, was sie sich nicht erklären konnte: Warum musste die Hochzeit so bald stattfinden? Sie hätte eigentlich gedacht, dass Penelope sie am liebsten so lange wie möglich hinausgezögert hätte, um bis dahin so oft wie möglich mit ihrem Foto in die Zeitungen zu kommen. War sie so sehr auf Camerons Geld angewiesen, oder gab es noch einen anderen Grund?

Was Sunny wusste, war, dass Cameron mit einigen Menschen zu tun hatte, die einen ziemlich unsympathischen

Eindruck machten. Sie hatte mehrere Fotos von Penelopes Bruder Nathan gesehen, und seine gefühllosen Augen hatten ihr einen kalten Schauder über den Rücken gejagt, obwohl es sich lediglich um Bilder gehandelt hatte. Wenn schon die Menschen, die Cameron eigentlich mit aller Herzlichkeit in ihre Familie hätten aufnehmen sollen, derart unangenehme Zeitgenossen zu sein schienen, mit wem mochte er sich dann noch alles abgeben?

Kein Wunder, dass er so froh gewesen war, in Sunnys Suite im Ritz einen Zufluchtsort gefunden zu haben.

Eine ganze Weile lang starrte sie auf all die Dinge, die auf dem Boden verstreut lagen, dann fuhr sie sich mit den Händen durchs Haar. Sie steckte die Karte mit Camerons Notiz ein und verstaute das Handy in der Jackentasche. Das Lavendelkissen legte sie auf den Stuhl und das Päckchen Tee auf den Tisch. Dann zog sie den Geldbeutel aus ihrer Tasche, warf einen Blick darauf und steckte ihn wieder ein.

Die Taxifahrt könnte sie davon locker bezahlen.

Sie stand in ihrer Luxussuite, umgeben von den Geschenken eines Mannes, der sie angefleht hatte, trotz allem zu bleiben, und fühlte sich elender als jemals zuvor. Wenigstens gab es in ihrem Leben Menschen, denen sie vertrauen konnte. Cameron dagegen hatte wahrscheinlich niemanden. Und er hatte jahrelang niemanden gekannt, mit dem er sein größtes Geheimnis hätte teilen können. Wenn sie jetzt ginge, dann würde ihm nicht einmal das noch bleiben. Kein Wunder also, dass er sie gebeten hatte, nicht fortzugehen.

Aber sie hatte das Gefühl, dass ihm auch darüber hinaus etwas an ihr lag.

Sie versuchte, an etwas anderes zu denken, griff nach ihrem Koffer und drehte sich um. Sie musste den Luxus hinter sich lassen, bevor sie es sich noch anders überlegte.

Sie musste gehen.

Sie musste einfach nur gehen.

24

Cameron saß im Salon des Stammsitzes von Penelope und Nathan und sah sicher zum hundertsten Mal an diesem Abend auf die Uhr. Und auch jetzt brachte es ihm ebenso wenig Erleichterung wie die vorherigen neunundneunzig Mal.

Es war fast 22 Uhr.

Wenn Sunnys Flug etwa um vier Uhr gegangen war, dann befand sie sich jetzt über Kanada. Ob sie wohl schlief? Oder weinte? Oder sich glücklich schätzte, ihn losgeworden zu sein?

Wegen Letzterem hätte er ihr keinen Vorwurf machen können.

Sie am Tag davor aus diesem Taxi aussteigen zu lassen, war das Schwierigste gewesen, was er je getan hatte. Er wäre ihr am liebsten ins Hotel gefolgt, hätte sie in die Arme genommen und von ihr verlangt, dass sie ihn nie wieder mit diesem falschen Lächeln ansehen dürfe, das sie für seinen Geschmack am Tag davor viel zu oft aufgesetzt hatte.

Aber er hatte es sein lassen, denn er hatte auf dieser schrecklichen Taxifahrt über die Wirklichkeit, in der er lebte, nachgedacht. Und diese Wirklichkeit war keine mittelalterliche Schlacht, wo er wusste, was er zu erwarten hatte, wo er die Kerle sehen konnte, die ihn direkt angriffen, und jene erahnen konnte, die sich hinter ihn stahlen. Das hier war die moderne Welt, wo er in einer Stadt mit Millionen anderer Menschen wohnte, in einer Stadt voller Autos und Ablenkungen und einem Leben, das ständig in Bewegung war. Er konnte kaum für seine eigene Sicherheit garantieren, noch viel weniger die Sicherheit von jemandem, der nicht ständig an seiner Seite war. Und er war sich noch nicht einmal sicher, ob er für

Sunnys Sicherheit garantieren könnte, selbst wenn sie ständig an seiner Seite wäre.

Dennoch brachte es ihn fast um, zu wissen, dass sie jetzt fort war.

Er sagte sich, es sei alles zu ihrem Besten. Die Angriffe auf seine beiden Firmen waren nur die Eröffnungssalve; es würde sicher ein ausgesprochen brutaler Krieg folgen. Es war nicht ausgeschlossen, dass seine Firmen von jemand anderem übernommen und in den Ruin getrieben würden. Wenn das eintrat, würde es die Ehre gebieten, dass sein Vermögen, das hart ersparte Geld von Generationen von Camerons, dafür aufgewendet werden müsste, um seine Geschäftsschulden zu begleichen. Das würde ihm keine andere Wahl lassen, als seine Burg aufzugeben, einen Ort, der sich seit der Ära seines Urgroßvaters Aongus, der den Grundstein gelegt hatte, in der Hand der Camerons befunden hatte, bis hin zu Alistair Cameron, der in direkter Linie über Dutzende von Generationen hinweg der Nachfahre von Breacs Sohn war. Und das durfte nicht geschehen. Er musste sich sowohl um seine Burg als auch um seine Investoren kümmern, die so viel Vertrauen in ihn gesetzt hatten.

In gewisser Weise war jetzt sein Clan über den ganzen Erdball verteilt, und er konnte dessen Mitglieder nicht einfach im Stich lassen.

Und bis er herausgefunden hätte, wer ihn zu töten versuchte und aus welchem Grund, war es ein zu großes Wagnis, die Frau, die er liebte, in seiner Nähe zu haben.

Obgleich es ihm schwer zusetzte, sie gehen zu lassen und zu wissen, dass er ihr nicht die volle Wahrheit gesagt hatte, zu wissen, dass er sie in dem Glauben ließ, er wolle Penelope Ainsworth heiraten …

Er senkte den Kopf und blickte auf den ziemlich schäbigen Teppich unter seinen Füßen. Sunny wäre einfach viel sicherer, wenn sie anonym in den Vereinigten Staaten lebte. Sie würde nicht in der U-Bahn überfallen, wie es Emily schon zwei Mal passiert war. Sie würde keine Drohanrufe erhalten, wie es seine Aufsichtsräte oft erleben mussten. Sie würde nie in einer dunklen Gasse angegriffen, wie es ihm selbst immer wieder zugestoßen war.

Das alles sagte er sich, und es klang vernünftig. Es war besser, als sich damit auseinanderzusetzen, dass er sie zutiefst verletzt hatte – und das, so fürchtete er, würde sie ihm nie verzeihen.

Aber er konnte es nicht wiedergutmachen, ehe er diesen schrecklichen, gefahrvollen Weg zu Ende gegangen wäre, der jetzt vor ihm lag. Und wenn er dann eines Tages nach Seattle reisen würde, dann hätte er keine Mörder im Schlepptau. Er hatte den ganzen gestrigen Tag niemanden bemerkt, der sie beide verfolgt hatte. Auch keinem seiner Leute, die sie diskret bewacht hatten, war diesbezüglich irgendetwas aufgefallen, also hatte er gewusst, dass sie in Sicherheit waren, aber dennoch …

»Nimm doch noch etwas Wein, Mac«, sagte Penelope plötzlich. »Und du hättest auch etwas essen sollen. Es war schrecklich unhöflich, nichts anzurühren, insbesondere nachdem ich vor Vaters Tod so viel Mühe hatte, einen neuen Küchenchef zu finden.«

Cameron zwang sich, seine Gedanken vollkommen auf seine momentane Situation zu konzentrieren. Er sah auf das Glas in Penelopes Händen, dann betrachtete er sie. Sie war im Grunde recht hübsch, diese Penelope Ainsworth. Schade, dass ihr Inneres nicht annähernd so schön war wie ihr Äußeres. Ob das wohl daher rührte, dass ihre Mutter schon so bald nach ihrer Geburt gestorben war? Vielleicht kam es ja auch davon, dass sie so lange von zu Hause fortgewesen war, in einem Internat. Er konnte sich das alles nicht erklären; er wusste nur, sollte er jemals Kinder haben, dann würde er sie in seiner Nähe behalten.

Aus heiterem Himmel stand ihm auf einmal ein Bild vor Augen, wie er in seiner Küche saß und Sunny ihren gemeinsamen Sprösslingen Essen zubereitete, das vorwiegend aus grünem Gemüse bestand. Er würde seine Kinder natürlich anweisen, aufzuessen, was ihre Mutter ihnen vorsetzte, aber anschließend würde er alle – auch Sunny – in sein Auto packen und mit ihnen den örtlichen Imbiss stürmen.

Das Leben wäre schön so.

»*Wein,* Mac.«

Cameron sah wieder auf das Glas und schüttelte den Kopf.

»Ich trinke nicht, Penelope.«

»Letzten Freitag hast du auch getrunken«, flüsterte sie wütend. »Ich war diejenige, die dich verkatert aus dem Bett geholt hat, schon vergessen?«

War das erst letzten Freitag gewesen? Cameron konnte es kaum glauben. So vieles war seither geschehen, so vieles, was von seiner Lebenswirklichkeit im Süden glücklicherweise weit entfernt war.

»Nein«, sagte er mit fester Stimme.

Penelope zog ihm plötzlich das Weinglas weg und murmelte unwillig etwas Unverständliches. Cameron blickte wieder auf die Uhr, seufzte, dann sah er zu, wie eine junge Frau aus Penelopes Clique aufstand und zum Flügel hinüberging. Sie verlangte fröhlich, dass jemand sie begleiten sollte.

Cameron legte sich unwillkürlich die Hand über die Augen und seufzte tief. War es nicht genug, dass er den ganzen Vormittag dagegen angekämpft hatte, Sunny anzurufen und sie zum Bleiben zu überreden, den Nachmittag damit, mit seinen Steuerberatern zu ringen und die restlichen Tagesstunden damit, nach Windsor hinauszufahren, um Penelopes Terminplan einzuhalten und eine weitere ihrer Partys zu besuchen? Jetzt musste er auch noch irgendwelchen schrägen Gesang über sich ergehen lassen, der kaum weniger unangenehm sein würde, als wenn jemand mit den Fingernägeln über eine Kreidetafel fuhr.

Plötzlich summte das Handy in seiner Jackentasche. Er zog es mit einem dankbarem Seufzer heraus. Vielleicht war es ja

George, der durch das Fenster hereinspähte und ihn mit einem rettenden Anruf hier herausholte. Er sah prüfend auf das Display und ließ vor Überraschung fast das Handy fallen.

Er stand abrupt auf, aber Penelope packte ihn sogleich am Arm.

»Anrufe um diese späte Stunde, Mac?«, fragte sie in scharfem Ton.

»Ich mache weltweit Geschäfte«, erwiderte er ohne Zögern, denn es stimmte ja schließlich.

Sie ließ ihn los. Vielleicht fürchtete sie, es könnte ihr eigenes Budget schmälern, wenn er sein Imperium nicht vor dem Zusammenbruch bewahrte. Er ging rasch aus dem Salon, und nahm den Anruf im gleichen Augenblick an, in dem er die Tür hinter sich geschlossen hatte.

»Ja?«

Eine Weile herrschte Stille am anderen Ende der Leitung. Dann vernahm er die Stimme, von der er gefürchtet hatte, er würde sie nie wieder hören.

»Bist du beschäftigt?«

Er schloss kurz die Augen. »In fünf Minuten nicht mehr«, sagte er unsicher. »Kann ich dich zurückrufen?«

»Einverstanden.«

Das Telefon wurde aufgelegt. Er ließ es in seine Tasche zurückgleiten, rieb sich mit den Händen übers Gesicht, und machte sich auf die Suche nach Penelopes Butler. Der Mann stand nahe bei dem Durchgang, der zur Küche führte, und bereitete Drinks zu, die offenbar gleich angeboten werden sollten.

Ein Grund mehr, sich zu verziehen, denn er wäre sonst gezwungen gewesen, das Glas zu finden, das ihn nicht umbringen würde.

»Hitchens, würden Sie bitte Lady Penelope sagen, dass ich wegen dringender Geschäftsangelegenheiten weg musste?«, bat Cameron. »Sagen Sie ihr, ich bedaure es sehr, und werde sie morgen Vormittag anrufen.«

»Selbstverständlich, Mylord«, erwiderte Hitchens eilfertig und sah ganz so aus, als würde er am liebsten auch von hier verschwinden.

Vielleicht war er ja ein Verbündeter im feindlichen Lager. Cameron nahm sich vor, diese Beobachtung später an einem weniger riskanten Ort zu überdenken, dann ging er weiter Richtung Küche, wo er George anzutreffen hoffte, der vielleicht gerade die Tiefen von Penelopes Speisekammer nach verdächtigen Substanzen absuchte. Leider untersuchte sein Chauffeur nur die Tiefen seiner Teetasse. Er blickte jedoch auf, als Cameron hereinkam.

»Sie sind schon aufbruchbereit?«, fragte er in hoffnungsvollem Ton.

»Ja. Gehen wir«, erwiderte Cameron schroff.

George stand unverzüglich auf.

Cameron versuchte, in normaler Geschwindigkeit zum Eingang zu gehen. Sunny hatte ihn angerufen. Der Anruf konnte nicht vom Flugzeug aus getätigt worden sein, denn er kam von ihrem Handy, und dessen Benutzung hätte man ihr auf einem Linienflug nicht erlaubt. Das bedeutete, dass sie sich gar nicht in 12 000 Metern Flughöhe über Kanada befand. Vielleicht hatte sie sein Geld darauf verwendet, ein Ticket bei einer anderen Fluggesellschaft zu kaufen, und rief ihn jetzt nur an, um ihn wissen zu lassen, dass sie früher angekommen war und dass sie hoffte, er möge in seiner selbst geschaffenen Hölle verrotten.

»Warum bist du so in Eile?«

Cameron drehte sich um, bevor Nathan Ainsworth ihm einen Dolch in den Rücken stoßen konnte. Er steckte die Hände in die Hosentaschen und lächelte Nathan kühl an.

»Geschäfte, natürlich. Manchmal reicht es eben nicht aus, den Tag über zu arbeiten, Nathan. Das solltest du auch mal im Unternehmen deines Vaters einführen, solange noch etwas davon übrig ist.«

»Ich habe genug zu tun.«

Cameron vermutete das auch, allerdings nicht mit den Dingen, die Nathans Vater gern gesehen hätte.

»Du kommst mir nicht ungeschoren davon, Robert«, fuhr Nathan in monotonem, dumpfem Tonfall fort, der perfekt zu seinen Augen passte. »Mein Vater mag dich mir vorgezogen haben, aber das hätte er nicht getan, wenn er all die Dinge über dich gewusst hätte, die ich inzwischen weiß.«

»Dein Vater hat mich dir nicht vorgezogen, Nathan. Und was das Übrige anbelangt …« Cameron zuckte nachlässig die Schultern. »Das ist schließlich alles der Öffentlichkeit zugänglich, oder nicht?«

Nathan hob kurz eine seiner Augenbrauen. »Das werden wir ja bald sehen.« Er wandte sich ab. »Fahr vorsichtig«, rief er Cameron im Davongehen hinterher.

Cameron sah ihm nach, bis er den Gang hinunter verschwunden war. Er überlegte einen Augenblick, auf was Penelopes Bruder angespielt haben könnte, aber darüber konnte er auch später noch nachdenken. Er sah George an. »Da kontrollieren wir wohl besser mal die Bremsen, nicht wahr?«

»Derrick hat den Wagen die ganze Nacht über im Auge behalten, Mylord«, sagte George aufgeräumt. »Soll ich ihn trotzdem überprüfen?«

»Nein«, sagte Cameron. »Ich bin in Eile.«

»Wie Sie wünschen, Mylord.«

Drei Minuten später schlug Cameron die Autotür zu und zog sein Handy aus der Tasche. Er sah George an, als der sich hinters Lenkrad schwang.

»Ein Privatgespräch«, sagte Cameron streng.

»Selbstverständlich, Mylord.«

Vielleicht hätte Cameron bessere Vorkehrungen treffen sollen, damit seine Privatangelegenheiten privat blieben, aber George konnte, wie Alistair mehr als einmal behauptet hatte, schweigen wie ein Grab. Cameron hätte noch diskreter sein können mit dem, was er vor seinem Fahrer sagte, aber er war zuversichtlich, dass nichts davon jemals nach außen dringen würde. Er holte tief Luft, atmete langsam aus und wählte Sunnys Nummer.

Sie hob beim dritten Läuten ab.

»Hallo?«

»Wo bist du?«, fragte er ohne Einleitung. Er musste es einfach wissen.

Sie schwieg eine lange Weile. »Wo du mich abgesetzt hast.«

Er stieß den angehaltenen Atem heftig aus und merkte dabei, dass er innerlich den ganzen Tag die Luft angehalten hatte. Er legte seine Hand über die Augen und reib sich das Gesicht, um keine verräterischen Laute der Erleichterung von sich zu geben. Dabei verschwendete er allerdings keinen Gedanken an die raue Wirklichkeit, denn eigentlich müsste es ihm ja einen großen Schrecken einjagen, dass sie immer noch in London war und nicht auf dem Weg nach Seattle, wo sie in Sicherheit gewesen wäre. Die Heiligen mochten sich seiner erbarmen, aber er würde sie nicht wegschicken, wenn sie bereit war, zu bleiben.

»Ich habe im Hotel gebeten, die Zimmerreservierung zu verlängern«, sagte sie zögernd. »Sie waren so freundlich, es zu tun.«

»Selbstverständlich, das war genau richtig«, sagte er und schwieg dann eine Weile. »Was machst du jetzt gerade?«

»Ich wollte im Fernsehen gleich eine Sendung über mittelalterliches schottisches Liebeswerben ansehen.«

Er hätte gelächelt, aber dazu war er zu verwirrt. »Das ist sicher hochinteressant.«

Sie schwieg so lange, dass er sich fragte, ob sie wohl aufgelegt hatte. Er ging sogar so weit, sein Handy zu überprüfen, ob die Verbindung noch bestand.

»Vielleicht hast du ja eine Meinung dazu«, sagte sie schließlich. »Oder vielleicht solltest du dir die Sendung mit mir zusammen ansehen. Kannst du herkommen?«

Nun blieb ihm glatt die Luft weg. »Natürlich. Ich bin gerade auf dem Weg zurück in die Stadt.«

Sie schwieg noch eine weitere Minute. »Ich werde nicht mit dir schlafen, Robert Francis.«

Er lächelte, als er diesen Namen hörte. »Das habe ich auch nicht erwartet. Aber nenn mich nicht Francis.«

»Ich könnte dich noch ganz anders nennen.«

»Das stimmt«, pflichtete er ihr bei.

»Beeil dich«, sagte sie und hängte ein.

Cameron lehnte sich bebend an die Kopfstütze zurück. Bei allen Heiligen, das war aufregender als jede Schlacht. Er wusste nicht, was sie dazu bewegt hatte, zu bleiben, aber sicher nichts von den Dingen, die er ihr geschickt hatte. Vielleicht wollte sie, dass er zu ihr ins Hotel kam, damit sie ihm einen Dolch zwischen die Rippen stoßen konnte, um sich für den Kummer zu rächen, den er ihr bereitet hatte. Vielleicht war sie nur geblieben, um ihn heftig anzugreifen, aber das hätte sie von überall aus übers Handy tun können.

Er beschloss, dass es vermutlich das Beste war, jetzt einfach nicht weiter darüber nachzugrübeln. Sie würde sagen, was sie ihm zu sagen hatte, er würde vor ihr auf die Knie fallen und sie anflehen, zu bleiben, und dann würde er sich den Kopf zerbrechen, wie zum Teufel er ihre Sicherheit gewährleisten sollte.

Das einzige, was er ganz sicher wusste, war, dass er sie nie mehr gehen lassen würde.

Jetzt nicht mehr.

Das würde er nicht überleben.

»Zum Ritz, bitte, George«, sagte er, sobald er dachte, dass seine Stimme ruhig genug klang.

»Wie bourgeois von Ihnen, Mylord.«

Cameron knurrte eine Bemerkung, dann lehnte er sich in seinen Sitz zurück und schloss die Augen. Er vertraute einfach darauf, dass er so sicher und rasch, wie die Geschwindigkeitsbegrenzungen es erlaubten, zu seinem Ziel gebracht würde, und tatsächlich hielt George in angemessener Zeit vor dem Ritz. »Soll ich warten?«

Cameron öffnete den Sicherheitsgurt und setzte sich auf. »Ich gehe nachher zu Fuß nach Hause. Fahren Sie heim und legen Sie die Beine hoch. Eigentlich können Sie morgen auch frei nehmen. Ich komme schon zurecht.«

George wandte sich lächelnd um. »Mylord, Sie sind ja wirklich großzügig heute Abend. Darf ich vermuten, dass es nicht nur daran liegt, dass Sie der Party heute Abend so früh entkommen sind?«

Cameron schürzte die Lippen. »Ich wollte gerade vorschlagen, dass Sie die ganze Woche frei machen können …«

»*Sehr* großzügig.«

Cameron lächelte ihn an, dann wurde er langsam wieder ernst. »Danke für Ihre Diskretion und Ihre Loyalität, George. Ich weiß beides sehr zu schätzen.«

George überlegte ein, zwei Momente, dann wandte er sich wieder nach vorne um und sagte mit den Händen am Lenkrad. »Mylord, ich beobachte, dass Sie Rückwärtssaltos machen für jene Madame in Windsor, die Ihr Geld zum Fenster hinauswirft und Ihnen Schande bereitet. Ich bin nicht sicher, warum Sie hier im Ritz sind, aber was Sie hier erwartet, stimmt Sie fröhlich, und das freut auch mich. Es stimmt mich ebenso fröhlich wie eine Woche Urlaub«, fügte er hinzu und warf Cameron über die Schulter hinweg ein Lächeln zu.

Cameron klopfte ihm auf den Rücken. »Genießen Sie es. Ich werde dafür sorgen, dass auch Penelope erfährt, dass sie Sie nicht anrufen soll.«

»Dann ist ja alles eitel *Sonnenschein.*«

Cameron sah mit Verblüffung Georges verschmitztes Zwinkern, erwiderte aber den Scherz: »Bei mir auch, glaube ich.«

»Das möchte ich meinen, Mylord.«

Cameron stieg aus, machte die Tür hinter sich zu und sah

sich um, ob er etwas Ungewöhnliches entdeckte. Als er nichts entdeckte, senkte er den Kopf und ging rasch ins Hotel. Er meldete sich beim Nachtportier, der sich gerne für ihn erkundigte, ob Miss Phillips noch wach sei. Der Mann stellte keine Fragen, und Cameron gab auch keine Erklärungen. Er war sichtlich erleichtert, als der Nachtportier ihm mitteilte, Miss Phillips empfange noch Besuch, und natürlich könne er hinaufgehen.

Cameron nahm den Lift, ging er den Korridor entlang und blieb vor ihrer Tür einen Moment stehen. Dann klopfte er leise.

Bald darauf öffnete sich die Tür. Sunny stand da, in Jeans und T-Shirt und barfuß. Sie trug keine Jacke und hielt sich auch nicht an ihrem Koffer fest, woraus er schloss, dass sie nicht vorhatte, gleich wieder davonzulaufen.

Und sie sah aus, als hätte sie geweint, seit er sie das letzte Mal gesehen hatte.

Sie ging zur Seite, damit er hereinkommen konnte, schloss die Tür und trat ein paar Schritte zurück. Sie wich seinem Blick aus und stand nur bebend da.

Er schob die Hände in die Taschen. »Danke, dass du mich angerufen hast, Sunshine. Ich …«

Sie war blitzschnell: Im einen Augenblick stand sie noch vor ihm und im nächsten hatte sie sich ihm schon an die Brust geworfen und ihm die Arme um den Hals geschlungen. Sie hielt ihn fest, als wolle sie ihn nie mehr loslassen.

Er musste einen Schritt zurücktreten, um das Gleichgewicht zu halten, dann schlang seine Arme um ihren Körper und zog sie mit gleicher Leidenschaft an sich. Er vergrub sein Gesicht in ihrem Haar und hob sie hoch, damit er sie noch fester umarmen konnte. Ein Schluchzen schüttelte ihren Körper und auch ihm stiegen Tränen in die Augen, trotz seiner krampfhaften Versuche, sie zurückzuhalten.

»Ach, Sunny«, flüsterte er ihr ins Ohr. »Sunshine, Liebes, es tut mir so leid.«

»Lass mich nicht mehr los«, sagte sie, und ihre Stimme wurde ruhiger.

»Bei allen Heiligen, Sunshine, nie mehr«, sagte er fest entschlossen. Und dieses Versprechen würde er halten, sollten diese Ainsworths doch zur Hölle fahren. Was auch immer er tun musste, um sie – *sicher* – in seiner Nähe zu haben, würde er tun. Er vergrub sein Gesicht noch tiefer in ihrer Lockenmähne. »Den heutigen Tag habe ich fast nicht überlebt.«

»Ich auch nicht.«

Er hielt sie weiter eng an sich gedrückt, und sie zwang sich, regelmäßiger zu atmen. Er war so dankbar, sie in den Armen zu halten, und er würde alles dafür tun, dass er sie nie wieder loslassen musste.

Eine lange Weile später ließ er sie zurück auf ihre Füße gleiten. Er strich ihr mit der Hand übers Haar, rieb ihr beruhigend den Rücken und murmelte ihr so viele Dankesworte ins Ohr, dass er fürchtete, die Worte würden ihren Sinn verlieren.

Aber sie lockerte ihre verzweifelte Umarmung noch nicht, und auch er ließ sie nicht los.

Es dauerte noch eine ganze Weile, bis er sich dazu durchringen konnte, sie zu einem Sessel hinüber zu tragen. Aber noch ehe er das tun konnte, löste sie ihre Umarmung und gab ihm einen Schubs.

»Ich hab genug«, sagte sie mit belegter Stimme und trat von ihm zurück. »Ich hab genug um dich geweint, du schrecklicher, verfluchter Kerl. Ich werde wegen dir niemals wieder eine Träne vergießen. Niemals.«

Er brachte fast ein Lächeln zustande. Fast. »Ich hoffe, ich gebe dir nie mehr Grund dazu.«

Sie legte sich die Arme um den Körper und sah ihn an, wobei ihr immer noch Tränen über die Wangen liefen. »Willst du wissen, warum ich noch hier bin?«

Ganz plötzlich war er gar nicht mehr so erpicht darauf, den Grund zu hören, denn er könnte ja anders lauten, als er zu hoffen gewagt hatte. Er schob die Hände in die Taschen. »Ich bin mir nicht sicher. Will ich es wissen?«

»Vielleicht.«

»Bitte schone mich.«

Sie lächelte nicht. »Ich bin hier, weil du mich einst mit deinem eigenen Leben beschützt hast«, begann sie mit leiser Stimme. »Damals hättest du mich per Handschlag zur Frau genommen, hätten da nicht drei Dutzend deiner mordlustigen Clanmitglieder vor der Tür gelauert. Du warst bereit, alle Annehmlichkeiten aufzugeben, um bei mir zu bleiben.« Sie schwieg eine ganze Weile, dann trafen sich ihre Blicke. »Mir scheint, ich sollte bereit sein, für dich dasselbe zu tun.«

Er hatte Mühe, das zu verdauen, und sah sie nur sprachlos an.

Sie blinzelte heftig, sah zur Decke hoch, dann gab sie nach und wischte sich mit dem Ärmel über die Augen. »Ich habe dir einmal gesagt, dass ich nicht deine Zuflucht sein will, aber ich habe meine Meinung geändert. Denn trotz allem, was du gestern gesagt hast, glaube ich, dass es genau das ist, was du brauchst.«

»Meine Zuflucht«, echote er und merkte, dass er das Wort kaum auszusprechen vermochte.

Sie nickte. »Das ist es, was ich dir anbiete. Mich, als deine Zuflucht. Wenn du mich haben willst.«

Sein Herz quoll über, und er konnte kaum klar denken. Was er aber genau wusste, war, dass er die Frau vor ihm gewaltig unterschätzt hatte. Sie konnte außergewöhnlich guten Tee kochen, hatte zarte, heilende Hände und ein Lächeln, das ihn von Sommerwiesen träumen ließ. Aber unter all diesem Liebreiz verbarg sich eine Frau mit so großem Mut, dass jeder mittelalterliche Laird, der seinen Verstand beieinander hatte, vor Dankbarkeit auf die Knie gefallen wäre, hätte er sie sein Eigen nennen können.

Und das Gleiche würde auch er tun, sobald er sie lange genug in seinen Armen gehalten hatte. Er holte tief Luft, streckte die Arme aus und zog sie an sich.

Sie umschlang seinen Hals und drückte ihn ebenfalls fest an sich. Ihre heißen Tränen benetzten seine Wange, und vermutlich wurde auch ihr Haar von seinen Tränen nass. Aber das war ihm gleichgültig. Dass sie bereit war, ihre eigenen Bedürfnisse zugunsten von seinen zurückzustellen …

Es war der ergreifendste Augenblick in seinem Leben. Er war sich nicht sicher, wie lange er in ihrer Umarmung verharrt hatte, aber er versuchte, seine Gefühle wieder in den Griff zu bekommen.

Schließlich merkte er, dass Sunny ihm mit den Fingern durchs Haar fuhr und beruhigend auf ihn einredete. Er hob den Kopf und sah sie an.

»Wir zwei sind schon so ein Paar, nicht?«

Sie wischte ihm die Tränen von den Wangen. »Mir geht es ganz gut. Aber du bist vollkommen aufgelöst.«

Er musste unwillkürlich lächeln. »Ja, Liebes, das bin ich wirklich.«

Sie sah ihn ernst an. »Wie soll das alles funktionieren, Cam?«

Er wischte sich rasch mit der Manschette übers Gesicht, dann legte er wieder die Arme um sie. »Wenn ich eine Möglichkeit gefunden habe, mich deiner würdig zu erweisen, dann beantworte ich dir diese Frage.«

Sie drückte ihn fest an sich. »Sei ernst.«

»Das ist mein voller Ernst, Sunny.« Er schwieg eine Weile. »Kannst du mir vertrauen?«

»Das habe ich immer getan.«

Er musste sich seine nächsten Worte noch eine Weile zurechtlegen, bevor er sie aussprechen konnte. »Kannst du auf mich warten?«

»Du hast acht Jahre auf mich gewartet.«

»Bei allen Heiligen, ich hoffe, es dauert nicht so lange«, erwiderte er leidenschaftlich. Sie standen noch mehrere Minuten schweigend da, und er streichelte ihr gedankenverloren über den Rücken und fuhr ihr mit den Fingern durchs Haar. »Der Weg wird steinig. Er führt uns vielleicht an Orte, wo wir nicht gerne hinmöchten. Und er wird möglicherweise länger sein, als uns lieb ist.«

»Wirst du am Ende auf mich warten?«

Er konnte nur hoffen, so lange zu überleben. »Ja.«

Sie blickte zu ihm auf. »Dann gehe ich ihn.«

Er musste wieder mehrmals blinzeln. »Diese verfluchten Blumen«, murmelte er. »Ich bin allergisch, musst du wissen.«

Sie lächelte, entwand sich seinen Armen und nahm seine Hand. »Sehen wir uns doch zur Ablenkung diese Sendung an. Ich bin allerdings sicher, du wirst gleich zornig beim Sender anrufen und protestieren.« Sie zog ihn zur Couch. »Du erinnerst dich aber hoffentlich daran, dass ich nicht dableibe, um deine Geliebte zu werden, nicht wahr?«

»Nie willst du meine Geliebte werden«, sagte er und versuchte, sich ihrem ironischen Tonfall anzupassen. Er war sich nicht sicher, ob es ihm gelungen war, aber sie schien es nicht zu bemerken. Er ließ sich neben sie aufs Sofa fallen. »Eine Weigerung, die die Jahrhunderte überdauert hat, Sunshine. Es ist ein Wunder, dass ich nicht allmählich an meiner Attraktivität zweifle.«

Sie schnaubte belustigt. »Du zweifelst kein bisschen daran. Und du weißt auch, dass ich schon mehr als einmal ernsthaft darüber nachgedacht habe. Aber ich will nicht deine Geliebte oder deine Freundin sein oder was auch immer dergleichen es noch gibt.«

Sie hielt inne. »Und ich weiß wirklich nicht, wie du mich eigentlich haben willst, um meine blumigen Worte einmal beiseite zu lassen.«

In Sicherheit wäre ihm fast entschlüpft. In Sicherheit und vollkommen ahnungslos, in was für einer Situation er derzeit steckte. Wenn sie nichts wüsste, dann wäre sie auch für niemanden von Nutzen, der ihm einen vernichtenden Schlag beibringen wollte.

Wenn jene jedoch, die ihm übel wollten, wüssten, wie sehr er sie liebte, dann würden sie ihr ohne zu zögern Schaden zufügen.

»Ich will, dass du einfach die bist, die du bist«, sagte er schließlich mit feierlichem Ernst. »Das einzige Licht in meinem Leben.«

Sie fuhr sich mit dem Ärmel über die Augen. »Schon gut. Iss etwas und dann geh heim, damit ich in Ruhe heulen kann.«

Da sah er erst, dass der Couchtisch mit Köstlichkeiten beladen war – von Früchten bis zu etwas, das man für Würstchen und Kartoffelbrei halten konnte. »Danke«, sagte er begeistert.

»Ich dachte, du hast heute vielleicht noch nichts gegessen.«

»Ich kann mich nicht erinnern«, gab er zu. »Es war insgesamt ein Tag, den man lieber vergessen sollte. Nun, außer der letzten Dreiviertelstunde. Diesen kleinen Teil würde ich ganz gern noch ein, zwei Mal durchleben.«

Sie lehnte sich auf der Couch zurück. »Vielleicht hätte ich dich früher anrufen sollen, damit du etwas mehr von deinem Tag hättest genießen können. Aber ich habe Emily angerufen …«

»Du hast Emily angerufen?«, unterbrach er sie überrascht. »Wolltest du denn nicht mit mir sprechen? – Ach«, sagte er und zuckte zusammen. »Natürlich wolltest du nicht mit mir sprechen.«

»Eigentlich wollte ich das schon, aber Emily sagte, du hättest eine Besprechung mit deinen Steuerberatern, und danach hättest du immer schlechte Laune, und das wollte ich nicht erleben. Natürlich hat es auch eine Weile gedauert, bevor ich überhaupt mit dir sprechen wollte.« Sie hielt inne. »Ich glaube, das knallrosa Handy hat den Ausschlag gegeben.«

Er lächelte. »Ich habe mir gedacht, eines in dieser Farbe

würdest du nicht so leicht zwischen deinem Gemüse verlieren, ein grünes hingegen schon. Aber lass uns zu dem Moment zurückgehen, wo du zu der Überzeugung gelangt bist, dass du nie wieder ruhig schlafen könntest, wenn du in dieses Flugzeug steigst.«

»Willst du das wirklich wissen?«, fragte sie ruhig.

Er nickte und griff nach ihrer Hand. »Ja, wirklich.«

»Nun«, begann sie mit gedehnter Stimme, »Ich gebe zu, es war kein guter Morgen. Ich habe hier stundenlang herumgetrödelt, dann bin ich unten noch eine weitere halbe Stunde vor der Rezeption auf und ab gegangen. Ich glaube, der Portier wurde schon nervös. Schließlich habe ich ihn einfach gebeten, meinen Koffer wieder nach oben bringen zu lassen, dann bin ich zu Harrods gegangen und habe mich dort in der Schokoladenabteilung getröstet.«

»Du und Schokolade?«, fragte er überrascht.

»Das zeigt, in was für einem schlimmen Zustand ich war«, sagte sie mit einem trockenen Lächeln. »Ich habe eine Weile in meine Trüffelpralinen hineingeschluchzt und dann Emily angerufen und gefragt, ob sie herkommen will. Dabei erfuhr ich, dass du, wenn dir die Steuerberater die Laune ausreichend vermiest hätten, auf eine Gartenparty müsstest, zu der du überhaupt keine Lust hättest. Emily meinte, du würdest ihr sicher spätestens um zehn Uhr eine SMS schicken, dass sie dich wegen etwas Dringlichem anrufen soll, damit du von dort verschwinden kannst.« Sie lächelte. »Also habe ich an ihrer Stelle angerufen.«

»Ich war noch nie so glücklich, eine bekannte Nummer zu sehen«, sagte er ernst.

Sie setzte sich auf der Couch so hin, dass sie ihn ansehen konnte. »Ich war mir nicht sicher, ob du gerade genügend Privatsphäre hättest, um überhaupt dranzugehen, aber ich wollte es einfach versuchen. Du warst ja auch nicht gerade mitteilsam, was die Details anbelangt.«

Er wand sich innerlich. »Ja, ich weiß.«

»Ich glaube, es gibt eine ganze Menge, was du mir verschweigst, aber da du mir im mittelalterlichen Schottland auch nichts gesagt hast, war es wohl nicht anders zu erwarten.«

Er realisierte, dass er sie mit offenem Mund schuldbewusst angesehen haben musste, denn sie legte ihm den Finger unters Kinn und klappte seinen Mund zu. »Wirklich?«

»Wirklich«, bestätigte sie. »Aber ich bin bereit, dir zu vertrauen. Ich gebe allerdings zu, dass ich immer noch nicht ganz davon überzeugt bin, ob es funktionieren wird ...«

Er neigte den Kopf und schnitt ihr die Worte mit einem Kuss ab. Er war ebenfalls nicht davon überzeugt, aber er konnte ihr auch keine angemessene Antwort darauf geben. Er wusste nicht, wie er reagiert hätte, wenn die Rollen anders herum verteilt wären und sie diejenige gewesen wäre, die mit jemand anderem verlobt war. Aber der Dreckskerl, der sich einbildete, sie für sich beanspruchen zu können, hätte sicher nichts zu lachen gehabt.

Er schloss die Augen und küsste sie so leidenschaftlich, wie er es wagte. Er war versucht, sie auf seine Arme zu heben, zu ihrem Bett zu tragen und nie mehr herauszulassen. Aber vermutlich war weder die richtige Zeit noch der richtige Ort dafür – und er wusste, dass Patrick MacLeod es ihm sicher sehr schmerzhaft heimzahlen würde, wenn er das täte.

Er küsste sie viel länger, als er es wahrscheinlich hätte tun sollen.

»Robert Francis?«, sagte sie nach einer ganzen Weile.

»Ja?«

»Dein Abendessen ist schon ganz kalt.«

Er lächelte. »Macht dir das etwas aus?«

Sie schüttelte den Kopf. »Eigentlich nicht.«

»Mir auch nicht. Und nenn mich nicht Francis.«

Sie lächelte und lehnte den Kopf wieder an die Couch zurück. Sie streckte den Arm aus und fuhr ihm mit den Fingern über die Wange. »Ich glaube nicht, dass dich das so sehr stört.«

»Sunshine, für dich würde ich schon so einiges auf mich nehmen.«

Sie schenkte ihm ein weiteres liebevolles Lächeln. »Geh jetzt, Cam. Wir sehen uns.«

»Du siehst mich morgen«, sagte er mit Nachdruck.

»Ich werde da sein – wenn ich den Gedanken, wie viel dich dieses Zimmer hier kostet, so lange ertragen kann. Aber ich kann hier nicht für immer bleiben.« Ihr Lächeln verschwand. »Du könntest mir auch ein günstigeres Zimmer besorgen.«

»Nein«, sagte er ernst. »Das kann ich nicht, Sunshine. Ich würde gern glauben, dass ich irgendwann in einer Vergangenheit, an die ich mich nicht mehr erinnern kann, zu dir gesagt hätte, dass ich auf dich aufpassen und für dich sorgen würde. Und jetzt lass mich bitte für den Komfort sorgen, den ich dir im mittelalterlichen Schottland nicht bieten konnte.«

»Du willst dir ja nur noch ein Gläschen beim Zimmerservice bestellen.«

Er lächelte. »Eigentlich hatte ich gehofft, hier übernachten zu können. Bist du interessiert?«

»Ja«, sagte sie nüchtern. »Sobald du frei bist. Aber da ich nicht weiß, wann – oder ob überhaupt – das je eintreten wird, ist es vielleicht besser, wenn wir gar nicht daran denken.« Sie drückte ihm die Hände, dann stand sie auf und zog ihn mit sich hoch.

»Trollt Euch in Euer eigenes Bett, mein Laird.«

Er wollte ihr versichern, dass er sehr wohl frei wäre, wenn es nur nach ihm ginge, und dass er eher früher als später tatsächlich frei sein würde, aber er ließ es bleiben. Je weniger sie wusste, desto sicherer war sie. Sunny wartete, bis er Schuhe und Jacke angezogen hatte, dann band sie ihm die Krawatte um und knotete sie locker. Sie lächelte, doch dieses Lächeln versiegte rasch.

»Ich weiß nicht, was ich als Nächstes tun soll.«

»Sag einfach ›Ich sehe dich morgen früh zu einem schönen

Frühstück, Cam‹. Sag mir, dass du mich liebst, und dann schieb mich zur Tür hinaus«, schlug er vor, ohne nachzudenken.

Erst im Nachhinein merkte er, was er da gerade gesagt hatte.

Und sie merkte es anscheinend auch.

Ihre Augen füllten sich mit Tränen. Er stöhnte leise und streckte die Arme aus, um sie an sich zu ziehen.

»Du hast gesagt, du würdest nicht mehr weinen.«

»Dann hör auf, mich mit solchen Sätzen zu schockieren«, brachte sie heraus.

Er hielt sie eine Weile fest, dann beugte er sich zurück, nahm ihr Gesicht in seine Hände und küsste sie zärtlich. »Ich liebe dich«, sagte er und sah ihr in ihre tiefgrünen Augen. »Ich sehe dich morgen.«

Sie nickte, und Tränen liefen ihr die Wangen herunter. Er fuhr ihr mit der Hand übers Haar und küsste sie noch einmal, er konnte nicht anderes. Dann machte er die Tür auf und trat in den Korridor hinaus.

»Cam?«

Er drehte sich direkt vor ihrer Türschwelle um. »Ja?«

»Ich sehe dich zum Frühstück.« Sie hielt inne. »Und ich liebe dich auch.«

Er musste ein oder zwei Mal blinzeln, bevor er wieder klar sehen konnte. »Danke, Sunshine.«

Sie nickte mit einem zittrigen Lächeln und schloss die Tür.

Er wartete, bis er hörte, dass sie die Tür verriegelte, dann atmete er tief und befreiend auf und ging den Korridor hinunter. Er musste am nächsten Morgen zuerst ein paar Dinge in Ordnung bringen und über einige andere nachdenken. Denn in der Welt da draußen, vor Sunshine Phillips Tür, hatte sich nichts verändert.

Aber er hatte sich verändert. Er war sich nicht sicher, wie das passiert war, aber er fühlte sich mehr wie er selbst als in den vergangenen acht Jahren. Begonnen hatte das an jenem Morgen bei Ian MacLeod, als er ein Breitschwert in seinen

Händen gehalten hatte. Und abgeschlossen worden war es gerade erst vor einem Augenblick, als er die Frau, die er liebte, in den Armen gehalten hatte; als er die Frau, die seine innersten Geheimnisse kannte, sagen gehört hatte, das sie ihn ebenfalls liebte.

Er ignorierte bewusst eine düstere Ahnung, die ihn mit einem Schauer durchlief. Er hätte schon vorher viel zu verlieren gehabt, aber sein Herz wäre intakt geblieben. Wenn Sunny aber etwas geschehen würde, dann würde ihn das treffen wie nichts sonst. In diesem Moment wünschte er sich sehnlich, er müsste einen Kampf führen, den man mit dem Schwert austragen konnte.

Aber da das nicht der Fall war, würde er mit dem auskommen müssen, was ihm zur Verfügung stand. Sie beide würden damit auskommen müssen.

Und hoffen, dass es genug wäre.

25

Sunny erwachte zum Getöse von Dudelsäcken.

Sie dachte einen Moment lang, sie wäre durch eine heimtückische Zeitspalte wieder ins Mittelalter zurückgefallen. Aber dann merkte sie, dass sie im Bett lag, in einer sündhaft teuren Hotelsuite, die von einem Mann bezahlt wurde, der in der Nacht zuvor Tränen vor ihr vergossen hatte, und jetzt war es nur ihr Handy, das diesen Klingelton von sich gab. Sie warf einen Blick auf die Uhr, dann tastete sie nach ihrem Handy und nahm das Gespräch an.

»Hast du eine Ahnung, wie viel Uhr es ist?«, fragte sie schläfrig.

»Sieben Uhr, Sunshine, der halbe Tag ist schon vorbei.«

»Bist du nicht erst vor ein paar Minuten von hier weggegangen?«

Er lachte. »Ich glaube schon, aber lass mich trotzdem rein. Und beeil dich, bevor sie mich hier rauswerfen, weil ich dein Schloss aufbreche.«

Sie würde jetzt nicht irgendwelche Fragen über Dinge stellen, die sie vermutlich lieber gar nicht wissen wollte. Sie legte auf, zog sich über ihr Nachthemd den Ritz-Bademantel an, dann stolperte sie ins Wohnzimmer und zur Tür hinüber. Sie machte auf und erblickte dort einen entsetzlich munteren Cameron Mac Cameron.

»Zügle deine Begeisterung, bitte«, murrte sie.

Er küsste ihre Nasenspitze, dann trat er federnden Schrittes in ihre Suite.

»Frühstück gefällig?«

»Zu dieser Uhrzeit?«, fragte sie ungläubig.

Er machte die Tür zu, hob sie hoch und wirbelte sie herum.

Dann ließ er sie zurück auf den Boden gleiten und hielt sie fest umschlungen.

»Danke«, flüsterte er leidenschaftlich. »Danke, dass du geblieben bist.«

Sie musste ein paarmal blinzeln, um das Brennen in ihren Augen zu lindern. Sie weigerte sich standhaft, über irgendetwas anderes nachzudenken als darüber, dass der Mann, den sie liebte, sie so eng umschlungen hielt, als wolle er sie nie wieder gehen lassen.

Er liebte sie. Das war genug.

Sie lächelte ihn an, als sie sich aus seiner Umarmung löste. »Danke, dass du wolltest, dass ich bleibe. Und jetzt bestell dir deine gesättigten Fettsäuren, von denen du wahrscheinlich die ganze Nacht geträumt hast, und lass mich ins Bad gehen.«

Er trat zum Telefon hinüber. »Und was möchtest du?«

Sie ging lächelnd ins Schlafzimmer. »Nur dich. Aber ich nehme auch Fruchtsaft.«

»Ich bestelle den Saft, an dem anderen arbeite ich noch.«

Sie nickte und versuchte bewusst, nicht darüber nachzudenken, wann dieses ›andere‹ eintreten würde, dann zog sie sich ins Badezimmer zurück, um zumindest die Zähne zu putzen. Die übrige Toilette musste warten, also begnügte sie sich damit, mit den Fingern durch ihr Haar zu fahren, bevor sie ins Wohnzimmer zurückging. Sie konnte nicht anders, als in der Schlafzimmertür stehen zu bleiben und den Anblick zu bewundern.

Cameron trug einen schönen dunkelgrauen Anzug mit einem blütenweißen Hemd und einer gemusterten Krawatte. Er hatte Schuhe und Anzugjacke ausgezogen und las eine Zeitung, die über den Couchtisch ausgebreitet lag. Gleichzeitig sprach er am Handy über irgendwelche Geschäfte, die anscheinend zufriedenstellend verliefen. Sie beobachtete ihn eine Zeit lang und spürte, wie in ihrem Inneren etwas nachgab. Er war genauso, wie sie ihn damals gekannt hatte. Leidenschaftlich. Ruhelos. Humorvoll.

Und er sah sie an, während er seine Unterhaltung weiterführte, die sie nicht mehr hörte.

Er lächelte.

Sie erwiderte sein Lächeln, weil sie nicht anders konnte. Auch konnte sie kaum glauben, wo oder mit wem sie zusammen war und was sie freiwillig für sie beide auf sich nahm. Aber vielleicht sollte sie darüber besser nachts nachdenken, um weinen zu können, wenn ihr danach war. Cameron war bereit gewesen, Frieden, Komfort und Sicherheit aufzugeben, um mit ihr die Reise in die Zukunft zu wagen. Sicher konnte sie nun ein wenig von ihrem eigenen Komfort und Stolz aufgeben, um ihm eine Zuflucht zu sein, während er sich den Herausforderungen stellte, die auf ihn zukamen.

Besonders da sie mitverantwortlich dafür war, dass er sich in einem Leben wiederfand, um das er nicht gebeten hatte.

Er stand auf und streckte die Hand aus. Sie ging zu ihm hinüber und ließ sich von ihm in die Arme nehmen, schloss die Augen und legte den Kopf an seine Schulter, während er sein Gespräch beendete.

»Ich habe dich vermisst.«

»Du warst doch gerade erst da.«

»Ich wünschte, ich wäre nie weggegangen«, sagte er aufrichtig. »Aber da ich musste, wollte ich früh wiederkommen, um mein Herz nicht länger auf die Folter zu spannen – und um dich zu wiederzusehen, wenn du noch ganz schlafwarm bist und dein Haar noch nicht gekämmt hast.«

»Aber du hast mich doch auch vorher schon mit ungekämmten Haaren gesehen. Sogar erst kürzlich, wenn ich mich recht erinnere.«

»Ja, aber ich habe damals nicht gewagt, dich zu umarmen«, sagte er ernst. »Und schon gar nicht, dich zu küssen.«

»Das wagst du jetzt wahrscheinlich auch nicht, da dein Frühstück gerade gebracht wird.«

»Gibt es in diesem Hotel denn nirgends ein ›Bitte nicht stören‹-Schild?«, fragte er mit halbem Lachen.

»Es könnte schlimmer sein, zum Beispiel könnten Männer mit Schwertern hereinstürmen.«

»Die Heiligen mögen uns davor bewahren«, sagte er mit einem Schaudern. »Da nehme ich doch lieber das Frühstück.«

Sie setzte sich auf die Couch und sah zu, wie er das Tablett vom Zimmerkellner entgegennahm und auf dem Couchtisch abstellte. Er setzte sich und sah sie an.

»Macht es dir was aus, wenn ich schon mal anfange? Ich kann besser denken, wenn ich nicht hungrig bin.«

»Natürlich macht es mir nichts aus«, erwiderte sie lächelnd. »Ich sehe dir einfach zu.«

»Hast du Angst, dass das Essen dein Chi zerstört?«

»›Zerstören‹ ist nicht das richtige Wort«, sagte sie und gab ihm mit einer Geste zu verstehen, mit seinem Frühstück zu beginnen, das allein schon vom bloßen Ansehen zu Arterienverkalkung führen musste.

Sie sah ihm eine Weile zu, dann konnte sie sich nicht mehr zurückhalten, ihn zu berühren. Es war wie bei einem Schatz, von dem sie geträumt, aber nie ernsthaft erwartet hatte, ihn vor sich zu sehen. Der Drang, sich zu vergewissern, dass er wirklich da war, war zu stark. Sie rieb ein bisschen über seinen Rücken, dann fuhr sie mit den Fingern durch sein dunkles Haar, das wie immer viel zu lang war. Er erschauerte, mehr als einmal.

Das verstand sie vollkommen.

Sunny war versucht, ihn zu fragen, wie sie es um alles in der Welt überleben sollten, so in der Luft zu hängen, aber sie beschloss, dass es keinen Sinn hatte, darüber nachzugrübeln. Er würde vermutlich alles einfach auf sich zukommen lassen, ebenso wie sie.

Sie seufzte leise, denn sie konnte sich für eine gewisse Zeit auch selbst beschäftigen. Es gab schlimmere Orte, einen unerwarteten Urlaub vom Leben zu verbringen als in einem Hotel, in dem der Preis für die Suite sie in weniger als einer Woche in den Bankrott geführt hätte. Wenn zu diesem Urlaub auch die eine oder andere Stunde und ein ungesundes Frühstück mit einem äußerst attraktiven Mann gehörte, der nicht ganz der ihre war, was sollte sie dagegen einwenden?

Sie holte tief Luft und setzte ihr freundlichstes Lächeln auf. »Was machst du heute?«, fragte sie. »Ein paar Firmen aufkaufen? Ein Gefecht mit einem Konkurrenzunternehmen austragen?«

»Meine Liebe, du hast eine recht ungewöhnliche Sicht auf die Dinge«, sagte er lächelnd. »Wir übernehmen keine Firmen, wir investieren.« Er schwieg einen Moment. »Aber hin und wieder geht das vielleicht nicht ohne einen Kampf über die Bühne.«

»Die Macht der Gewohnheit?«

Er lächelte. »Ja. Zumindest auf den heutigen Tag trifft das zu – falls ich mich heute Morgen von dir losreißen kann. Ich werde von irgendeinem Verrückten von Artane Enterprises angegriffen, der will, dass ich Geld in eine Firmengruppe pumpe, die renovierungsbedürftige historische Gebäude restauriert. Ich werde vermutlich die meiste Zeit damit verbringen, seine Hände aus den Schatztruhen meiner Firma herauszuhalten – ohne dass mir ein Schwert zur Verfügung steht.«

»Das klingt fast so wie bei Jamie und seinem Freizeitzentrum.«

»Ja, stimmt, obgleich es bei Jamie mein eigenes Geld ist – und er wird mich arm wie eine Kirchenmaus machen, wenn ich bei seinem Vorhaben kein ausreichendes Mitspracherecht bekomme. Ich glaube, es könnte das Yogastudio sein, das mich hoffnungslos in die roten Zahlen treibt.«

Sie sah ihn bestürzt an, dann merkte sie, dass er sie auf den Arm nahm. »Das ist nicht lustig.«

Er lächelte. »Ich mag es einfach, wenn du wütend auf mich bist. Und was dieses Geschäft heute Vormittag anbelangt, ich dachte, vielleicht hätte Zachary Smith Lust, dort einzusteigen.«

»Zachary hat kein Geld.«

»Aber er hat Talent«, sagte er, »und das ist eine ganze Menge wert. Und er hat ein gutes Auge für alte Dinge, was diesen Herren von Artane gut gefallen wird. Vielleicht wird Zachary sie überzeugen können, dass es auch nördlich der Grenze lohnende Objekte gibt.«

»Das wäre zu hoffen«, stimmte sie zu. »Und was machst du, wenn du diesen Teil des Tages überlebt hast?«

Er antwortete nicht sofort. »Ich habe einen gesellschaftlichen Termin«, sagte er schließlich.

Es dauerte einen Augenblick, bis sie begriff, was er damit meinte.

»Oh«, brachte sie hervor. Sie fragte sich, warum zum Teufel sie sich gedacht hatte, es wäre nicht so schlimm, hier in London zu bleiben. Jetzt merkte sie, wie sehr sie die Schwierigkeiten unterschätzt hatte. Das hätte sie nicht überraschen oder ihr etwas ausmachen sollen, aber irgendetwas störte sie daran, mit diesem Mann auf der Couch zu sitzen und zu wissen, dass er später mit einer anderen Frau, die ganz besonders unsympathisch war, genauso dasitzen würde. Besonders wenn es der Mann war, den sie liebte.

Sie hasste es, die ›Andere‹ zu sein.

Patrick sah es auch nicht gern. Sie hatte gestern Abend mit Madelyn telefoniert, bevor sie Cameron angerufen hatte. Madelyn hatte die richtigen Bemerkungen zum richtigen Zeitpunkt gemacht. Patrick am anderen Anschluss war recht still gewesen. Sie hatte den beiden versprochen, bei ihnen anzurufen, wenn sie bereit war, nach Schottland zurückzukehren, und sie hatte Madelyn versichert, dass sie glücklich war.

Er soll bloß behutsam mit dir umgehen, war Patricks einziger Kommentar gewesen.

Sie hätte schwören können, dass sie ihn im Hintergrund seine Schwertklinge schärfen hörte.

»Sunshine, komm zurück in die Wirklichkeit«, sagte Cameron und zog sie an der Hand.

Sie ließ sich von ihm auf die Füße ziehen, dann auf seinen Schoß; sie steckte die Füße unter ihren Bademantel und legte den Kopf an seine Schulter.

»Mir geht es gut.«

Er hob ihr Gesicht zu sich empor und sah sie ernst an. »Bitte vertrau mir.«

»Bitte lenk mich ab.«

Er lächelte schwach, dann suchte er ihren Mund mit seinem. Sie war auf einen leidenschaftlichen Kuss vorbereitet, aber was sie bekam, war fast noch schlimmer.

Seine Küsse waren wie der Sonnenschein auf einer Wiese, sanft und zärtlich. Sie spürte, wie ihr Tränen in die Augen stiegen und die Wangen hinunterrollten, und sie konnte sie nicht aufhalten. Sie wollte ihn in ihren Armen, in ihrem Herzen, in ihrem Leben haben, jede Stunde des Tages, bis sie genug von ihm hätte – in sechzig oder siebzig Jahren.

Schließlich lebten die Phillips-Frauen wirklich außergewöhnlich lange.

Sie spürte seine Finger auf ihren Wangen, hörte einen verzweifelten Laut in seiner Kehle, dann entzog sie sich seinem Mund und schlang ihm die Arme um den Hals.

»Ich schaff das schon«, sagte sie und holte tief Luft. »Tut mir leid. Das sind wahrscheinlich einfach die Hormone.«

»Sunny, glaub mir, wenn die Rollen umgekehrt verteilt wären, dann würde ich dich mittlerweile sicher erdolchen.«

Sie lachte kläglich. »Ich habe mehr Geduld als du.«

»Ja, das stimmt.« Er rieb schweigend ihren Arm, dann sagte er: »Ich habe die nächsten zwei Wochen hier in London einen dicht gefüllten Terminkalender, aber danach wird es einfacher.«

Vermutlich wäre es jetzt nicht besonders klug, ihn darauf hinzuweisen, dass sein Terminkalender sich vor allem deshalb lichten würde, weil die Hochzeitsvorbereitungen anstanden.

»Würdest du mich jeden Tag treffen?«, fragte er. »Es müsste alles sehr diskret ablaufen. Vielleicht an abgeschiedenen oder an touristischen Orten.« Er hielt inne. »Vielleicht müssten wir uns auch verkleiden.«

»Weil du nicht mit mir gesehen werden darfst?«, flüsterte sie.

»Weil *du* nicht mit mir gesehen werden darfst.«

Sie hob den Kopf und sah ihn überrascht an. »Cameron, was *machst* du eigentlich?«

»Nichts Unmoralisches, Illegales oder Verwerfliches«, erwiderte er. Nach kurzem Zögern seufzte er tief. »Einfach Geschäfte mit gefährlichen Leuten, Sunny, und ich kann dir nicht mehr sagen als das. Das war wahrscheinlich schon zu viel.«

Er hob an, weiterzusprechen, aber sein Handy klingelte. Er streckte die Hand aus, um es vom Tisch zu nehmen. »Wenn du nicht weißt, was ich tue, dann bist du für niemanden außer mir von Nutzen – und ich meine das ernst, Sunshine.« Er sah auf die Nummer und lächelte. »Das jedoch könnte vielleicht ein Schritt in die richtige Richtung sein. Lass mich mal drangehen.«

Sunny wollte von seinem Schoß aufstehen, aber er legte den Arm fester um sie und schüttelte den Kopf, also blieb sie sitzen. Sie legte den Kopf an seine Schulter und schloss die Augen; sie genoss es, einfach in seinen Armen zu liegen, obwohl das ein unvernünftiges und vielleicht sogar geradezu riskantes Verhalten sein mochte. Es war leichter, die Umgebung auszuschalten, wenn sie diese nicht wahrnahm, und es war leichter, sich vorzustellen, dass Cameron ihr ganz allein gehörte, wenn sie nicht auf das achtete, was er am Telefon besprach. Sie erfreute sich einfach an der Berührung und der Tatsache, dass sie ihn – zumindest im Moment – für sich hatte, dazu eine warme Dusche und weit und breit niemand, der sie mit dem Schwert verfolgte.

Es hätte alles viel schlimmer sein können.

»Ich bin an allem interessiert, was er herausgefunden hat«, sagte Cameron. »Wann kann er mich treffen?« Er schwieg. »Ja, ich kann auch zu ihm kommen. Warten Sie einen Augenblick.«

Sunny sah, wie er den Daumen über das Handy-Mikrofon legte, und hob den Kopf. »Was ist?«

»Was würdest du davon halten, wenn wir morgen einen Kurztrip nach Paris machen?«, fragte er. »Wenn wir einen frühen Zug nehmen, können wir über den Markt bummeln und vor Mitternacht wieder zurück sein.«

Sie lächelte. »Frische Kräuter und Blumen. Ja, sicher, da sage ich nicht Nein.«

Er lächelte. »Ich dachte mir schon, dass dir das gefallen würde.« Er legte das Handy wieder ans Ohr. »Sagen Sie ihm, ich komme gern über den Kanal, um ihn zu besuchen. Hat er Ihnen gegenüber irgendwelche Andeutungen gemacht, oder hebt er sich den ganzen Dreck für mich auf?« Er lachte. »Natürlich werde ich Ihnen nachher nichts davon erzählen, und nein, ich schulde Ihnen überhaupt nichts, verdammt. Ja, dafür können Sie mir das Doppelte berechnen. Danke, Geoff. Bis dann.«

Er beendete den Anruf mit einem zufriedenen Gesichtsausdruck, legte das Handy beiseite und nahm sie wieder in die Arme. Sunny lächelte.

»Dein Anwalt?«

»Woher weiß du das?«

»Es klang sehr teuer.«

»Ja, er ist verdammt teuer, aber jeden Penny wert.« Er lehnte sich auf der Couch zurück und sah sie wachsam an. »Er hat eine Art Privatdetektiv engagiert, um ein paar Details für mich herauszufinden.«

»Kann ich bei dem Gespräch dabei sein?«

Er zögerte. »Ich lass es mir mal durch den Kopf gehen. Zumindest können wird den Vormittag irgendwo verbringen, wo es dir gefällt. Ich schnuppere sogar mit dir an Blumen. Wer weiß, vielleicht finden wir ja auch ein, zwei Schätze in irgendeinem verstaubten alten Buchladen.«

»Müssen wir dorthin auch verkleidet hinfahren?«, fragte sie scherzhaft.

»Ja, Sunny«, sagte er ruhig. »Ich glaube schon.«

Sie blickte ihm in seine leuchtend blauen Augen, sah aber keine Leichtigkeit in ihnen. Nun, was auch immer der Grund dafür sein mochte, zumindest hielt Cameron es für eine ernste Sache. Sie berührte sein Gesicht mit der Hand. »Also gut«, sagte sie. »Emily und ich werden heute Vormittag etwas Passendes für mich aussuchen.«

»Emily?«, fragte er überrascht.

»Sie geht mit mir einkaufen.«

»Und wann hatte sie vor, mir das mitzuteilen?«, fragte er mit gespielter Strenge. »Erst nachdem sie sich nicht die Mühe gemacht hat, bei der Arbeit zu erscheinen?«

»Ich glaube, sie wollte sich krankmelden und dich im Stich lassen. Und wir haben das gestern beschlossen, als ich noch nicht so sehr daran interessiert war, dir das Leben leicht zu machen. Ich glaube aber nicht, dass ich sehr viel Geld verschwenden werde. Ich kann nicht fünfzig Pfund für ein Kleid ausgeben, ohne danach Magenschmerzen zu bekommen.«

Er fuhr ihr schmunzelnd mit den Fingern durchs Haar. »Sunny, ich glaube, du kannst dir ein oder zwei Kleider leisten, ohne dass du dich danach aufs Krankenlager begeben musst. Und ich kann mir im Büro gern selbst meinen Tee holen, wenn du dann einen angenehmen Vormittag hast. Aber du bist vorsichtig, ja?«

»Cameron, wir sind hier in London.«

»Genau deswegen.« Er hielt inne. »Ich glaube, ich könnte de Piaget etwa um zwei Uhr hinauskomplimentieren. Was hältst du vom Besuch einer Ausstellung über mittelalterliche Schwerter im Victoria and Albert Museum?«

»Klingt gut«, sagte sie. »Dann sehen wir, ob du irgendetwas wiedererkennst.«

Er lächelte, schob die Hand unter ihr Haar, beugte sich vor

und küsste sie zärtlich. »Ich werde dich wiedererkennen, das ist das Wichtigste. Und je eher ich jetzt gehe, desto schneller kann ich wieder weg. Obwohl ich lieber den Vormittag mit dir verbringen würde, wenn ich ehrlich bin.«

Sie stand auf. »Besser nicht, sonst kannst du am Ende diese lächerlich teure Suite nicht mehr bezahlen.« Sie drängte den Gedanken beiseite, dass er sich, wenn sie später aus dem Museum zurückkamen, von ihr trennen und den Abend mit einer anderen Frau verbringen würde. Aber was auch immer sie sein mochte, Penelope Ainsworth war zumindest nicht seine Zuflucht.

Das war immerhin etwas.

Er nahm sein Handy, warf die Zeitung in den Papierkorb, dann legte er den Arm um ihre Schultern und ging mit ihr zur Tür. »Bitte sei heute Vormittag vorsichtig.«

»Ich bin erwachsen, Cam«, sagte sie mit trockenem Lächeln »Ich glaube, ich kann einen kleinen Einkaufsbummel bewerkstelligen. Emily wird mich beschützen, wenn mich jemand streitsüchtig ansieht.«

Er setzte an, noch etwas zu sagen, dann schüttelte er den Kopf. Er warf ihr einfach einen durchdringenden Blick zu und ging zur Tür hinaus. »Dann treffen wir uns um drei.«

»Ich werde da sein.«

Er lächelte. »Danke.«

»Cameron, du kannst allmählich aufhören, dich bei mir zu bedanken.«

Er schüttelte den Kopf. »Das kann ich nicht.« Er beugte sich vor und küsste sie. »Ich sollte aber aufhören, dich zu küssen, oder ich komme wieder rein und gehe nie wieder weg. Also bis drei.«

Sie nickte und sah zu, wie er die Tür zumachte. Sie hörte ein letztes *Sei vorsichtig* durch die Tür. Sie verdrehte die Augen und ging duschen. Zu viele Jahre im mittelalterlichen Schottland hatten ihn offenbar paranoid gemacht – obgleich sie nach den paar Wochen, die sie dort verbrachte hatte, verstehen konnte, warum. Aber sie war eine moderne junge Frau, die in der Nähe einer großen Stadt aufgewachsen war. Sie würde sich schon zurechtfinden.

Drei Stunden später, als sie in einer ungefährlich aussehenden Nebenstraße auf dem Trottoir lag und hörte, wie jemand mit ihrer Handtasche davonrannte, fragte sie sich, ob sie Camerons Warnung nicht doch etwas ernster hätte nehmen sollen.

Sie hatte Emily zum Frühstück getroffen, dann zwei Stunden damit verbracht, etwas mehr von Camerons Geld auszugeben, als ihr lieb war. Emily hatte vorgeschlagen, eine Pause einzulegen, sie hatte zugestimmt, und sie hatten die Abkürzung durch die erstbeste Gasse genommen. Es hatte nicht so ausgesehen, als würde man dort leicht überfallen, sonst hätten sie einen anderen Weg gewählt.

Sunny rappelte sich hoch. Schon halfen Hände ihr auf und stützten sie, und sie wusste nicht, ob sie zuerst diese Hände abschütteln oder den etwa zwanzigjährigen Mann genauer ansehen sollte, der hinter dem Kerl mit ihrer Tasche herrannte.

»Was hat er mitgenommen?«, fragte der Mann, der sie stützte.

Sunny sah ihn verdutzt an. Er war fast so attraktiv wie Cameron, und das wollte etwas heißen. Er war an die dreißig, wie ein Highlander gebaut und hatte fast so grüne, wenn auch nicht ganz so dunkle Augen wie die von Patrick. Er trug normale Businesskleidung, Anzug und Krawatte, alles äußerst unauffällig.

Das einzige, was ungewöhnlich schien, war das Ohrmikrofon samt dem Kabel, das in seinem Hemd verschwand. Sie runzelte die Stirn.

»Es war nichts Wichtiges in meiner Tasche«, sagte sie, »aber wer sind Sie und warum kümmert Sie das?«

Emily legte den Arm um Sunnys Schulter. »Das ist Derrick,

einer von Camerons Männern. Wir sollten uns von ihm helfen lassen.«

Cameron hatte Bodyguards? Ihr fiel wieder ein, dass sie schon einmal darüber nachgedacht hatte, dass ihr dieser Teil seines Lebens in der Gegenwart nicht besonders geheuer war. Aber jetzt merkte sie, dass sie sich damit äußerst unwohl fühlte.

In Schottland hatte sie sich zumindest nur Sorgen darüber machen müssen, dass sie nicht von seinem Pferd überrannt wurde.

Was zum Teufel machte er nur?

Noch bevor sie den ganzen Vorfall genauer überdenken konnte, wurde sie aus der Gasse, die Straße entlang und zu einem Stuhl in einem Café geführt. Sie sah zu Derrick auf, der neben dem Tisch stand, die Straße in beide Richtungen im Auge behielt und dabei leise in sein Gerät sprach.

»Nein, es war nichts von Wert darin. Folge ihm und finde heraus, wo er hingeht. Ich rufe den Meister an.«

Sunny wurde ein Glas Wasser in die Hand gedrückt.

»Trinken Sie«, forderte Emily sie auf.

Sunny gehorchte, weil sie dachte, ihr Schwindel würde dann ein wenig nachlassen. Die Vertrautheit dieser Situation war schwer zu ertragen: Sie war wieder ohne eigenes Zutun in eine Sache hineingeraten, die anscheinend schon lange, bevor sie angekommen war, begonnen hatte und vermutlich weitergehen würde, egal, ob sie involviert war oder nicht. Als sie darüber nachgegrübelt hatte, warum Cameron darauf bestand, dass sie verkleidet nach Paris reisen sollten, hatte sie sich ernsthaft gefragt, ob er vielleicht ein paar Jahre zu lange im mittelalterlichen Schottland gelebt hatte und nun an der fixen Idee litt, dass es Leute gab, die hinter ihm er waren, sodass er sie über seine Aktivitäten im Dunkeln lassen und sie beide sich verstecken mussten.

Vermutlich hatte sie gerade einen kleinen Vorgeschmack auf seine Lebensrealität bekommen.

Sie hatte gerade zum zehnten Mal im Geiste *Lauf nicht weg, du bist seine Zuflucht* wiederholt, als sie von dem Klingeln ihres Handys unterbrochen wurde. Sie meldete sich geistesabwesend. »Ja?«

»Alles in Ordnung?«, fragte Cameron angespannt.

Sie war überrascht, wie tröstlich schon der bloße Klang seiner Stimme war.

»Mir geht es gut«, sagte sie. »Wirklich.«

Sie hörte, wie er erleichtert ausatmete. »Ich möchte, dass du ins Hotel zurückgehst …«

»Nein«, sagte sie mit Nachdruck. »Cam, ich bin sicher, das war nichts weiter. Nur ein Gelegenheitsdieb.«

»Das alles gefällt mir nicht«, sagte er und klang, als würde es ihm *überhaupt nicht* gefallen. »Derrick soll den Vormittag über bei dir bleiben.«

Sie zögerte. »Vertraust du ihm?« Als sie die Worte aussprach, merkte sie, dass sie schon genauso paranoid klang wie er.

»Er würde nicht zwei Schritte von dir entfernt stehen, wenn das nicht der Fall wäre.«

Sie brauchte dringend noch einen Schluck Wasser. »Also gut, aber wir lassen ihn draußen warten, wenn wir in die Dessousgeschäfte gehen.«

Cameron lachte. »Hab Mitleid mit dem armen Mann, Liebes. Er wird gut auf dich achtgeben. Und vergiss nicht, dass wir uns um drei Uhr treffen.«

»Nein.«

»Sei vorsichtig, Sunshine.«

»Ja, das bin ich«, erwiderte sie, und diesmal meinte sie, was sie sagte. »Bis später.«

»Ich warte auf dich.«

Sie legte auf, atmete erleichtert durch, dann blickte sie zu Derrick auf. »Er möchte, dass Sie uns begleiten.«

Er lächelte schwach. »Ja.«

»Macht es Ihnen etwas aus?«

»Natürlich nicht, besonders wenn ich bei Geschäften, in

denen mich die Ware erröten lässt, draußen stehen bleiben darf.«

Emily musste lachen. »Er ist begeistert darüber, dass er zwei hübschen Frauen den ganzen Vormittag überallhin folgen darf – insbesondere wenn es dabei etwas zu futtern gibt.«

»Stimmt genau«, sagte er und setzte sich. »Lassen Sie uns also etwas essen, meine Damen. Ich habe wirklich entsetzlichen Hunger.«

Sunny besah sich ihre Hände und merkte, dass einige ihrer Fingernägel abgebrochen waren und Kies in ihren Handflächen steckte. Sie spürte auch, dass Blut von ihren Knien hinunterlief. Ob es wohl durch ihre Jeans dringen oder nur die Schienbeine hinunterlaufen und sich in ihren Schuhen sammeln würde?

»Sunshine, ich habe eine Geldkarte, die Cameron jeden Monat für mich auffüllt«, sagte Emily, beugte sich zu ihr herüber und zwinkerte ihr zu. »Beeilen wir uns und essen etwas, dann schauen wir, was wir noch finden, *oui?*«

Sunny nickte. Die Anstrengung, Camerons Geld zu verpulvern, wäre eine gute Ablenkung.

Sie vergrub ihre Finger in den Handflächen, um nicht sehen zu müssen, was ihr gerade passiert war.

Vier Stunden später stand sie an einer U-Bahnhaltestelle und wartete auf ihren Zug. Sie blickte zur Uhr hoch und unterdrückte einen Fluch. Sie war spät dran, obwohl es nicht ihre Absicht gewesen war, aber sie hatte länger gebraucht, ihre Hände zu verarzten, als sie gedacht hatte.

Sie stieg ein, als ihr Zug kam, und sah sich um, ob jemand im Wagen war, der sie vielleicht mit finsteren Absichten beobachtete. Sie sah niemanden, aber ihr war auch heute Morgen niemand verdächtig erschienen.

Das Leben, dachte sie, war viel einfacher gewesen, als sie den ganzen Tag über nur das Feuer in Moraigs Kamin am Brennen halten musste.

»Wie hoch stehen die Chancen für Manchester dieses Jahr, was meinen Sie?«, fragte eine Stimme nahe an ihrem Ohr.

Sie schrak auf und blickte den Mann neben sich an, dann sah sie verblüfft, dass es Derrick war.

Er trug ein Fußballtrikot von Manchester United, einen Ohrring, einen Schnauzer und eine wirklich idiotische Brille. Sie hätte ihn nicht erkannt, wenn ihr nicht seine Augenfarbe aufgefallen wäre.

Sie senkte den Kopf und atmete stoßweise aus. Die Erleichterung, die sie ergriff, war so groß, dass sie sich fast setzen musste. Es dauerte ein Weilchen, bis sie wieder sprechen konnte. »Ich glaube, nicht sehr gut«, antwortete sie in ihrem besten Arbeitermädchenakzent. »Aber ich verfolge das alles nicht so genau.«

Er machte große Augen, dann lächelte er verschmitzt. »Solln wir uns vielleicht bei einem Bier drüber unterhalten, Süße?«

»Klar«, sagte sie und war sich nicht sicher, ob sie das lieber nicht hätte sagen sollen.

Derrick redete weiter über die Chancen seines Lieblingsclubs, und Sunny gab sich alle Mühe, ihm zu folgen. Als der Zug hielt, stellte er sich hinter sie und behielt beim Aussteigen seine Hand auf ihrem Rücken. Er legte seinen Arm um ihre Schultern und ging mit ihr die Treppe hoch.

»Gehen wir zu Fuß zum Museum statt mit der anderen U-Bahn«, murmelte er. »In der Menge sind wir sicher.«

Sie rannte mit ihm die Treppe hoch und eilte die Straße entlang. »Haben Sie vielleicht einfach eine überbordende Fantasie?«

Er lächelte nur und wechselte auf ihre andere Seite, sodass er an der Fahrbahn ging.

»Drei Kerle gegen Sie und mich in einer relativ verlassenen U-Bahn-Station sind nichts, worüber Cameron sehr erfreut wäre, also genießen wir lieber die frische Luft. Übrigens sind Sie spät dran.«

»Ich weiß«, sagte sie und geriet etwas außer Atem. »Rennen wir ein Stück.«

Er gehorchte. Sunny rannte mit ihm den ganzen Weg zum Museum, ging hinein und musste sich dann vornüberbeugen, um wieder zu Atem zu kommen. Drei Männer, die sie verfolgten? Sie wollte nicht wirklich mehr darüber wissen, aber vermutlich war das erforderlich. Sie richtete sich wieder auf und sah, dass Derrick ihren Eintritt bezahlte. Er reichte ihr einen Museumsplan.

»Sie sind jetzt auf sich selbst gestellt«, sagte er lächelnd.

»Kommen Sie denn nicht mit?«

»Ich glaube, Cameron kann sich eine Weile persönlich um Ihre Sicherheit kümmern«, sagte er trocken. »Ich habe draußen zu tun.«

Sie fragte nicht, was, konnte sich aber denken, dass es mit drei Männern zu tun hatte, die sie nicht kannte. »Nun, danke, dass Sie mich hergebracht haben. Ich hatte noch nie einen Bodyguard.« Sie hielt inne. »Sind Sie denn mein Bodyguard?«

»Definitiv«, sagte er mit feierlichem Lächeln. »Aber jetzt gehen Sie besser. Er hat mich in den letzten zehn Minuten schon fünf Mal angefunkt. Wenn ich nicht bald antworte, feuert er mich.«

Sie dachte, dass Cameron den Mann vor ihr sicher nicht allzu bald feuern würde, aber sie wollte nicht widersprechen. »Sie brauchen sich nicht zu melden«, sagte sie. »Ich beeile mich.«

Er nickte, dann ging er wieder nach draußen. Sie zügelte ihre wilde Fantasie und rannte durch Ausstellungen und Korridore, bis sie fand, was sie suchte.

Cameron beugte sich mit auf dem Rücken gefalteten Händen über einen Schaukasten. Er trug seine Highland-Laird-Uniform – Stiefel, Jeans und ein schwarzes Jackett. Er richtete sich auf, blickte auf die klobige silberne Uhr an seinem Handgelenk und seufzte.

Sie zog ihr Handy aus der Tasche, wählte seine Nummer und sah, wie er sofort nach seinem griff, dann überrascht auf das Display blickte. Offenbar hatte er nicht erwartet, ihre Nummer zu sehen.

»Wo bist du?«, fragte er ohne Einleitung.

»Ich schmachte dich aus ein paar Schritten Entfernung an.«

Er drehte sich überrascht um. Als sie die Erleichterung auf seinem Gesicht sah, bekam sie ein schlechtes Gewissen. Er legte auf und kam zu ihr herüber.

»Du bist spät dran.«

»Ich habe noch Kieselsteine aus meiner Hand gezogen.«

Er nahm ihre Hände in seine und drehte sie um. Dann schloss er kurz die Augen und zog sie in seine Arme. Sunny legte ihm die Arme unter seinem Jackett um die Taille und drückte ihn an sich. Ihre Zähne klapperten, und sie dachte, sie würde gleich in Tränen ausbrechen. Ruhig zu atmen war unmöglich. Sie konnte sich nur zitternd an ihm festhalten.

»Ich hätte dich selbst in dieses Flugzeug nach Seattle setzen sollen«, sagte er grimmig.

»Das meinst du doch gar nicht wirklich.«

»Ich glaube, es wäre sicherer für dich gewesen«, sagte er, »aber ich fürchte, dafür ist es jetzt zu spät. Es war verdammt idiotisch, mit dir im Bus herumzufahren, und noch dümmer, als ich dir erlaubt habe, mit Emily einkaufen zu gehen.«

»Ich habe dir ja bei Letzterem keine Wahl gelassen.«

Er knurrte. »Du hast offenbar meine Überredungskünste vergessen.« Er seufzte und legte seine Stirn an ihre. »Ich finde uns einen sicheren Ort für den restlichen Tag, damit du die Chance bekommst, dass ich sie dir wieder ins Gedächtnis rufen kann.«

»Hast du heute Abend kein Rendezvous?«

Er warf ihr einen düsteren Blick zu. »Die einzige, mit der ich ein Rendezvous habe – wenn wir darüber nicht schon hinaus sind –, bist du. Ansonsten habe ich gesellschaftliche

Verpflichtungen. Heute Abend habe ich eine Verpflichtung, die ich so schnell wie möglich loswerden möchte. Dann verstecken wir uns den restlichen Abend.« Er zog sie in eine Ecke und nahm sein Handy aus der Tasche.

Sie hörte, wie er Penelope darüber informierte, dass ihm etwas Unerwartetes dazwischengekommen war und er an diesem Abend leider nicht nach Windsor kommen könne. Es war nicht schwer, Penelopes Reaktion auszumachen. Sie hätte sie vermutlich auch von der anderen Seite des Raumes aus noch hören können. Camerons Geduld war bewundernswert, was sie ihm auch sagte, als er aufgelegt hatte und sich behutsam das Ohr rieb.

»Noch zwei Anrufe«, sagte er. Einer davon diente dazu, sie beide bei jemandem zum gemütlichen privaten Abendessen einzuladen. Danach rief er Derrick an und sagte ihm, sie seien auf dem Weg nach draußen, dann legte er auf und steckte das Handy in die Tasche zurück. »Gehen wir. Wir versuchen es beim Hintereingang.«

»Werden die uns dort rauslassen?«

»Ich glaube schon, wenn ich dem Museumswärter eine unerwartete größere Zuwendung zukommen lasse.«

»Bestichst du öfter Museumswärter?«

Er setzte zu einer Antwort an, dann sah er sie an und lachte. »Sunny, ich tue in deiner Gegenwart eine Reihe von Dingen, die ich sonst nicht tue – und nein, ich habe noch nie einen Museumswärter bestochen. Mal sehen, ob es funktioniert.«

Als sie zu einer offenbar selten benutzten Tür geführt und dort hinausgelassen wurden, sah sie, dass es ganz gut funktionierte. Sie warteten ein paar Minuten im Schatten, bevor Cameron sie übers Trottoir zu einem eleganten schwarzen Mercedes führte, der langsam auf der anderen Straßenseite fuhr. Sunny sprang in den fahrenden Wagen, als Cameron die Tür aufmachte, und hoffte, er würde ihr folgen und sie würde nicht irgendwo hinchauffiert, wo es ihr nicht gefiele.

Sie verstand allmählich, warum Cameron so oft über seine Schulter blickte.

»Ist das deiner?«, fragte sie, als er die Tür zuzog und das Auto weiterfuhr.

»Ja.« Er nickte dem Fahrer zu. »Das ist Rufus. Rufus, das ist Sunshine.«

»Der Name passt wunderbar, Mylord«, sagte Rufus und blickte sie im Rückspiegel lächelnd an. »Wohin geht es?«

»Zu Geoff Segrave, bitte. Zu ihm nach Hause, nicht in die Kanzlei.«

Sunny sah zu Cameron hinüber. »Das kommt mir irgendwie unangenehm vertraut vor«, sagte sie auf Gälisch. »All diese Leute, die herumlaufen und dich töten wollen.«

»Nur die Szenerie hat sich verändert«, pflichtete er ihr bei.

»Und du trägst kein Schwert mehr.«

»Nein, aber ich habe immer noch ein ziemlich scharfes Taschenmesser.«

Sie lächelte über seinen trockenen Ton, dann schreckte sie hoch, als an der nächsten roten Ampel die Beifahrertür geöffnet wurde und ein dunkelhaariger Mann hereinsprang. Die Türen wurden alle gleichzeitig verriegelt, und er wandte sich um.

Die Brille und der Schnauzbart waren verschwunden. Derrick lächelte sie an, dann blickte er zu Cameron, und sein Lächeln wurde grimmig.

»Drei in der U-Bahn. Oliver ist noch hinter dem Anführer her. Der zweite hat auf mich gewartet, als ich wieder rausging, aber er ist zu einem Auto gerannt und weggefahren. Ich überprüfe das Nummernschild, wenn Sie mir meinen Laptop reichen. Nummer drei ist verschwunden, aber ich habe ihn erkannt. Peter ist hinter uns und schaut, wer uns beobachtet.«

Cameron zog einen sehr kleinen Laptop unter dem Fahrersitz hervor und reichte ihn Derrick, der ihn einschaltete und sich darüber beugte.

Sunny fühlte sich etwas schwach. Cameron nahm ihre Hand und sah sie an.

»Überstehst du das?«, fragte er ruhig.

»Ich begreife allmählich, dass du schreckliche Geheimnisse hast.«

»Sie sind schrecklich, aber nicht endlos.« Er hielt inne. »Danke für die Zuflucht, Sunny.«

»Ich glaube, du bietest mir genauso oft eine Zuflucht.«

Er schenkte ihr ein Lächeln, dann drehte er ihre Hand um und streichelte die Stellen ihrer Handfläche, die unverletzt waren.

Sie zwang sich, normal zu atmen. Sie rannte nicht weg, nicht mehr. Es konnte schließlich nicht schlimmer sein als das mittelalterliche Schottland, oder?

Sie war sich nicht sicher, ob sie die Antwort darauf wissen wollte.

26

Cameron stand auf einem Bahnsteig der Waterloo Station und sah auf die Uhr. Der Zug sollte in zwanzig Minuten abfahren, und von Sunny war noch weit und breit nichts zu sehen. Sie konnte sich nicht verlaufen haben, denn Derrick hatte die Aufgabe, sich stets innerhalb einer Entfernung von fünf Metern von ihr aufzuhalten und sie sicher und unerkannt zum Bahnhof zu bringen. Er hätte angerufen, wenn etwas schiefgegangen wäre. Cameron hatte sie zwar am gestrigen Abend nicht allein im Hotel zurücklassen wollen, hatte es aber nicht ratsam gefunden, auf ihrer Couch zu schlafen. Er musste unbedingt den Anschein seines üblichen Tagesablaufs aufrechterhalten.

Hoffentlich war es die Mühe wert gewesen.

Vielleicht war Sunny ja auch spät dran, weil sie noch müde war. Ihr Besuch bei den Segraves hatte bis in die frühen Morgenstunden gedauert. Er hatte nicht so lange bleiben wollen, aber Sunny und Virginia waren sofort ein Herz und eine Seele gewesen, und er hatte es ungemein genossen, einen Abend mit Leuten zu verbringen, die er wirklich mochte. Die Versuchung, zu bleiben, war unwiderstehlich gewesen.

Aber jetzt stand er hier, und Sunny war spät dran, was ihn zu allerlei sinnlosen Spekulationen verleitete. Vielleicht kam es ja auch einfach daher, dass er sich selbst ganz und gar nicht wohl fühlte in der Verkleidung, die Emily für ihn im Hotel abgegeben hatte. Ihr freie Hand bei der Auswahl seiner Tarnung zu lassen, hatte sich als schwerer taktischer Fehler erwiesen: Er war von Kopf bis Fuß schwarz gekleidet, alle Haare, die lang genug waren, hatte er zu einem Pferdeschwanz zusammengefasst, und hätte er sich nicht hinter einer Sonnenbrille verstecken können, dann hätte er mit den wilden Verwünschungen, die er vor sich hinmurmelte, sicher einige Aufmerksamkeit erregt. Aber wenigstens steckte in seinem Rucksack eine zweite Garnitur normaler Kleidung.

»Sexy«, schnurrte ein blonder, wie ein Künstler aussehender junger Mann, der augenzwinkernd an ihm vorbeiging.

Cameron musste zwei Mal hinsehen, dann fluchte er. Derricks chamäleonhaftes Auftreten war bisweilen wirklich beunruhigend. »Wo ist Sunny?«, wollte er wissen.

Derrick schmunzelte nur und raunte: »Hinter mir.«

Cameron sah sich den langen Strom von Menschen, die in ihre Richtung gingen, genauer an, konnte Sunny darin aber nicht ausmachen. Er beobachtete ein paar ältere Paare, Familien, eine sehr hübsche Rothaarige und eine umwerfend schöne Brünette mit unendlich langen Beinen. Normalerweise hatte er seine Blicke durchaus unter Kontrolle, aber diese junge Frau war nun wirklich einen bewundernden Blick wert.

Im nächsten Augenblick blieb ihm vor Staunen die Luft weg.

Es war Sunny.

Sie erspähte ihn und stolperte. Cameron wäre zu ihr gesprungen, um sie aufzufangen, aber er konnte sich nicht rühren. Er stand nur mit offenem Mund da, bis sie einen Schritt vor ihm stehen blieb.

»Wenn du nicht aufpasst, fliegen dir noch die Mücken in den Mund«, sagte sie ernsthaft.

»Donnerwetter«, brachte er entgeistert hervor.

Sie lächelte. »Bin ich spät dran?«

»Ich weiß nicht«, stammelte er. Er hatte sie noch nie mit glattem Haar gesehen, streckte die Hand aus und strich ihr staunend darüber. »Wie hast du denn das hingekriegt?«

»Ich habe sie gebügelt.« Sie beugte sich zu ihm vor. »Schließlich sollte ich mich verkleiden.« Sie versuchte, ihren schwarzen Minirock weiter herunterzuziehen, aber es nützte nichts. »Zu viel des Guten?«

»Zu wenig – von dem Rock, wollte ich sagen.« Er holte tief Luft. »Ich glaube, ich muss mich irgendwo hinsetzen.«

»Derrick meinte, ich sehe scharf aus. Was meinst du?«

Er sah sie drohend an. »Ich glaube, wenn er seine Blicke nicht zügelt, werde ich ihm bei erstbester Gelegenheit ein Veilchen verpassen.« Er betrachtete zweifelnd ihren Mund. »Mache ich jetzt deine feuerroten Lippenbemalung zunichte, wenn ich dich hier auf der Stelle leidenschaftlich küsse?«

Sie lächelte ihn an. »Das wagst du nicht.«

»Oh doch, das werde ich tun. Sobald du auf die Toilette gehst, suche in deiner Handtasche nach dieser Geschmacklosigkeit und werfe sie aus dem Fenster.«

»Du klingst heute ganz wie du selbst«, sagte sie und lächelte wieder.

Er nahm ihr den Rucksack ab, legte ihr die Hände auf die Schultern und drehte sie zur Zugtür hin. »Klinge ich denn normalerweise nicht wie ich selbst?«

»Ab und zu schon.«

Er legte ihr den Arm um die Taille und zog sie an sich. »Sunny, Liebes«, flüsterte er ihr ins Ohr, »wenn ich dich als mittelalterlicher Laird in einem so kurzen Rock gesehen hätte, dann hätte ich dich für einen Dämon gehalten und sofort in mein Verlies geworfen.«

Sie legte ihre Hand über seine. »Und dann?«

»Dann hätte ich mich dort mit dir eingesperrt. Alles Übrige überlasse ich deiner Fantasie. Und jetzt beweg dich, Sunny, bevor ich mir die Zugfahrt über den Kopf zerbreche, wo ich in Paris einen Ort finde, der denselben Zwecken dient.«

Sie lächelte ihm über die Schulter hinweg zu und ging voraus. Er legte ihr die Hand aufs Kreuz, als sie einstiegen, und bedachte jeden Mann, der sie bewundernd ansah, mit einem drohenden Blick – denn das war es, was alle männlichen Mitreisenden taten –, aber schließlich schaffte er es, sie auf ihren Platz zu bugsieren, ohne jemandem ein Haar zu krümmen.

Es überraschte ihn nicht weiter, dass das ältere britische

Ehepaar, dem sie gegenübersaßen, mit Entsetzen Sunnys Rock – oder eher die Abwesenheit eines solchen – anstarrte. Er verstaute Sunnys und sein Gepäck über den Sitzen und machte es sich neben Sunny bequem. Nun waren sie den missbilligenden Blicken erst recht ausgesetzt.

Offenbar musste seine Pferdeschwanzfrisur dran glauben.

Er zog das Band aus dem Haar, kämmte sich mit den Fingern und beschloss dann, das Paar gegenüber einfach zu ignorieren. Er wandte sich an Sunny.

»Also gut«, sagte er leise auf Französisch. »Ich glaube, jetzt kann ich ein zusammenhängendes Gespräch führen. Warum hast du so lange gebraucht?«

»Abgesehen davon, dass mich Derrick durch die Küche aus dem Hotel geschmuggelt hat wie einen Promi auf der Flucht vor Paparazzi, kann ich einfach nicht gut laufen in Stöckelschuhen«, gestand sie. »Ich habe Derrick gebeten, dir eine SMS zu schicken, aber er fand, du könntest ruhig noch ein bisschen warten.«

»Eines Tages geht er zu weit.«

»Er meinte, dass du genau das sagen würdest.«

Cameron murmelte einen unterdrückten Fluch, dann seufzte er, als er einen weiteren missbilligenden Blick von ihren Reisegenossen erntete. »Eigentlich wollte ich dich die ganze Fahrt nach Frankreich über küssen, aber das geht jetzt wohl nicht.«

»Ich habe eine Idee. Gib mir doch bitte mal meine Handtasche. Ich traue mich in diesem Rock nicht aufzustehen.«

Er nahm ihre Handtasche aus dem Gepäckfach, wartete, bis sie gefunden hatte, was sie suchte, dann stellte er die Tasche wieder zurück an ihren Platz. Er setzte sich hin und sie sah ihn mit seligen Lächeln an.

»Was ist?«, fragte er schmunzelnd.

»Ich bin einfach glücklich darüber, mit dir zusammen zu sein«, sagte sie, und das sah man ihr auch deutlich an. Sie zögerte. »Sind wir unerkannt geblieben?«

»Derrick hätte mir mittlerweile eine SMS geschickt, falls nicht.«

»Dann können wir ja frei sprechen, oder ist Französisch nicht diskret genug? Sollten wir zu einer andern Sprache wechseln?«

Er war heilfroh, dass er sich die Mühe gemacht hatte, noch eine weitere Sprache zu lernen als nur modernes Englisch. »Du klingst ganz wie eine Linguistentochter. Es ist schon in Ordnung, ich höre dir gern zu, wenn du französisch sprichst. Wir können es später ja auch noch mit anderen Sprachen versuchen, wenn du magst.«

»Vielleicht.« Sie riss Streifen von einem Blatt Papier und reichte ihm die Hälfte davon. »Lass uns ein paar Kennenlernfragen aufschreiben. Betrachte sie als Fragen an jenen Teil deiner Persönlichkeit, der normalerweise Anzüge trägt.« Sie hielt inne. »Ich weiß nämlich kaum etwas darüber, was du gerne magst, weder im Mittelalter noch in der Gegenwart.«

»Am liebsten mag ich dich«, sagte er ernsthaft.

Sie schloss kurz die Augen, dann schrieb sie etwas und reichte ihm den Zettel.

Ich liebe dich. Aber jetzt hör mit dem gefühlsduseligen Quatsch auf, bevor ich anfange zu weinen und meine Wimperntusche verschmiert.

Er lächelte, dann wartete er, bis sie zu Ende geschrieben hatte, bevor er seine eigenen Fragen aufnotierte. Er fand, man konnte es ihm nicht zum Vorwurf machen, wenn sie sich vor allem darauf bezogen, wo denn ihre liebsten dunklen Ecken in Paris waren, damit er sie dort ungestört küssen konnte, oder darauf, wo es ihr in Schottland besonders gut gefiel, damit sie den Rest ihres Lebens dort zusammen verbringen könnten.

Subtile Fragestellungen waren vermutlich nicht seine Stärke. Er dachte einen Moment darüber, in welche Richtung die Dinge gingen, die er gerne gewusst hätte. Mit London hatte kaum eine seiner Fragen zu tun, obwohl sich ein großer

Teil seines Lebens dort abspielte. Er drehte eine Minute lang den Stift zwischen den Fingern, dann sah er sie an. »Ich möchte, dass du mir zuerst über deine Zeit in diesem Mädchenpensionat erzählst«, sagte er nachdenklich, und nach einer Weile fügte er hinzu: »Und was du von diesem ganzen Society-Kram hältst.«

Sie blinzelte erstaunt. »Warum?«

Er überlegte. Eigentlich hatte er geplant, ihr das, was sich in seiner Tasche befand, in einer romantischeren Umgebung zu überreichen, aber vielleicht hatte es keinen Sinn zu warten. Er war sich nicht sicher, ob der Zeitpunkt richtig war, aber es hatte ihm zu schaffen gemacht, dass er sie noch gestern über ihre Beziehung im Ungewissen lassen musste. Er wollte, dass sie wusste, für wen sein Herz schlug – selbst wenn er sie nicht in alle Einzelheiten einweihen konnte. Er wühlte in seiner Tasche, dann legte er einen Ring vor sich auf den Tisch. Er betrachtete ihn ein, zwei Augenblicke und hoffte, dass er sich mit seinem Ansinnen nicht vollkommen zum Narren machte. Am Tag zuvor hatte er Gideon de Piaget zur Weißglut getrieben, da er ihn eine Stunde lang warten ließ, um den Ring ändern zu lassen. Er hatte mit Madelyn gesprochen, damit er sichergehen konnte, dass er Sunny passte.

Er legte den Zeigefinger auf den Ring, dann schob er ihn, an Sunnys und seinen Fragen vorbei, über den Tisch zu ihr hin. Vor ihr ließ er ihn liegen.

»Ich möchte all das wissen, weil ich nicht will, dass du deine Zustimmung zu etwas gibst, was du eigentlich verabscheust«, sagte er ruhig. »Ob es mir gefällt oder nicht, einen guten Teil meiner Zeit verbringe ich mit der Leitung meiner Firma. Nicht unbedingt immer in London, aber unglücklicherweise stets im Licht der Öffentlichkeit.« Er machte eine Pause. »Ich würde gern wissen, ob du das ertragen könntest.«

Sie saß ganz still da und sah einfach nur den Ring an, so lange, dass er sich unbehaglich zu fühlen begann. Er zwang sich, nicht an all die Argumente zu denken, die dafür sprachen, dass sein modernes Leben nicht nach ihrem Geschmack war.

Schließlich holte sie tief Luft. »Ich habe in dieser Schule gelernt, ausländische Würdenträger aus zwanzig verschiedenen Ländern in ihrer Muttersprache zu begrüßen«, sagte sie. »Ich kann dir alle königlichen Häupter Europas über die letzten zehn Generationen namentlich aufzählen und auf Anhieb alle englischen Adelstitel richtig hersagen. Aber in meiner freien Zeit habe ich dort alle nützlichen Pflanzen kennengelernt, die auf den Hügeln rund um das Pensionat wuchsen.« Dann sah sie ihm in die Augen. »Und ich glaube, ich könnte so gut wie überall Lobelien finden, auch wenn ich das nicht unbedingt in meiner Schweizer Zeit gelernt habe.«

Er senkte einen Augenblick den Kopf, dann blickte er durch die Wimpern zu ihr auf.

»Du bist wirklich eine bemerkenswerte Frau, Sunshine Phillips.«

»Und das ist ein wirklich bemerkenswerter Ring, mein Laird.«

Er brachte kein Lächeln zustande. »Dieser Ring sagt: Warte auf mich, Sunny. Ich kann dir nichts anderes anbieten.« Er hielt inne. »Ich würde es verstehen, wenn du ihn nicht haben willst.«

Sie nahm ihn in die Hand und betrachtete ihn. Er fand den Ring mit dem Kranz aus Diamanten rundherum wunderschön. Er hatte auf der Innenseite eine Inschrift in Gälisch eingravieren lassen, damit sie nicht vergessen würde, was er für sie empfand.

Für Sunshine, das Licht meines Lebens, ich liebe dich, Cam.

Er betrachtete sie, während sie die Inschrift las und sah, wie ihr eine einzelne Träne über die Wange rollte. Sie wischte sie fort und reichte ihm den Ring.

»Ich nehme ihn und warte.«

Mit tiefer Erleichterung steckte er ihr den Ring an ihre Rechte und dachte daran, dass er Madelyn MacLeod einen sehr großen Blumenstrauß schuldete. Er beugte sich vor und küsste Sunny auf die Wange.

»Verlier bitte diesen scheußlichen Lippenstift«, schlug er vor.

»Dazu können wir uns ja auf der Zugtoilette treffen.«

»Wir würden nie wieder herauskommen«, sagte er lächelnd.

»Wahrscheinlich nicht.« Sie betrachtete eine Weile ihren Ring, dann sah sie ihm wieder in die Augen. »Er ist das Schönste, was ich je gesehen habe.«

»Dann sieh ihn dir an, und ich sehe derweil dich an, und wir teilen diesen Gedanken.« Er nahm ihre Hände behutsam in seine und achtete dabei auf die Wunden an ihrer Handfläche, die noch immer nicht verheilt waren. Dann lächelte er. »Und nun lenk mich bitte weiter mit Geschichten aus der Schweiz ab, bevor ich zuviel über das mit der Zugtoilette nachdenke. Wie bist du dorthin gekommen?«

Sie lächelte und schien dankbar für die Ablenkung. »Meine Eltern lehrten eine Zeitlang im Rahmen eines Austauschprogramms für Sprachdozenten in Russland und wollten nicht, dass wir ohne Aufsicht in den USA zur Schule gingen – obgleich ich fast siebzehn und Madelyn in der Schule nur ein Jahr unter mir war – daher schickten sie uns in dieses Schweizer Pensionat. Meine Großmutter bezahlte den Aufenthalt, aber wir standen dort definitiv, was das Familieneinkommen anbelangt, auf der untersten Stufe.«

»Das war sicher nicht angenehm.«

Sie zuckte die Schultern. »Wir haben es überlebt. Nun, *ich* habe es überlebt. Madelyn hat es nicht so leicht weggesteckt. Sie nennt es ihre ›dunkle Zeit in den Alpen‹, wenn sie überhaupt zugibt, jemals dort gewesen zu sein. Wann immer ich das Thema anschneide, holt sie einfach tief Luft und geht weg. Ich glaube, Patrick hat vor ihrer Hochzeit nicht einmal davon gewusst.«

»Aber warum denn nicht?«, fragte er überrascht.

»Sie hielt es für zu etepetete und befürchtete, dass es in

ihrem Lebenslauf nicht gut aussehen würde. Sie hat immer gedroht, in ihren Bewerbungen für die juristische Fakultät zu behaupten, dass sie in jenem Jahr zu Hause unterrichtet wurde.«

Er fuhr mit dem Daumen über ihren Ring und sah sie an. »Und die Dinge, die ihr dort gelernt habt? Die Umgangsformen für höhere Töchter?«

»Ich hätte nie gedacht, dass ich sie einmal brauchen würde«, sagte sie mit einem halben Lächeln, »aber ich glaube nicht, dass ich im Moment darüber nachdenken kann, ohne zu weinen.« Sie schob einen Papierstreifen zu ihm hinüber. »Lass uns über etwas anderes sprechen.«

Er willigte ohne Widerrede ein. Als sie in Paris ankamen, hatte er erfahren, dass Sunny die Farbe Blau mochte, Orange dagegen gar nicht, das magische Leuchten des Zwielichts, aber nicht die unerbittliche Mittagshitze, dass sie es vorzog, barfuß zu laufen und Gälisch lieber mochte als Deutsch. Er wiederum hatte ihr mitgeteilt, dass seine Lieblingsfarbe ebenfalls Blau und sein Lieblingsort sein Zuhause war, dass er am liebsten die Handtaschen schöner Frauen, die er liebte und die zu kurze Röcke trugen, durchwühlte und ihre Lippenstifte wegwarf. Sie hatte gelacht und ihm versprochen, auf die Bahnhofstoilette zu gehen, damit er genau das unbeobachtet tun konnte.

Er fragte sich in diesen paar Stunden Zugfahrt, ob das, was er für sie empfand, etwas Neues oder ein Echo ihrer früheren Liebe war, aber er kam zu keinem vernünftigen Ergebnis. Er wusste nur, er liebte sie nicht etwa, weil er das in einem anderen Leben getan hatte, sondern weil sie für ihn Licht und Lachen und Leichtigkeit bedeutete. Er konnte sich kaum noch vorstellen, wie er alle diese Jahre ohne sie durchgestanden hatte, und betete, dass er das nicht mehr zu lange tun müsste.

Als er mit Sunny vor Alexander Smiths Hotelsuite stand, war es früher Abend. Es war ein perfekter Tag gewesen, den sie damit verbracht hatten, an Marktständen vorbeizuflanieren und in versteckt liegenden Antiquitätengeschäften auf Jagd zu gehen. Sunny hatte einen anderen Rock und andere Schuhe angezogen, er war in seine Jeans geschlüpft, in denen er mehr Bewegungsfreiheit hatte, und er hatte sie so oft wie möglich hinter dem Rücken freundlicher Marktleute, die Früchte und Blumen feilboten, geküsst.

Er sah ihr in die Augen. »Ich liebe dich.«

Sie stellte sich auf die Zehenspitzen, schlang ihm die Arme um den Hals und zog ihn fest an sich. »Ich liebe dich auch.« Dann stellte sie sich wieder fest auf den Boden und lächelte. »Aber jetzt, wo wir hier vor der Tür stehen, sagst du mir endlich, mit wem wir uns treffen?«

Er faltete seine Hände hinter ihrem Rücken. »Er ist Anwalt und heißt Alexander Smith. Ich hatte das Pech, beim Versuch einer Firmenübernahme in Manhattan vor ein paar Jahren an ihm zu scheitern, und seither habe ich es geschafft, ihm aus dem Weg zu gehen. Geoffrey hat sein Leben riskiert, um dieses Treffen hier zustandezubringen. Und ich habe gehört, dass Alexander in den Vereinigten Staaten seinen Übernahmefeldzug aufgegeben hat und jetzt seine Zeit damit verbringt, arme, glücklose Briten zu terrorisieren.« Er bemerkte, dass sie ihn verblüfft ansah. »Hast du schon von ihm gehört?«, fragte er.

Sie hatte keine Zeit zu antworten, denn plötzlich ging die Tür auf, und der Raubritter stand höchstpersönlich vor ihnen, professionell gekleidet in abgerissene Jeans und ein T-Shirt, das stolz verkündete *Die Countess hat das Sagen.* Er hatte keine Schuhe an und sah aus, als hätte man ihn gerade aus einem Nickerchen geweckt.

»Hey, Sunny«, sagte er gähnend. »Mischst du dich heute etwa unters gemeine Volk?«

Sie löste sich aus Camerons Armen. »Red keinen Unsinn, Alex«, sagte sie und reckte sich, um ihn auf die Wange zu küssen. »Wo ist Margaret?«

»Sie versucht gerade, die Kinder ins Bett zu bringen. Geh und hilf ihr, wenn du dich traust. Baldric liest ihnen zum Einschlafen die *Canterbury Tales* in der Urfassung vor, aber sie sind nicht besonders beeindruckt. Amery quengelt trotzdem weiter nach seinem Gameboy.«

Sunny lachte nur und machte sich auf den Weg zu ihnen, als hätte sie keine anderen Sorgen. »Ich schaue, was ich tun kann«, rief sie ihnen über die Schulter hinweg zu.

Cameron sah Alexander überrascht an. »Sie kennen Sunny?«

Alexander trat von der Tür zurück. »Ich wäre ein lausiger Alleswisser, wenn ich nicht alles wissen und jeden kennen würde, nicht wahr? Nun, warum kommen Sie nicht herein, Mylord, und wir unterhalten uns ein bisschen?«

Cameron trat ein und fühlte sich seltsam unbehaglich – unbehaglicher als er sich angesichts der bloßen Tatsache, dass Alexander Smith hinter ihm die Tür schloss, hätte fühlen sollen. Der Mann sah ihn finster an, dann vergrub er die Hände in den Taschen – die Geste erinnerte Cameron so sehr an Zachary Smith, dass er stutzte. Erst jetzt merkte er, dass ihm offenbar bisher ein entscheidender Zusammenhang nicht aufgefallen war.

»Sie sind Zacharys Bruder«, bemerkte er verblüfft. »Also auch der von Elizabeth.«

»Junge, Ihnen entgeht aber auch gar nichts, oder?«, sagte Alexander mit spitzbübischem Lächeln. Er streckte die Hand aus und drückte Camerons Rechte wie mit einem Schraubstock. »Nun, bevor ich Sie niederschlage, sagen Sie mir doch bitte, warum zum Teufel Sie da draußen vor dem Eingang meine Schwägerin betatscht haben?«

Cameron entwand seine Finger Alexanders Händedruck, um sich im Notfall besser gegen ihn schützen zu können. Verdammt, wann würde das endlich aufhören, dass er immer wieder diesen MacLeods, halben MacLeods und angeheirateten MacLeods über den Weg lief – von denen anscheinend alle der festen Überzeugung waren, dass er, was Sunny anbelangte, keine ehrbaren Absichten hegte?

»Es nützt mir wohl nichts, darauf hinzuweisen, dass ich Sie dafür bezahle, etwas anderes auszukundschaften als mein Privatleben, oder?«

»Nicht, wenn Sie mit meiner Schwägerin herumknutschen, solange sie noch mit Penelope Ainsworth verlobt sind«, entgegnete Alexander scharf. »Oder hat sich daran in den vergangenen fünf Minuten etwas geändert?«

»Nein, daran hat sich nichts geändert«, sagte Cameron gleichmütig, »aber das ist es ja gerade, wofür ich Ihnen diese horrenden Summen zahle, nicht wahr? *Damit* sich das ändert.«

Alexander verschränkte die Arme über der Brust. »Jetzt bin ich aber doch neugierig, wie Sie in so kurzer Zeit von dem Zustand, Sunny nicht zu kennen, zu dem Zustand, ausgesprochen privaten Umgang mit ihr zu pflegen – den Sie hier übrigens besser vermeiden sollten – gelangen konnten.«

Cameron richtete sich auf einen ziemlich langen Abend ein. »Das ist alles etwas kompliziert ...«

»Ja, das ist es wohl, Laird«, knurrte Alexander auf Gälisch, »wenn Sie mit einem halb eingeschlagenen Kopf und mit einem Dolch im Rücken in der Zukunft ankommen.«

Cameron schnappte unwillkürlich nach Luft, aber er konnte seine Verblüffung nicht verbergen. »Wie ...«, stotterte er.

»Ist das nicht der Grund dafür, warum Sie mir diese lächerlich hohen Honorare zahlen?«, fuhr Alexander in perfektem Gälisch fort, und Cameron hätte sein Lieblingspferd darauf verwettet, dass Alexander es nicht im derzeitigen Jahrhundert so gut gelernt hätte. »Damit ich Details herausbekomme, die Ihre Feinde vor Ihnen verbergen möchten, damit Sie dieses Wissen rücksichtslos gegen sie verwenden können? Wie zum Teufel kommen Sie dazu, zu glauben, dass ich in Bezug auf Sie nicht dasselbe tun sollte?«

Cameron wollte zu einer Antwort ansetzen, aber er wurde von Sunny gerettet. Sie kam aus einem der Schlafzimmer, zusammen mit einer Frau, von der Cameron nur annehmen konnte, dass es die Countess of Falconberg war. Sie war bezaubernd, offenbar in den ersten Monaten einer Schwangerschaft und von dementsprechend blühendem Aussehen. Sie ging zu ihrem Mann hinüber und zog ihn ein Stück von Cameron weg.

»Steck dein Schwert zurück, mein Lieber, und hab Erbarmen mit dem armen Mann«, sagte sie. Dann schüttelte sie Camerons Hand mit einem Griff, der dem ihres Mannes in nichts nachstand. »Lord Robert.«

»Lady Margaret«, erwiderte er lächelnd. »Es ist mir ein Vergnügen.«

Alexander lächelte nicht. Cameron spürte, dass Sunny die Arme um seine Taille legte, was Alexanders Laune nicht gerade verbesserte, denn sein Gesichtsausdruck verdüsterte sich beträchtlich.

»Sie haben wohl keinen Gedanken daran verschwendet, Ihre Schwierigkeiten zu lösen, bevor Sie Sunny da mit hineingezogen haben, oder?«, fragte Alexander barsch.

»Er hat sehr wohl darüber nachgedacht«, wandte Sunny versöhnlich ein. »Er hat so sehr darüber nachgedacht, dass er bereit war, mich vorgestern in ein Flugzeug nach Hause zu setzen. Ich bin diejenige, die sich fürs Bleiben entschieden hat.«

»Er hätte das Rückgrat haben müssen, dich eigenhändig auf deinem Platz im Flieger festzubinden«, erwiderte Alexander schroff. »Es ist höchst gefährlich, dich in seiner Nähe aufzuhalten, oder hat er es etwa auch nicht für nötig gehalten, dir das zu sagen?«

»Alex«, begann Margaret seufzend.

»Das sind durchaus angebrachte Fragen«, entgegnete Alexander mit immer noch finster gerunzelter Stirn. »Er soll sie gefälligst beantworten – wenn er den Mumm dazu hat.«

Cameron wusste, es wäre nicht von Vorteil, mit dem Mann in dessen eigenem Wohnzimmer zu streiten, aber er hätte verfluchte Lust dazu gehabt und starrte Alexander wütend an.

»Über das Timing von all dem habe nicht ich bestimmt, wie Sie sicher wissen«, sagte er gedehnt. »Warum ziehen Sie also nicht einfach die exorbitante Summe in Betracht, die ich Ihnen zahle, und helfen mir, meine derzeitigen Schwierigkeiten zu beenden, damit ich Ihre Schwägerin heiraten und dafür sorgen kann, dass sie in Sicherheit ist?«

Alexander Smith ließ ihn sehr anschaulich wissen, was er mit seinem Geld tun könne.

Cameron hätte am liebsten laut herausgelacht, aber vermutlich meinte es Alexander vollkommen ernst. Dann fiel ihm plötzlich noch etwas auf: Sunny war ganz still geworden. Er fragte sich, warum, dann merkte er auf einmal, was er gerade gesagt hatte. Er zwang sich, nicht allzu verlegen von einem Bein aufs andere zu treten, und im Grunde war er dankbar, dass Sunny kein Messer zur Hand hatte, und hoffte inständig, sie könnte ihm seines nicht aus der Tasche ziehen, bevor er sie daran hindern konnte.

»Sunny …«, begann er.

»Noch vor zwei Tagen hast du mir gesagt, dass du Penelope heiraten würdest!«

»Ja, das habe ich gesagt«, begann er behutsam. Er holte tief Luft und sah sie an. »Ich bin dir ausgewichen.«

»Und du hast dir nicht die Mühe gemacht, mir eher davon zu erzählen?«, fragte sie empört. »Du konntest nicht einmal irgendeine Andeutung in diese Richtung fallen lassen, damit ich nicht durch diese Hölle gehen muss?«

Er hätte gerne etwas zu seiner Entschuldigung vorgebracht, aber vermutlich bliebe ihm gar nicht mehr genug Zeit dafür. Sunny schien zu schwanken zwischen dem Wunsch, ihn zu töten und dem Drang, einfach in Tränen auszubrechen.

»Das ist ja wirklich interessant«, wandte sich Alexander teilnahmsvoll an sie.

Cameron warf ihm einen wütenden Blick zu, dann wandte er sich mit einem Lächeln an Margaret. »Entschuldigen Sie uns, Mylady.«

Margaret machte eine abwehrende Handbewegung und sagte lachend: »Aber ich bitte Sie. Nehmen Sie sich alle Zeit, die Sie brauchen.«

»Er wird eine ganze Menge Zeit brauchen«, fügte Alexander mit einem verächtlichen Schnauben hinzu.

Cameron vermutete, dass Alexander damit recht haben könnte. Er nahm Sunny an der Hand und zog sie durch die erstbeste offene Tür. Es war die Toilette, aber das war ihm egal. Er schaltete das Licht an, schlug mit dem Fuß die Tür zu und zog Sunny fest an sich, bevor sie ihn ohrfeigen konnte.

»Verflucht seist du, Robert Francis«, keuchte sie mit gedämpfter Stimme an seiner Schulter. »In drei Teufels Namen verflucht.«

Er schloss kurz die Augen. »Sunny, ich *konnte* es dir nicht sagen.«

Sie holte tief Luft, dann brach sie in Tränen aus. Er beschloss, dass er nicht länger der Grund dafür sein wollte, es sei denn, es wären Freudentränen. Er hielt sie dicht an sich gedrückt und tröstete sie, so gut er konnte; dann wartete er, bis sie sich wieder gefangen hatte.

Es dauerte eine ganze Weile.

Schließlich fuhr sie sich mit dem Ärmel über die Augen, zog seinen Kopf zu sich hinunter und küsste ihn.

Sie küsste ihn, bis er dachte, sie sollte vielleicht besser damit aufhören. Aber als sie sich ihm dann entziehen wollte, erwiderte er ihren Kuss so leidenschaftlich, dass er fürchtete, noch viel länger hier eingesperrt bleiben zu müssen, als er gedacht hatte, allein schon, um sich zu erholen. Schließlich riss er seinen Mund von ihrem los, drückte sie an sich und barg das Gesicht in ihrem Haar.

»Ich wollte nur, dass du in Sicherheit bist.«

»Fahr zur Hölle«, keuchte sie. »Oder habe ich das schon gesagt?«

»Du kannst mir glauben, Sunshine, ich bin tatsächlich durch die Hölle gegangen«, sagte er mit Nachdruck. »Jeden

Moment eines jeden Tages im vergangenen Monat, den ich dich nicht in meinen Armen halten konnte.«

»Ich will lieber gar nicht wissen, wann du zu dieser Erkenntnis gelangt bist.«

»Dass ich ohne dich nicht leben kann oder dass ich dich heiraten will?«

»Ganz gleich«, sagte sie. »Beides.«

»Schon vom ersten Augenblick an, als ich dich in Jamies Burg sah, wusste ich, dass ich ohne dich nicht leben kann«, sagte er mit einem tiefen Seufzen. »Ich wusste, dass ich dich einfach heiraten *muss* – oder zumindest versuchen müsste, dich zu überzeugen, dass du mich vielleicht heiraten willst – und zwar schon seit dem Morgen, als du mit mir zu meiner Burg geritten bist.«

Sie entwand sich ihm und sah schockiert zu ihm auf. »Das hast du *damals* schon entschieden? Und du sagst es mir erst *jetzt?*«

Er nahm ein Handtuch und trocknete erst ihr die Wangen ab, dann seine eigenen. »Habe ich dir denn nicht damals schon gesagt, dass es mich umbringt, dich zu verlassen?«

»Ich wusste doch nicht, dass du das *so* gemeint hast.«

Er nahm ihr Gesicht in seine Hände und küsste sie zart. »Was hätte ich denn sonst damit meinen sollen, Liebes?«

Ihre Augen füllten sich wieder mit Tränen. »Ich habe rein gar nichts zu hoffen gewagt.«

Er brachte ein Lächeln zustande, aber es gelang ihm nur mühsam. »Ich glaube, Mylady, dass ich dich in einer anderen Zeit gebeten habe, mich zu heiraten, nicht wahr?«

»Du erinnerst dich doch nicht etwa an diesen Pseudo-Heiratsantrag.«

Er lächelte. »Mein Gedächtnis erinnert sich nicht daran, mein Herz aber schon.«

Sie seufzte tief, dann sah sie zu ihm auf. »Ist deine Lage denn wirklich so ernst, Cam? So ernst, wie Alex sie darstellt?«

Er nahm ihre Hände in seine und drehte sie um. »Ist das nicht Beweis genug?«

»Das war doch nur ein Handtaschenräuber.«

Er schüttelte langsam den Kopf. »Nein, mein Liebes.« Er küsste zart ihre Handflächen, dann legte er wieder seine Arme um sie. »Lass uns hören, was Alexander zu berichten hat. Ich ergänze dann alles, was er nicht herausgefunden hat, und so erfährst du die ganze schmutzige Geschichte.«

Er hielt inne. »Du musst wissen, Sunshine, ich habe nicht geschwiegen, weil ich dir nicht vertraut habe oder weil ich ein Halunke bin. Ich dachte mir, dass es besser ist, wenn du nichts weißt, dann bist du für niemand von Nutzen, der mir schaden will.« Er schwieg erneut. »Ich habe nur versucht, dich zu schützen.«

»Du und deine mittelalterlichen Beschützerinstinkte.«

Er lächelte. »Sehr richtig.«

Sie schürzte die Lippen. »Ich wünschte, ich hätte auch ein so großes Geheimnis vor dir zu verbergen.«

»Da fällt dir bestimmt noch etwas ein. Und ich bin sicher, es hat mit Lobelien zu tun.« Er sah sie hoffnungsvoll an. »Soll ich Buße tun?«

Sie sah ernst zu ihm auf. »Ich werde darüber nachdenken.«

»Und du heiratest mich?«

»Ist das ein Antrag?«

»Doch nicht hier in der Toilette!«

Sie streckte sich zu ihm hoch und küsste ihn zärtlich. »Dann frag mich später. Ich werde darüber ebenfalls nachdenken.«

Er zog sie fest an sich und war unendlich dankbar, dass er keinen scharfen Gegenstand in seinem Bauch verspürte, dann ließ er sie los und drehte sie zur Tür hin. »Gehen wir lieber raus, bevor die beiden noch glauben, du hättest mir etwas angetan.«

Sie lächelte ihn an, als sie hinaustraten, mit demselben zögernden Lächeln wie an dem Morgen, als sie zu Patrick gegangen waren. Nur hatte er diesmal viel mehr Grund dazu, es zu genießen.

Es war ein Fortschritt.

Er setzte sich neben Sunny auf die Couch und sah Alexander erwartungsvoll an. »Entschuldigen Sie die Verzögerung. Kommen wir zur Sache.«

Alexander dachte anscheinend, Cameron hätte bekommen, was er verdient hatte, denn seine Feindseligkeit war wie weggeblasen. Er lächelte sogar. »Einen Whisky, zur Entspannung?«, fragte er.

»Ich würde sehr gern einen nehmen, aber nachher bereue ich es nur, und ich brauche einen klaren Kopf.« Er holte tief Luft und streckte seine Hand nach der von Sunny aus. »Soll ich Notizen machen?«

»Ich bin Profi«, sagte Alexander ohne allzu viel Selbstironie. »Ich habe Ihnen ein paar Dinge auf meiner alten Schreibmaschine zusammengetippt.«

Cameron sah Margaret an, als Alexander hinausging, um seine Unterlagen zu holen. »Wie halten Sie es nur mit ihm aus?«

Sie zuckte mit den Schultern. »Wir treffen uns fast jeden zweiten Tag auf dem Turnierplatz. Ich rücke ihm den Kopf zurecht, und dann machen wir weiter.«

Verblüfft fragte er: »Auf dem Turnierplatz?«

Margaret lächelte ihn freimütig an, dann begann sie mit Sunny ein Gespräch darüber, welche Vorteile es hatte, eheliche Differenzen auf diese Art beizulegen. Cameron betrachtete die Countess of Falconberg, wie sie in Jeans uns T-Shirt vor ihm saß, und irgendwie wurde er das Gefühl nicht los, dass sie mehr zu erzählen hätte, als man auf den ersten Blick annehmen konnte.

Er lehnte sich auf der Couch zurück und hoffte, dass Margarets Geburtsdatum von all dem, was ihm Alexander vermutlich gleich berichten würde, an diesem Abend die einzige Überraschung wäre.

27

Sunny sah auf die rechteckigen Diamanten, die rund um ihren Finger funkelten. Sie fragte sich, wann Cameron den Ring für sie gefunden und was ihn bewogen hatte, diese Inschrift eingravieren zu lassen, die ihr jedes Mal, wenn sie sie las, die Tränen in die Augen trieb. Er war wirklich von erlesener Qualität, und noch kostbarer wurde er durch den Mann, der ihn ihr überreicht hatte.

Auch wenn sie versucht gewesen war, ihn umzubringen.

Sie seufzte, zog die Füße auf die Couch hoch und lehnte sich zurück. Nein, sie hatte ihn nicht wirklich umbringen wollen. Denn sobald sie etwas spontan in die Hand nehmen oder sich einfach hinknien wollte, wurde sie äußerst schmerzhaft daran erinnert, dass es Leute gab, die Cameron im Visier hatten und denen es egal war, wer ihnen dabei sonst noch zum Opfer fiel. Cameron hatte versucht, gleichzeitig für ihre Sicherheit zu sorgen und sie in seiner Nähe zu haben. Sie konnte ihm keinen Vorwurf daraus machen, dass er das nicht perfekt hinbekommen hatte.

Sie würde zwar lieber weiterhin glauben, dass er es mit seiner Paranoia übertrieb, aber das war nun nicht mehr möglich. Hätten ihre zerschlagenen Hände und Knie sie nicht bereits überzeugt, dann wären es die drastischen Schilderungen gewesen, mit denen Alex seine Erkenntnisse vor ihnen ausbreitete.

Sunny beobachtete, wie seine Augen funkelten, wenn er ihnen ein brisantes oder schlüpfriges Detail enthüllte, das kein Mensch je hätte erfahren sollen. Sie mochte ihn sehr, zum einen, weil er Zacharys und Elizabeths Bruder war, und zum anderen, weil er seine Frau liebte und gut für seine

Kinder sorgte. Er verfügte über einen messerscharfen Verstand und eine schier unersättliche Neugier. Manchmal fragte sie sich, ob er diese Eigenschaften auch ab und zu abschalten konnte. Margaret schien es ganz gut mit ihm auszuhalten, aber Sunny vermutete, dass sie einfach hin und wieder die Batterien aus seinem Laptop herausnahm. Sunny liebte ihn wie einen Bruder, aber sie hätte nicht mit ihm zusammenleben können.

Cameron war ein ganz anderer Typ, und sie setzte sich noch gemütlicher hin, um ihn genüsslich anzusehen. Sie war noch lange nicht über den Punkt hinaus, absolut hingerissen von seiner Schönheit zu sein, aber mittlerweile sah sie auch noch andere Dinge, wie etwa die feinen Lachfältchen in seinen Augenwinkeln, so als hätte er viel gelächelt oder wäre – und das war wahrscheinlicher – weit über sein Land gestreift und hätte beim gelegentlichem Sonnenschein die Augen zusammengekniffen. Sie wusste genau, wenn ihn etwas überraschte, dann hob er ganz leicht eine Augenbraue, und sie kannte die Ausdruckslosigkeit in seinem Gesicht, wenn er über etwas nachgrübelte, oder den leicht offen stehenden Mund, wenn er skeptisch oder amüsiert war.

Sie liebte sein Lachen, sein spontanes Schmunzeln, seinen trockenen Humor, und sie konnte es kaum fassen, dass sich vielleicht wirklich erfüllen könnte, wonach sich ihr Herz in den vergangenen Wochen so verzweifelt gesehnt hatte. Vermutlich hätte sie spätestens, als er sie gefragt hatte, was sie über die Londoner Gesellschaft dachte, merken sollen, worauf er hinauswollte, doch sie hatte es einfach nicht zu hoffen gewagt.

»Sunny?«

Sie spürte seinen Blick und lächelte. »Alles vergeben und vergessen.«

Er sah ziemlich erleichtert aus. »Ich bekomme keine Buße auferlegt?«

»Nun, darüber muss ich noch nachdenken.«

Er lächelte und strich ihr eine Haarsträhne hinters Ohr, dann sah er wieder zu Alex hinüber. »Wo waren wir stehengeblieben?«

»Nun, Sie und ich, wir haben uns unterhalten. Wo Sunny mit ihren Gedanken war, weiß ich nicht.« Er warf ihr einen vielsagenden Blick zu. »Hast du nicht alles lange genug mit ihm dort drinnen geklärt, oder müsst ihr euch zu einer zweiten Runde im Klo einsperren?«

Sunny warf ein Sofakissen nach ihm. »Du bist ein ekelhafter Kerl.«

Alex lachte nur, dann sah er Cameron an. »Sie wäre ganz brauchbar, wenn Sie sich auf etwas anderes konzentrieren könnte, als Sie anzuhimmeln.«

Sunny musste unwillkürlich lächeln. »Also gut, ich höre auf. Was habe ich verpasst?«

»Nur eine harmlose Plauderei«, erklärte Alex. »Ich war so entgegenkommend, deinem Freund hier zu versichern, dass sein kleines mittelalterliches Geheimnis bei mir gut aufgehoben ist. Mir selbst wäre an ihm nichts Besonderes aufgefallen – wenn man bedenkt, wie geschliffen und domestiziert er sich verhält –, wenn ich nicht geraume Zeit mit ein paar mittelalterlichen Haushaltsmitgliedern erduldet hätte.«

»Sei vorsichtig, mein mir angetrauter Gatte«, warnte ihn Margaret und drängte ihren unbeschuhten Fuß zwischen seine. »Erduldet – dass ich nicht lache!«

»Und domestiziert, so, so«, spöttelte Cameron. Er sah Margaret vielsagend an. »Ich wage es kaum, meinen Vermutungen in Bezug auf Sie nachzugehen.«

»Eigentlich ist es eine sehr schöne Geschichte«, versicherte ihm Margaret. »Alex spazierte in der Nähe von Jamies Burg durch einen Hexenring und fand sich im Jahr 1194 wieder …«

»An dein Bett gefesselt«, unterbrach Alex mit einem verträumten Lächeln in Richtung seiner Frau. Er sah Cameron an. »Sie hat sich natürlich auf der Stelle in mich verliebt – aua, Meg!«, rief er mit schmerzverzerrtem Gesicht, da Margaret ihn an den Haaren zog. »Also gut, in Wahrheit habe ich mich auf der Stelle in Margaret verliebt, und ich musste sie wortreich überreden, meine Zuneigung zu erwidern. Schließlich errang ich mir in einem von König Richards Turnieren das Recht, sie zu ehelichen, und seither war es reine Glückseligkeit.«

»Ja, das stimmt«, sagte Margaret und beugte sich zu Alex vor, um ihm einen Kuss zu geben. »Aber ich bezweifle allmählich, dass im Zimmer nebenan Glückseligkeit herrscht. Ich höre das Gezeter der Kinder, die der Meinung sind, man hätte sie zu früh ins Bett geschickt. Ich geh mal nachsehen.«

Alex blickte ihr nach, dann wandte er sich wieder an Cameron. »So, jetzt sehen Sie, dass es nicht nur meine überlegenen Recherchefertigkeiten waren, die mich veranlasst haben, ihnen zu misstrauen; ich habe einfach die Zeichen erkannt. Natürlich waren Sie bei einem Bier vor Jamies Kaminfeuer öfter Diskussionsthema, als Ihnen vermutlich recht wäre.«

Cameron räusperte sich. »Wirklich? Und ich dachte immer, ich wäre ganz unauffällig.«

Alex lächelte. »Das waren Sie auch, obgleich Sie sich vielleicht darum kümmern sollten, eine kleine Anpassung im Geburtsregister Ihres Dorfs vorzunehmen. Und ich nehme an, es interessiert Sie auch, zu erfahren, dass einer der Gründe, warum Jamie das Freizeitzentrum plante, darin lag, dass er fand, Sie säßen schon zu lange allein und ohne Brüder in Cameron Hall. Er meinte, wenn er Ihnen ein kleines Geschäft anbietet, dann würden Sie vielleicht ohne Ihr Schwert in der Hand von Ihrem Berg herunterkommen und sich unserer chaotischen Familie anschließen.«

Sunny spürte, dass Cameron ihre Hand ergriff. Sie sah ihn an und bemerkte die vollkommene Ausdruckslosigkeit in seinem Gesicht. Sie wusste, was er jetzt gerade dachte: All die Jahre war er dort oben allein mit sich gewesen und hatte wahrscheinlich geglaubt, er sei der einzige mit dieser besonderen Geschichte, und ganz in seiner Nähe hatten Menschen gelebt, mit denen er seine Erfahrung zumindest im Gespräch hätte teilen können. Sie beugte sich zu ihm.

»Ein kleiner Besuch auf dem stillen Örtchen gefällig?«, flüsterte sie.

Er holte tief Luft. »Noch so ein Besuch, und Alexander verlangt Miete von uns.« Er ließ ihre Hand los, presste sich die Handballen auf die Augen, dann schüttelte er den Kopf und sah Alex an. »Danke«, sagte er schlicht.

»Gerne geschehen. Vermutlich sollte ich noch ergänzen, dass Jamie Sie genau zu jenem Zeitpunkt dazu gedrängt hat, sich mit ihm bezüglich dieses Projekts zu treffen, weil er wollte, dass Sie Sunny kennenlernen, und er wollte sehen, ob das ein paar in Ihnen schlummernde Erinnerungen wachrufen würde. Aber vermutlich haben Sie sich das inzwischen schon selbst zusammengereimt.«

»Der Gedanke ist mir tatsächlich gekommen«, gab Cameron zu. »Ich glaube, wenn es Ihnen nichts ausmacht, würde ich jetzt lieber ein paar unangenehme Einzelheiten erfahren – damit ich mir die Peinlichkeit eines ungezügelten emotionalen Ausbruchs erspare.«

Alex lachte. »Gott bewahre. Dann reden wir also übers Geschäftliche. Ich bin sicher, da fühlen Sie sich gleich viel besser.«

Sunny beobachtete, wie er Cameron einen dicken Stapel Papiere gab, die dieser sogleich an sie weiterreichte.

»Ich glaube, es ist besser, wenn ich erst einmal nur zuhöre«, sagte er lächelnd, dann wandte er sich wieder Alex zu. »Fahren Sie fort.«

Sunny blätterte die Unterlagen durch, während Cameron und Alex sich unterhielten. Ihr war nicht klar gewesen, dass Rodney Ainsworth erst vor so kurzer Zeit verstorben war, und auch nicht, dass er Cameron zum Testamentsvollstrecker eingesetzt hatte. Sie konnte sich nicht vorstellen, dass Nathan begeistert darüber gewesen war, und fragte sich, in ihre eigenen Gedanken versunken, was wohl Penelope von all dem hielt.

»Hier, Sunny«, sagte Alex und reichte ihr ein dickes gepolstertes Kuvert. »Das ist der Obduktionsbericht über Lord Ainsworth. Ich bin kein Arzt, aber für meinen Geschmack erfolgte Rodneys Ableben ziemlich plötzlich, wenn man die Krebsart berücksichtigt, an der er litt. Ich fand es auch verdächtig, dass keiner die genaue Todesursache herausfinden wollte. Allerdings ist es auch seltsam, dass Rodneys damaliger behandelnder Arzt eine Tochter im heiratsfähigen Alter hat, die für unseren guten Lord Nathan entflammt ist und vermutlich keine Verwendung für ihn hätte, wenn er hinter Gittern säße.« Er hielt inne. »Was meint ihr dazu?«

»Das ist skrupellos«, urteilte Sunny und schüttelte den Kopf.

»Aber nicht unmöglich, wie du wohl weißt. Sieh dir den Bericht an und sag uns, was du davon hältst. Nun, Cameron, gehen wir zu etwas anderem über. Ich habe in Rodneys Testament gelesen, dass er Ihnen eine Kiste mit Erinnerungsstücken hinterlassen hat. Worin bestanden diese?«

Cameron zuckte die Schultern. »Das waren nur ein paar Mitbringsel von seinen Reisen. Sie waren nicht wertvoll, wenn Sie das meinen. Nathan hätte die Sammlung verkaufen können und sich davon vielleicht einen Cappuccino leisten, mehr nicht. Vermutlich dachte Rodney, ich würde die Sachen wertschätzen, seine Kinder hingegen nicht.«

»Keine versteckten Botschaften? Keine Diamanten, verborgen hinter Clan-Wappen? Keine Hinweise auf einen vergrabenen Schatz?«

Cameron lächelte. »Das ist reines Wunschdenken, mein Freund.«

»Und Sie wissen das so genau, weil sie alles eingehend geprüft haben.«

»Ich habe schon mal einen Blick auf die Sachen geworfen.«

Alex blickte ihn ernst an. »Ich glaube, Sie sollten sich diese Gegenstände noch etwas genauer ansehen. Ich bin sicher, dass mehr dahintersteckt, als es auf den ersten Blick den Anschein hat. Ihnen werden seit Rodneys Tod sehr viele Steine in den Weg gelegt, und vermutlich glauben Sie, dass Nathan und Penelope dafür verantwortlich sind – ebenso wie Sie die beiden verdächtigen, hinter Ihnen her zu sein ...«

»Wirklich?«, fragte Sunny überrascht dazwischen. »Glaubst du das wirklich?«

Cameron nickte ernst. »Ja.«

»Und trotzdem bist du immer noch mit ihr verlobt?«, fügte Sunny ungläubig hinzu.

»Gib deinen Freunden einen Platz in deiner Burg und deinen Feinde einen Platz an deiner Tafel, hat mein Vater immer gesagt«, meinte Cameron mit einem leichten Lächeln. »Das ist nicht angenehm, aber sehr wirksam.«

Sie erschauerte. »Ich kann es kaum glauben, dass du in so eine Sache verwickelt bist.«

»Deshalb habe ich ja auch nicht gewagt, dir etwas darüber zu erzählen, damit du nicht auch noch mit hineingezogen wirst. Was ich allerdings trotzdem nicht ganz verhindern konnte«, fügte er seufzend hinzu. »Und das tut mir sehr leid.«

»Das ist schon in Ordnung«, brachte sie hervor, dann nahm sie seine Hand und hielt sie, so fest sie konnte. Jetzt fügte sich alles zusammen, und sie konnte es ihm eigentlich nicht vorwerfen, dass er ihr nichts gesagt hatte. Diese mittelalterliche Einstellung, dass Frauen der Platz im Haus zukam, während sich die Männer draußen um die Drecksarbeit kümmerten, schlummerte auch noch in allen MacLeods. Sie hätte von Cameron nichts grundlegend anderes erwarten können.

»Wie wär's mit einem weiteren Puzzleteil?«, fragte Alex. »Sie haben mich gebeten, herauszufinden, wer hinter dem Trust steckt, der so viele Anteile von Cameron Ltd. aufkauft, und ich bin auf ein paar Namen gestoßen, die Sie interessieren könnten.«

Sunny sah Cameron schockiert an. »Deine Firma ist auch betroffen? Wo soll das alles enden?«

»Hoffentlich damit, dass wir in Cameron Hall vor dem

Kaminfeuer gemütlich die Füße hochlegen«, erwiderte Cameron lächelnd. »Das Ganze hat etwas von einer Belagerung, die mir und meinen beiden Firmen gilt.«

»Und das ist keine dilettantische Belagerung«, sagte Alex. »All diese Details aufzudecken, hat einige Mühe gekostet, und natürlich noch mehr Schmiergeld. Der Trust ist – hinter einigen Tarnfirmen – auf den Namen Nathan Ainsworth eingetragen, wie Sie bereits wissen, Cameron. Viel tiefer verborgen in diesem lächerlichen Firmengeflecht fand ich Penelopes Unterschrift. Und ganz in der Tiefe kommt ein Name zum Vorschein, den Sie ebenfalls kennen werden.«

»Ich kann's kaum erwarten«, sagte Cameron säuerlich. »Wer ist es?«

Alex sah ihn gleichmütig an. »Tavish Fergusson.«

»Tavish?«, rief Sunny entgeistert.

»Das macht einen sprachlos, nicht wahr?«, meinte Alex lachend. »Ich hätte ihm nicht mal genug Verstand zugetraut, jeden Abend das Geld in seiner Kasse richtig zu zählen, und schon gar nicht, in krumme Geschäft verwickelt zu sein.«

»Wie um alles in der Welt ist er mit den Ainsworths zusammengekommen?«, fragte Cameron.

»Seine jüngste Schwester arbeitet in Rodneys Anwesen als Hausmädchen«, erklärte Alex schulterzuckend. »Das war reiner Zufall. Vivian ging in London zur Schule und kellnerte dort, dabei lernte sie die Tochter von Rodneys Haushälterin kennen, die ihr sagte, es sei eine Stelle frei.«

Cameron schüttelte den Kopf. »Ich weiß nicht, wie Sie all diese Dinge herausfinden.«

»Ich höre sie normalerweise von Freunden in untergeordneten Stellungen, aber die letzten Details habe ich von Patrick. Nachdem Sunny damals – in ein Cameron-Plaid gewickelt – von einem unbekanntem Ort zurückkehrte, war er sehr darauf bedacht, sicherzugehen, dass seine Schwägerin sich nicht etwa in irgendeinen Loser verliebt hatte, daher streckte er seine Fühler aus. Er ist auch derjenige, der Sie mit diesem kleinen

Dossier über Nathans anrüchigere Neigungen und all die Kreditkartenschulden von Penelope versorgt hat, von denen Sie bisher nichts wussten, die sie Ihnen aber sicher noch aufbürden wird, sobald Sie ihr den Laufpass geben.«

»Ich kann es kaum erwarten«, knurrte Cameron. »Ich verstehe aber nicht, warum die beiden sich mit Tavish abgeben. Der hat doch gar kein Geld.«

»Aber er ist dumm«, sagte Alex, »und konnte leicht als Handlanger für eine Reihe von Schandtaten benutzt werden. Geldwäsche, Ablenkungsmanöver …«

»Gift«, unterbrach ihn Sunny ruhig.

Alex fixierte sie mit seinem Blick. »Nun ja, was eben gerade so anliegt.« Er nickte in Richtung der Unterlagen in ihren Händen. »Siehst dir am besten sofort diese Laborberichte an, Sunny.«

»Aber warum sollte irgendjemand Rodney Ainsworth vergiften wollen?«, fragte sie.

Cameron zuckte die Schultern. »Wegen dem Geld? Der Macht? Es gibt viele Gründe, warum jemand den Familienpatriarchen aus dem Weg schaffen wollen könnte.«

»Besonders wenn man als Sohn durch Pferdewetten und Kokainkonsum so tief verschuldet ist, dass man bereit wäre, alles zu tun, um die Erbschaft zu beschleunigen«, sagte Alex. »Oder wenn man als Tochter einen Lebensstil pflegt, der weit über dem eigenen finanziellen Vermögen angesiedelt ist. In einem solchen Fall würde man doch alles tun, damit die Freunde nichts davon erfahren.« Alex beugte sich vor und stützte die Ellbogen auf den Knien ab. »Ich finde es seltsam, Cameron, dass Rodney stirbt und Sie sich auf einmal von allen Seiten belagert sehen. Sie waren der Testamentsvollstrecker, das ist wahr, aber die Testamentsbestätigung erfolgte rasch, und die Verteilung der Güter war klar festgelegt. Weder Nathan noch Penelope gewinnen irgendetwas im Falle Ihres Todes – ganz gleich, was diese Kisten, die in Ihrem Besitz sind, enthalten mögen.«

»Meinen Sie, die beiden wollen mich aus reiner Bosheit vernichten?«, fragte Cameron.

Alex schürzte nachdenklich die Lippen. »Das ist möglich, aber es erscheint mir nicht plausibel.« Er schwieg einen Moment. »Mir scheint, dass Rodneys Tod ein Mittel war, um Sie von den wirklichen Schwierigkeiten abzulenken, die bald auf Sie zukommen würden.«

Sunny spürte, wie Cameron neben ihr erstarrte.

»Das stimmt«, sagte er schließlich.

»Ich kann noch weiter nachforschen«, sagte Alex gedehnt, »aber ich bin mir nicht sicher, ob Sie wollen, dass ich in diesem Sumpf noch weiter herumrühre. Ich bin sehr diskret vorgegangen, aber auch ich mache Fehler.« Er hielt inne. »Ich könnte mir durchaus vorstellen, dass entweder Nathan oder Penelope ihren Vater wegen des Geldes umgebracht haben – weiß Gott, sie haben es beide dringend gebraucht –, aber das scheint mir irgendwie nicht der wahre Grund zu sein. Sie scheinen Sie eher an der Nase herumführen und Sie drangsalieren zu wollen, Ihnen eher Leid zufügen als Sie töten zu wollen – wenn Sie wissen, was ich meine. Mir ist jedoch nicht klar, was der Grund dafür sein könnte.« Er lächelte. »Wen haben Sie in letzter Zeit verärgert, Cameron, außer Patrick MacLeod?«

Cameron holte tief Luft. »Die Liste ist lang.«

»Darauf traue ich mich zu wetten«, sagte Alex mit halbem Lachen. »Aber jetzt mal im Ernst: Patrick will, dass Sunny wieder nach Hause kommt. Ich bin mir nicht sicher, ob nicht besser ich derjenige sein sollte, der sie dorthin bringt; immerhin wollte Patrick Sie umbringen, als Sie beide sich das letzte Mal begegnet sind.«

»Ich sehe, Ihnen bleibt rein gar nichts verborgen,«, sagte Cameron kurz angebunden.

»Ach, kommen Sie«, beschwichtigte ihn Alex und zwinkerte schelmisch. »Meinen Sie, ich würde wirklich mit Pat reden und mir von ihm nicht in allen Einzelheiten beschreiben lassen, wie er Sie zugerichtet hat? Er sagte, Sie hätten solche Angst vor ihm gehabt, dass Sie auf Sunnys Türschwelle zusammenbrachen und sich selbst k.o. schlugen.«

Sunny merkte, dass Cameron sie ansah. »Meinst du, Madelyn wird es mir übel nehmen, wenn ich ihren Mann umbringe?«

»Ich denke schon«, räumte sie ein.

Alex lachte. »Ich glaube, das mit ihrer Bewusstlosigkeit tat ihm leid, aber so sehr nun auch wieder nicht. Er weiß, dass Sunny sie mag, also denke ich, da er Ihnen den Kummer, den Sie seiner Schwägerin Sunny verursacht haben, nun heimgezahlt hat, wird er Ihnen in Zukunft freundlicher begegnen. Er würde Ihnen sicher jederzeit den Rücken freihalten, wenn Sie ihn bräuchten.«

»Das ist ja schon mal was«, murmelte Cameron.

»Stimmt«, pflichtete ihm Alex bei. »Ich erzähle Ihnen da sicher nichts, was Sie nicht sowieso schon wissen, Cameron, aber die Menschen, mit denen Sie in London zu tun haben, sind sehr gefährlich. Sunny wäre bei Pat und Madelyn gut aufgehoben. Das würde uns den nötigen Raum geben, dieses Durcheinander zu entwirren.«

Sunny sah, wie die beiden einen langen Blick wechselten. Sie räusperte sich. »Und ich werde gar nicht gefragt?«

»Unterhalte dich mit Margaret darüber«, schlug Alex vor, doch dann hob er abwehrend die Hand. »Nein, wenn ich genauer darüber nachdenke, lieber doch nicht. Sie würde dir nur sagen, dass du dir ein Schwert besorgen und es schärfen sollst. Sprich mit Elizabeth – oder mit deiner Schwester. Die beiden würden dir von den Freuden berichten, die das heimische Kaminfeuer bietet, während draußen vor der Burg die Schlacht tobt.« Er blickte sie ernsthaft an. »Du weißt, Cameron ist nicht so sehr in Gefahr, getötet zu werden, wenn er sich keine Sorgen mehr um dich machen muss.«

Sunny sah Cameron an. »Was meinst du?«

»Alex hat recht«, gab Cameron zu. »Patrick könnte für deine

Sicherheit sorgen und mir die Freiheit geben, das zu tun, was ich tun muss. Ich werde heimkommen, so oft ich kann.« Er sah sie ernst und feierlich an. »Ich habe dich schon einmal verloren. Ich könnte das nicht ein zweites Mal ertragen.«

Sie betrachtete die Wunden auf ihren Handflächen, die man ihr beigebracht hatte, obwohl Derrick zu ihrem Schutz abgestellt war. Wenn sie ihn weiter als Bodyguard beanspruchen würde, dann könnte er nicht für Camerons Sicherheit sorgen. Sie durfte Cameron nicht seines Schutzes berauben, nur weil sie nicht vor dem Kaminfeuer sitzen und auf ihn warten wollte.

»Also gut«, willigte sie seufzend ein. »Ich fahre nach Hause. Aber du wirst mich anrufen.«

»Ja.«

»Und du wirst dich beeilen.«

Er legte die Arme um sie und zog sie an sich. »Das werde ich.«

»Habt ihr beiden mal daran gedacht, euch einfach ein Zimmer zu mieten und das alles hinter euch zu lassen?«, fragte Alex lachend. »Sunny sieht Sie dauernd an, als wären Sie eine Art köstliches, schokoladenüberzogenes Dessert, in das sie kaum erwarten kann, ihre Gabel hineinzustecken.«

Cameron sah ihn wütend an. »Sie sagten, Sie mussten für Ihre Angetraute ein Turnier fechten, nicht wahr?«

»Ja, das stimmt.«

»Ich hoffe, es hat richtig wehgetan.«

Alex lachte auf. »Ja, ein paar Mal schon.« Er rieb sich die Hände. »Bitte berichten Sie mir, was Sie in Rodneys Andenkenkiste finden. Und denken Sie auch über das andere nach. Ich bin davon überzeugt, dass Rodneys Tod Sie auf eine falsche Fährte lenken sollte. Wenn ich an Ihrer Stelle wäre, würde ich in einer ganz anderen Richtung nach dem Grund für all das suchen.«

Cameron seufzte tief. »Das werde ich.«

»Sunny, reiche deinem Geliebten die Unterlagen«, bat Alex.

»Ich will, dass er noch auf eine weitere Sache sein Augenmerk lenkt, bevor ich euch beide rauswerfe. Du willst ja schließlich nicht ohne Begleiter in Paris herumspazieren, oder?«

Sunny wechselte einen ernsten Blick mit Cameron, dann sagte sie Margaret und dem Rest der Familie Gute Nacht, während Cameron und Alex ihre Besprechung zu Ende führten. Sie vermutete, Cam war nicht ganz überrascht von dem, was er erfahren hatte, aber *sie* war es. Wenn sie nur daran dachte, dass er diese Sorgen mit sich herumgeschleppt hatte …

Kein Wunder, dass er eine Zuflucht gebraucht hatte.

Sie stand ein paar Minuten später am Eingang und sah Cameron zu, wie er Alex die Hand schüttelte. Er lachte über etwas, das Alex gesagt hatte, und sie lächelte ebenfalls. Irgendwann würde sie Jamie sagen, wie dankbar sie war, dass er sich den Vorwand mit dem Freizeitzentrum hatte einfallen lassen – für Cameron ebenso wie für sie. Cameron verdiente es, Menschen um sich zu haben, die ihn wertschätzten und die bereit waren, ihm zur Seite zu stehen.

Sie war sehr froh, dass sie bei ihm geblieben war.

Eine halbe Stunde später ging sie mit Cameron Hand in Hand und überlegte, was sie in Schottland tun könnte, um ihn zu unterstützen. Falls sie etwas Verdächtiges in Rodneys Obduktionsbericht entdeckte, würde sie eigene Recherchen anstellen. Sie war schließlich eine erwachsene Frau. Sie konnte selbst entscheiden, was sie tun würde.

Und ihre erste Entscheidung wäre, nie wieder eine Abkürzung durch eine Gasse zu nehmen.

Sie und Cameron hatten gerade eine solche Gasse halb durchquert, als sie plötzlich umzingelt wurden. Nun, vielleicht war ›umzingelt‹ nicht das richtige Wort. Drei Kerle griffen sie aus dem Nichts heraus an. Cameron drückte sie fluchend an eine Mauer und stellte sich zwischen sie und die Angreifer.

Die Situation war ihr so vertraut, dass sie ganz weiche Knie bekam.

Aber sie befanden sich nicht im mittelalterlichen Schottland, und Cameron hatte auch kein Breitschwert quer über den Rücken geschnallt. Er stand ohne Waffe in der Hand vor ihr und redete ruhig auf die Angreifer ein. Er sprach in gebrochenem Französisch, was sie sofort als Trick durchschaute. Umso besser, wenn die Kerle nicht merkten, dass man sie verstand. Sie war versucht, in Camerons Tasche zu greifen, sein Handy herauszuziehen und Derrick anzurufen, aber dann merkte sie, dass das nicht notwendig war, denn sie sah einen weiteren Schatten, der sich hinter den Männern die Wand entlang schob. Offenbar war das die Rettungsbrigade.

»Sagen Sie mir bitte, was Sie wollen?«, sagte Cameron stotternd.

»Geld, *monsieur*«, sagte der Anführer höflich. »Ihre Wagenschlüssel. Dann Ihre Freundin, wenn wir mit Ihnen fertig sind.«

Sunny wusste, dass Cameron seine Schlüssel und seine Kreditkarte im Hotelsafe gelassen hatte. Vermutlich hatte er aber genug Bargeld bei sich, doch sie bezweifelte, dass er es freiwillig herausgeben würde. Er zog jedoch einen Stapel Euroscheine aus der Tasche und streckte sie dem Anführer unbeholfen entgegen.

Dann aber hörte er auf, sich zu verstellen. Er streckte den Kerl zu seiner Linken mit einem gut platzierten Schwinger ins Gesicht zu Boden, dann widmete er sich dem, der direkt vor ihm stand. Derrick tauchte hinter dem dritten Mann auf und sandte ihn ins Land der Träume. Sie schloss erleichtert die Augen.

Aber als sie die Lider wieder aufmachte, blickte sie in das Gesicht des ersten Mannes. Blut rann von seinem Kinn, und er sah aus, als hätte er gerade einen oder zwei Zähne verloren.

Und er hielt ein Messer in der Hand.

Sie konnte nur zusehen, wie es auf sie niedersauste, zu überrascht, um etwas dagegen zu tun.

28

Cameron hörte, wie Sunny aufkeuchte und wirbelte gerade noch rechtzeitig herum. Er sah, wie Derrick jemanden von ihr wegriss. Dann stand sie an die Wand gepresst da und holte tief Luft.

Die Vertrautheit dieses Anblicks traf ihn wie ein Dutzend Fäuste. Das Déjà-vu war so lebendig, dass es ihm schwerfiel, es von der Realität zu unterscheiden. Es machte ihm nichts aus, hoffnungslos in der Minderzahl zu sein, wenn er Männern mit dem Schwert entgegentrat, aber nun war er zu Tode erschrocken, dass er getötet werden und Sunny schutzlos zurücklassen könnte. Zugleich sah er eine andere Vision über ihre Gestalt gelegt wie eine Folie: Es war immer noch Sunny, aber sie trug ein Kleid aus handgesponnenem Garn und ein blutbeflecktes Mieder.

Er blickte sie tief erschrocken an. Bei allen Heiligen, sie war damals bei ihm gewesen.

Ihm wurde schwarz vor Augen, und als Nächstes fand er sich auf seinen Knien wieder, und Sunny legte die Arme um ihn.

»Derrick, helfen Sie mir«, flehte sie.

Cameron wäre aufs Gesicht gefallen, hätte ihn Derrick nicht aufgefangen, bevor er zu Boden stürzte. Der Schmerz in seinem Kopf blendete ihn geradezu.

»Cameron, halten Sie durch, bis ich diese Dreckskerle an der Wand aufgestapelt habe, ja?«, sagte Derrick ruhig. »Sunshine, was haben sie Ihnen geraubt?«

»Nur Geld.«

»Ich werde es zurückholen«, sagte Derrick. »Ich komme gleich wieder.«

Cameron konnte nur den Kopf an Sunnys Schulter legen und versuchen, sich nicht vor ihr zu übergeben. Er schloss die Augen und fragte sich, ob es besser wäre, diese Vision zu ignorieren oder zuzulassen, dass sie ihn wie eine Woge überrollte, und zu hoffen, dass er sie überleben würde.

Er war noch nicht zu einer Entscheidung gelangt, da spürte er Derricks Hände unter seinen Armen.

»Kommen Sie, ich helfe Ihnen auf.«

Er wurde auf die Füße gehievt, dann hakten sich Derrick und Sunny bei ihm unter und führten ihn aus der Gasse auf die Straße.

Er wusste, dass sie mit ihm in ein Taxi gestiegen waren, dass Sunny der Empfangsdame im Hotel George V. gesagt hatte, er habe einen Migräneanfall und nicht etwa zu viel getrunken, und dass sie ihn irgendwie in die Suite und zur Kloschüssel geschleppt hatten, bevor sie ihn losließen.

»Sollen wir einen Arzt rufen?«

Cameron schüttelte heftig den Kopf, aber sofort drehte sich wieder alles wie wild um ihn.

»Es geht ihm sicher gleich wieder gut, wenn er sich übergeben hat und ich ihm eine Weile die Füße massiert habe«, sagte Sunny.

Cameron konnte sich das nicht vorstellen, aber er wollte keinen Disput darüber anfangen. Er scheuchte beide hinaus und machte die Tür zu.

Als er wieder klar denken konnte, merkte er, dass er nicht allein war. Sunny saß auf dem Waschbeckenrand und reichte ihm ein Glas Wasser. Er nahm es, spülte sich den Mund aus und betätigte die Toilettenspülung.

»Ich kann dir leider diesmal nicht die Schuld dafür geben«, sagte er mit rauer Stimme. »Leider.« Er beugte sich vornüber, die Händen in die Hüften gestemmt. »Ich dachte, diese Anfälle seien vorbei.«

»Ich glaube, das sind nur vorübergehende Symptome«, sagte sie, »aber ich weiß nicht so viel über Kopfverletzungen.

Jamie könnte dir vermutlich mehr darüber erzählen als ich, wenn man bedenkt, wie sehr er sich in das Thema eingelesen hat. Ich glaube, er hat es hauptsächlich deinetwegen getan.«

»Die Heiligen mögen mich schützen«, sagte Cameron schwach.

Sie lächelte freundlich. »Oh, warte nur, bis er dir die appetitlichen Details mitteilt, die er dabei herausgefunden hat. Du wirst den Ausgang im Blick behalten, glaub mir. Aber darüber brauchst du dir jetzt keine Sorgen zu machen. Eine kleine Fußreflexzonenmassage wird den Schmerz lindern.«

»Danke«, sagte er aus ganzem Herzen. Er schaffte es, sich aufzurichten und sie anzusehen. »Wie lange bist du schon hier?«

»Nicht sehr lange«, sagte sie. Sie stieß sich von der Waschtheke ab. »Ich hole deinen Pyjama.«

»Ich habe einen Pyjama?«, fragte er.

»Gemustert wie ein Plaid der MacLeods«, sagte sie mit unschuldigem Lächeln.

»Du böse Hexe«, brachte er hervor.

Sie lachte. »Ich bin gleich wieder zurück. Geh nicht weg.«

Er konnte sich gar nicht vorstellen, so etwas zu tun. Er schloss die Toilettentür und setzte sich auf den Klodeckel. Ein paar Minuten später hörte er eher, als dass er es sah, dass sich Sunny vor ihn hinkniete. Er fühlte, wie ihre Hände sein Hemd aufknöpften.

»Verflucht«, krächzte er. »Mir geht es zu schlecht, um das zu genießen.«

»Nun, erhoff dir mal lieber nicht zu viel davon«, sagte sie belustigt. »Die restlichen Klamotten kannst du dir selbst ausziehen.«

Er spürte, dass sie ihm das Hemd über die Arme herunterzog, und ließ es kraftlos geschehen. Er musste sein Gesicht einen Moment auf den Händen abstützen, bevor er sich wieder aufrecht hinsetzen konnte. Er spürte Sunnys kühle Hände an seinen nackten Schultern.

»Schaffst du den Rest?«, fragte sie.

»Sunny, wenn du noch mehr von meinen Kleidern ausziehst, dann gerate ich in Schwierigkeiten«, krächzte er. Er hielt sie fest, als sie sich aufrichtete. »Aber du wirst dich heute Nacht neben mich legen, nicht? Einfach um mich zu trösten, wenn ich es brauche?«

Es gelang ihm, sie mit einem verschleierten Blick anzusehen. »Florence Nightingale hätte das getan.«

»Derrick könnte als Polster zwischen uns liegen.«

»Das würde dir so passen«, versetzte Cameron prompt. Er zuckte zusammen vor Schmerz.

»Ist er noch da?«

»Ja, er geht draußen vor der Tür auf und ab. Soll ich ihn hereinrufen?«

Er legte seine Arme um sie und den Kopf an ihren Bauch. »Hast du ihm etwas gesagt?«

»Himmel, nein!«, sagte sie entsetzt. »Ich hab ihm gesagt, dass du von zu viel Stress Migräne bekommst, sonst nichts. Willst du, dass er etwas anderes denkt?«

Cameron schaffte es, tief Luft zu holen. »Noch nicht, obgleich ich glaube, er weiß mehr, als er sich anmerken lässt. Er ist der Enkel von Alistairs verstorbenem Kammerdiener, musst du wissen. Und was er dir vermutlich nicht erzählen würde: er ist darüber hinaus mein Cousin.«

»Du hast wirklich einen interessanten Familienstammbaum.«

»Ja, das stimmt«, knurrte er.

»Nun, wenn du dich dadurch besser fühlst: das einzige, was ihn anscheinend derzeit beschäftigt, ist, wie grün du ausgesehen hast.« Sie entwand sich seinen Armen. »Warum ziehst du dich nicht um und legst dich hin? Ich werde Derrick etwas zu essen besorgen.«

»Frage ihn bitte, ob alles in Ordnung ist.«

»Ja. Kannst du dich jetzt noch um deine restlichen Kleider kümmern?«

»Bietest du an, mir zu helfen?«

Sie zerzauste liebevoll sein Haar. »Wenn du schon wieder Späße machen kannst, dann geht es dir schon besser. Ich lass dich mal machen.«

»Ich habe keine Späße gemacht«, rief er ihr hinterher, aber sie war schon verschwunden, und die Tür ging zu.

Er schaffte es, die Pyjamahose anzuziehen und die fünfzehn Schritte zu Sunnys Bett hinüberzugehen. Dort streckte er sich aus und schloss die Augen, um sich ein wenig auszuruhen.

Er merkte nicht, dass er eingeschlafen war, bis er Hände an seinen Füße spürte. Er schlug die Augen auf und sah Sunny am Fußende des Bettes sitzen, und seine Füßen lagen auf ihrem Schoß. Er gab ein Ächzen von sich, bevor er es sich verkneifen konnte.

»Tut mir leid, dass ich dich geweckt habe«, sagte sie. »Du hast eine halbe Stunde geschlafen, aber du hast gestöhnt. Ich dachte, es sei das Beste, wenn ich etwas dagegen tue, bevor du mit noch schlimmeren Kopfschmerzen aufwachst.«

Er hätte gern etwas erwidert, aber sie hatte ernsthaft damit begonnen, die Knochen in seinen Füßen neu anzuordnen.

»Was tust du denn da?«, krächzte er.

»Ich nehme dir die Kopfschmerzen und tue außerdem etwas gegen deinen gereizten Magen. Schließ die Augen und entspann dich.«

Er wollte protestieren, merkte aber, dass er kaum etwas anderes tun konnte, als zu etwas zu zerfließen, das er selbst irgendwann in der Vergangenheit gewesen sein mochte.

Sie wirkte geradezu Wunder. Herrlich, beherzt und mit kräftigen Händen. Als er schließlich spürte, dass sie zum Ende kam und nicht nur der Schmerz im Kopf, sondern auch der Schwindel weg war, brachte er nicht einmal mehr die Energie für Dankesworte auf.

»Angenehme Träume, mein Lieber«, flüsterte sie.

Er schaffte es gerade noch, mit einem herzhaften Gähnen zu antworten. Sie lachte fröhlich auf und ging aus dem Zimmer. »Schlaf gut«, rief sie.

Das wäre sicher das Beste, dachte er.

Cameron wachte auf, blickte auf die Uhr und sah, dass es Mitternacht war. Er wälzte sich aus dem Bett und fühlte sich besser als seit Jahren. Dann trat er aus dem Schlafzimmer und fand Sunny und Derrick, die an den gegenüberliegenden Enden der Couch saßen und angeregt plauderten. Sunny sah auf, als sie ihn hörte und lächelte ihm zu.

Sie fühlte also kein Abscheu über seine Narben. Keinen Schauder angesichts der Spuren seiner Vergangenheit. Nichts als Akzeptanz und ein Lächeln. Er ging zu ihr hinüber, zog sie von der Couch hoch und nahm sie in die Arme. Dabei sah er Derrick an.

»Wenigstens hat Ihnen das ganze zu einem anständigen Abendessen verholfen«, sagte er zu ihm.

Derrick lächelte. »Das ist mir fast vergangen, nachdem ich gehört habe, wie Sie Ihres vorhin herauswürgten. Nur mein Rossmagen hat es mir gestattet, tapfer weiterzuessen und das zu verzehren, was unsere bezaubernde Lady für mich bestellt hat.«

»*Meine* bezaubernde Lady«, erinnerte ihn Cameron.

»Der Begriff wurde natürlich in einer besonders altmodischen, einem Vasallen angemessenen Weise verwendet«, sagte Derrick mit unbewegtem Gesicht. Er legte die Hände auf die Knie. »Jetzt, wo Sie offenbar außer Lebensgefahr sind, mache ich mich besser auf den Weg. Danke für das Abendessen, Sunshine, und für die angenehme Unterhaltung.«

Cameron sah ihn an. »Schlafen Sie im anderen Schlafzimmer, Derrick, und ruhen Sie sich richtig aus. Ich glaube, wir sind hier sicher, wenn wir alle zusammenbleiben.«

Derrick zögerte, dann zuckte er mit den Schultern. »Wie Sie wünschen.« Er stand auf, streckte sich und ging hinaus. »Danke für das Bett, Mylord. Und süße Träume, Sunshine.«

Cameron sah ihm nach, dann lehnte er den Kopf an die Couchlehne und schlang seine Arme um Sunny. Sie schmiegte sich an ihn und legte ihre Hände über seine.

»Wie fühlt du dich?«, fragte sie.

»Viel besser.«

»Möchtest du etwas essen?«

Er schüttelte sich. »Ich glaube noch nicht.«

Sie strich ihm mit der Hand übers Haar. »Erzähl mir, was du gesehen hast.«

»Ich habe gesehen, wie du mit dem Rücken zur Wand standest, und dein Kleid war vorne ganz voller Blut.« Er hielt inne und holte tief Luft. »Willst du mir Genaueres dazu erzählen?«

Sie zögerte, dann seufzte sie. »Du wirst es nicht gerne hören. Du und ich, wir saßen in der kleinen Hütte der Heilerin, als du beschlossen hast, ich sei in der Burg vielleicht doch besser aufgehoben. Wir verließen die Hütte und wurden in einen Kampf verwickelt. Du tratest allein etwa einem Dutzend Männern entgegen. Zumindest glaube ich, dass es so viele waren. Ich war zu erschrocken, um sie zu zählen.«

»Ist mir denn keiner zu Hilfe gekommen?«

Sie schwieg eine Weile.

»Nein, keiner.«

Irgendwie war er kein bisschen überrascht. »Und was ist unterdessen mit dir passiert?«

»Während du allein gegen mindestens ein Dutzend Krieger kämpftest, schlich sich ein Mann hinter deinen Rücken und warf sich auf mich.« Sie holte ein paar Mal tief Luft. »Ich hielt dein Messer vor mich hin, und er spießte sich selbst damit auf, bevor ich etwas dagegen tun konnte. Ich hatte nicht die Absicht, ihn zu töten, aber ich glaube, er hätte mich an Ort und Stelle vergewaltigt, wenn ich es nicht getan hätte.« Sie rückte ein Stück von ihm ab, dann wandte sich ihm zu und sah ihn an. »Es war keine leichte Zeit, um darin zu leben, nicht wahr?«

Er schüttelte langsam den Kopf. »Nein, sicher nicht.«

Sie brachte ein kurzes Lächeln zustande. »Danach rannten wir zur Burg zurück, und du hast Giric in die Mangel genommen. Ich glaube, das hat dir Spaß gemacht.«

»Ohne Zweifel«, sagte er trocken. Er sah sie lange an. »Ich bedauere bei all dem nur, dass ich mich nicht an jeden Augenblick jeden Tages erinnern kann, den ich mit dir verbracht habe. Und dass die Erinnerungsfetzen, die hochkommen, mich immer wieder die Toilettenschüssel umarmen lassen.«

Sunny beugte sich hinüber, um ihm einen Kuss auf die Wange zu geben. »Ich bin sicher, darin war jetzt irgendwo ein Kompliment versteckt. Dafür werde ich dir eine Tasse Tee kochen.«

»Wird er gut schmecken?«

»Was meinst du?«

»Ich glaube, ich hätte dir heute Morgen bei den Marktständen, an denen Kräuter verkauft wurden, die nur du kanntest, niemals Geld geben sollen«, sagte er mit finsterer Miene.

Sie lächelte nur, dann setzte sie das Wasser auf. Er beobachtete, wie sie mit kleinen Packungen getrockneter Kräuter herumhantierte, von denen er sich sicher wieder übergeben müsste, sobald sie in seinen Magen gelangten. Er sah sein künftiges Leben vor sich, und es war voller Licht und Lachen und allen möglichen grünen Dingen.

Glückseligkeit.

Gesetzt den Fall, er würde die derzeitige Schlacht überstehen. Er überdachte die Dinge, die er in Alexanders Smiths Hotelsuite erfahren hatte, und ihm wurde klar, dass für ihn das Überraschendste darin bestanden hatte, wo – oder wann – Alex' Frau geboren war. Vielleicht spazierten mehr Zeitreisende im gegenwärtigen England herum, als er wahrhaben wollte.

Er fand das schon ein wenig beunruhigend.

»Hier ist dein Tee«, sagte Sunny ein paar Minuten später und setzte sich neben ihn.

Er nahm vorsichtig die Tasse. »Ich habe Angst davor.«

»Er wird dazu beitragen, dass du dich besser fühlst.«

»*Du* bist der Grund dafür, warum ich mich besser fühle«, sagte er aufrichtig.

Sie legte ihm die Hand auf die Stirn. »Du hast Fieber.«

»Das gehört dazu.«

»Trink den Tee, Cameron, und dann geh ins Bett«, sagte sie trocken. »Morgen wirst du wieder ganz der alte sein.«

»Kommst du mit mir ins Bett, Florence Nightingale?«

Sie lächelte. »Wenn du willst.«

Er wollte und trank eine ganze Tasse von dem übelsten Gebräu, das er jemals die Ehre gehabt hatte zu kosten.

Bei Sonnenaufgang musste er zugeben, dass es sich gelohnt hatte, das Zeug hinunterzuwürgen. Er hatte die ganze Nacht herrlich geschlafen, war in der Morgendämmerung erwacht und hatte eine sehr angenehme Viertelstunde damit verbracht, zuzusehen, wie es heller wurde und das Licht auf eine Frau neben ihm fiel, die im Schlaf wie ein Engel von Botticelli aussah.

Das war für ihn Anreiz genug, um seine derzeitige Situation so rasch wie möglich in Ordnung zu bringen.

Er wälzte sich aus dem Bett, testete die Belastbarkeit seines Magens, dann trat er aus dem Schlafzimmer und schloss die Tür hinter sich. Derrick ging auf der anderen Seite des Wohnzimmers auf und ab und sprach dabei leise in sein Handy. Cameron trat hinüber zu dem kleinen Esstisch am Fenster und bestellte ein herzhaftes Frühstück für zwei.

Als der Zimmerservice kam, hatte Derrick sein Telefongespräch beendet. Cameron ließ sich mit ihm nieder und zusammen machten sie sich über ein Frühstück her, das sicher nicht nach Sunnys Geschmack gewesen wäre.

»Nun?«, fragte Cameron, als er seinen Teller wegschob.

»Hier sind die Nachrichten von gestern«, sagte Derrick. »Oliver meinte, Nathans Männer seien fuchsteufelswild gewesen, als sie merkten, dass an Ihrer Stelle er und Rufus die lange Autofahrt nach Inverness gemacht hatten. Rufus schnappte sich einen und brachte seine Abneigung mit den Fäusten zum Ausdruck. Der Anführer entkam. Der letzte, Jim, hatte das Pech, Oliver in die Hände zu fallen.«

»Wirklich?«, fragte Cameron interessiert. »Und wie ging es für den Kerl aus?«

Derrick lächelte. »Oliver hat ihn ins Pub mitgenommen, alle Geheimnisse aus ihm herausgelockt und sie dann gleich am nächsten Morgen gnadenlos gegen den Kerl verwendet, als der mit einem gewaltigen Kater aufwachte. Dann drohte er, dass wir ihn windelweich prügeln würden, wenn er sich nicht auf unsere Seite schlägt.«

Cameron lehnte sich zurück. »Sehr einfallsreich. Was wird mich das kosten?«

»Er hat bisher hundert Pfund am Tag verdient. Er wurde ganz atemlos beim Gedanken an dreihundert Pfund plus Bonuszahlungen, wenn er etwas Nützliches zustande bringt. Oliver wies ihn darauf hin, dass wir Nathans Büros und Telefone allesamt angezapft haben und es erfahren würden, wenn er uns verriete. Apropos, wo wir gerade davon sprechen, ich habe heute Morgen zufällig eine sehr interessante Unterhaltung mitgehört.«

»Wirklich?«

Derrick nickte. »Ich habe Nathans Privathandy abgehört, und er unterhielt sich mit jemand, der einen besonders starken schottischen Akzent hatte. Ich konnte nicht ausmachen, ob es ein erwachsener Mann oder ein junger Bursche war, der versuchte, seine Stimme rauer klingen zu lassen, damit er sich wie ein Mann anhörte.« Derrick sah ihn mit ernster Miene an. »Er verwendete vermutlich irgendein raffiniertes Sprachverzerrungsprogramm.«

»Ein Taschentuch über der Sprechmuschel?«

Derrick grinste ihn an. »Ja, so etwas in der Art muss es gewesen sein.«

»Und, was hatte dieser Meister der Sprachverzerrung zu sagen?«, fragte Cameron.

»Er meinte, es sei vielleicht an der Zeit, ein bisschen in Ihrem Hintergrund herumzustochern.« Derrick hielt inne. »Irgendetwas herauszufinden, um Sie gefügig zu machen.«

Cameron erstarrte.

»Nathan sagte, ich zitiere: ›Er ist Alistairs Neffe; was gibt es da sonst noch herauszufinden?‹ Und die Antwort lautete: ›Er ist viel mehr als das.‹«

Cameron hatte zeit seines Lebens die Fähigkeit perfektioniert, auf schockierende Dinge stoisch zu reagieren. Das war so gewesen, als er vom Tod seines Vaters erfahren hatte, damit der Clan nicht dachte, er sei als Anführer ungeeignet. Er hatte es unzählige Mal in der Schlacht geprobt, damit seine Feinde nicht auf die Idee verfielen, sie hätten die Oberhand. Er hatte diese Fähigkeit acht Jahre lang in der Zukunft bewiesen, damit alle um ihn der Meinung waren, er sei nicht zu erschüttern.

Dennoch konnte er nicht verhindern, dass ihm jetzt vor Staunen der Mund offen stand. »Was für ein schrecklicher Unsinn«, brachte er heraus.

Derrick sah ihn nur milde an. »Das würde ich auch sagen. Der Kerl hat aufgelegt, und Nathan hat noch ein paar Minuten getobt, warum er gezwungen sei, sich mit solchen betrunkenen Schotten überhaupt abzugeben, dann hat er ebenfalls aufgelegt.« Er hielt inne. »Wissen Sie, Cameron, ich frage mich allmählich, ob wir diese ganze Sache nicht unter einem ganz falschen Blickwinkel betrachten? Ich frage mich, ob wirklich Nathan hinter all den Problemen mit Ihren Firmen steckt.« Er machte eine weitere Kunstpause. »Und ich frage mich, ob dieser schottische Kerl nicht der Drahtzieher sein könnte, und er nur Nathan als Handlanger gefunden hat, der seinen Plan für ihn umsetzt.«

Cameron spürte, wie ihm ein Schauer den Rücken hinunterlief. Er hätte Derricks Worte gern als Geschwätz abgetan, aber sie waren zu nah an dem, was auch Alex gesagt hatte, als dass er sie leichtfertig beiseite schieben konnte.

»Cameron, ich glaube, irgendein Verrückter verfolgt Sie. Haben Sie denn nicht alle Cousins und entfernten Verwandten von Alistair bestochen, bevor er starb?«

»Das müssen Sie doch wissen, Sie haben mir dabei geholfen«, sagte Cameron schwach. »Anscheinend haben wir jemanden vergessen.«

»Soll ich Nachforschungen anstellen?«

»Nein«, erwiderte Cameron ohne Zögern. »Noch nicht.« Das konnte etwas sein, um das er sich selbst kümmern müsste. Er hielt inne. »Ich werde in den nächsten zwei Tagen die Arbeit einer Woche erledigen, dann fahren wir nach Hause und trennen uns. Wir beide können vielleicht herausfinden, was wir noch wissen müssen.«

Derrick spielte nachdenklich einen Augenblick mit seiner Gabel herum, dann legte er sie weg. »Heute sehen Sie wieder so aus, als könnten Sie es schaffen. Gestern war ich mir da nicht so sicher.«

»Ich hatte Kopfschmerzen.«

»Das verstehe ich«, sagte Derrick. »Ich habe gesehen, was damals von Ihrem Kopf übrig war, und bin überrascht, dass Sie überhaupt noch einen Funken Verstand haben.«

»Ich auch«, sagte Cameron selbstironisch.

Derrick stand auf und streckte sich. »Ich sehe mal nach, was draußen so los ist, und informiere Sie dann. Die anderen warten am Flughafen auf uns. Rufen Sie mich einfach an und ich bestelle ein Taxi. In Ordnung?«

»Bitte«, sagte Cameron.

Derrick nickte, dann verließ er die Suite. Cameron blickte aus dem Fenster und überdachte eine Weile das, was er gerade erfahren hatte.

Ein schottischer Drahtzieher?

Ein schottischer Drahtzieher, der genug über ihn wusste, um den Verdacht zu hegen, dass er mehr war, als er zu sein schien? Er suchte nach einer vernünftigen Erklärung, aber ihm fiel nichts besonders Tröstliches ein. Es könnte jemand mit einer überbordenden Fantasie sein. Oder, wie Derrick angedeutet hatte, irgendein enttäuschter Cousin, der auf mehr Geld aus war.

Oder auch jemand völlig anderes.

Cameron rieb sich mit den Händen übers Gesicht, dann schüttelte er sich, um den Kopf klar zu bekommen. Es half nichts, solche wilden Spekulationen anzustellen. Er fragte sich, ob er vielleicht einen Fehler machte, wenn er Sunny nach Hause schickte, dann schob er den Gedanken beiseite. Nathans Gesprächspartner mochte ein Typ mit schottischem Akzent gewesen sein, aber das besagte noch lange nicht, dass er sich tatsächlich in Schottland aufhielt. Es war einleuchtender, zu glauben, dass dieser geheimnisvolle Fremde irgendwo in London saß, wo er Cameron persönlich Schaden zufügen konnte.

Ein Grund mehr dafür, dass Sunny sich nicht in seiner Nähe aufhalten durfte.

Er nahm sein Handy zur Hand. Er würde ein sehr ernstes Gespräch mit Patrick MacLeod bezüglich der Sicherheit und Versorgung einer gewissen Sunshine Phillips führen, bevor diese sich dagegen wehren konnte.

Eine Stunde später saß er neben Sunny, der Ärmelkanal glitzerte unter ihnen, und er betrachtete sie lächelnd. Sie hasste es, zu fliegen. Auch das Wissen, dass sie nicht mehr lange in der Luft sein würden, schien ihr nicht zu helfen. Sie sah zu, wie sein Steward sich ihnen gegenüber auf den Platz neben Derrick setzte. Ewan lächelte Sunny freundlich an.

»Als was hat er mich vorgestellt?«, fragte er ohne Einleitung.

»Eher als Steward, als vertrauenswürdig jedoch weniger«, meinte Sunny, leicht grünlich im Gesicht.

Cameron starrte Ewan, der zufällig ebenfalls ein entfernter Cousin von ihm war, finster an, aber Ewan zwinkerte ihm nur schelmisch zu und wandte sich wieder an Sunny.

»Das überrascht mich nicht. Warum machen wir nicht den VIP-Rundgang durch das Flugzeug? Sie wären auf angenehme Weise abgelenkt und würden sehen, warum diese Gulfstream das Flugzeug der Wahl für den wählerischen Reisenden mit dem großen Geldbeutel ist, wie für unseren guten Lord Robert hier.« Er beugte sich vor. »Hat er es für nötig befunden, zu erwähnen, dass wir Cousins sind? Und dass er mir ein Sklavengehalt zahlt? Ein Wunder, dass ich mir genug zu essen leisten kann.«

»Sie sehen in der Tat ein wenig ausgemergelt aus«, stimmte Sunny ihm mit schwacher Stimme zu.

Ewan lachte. »Ich stürme jedes Mal die Bordküche, sobald Cameron mir den Rücken zukehrt. Aber wissen Sie, Sunshine, was den Flug angeht, sollten Sie sich wirklich keine Sorgen machen. Camerons Piloten sind, wie sie Ihnen ungefragt bestätigen werden, die allerbesten am Himmel. Aber da ich sehe, dass Sie das nicht sonderlich beruhigt – wie wär's mit einem kleinen Whisky?«

»Ja, wenn sie den restlichen Flug auf der Toilette verbringen will«, sagte Cameron mit finsterer Miene. »Ewan, lassen Sie sie in Ruhe.«

»Nein, ist schon gut«, sagte Sunny schwach. »Die Ablenkung tut mir gut.« Sie holte tief Luft und sah Ewan an. »Er fliegt viel, nicht wahr?«

»Mehrmals pro Woche«, erwiderte Ewan und sah sie entschuldigend an. »Er kann das Flugzeug auch selbst steuern, müssen Sie wissen. Wenn Penelope, die Xanthippe, an Bord ist, schließt er sich im Cockpit ein, und dann bin ich ihr ganz allein ausgesetzt. Och, jetzt wird er mir wieder das Gehalt kürzen.« Er schnallte sich ab und stand auf. »Kommen Sie mit, Sunshine. Ich gehe ihm besser aus den Augen, damit er vergisst, dass ich an Bord bin.«

Cameron warf Ewan einen warnenden Blick zu, griff nach Sunnys Hand, als sie an ihm vorbeiging, und lächelte ihr zu, dann seufzte er tief und lehnte den Kopf wieder an den Sitz zurück. Einen Augenblick genoss er nicht nur seine luxuriöse Umgebung, sondern auch die Tatsache, dass er sich hier keine Sorgen machen musste, ob sich jemand in böser Absicht hinter ihn schlich. Derrick saß ihm gegenüber, tippte auf seinem Laptop herum und hörte aufmerksam mit seinem Handy irgendein Gespräch ab, was er zweifellos nicht gleichzeitig tun sollte, und Sunny und Ewan lachten in der Achterkabine. Bei den halben Dutzend Malen, als Penelope an Bord gewesen war, hatte er noch nie einen angenehmen Flug gehabt. Und definitiv hatte dabei niemand je gelacht.

Wie Sunny ihn und alles um ihn herum doch verändert hatte.

»Sie hat keine Schwester?«, bemerkte Derrick, ohne von seinem Bildschirm aufzusehen. »Eine, die frei wäre, meine ich.«

»Nein, das hat sie nicht«, entgegnete ihm Cameron.

»Verdammt.«

Cameron lächelte in sich hinein. Er blickte auf, als Ewan Sunny zurückgeleitete und ihr galant seinen Arm anbot, um ihr über Camerons Füße hinwegzuhelfen. Cameron streckte rasch die Hand aus und wehrte die von Ewan ab, um Sunny beim Anschnallen behilflich zu sein.

»Das mach ich schon, Ewan.«

»Ich wollte ja nur helfen«, meinte Ewan mit Unschuldsmiene.

Cameron knurrte ihn an, sich hinzusetzen, dann half er Sunny selbst mit dem Sicherheitsgurt. Er nahm ihre Hand und lehnte den Kopf an den Sitz zurück. Er war versucht, die Augen zu schließen, brachte es aber nicht über sich. Wie konnte er das tun, wenn er die Möglichkeit hatte, Sunny anzusehen?

»Wie sollen wir die restliche Zeit herumbringen?«, fragte

Ewan munter. »Mit Poker? Gin? Klatschgeschichten über Robert Cameron? Ich kenne alle seine abscheulichsten Gewohnheiten, müssen Sie wissen. Ich sehe, dass er Ihre Hand hält, also geht hier offensichtlich etwas vor sich, über das ich nicht informiert wurde. Aber bevor es zu spät ist, sollte ich Ihnen die Wahrheit über ihn sagen. Dann können Sie immer noch das Weite suchen. Und zufällig bin ich derzeit frei, falls Sie interessiert sind.«

»Ewan?«, sagte Derrick seufzend.

»Ja?«

»Halt die Klappe.«

Cameron musste lächeln. Er spürte, dass Sunny ihm die Hand drückte, und lächelte noch ein wenig mehr. Ewan begann, ihr eine ganze Reihe persönlicher Fragen zu stellen, und sie wich ihm mit einer Geschicklichkeit aus, die selbst ein Cameron bewundern musste. Ewan versprach ihr, wahrhaft abscheuliche Details über Cameron zu enthüllen, sobald sie diesen in London aus dem Flugzeug geworfen hätten und gemeinsam auf dem Weg nach Inverness wären. Derrick bedachte Ewan mit Schimpfnamen, aber das war nichts Neues. Cameron war immer wieder beeindruckt von seinem umfangreichen Schatz an Schmähworten. Gleichzeitig widmete Derrick den Vorgängen zu beiden Seiten des Hadrianswalls seine Aufmerksamkeit.

An das Gebiet nördlich der Grenze zu denken, rief Cameron mit tiefer Sorge das in Erinnerung, was Derrick ihm an diesem Morgen erzählt hatte. Er sah über den Mittelgang hinweg zum Fenster hinaus und zerbrach sich den Kopf über diesen schottischen Drahtzieher. Nathan würde sich nicht freiwillig mit einem Schotten abgeben, ohne dass dazu ein zwingender Grund bestand. Vielleicht handelte es sich tatsächlich um Tavish, der versuchte, etwas zu sein, was er nicht war. Vielleicht war es aber auch jemand, an den er sich nicht erinnerte, jemand, den er in der Vergangenheit so erzürnt hatte, dass er um jeden Preis Rache suchte.

Vielleicht war es Giric, der durch ein Zeittor gekommen war, um Cameron das Leben zur Hölle zu machen.

Cameron konnte es kaum ertragen, das überhaupt zu denken.

Er atmete lange aus und zwang sich, die Gedanken an das, was ihn nach der Landung erwartete, zu unterdrücken. Da er die nächste halbe Stunde noch als glücklicher Gefangener verbringen würde, würde er sich das Vergnügen gönnen, mit seiner geliebten Sunny Händchen zu halten und die Kameradschaft von Menschen zu genießen, die ihn nicht töten wollten.

Die harte Wirklichkeit würde sich bald genug wieder in sein Leben drängen.

29

Sunny saß am Küchentisch ihrer Schwester und stützte das Kinn auf die Fäuste. Sie hatte einen Großteil des Vormittags damit verbracht, sich Rodney Ainsworths Krankenakte durchzusehen. Den Verdacht, dass Rodneys Tod nicht von seinem Krebs oder anderen natürlichen Ursachen herrührte, hatte sie nicht durch den Obduktionsbericht, sondern durch die peniblen Aufzeichnungen der privaten Pflegerin, die Cameron für den alten Mann eingestellt hatte, bestätigt gefunden. Sunny kannte keinen seiner Nachkommen gut genug, um zu beurteilen, ob sie zu einem Mord fähig waren oder nicht, aber bei Rodneys Tod war es definitiv nicht mit rechten Dingen zugegangen. Beide kamen vermutlich als Verdächtige in Frage, obgleich Sunny bei diesem Gedanken leicht schwindelte.

Ebenso wie bei dem Gedanken, dass Cameron gezwungen war, sich in der Nähe der beiden aufzuhalten.

Sie blickte auf das unscheinbare gepolsterte Kuvert vor ihr, das Rodneys Krankenberichte enthielt, und überdachte noch einmal kurz, was ihr beim Lesen aufgefallen war. Wenn Rodney vergiftet worden war, was sie vermutete, dann gab es wahrscheinlich Dutzende von Orten, wo sein Mörder das Gift besorgt haben könnten.

Vielleicht in irgendeinem zwielichtigen Kräuterladen.

Es gab nicht so viele Kräuterläden in der Gegend – zwielichtig oder nicht. Tavish besaß einen. Dann gab es noch einen weiter im Norden, der praktischerweise direkt neben einem Wollgeschäft lag – das zumindest hatte sie im Telefonbuch herausgefunden. Cameron hatte vorgeschlagen, sie solle sich die Zeit mit irgendetwas vertreiben, was ihr Spaß machte – und Stricken war so ein Zeitvertreib. Sie brauchte nur Wolle.

Und wenn sie dabei auch gleich noch einen Blick in einen ihr bisher nicht bekannten Kräuterladen werfen konnte, umso besser. Wenn sie zufällig auf etwas Verdächtiges stieße, würde sie Cameron davon erzählen. Wenn nicht, würde sie wieder nach Hause zurückfahren, und keiner würde merken, dass sie ihre Nase in Dinge gesteckt hatte, die sie besser anderen überlassen hätte.

Sie stand auf und nahm das Kuvert, dann ging sie aus der Küche, bevor sie noch länger darüber nachdenken musste. Sie legte den Umschlag auf ihr Bett und ging dann zurück in den Korridor. Am Eingang zu Patricks Büro blieb sie stehen und sah, wie Madelyn mit Hope auf dem Teppich vor dem Feuer spielte. Madelyn sah lächelnd zu ihr auf.

»Wie geht es dir?«

»Ich finde keine Ruhe«, gab Sunny zurück. »Ich glaube, ich muss mal hier raus.«

»Ich komme mit.«

Sunny zögerte. »Ich glaube, das solltest du lieber nicht tun.«

»Du auch nicht«, entgegnete Madelyn freundlich, »aber wenn du rausgehst, dann komme ich mit. Schließlich sind wir in Schottland. Das kann ja nicht so gefährlich sein!«

Sunny stimmte ihr insgeheim zu. Abgesehen vom einen oder anderen Zusammentreffen mit mittelalterlichen Clanmitgliedern war ihr hier noch nie etwas zugestoßen.

»Ich verfrachte Hope schon mal in ihren Kindersitz«, sagte Madelyn beim Herausgehen, »kümmerst du dich um das Kaminfeuer?«

»Ich brauche Wolle«, sagte Sunny, als wäre sie Madelyn eine Erklärung schuldig.

»Klar«, rief Madelyn über die Schulter zurück. »Beeil dich.«

Sunny hoffte, dass sie nicht im Begriff war, einen Fehler zu machen, aber schließlich waren sie wirklich in Schottland. Das *konnte* doch wohl nicht gefährlich sein. Sie schnappte sich ihre Handtasche, sah nach, ob ihr Handy darin war, dann sah sie nach dem Feuer und folgte ihrer Schwester nach draußen.

Eine Stunde später fuhren sie Richtung Norden, glücklich, dem Haus einmal entronnen zu sein und etwas anderes zu tun, als herumzusitzen und zu grübeln. Die Landschaft war herrlich, und sie saßen in Patricks Range Rover, von dem sie wusste, dass er sie nicht so schnell im Stich lassen würde. Außerdem trug sie einen Ring am Finger, den sie von einem Mann bekommen hatte, der sie liebte. Sogar die Sonne schien.

Das Leben war schön.

»Wohin fahren wir?«, fragte Madelyn. »Ich nehme an, du hast ein bestimmtes Ziel?«

Sunny schürzte die Lippen. »Ich will wirklich Wolle kaufen. Zufällig gibt es da nebenan auch noch einen Kräuterladen, in dem ich noch nie gewesen bin.« Sie hielt inne. »Ich dachte mir, er wäre einen Besuch wert.«

»Cameron wird das gar nicht gefallen«, sagte Madelyn in ihrem singenden Tonfall. »Du solltest eigentlich vor dem Kamin sitzen und auf ihn warten.«

Sunny warf ihr einen finsteren Blick zu. »Was er nicht weiß, macht ihn nicht heiß, oder? Und seit wann habt Ihr solche mittelalterlichen Ansichten, Lady Benmore?«

Madelyn lächelte. »Nach einer Weile färben die ab. Sprechen wir uns in einem Jahr wieder, dann sehen wir, ob sie nicht auch schon auf dich abgefärbt haben.«

»Das kann ich nur hoffen«, sagte Sunny ernsthaft. Sie holte tief Luft. »Aber ich glaube wirklich, dass wir sicher sind, Maddy. Sonst hätte ich dich und Hope nicht mitgenommen.«

»Ich weiß«, erwiderte Madelyn, streckte die Hand aus und drückte die von Sunny. »Es wird schon alles gut gehen.«

Sunny nickte, mehr zu ihrer eigenen Beruhigung als zu der ihrer Schwester. Die finsteren Gesellen, die Cameron nachstellten, waren in London, und nicht in Schottland. Sie und Madelyn wären an diesem Vormittag in Sicherheit.

Sie fuhr eine weitere halbe Stunde, dann ging sie vom Gas, als sie in das Dorf einfuhren. Sie hielt vor einem Laden, der ganz so aussah, als ob er Kräuter verkaufte, stieg aus und wartete, bis Madelyn Hope aus ihrem Kindersitz losgeschnallt hatte. Zusammen mit ihrer Schwester betrat sie das Geschäft, schloss die Augen und atmete tief ein.

Es roch besser als die Autoabgase in London, so viel stand fest.

Sie blickte sich um und zuckte zusammen, als sie hinter der Ladentheke einen Schatten hinter einem Vorhang verschwinden sah. Nun, das nannte sich hier also zuvorkommende Bedienung. Sie ging im Laden herum und hätte vor Überraschung fast aufgeschrien, als sie direkt neben sich jemand bemerkte, der nicht ihre Schwester war. Sie presste sich die Hand aufs Herz und rang nach Luft.

Die Frau schien direkt aus einem Märchen entsprungen. Einem unheimlichen Märchen. Ihr fehlten ein paar Vorderzähne, eine Warze prangte auf ihrer Nase und ihre Finger waren so knorrig, dass es geradezu ein Wunder war, dass sie sie überhaupt ausstrecken konnte. Sunny war sich ganz sicher, sie würde sofort einen mächtigen Zauberstab aus der Tasche ziehen und ihn über ihr und Madelyn schwenken.

»Was kann ich den Damen bringen?«, krächzte die Frau und streckte einen knochigen Finger aus, um Sunnys Haar zu berühren.

Sunny brachte ein Lächeln zustande. »Wir wollten uns nur ein bisschen umsehen.«

Die Frau runzelte missvergnügt die Stirn, dann murmelte sie etwas Unfreundliches und schlurfte in ihrem schwarzen Kleid wieder zu dem Vorhang hinüber. Sunny blickte ihr hinterher und dachte auf einmal an die letzte Hexe, die sie, ihrer Überzeugung nach, gesehen hatte. Es war jene Frau gewesen, die ihr an dem Abend, als Tavish Fergusson sie gefeuert hatte, vor dem Yogastudio begegnet war. Möglicherweise war sie ja mit der Alten hier verwandt, aber Sunny hatte keine Möglichkeit, das herauszufinden. Sie erschauerte und warf Madelyn einen vielsagenden Blick zu.

»Ich glaube, mir wird schwindelig«, flüsterte sie beunruhigt.

»Du steckst deine Nase zu oft in Dinge, die Hirngespinste auslösen«, sagte Madelyn beschwichtigend. »Oder vielleicht hast du ja auch nur eine schlechte Phase. So oder so, können wir jetzt gehen?«

»Ja, klar.« Der Ausflug war sowieso ein Reinfall gewesen. Keine neuen Hinweise, dafür furchterregende Ladenbesitzerinnen und weit und breit kein Bodyguard. Sie folgte ihrer Schwester nach draußen und zog die Tür hinter sich zu. »In diesem Laden wurde mir ganz unheimlich zumute.«

»Ich glaube zwar nicht an deine esoterischen Karmalehren, aber ich stimme dir zu. Es *war* unheimlich dort drin. Also gehen wir jetzt hinüber ins Wollgeschäft.«

»Bis du verrückt?«

Madelyn lachte. »Heute nicht. Schließ mir bitte die Autotür auf!«

Sunny erfüllte ihre Bitte. »Weißt du«, sagte sie gedehnt, »ich glaube, da hat uns jemand aus dem Hintergrund beobachtet.«

Madelyn, die gerade Hope in ihrem Kindersitz anschnallte, blickte auf. »Willst du noch mal zurückgehen und nachforschen?«

Sunny sah sie perplex an. »Hast du nicht mehr alle Tassen im Schrank? Du hast ein kleines Kind dabei!«

»Ich wollte dich ja nicht begleiten«, erwiderte Madelyn mit Nachdruck. »Ich wollte im angelassenen Wagen sitzen bleiben, damit wir zur Flucht bereit sind. Aber ich glaube, es wäre klug, wenn wir zu Hause sind, bevor Cameron oder Patrick herausfinden, dass wir fort waren. Pat wollte nicht lange in Inverness bleiben.«

Sunny stieg ein und sah zu, wie ihre Schwester die Türen verriegelte. »Es ist wirklich kaum zu fassen, dass moderne, unabhängige, gestandene Frauen wie wir uns so sehr bevormunden lassen!«

»Ich weiß nicht, wie das bei dir ist, aber ich fühle mich immer ein bisschen sicherer, wenn Patrick mit dem Schwert in der Hand zwischen mir und der Haustür steht«, entgegnete

Madelyn trocken, »also versuche ich es mit Geduld zu ertragen, wenn er mich bittet, zu Hause zu bleiben. Lass uns lieber heimfahren, bevor er dieses Schwert noch gegen uns erhebt.«

Sunny schnaubte empört. Sie hatte noch nie erlebt, dass Patrick auch nur seine Stimme gegen ihre Schwester erhoben hätte – aber sie wollte es nicht drauf ankommen lassen. Sie ließ den Wagen an und fuhr durchs Dorf zurück.

Nach kurzer Zeit bog ein kleiner grauer Sportwagen hinter ihr auf die Straße ein.

Sunny beobachtete ihn ab und zu im Rückspiegel, fand sich dann aber damit ab, dass der Wagen vielleicht die ganze Strecke nach Süden hinter ihnen herfahren würde. Dennoch warf sie einen Blick auf die Tankuhr und hielt Ausschau nach der nächsten Tankstelle. Eigentlich brauchten sie kein Benzin, aber es war eine gute Gelegenheit, die Straße zu verlassen und kurz durchzuatmen. Beiläufig blickte sie beim Aussteigen über die Schulter, um die Umgebung im Blick zu haben.

Als sie den kleinen grauen Wagen auf ihrer Straßenseite vor einem Reihenhauskomplex parken sah, zuckte sie zusammen.

Verdammt, da würde sie sich bald eine oder zwei zornige Stimmen anhören müssen. Vielleicht hätte sie sich nicht so hartnäckig dagegen wehren sollen, dass Cameron ihr einen seiner Männer zum Schutz zurückließ.

Sie war zu weit weg, um Genaueres sehen zu können, aber sie konnte einen Hut und eine Sonnenbrille erkennen. Dann fiel ihr siedend heiß ein, dass es ja auch einer von Camerons Männer sein könnte. Sie war sich nicht sicher, ob sie beleidigt sein sollte, weil er ihr nicht vertraut hatte, oder erleichtert, dass er zu ihrem Besten eine eigenmächtige Entscheidung getroffen hatte.

Sie ging zum Wagen zurück und fuhr weiter, ließ aber das graue Auto nicht aus den Augen. Der Fahrer schien keinen Hehl daraus machen zu wollen, dass er ihr folgte, denn er blieb stets ein paar Fahrzeuglängen hinter ihr. Sie wartete noch eine Weile, dann bog sie in eine Wendebucht ein.

»Warum hältst du an?«, fragte Madelyn.

Sunny blickte in den Rückspiegel und sah das graue Fahrzeug zehn Meter hinter sich. Die Türen blieben geschlossen, der Fahrer stieg nicht aus. Sunny runzelte nachdenklich die Stirn. »Es ist nichts. Ich war nur neugierig wegen des Wagens, der hinter uns herfährt.« Sie holte tief Luft und sah in der Ferne auf der anderen Seite des Lochs im Süden eine Burg liegen. »Was ist denn das?«

»Die alte Burg der Fergussons«, sagte Madelyn sehr leise.

Sunny spürte von ihrem Platz aus Madelyns Erschauern. Sie verstand, was Madelyn durch den Kopf ging. Ganz gleichgültig, wer ihr folgte, ob Freund oder Feind, sie wollte keinesfalls in Sichtweite dieser unheimlichen Burgruine stehen bleiben. Sie fuhr mit Vollgas an, sodass der Kies hinter ihnen wegstob, kehrte zurück auf die Straße und zwang dabei einen anderen Wagen zum Bremsen, der ebenfalls Richtung Süden unterwegs war. Nach einer Weile blickte sie in den Rückspiegel und entspannte sich, als sie den grauen Wagen nicht mehr hinter ihnen sah. Das hielt so lange an, bis er den roten Ford, der ihr jetzt nach Süden folgte, überholte und wieder direkt hinter ihr herfuhr.

»Ich glaube, ich hätte auf Cameron hören sollen.« Sie warf ihrer Schwerster einen raschen Blick zu. »Bitte verrate ihm nicht, dass ich das gesagt habe.«

»Ich verrate es nicht«, erwiderte Madelyn mit großen Augen. »Aber was ist los? Ist dieser graue Wagen wieder hinter uns?«

»Ich dachte, es ist vielleicht einer von Camerons Leuten, aber jetzt bin ich mir nicht mehr so sicher. Lass uns Patrick anrufen und hören, was er meint. Vielleicht ist es jemand, den er kennt.«

Madelyn kramte bereits in der Handtasche nach ihrem Handy. Sie rief ihren Mann an, sprach eine Minute mit ihm, dann legte sie auf. »Er hat niemand beauftragt, uns zu folgen – und er kann nicht glauben, dass wir nicht zu Hause vor dem Feuer geblieben sind. Er dreht um, aber er hat gesagt, er ist erst vor einer halben Stunde an Cameron vorbeigefahren, der auf dem Heimweg war. Er hat gemeint, Cameron wird zuerst bei uns sein, und ich soll ihn anrufen und ihm sagen, wo wir sind. Patrick wird zu uns nach Hause fahren.«

»Hält er mich für verrückt?«

»Nein, Sunny«, sagte sie nervös. »Das hat er nicht gesagt.«

Sunny holte tief Luft. »Ich glaube, mir wäre es lieber, wenn Patrick uns rettet. Cameron ist sicher nicht begeistert von meiner Aktion.« Sie blinzelte. »Er sollte doch eigentlich in London sein. Warum ist er nur nach Hause gekommen?«

»Vielleicht hatte er so eine Ahnung«, rätselte Madelyn. »Das ist diese Antenne für Feinde im Hinterhalt, die sie alle haben.« Sie runzelte die Stirn. »Warum hast du eigentlich keine? Man sollte meinen, bei all diesem Zauberkram, den du immer betreibst, hättest du uns besser vor diesen Scherereien bewahren können.«

»Sollte man meinen«, murmelte Sunny. Sie holte tief Luft, um sich zu beruhigen, dann sah sie ihre Schwester kurz an. »Nun? Wirst du Cameron anrufen?«

»Willst du das denn nicht tun?«

»Ich fahre.«

»Du bist ein Feigling.«

»Kann schon sein.«

Madelyn lachte verlegen, dann zog sie das knallrosa Handy aus dem Handschuhfach. Es klingelte, noch bevor sie die Nummer wählen konnte. Sie warf einen Blick aufs Display, dann schluckte sie unbehaglich. »Oh, sieh mal. Das ist Cameron. Offenbar ist es für dich.«

»Ich fahre immer noch.«

Madelyn murmelte etwas zweifellos wenig Schmeichelhaftes, dann hielt sie sich vorsichtig das Handy ans Ohr und meldete sich.

Sie ließ das Handy nicht augenblicklich fallen, und Sunny hörte auch kein Geschrei, also war sie im Moment vermutlich sicher. Ihre Schwester beendete das Gespräch, dann legte sie das Handy aufs Armaturenbrett.

»Hast du aufgelegt?«, fragte Sunny.

»Er hat mich gebeten, es nicht zu tun«, erklärte Madelyn. »Es sagte auch etwas darüber, dass ihr euch auf dem Turnierplatz wiedersehen werdet, um eure Meinungsverschiedenheiten darüber, was du tun sollst, wenn er nicht zwei Schritte neben dir steht, auszufechten.«

»Ich kann mir vorstellen, was er gesagt hat«, meinte Sunny.

»Er meint, er wird in fünfzehn Minuten bei uns sein und wir sollten einfach weiterfahren. Er wird uns nach Hause folgen, wo du dann die Wahl hast zwischen Degen und Breitschwert. Ich schlage vor, dass du ihm die Arme um den Hals wirfst und ihm einen Kuss gibst, bevor er auch nur einen weiteren Gedanken daran verschwenden kann.«

Sunny gelang ein Lächeln. »Er ist ein echter Gentleman.«

»Das ist er«, stimmte ihr Madelyn zu. »Ich denke, er versucht uns zuversichtlich zu stimmen, aber ich glaube auch, dass er dich nachher anschreien wird. Ich kann dir nur noch mal raten, fang sofort mit dem Küssen an. Das funktioniert immer.«

»Sprichst du aus Erfahrung?«

»Nein«, erwiderte Madelyn leichthin. »Pat schreit mich nie an. Allerdings schnüffle ich auch nie irgendwelchen unheimlichen alten Hexen hinterher, die sich als Kräuterladenbesitzerinnen tarnen. Das ist deine Spielwiese, Schwesterchen.«

Sunny wünschte sich, es wäre nicht so. Sie beobachtete weiterhin den Kerl hinter sich, aber es hatte sich nichts verändert, und sein Auto wirkte nicht freundlicher als zuvor.

»Wie lange geht das jetzt schon?«, fragte Sunny eine Ewigkeit später und gab sich Mühe, ihr Zähneklappern zu verbergen.

»Fünfzehn Minuten.«

Sunny schrie auf, als von hinten eine schwarze Rakete auf sie zuschoss. Sie hielt das Lenkrad eisern fest und versuchte, nicht in den Rückspiegel zu blicken, aber es gelang ihr nicht ganz. Sie zuckte leicht zusammen, als ein tiefliegender schwarzer Sportwagen das graue Auto überholte und sich etwa einen Meter hinter ihren rückwärtigen Stoßdämpfer quetschte. Cameron bremste sofort ab und zwang das Auto hinter ihm zu demselben Manöver. Sunny hätte gewinkt, aber sie wagte nicht, die Hände vom Lenkrad zu nehmen. Sie holte tief Luft.

»Ich fühle mich wie in einem schlechten Film. Solche Dinge passieren mir sonst nicht.«

»Hast du vielleicht etwas Böses gedacht?«, fragte Madelyn schwach. »Irgendwelche schädlichen Tränke gebraut? Schlägt dein Karma zurück?«

»Darüber muss ich mal nachdenken.«

Madelyn drückte ihr die Hand auf dem Lenkrad. »Tu das. Und verpass die Abzweigung nicht. Ich will nach Hause.«

Sunny wollte das ebenfalls. Sie bog zum Dorf ab, dann sah sie, wie Cameron ihr folgte. Der graue Wagen fuhr weiter, als hätte er mit ihnen überhaupt nichts zu tun. Sunny hätte fast angerufen und Cameron gefragt, ob er denn nicht die Verfolgung aufnehmen wolle, aber vermutlich würde das Derrick oder einer seiner anderen Männer übernehmen. Vielleicht war ja auch nur ihre Fantasie mit ihr durchgegangen, und es war alles nur ein unglücklicher Zufall gewesen. Möglicherweise hatte der Fahrer jenes Wagens angehalten, um einen Blick auf die Straßenkarte zu werfen, während sie getankt hatte. Es war auch möglich, dass er es eilig gehabt hatte und deshalb so dicht hinter ihr hergefahren war.

Vielleicht war sie ja allmählich genauso paranoid wie Cameron.

Nur zwanzig Minuten später fuhr sie in Patricks Burghof ein. Sie hielt vor der Garage und stellte den Wagen ab. Dann legte sie die Hände übers Gesicht; sie bebte am ganzen Körper.

Das nächste Mal würde sie Madelyn zu Hause lassen. Wenn etwas Schlimmes passierte, dann wäre sie wenigstens nur allein davon betroffen. Dann würde ihr nur Cameron Vorwürfe machen können und nicht auch noch Patrick.

Noch bevor sie zu lange darüber nachdenken konnte, wurde die Tür aufgerissen, der Anschnallgurt geöffnet und sie wurde höchstpersönlich aus dem Wagen gezogen und auf die Füße gestellt. Sie hatte nicht einmal die Gelegenheit, etwas zu sagen, da drückte sie Cameron schon fest an sich.

»Ich werde dazu nichts weiter sagen«, meinte er mit finsterer Miene.

»Das brauchst du auch gar nicht«, brachte sie heraus und schlang ihm zitternd die Arme um den Hals. »Wir haben allerdings einen verdächtigen Kräuterladen im Norden oben gefunden, obgleich …«

Er beugte sich zurück und sah sie mit offenem Mund an, dann klappte er ihn wieder zu und zog sie erneut an sich. »Sunny …!« Er musste tief durchatmen. »Ach, egal.«

»Es tut mir leid«, flüsterte sie. »Es war dumm von mir, dorthin zu fahren, und noch dümmer, Maddy und das Baby mitzunehmen.«

»Ja, allerdings«, sagte er ohne zu zögern.

Sie schloss die Augen und zwang sich, sich zu entspannen. Dabei half es ihr, dass sie Camerons Arme um sich spürte. Er war warm und verlässlich, und er hielt sie so fest, dass sie kaum Luft bekam. Sie fühlte sich zum ersten Mal sicher, seit sie ihn am Tag zuvor auf dem Flughafen in London zurückgelassen hatte.

»Ich bin nur die einfältige Hexe aus den Bergen«, brachte sie schließlich hervor. »Aber nun, sieh mich an. Ich ertrage Verfolgungsjagden im Auto. Brutale Überfälle. Ich weigere mich, die Geliebte eines Mannes in einem sündteuren schwarzen Sportwagen zu sein.«

Er lachte, dann senkte er den Kopf und suchte ihre Lippen mit den seinen. Schließlich hob er den Kopf und lächelte. »Wir werden heute in Moraigs Cottage zu Abend essen, dann wirst du dich wieder mehr wie du selbst fühlen. Jetzt lass uns erst mal reingehen, und ihr könnte mir erzählen, was ihr gesehen habt.«

»Gut, aber zuerst musst du mir sagen, warum du hier bist. Ich dachte, du wolltest eine Weile in London bleiben.«

»Ich habe dich vermisst«, lautete seine schlichte Antwort.

Sie lächelte. »Das glaube ich nicht.«

»Doch. Ich erzähle dir alles ganz genau, sobald ich es an deinem Schwager vorbei geschafft habe. Sieh nur, da kommt er schon brüllend in seinen Burghof gerannt. Ich bin mir nicht sicher, wen er zuerst umbringen wird: dich oder mich.«

Sie sah ihn kläglich an. »Ich wünschte, ich könnte darüber lachen.«

Er umarmte sie fest. »Wir haben uns alle das ein oder andere Mal zu weit vorgewagt, weil wir dachten, wir könnten alles überleben.«

»Du auch?«, fragte sie skeptisch. »Bestimmt nicht.«

»Ich erzähle dir ein andermal von einem besonders heiklen Vorfall. Und vermutlich hat Patrick noch viel mehr leichtfertige Abenteuer erlebt als ich. Wir werden ihn bitten, uns eine Liste zu erstellen. Ich bin sicher, dann wird es dir gleich besser gehen.«

Sie blickte über die Schulter, als Patrick Madelyn stürmisch in die Arme nahm. Sunny warf ihm einen entschuldigenden Blick zu, aber er schüttelte nur den Kopf, dann schloss er die Augen und hielt seine Frau fest an sich gedrückt. Sunny seufzte. Sie hatte schon von ein paar seiner tollkühnen Eskapaden gehört, also hatte er vermutlich keinen Grund, sie zu kritisieren.

Sunny blieb neben Cameron stehen, während Patrick mit Maddy und Hope ins Haus voranging. Bevor Sunny mit Cameron eintreten konnten, tauchte Patrick jedoch vor ihnen auf. Er stellte sich ihnen mit über der Brust verschränkten Armen entgegen.

»Patrick«, begann Sunny seufzend.

Er zog sie überschwänglich an sich, dann schob er sie ins Haus. »Dein Möchtergern-Geliebter und ich haben noch ein, zwei Dinge zu klären, bevor ich entscheide, ob er deiner würdig ist. Zieh dich um, Cameron, und komm mit.«

»Patrick«, sagte sie leise.

Er sah sie einen Augenblick schweigend an, dann seufzte er. »Also gut. Er kann hereinkommen und etwas essen. Knutsch den ganzen Nachmittag mit ihm, wenn du möchtest, aber danach gehört er mir. Ich verspreche dir, ihn nicht so übel zuzurichten wie das letzte Mal.«

Sunny lächelte ihn an, dann streckte sie die Hand aus und zog Cameron in den großen Saal. Er murmelte Patrick etwas zu, als er an ihm vorbeiging, und ihrem Schwager blieb vor Empörung der Mund offen stehen.

»Für diese Schmähung wirst du bitter bezahlen«, drohte er ihm.

»Das hättest du wohl gern«, entgegnete Cameron mit einem Schnauben.

Patrick lachte laut auf, dann drehte er sich um und ging kopfschüttelnd davon. Sunny wäre ihm gefolgt, aber Cameron hielt sie zurück. Sie sah ihn überrascht an, dann lächelte sie, ergab sich in seine Umarmung und schloss die Augen, als er sie fest an sich drückte.

Es war wohl nicht zu vermeiden, dass sie ihn später Patrick überließ. Er und Cameron würden die kleine Wiese hinter der Burg als Kampfplatz nutzen, sich Schmähungen an den Kopf werfen und sich gegenseitig verfluchen, so wie es Patrick mit Ian und Jamie handhabte. Sie würde daneben sitzen und zusehen und dankbar sein für Patricks Großzügigkeit und sein gutes Herz.

Cameron verdiente es, Brüder zu haben, die ihn liebten, die hinter ihm standen und die ihm einen Teil der Familie ersetzten, die er verloren hatte.

Aber sie wäre auch dankbar, wenn endlich der Tag käme, an dem sie beide eine neue Familie gründeten, nur sie beide.

Es war viel später an diesem Abend, als sie mit Cameron an Patricks Küchentisch saß, bereit, sich Alistairs Schätze anzusehen. Sie hatten vorgehabt, diesen Abend in Moraigs Cottage zu verbringen, waren aber mitten in Patricks Burghof stehen geblieben, hatten einen Blick gewechselt, sich wortlos umgedreht und waren in die Burg zurückgegangen. Sie hatte ihn – fast – für sich, und das in der Zukunft – genau, wie sie es sich gewünscht hatte. Nach diesem schrecklichen Vormittag wollte Sunny einfach kein Risiko eingehen, indem sie ohne Not Moraigs Schwelle überschritt. Cameron schien derselben Ansicht zu sein.

Er zog eine Holzkiste aus seinem Rucksack und stellte sie auf den Tisch; sein Taschenmesser legte er daneben. »Ich nehme an, es ist nichts Giftiges darin«, sagte er.

»Warst du nie neugierig, was darin sein könnte?«, fragte sie.

»Ich war einfach zu sehr von anderen Dingen abgelenkt«, erwiderte er lächelnd. »Rodney starb zwei Wochen, bevor ich dich das erste Mal vor Tavish Fergussons Laden sah, wie du weißt. Ich habe nur einen kurzen Blick darauf geworfen, was er mir hinterlassen hatte, dann habe ich alles in meinen Bürosafe gestellt und nicht mehr daran gedacht, bis Alex meinte, es könnte uns weiterhelfen.«

Sunny betrachtete die Gegenstände, die er auf den Tisch legte. Es waren ziemlich unspektakuläre Reiseandenken: eine abgegriffene Holzfigur, ein kleiner, auf der Unterseite mit schwerem Leinen überzogener Aschenbecher, eine unscheinbare russische Matrjoschka sowie ein Trio von Porzellanelefanten. Sunny sah Cameron fragend an.

»Bist du sicher, dass du die kaputt machen willst?«

»Ich habe heute Morgen in der Kiste einen Brief von Rodney gefunden, worin er mir schrieb, er sei zufrieden, dass ich – und das wirst du sicher gern hören – eine Liebe zu alten Dingen habe und wissen würde, was ich damit zu tun hätte, wenn die Zeit reif sei.« Er lächelte. »Ich weiß genau, dass diese Stücke für sich genommen keinen Wert haben. Also sollten wir meines Erachtens damit beginnen, die Elefanten zu zerschlagen.«

Sunny schnappte sich eines von Madelyns ältesten Geschirrhandtüchern und wickelte einen der Elefanten darin ein. Cameron legte das Bündel auf ein Schneidebrett, nahm den gusseisernen Fleischklopfer, den sie ihm reichte, und schlug damit erbarmungslos auf das Tuch ein. Er wickelte die Scherben aus und runzelte die Stirn.

»Hier ist nichts drin. Probieren wir es mit dem nächsten.«

Sie reichte ihm einen weiteren Elefanten. Er versuchte es mit dem gleichen Ergebnis. Der letzte Elefant war größer, und nachdem er zerbrochen war, fanden sie mehr in dem Tuch als nur Scherben. Cameron zog lächelnd etwas heraus, das genau wie ein Schlüssel zu der Dokumentenbox in einem Tresor aussah.

»Ich hätte es wissen müssen.«

»Aber wo befindet sich diese Box, was meinst du?«

»Die ist vermutlich geschickt versteckt neben derjenigen, die seine Kinder bereits geplündert haben«, sagte er mit verächtlichem Schnauben. »Ich wäre nicht überrascht, darin einen Brief zu finden, in dem er mir Details mitteilt über ein paar Pfund, die er irgendwo auf einem Schweizer Bankkonto zur Erhaltung seiner Burg beiseite geschafft hat. Er hat genau gewusst, dass Nathan und Penelope ihr Erbteil in null Komma nichts durchbringen würden, und er wollte nicht, dass ich für den Unterhalt seines Stammsitzes nach seinem Tod allein aufkommen muss.« Er warf die Scherben weg, dann setzte er sich wieder und schob ihr die anderen Dinge zu. »Du kannst die restlichen Sachen hier sezieren. Ich sehe dir zu, damit ich weiß, wie du mich vielleicht einmal operiert hättest, wenn wir in einer anderen Zeit geblieben wären.«

Sunny lächelte kurz. »Du hast diese Erfahrung bereits gemacht und du kannst vermutlich froh sein, dass du dich nicht daran erinnerst. Ich übernehme es aber gern, wenn du das möchtest.«

Er schob ihr das Messer über den Tisch hinweg zu. Sie nahm eine Holzfigur und schaffte es ohne große Mühe, sie zu spalten. Dann drehte sie die Teile um und schüttelte sie.

Drei Dutzend funkelnde Smaragde rollten über den Tisch. Cameron sah sie einen Moment gedankenverloren an, dann reichte er ihr kommentarlos die russische Puppe. Sie war zusammengeleimt, aber auch sie war rasch geöffnet. Sunshine musste nur die ersten drei Puppen aufdrehen, bevor sie zum Jackpot gelangte und Dutzende wunderschön geschliffener Edelsteine auf den Tisch schüttete, die in allen Farben des Regenbogens funkelten.

Cameron seufzte tief, dann schob er den Aschenbecher vor sie hin. Sunny schnitt den Stoff an seiner Unterseite auf, und eine weitere große Handvoll ungeschliffener Steine kullerte über den Tisch.

Cameron legte einen Augenblick das Gesicht in die Hände, dann musste er lachen. »Bei allen Heiligen, ich hätte es wissen müssen.«

»Sind die wertvoll?«, fragte sie.

Er zog eine Juwelierslupe aus der Tasche und untersuchte ein paar der farbigen Edelsteine und der Smaragde, dann besah er sich die Rohdiamanten. »Die Steine sind wirklich sehr erlesen. Wenn man an den richtigen Käufer kommt, werden sie einen guten Preis erzielen. Und die übrigen sind ungeschliffene Rohdiamanten, vermutlich aus der Mine, die Rodneys Großvater in Südafrika besaß. Ihr Wert hängt vom Schliff ab, aber auch sie bringen sicher eine beträchtliche Summe.«

»Warum hat er sie alle dir hinterlassen?«, fragte sie erstaunt.

»Wahrscheinlich weil er wusste, dass ich sie nicht sofort verkaufen und in Drogen oder Schuhe umsetzen würde«, meinte er seufzend. Er lehnte sich zurück und sortierte die Edelsteine nachdenklich zu Häufchen. »Nun, das enthüllt einen Teil des Geheimnisses, obgleich ich nicht glaube, dass Nathan oder Penelope davon ausgehen, dass ich diese Steine habe. Ich glaube nicht einmal, dass sie etwas von ihrer Existenz wussten.«

Sunny fragte sich, ob er darüber nachdachte, was Alex gesagt hatte – dass Rodneys Tod nur inszeniert worden war, um die Aufmerksamkeit vom eigentlichen Geschehen abzulenken.

Sie hatte jedoch keine besondere Lust, darüber zu sprechen.

»Was meinst du, wie Rodney gestorben ist?«, fragte Cameron und klang, als würde er dieses Thema auch nicht gerne anschneiden.

»Ich glaube, man müsste die Leiche exhumieren, um Genaueres sagen zu können«, sagte sie mit gedehnter Stimme, »aber ich bin mir ziemlich sicher, dass er vergiftet wurde. Er hatte starke Querrillen an den Fingernägeln, die natürlich auch von der Chemotherapie herrühren können, aber auch von Arsen hervorgerufen werden.«

Er nickte nachdenklich, dann sah er sie plötzlich scharf an. »Was hast du gerade über seine Fingernägel gesagt?«

»Rillen«, wiederholte sie. »Natürlich wurde keine richtige Obduktion vorgenommen, daher wissen wir nicht, welche Organe versagt haben, aber seine Hände geben einen deutlichen Hinweis. Das und die Aufzeichnungen seiner Pflegerin. Warum fragst du?«

»Weil die Fingernägel meines Onkels tatsächlich seltsam aussahen«, sagte Cameron leise. »Es fiel mir auf, als ich ihn beerdigte.«

Sie spürte, wie ihr ein Schauer den Rücken hinunterlief. »Was willst du damit sagen?«

Er spielte weiter mit den Edelsteinen, dann schob er sie von sich weg und faltete die Hände auf dem Tisch. »Ich will damit sagen, dass ich glaube, dass Giric einem von uns in die Zukunft gefolgt ist. Vermutlich mir, weil er sicher einige Zeit gebraucht hat, den Plan zu schmieden, nach dem er jetzt vorgeht.«

»Das kann ich mir nicht vorstellen«, sagte sie mit schwacher Stimme.

»Ich will es auch nicht glauben, aber ich fürchte, ich habe

keine andere Wahl. Derrick hat mir in Paris erzählt, dass er zufällig ein Gespräch zwischen Nathan und jemand mit schottischem Akzent mitgehört hat, der ihm den Rat gegeben hat, sich in meiner Vergangenheit umzutun, um mich gefügig zu machen.«

»Oh, Cam«, sagte sie, und ihr wurde ganz flau im Magen. »Er muss es sein, nicht wahr? Wer sonst würde sich mit deiner Vergangenheit befassen?«

Cameron hob kurz die Augenbrauen. »Wenn das vor sechs Monaten passiert wäre, hätte ich einen dieser verfluchten MacLeods im Verdacht gehabt. Clanrivalitäten und dergleichen, du weißt schon.«

»Aber jetzt weißt du es besser.«

»Ja, das stimmt.« Er lächelte. »Anscheinend hilft es, wenn man in ihre Hexe verliebt ist.«

Sie brachte kein Lächeln zustande. »Was willst du jetzt tun?«

»Wir werden darüber schlafen«, sagte er seufzend, »mal sehen, ob sich morgen früh eine Antwort aufdrängt. Vielleicht nutzen wir den Tag, um noch ein paar Nachforschungen anzustellen – diesmal gemeinsam. Wir beginnen bei Tavish, den du für mich einschüchtern darfst.«

Sie schürzte die Lippen. »Hat Patrick dir erzählt, dass ich ihm ein Veilchen verpasst habe?«

»Er dachte, ich sollte wissen, wen ich vor den Altar führe«, sagte er ernsthaft.

»Du siehst verängstigt aus.«

Er schob unter dem Tisch seine Beine um ihre. »Nun, da Patrick mir erzählt hat, dass er dir alles über Selbstverteidigung beigebracht hat, ist das vielleicht kein Wunder.« Er streckte die Hand aus und fuhr mit den Fingern über die Edelsteinhäufchen auf dem Tisch. »Was sollen wir mit unserem Reichtum hier anfangen?«

»Ich weiß nicht. Und apropos Reichtum, da gibt es etwas, über das wir sprechen sollten.« Sie hielt inne und holte tief Luft. »Du hast zu viel Geld. Alex hat mir Einzelheiten erzählt.«

Und die hatten es in sich gehabt. Alex hatte ihr einen kleinen Zettel zu Rodneys Krankenakten gelegt, auf dem die Anzahl von Camerons Schweizer Bankkonten aufgeführt war und der ungefähre Gesamtwert, wenn man alle Guthaben zusammenrechnete.

Mindestens 750 Millionen Pfund, Sunny, hatte er geschrieben – zweifellos mit einem Grinsen. *Ich wette, das wirft dich für den Rest des Tages um.*

Sie blickte auf und sah, dass auf Camerons Gesicht das kleine Lächeln stand, das sie so gerne mochte.

»Ich hatte gehofft, ich könnte mir die unangenehmen Nachrichten für die Zeit nach der Heirat aufsparen, damit es zu spät zum Wegrennen wäre.«

Sie sah ihn wütend an. »Lach nicht über mich.«

Er beugte sich hinüber, legte die Hand um ihren Nacken und gab ihr einen Kuss. »Sei nicht albern, Sunshine«, flüsterte er. »Es ist doch nur Geld.« Er lehnte sich zurück und lächelte. »Unsere Kinder werden einmal genug Geld haben, um diese Wegelagerei zu bezahlen, die man Erbschaftssteuer nennt, und dann immer noch in der Lage sein, das Dach der Burg ein paar Jahre lang instand zu halten. Wenn unsere bescheidenen Mittel das bewirken, dann haben sie doch ihren Zweck erfüllt, oder?«

Sie holte tief Luft. »Aber ich habe im Gegenzug nichts anzubieten.«

»Das stimmt nicht, Sunshine, da irrst du dich gewaltig«, sagte er in ernstem Ton. »Du hast dich selbst, und das ist etwas von unschätzbarem Wert.« Er griff nach ihrer Hand und verschränkte seine Finger mit ihren. »Wenn es dir leichter fällt, liste ich dir auf, was der monatliche Unterhalt von Cameron Hall kostet. Danach fühlst du dich sicher nicht mehr so wohlhabend.«

Zu ihrer großen Überraschung spürte sie, dass ihr Tränen in die Augen stiegen. »Bitte, lass uns, so oft es geht, in Schottland wohnen.«

»Aber ja, meine Liebste, wir kommen nach Hause, sooft wir können«, sagte er. »Und wenn wir unbedingt woanders sein müssen, dann tragen wir die Bilder von diesen schönen Wiesen in den Highlands immer im Herzen.«

Sie wollte ihn fragen, ob er wirklich glaube, Nathan und Penelope jemals loszuwerden, ob man je aufhören würde, sie beide zu verfolgen und ob sie tatsächlich danach glücklich und zufrieden leben könnten bis ans Ende ihrer Tage, aber sie hatte keine Gelegenheit dazu, da sein Handy klingelte. Er seufzte.

»Ich bin gleich wieder da. Das ist sicher Emily, die mich an etwas erinnern will, was ich vergessen habe, zu erledigen.«

Sie sah auf seine linke Hand, die immer noch um ihre gelegt war, und fuhr mit den Fingern die Narbe entlang. Es war ein wenig seltsam, zu wissen, das sie diese Wunde vor Hunderten von Jahren genäht hatte, während Cameron in einer höchst mittelalterlichen Wanne ein Bad genommen hatte, und dennoch saß sie nun hier in Patricks und Madelyns Küche und hörte demselben Mann zu, wie er übers Handy mit seiner Assistentin in London telefonierte.

Das Leben war manchmal wirklich ausgesprochen seltsam.

»Tatsächlich?«, fragte er und hob eine Augenbraue. »Nun, ja, ich wäre interessiert. Sagen Sie mir einfach, wann. Und Oliver soll Sie heute Abend nach Hause bringen und auf Ihrem Sofa übernachten.« Er hörte noch eine ganze Weile zu, dann schüttelte er den Kopf. »Emily, tun Sie bitte einmal im Leben etwas, das Sie nicht wollen, einfach, weil ich Sie darum bitte. Sie können mich danach verfluchen, so viel Sie möchten.« Er lächelte. »Ja, da bin ich mir ganz sicher. Rufen Sie mich zurück, wenn Sie Zeit haben. Danke, meine Liebe.«

Sunny sah ihn an, als er auflegte. »Neuigkeiten?«

»Eine Besprechung, die für morgen Vormittag von unserem guten Lord Nathan einberufen wurde«, sagte er und wirkte überrascht. »Vielleicht wird er langsam nervös. Wir haben es geschafft, einen nach dem anderen von seinen Leuten umzudrehen, außer einem besonders hartnäckigen Fall und seinem Fahrer – und ich bin mir nicht sicher, dass der nicht auch käuflich ist, wenn nur die Summe groß genug ausfällt.«

»Dann wirst du also morgen nach London zurückfliegen?«

»Ganz früh schon. Ich rufe dich an, sobald ich fertig bin, und dann wissen wir, wo wir stehen. Vermutlich wirst du hier vor dem Feuer sitzen und stricken. Wenn du genug davon hast, dann kannst du ja die eine oder andere Schwertklinge schärfen, nur für den Fall.«

Sie lächelte. »Was für mittelalterliche Vorstellungen, mein Laird.«

»Durchaus«, bestätigte er vollkommen unbeirrt.

»Ich könnte mit dir zum Flughafen fahren.«

Er wollte protestieren, aber dann schlug er vor: »Vielleicht könnte ich Peter bei dir lassen. Ich nehme Derrick und Oliver mit, und Ewan kann uns als Ersatzmann begleiten, wenn ich weitere Unterstützung brauche. Aber im Gegenzug, Sunshine, will ich dein feierliches Versprechen, dass du die Autotüren verriegelst und sofort nach Hause fährst, sobald du mich am Flughafen abgesetzt hast. Keine Verfolgungsjagden, keine Fahrten zu Kräuterläden von irgendwelchen Fergussons, keine Einkaufstouren für irgendwelche 50-Pfund-Kleider mit dem Geld, das ich dir heute Morgen auf dein Konto überwiesen habe.«

»Das ist nicht wahr!«

»Dein Schwager hat von mir eine saftige Gebühr dafür verlangt, dass er mir die richtige Kontonummer gesagt hat«, meinte er trocken, »und er hat die Überweisung ausdrücklich gutgeheißen. Der Mann hat einfach Geschäftssinn.«

»Jetzt zahlt er dir den jahrelangen Verdruss heim, den ihm deine Vorfahren bereitet haben«, sagte sie nüchtern.

»Sieht ganz so aus.« Er lächelte, aber nur kurz. »Aber mit dem anderen ist es mir wirklich ernst, Sunny. Ich stelle Peter zu deinem Schutz ab, aber ich möchte, dass du unverzüglich hierher zurückkehrst. Bitte, ich will mir keine Sorgen um deine Sicherheit machen müssen, denn ich muss den Kopf frei haben für andere Dinge.«

Sie fröstelte. »Ich glaube, mir ist das mittelalterliche Schottland doch lieber.«

»Bitte, wünsch dir das für uns beide nicht zurück«, sagte er mit Nachdruck. »Ich bin viel zu sehr daran gewöhnt, Auto zu fahren, statt zu reiten.«

»Und du würdest wahrscheinlich nicht ohne deine tägliche Dosis gesättigter Fettsäuren überleben können.«

»Da hast du sicher recht«, pflichtete er ihr bei. »Nein, meine Liebe, lass uns in der Zukunft bleiben und sie von den Dingen befreien, die uns darin nicht passen.«

Es dauerte eine ganze Weile, bevor sie wieder etwas sagen konnte. »Glaubst du wirklich, dass es Giric ist?«

»Gibt es eine Alternative? Auch wenn es uns unwahrscheinlich vorkommt, fürchte ich, dass er seine Finger im Spiel hat.«

»Was willst du tun?«

»Ihn aus seinem Versteck herauszerren«, sagte er mit einem knappen Lächeln. »Aber lass uns nicht den ganzen Abend damit verbringen. Was meinst du, würde mich Patrick auf seinem Grund und Boden schlafen lassen?«

Sie sah ihn lächelnd an. »Er lässt dich vielleicht sogar sein zweites Gästezimmer benutzen. Normalerweise ist es relativ frei von Gespenstern.«

Er wollte gerade zum Sprechen ansetzen, brach dann aber wieder ab. »Ich werde ihn nicht darum bitten. Ich habe mich heute Nachmittag schon fast zum Narren gemacht, als wir unseren kleinen Kampf ausfochten. Da begann sein verdammter Dudelsackspieler mit einer Serenade, und ich habe eine Art Überraschungslaut von mir gegeben, wenn ich mich recht erinnere.«

»Pat sagte, es war ein Angstschrei.«

Er versuchte, finster dreinzuschauen, aber anscheinend gelang es ihm nicht. Er lachte verlegen. »Ja, kann schon sein. Das nächste Mal bin ich darauf vorbereitet.«

»Du solltest geschmeichelt sein. Robert MacLeod spielt nicht für jeden.«

»Und wieder einmal trägt mir meine Zuneigung zur MacLeod-Hexe eine derart zuvorkommende Behandlung ein«, sagte er schmunzelnd. »Ich habe auch meinen Pyjama mit dem MacLeod-Karo mitgebracht, nur für den Fall. Darin sollte ich heute Nacht gut schlafen, meinst du nicht?«

»Ganz sicher.«

»Aber jetzt noch nicht«, erwiderte er und zog sie auf seinen Schoß. Er legte die Arme um sie und sah sie eindringlich an. »Ich glaube, ich sollte dieser bezaubernden MacLeod-Hexe einen Beweis meiner Zuneigung geben, nicht?«

»Gewiss«, pflichtete sie ihm bei. Und wie schon so oft vollbrachten Camerons Lippen wahre Wunder. Es hatte keinen Sinn, ihnen nicht ihre volle Aufmerksamkeit zu schenken.

Sie wollte nicht daran denken, was ihn erwartete oder dass er vielleicht am nächsten Morgen wirklich in ein Schlangennest treten könnte. Aber es hätte noch schlimmer kommen können, zum Beispiel im mittelalterlichen Schottland, und dort hätten sich Cameron vielleicht ein Dutzend Männer mit sehr scharfen Schwertern entgegengestellt.

Sie hoffte, London würde weniger tödlich sein.

30

Cameron fuhr mit dem Lift ins oberste Stockwerk eines modernen Bürogebäudes in London und wünschte sich, er hätte ein Schwert. Natürlich hatte er seine Männer mit unterschiedlichen Instruktionen im ganzen Gebäude verteilt, aber das würde ihm nicht viel nützen, wenn Nathan auf die Idee kam, ihn gleich dort oben im Konferenzraum zu erschießen.

Er stieß heftig den Atem aus und wippte ein, zwei Mal auf den Fußballen – eine Angewohnheit, die er sich aus seiner siebzehnjährigen Erfahrung auf den Schlachtfeldern im mittelalterlichen Schottland bewahrt hatte. Er streckte die Hände über den Kopf, bog seine Finger durch, dann schob er seufzend die Hände in die Hosentaschen. Jetzt blieb nur noch zu hoffen, dass er sich lange genug zügeln könnte und Nathan keine Schimpfworte an den Kopf warf, bis dieser in einem Anfall von Gereiztheit vielleicht unbedachte Äußerungen herausplärren würde.

Er ging den Korridor entlang zu Nathans Büro, begrüßte charmant dessen Sekretärin, eine ältere Frau, deren Falten um den Mund zu einem Ausdruck des Abscheus erstarrt waren. Cameron konnte es ihr gut nachfühlen, denn auch wenn er selbst an Nathan dachte, zog er unwillkürlich eine solche Grimasse.

Er zog eine kleine Schachtel mit erlesenen Pralinen aus seiner Anzugtasche und stellte sie auf ihren Schreibtisch.

»Sie sind nicht vergiftet«, sagte er mit schelmischem Augenzwinkern.

Er glaubte fast, ihr den Ansatz eines Lächelns entlockt zu haben. Sie stand auf und geleitete ihn zum Konferenzsaal.

»Ich wünsche Hals- und Beinbruch«, raunte sie ihm mit gedämpfter Stimme zu.

Cameron lächelte, aber das war nun genau das, was er sicher *nicht* brauchen konnte: Hals- und Beinbruch. Er ging hinein und sah vor sich genau die erwartete Szenerie. Nathan saß ganz oben an einem langen Konferenztisch und war flankiert von einem Anwaltskader, das sich, wie Cameron vermutete, ganz auf feindliche Übernahmen spezialisiert hatte. Sie trugen zumindest alle diese bestimmte Art von berechnender, finsterer Miene zur Schau.

Wenn Cameron noch einen Funken Verstand besaß, hätte er sich eigentlich unbehaglich fühlen müssen, aber er war bereits früher in ähnlichen Situationen gewesen und hatte sie unbeschadet überstanden. Schließlich hatte er ja nichts zu verlieren. Solange er am Leben war, konnte er mit Sunny glücklich und zufrieden in Moraigs Cottage wohnen. Er würde einfach Patrick MacLeod davon überzeugen, Madam Gies als Köchin in Benmore Castle anzustellen, dann könnten er und Sunny sich regelmäßig zum Abendessen dort einladen. Er würde Holz hacken und so dafür sorgen, dass sie es warm hätten.

Geld würde keine Rolle spielen.

Natürlich hatte er keineswegs die Absicht, hier den Kürzeren zu ziehen, aber manchmal half es durchaus, wenn man eine entspannte Vision im Hinterkopf hatte.

Er blieb am anderen Ende des Tischs stehen und sah Nathan mit leicht gerunzelter Stirn an. »Was, so viele von deinen Freunden bei dieser kleinen Besprechung und so wenige von meinen?«

»Setz dich«, schnarrte Nathan ihn an. »Das hier ist kein Plauderstündchen.«

Cameron ging zum Sideboard hinüber und suchte sich eine Flasche Wasser aus, bei der er sichergehen konnte, dass sie nicht heimlich geöffnet worden war – dazu untersuchte er ein halbes Dutzend, die vor seiner eingehenden Prüfung noch versiegelt waren –, dann ließ sich er lässig in einen Sessel am anderen Tischende fallen.

»Was um alles in der Welt ist es denn dann?«, fragte Cameron und nahm einen kräftigen Schluck Wasser.

»Die Ankündigung deines Bankrotts.«

Cameron setzte zum Sprechen an, doch dann spürte er den Vibrationsalarm seines Handys in der Jackentasche. Er machte an Nathan gewandt eine entschuldigende Geste und nahm das Gespräch an. »Ja?«

»Alles verwanzt«, meldete Derrick knapp.

»Was für eine Überraschung«, sagte Cameron trocken. »Ich würde gerne plaudern, aber ich bin gerade in einer hochwichtigen Besprechung.«

»Tackern Sie seinen Hintern nicht am Tisch fest, Chef.«

Cameron lachte, beendete das Gespräch und legte das Handy auf den Tisch. Er fixierte erst die Anwälte, dann Nathan. »Bankrott?«, fragte er mit unschuldigem Blinzeln. »Ist das alles?«

Nathan fiel einen Moment der Unterkiefer herunter, dann verhärteten sich seine Züge. »Du hältst dich für so schlau, Robert, aber das ist kein Scherz. Ich reiche morgen die Anträge für ein formelles Übernahmeangebot von Cameron Ltd. ein. Morgen Nachmittag wirst du deine Mehrheit verlieren.«

Cameron legte die Hände auf den Tisch und setzte eine überraschte Miene auf. »Aber wie willst du mich in den Bankrott zwingen, indem du nur ein paar Aktien meiner Firma aufkaufst?«

Nathan bedachte ihn mit einem wütenden Blick. »Stell dich nicht dumm. Ich erwerbe große Anteile an deiner Firma, und wenn ich die Kontrollmehrheit habe, dann fahre ich sie an die Wand. Du wirst so große Verluste erleiden, dass du alles verkaufen musst, nur um die Schulden zu bezahlen, die in deinem Namen gemacht werden. Du wirst nicht mehr genug Geld übrig haben, um deine tolle Burg zu unterhalten. Wahrscheinlich wird sie bald von irgendeinem Ami mit mehr

Geld als Verstand aufgekauft, der *freiwillig* in Schottland leben will.«

»*Ach so*«, sagte Cameron mit übertriebenem Nicken. »Ich verstehe. Sehr clever von dir. Jetzt stellt sich nur noch die Frage, *warum das alles,* nicht wahr?«

»Um dich auf deinen Platz zu verweisen«, bellte Nathan und beugte sich vor. »Unter anderem. Du hast es gewagt, in den Süden zu kommen und *meine* Familie mit deinem ungehobelten Benehmen zu zerstören. Ich jage dich nach Schottland zurück, wo du hingehörst.«

»Wenn du willst, dass ich nach Schottland zurückgehe, dann kommt es mir ein bisschen schäbig vor, mir nicht mein Haus zu lassen, findest du nicht?«

Nathan schleuderte ihm einen Hefter an den Kopf, aber Cameron neigte sich rasch zur Seite, sodass hinter ihm ein Totalschaden an einer – vor einer Sekunde noch wunderschönen – Kristallvase entstand. Cameron spottete, an Nathans Anwälte gerichtet: »Können Sie ihn nicht zügeln?«

Nathan stieß wütende Laute aus. Die Anwälte begannen allesamt angelegentlich in ihren Unterlagen zu blättern.

Cameron sah Nathan nachdenklich an. »Wer hat dich auf die Idee gebracht, so viele Anteile meiner Firma aufzukaufen?«

»Das habe ich selbst eingefädelt.«

»Unfug«, entgegnete Cameron barsch. »Es ist *eine* Sache, Nathan, jemanden zu hassen; aber es ist eine ganz andere, jemanden so aufs Blut zu hassen, dass man bereit ist, sein eigenes Vermögen zu riskieren – nicht dass du davon noch viel übrig hättest –, nur um eine Firma von der Größe von Cameron Ltd. zu ruinieren. Es wäre viel sinnvoller, meine Firma zu übernehmen und sie selbst zu betreiben – und sich damit eine goldene Nase zu verdienen. Da steckt mehr dahinter, als du mir sagst.«

»Du wirst es nie erfahren«, sagte Nathan, »und jetzt ist es nicht mehr deine Firma. Ab morgen früh zumindest nicht mehr.«

Cameron stützte sich mit den Ellbogen auf dem Tisch ab und musterte Nathan mehrere Minuten lang schweigend. Ihm fehlte noch irgendetwas, und er wusste verdammt noch mal nicht, was. Vielleicht war es ja so, wie Alex gesagt hatte, dass dieser ganze Angriff nur dazu diente, ihn zu drangsalieren. Er konnte sich nicht vorstellen, was für ein Vergnügen Nathan daraus zog, aber vielleicht war er ja schlichtweg irrational und diese ganze Aktion war Ausdruck seines Wahns.

Cameron dachte sich, er könnte noch den ganzen Tag darüber brüten und würde diesen Irrsinn doch nicht im Ansatz verstehen – es wäre reine Zeitverschwendung. Vielleicht war es das Beste, einfach den letzten Nagel in den Sarg zu schlagen, und Ende. Er legte die Hände auf den Tisch.

»Nun, dann kommen wir mal zur Sache, nicht? Hat einer aus der schnatternden Schar deiner Anwälte vielleicht daran gedacht, zu dieser kleinen Verhandlung eine Liste der Anteilseigner an deiner Firma mitzubringen? Ich höre, dass es in letzter Zeit einen ziemlichen Run auf deine Aktien gegeben hat. Besonders heute Morgen.«

Nathan verdrehte die Augen. »Natürlich, du Trottel. Für wie blöd hältst du mich eigentlich?«

Cameron war heilfroh, dass er wusste, wie dumm Nathan war, aber es hatte keinen Sinn, ihm so etwas offen ins Gesicht zu sagen. Er wartete einfach, bis der Sinn seiner Worte bei ihm ankam.

Das geschah allmählich, und Nathan schlug mit der Faust auf den Tisch. »Was meinst du mit *heute Morgen?*«, fragte er. »Was hat das zu bedeuten?«

Cameron sah die Anwälte zu beiden Seiten des Tisches an. »Vermutlich hatten die Herren heute Morgen noch keine Zeit, herauszufinden, wer all diese Wohltätigkeitstrusts, Stiftungen und Hedgefonds – natürlich hinter einigen Tochterfirmen verborgen – sind, die in den vergangenen zwei Wochen so viele Aktien von Ainsworth Associates aufgekauft haben? Und heute Morgen findet sich sogar mein eigener Name auf einem ziemlich bedeutenden Aktiendeal. Ich bin mir ziemlich sicher, ich habe ein echtes Schnäppchen gemacht.«

»Wovon redest du?«, fragte Nathan mit leiser, tödlicher Stimme. »Sag es mir, wenn du es wagst.«

»Gerne«, meinte Cameron leichthin. »Was deine Leute hier anhand von ein bisschen Recherchearbeit herausfinden werden, ist, dass die 25 Prozent deiner Firma, die dir nicht mehr gehören, von verschiedenen Gesellschaften aufgekauft wurden, die letzten Endes mir gehören.«

»Das ist nicht wahr«, sagte Nathan, und auf seinem Gesicht zeigten sich rote Flecken.

Cameron musterte ihn kühl. »Für wie dumm hältst du mich eigentlich, Nathan? Ich besitze jetzt die Aktienmehrheit an deiner Firma, was bedeutet, dass du keinerlei Kontrolle mehr über Cameron Ltd. hast. Wie konntest du dir nur einbilden, ich würde zulassen, dass du ruinierst, was meine Familie seit Generationen unter großen Opfern aufgebaut hat, du aufgeblasener Idiot?«

Nathans Anwälte wühlten hektisch in ihren Unterlagen oder nach ihren Handys. Nathan stand auf und schrie sie an. Selbst seine Sekretärin machte die Tür auf, um nachzusehen, was der Tumult zu bedeuten hatte. Cameron blickte sie freundlich an.

»Wie waren die Pralinen?«

»Köstlich, Lord Cameron«, sagte sie und ihre miesepetrige Miene hellte sich tatsächlich etwas auf, und sie brachte ein Lächeln zustande. »Danke.«

Cameron erwiderte ihr Lächeln, dann wandte er sich um und betrachtete das Chaos vor ihm. Er nannte die Namen von einigen Wohltätigkeitsorganisationen, nur um die Anwälte zu beschäftigen, dann merkte er, dass sein Handy klingelte. Er nahm das Gespräch an und stellte sich an die Wand, wo das Stimmengewirr nicht ganz so laut war.

»Cameron, wo ist Sunny?«

Cameron hatte eigentlich erwartet, Derrick am Apparat zu

haben. Es dauerte einen Moment, bevor er realisierte, dass es Patrick war. »Was meinst du damit?«

»Ich habe Sunny noch nicht gesehen. Du sagtest, sie würde um zehn zu Hause sein, und jetzt ist es Viertel vor elf. Hast du deine Pläne geändert?«

»Nein«, sagte Cameron, und sein Herz setzte einen Schlag aus. »Hast du es auf ihrem Handy versucht?«

»Ja. Sie nimmt nicht ab, aber vielleicht traut sie sich ja auch nicht, weil sie Angst hat, deinen Wagen zu Schrott zu fahren.«

Cameron holte tief Luft. »Fahr bitte für mich nach Inverness ...«

»Ich bin schon halb dort. Ich wollte nur sichergehen, dass ich nicht überreagiere.«

»Verdammter Mist«, sagte Cameron wütend. »Ich hätte sie in deinem verdammten Gästezimmer einsperren sollen. Wenn ihr irgendwas passiert ist ...«

»Bitte keine Panik. Ich werde ein paar Nachforschungen anstellen und mich dann wieder bei dir melden.«

»Wo sind Madelyn und deine kleine Tochter?«

»Bei Jamie, und er bewacht alle Türen. Ich fahre weiter und ruf dich später wieder an.«

Cameron nickte, legte auf und ließ das Handy in seine Tasche gleiten. Er hatte Sunny persönlich zu seinem Wagen zurückgebracht. Sie war immer noch auf dem Rollfeld gestanden, als sein Flugzeug zur Startbahn davongerollt war, aber sie hatte versprochen, sofort loszufahren, sobald er in der Luft war. Vielleicht war sie noch eine Weile dort stehen geblieben, um die Betriebsanleitung des Wagen zu studieren. Vielleicht war Peter ja auch das Undenkbare passiert, und der Akku seines Handys war leer.

Das war alles höchst unwahrscheinlich.

Er lehnte sich an die Wand und versuchte, sich zu entspannen, während er das Chaos vor sich beobachtete. Nathan hatte einen seiner Anwälte beim Kragen gepackt und schüttelte ihn heftig. Normalerweise hätte Cameron das genossen, aber jetzt hatte er andere Sorgen. Er zog sein Handy wieder aus der Tasche und schrieb Peter eine SMS, wurde aber unterbrochen, als die Tür aufging. Er blickte auf und fluchte mit unterdrückter Stimme, als Penelope hereinkam. Er klappte sein Handy zu und steckte es wieder in die Tasche zurück. Nun, zumindest hatte sie keine giftigen Flüssigkeiten oder Waffen in den Händen. Cameron ließ seine Hände in die Taschen gleiten und wartete darauf, was sie tun würde.

Sie sah Nathan nur kurz an, dann kam sie zu Cameron herüber.

»Nimm die Hände aus den Taschen, Mac«, sagte sie knapp, »und sag mir, was hier los ist, verdammt.«

Er ignorierte ihre erste Forderung. »Was hier los ist, meine Liebe, ist, dass dein Bruder versucht, mich zu ruinieren.«

Sie taumelte, als hätte sie der Schlag getroffen. Er hatte das außerhalb von Filmszenen im echten Leben noch nie bei jemandem gesehen und war beeindruckt, wie anmutig ihr das gelang. Sie fegte dabei mit ihrer Handtasche die Gläser von der Anrichte, dann lehnte sie sich schwer dagegen und sah ihn entgeistert an.

»Sicher nicht.«

»Vielleicht konnte er den Gedanken nicht ertragen, dass du mich heiraten musst.«

»Er ist doch kein Narr …« Sie klappte den Mund mit einem schnappenden Geräusch zu und blickte leicht verlegen drein. »Natürlich heirate ich dich nicht des Geldes wegen. Es ist nur so, dass Nathan nicht klug genug ist, Vaters Firma zu leiten. Da wird er deine doch sicher nicht auch noch haben wollen.«

Cameron hob kurz eine Augenbraue. »Ich finde es immer wieder überraschend, was Leute alles wollen – und was sie bereit sind zu tun, um es zu bekommen. Raubüberfälle, Meineide … Mord.« Er zuckte die Schultern. »Eine interessante Liste, nicht wahr?«

Vor Staunen blieb ihr die Spucke weg. »Du willst doch damit nicht etwa andeuten, dass ich zu so etwas in der Lage wäre?«

»Natürlich nicht«, sagte er täuschend sanft, obgleich er, was Penelope betraf, durchaus eine ganze Reihe von Dingen hätte andeuten können. »Unglücklicherweise glaube ich, dass dein Bruder sehr wohl dazu in der Lage ist, und noch zu viel mehr.«

Penelope sah Nathan stirnrunzelnd an, dann wandte sie sich wieder an Cameron. »Ich bin fertig mit dieser Unterhaltung. Das ist deprimierend. Sag Nathan bitte, dass ich hergekommen bin, wie er mich gebeten hat. Ich glaube, er hatte ein paar Immobilienfonds für mich, aber die kann ich auch später noch abholen.« Sie fixierte ihren Bruder noch ein oder zwei Augenblicke mit eisigem Blick, dann strich sie sich mit der Hand übers Haar und sagte zu Cameron: »Schlag ihm keine blutige Nase, wenn du hinausgehst. Und vergiss den Brunch morgen nicht.«

Cameron ging nicht davon aus, dass er da sein würde, aber er sah keinen Grund, ihr das auf die Nase zu binden. Er sah ihr nach und wunderte sich über sie. Sie war ihrem Bruder nicht zur Seite gesprungen. Entweder wusste sie, dass er schuldig war, oder sie war ebenso schuldig wie er und wollte die Aufmerksamkeit von sich ablenken.

Oder vielleicht hatte sie ihm im Leben einfach zu oft über die Schulter geschaut und konnte jetzt Freund und Feind nicht mehr voneinander unterscheiden.

Er würde später darüber nachdenken, wenn er mit Nathan fertig war, und – bei allen Heiligen –, wenn er herausgefunden hatte, wo Sunny war.«

Sein Handy vibrierte, und er meldete sich sofort. »Ja?«

»Dein Wagen steht am Straßenrand, Cameron«, sagte Patrick düster. »Leer.«

Cameron war froh, dass er saß. *»Was?«,* fragte er ungläubig.

»Peters Wagen liegt mit Totalschaden im Straßengraben

hinter dem anderen. Er saß nicht drin, obwohl am Boden neben der Fahrertür Blut ist. Dein Mercedes ist unbeschädigt, und die Schlüssel steckten noch.« Er schwieg. »Seltsam, nicht? Sieht so aus, als sei jemand eher daran interessiert, dir Kummer zu bereiten, als dich zu berauben.«

Cameron fand keine Worte, um sein Entsetzen und seine Furcht zum Ausdruck zu bringen. Genau dasselbe hatte Alex auch gesagt. Er blickte auf und sah Nathan, der mitten zwischen seinen aufgeregten Anwälten stand und ihn mit einem boshaften Lächeln beobachtete.

In diesem Augenblick wurde ihm sonnenklar, dass Nathan einige Dinge wusste, die er nicht hätte wissen sollen.

»Ich rufe gleich wieder an«, sagte Cameron. »Bring meinen Wagen von dort weg, wenn es geht. Den von Peter kannst du dort lassen, damit die Polizei etwas zu tun hat. Ich habe das Gefühl, bei dieser Sache brauche ich keine Hilfe von offizieller Seite.«

»Natürlich.«

Cameron steckte sein Handy in die Tasche zurück, dann ging er durch den Konferenzraum und um das andere Tischende herum. Nathan zuckte zurück, dann besann er sich plötzlich eines Besseren und blähte seine Brust.

»Wenn du mir auch nur ein Haar krümmst, werden meine Anwälte das vor Gericht bezeugen.«

Cameron schob ein paar schwitzende Paragraphenreiter beiseite, dann sah er Nathan an. »Wo ist sie?«, fragte er ruhig.

»Wer?«

»Du weißt, von wem ich rede.«

»Ich weiß nur, wer *du* bist«, erwiderte Nathan. Ich kenne jemanden, der dich kannte … vor Jahrhunderten.«

Cameron war sich nicht sicher, ob er überrascht war, dass seine schlimmsten Befürchtungen sich bewahrheitet hatten, oder erleichtert, dass er jetzt zumindest das Gesicht seines Feindes kannte. Er lächelte so gelangweilt, wie er konnte. »Die Studienzeit liegt schon so lange zurück, nicht wahr?«

»Ich spreche nicht über die Universität«, giftete Nathan, »ich spreche von etwas vollkommen anderem, und du weißt genau, worüber. Dein besonderer Background macht es ein bisschen schwierig, eine offizielle Geburtsurkunde zu bekommen, nicht wahr? Und wenn du die nicht hast, dann glaube ich, hast du kein Anrecht auf einige andere Dinge, die du derzeit noch genießt.«

Cameron sah, wie mehrere der verdammten Rechtsverdreher die Ohren spitzten. Er war nicht überrascht, aber er wollte ihnen auch keine Munition liefern. Er blickte Nathan verwirrt an. »Wovon zum Teufel redest du, Nathan?«

Nathan beugte sich zu ihm vor. »Ich *weiß alles,* Robert.«

»Und *ich* weiß einiges darüber, wo dein Geld abgeblieben ist; Dinge, die deinen Freunden hier und deinem Vorstand nicht gefallen werden«, entgegnete Cameron. »Willst du, dass ich ein wenig davon ausplaudere?«

Nathan wurde nur ein klein wenig blass um die Nase. »Das musst du erst noch beweisen. Viel Glück dabei.«

»Du unterschätzt mich, wenn du glaubst, dass mir das nicht gelingt«, sagte Cameron ruhig. »Und jetzt, bevor ich dir jeden Knochen einzeln breche, sag mir, *wo sie ist.* Auf Entführung steht Gefängnis, wenn ich recht informiert bin.«

»Auf Vergewaltigung auch, soweit ich weiß«, erwiderte Nathan ungerührt.

Cameron musste all seine Selbstbeherrschung zusammennehmen, um den Mistkerl nicht auf der Stelle zu erwürgen. Das einzige, was ihn davon abhielt, war die Hoffnung darauf, dass Nathan, wenn er jetzt wegginge, vielleicht etwas tun würde, das Cameron verriet, wo Sunny war – und das konnte Nathan nicht, wenn er bewusstlos war.

Cameron wollte nicht daran denken, dass Nathan im Augenblick seine einzige Verbindung zu Sunny darstellte, aber er erkannte, dass er keine andere Wahl hatte.

Er trat einen Schritt zurück und sah Nathans Anwälte an. »Bleiben Sie an ihm dran«, riet er ihnen. »Sie werden eine

Menge Honorare einstreichen, um ihn aus dem Knast rauszuholen. Hoffen wir nur, dass sich die Anklage dann auf Entführung beschränkt.«

Nathan begann vor Wut zu toben, aber Cameron ignorierte ihn. Er drehte sich um und ging aus dem Konferenzraum. Er nickte der Sekretärin zu, dann ging er türenknallend hinaus. Er verschwand im Lift und klappte ein zweites Handy auf, das ihm Derrick im Flugzeug gegeben hatte. Es war darauf programmiert, Nathans Privatgespräche abzuhören. Und er musste nicht lange warten. Nathan nahm fast augenblicklich Verbindung auf mit einer Stimme, die Cameron noch nie gehört hatte – die Stimme eines Mannes mit schwerem Glasgower Akzent. Cameron lauschte angespannt.

»Habt ihr sie?«, wollte Nathan wissen.

»Ja. Wir sind jetzt auf der Straße nach …«

»Still«, knurrte Nathan. »Bringt sie einfach dorthin. Ich mach mich auf den Weg. Und lass die Finger von ihr, bis ich mit ihr fertig bin.«

»Ich höre nicht auf Befehle …«

»Aber sicher, sonst gibt es auch keine Bezahlung!«, bellte Nathan. »Und jetzt red nicht lange herum und halt dich an die Anweisungen.«

Cameron hörte ihnen noch eine Weile bei ihren gegenseitigen Anwürfen zu, dann legte er auf. Der Gedanke lag nahe, dass Nathan natürlich auch in Schottland Helfershelfer hatte, aber er hatte noch nie konkrete Beweise dafür gehabt. Der Kerl, der gerade gesprochen hatte, war kein Highlander, also vielleicht würde er Fehler machen, die einer, der in den Highlands groß geworden war, nicht machen würde, beispielsweise was die Ortskenntnis und den Umgang mit den Einheimischen anging.

Es war ein schwacher Trost, aber besser als nichts.

Er schwor sich, Nathan zu würgen, bis er das Bewusstsein verlor, dann trat er aus dem Lift und wählte Derricks Nummer.

»Hast du das gehört?«, fragte er.

»Ja«, knurrte Derrick und klang finster entschlossen. »Pat MacLeod hat mich gerade angerufen, nur damit Sie wissen, dass ich darüber informiert bin, was in Schottland geschehen ist. Ich hab immer wieder versucht, Peter auf dem Handy zu erreichen, aber er meldet sich einfach nicht. Ich habe auch Ewan angerufen, und das Flugzeug ist startbereit. Was kann ich sonst noch tun?«

»Ruf Oliver an und sorg dafür, dass er Nathan beschattet. Ich treffe dich am Flughafen.«

»Alles klar.«

Cameron legte auf und rannte nach draußen, wo George schon auf ihn wartete. Er riss die Tür auf und sprang hinein.

»Zum Flughafen, George«, sagte er kurz angebunden. »Bitte so schnell wie möglich.«

»Selbstverständlich, Mylord.«

Cameron wählte Patricks Nummer, und der hob beim ersten Klingeln schon ab. »Nathan hat sie entführen lassen«, sagte Cameron kurz angebunden und zwang sich, seine Stimme frei von Gefühlen zu halten. »Sie sind irgendwo auf der Straße unterwegs, aber ich habe keine Ahnung, wo.«

»Werden diese Kerle in Schottland von deinen Leuten beschattet?«

»Ich weiß nicht einmal, wer diese Kerle *sind*«, sagte Cameron hilflos. »Sie gehören nicht zu Nathan, andernfalls hätten wir von ihnen gewusst.«

Patrick gab einen enttäuschten Laut von sich. »Meinst du, die haben etwas mit diesem grauen Auto zu tun, das Sunshine gefolgt ist?«

»Nein«, sagte Cameron gedehnt. »Wer auch immer in diesem kleinen Ford saß, hat sich von mir leicht einschüchtern lassen. Derrick hat in Inverness nach ihm gesucht, hat aber nichts herausgefunden. Ich vermute, das war ein Dorftrottel, der einen über den Durst getrunken hatte und Sunny einfach aus Jux gefolgt ist.«

»Vielleicht.« Patrick klang nicht sonderlich überzeugt.

»Was ist mit meinem Wagen? Gibt es Kampfspuren? Irgendwelche Anhaltspunkte?«

»Keine, aber ich habe mir nicht die Zeit genommen, alles gründlich zu untersuchen, damit mich die Polizei nicht irgendwo festhält, wo ich nicht sein will.«

Cameron verstand das. »Du hattest keine andere Möglichkeit. Ich bin auf dem Weg nach Hause, aber ich lasse einen meiner Leute zurück, um Nathan beschatten zu lassen. Ich kann nur hoffen, dass er uns zu ihr führt.«

»Bist du sicher, dass er herkommt?«

»Wärst du das nicht?«

Patrick seufzte tief. »Ja, schon. Beeil dich, Mann. Wir sind auf dem Weg nach Norden. Brauchst du einen zweiten Wagen?«

»Ja, wenn du das einrichten kannst. Derrick begleitet mich.«

»Ich lasse meinen Range Rover zum Flughafen bringen. Derrick kann ihn nehmen und hinter dir herfahren. Bobby benutzt im Moment deinen McLaren. Ich ruf dich an, wenn ich was Neues weiß.«

»Danke, Patrick«, sagte Cameron und seufzte tief. »Wenn ihr etwas passiert ist …«

»Hör auf«, wies ihn Patrick scharf zurecht. »Du kannst verdammt noch mal nichts dagegen tun, bis du hier bist. Sie ist zäh, genau wie ihre Schwester. Sie überlebt das.«

Cameron konnte es nur hoffen. Er dankte Patrick noch einmal, rief Ewan an und bat ihn, sich zu beeilen, dann beendete er das Gespräch und schloss die Augen.

Er gestattete sich nicht, zu grübeln.

Eine Stunde später stand er an der Tür zum Cockpit seiner Gulfstream und sah in den blauen Himmel, aber das hatte nicht den üblichen beruhigenden Effekt auf ihn. Er hatte sich umgezogen, denn Jeans und Stiefel waren praktischer bei einer Verfolgungsjagd, aber er wünschte sich sehnlichst ein Schwert.

Er wagte nicht zu hoffen, dass Patrick ihm eines von seinen mitbringen würde.

»Cameron, setzen Sie sich hin.«

Er sah seinen Kapitän an. »Marcus, flieg dieses verdammte Ding schneller.«

»Ich kann nicht schneller fliegen, und das wissen Sie genau. Wir werden in zwanzig Minuten wieder auf dem Boden sein.« Er warf einen Blick über die Schulter. »Jetzt setzen Sie sich schon auf Ihre vier Buchstaben, Chef.«

Cameron verfluchte ihn, einen beinharten früheren Kampfpiloten der Royal Air Force, aber er befolgte seine Anweisung. Er sah zu Derrick hinüber, der ihm gegenüber saß.

»Gibt es etwas Neues?«

Derrick trug ein Knopf im Ohr und hörte damit auf seinem Handy ein Gespräch mit. Er schüttelte den Kopf, dann lauschte er wieder. Cameron klopfte bei der Landung nervös mit dem Fuß auf den Boden, und er war aufgestanden und hatte sein Gepäck geschnappt, noch bevor sie den Hangar erreicht hatten. Er wippte auf den Fußballen vor und zurück, bis er zum frühestmöglichen Zeitpunkt die Kabinentür öffnen konnte.

»Brauchen Sie noch jemanden zur Unterstützung?«, fragte Ewan.

Cameron sah ihn ernst an. »Können Sie Geheimnisse bewahren?«

»Ich bitte Sie, Cameron«, sagte Ewan und verdrehte empört die Augen. »Ich hole meine Sachen.«

Cameron eilte die Gangway herunter und rannte zu seinem wartenden Wagen. Die Tür ging auf, als er dort ankam, und er setzte sich sofort hinters Steuer.

»Ich dachte mir, Sie würden lieber selbst fahren«, sagte Bobby in ernstem Ton vom Beifahrersitz aus.

»Stimmt.«

Cameron wartete, bis Derrick hinter ihm die Scheinwerfer von Patricks Wagen einschaltete, dann legte er bei seinem

Mercedes den Gang ein und verließ das Flughafengelände. Er fuhr in gemäßigtem Tempo durch Inverness und langsam genug so weit aus der Stadt heraus, wie es nötig war, dann trat er das Gaspedal durch.

Bobby gluckste.

»Rufen Sie Pat an«, sagte Cameron knapp. »Finden Sie raus, wo sie angehalten haben, und sagen Sie ihm, ich werde als Erstes Tavish Fergussons Kräuterladen einen kleinen Besuch abstatten.«

»Wenn Sie meinen«, sagte Bobby zweifelnd. »Soll ich ihn abstechen?«

»Von mir aus, aber erst, nachdem er gegackert hat wie ein gerupftes Huhn.«

Das schien ganz nach Bobbys Geschmack zu sein, und er informierte umgehend Patrick darüber, was er tun würde, wenn sich ihm eine solche Gelegenheit böte. Cameron fand diese Schilderungen schwerer Körperverletzung irgendwie tröstlich. Es lenkte ihn von all den schrecklichen Dingen ab, die Sunny widerfahren könnten, während er meilenweit entfernt war und sie nicht beschützen konnte.

Er fuhr so schnell, wie er es wagte, Richtung Norden. Hin und wieder musste er vor einer Schafherde oder in den immer wieder an der Straße auftauchenden kleinen Dörfern das Tempo verringern, da er keine kleinen Kinder überfahren wollte, aber auf der übrigen Strecke flog er geradezu dahin.

»Es könnte noch schneller gehen«, bemerkte Bobby einmal.

Vor seinem Heimatdorf drosselte Cameron das Tempo.

Patrick wartete auf ihn vor Tavish Fergussons steril wirkendem Kräuterladen. Cameron nickte ihm zu, dann riss er Tavishs Tür auf und trat ein.

»Ich weiß nichts«, platzte Tavish heraus und drückte sich theatralisch an die Wand hinter seiner Ladentheke.

Cameron blieb stehen und stützte sich lässig auf der Theke ab. »Warum meinen Sie, dass ich glaube, dass Sie etwas wissen?«, fragte er ruhig. »Plagt Sie das schlechte Gewissen, Tavish?«

Tavish brachte die Schultern zurück. »Sie können mich nicht einschüchtern.«

»Ich würde sagen, ich habe noch gar nicht damit begonnen, es zu versuchen«, entgegnete Cameron spöttisch. »Ich bin aber neugierig, zu erfahren, warum Sie meinen, dass ich nicht wegen Ihrer Kräuter hergekommen bin. Oder wegen ein bisschen Arsen, wenn Sie davon etwas haben.«

»So etwas verkaufe ich nicht«, erwiderte Tavish geringschätzig. »Meine Kunden sind hauptsächlich Touristen.«

»Oh, und davon haben wir ja so viele hier«, meinte Patrick sarkastisch vom anderen Ende der Ladentheke aus. »Tavish, Mann, wir können das alles ganz zivilisiert über die Bühne bringen, oder aber Sie machen es sich selbst sehr schwierig. Lord Robert und ich haben ein paar Fragen, und ich bin sicher, Sie werden uns bereitwillig weiterhelfen.«

»Ich rufe meinen Bruder an«, kreischte Tavish.

»Das können Sie tun«, meinte Patrick, »aber dann erfährt er alle möglichen Dinge, die Sie vielleicht lieber für sich behalten möchten. Ich würde vorschlagen, wir sprechen erst darüber.«

Cameron überließ es Patrick, Tavish in die Mangel zu nehmen. Er sah zu und fragte sich, wie lange es dauern würde, bis Tavish aufgab und anfangen würde zu heulen wie ein Baby. Vermutlich nicht allzu lange. Tavish war, trotz aller zur Schau getragenen Männlichkeit, eine Memme. Er zog sich an wie ein Straßenmädchen, mit seinem bis hinunter auf die Brust aufgeknöpften Hemd …

Cameron erstarrte.

Bevor er sich zurückhalten konnte, hatte er die Hände ausgestreckt und den Anhänger gepackt, den Tavish um den Hals trug, und die Kette über Tavishs Kopf gezogen. Er blickte den grob polierten, in Metall gefassten Stein entgeistert an, und hatte auf einmal das Bedürfnis, sich zu setzen.

»Das gehört mir!«, protestierte Tavish.

Cameron blickte drohend zu ihm auf. »Woher haben Sie diesen Anhänger?«

»Das geht Sie nichts an.«

Cameron packte Tavish am Hemd, bevor er darüber nachdachte. Er sah davon ab, ihn zu schütteln, bis ihm die Zähne ausfielen, aber er konnte es sich nicht verkneifen, den Ladenbesitzer halb über seine penibel aufgeräumte Ladentheke zu zerren. »Wenn Sie nicht wollen, dass ich Sie auf der Stelle umbringe«, knurrte er, »dann sagen Sie mir, *wo Sie das herhaben.*«

»Das war ein Geschenk«, keuchte Tavish. »Es soll böse Geister abwehren.«

Cameron kniff überrascht die Augen zusammen. »Haben Sie es von einem *Mann?*«

Tavish machte sich von ihm los und kämpfte sich über die Theke zurück auf seine Füße. Er strich seine Kleider mit ein paar Verrenkungen wieder glatt. »Natürlich nicht …« Er klappte den Mund zu, dann sah er Cameron entsetzt an, als hätte er damit schon zu viel gesagt.

Cameron verstand sein Entsetzen. Er sah zu Patrick hinüber.

»Richtung Norden«, sagte er. »Sie ist ganz sicher oben im Norden.«

»Wie haben Sie …?«, stotterte Tavish.

Cameron funkelte ihn an. »Ich weiß, dass Sie Verträge unterzeichnet haben, um mit Nathan und Penelope Ainsworth einen Trust zu begründen, der darauf angelegt war, meine Firma aufzukaufen. Sie lassen sich besser einen verdammt guten Grund einfallen, warum Sie das getan haben, bevor ich wieder zurückkomme.«

Tavish wurde leichenblass, er verdrehte die Augen und glitt ohnmächtig zu Boden.

Cameron ging aus dem Laden und zu seinem Wagen. Verdammter Mist. Verdammt in drei Teufels Namen. Wie hatte er nur so dumm sein können?

»Willst du mir vielleicht sagen, was du jetzt vorhast?«, fragte Patrick hinter ihm energisch.

Cameron wirbelte herum und sah ihn an. »Wir sehen uns die Fergusson-Burg mal genauer an. Vertrau mir.«

»Ian hatte auch schon vor, dorthin zu fahren. Vielleicht ist er sogar schon dort.«

Cameron fluchte. »Sag ihm, er soll vorsichtig sein.«

»Er ist in diesem Verlies fast einmal krepiert, daher ist er immer besonders vorsichtig, wenn er sich dort umsieht – auch noch in diesem Jahrhundert. Und warum meinst du, dass Sunny dort ist?«

»Weil es nicht mein Cousin Giric ist, nach dem wir suchen«, sagte Cameron finster entschlossen. Er drehte sich auf dem Absatz um. »Vertrau mir einfach.«

Patrick nickte kurz, dann ging er zu seinem Wagen. Cameron fuhr langsam aus dem Dorf, und als er am letzten Haus vorbei war, trat er das Gaspedal durch.

Er war noch nicht weit gekommen, als er an Hamish Fergussons Polizeiauto vorbeibrauste. Er fuhr an den Straßenrand, noch bevor Hamish mit seinem Polizeiauto hinter seinem üblichen Busch hervorkommen konnte. Patrick fuhr hupend weiter. Cameron blickte ihm finster nach, dann ging er auf und ab, bis Hamish wichtigtuerisch mit eingeschaltetem Blaulicht hinter ihm anhielt. Er sah, wie auch Derrick hinter Hamish anhielt und wartete. Hamish stieg aus seinem Streifenwagen, zog seine Hose hoch und kam breitbeinig auf ihn zu.

»Also wirklich«, begann Hamish empört. »Und wohin will dieser Pat MacLeod denn so eilig! Ich sage …«

»Hören Sie auf, Sie Dummkopf«, fauchte Cameron. »Halten Sie einmal im Leben die Klappe und hören Sie genau zu.«

Hamish starrte ihn verdattert an.

»Ich weiß, dass hier in der Nähe gerade ein furchtbares Verbrechen geschieht«, sagte Cameron ohne Umschweife. »Und ich liefere Ihnen die Missetäter frei Haus, bewusstlos und bereit für ihr armseliges kleines Dorfgefängnis, wenn Sie mich jetzt nicht weiter aufhalten und mir die Verfolgung jetzt nicht vermasseln.«

Hamish sah ihn berechnend an. »Ist das die Wahrheit?«

Cameron fluchte. »Sie sollten nicht so viele Fernsehkrimis anschauen, Hamish. Bleiben Sie mir vom Hals, und ich sehe zu, dass Sie ganz groß rauskommen und allen Ruhm für sich einstreichen können. Also, wie ist Ihre Handynummer?«

Hamish schrieb sie ihm auf, dann reichte er ihm den Zettel. Dabei machte er große Augen. »Bitte sehr, Mylord.«

»Ich rufe Sie an, wenn ich soweit bin«, sagte Cameron und steckte den Zettel in die Tasche. »Wie viele Paar Handschellen haben Sie?«

»Handschellen?«

Cameron widerstand der Versuchung, ihn zu schütteln. »Warum fahren Sie nicht rasch ins Dorf zurück«, begann er mit übertriebener Geduld, »holen dort alle verfügbaren Handschellen, fahren schnurstracks zu Ihrem Busch zurück und warten dort auf meinen Anruf? Könnten Sie das für mich tun?«

»Aber …«

»Hamish!«

Hamish zog den Kopf ein. »Also gut.«

»Vertrauen Sie mir. Die Sache ist es wert.«

Hamish sah ihn fassungslos an, als halte er den Gedanken an den großen Ruhm für fast zu schön, um wahr zu sein, dann beschloss er anscheinend, dass es das Risiko wert war. Er ging zu seinem Wagen zurück, stieg ein, wendete und fuhr zurück in Richtung des Dorfes. Cameron schwang sich auf den Sitz seines McLaren, zog die Tür herunter und sauste auf die Straße zurück.

»Ruf Patrick an«, befahl er Bobby. »Finde heraus, wo er angehalten hat.«

Bobby sah ihn an, das Handy schon am Ohr. »Ein ziemliches Stück voraus.«

Zwanzig Minuten später sah Cameron Patricks Vanquish am Straßenrand stehen. Er hielt hinter ihm an und sprang aus dem Wagen. Er hörte die anderen Türen knallen und wusste, dass Derrick und Ewan hinter ihm herrannten. Er steuerte auf Patrick zu, der an der Beifahrertür seines Wagens lehnte und in sein Handy sprach.

»Nun?«, fragte er.

Patrick hielt die Hand hoch. Cameron wünschte sich, er hielte ein Schwert darin. Er wünschte sich auch, er wäre bei Sunny geblieben. Er wünschte sich eine Menge Dinge, die er im Moment nicht ändern konnte.

Aber zumindest hatte er diesmal Gefolgsleute auf seiner Seite. Derrick, Ewan und Bobby standen vor ihm und sahen ihn schweigend an. Patrick ließ sein Handy in die Tasche gleiten und sah ihn ebenfalls an.

»Ian hat sie gefunden. Sie ist in der Burg der Fergussons.« Patrick hielt inne. »Was ich jetzt sage, hörst du sicher nicht gern.«

»Lebt sie?«, fragte Cameron.

Patrick schwieg einen Moment, dann streckte er den Arm aus und legte seine Hand auf Camerons Schulter.

»Er ist sich nicht sicher.«

Cameron war nie dankbarer gewesen für die 28 Jahre, die er im mittelalterlichen Schottland gelebt hatte, als in diesem Augenblick. Beinahe instinktiv verstaute er jedes Gefühl, das ihm im Moment nicht dienlich war, an einen tiefen, stillen Platz in seinem Inneren, wo es ihn nicht bei dem behinderte, was er jetzt tun musste, um zu überleben. Er warf Bobby die Wagenschlüssel zu.

»Fahr meinen Wagen von der Straße runter. Derrick, nimm den anderen und folge ihm. Kommt uns zu Fuß hinterher.« Er sah Patrick an. »Ist Ian allein dort?«

»Er hat einen von Conal Grants Männern bei sich, Andrew MacDougal. Andrew hat ein paar ziemlich interessante Fertigkeiten, die du vielleicht ganz hilfreich finden wirst.« Er nahm zwei gefährlich aussehende Dolche vom Vordersitz seines Wagens, dann reichte er Ewan die Schlüssel. »Verkratz meinen Wagen nicht, oder du bekommst zur Belohnung einen Dolch in den Leib. Ich glaube, etwa eine Meile weiter oben gibt es ein Waldstück, das sich gut als Versteck eignet.«

Ewan war zur Abwechslung einmal vollkommen still. Er nickte nur mit großen Augen nahm die Schlüssel, ging um den McLaren herum und stieg ein.

Cameron nahm den in einer Scheide steckenden Dolch entgegen, warf seinen Männern einen letzten warnenden Blick zu, dann ging er mit Patrick querfeldein Richtung Burg. Er war angenehm überrascht, festzustellen, dass Patrick bei der Spurensuche genau so vorging wie er, obwohl er darüber nicht erstaunt sein sollte. Schließlich hatte Patrick MacLeod einen Großteil seines Lebens im mittelalterlichen Schottland verbracht.

Aber das galt auch für die Highlander, die Sunny gefangen hielten.

Er schloss kurz die Augen, dann ging er weiter und betete, dass er nicht zu spät kam.

31

Sunny war sich nicht ganz sicher, ob sie schon tot war.

Aber eigentlich stimmte das nicht ganz. Diese Frage hatte sich ihr nur gestellt, solange sie sich noch aus ihrem – von welchen Mittelchen auch immer verursachten – Tiefschlaf, in den man sie versetzt hatte, herausgekämpft hatte. Jetzt wusste sie, dass sie ganz sicher noch am Leben und obendrein äußerst unbequem an eine Mauer in einer Ruine festgekettet war. Eine Schrecksekunde lang hatte sie die Frage durchzuckt, ob sie vielleicht mit Camerons Wagen durch ein Zeittor gefahren war, einen Schlag auf den Kopf bekommen hatte und jetzt in ein mittelalterliches Burgverlies verschleppt worden war, um dort auf ewig zu verrotten.

Dann hatte sie realisiert, dass das Gemäuer, in dem sie sich befand, keine intakte Burg war, sondern die Ruine des Fergusson-Stammsitzes; die Eisen um ihre Handgelenke waren Handschellen, und die Leute, die sie bewachten, trugen moderne Kleidung, keine Plaids.

Es war allerdings keine große Verbesserung gegenüber dem, was sie zuerst angenommen hatte.

Als ihr klar wurde, wo sie sich befand, hatte sie sich gefragt, ob Hamish oder Tavish – oder auch beide gemeinsam – die Gelegenheit beim Schopf ergriffen, sie geschnappt und beschlossen hatten, dass sie für all die vermeintlichen Sünden, die der MacLeod-Clan über die Jahre auf sich geladen hatte, büßen sollte. Sie hatte rasch entdeckt, dass es zwar sehr wohl ein Mitglied des Fergusson-Clans war, das sie gefangengenommen hatte, aber keiner der Fergusson-Brüder. Es war ein Clanmitglied eines eher mittelalterlichen Fergusson-Jahrgangs.

Kurz gesagt, es war Gilly Fergusson Cameron.

Sunny war zunächst bass erstaunt gewesen, aber im Nachhinein hatte sie sich gewundert, dass sie nicht eher darauf gekommen war. Sie kannte Camerons Clan zwar nicht sehr gut, aber Giric hatte ihr nie den Anschein gemacht, als besäße er die Gerissenheit, um all diese Intrigen zu spinnen, gegen die Cameron versuchte anzukämpfen. Sie bezweifelte zwar auch, dass Gilly die dazu nötigen Fähigkeiten hatte, aber sie konnte den lebenden Beweis, der vor ihr stand, nur schwer ignorieren. Es war kaum möglich, den irrsinnigen Blick in Gillys Augen oder den immer schriller werdenden Ton ihrer Stimme zu ignorieren.

Die Frau war schlicht und ergreifend des Wahnsinns fette Beute.

Sie war die schwarzhaarige Hexe, die an dem Abend, an dem Tavish sie gefeuert hatte, draußen vor dem Yogastudio gewartet hatte. Bei dieser Erkenntnis war ihr ein so eisiger Schreck in die Glieder gefahren, dass sie immer noch die Schauer spürte, die ihr den Rücken hinunterliefen.

Auf solche Spukphänomene konnte sie ganz gut verzichten.

Gilly ging auf der anderen Seite eines im Boden des großen Saals gähnenden Verliesschlundes auf und ab und sprach mit ihren Handlangern in beeindruckend zusammenhängenden englischen Sätzen. Sie trug eine schlichte schwarze Hose und eine weiße Bluse, und ihr tiefschwarz gefärbtes Haar war zur Abwechslung einmal gekämmt. Sie bot ein sehr ansprechendes Bild. Nun, abgesehen von dem messerscharfen mittelalterlichen Dolch in der einen Hand, der Spritze mit der langen Nadel in der anderen und ihrem vollkommen irren Blick.

Sunny holte tief Luft. Sie hätte wissen müssen, dass man mit den Fergussons nur böse Überraschungen erlebte.

Sie schloss kurz die Augen und fragte sich, an welcher Stelle sie einen Fehler gemacht hatte. Vermutlich, als sie vorgeschlagen hatte, Cameron zum Flughafen zu begleiten. Ihr zweiter Fehler war gewesen, Camerons Wagen nach Hause zu fahren. Sie war sehr nervös gewesen, weil er empfindlich und ruckartig auf Gas und Bremse reagierte und schon im ersten Gang die Tendenz hatte, die Geschwindigkeitsbegrenzung zu überschreiten. Es hatte etwas geholfen, dass sie Peters Scheinwerfer hinter sich sah, aber nicht viel. Sie hatte sich erst ein wenig entspannt, als sie Inverness hinter sich gelassen hatten und auf eine Straße mit weniger Verkehr gekommen waren. Und irgendwann hatte sie tatsächlich gedacht, sie könnte die Heimfahrt ohne Probleme schaffen.

Dann hatte sich ein großer schwarzer SUV zwischen sie und Peters Wagen geklemmt und versucht, sie von der Straße abzudrängen. Zuerst hatte sie angenommen, es sei nur ein aggressiver Verkehrsrowdy, der statt ein anständiges Frühstück zu sich zu nehmen einen über den Durst getrunken hatte; daher hatte sie fünf Minuten vergeblich versucht, ihm zu entkommen, indem sie beschleunigte. Am Ende war sie an den Straßenrand gefahren, weil sie ihn einfach vorbeilassen wollte. Dann hatte sie hinter sich schreckliche Unfallgeräusche gehört und im Rückspiegel beobachtet, wie Peters Wagen gerammt wurde und im Straßengraben landete.

Sofort hatte sie fieberhaft versucht, die Türverriegelung zu entsperren, um ihm zur Hilfe zu eilen, aber als sie die finsteren Gesellen sah, die aus dem SUV stiegen, hatte sie ihre Meinung geändert. Vor lauter Panik hatte sie den Motor abgewürgt, und zwischen dem Versuch, ihn neu zu starten, und dem, die Verriegelung für die Tür zu finden, war ihr keines von beidem gelungen. Das Letzte, an das sie sich erinnerte, war, dass sich eine Hand auf ihr Gesicht presste und sich sofort tiefe Dunkelheit auf sie herabsenkte.

Sie vermutete, dass es sich um ein mit Chloroform getränktes Taschentuch gehandelt hatte, das sie in Bewusstlosigkeit versetzt hatte, und dass man sie mit irgendeinem Schlafmittel in diesem Zustand gehalten hatte. Ihr war speiübel, und sie wünschte sich nichts sehnlicher, als sich hinzusetzen, aber ihre Hände waren über dem Kopf gefesselt, und der Wandleuchter, an den man sie gekettet hatte, war fester in den Fels eingelassen, als sie es für möglich gehalten hätte. Selbst wenn sie ihr ganzes Gewicht daran hängte, schnitten ihr die Handschellen nur noch tiefer in die Handgelenke. Unglücklicherweise war sie mittlerweile auch an einem Punkt angelangt, wo ihr das Atmen allmählich schwerfiel.

Und weit und breit war kein schwertschwingender Beinahe-Verlobter oder Schwager in Sicht, der ihr zu Hilfe kam.

Gilly herrschte ihre Männer plötzlich an, sich hinten im Saal niederzulassen. Sunny war sogar ziemlich beeindruckt, dass sie ihr tatsächlich gehorchten. Sie zuckte zusammen, als sie sah, dass Gilly nun um die Verliesöffnung herumging und sich direkt vor sie hinstellte.

»Ich denke, Cameron wird bald hier sein«, sagte Gilly mit einem eisigen Lächeln.

Sunny rieselte ein leichter Schauer den Rücken hinunter, als sie das unverkennbar mittelalterliche Gälisch aus Gillys Mund hörte. »Woher wollen Sie das wissen?«

»Weil Tavish mich vor einer halben Stunde angerufen hat, um mir zu sagen, dass Cameron in seinem Laden aufgetaucht ist.« Sie lächelte durchtrieben. »Er erzählt mir nämlich alles. Ich glaube, ich jage ihm Angst ein.«

Sunny verstand das nur zu gut, aber sie dachte, es wäre vielleicht nicht klug, das zu sagen.

»Es ist natürlich nur eine Frage der Zeit, bis Cameron die Puzzleteile zusammensetzt. Man kann ihm einiges vorwerfen, ein Dummkopf ist er aber sicher nicht. Und er würde ja auch *Sie* bestimmt nicht in der Stunde der Gefahr allein lassen, nicht wahr?«

»Er hätte auch Sie damals nicht in der Gefahr allein gelassen …«

Gilly versetzte ihr mit der Hand, in der sie auch das Messer hielt, einen Schlag ins Gesicht. Sunnys Kopf flog so heftig zur Seite, dass sie mit der Wange auf dem Felsen aufschlug. Sie war noch nie im Leben geschlagen worden, und der Schreck darüber war so groß, dass sie nur dastehen und nach Luft schnappen konnte. Es war wohl dieselbe Art von Schock, wie wenn man einen großen Eimer eiskaltes Wasser über den Kopf geschüttet bekommt, während man draußen im Schnee steht. Nur dass der Schlag etwas heftiger schmerzte.

»Er hat mir die Chance vermasselt, Herrin in Cameron Hall zu werden. Ich habe ihm einiges heimzuzahlen.«

»Aber waren Sie denn nicht die Herrin von Cameron Hall, nachdem Cameron weggegangen war?«, wagte sich Sunny vor.

Gilly warf ihr einen Blick zu, bei dem sie sich wünschte, sie hätte den Mund gehalten.

»Giric wollte mich nicht heiraten«, sagte sie kurz angebunden. »Er wollte mich als seine Hure, weiter nichts.«

»Was für ein Mistkerl«, sagte Sunny in spontaner Empörung.

Gilly sah sie einen Augenblick finster an, dann entspannte sie sich ein wenig. »Ja, das war er.« Sie überlegte eine Weile und sagte dann: »Vermutlich sind Sie neugierig, zu erfahren, wie ich das alles hier geschafft habe, oder?«

Sunny nickte vorsichtig. Vielleicht könnte sie, wenn sie behutsam vorging, Gilly tatsächlich davon überzeugen, dass es keine gute Idee war, sie zu töten. Wenn sie nur ihre Hände frei bekommen könnte, wäre sie vielleicht in der Lage, ihr zu entwischen, bevor ihr Gilly wieder eine Spritze mit irgendeinem hinterhältigen Mittelchen verpasste.

Gilly trat ein Stück von ihr weg und umrundete dabei den Rand des offenen Verlieses. Sunny blickte zu ihren Armen hinauf und fluchte insgeheim. Die Kette war nicht nur über dem Wandleuchter eingehakt, sondern auch daran befestigt. Es gab keine Möglichkeit, sich zu befreien, es sei denn, sie kam aus den Handschellen heraus, aber das wäre ohne einen Schlüssel zweifellos unmöglich.

»Hören Sie mir zu?«

Sunny nickte eilfertig.

»Giric fand Ihr kleines Zeittor, das durch die Jahrhunderte führte«, sagte Gilly und blieb stehen; ihre Zehen ragten dabei über den Rand der Verliesöffnung. »Nach ein paar Monaten kam er mit einer Zeitung aus Ihrer Zeit zurück, nur um zu beweisen, wo er gewesen war.«

»Wie klug von ihm«, brachte Sunny hervor.

Gilly zuckte die Schultern. »Nein, er war nicht besonders klug, aber er war gründlich. Er wollte Ihre Sprache lernen und dann in Ihre Zeit zurückkehren, um Cameron zu töten. Ich hatte allerdings einen besseren Plan.«

Das konnte sich Sunny gut vorstellen.

»Also habe ich gewartet, bis mein erstgeborener Sohn die Führung des Clans übernehmen konnte«, fuhr Gilly fort und begann auf und ab zu gehen, »dann tötete ich Giric und benutzte selbst das Tor. Die MacLeod-Hexe war in dieser Nacht nicht zu Hause, und das ermöglichte mir, mir ein Messer und Kleidung zu besorgen. Ich brauchte jedoch einen Platz zum Wohnen, allerdings nicht auf dem Land der MacLeods. Ich kam bei einer alten Frau unter, die keine Kinder hatte, und statt Miete zu zahlen, sammelte ich Kräuter für sie.

»Die Frau mit dem Kräuterladen oben im Norden?«

Gilly schürzte die Lippen. »Ja, und Sie hätten mich dort neulich fast entdeckt, nicht wahr?«

»Das war reiner Zufall«, räumte Sunny ein. »Ich habe Sie auch gar nicht gesehen. Aber Sie saßen in diesem grauen Wagen, nicht wahr?«

»Nein, das war einer meiner Helfer. Ich wollte nicht, dass er Ihnen folgt, aber er hat mir nicht gehorcht. Natürlich hat er für diesen Fehler mit dem Leben bezahlt.«

Sunny musste sich zwingen, normal zu atmen. Falls sie gehofft hatte, Gilly könnte noch einen Funken gesunden Menschenverstand übrig haben, dann war das wohl ein Irrglaube gewesen.

Gilly zuckte plötzlich die Schultern. »Da Sie ja bald tot sein werden, schadet es vermutlich nicht, wenn ich Ihnen auch noch den Rest der Geschichte erzähle.«

Sunny hielt sich mit einem Kommentar zurück. Sie

brauchte all ihre Selbstbeherrschung, um Gilly nicht um Gnade anzuflehen. Aber sie war beinahe eine Cameron, und sie nahm an, dass auch Beinahe-Camerons nicht um Gnade flehten – nicht einmal, wenn sie dem Tod in sein irrsinniges Antlitz blickten. Abgesehen davon könnte sie Gilly vielleicht – wenn sie sehr großes Glück hätte – ihr Vorhaben ausreden. Vielleicht würde ja auch Peter bald nicht mehr bewusstlos neben ihr liegen, sondern aufwachen, und ihnen beiden würde die Flucht gelingen, bevor Gilly sie tötete.

Es war immer noch besser, darüber nachzudenken als über die Alternative, die Gilly für sie beide vorgesehen hatte.

»Stellen Sie sich meine Überraschung vor, als ich kurz darauf feststellte, dass Cameron allein lebte und von Ihnen weit und breit nichts zu sehen war.« Sie kratzte sich mit dem Messerrücken an der Wange. »Das war mir ein Rätsel, daher beschloss ich, nicht zu handeln, bevor ich nicht die Wahrheit herausbekommen hatte. Im Lauf der Zeit erkannte ich, dass ich ein paar Jahre später in die Zukunft gekommen war als Cameron. Und deshalb nahm ich an, dass auch Sie schließlich zu uns stoßen würden, also wartete ich. In der Zwischenzeit dachte ich darüber nach, wie ich Cameron am meisten schaden könnte. Ich sah, dass ihm seine Firma sehr wichtig war, also wollte ich dort zuschlagen und dann den Ereignissen ihren Lauf lassen. Ich suchte nach jemandem, der mir bei all dem behilflich sein könnte, und entschied mich für Nathan Ainsworth.«

»Wie um alles in der Welt haben Sie den denn kennengelernt?«, fragte Sunny überrascht.

Gilly sah sie kühl an. »Meinen Sie etwa, ich bin nicht in der Lage, mich als feine Dame zu präsentieren?«

»Nein, durchaus nicht«, beeilte sich Sunny zu versichern. »Es ist nur so ein Zufall, dass Sie sich ausgerechnet Nathan ausgesucht haben, wo doch Nathans Vater und Alistair Cameron so gute Freunde waren.«

»Und Sie meinen, das hätte ich nicht gewusst?«, fragte Gilly barsch. »Ich bin ebenso fähig, die Zeitung zu lesen, wie der nächstbeste Highlander.«

»Aber natürlich«, pflichtete Sunny ihr kopfnickend bei. »Ich wollte nichts anderes andeuten.«

Gilly wirkte nicht sonderlich zufrieden mit dieser Antwort, aber sie erzählte trotzdem weiter. »Ich habe Nathan auf der Rennbahn kennengelernt, wo er enorme Summen bei Pferdewetten verlor, und stellte mich ihm als entfernte Verwandte von Alistair vor. Sobald er erfuhr, dass ich Cameron ebenso verabscheute wie er, war es nicht weiter schwer, ihn zu überzeugen, mir zu helfen. Und in den vergangenen drei Monaten habe ich immer wieder in Ainsworth Manor als Küchenchefin gearbeitet.« Sie lächelte kurz. »Das macht es leichter, gewisse Zutaten in den Eintopf zu geben. Sie wissen, was ich meine.«

Sunny schluckte heftig. Sie war kein bisschen überrascht und fragte sich allmählich nur, ob es auch damals nicht Giric, sondern Gilly gewesen war, die versucht hatte, Cameron zu vergiften, und vielleicht hatte sie ja sogar Girics Vater auf diese Weise umgebracht.

So viel Tod. Kein Wunder, dass Gilly dem Wahnsinn verfallen war.

»Ich wusste, dass es Camerons Stolz verletzen würde, seine Firma zu verlieren«, fuhr Gilly entspannt fort, »aber mit der Zeit erkannte ich, dass mir das nicht genug war. Ich wollte sein Herz treffen. Ich suchte nach Ihnen, aber Sie waren immer noch nicht in Schottland oder England aufgetaucht, und ich kannte auch Ihren Nachnamen nicht. Schließlich sah ich vor ein oder zwei Jahren zufällig Ihre Schwester im Dorf. Zuerst dachte ich, das wären Sie, erkannte aber bald meinen Irrtum. Es war zwar verführerisch, sie zu töten, denn ich wusste, dass Ihnen das Kummer bereiten würde, aber eigentlich wollte ich etwas anderes. Ich sah zu, wie sie diesen Prachtkerl von einem MacLeod heiratete, und auf einmal tauchten auch Sie dort auf.« Sie lächelte. »Da wusste ich, dass die Zeit zum Handeln gekommen war.«

Sunny schloss kurz die Augen. Madelyn wäre damals beinahe gestorben, und Sunny hätte keine Ahnung gehabt, warum. Sie schluckte schwer. »Und Ihre Geduld wurde belohnt.«

»Die kommt mir immer noch sehr zugute, denn ich bin geduldig genug, um Sie auch jetzt am Leben zu lassen, obwohl ich mich kaum zurückhalten kann, Ihnen meinen Dolch in die Brust zu stoßen.«

»Aber warum *mir?*«, brachte Sunny hervor.

»Das habe ich Ihnen doch schon gesagt«, schrie Gilly sie plötzlich an. Sie holte tief Luft, und musste sich sichtlich zwingen, ruhig zu bleiben. »Weil Cameron leiden wird wie ein Hund, wenn er Ihnen beim Sterben zusieht.«

»Aber warum wollen Sie Cameron Leid zufügen?«

»Weil er mich nie haben wollte«, sagte sie mit tonloser Stimme. »Ich habe Breac geheiratet, und erst dann habe ich gemerkt, wen ich wirklich begehre: seinen Bruder. Ich habe Cameron das nie gesagt, aber er hätte es ahnen können. Ich wollte ihn zwingen, es zur Kenntnis zu nehmen, aber er hat mich gar nicht beachtet.«

Sunny vermutete, dass Cameron so besser dran gewesen war.

»Ich wusste, dass ich dazu bestimmt war, die Herrin in Cameron Hall zu sein«, fuhr Gilly fort, »was mir kaum eine andere Wahl ließ, als Cameron zu töten.« Sie blickte Sunny hochmütig an. »Natürlich habe ich auch die Schlacht damals angezettelt. Meine Verwandten wollten sich an Cameron rächen, um ihn dafür büßen zu lassen, dass er mich nicht haben wollte, und um es ihm heimzuzahlen, dass er mir die Stellung verwehrte, die mir zugestand. Und dann war Breac so dumm, den für Cameron bestimmten Schwerthieb entgegenzunehmen.«

»Aber Cameron wollte Sie danach doch heiraten«, wagte sich Sunny sehr zögerlich vor. »Nach dieser Schlacht.«

Gillys Stimmungsumschwung erfolgte daraufhin erschreckend schnell. Sie richtete sich zu ihrer vollen Größe auf.

»Meinen Sie wirklich, ich hätte mich so weit herabgelassen, ihn dann noch zu nehmen?«, sagte sie voller Verachtung. »Nachdem er mich abgewiesen hatte? Nachdem er meinen Mann getötet hatte? Nachdem er Sie angesehen hatte, wie er mich *nie* angesehen hat?«

Sunny blickte Gilly nur stumm und entgeistert an. Sie war wie betäubt, als sie erkannte, dass Cameron seine Brüder aufgrund der Ränkespiele der Frau verloren hatte, die hier vor ihr stand. Sie zweifelte nicht daran, dass Gilly auch Giric dabei unterstützt hatte, den Clan gegen Cameron aufzuhetzen. Sie schloss kurz die Augen. So viel Tod und Leid, und alles nur, weil Gilly jemanden begehrt hatte, der ihre Gefühle nicht erwiderte.

Gilly schärfte die Spritzennadel mit ihrem Messer. »Also, und nun sind wir hier und warten auf Ihren Liebsten. Er wird mir dabei zusehen, wie ich Sie töte, dann wird er in irgendeinem Gefängnis verrotten, während ich Cameron Hall übernehme und all den Luxus genieße, den er für selbstverständlich hält.« Sie lächelte. »Ich will, dass er auf Jahrzehnte hinaus jeden Tag jeden Monats jeden Jahres leidet, in dem Bewusstsein, was er besaß und was er verloren hat.« Sie blickte gedankenverloren die Nadel an. »Ich wünschte, er würde sich beeilen, damit ich endlich mit Ihnen fertig bin.«

Sunny machte den Mund auf, um ihr zu sagen, dass Cameron vermutlich nicht einfach so hereinspazieren würde, als sie bemerkte, dass sie damit falsch lag. Sie sah, dass Cameron an dem verfallenen Torbogen lehnte, der ihr am nächsten lag. Aufgrund seiner vollkommen ausdruckslosen Miene hatte sie den Verdacht, dass er Gillys Ausführungen schon geraume Zeit gelauscht hatte.

Er stieß sich von dem Torbogen ab und ging in die Mitte des Saals. Drei Schritte hinter Gilly blieb er stehen.

»Hallo, Schwester«, sagte er ruhig.

Sunny riss den Mund auf, um ihn zu warnen, dass Gilly nicht allein war, aber wahrscheinlich wusste er das bereits; sie sah ihre Vermutung bestätigt, als sie Patrick, Derrick und Ian leise durch andere Fenster und Tore treten sah. Und durch Löcher in der Mauer sah sie weitere Männer schlüpfen und schloss daraus, dass die gesamte Burgruine von Camerons Getreuen umzingelt war.

Was für einen Unterschied ein paar Jahrhunderte doch ausmachten.

Die Rangelei mit Gillys Männern dauerte nur kurz, aber das nützte Sunny nicht viel. Gilly war über die Verliesöffnung gesprungen und packte sie an den Haaren, noch bevor Cameron bei ihr sein konnte. Sunny spürte, wie ihr etwas in den Hals stach. Ihr war es ganz gleich, was es war. Ein Messer durch die Luftröhre, eine Nadel in der Halsschlagader – es machte in Bezug auf die tödliche Wirkung keinen Unterschied.

»Gilly, lass sie los«, sagte Cameron recht entspannt. »Du willst doch sowieso mich, nicht wahr?«

»Ja, wenn sie tot ist«, pflichtete Gilly ihm bei. »Oder wäre es schlimmer für dich, zuzusehen, wie jemand anderer sie nimmt, während sie noch lebt? Das hier sind nicht alle Männer, die mir unterstehen, musst du wissen. Nathan wird bald herkommen und ebenfalls Leute mitbringen. Vielleicht würdest du ja gerne zusehen, wie er und seine Männer über dein Liebchen herfallen. Würde dir das gefallen?«

»Es wäre eine Qual für mich«, gestand Cameron ein.

Sunny sah ihn an, aber sein Blick war starr auf Gilly gerichtet. Sunny wünschte sich, sie könnte die gefesselten Hände herunternehmen. Aber selbst wenn ihr das möglich wäre, war sie nicht sicher, wie weit sie rennen könnte. Sie fühlte sich entsetzlich schwach.

»Schick sie fort«, giftete Gilly Cameron an und deutete auf Patrick und die anderen.

Cameron machte eine Handbewegung, und Sunny beobachtete von ihrer unbequemen Position aus, wie Patrick, Ian und Derrick mit viel Getöse und laut murrend weggingen. Sie hörte sie draußen noch eine ganze Weile fluchen, bevor ihre Stimmen verebbten. Sie zweifelte nicht daran, dass sie sofort kehrtmachen und sich mit denen zusammenschließen würden, die draußen bereitstanden, aber das würde ihr alles nichts nützen, wenn Gilly ihr den Hals aufschlitzte.

Bald befanden sich nur noch sie und Gilly an der Mauer, und Cameron stand reglos in der Mitte des großen Saals der Fergusson-Burg. Er war so schön, wie er dastand und das Sonnenlicht auf seinem dunklen Haar glänzte, dass ihr bei seinem Anblick die Tränen kamen. Sie konnte kaum glauben, dass sie so nahe daran war, ihn ganz für sich zu haben, aber noch näher daran, ihn zu verlieren.

»Da wir ja auf Nathan warten müssen …«, begann er vorsichtig, »sollten wir uns irgendwie die Zeit vertreiben. Möchtest du mir nicht erzählen, wie du hierhergekommen bist?«

Gillys Hand packte Sunnys Haar fester. »Lenk mich nicht ab.«

»Ich will nur meine Neugier befriedigen«, sagte er milde. »Und ich würde auch gern wissen, was du von mir willst. Abgesehen davon, dass ich zusehen soll, wie meine Freundin unter Nathans Händen leidet.«

Sunnys Kopf wurde so heftig an den Fels zurückgeschmettert, dass sie Sterne sah. Aber zumindest hatte Gilly sie losgelassen. Gilly trat beiseite und stand am Rand des Verlieses. Sunny spürte die gewaltige Versuchung, sie hinunterzustoßen, aber sie sah noch rechtzeitig Camerons warnenden Blick.

Lass mich das machen.

Sie hatte wohl keine andere Wahl. Schließlich war sie an der Mauer festgekettet. Sie holte tief Luft und versuchte, sich einigermaßen zu entspannen, während Gilly die Geschichte wiederholte, die sie ihr eben erzählt hatte. Sie tat das ohne ausschmückende Abweichung, daher nahm Sunny an, dass sie ziemlich genau der Wahrheit entsprach. Cameron rührte sich nicht, er versuchte Gilly nicht zu drängen, er stand einfach nur reglos und schweigend da. Bald schweifte Gilly von ihren

Schilderungen ab und begann Cameron für jede vermeintliche Schmähung zu schelten, die sie erlitten hatte. Und immer noch stand Cameron einfach nur da und hörte zu.

Aber Sunny war sich sicher, dass er nicht nur Gillys verrückter Geschichte lauschte. Er strahlte jene besondere Aura aus, die er auch damals, vor langer Zeit, in den Wäldern an sich gehabt hatte; so, als wisse er genau, was um ihn herum vorging. Einmal bewegte er sich und richtete, ebenso wie Gilly, den Blick aufs Tor. Einen Moment später verstand Sunny, warum, denn Nathan Ainsworth trat in den Saal.

Sie fand nicht, dass das zur Verbesserung ihrer Lage beitrug.

Nathan wirkte weniger beeindruckend als auf den Fotos, und sie vermutete, dass ihm das ganz schön zu schaffen machte. Und ihr machte es ganz schön zu schaffen, dass er eine Pistole in der Hand hielt.

Gilly wandte sich an Nathan. »Warum hast du so lange gebraucht?«

»*Ich* habe kein Privatflugzeug zu meiner Verfügung«, knurrte Nathan. »Ich musste genau wie alle anderen auf diesen verdammten Shuttlebus warten.«

»Du wirst bald genug Geld haben«, sagte Gilly abschätzig. »Wie du siehst, habe ich mir die Mühe gemacht, diese Hure für dich aufzuheben …«

»Das stimmt doch gar nicht«, sagte Nathan empört. »*Ich* war doch derjenige, der alles so arrangiert hat, dass sie dir in die Hände fiel! Abgesehen davon liegt mir nichts an ihr. Ich bin wegen *ihm* hier. Geh mir aus dem Weg, damit ich ihn töten kann.«

»Ich will aber nicht, dass du ihn tötest«, sagte Gilly in scharfem Ton.

»Mir ist egal, was du willst …«

Gilly ging auf ihn zu. »Du Narr, das alles wäre dir ohne meinen überlegenen Verstand nie gelungen.«

»Und du hättest nichts tun können ohne mein Geld«, giftete Nathan zurück.

»Von dem du kaum noch etwas hast«, warf Cameron ein. »Von dem Geld meine ich, Nathan. Nicht von deinem Verstand, Gilly. Davon hast du reichlich.«

»Schmeichle ihr nicht«, sagte Nathan mit schneidender Stimme. »Sie ist eine schottische Hinterwäldlerin, die nicht die blasseste Ahnung hat, wie man sich wirksam rächt. Ich weiß gar nicht, wozu ich sie eigentlich brauche.«

»Weil ich dir alle seine Geheimnisse verraten habe«, sagte Gilly mit leiser und sehr gefährlicher Stimme. »Ich habe dir gesagt, dass er 1375 der Laird des Cameron-Clans war, dass er durch eine Zeitreise in die Gegenwart kam, dass er sich seinen ganzen Besitz ergaunert hat.« Sie umrundete die Verliesöffnung und trat auf ihn zu. »Du hättest *nichts* tun können ohne mich. Wenn du ihn anrührst, dann töte ich dich.«

Cameron faltete die Hände hinter dem Rücken. »Danke, Gilly«, sagte er ruhig, »dafür, dass du ausnahmsweise mal auf meiner Seite stehst.«

Daraufhin brachen sowohl Gilly als auch Nathan in wilde Schimpftiraden aus. Sunny zuckte unwillkürlich zusammen. Sie hatte immer gedacht, nichts könnte gefährlicher sein als das mittelalterliche Schottland, aber sie hatte sich wohl geirrt. Das hier war viel gefährlicher. Cameron hatte kein Schwert, aber Nathan hatte eine Pistole, und Gilly ihren verwirrten Geist. Ihre schrillen Anschuldigungen wurden immer wilder. Aber zumindest versprühte sie ihr Gift jetzt gegen Nathan, und selbst der wirkte allmählich etwas nervös.

»Schon gut«, sagte er irgendwann und trat einen Schritt von ihr zurück. »Ich bin ja für ein reinigendes Gewitter, aber wir müssen das hier aussehen lassen wie einen Unfall.«

»So wie bei deinem Vater?«, fragte Cameron höflich.

Nathan zielte mit der Pistole auf seinen Kopf. »Was glaubst du zu wissen?«

»Er weiß mehr als du«, sagte Gilly mit verächtlichem Schnauben. »*Du* hattest ja nicht den Mumm, deinen Vater zu töten, das musste *ich* tun. Du wolltest ihn aus dem Weg haben, und ich habe das umgesetzt, genauso wie ich an Girics Stelle für das Ende seines Vater gesorgt habe.« Sie spuckte vor Nathans Füßen auf den Boden. »Ich war immer gezwungen, Dinge zu tun, die die Männer nicht fertigbringen. Aber jeder denkt, *du* hast es getan, nicht wahr, Nathan? Und wenn jemand dafür büßen muss, dann bist du es, und nicht ich. Schließlich warst du ja auch derjenige, der Cameron anschließend nicht in Ruhe lassen konnte. Ich habe dir gesagt, du sollst warten – du hattest ja nun, was du wolltest –, aber du warst bei deinen Angriffen auf seine Firma und deinen Versuchen, ihn in irgendwelchen einsamen Gassen aufzulauern, so verdammt unbeherrscht. Ich habe dir gesagt, dass er gerissener ist als du, aber du wolltest nicht hören.«

Nathans Gesicht war so rot, dass Sunny dachte, er würde sicher gleich einen Schlaganfall erleiden. Seine Hand zitterte so heftig, dass er kaum noch die Pistole halten konnte.

»Glaubst du denn wirklich, dass ich es zulassen werde, dass du diese Dinge über mich verbreitest?«, rief Nathan außer sich. »Was würdest du sagen, wenn ich ihn töte und deinen Plan zunichte mache, du dumme Landpomeranze …«

Sunny beobachtete, wie die Ereignisse auf eine Weise vor ihr abliefen, die ihr wie ein Film in Zeitlupe vorkam. Vielleicht war das ja eine Nachwirkung der Drogen, oder es wurde ihr allmählich schwindlig davon, dass sie so lange die Arme über den Kopf halten musste. Sie wusste es nicht, es war ihr auch gleichgültig, und sie wollte nicht weiter zuschauen, aber sie konnte einfach nicht wegsehen.

Nathan richtete die Pistole auf Camerons Brust, und Cameron zog einen fußlangen Dolch hinter seinem Rücken hervor und schleuderte ihn auf ihn, indem er ihn an der Spitze der Klinge hielt. Zugleich stürmte Gilly mit ausgestreckten Händen auf die beiden zu.

Und dicht hinter Nathan stand Penelope Ainsworth mit einem sehr großen, sehr scharfkantigen Steinbrocken in den Händen.

Sie ließ ihn mit aller Wucht auf den Kopf ihres Bruders herabsausen.

Cameron schleuderte den Dolch auf Nathan, als der sich gerade umdrehte, um zu sehen, wer hinter ihm stand. Die Klinge bohrte sich durch sein Handgelenk, aber seine Pistole ging trotzdem los. Gilly krümmte sich, als sei sie getroffen worden. Sunny beobachtete, wie sie um den Rand der Verliesöffnung herumtaumelte. Ein roter Fleck breitete sich langsam auf ihre Brust aus.

Und dann beschleunigten sich die Ereignisse so sehr, dass Sunny sich fühlte, als würden die restlichen Elemente des Dramas alle gleichzeitig ablaufen. Bevor Sunny blinzeln konnte, war Gilly bei ihr, stieß ihr die Nadel in die Schulter und drückte den Kolben herunter.

»Stirb«, keuchte sie, dann glitt sie zu Boden und brach vor Sunny zusammen.

Sunny sah, wie Cameron über die Verliesöffnung hinweg auf sie zusprang. Er fing sie in seinen Armen auf, riss die Nadel aus ihrem Arm, dann spürte sie, wie ihre Knie nachgaben.

»Ich liebe dich«, flüsterte sie.

»Sunny …«

»Lass mich nicht gehen«, sagte sie und kämpfte gegen die Schwärze an.

»Sunny, bleib bei mir. Bleib bei mir!«

Die Dunkelheit senkte sich auf sie herab, und sie wusste nichts mehr.

32

Cameron fing Sunny auf, als sie in sich zusammensackte, und hob sie auf seine Arme. »Hilfe!«, schrie er.

Der Schrei war noch nicht verhallt, da bemerkte er schon, dass Patrick und Derrick ihm zu Hilfe kamen und sich um die Handschellen kümmerten, die Sunnys Arme über ihrem Kopf hielten. Sobald die beiden sie befreit hatten, trug Cameron sie um den Rand des Verliesschlundes herum, dann sank er mit ihr in den Armen auf die Knie.

»Suchen Sie Peter«, ächzte er, an Derrick gewandt. Er sah zu Patrick auf, der ihm gegenüber in die Hocke ging. »Was hat sie ihr verabreicht?«

»Ketamin«, sagte Patrick kurz angebunden. »Ich habe die Tüte mit den leeren Ampullen draußen gefunden. Wenn man sieht, wie es um Peters Atmung bestellt ist, dann glaube ich, er hat eine Menge davon abbekommen. Bei Sunny war es zum Glück weniger.« Er legte die Finger an ihren Hals und sah eine Minute lang auf seine Armbanduhr, dann hob er die Hand an ihre Stirn. »Bringen wir sie so schnell wie möglich in Moraigs Cottage.«

»Das ist doch wohl nicht dein Ernst«, sagte Cameron ungläubig. »Was zum Teufel willst du dort mit ihr tun?«

»Lassen wir sie einfach langsam aus ihrer Bewusstlosigkeit aufwachen, ohne ihr noch eine ganze Reihe anderer Gifte zu geben«, sagte Patrick gleichmütig. »Ich weiß, was ich tue, Cameron.«

»Bei modernen Betäubungsmitteln?«

»Frag Bobby, der war früher Junkie. Ich habe mich mehr als einmal um seine Entgiftung gekümmert, bis er aufhörte, sich zuzudröhnen.«

»Ich kann im Moment nicht die Details erörtern«, rief Bobby von der anderen Seite des Saals herüber. »Wir haben neben dem Abschaum hier drin noch eine Reihe bewusstloser Kerle draußen liegen. Ich habe alle Hände voll zu tun, um sie für Hamish ordentlich zu verschnüren. Soll ich die anderen reinbringen und hier alle auf einen Haufen werfen, Pat?«

»Ja, bitte mach das«, sagte Patrick und stand auf. »Ich sehe rasch noch nach Peter. Du gehst am besten schon mal los, Cameron. Ich hole deinen Wagen und treffe ich dich in zehn Minuten.«

Cameron konnte sich nicht rühren. Er hielt die Frau, die er liebte, in den Armen und spürte, wie es ihm fast das Herz zerriss. Ihr Gesicht war zerschlagen, ihr Haar war verfilzt und ihr Gesicht leichenblass. Er senkte den Kopf und betete, denn er konnte sonst nichts tun. Wenn ihr etwas geschähe, wenn Patrick sich irrte und …

»Cameron, komm jetzt«, sagte Patrick in scharfem Ton.

Cameron blickte auf. »Ich vertraue dir das an, was mir am meisten bedeutet.«

»Ich weiß«, sagte Patrick ernst. »Beeil dich, damit ich mich nachher richtig um sie kümmern kann.«

Cameron nahm Sunny auf die Arme hoch und drehte sich um. Er stolperte fast über Penelope, bevor er bemerkte, dass sie immer noch im Torbogen stand und entsetzt auf ihren Bruder hinunterstarrte. Er wollte sich, da die Zeit so drängte, nicht damit aufhalten, mit ihr zu reden, aber sie sah so verzweifelt und elend aus, dass er ihr zumindest ein Wort des Trostes sagen musste. Er ging zu ihr und blieb stehen.

»Penelope?«

Sie sah zu ihm auf, und in ihren Augen standen Tränen. »Ich glaube, ich habe Nathan umgebracht.«

»Dafür hat er einen viel zu harten Dickschädel, meine Liebe. Natürlich wird er sich wünschen, du hättest es getan, wenn er im Gefängnis aufwacht.«

Sie holte tief Luft. »Aber Nathan hat meinen Vater nicht

getötet, oder? Es war diese … diese Verrückte dort drüben, nicht wahr?«

»Ich denke schon«, räumte Cameron ein, »obgleich ich nicht glaube, dass Nathan beweisen kann, dass er keinen Anteil daran hatte.«

Sie erschauerte. »Diese Frau hast gesagt, sie hat dich einmal gekannt.«

»Liebling, jeder kennt mich hier. So ist das eben, wenn man der Laird der Burg auf dem Hügel ist.«

»Aber sie sagte, du kommst aus einer anderen … Zeit.«

Cameron sah sie entgeistert an. »Also wirklich, Pen. Du liest zu viel Fantasy-Romane in der Badewanne, meinst du nicht?«

Sie holte tief Luft, dann nickte sie. »Du hast recht.« Sie schlang sich die Arme um den Körper. »Und was wird jetzt geschehen, Mac?«

»Die Polizei wird kommen, und du wirst ihre Fragen so gut wie möglich beantworten. Ich werde Derrick und Ewan hier lassen, damit sie dir zur Seite stehen. Irgendwann würde ich gern mit dir über die Firma deines Vaters sprechen. Irgendjemand muss sie retten.«

»Etwa ich?«, fragte sie und starrte ihn entgeistert an. »Ich soll arbeiten?«

»Andere vor dir haben das schon mit großem Erfolg getan.«

Sie brachte noch nicht einmal einen wütenden Blick zustande. »Es würde ja doch nichts helfen, oder? Nicht nach dem, was Nathan getan hat.«

»Penelope, dein Bruder ist ein gefährlicher, rachsüchtiger Bursche, aber ich glaube, die Drogen haben seine Charakterschwächen verschlimmert. Die Aufsichtsräte werden das verstehen, wenn ich es ihnen erläutere.«

Sie sah ihn erstaunt an. »Das würdest du für mich tun?«

»Natürlich. Schließlich verdanke ich dir mein Leben.« Er sah sie nachdenklich an. »Warum bist du überhaupt hier, wenn ich dich das fragen darf?«

Sie sah ihn düster an. »Nachdem ich gesehen habe, wie Nathan mit dir in seinen Geschäftsräumen umgegangen ist, kamen mir allmählich Zweifel, dass er dir wohlgesinnt ist.« Sie flocht ihre Finger ineinander. »Ich war mir nicht sicher, was ich tun konnte, aber als er das Gebäude in höchster Eile verließ, beschloss ich, ihm zu folgen. Ich befürchtete schon, er würde mich im Shuttlebus sehen, aber ich tarnte mich hinter einer dunklen Brille und einem Hut. Neben mir saß praktischerweise ein Typ, der seine Zeitung immer genau im richtigen Moment hob, wenn Nathan sich umwandte und in den Durchgang hinter sich blickte.«

Cameron vermutete, das könnte Oliver gewesen sein. Er hatte ihm mehr zu verdanken als die Überwachung von Nathan und dass er Derrick auf dem Laufenden gehalten hatte. Er lächelte. »Das war brillant, Pen, wirklich. Diese Sache heute hätte ohne dich ein tragisches Ende gefunden.«

Sie versuchte ein Lächeln, aber es sah kläglich aus. »Zumindest hat es etwas Gutes bewirkt.«

»Und darauf wird noch mehr Gutes folgen. Das garantiere ich dir.«

Sie sah einen Moment ihn, dann Sunny schweigend an, streckte die Hand aus und strich ihr das Haar aus dem Gesicht. »Sie ist schön. Ist das die junge Frau, von der Nathan mir gesagt hat, dass du dich mit ihr triffst? Sunshine?«

Cameron war nicht überrascht, dass Nathan das wusste und dass er sein Wissen an seine Schwester weitergegeben hatte. »Ja. Wenn es dir die Trennung leichter macht: ich habe sie vor Jahren schon einmal geliebt. Leider verlor ich sie damals.«

Penelope überlegte. »Und jetzt, wo du sie wiedergefunden hast, wirst du sie heiraten?«

Er nickte ernst.

Sie holte tief Luft, dann atmete sie langsam aus. »Gut, dann informiere morgen die Presse und sage alles ab. Ich werde versuchen, dich als gemeinen Kerl hinzustellen, aber vermutlich wird das keiner glauben.«

»Ich habe dich nicht betrogen, Penelope«, sagte er ernst, »wenn es die Sache für dich erträglicher macht.«

»Du sparst dich also für die Ehe auf, Mac?«, fragte sie provozierend.

»Ja«, sagte er und musste unwillkürlich lächeln.

Sie schnaubte spöttisch, dann blinzelte sie, als sie merkte, dass er ernst blieb. Sie schürzte die Lippen. »Willst du den Ring zurück?«

Er schüttelte den Kopf. »Behalte ihn. Ich werde auch deine Schulden begleichen.«

Sie sah ihn verdattert an. »Warum?«

»Weil ein Gentleman das so macht, Penelope, wenn er sich von einer Frau trennt, selbst wenn diese Frau ihn nie geliebt hat.«

Sie hatte den Anstand, zu erröten. »Ich sehe schon, wir haben keine Geheimnisse voreinander.«

»Dachtest du das denn jemals?«, fragte er milde. Er wies mit dem Kopf nach rechts. »Ich glaube, dort drüben ist einer der MacLeods, an den du dich wenden kannst, bis Ewan und Derrick alles erledigt haben.« Er blickte über die Schulter, und sein Blick traf sich mit Ians. »Ian, kümmerst du dich um sie?«

Ian nickte und kam herüber. »Gerne. Lady Penelope, warum setzen Sie sich nicht dort drüben hin, weg von dem ganzen Durcheinander hier. Bevor die Kerle hier aufwachen, müssen wir sie noch fesseln, dann bringe ich Sie zu einer komfortablen Unterkunft.«

Penelope hielt inne. »Ich hoffe, es geht ihr bald besser, Mac. Und du rufst mich an wegen Vaters Firma, kann ich mich darauf verlassen?«

Er nickte. »Sobald Sunny gesund ist, mache ich das.«

Sie nickte, dann begleitete sie Ian. Cameron holte tief Luft, dann ging er mit einem beträchtlichen Gefühl der Erleichterung aus dem Saal. Ein Mordfall war gelöst, er hatte Frieden mit einer Ex-Verlobten geschlossen, und vor ihm lag die Freiheit, die Frau, die er liebte, nach Hause zu führen und sie für den Rest ihres gemeinsamen Lebens auf Händen zu tragen. Sobald er sicher war, dass Sunny wieder aus der Bewusstlosigkeit erwachen würde, könnte er das alles sicher genießen.

Er sah Patrick nach Norden eilen, und setzte sich selbst Richtung Osten in Bewegung. Jetzt, wo ihm das Blut nicht mehr in den Ohren rauschte, hörte er, dass Sunny sehr flach und schnell atmete. Er barg sie noch sicherer an seiner Brust und ging, so schnell er konnte, zur Straße.

Er hoffte inständig, dass Patrick MacLeod wusste, was er tat. Er wollte gerne glauben, dass ihr Zustand nicht schlimmer war als eine Wunde im Mittelalter, aber er war sich da alles andere als sicher. Das moderne Leben war, wie er aus eigener Erfahrung wusste, in mancherlei Hinsicht gefährlicher als die Vergangenheit.

Er beschleunigte seine Schritte und beschloss, er würde Patrick MacLeod eine Stunde geben, aber nicht mehr. Wenn es Sunny bis dahin nicht beträchtlich besser ging, dann würde er sie ins Krankenhaus bringen.

Schließlich wurden doch drei Stunden daraus. In der ersten Stunde war Sunny war noch bewusstlos gewesen, in der zweiten hatte sie noch den Tee abgelehnt und in der dritten schon wieder geflucht.

Offenbar würde sie alles gut überstehen.

Er setzte sich zu Sunny auf den Fußboden des Badezimmers und strich ihr übers Haar, während sie ihre Wange an die kühlen Bodenfliesen legte und eine beeindruckende Flut von Schimpfwörtern in einer beeindrucken Anzahl von Sprachen benutzte. Wahrscheinlich sollte er es beruhigend finden, dass sie diese gleichermaßen an ihn wie auch an Patrick richtete.

»Fahrt zur Hölle«, stieß sie hervor.

Patrick saß an den Türrahmen gelehnt auf dem Boden und

sagte mit gespielter Empörung: »Ts, ts, ts, also wirklich, Sunny. Nach allem, was wir für dich getan haben.«

»Wie lange seid ihr beiden schon hier?«, fragte sie heiser.

»Seit deiner allerersten Halluzination«, sagte Patrick unerbittlich. »Es war wirklich ein herrlicher Nachmittag.«

Cameron lächelte über Sunnys wenig herzliches Dankeschön. Er lächelte auch darüber, dass sie den Arm ausgestreckt und über sein Bein gelegt hatte, und dass sie wieder ausreichend bei Bewusstsein war, um beides zu tun. Er hatte Patrick MacLeod vertraut, aber in manchen Momenten hätte auch er am liebsten eine Flut an Verwünschungen über Patrick ausgeschüttet.

Aber jetzt, wo es so aussah, als ob Sunny überleben würde, fühlte er sich von einer großen Last befreit, und aus der Küche drang ein köstlicher Duft nach Essbaren, das wohl aus Patricks Haus hergeschafft worden war.

»Soll ich die Tür zumachen, damit du das Essen nicht riechen musst?«, fragte er plötzlich.

Sunny stöhnte nur. »Nichts kann meine Übelkeit noch weiter verstärken. Cam, ich will, dass du mit meinem Schwager nach draußen gehst und ihn dort vermöbelst.«

Patrick lachte. »Sunny, ich habe nur getan, was ich für nötig hielt. Nichts davon war als Rache für jene Nacht auf deiner Toilette in Seattle gedacht, wo ich mir die Seele aus dem Leib gekotzt habe, nur weil ich es gewagt habe, an deinem Tisch ein Dessert zu essen.«

»Du hättest nicht drei Stücke Schokoladentorte essen sollen«, schalt sie. »Völlerei ist eine Sünde.«

»Lobelienglasur ist auch eine Sünde.« Patrick richtete den Blick auf Cameron. »Am besten lässt du sie ihre Desserts immer vorkosten, wenn du sie verärgert hast.«

»Du hast damals meine Schwester unglücklich gemacht«, sagte Sunny mit schwacher Stimme. »Das war die Rache dafür, dass sie zwei Wochen lang heulend vor Liebeskummer auf meiner Couch verbracht hat.« Sie rappelte sich mühsam hoch, um sich an Camerons Brust anlehnen zu können. »Es war überflüssig, diesem Tee, den du mir gemacht hast, Lobelie beizufügen. Du bist so rachsüchtig.«

»Ich wusste, dass du sowieso erbrechen würdest«, sagte Patrick. »Es hilft, die Dinge zu beschleunigen. Und es wird dich sicher aufmuntern, dass dein Liebster vorhin zum wiederholten Mal geschworen hat, mir etwas anzutun. Auch wenn der Gedanke daran mich nicht übermäßig ängstigt.«

Cameron schnaubte empört und legte die Arme um seine Liebste. »Wie kommt es, dass jeder MacLeod, der je das Licht der Welt erblickt hat, so unangebracht arrogant ist?«

»Weil wir auf ewig mit der Aufgabe betraut sind, unsere Nachbarn, die Camerons, zu besseren Menschen zu machen.«

»Werdet ihr beiden jetzt bald handgreiflich?«, fragte Madelyn lachend vom Eingang her.

Patrick lächelte seine Frau an. »Wir halten uns nur bei Laune. Cam hält das schon aus.« Er sah Cameron an. »Sunny nennt dich so. Macht es dir etwas aus, wenn wir dich auch so nennen?«

Cameron schüttelte den Kopf, obgleich er sich etwas überrumpelt fühlte. »Mein jüngster Bruder hat mich so genannt.«

»Ich sage es nicht gern, Kleiner, aber wir sind alle älter als du.« Patrick zuckte mit den Schultern. »Vielleicht kannst du uns trotzdem als Brüder betrachten.«

Cameron hätte sich eher ein Messer in die Brust gerammt, als zuzugeben, wie gerührt er war, aber es dauerte einen Augenblick oder zwei, bevor er ein Stirnrunzeln zustande brachte. Es war einer dieser Tage gewesen. »Ja, ich denke schon.« Er räusperte sich ausgiebig. »Ich bin auch sehr dankbar für die Hilfe heute. Ich bin nicht zu stolz, zuzugeben, dass ich sie gebraucht habe.«

Patrick rieb sich begeistert die Hände. »Es war uns wirklich ein Vergnügen. Wenn das Leben meiner Schwester nicht auf dem Spiel gestanden hätte, dann hätte mir das alles wirklich

Spaß gemacht. Ich bekomme heutzutage nicht mehr oft die Möglichkeit, irgendwelche Schurken zu jagen.«

»Dem Himmel sei Dank«, rief Madelyn aus der Küche.

»Du wirst dich eines Tages revanchieren«, fügte Patrick hinzu. »Schließlich tut man ja alles für die Familie, nicht?«

»Ja«, sagte Cameron gerührt. »Obgleich es schwer sein wird, mich bei euch für den Dienst zu revanchieren, den ihr heute meiner Braut erwiesen habt.« Er blickte zu Sunny hinunter und sah, dass sie ihn beobachtete. Er erwiderte ihr Lächeln. »Meinst du nicht auch, Liebes?«

»Sag mir, dass das nicht deine Vorstellung von einem angemessenen Heiratsantrag ist«, sagte sie. »Hier auf meiner Toilette?«

Er schüttelte schmunzelnd den Kopf. »Jetzt, wo es mir frei steht, wähle ich eine romantischere Kulisse ...«

Sie schlug sich plötzlich die Hand vor den Mund. »Geh raus.«

»Sunny ...«

»Raus!«

Er wollte nicht gehen, aber sie war überraschend stark, und auf einmal war auch Madelyn bei ihr. Er wurde aus dem Badezimmer geschubst, Hope wurde auf Patricks Arme gesetzt, die Tür wurde zugeschlagen und verriegelt – alles, bevor er auch nur protestieren konnte. Er sah Patrick an.

»Ich glaube, wir sind entlassen.«

»Das glaube ich auch«, knurrte Patrick. Er setzte Hope auf Camerons Arm. »Halt mal die Kleine, während ich mich ums Abendessen kümmere.«

Cameron sah in große, leuchtend grüne Augen und war tief berührt. Hope MacLeod sah nicht aus, als sei sie verängstigt, nah am Wasser gebaut oder als hätte sie vor, sich zu sträuben und ein Geheul anzustimmen. Sie sah nur einen Augenblick zu ihm auf, dann steckte sie den Finger in den Mund und begann mit der anderen Hand über seinen Arm zu streichen.

Erstaunlich.

»Dein getreuer Derrick patrouilliert draußen«, sagte Patrick, der auf Sunnys Herd im Topf rührte. »Vielleicht sagst du ihm besser, dass seine schöne Herrin überleben wird.« Er warf einen Blick über die Schulter. »Weiß er etwas über dich?«

»Nicht so viel, wie er gern wüsste«, sagte Cameron, »obgleich ich das Gefühl habe, dass sich das bald ändern wird.« Er wollte gerade hinausgehen, lauschte aber noch und runzelte die Stirn. »Ist das die Dusche? Sie sollte aber keinesfalls …«

»Nun, sieht nicht so aus, als könntest du ihr dabei helfen«, spottete Patrick. »Nun geh schon, Mann, Madelyn kümmert sich um sie. Aber zieh Hope etwas über, bevor ihr nach draußen geht. Es ist kalt heute.«

Cameron fand eine weiche rosafarbene Decke, hüllte Hope darin ein und seufzte wieder, als sie sich an seinen Hals schmiegte und an ihrem Daumen nuckelte. Sie roch wunderbar, und er verspürte einen kurzen Moment der Zufriedenheit.

Bei allen Heiligen, diese MacLeod-Frauen brachten ihn immer noch ganz schön durcheinander.

Er holte tief Luft, dann öffnete er die Eingangstür von Moraigs Cottage. Er trat über die Schwelle und verspürte kaum einen Hauch von Unbehagen. Er blieb stehen, als er Derrick sah, der sich an die Fahrertür von Patricks Range Rover lehnte.

»Ein Bild der Häuslichkeit«, meinte Derrick lächelnd.

Cameron bedachte ihn mit einem unwirschen Blick, dann ging er zu ihm und lehnte sich ebenfalls an Patricks Wagen. Schade, dass es nicht Patricks Vanquish war. Bei dem hätte er sich so fest wie möglich auf die Kühlerhaube fallen lassen, um sich für die sicher entsetzlich teure Reparatur an seinem eigenen Fahrzeug zu revanchieren.

»Sie hätten auch reinkommen können, das wissen Sie«, sagte Cameron.

Derrick zuckte mit den Schultern. »Ich hab telefoniert, und ich wollte unsere Lady nicht stören. Wie geht es ihr?«

»Sie ist endlich wieder bei sich, obgleich ich Patrick

MacLeod mehr als einmal beinahe umgebracht hätte, bis sie zu Bewusstsein kam. Wie geht es Peter?«

»Nicht gut. Ewan sagt, die Ärzte meinen, er wird noch eine ganze Weile im Krankenhaus bleiben müssen.«

»Ich hätte das nie gedacht«, sagte Cameron gedehnt, »aber ich glaube, ich vertraue Patrick mehr als den Ärzten in Inverness. Vielleicht sollten wir beide morgen versuchen, den Armen zu befreien, und sehen, was Patrick für ihn tun kann. Und was ist mit Nathans Männern?«

»Wie Sie wissen, hatten wir die schon umzingelt, bevor Nathan den Saal betrat. Wir haben sie gefesselt auf einem Haufen liegengelassen.« Derrick hielt inne. »Ich muss mich dafür entschuldigen, dass ich Nathan nicht zurückgehalten habe, doch zu dem Zeitpunkt nahm ich noch an, dass Sie ihn sehen wollten. Ich hatte keine Ahnung, dass er eine Pistole hat, sonst hätte ich sie ihm abgenommen.«

Cameron schüttelte den Kopf. »Es ist ja alles gut ausgegangen, machen Sie sich also keine Gedanken mehr. Aber es war praktisch, dass Penelope auch da war, nicht?«

»Ziemlich praktisch«, stimmte Derrick zu. »Oliver hat sie beschattet, während sie ihrerseits Nathan beschattet hat, wie Sie sicher schon vermutet haben. Er sagte, sie hat als Spionin ein vielversprechendes Talent an den Tag gelegt, aber ich glaube nicht, dass sie das zu ihrem Beruf machen will.«

Cameron musste unwillkürlich lächeln. »Vermutlich nicht. Was ist mit den anderen?«

»Ich habe dem jungen Jim einen Bonus versprochen, weil er so gut in der Schule ist und ihn seiner Wege ziehen lassen, bevor Hamish Fergusson eintraf. Der Anführer von Nathans Handlangern kam zu den anderen Gefangenen in der Burg. Und Rufus beschattet immer noch Nathans Chauffeur in London.«

»Und was ist mit Nathan?«

»Der ist im Krankenhaus. Er steht unter Bewachung. Er hat zwar das Bewusstsein wiedererlangt, ist aber noch nicht wieder ganz da.« Er hielt inne. »Oliver hat zufällig gehört, wie er über, nun ...« Er brach verlegen ab. »... über Zeitreisen oder so einen Quatsch gebrabbelt hat.« Er warf Cameron einen forschenden Blick zu. »Ein bisschen wie diese Verrückte in der Burg.«

»Blanker Unsinn«, meinte Cameron, ohne zu zögern. Er sprach schnell weiter, bevor Derrick etwas erwidern konnte. »Und was ist mit Ihnen? Wie sind Ihre Pläne?«

»Jetzt, wo Sie mich nicht mehr rund um die Uhr brauchen, um Ihnen den Rücken freizuhalten?« Er zuckte mit den Schultern. »Ich könnte heute Abend nach London zurückfliegen, wenn Sie möchten, und sehen, ob ich Rufus nützlich sein kann. Oder ich könnte hier Wache stehen.« Er schwieg. »Ich könnte mich ziemlich unauffällig in eine Ecke verziehen.«

Cameron lächelte. »Ich glaube, Sunny hätte nichts dagegen.«

»Chef, unsere Sunny wird gar nicht mitkriegen, dass ich da bin.«

»Derrick, Mann, wie oft muss ich Ihnen sagen, dass sie *meine* Sunshine ist und nicht Ihre?«

»Sicher noch ein paar Mal«, erwiderte Derrick lächelnd. Er musterte Cameron einen Augenblick und legte sich seine Worte genau zurecht: »Habe ich Ihnen jemals irgendwelche persönlichen Fragen gestellt, Cameron?«

Nun, anscheinend kam er nicht so einfach davon, wie er gehofft hatte. »Noch nie«, sagte er mit Nachdruck, »obwohl sie Ihnen sicher schon oft auf der Zunge lagen.« Er seufzte. »Eigentlich weiß ich schon, in welche Richtung das hier läuft.«

Derrick zuckte die Schultern. »Ich bin neugierig, etwas über diese Frau zu erfahren, die unserer Lady die Betäubungsspritzen gegeben hat. Wer war sie?«

»Die Frau meines Bruders.«

»Sie haben gar keinen Bruder.«

»Ich hatte zwei, früher einmal.«

Derrick sah ihm in die Augen und fragte: »Wann wurden Sie geboren?«

Cameron schnaubte empört: »Haben Sie denn diesen dicken Wälzer, der den gesamten Cameron-Stammbaum enthält und in meinem Wintergarten liegt, nicht gelesen?«

»Ich habe ihn sehr wohl gelesen«, sagte Derrick gedehnt. »Ich dachte nur, da sei vielleicht ein Fehler drin.«

Cameron schüttelte langsam den Kopf.

»Wer sind Sie?«, fragte Derrick leise.

»Sagen *Sie* es mir.«

Derrick holte tief Luft. »Sie sind Robert Francis Cameron … Mac Cameron«, sagte er erschauernd. »Geboren im Jahr 1346.«

»Wer waren meine Brüder?«, fragte Cameron ruhig.

Derrick schluckte hart. »Breac und Sim?«

Cameron lächelte, dann streckte er den Arm aus und klopfte Derrick auf die Schulter. »Wehe, wenn Sie etwas davon ausplaudern. Dann werde ich Sie töten, und zwar langsam. Aber vor Patrick MacLeod können Sie frei sprechen. Er wurde noch ein bisschen früher geboren als ich.«

Derrick schwankte ganz leicht. »Ich kann das nicht glauben.« Er sah Cameron schockiert an. »Zeitreisen? Was für ein Unsinn!«

»Highland-Mythen, mein Freund. Ohne Zweifel.«

Derrick schüttelte den Kopf. »Ich glaube nicht daran.« Er hielt inne. »Zumindest denke ich, dass ich nicht daran glaube.« Er sah Cameron forschend an. »Aber es würde eine ganze Menge erklären, oder?«

»Vermutlich schon.«

Derrick rieb sich mit der Hand über den Mund. »Irgendwann würde ich mit Ihnen darüber gerne noch etwas genauer sprechen. Wenn Sie dazu bereit wären.«

»Vielleicht«, meinte Cameron. »Ich glaube, das bin ich Ihnen schuldig.«

»Chef, Sie sind mir nichts schuldig«, sagte Derrick mit

einem angedeuteten Lächeln, »aber Sie könnten mir meinen Wunsch erfüllen, weil ich Ihnen so lange ein getreuer Vasall war. Sie könnten mir beibringen, wie man mit dem Schwert kämpft.«

»Abgemacht«, sagte Cameron ohne Zögern. Dann sah er Derrick groß an. »Getreuer Vasall, dass ich nicht lache!« Er stieß sich von der Karosserie ab und wandte sich zum Gehen. »Kommen Sie rein und bleiben Sie, Mann. Ich glaube, das wird eine lange Nacht.«

»Wie Sie wünschen, mein Laird. Oh, und Cameron? Sie haben dort in der Fergusson-Burg etwas fallen gelassen.«

Cameron sah den Anhänger in Derricks Hand und setzte Hope auf seinem Arm so um, dass er ihn entgegennehmen konnte. Er sah ihn trotz der Dunkelheit eine ganze Weile an und dachte nach. Gilly hatte ihn Breac an ihrem Hochzeitstag überreicht, um bösen Zauber abzuwehren. Aber Breac hatte das Amulett nie getragen; er hatte gesagt, er sei ihm irgendwie unheimlich. Cameron konnte sich gut vorstellen, dass Tavish in seiner Dickfelligkeit rein gar nichts gespürt hatte. Cameron war das Amulett jetzt umso mehr zuwider, da er wusste, welche Rolle Gilly in jener Schlacht gespielt hatte, in der Breac um sein Leben gebracht worden war. Er reichte es wieder Derrick.

»Legen Sie das bitte in meinen Wagen und bringen Sie es Tavish morgen zurück. Ich will so etwas nicht auf meinem Land haben und die MacLeods auch nicht.«

Derrick schauderte, als er das Amulett berührte. »Es hat dieser Frau gehört, nicht wahr? War sie eine Hexe?«

»Sie war eine Fergusson.«

»Das ist fast dasselbe«, sagte Derrick mit unbewegtem Gesicht.

Cameron nickte düster. »Vermutlich schon. Gehen wir essen, bevor die Erinnerungen uns überwältigen.«

Derrick lächelte nur und nahm Camerons Autoschlüssel entgegen. Cameron wartete und folgte ihm dann in Moraigs

Cottage. Dabei passte er auf, als über die Türschwelle trat. Es hatte keinen Sinn, ein Risiko einzugehen, wenn er seinem Ziel so nahe war. Er hätte wahrscheinlich mit Patrick darüber streiten sollen, ob sie Sunny überhaupt in Moraigs Cottage hätten bringen sollen, aber Patrick hatte darauf bestanden, dass es der richtige Ort sei, um gesund zu werden.

Cameron hatte nichts dagegen einwenden können.

Eine halbe Stunde später hatte er Sunnys Haar fertig gekämmt und eine köstliche Mahlzeit gegessen, die Patrick aus Zutaten gekocht hatte, die er dankenswerterweise nicht Sunnys Kühlschrank entnommen hatte. Er saß in einem der bequemen Sessel am Feuer, mit Sunshine Phillipps in einem Pyjama, der gemustert war wie ein Cameron Plaid, auf seinem Schoß. Der Unterhaltung, die um ihn herum geführt wurde, lauschte er nur mit halbem Ohr und konzentrierte sich ganz auf die Frau in seinen Armen. Sie war anscheinend nicht genauso stark interessiert an ihm, da sie tief und fest schlief. Er nahm ihr das nicht übel. Es war ein langer Tag gewesen.

Vermutlich würde eine Zeit kommen, in der er intensiv über alles nachdenken müsste, was er an diesem Nachmittag erfahren hatte; aber das wäre etwas für später, ebenso wie eine genaue Prüfung der Ereignisse des Tages. Für den Moment jedoch war es vielleicht nicht unvernünftig, den Abend zu genießen und sich alles Übrige für den nächsten Tag aufzuheben.

Er hörte ein Klopfen an der Tür hinter ihm und seufzte resigniert, als Ewan hereingebeten wurde. Ewan machte es sich gemütlich, wie es seine Art war, und schaffte es auch, sich etwas von dem Abendessen abzuzweigen. Cameron sah zu, wie sein Cousin einen Schemel vor den Kamin zog und sich ihm gegenüber setzte.

»Ich habe unten im Pub was Interessantes gehört«, sagte er ohne Einleitung.

»Ach, wirklich?«, meinte Cameron missmutig.

»Ja«, sagte Ewan mit einem Augenzwinkern. »Es war die faszinierende Geschichte von einem mittelalterlichen Laird, der sich durch nichts – nein, nicht einmal durch die Zeit – davon abhalten ließ, seiner großen Liebe zu folgen. Wollen Sie sie hören?«

»Habe ich denn eine andere Wahl?«

Patrick und Madelyn lachten und forderten Ewan auf, er solle weitersprechen. Cameron seufzte. Vielleicht würde er Ewans Ausführungen später in einigen Einzelheiten korrigieren, wenn Sunny wach war und ihm helfen konnte. Aber im Augenblick hielt er seine große Liebe im Arm, und die Zeit hatte sich dazu herabgelassen, sie beide am selben Ort zu umhüllen.

Er konnte sich wirklich nicht beklagen.

33

Sunny lehnte sich an die Seite von Camerons Wagen und sah zu, wie sein Flugzeug auf sie zurollte. Sie hatte sich in den letzten Wochen fast an den Anblick gewöhnt und war sogar ein paar Mal mit ihm nach London geflogen. Sie würde wohl nie eine flugbegeisterte Passagierin sein, aber vermutlich würde sie – wie Cameron es ihr prophezeit hatte – irgendwann an einen Punkt kommen, wo die Vertrautheit Gelassenheit hervorrief. Er konnte im Flugzeug einschlafen, noch bevor es die Startbahn verlassen hatte, und den ganzen Weg nach Süden über dösen, bis sie auf der Landebahn aufsetzten. Sie wusste das, weil sie ihn dabei beobachtet hatte – aber nur ein Mal. Das andere Mal hatte er sie den ganzen Flug mit einem verwunderten Gesichtsausdruck betrachtet, als könnte er nicht glauben, dass sie eingewilligt hatte, ihn zu heiraten.

Aber wie hätte sie Nein sagen sollen? Er war vor ihr auf die Knie gegangen und hatte ihr einen wunderschönen, sehr dezenten Trauring dargeboten, der ihrem Warte-auf-mich-Ring nachempfunden war. Erst nachdem sie Ja gesagt hatte, hatte er ihr auch den zugehörigen kostbaren Verlobungsring überreicht.

Er hatte über ihren Seufzer gelacht, dann war er aufgesprungen, hatte sie auf seine Arme gehoben und herumgewirbelt. Er versprach feierlich, er würde ihr von nun an nichts mehr kaufen, aber er würde natürlich erwarten, dass sie sich täglich um seinen Garten kümmerte.

Wie konnte man einen solchen Mann nicht lieben?

Sie beobachtete, wie das Flugzeug zum Stehen kam, und als die Tür aufging und die Gangway heruntergelassen wurde, spürte sie, wie die Schmetterlinge in ihrem Bauch aufflogen.

Sofort eilte Cameron mit federnden Schritten herunter, und in ihrem Bauch flatterte es wie wild. Er warf sich den Rucksack über die Schulter und ging lächelnd auf sie zu.

Sie stieß sich von der Karosserie ab und rannte zu ihm, denn sie konnte nicht anders. Sie warf ihm die Arme um den Hals und umschlang ihn fest.

»Ich habe dich vermisst«, sagte sie leidenschaftlich.

Er lachte, ließ sie aber nicht los. »Ich bin doch erst seit gestern Morgen weg, Mädchen.«

»Wirklich?«

Er stellte sie auf ihre Füße zurück, lächelte, dann neigte er den Kopf und küsste sie – sehr kurz.

»Hey«, murrte sie überrascht. »Was ist denn das?«

»Das bin ich, der sich Mühe gibt, die Hände von dir zu lassen«, sagte er aufrichtig. »Ich glaube, wir heiraten in ein, zwei Tagen, und ich versuche nur, dich nicht vorher noch zu schänden.«

»Wir heiraten *morgen*«, rief sie ihm in Erinnerung.

»Nun«, sagte er mit einem trägen Lächeln, »wenn das so ist, dann müssen wir vielleicht ein wenig freundlicher miteinander umgehen.« Er stellte seinen Rucksack ab und sah sie entschlossen an. »Komm her, mein Mädchen, und lass dich richtig begrüßen.«

»Mädchen«, sagte sie mit einem empörten Schnauben, aber dann fand sie keine Gelegenheit mehr zum Klagen. Camerons Mund war noch genauso ein Wunder wie damals, vor Jahrhunderten. Sie erschauerte, als seine Hand unter ihr Haar glitt und er den anderen Arm um ihre Taille legte. Ihre einzige Zuflucht war, sich an ihm festzuhalten und zu hoffen, dass sie noch geradeaus laufen konnte, nachdem er sie geküsst hatte.

»Nehmt euch ein Zimmer!«, rief Ewan vom Rollfeld aus.

Cameron hob den Kopf und sah ihn stirnrunzelnd an. »Hat er etwa mit Alex Smith gesprochen?«

»Ich glaube, das war nicht nötig.«

Cameron warf Ewan einen wütenden Blick zu. »Er wird *nicht* mitkommen auf unsere Flitterwochen.« Er zog Sunny wieder an sich und senkte den Kopf zu ihr herab. »Achte nicht auf ihn. Derrick wird sich seiner annehmen, wenn er zu vorlaut wird.«

Sunny schloss die Augen und lächelte, als er sie noch einmal richtig begrüßte. Als er endlich den Kopf hob und sie mit einem leidenschaftlichen Blick aus seinen blauen Augen ansah, war sie sich alles andere als sicher, dass sie es bis zu seinem Wagen schaffen würde, ohne weiche Knie zu bekommen.

»Ich glaube, du solltest jetzt besser damit aufhören«, riet sie ihm.

»Brennst du sonst mit mir durch?«

Sie lachte verlegen. »Das geht jetzt nicht mehr. Das gesamte Dorf ist für dieses denkwürdige Ereignis gerüstet, musst du wissen. Wenn du dich nicht morgen früh, fein herausgeputzt, in der Kirche blicken lässt, dann marschieren sicher zornige Highlander mit Mistgabeln nach Cameron Hall.«

»Ich werde Euer Anstandswauwau sein!«, tönte eine Stimme ganz aus der Nähe.

Cameron knirschte mit den Zähnen. »Ich werde ihn umbringen. Es dauert nicht mehr lange.«

Sunny sah, wie er hinüberging und ein paar deutliche Worte an seinen Cousin richtete. Ewan klopfte Cameron nur auf die Schulter, hauchte Sunny einen Kuss herüber und stieg wieder ins Flugzeug, um es für die Nacht vorzubereiten. Cameron kam kopfschüttelnd zu ihr zurück.

»Die haben alle viel zu wenig zu tun«, sagte er, nahm sein Gepäck und legte ihr den Arm um die Schultern. »Ich werde eine Aufgabe für sie finden müssen, damit ich mich nicht irgendwann dazu hinreißen lasse, sie allesamt umzubringen. Derrick hat die vergangenen 24 Stunden damit verbracht, in meinem Büro herumzulungern, alle meine Zeitschriften zu lesen und in die Glotze zu schauen; Peter ist gelangweilt vor meinem Büro herumgestrichen und hat sowohl mit Emily als auch mit meiner sechzigjährigen Sekretärin geflirtet, und Oliver saß auf einem Stuhl im Flur und hat wohl angesichts der Tatsache, dass er keine Übeltäter mehr beschatten muss, über die Sinnlosigkeit seines derzeitigen Lebens nachgegrübelt.«

Sie lächelte. »Wollen sie denn nicht mehr auf Schatzsuche à la Cam gehen?«

»Dazu müssten sie ja wieder Anzüge tragen und sich um ein geschäftsmäßiges Auftreten bemühen«, sagte er naserümpfend. Er hielt ihr die Tür auf. »Ich werde schon eine sinnvolle Beschäftigung für sie finden. Immerhin habe ich ja auch für mich selbst eine angenehme Art gefunden, meine Tage auszufüllen.«

Sie reckte sich und legte ihm die Hände ums Gesicht. »Willst du mich veräppeln? Du bist ein Workaholic, Cam. Du findest immer eine Möglichkeit, deine Tage auszufüllen.«

Er schüttelte langsam den Kopf. »Das ist nicht mehr so, Sunny. Ich war beinahe acht Jahre lang immer voll eingespannt, aber ich werde das jetzt ändern. Ich werde die Dinge noch eine Weile so laufen lassen, aber ich werde es in Zukunft so einrichten, dass wir öfter zu Hause sein können.«

»Ich muss mich schließlich um einen Garten kümmern«, stimmte sie ihm lächelnd zu.

»Mir ist es wichtiger, dass du dich um mein Herz kümmerst, und das kannst du überall tun«, hielt er ihr schmunzelnd vor. »Aber ich werde dafür sorgen, dass du auch oft genug hier bist, um in der Erde zu wühlen.« Er küsste sie zärtlich. »Lass uns heimfahren und gleich damit anfangen.«

Zehn Minuten später fuhr Cameron aus dem Hangar. Sunny legte die Hand auf seinen Oberschenkel, denn sie konnte gar nicht genug davon bekommen, ihn zu berühren. Sie fühlte sich, als hätte sie seit Jahrhunderten auf ihn gewartet, und jetzt, wo das Warten vorüber war, konnte sie nicht von ihm lassen.

Er legte seine Hand auf ihre, lächelte sie an und konzentrierte sich wieder auf die Straße zu ihrem gemeinsamen Zuhause. Sunny lehnte ihren Kopf in den Sitz zurück und schloss die Augen. Sie ging im Geiste noch einmal durch, was sie alles in die Wege geleitet hatte.

Es war ein ziemlicher Kraftakt gewesen, diese Jahrhunderthochzeit in so kurzer Zeit auf die Beine zu stellen, aber sie hatte versucht, die Dinge so einfach wie möglich zu halten, und Emily hatte wahre Wunder gewirkt – sie war ein echtes Organisationstalent.

Sunny hatte im Dorf eine Schneiderin gefunden, die ihr Hochzeitskleid nähte, aber alles andere hatte Emily besorgt; unter anderem war sie auf einen Einkaufstrip nach Paris geflogen, um Sunny eine Brautausstattung zusammenzustellen. Emilys Kleidergeschmack war ausgezeichnet, und Sunny hatte ihr vertraut, dass sie nicht zu viele Sachen kaufen würde, zu denen man Nylonstrümpfe tragen musste.

Die übrigen Aufträge für die Hochzeit hatten sie ausschließlich an Geschäfte im Dorf vergeben. Schließlich geschah es nicht alle Tage, dass der Laird der Burg auf dem Hügel Hochzeit feierte. Wann immer sie irgendetwas dafür hatte tun können, die Herzen der Männer im Pub und die ihrer Ehefrauen für sich zu gewinnen, hatte sie es mit Freuden getan.

»Gab es Probleme beim Herfahren?«, fragte Cameron und unterbrach ihre Gedanken.

»Hamish hat mich angehalten, weil ich exakt eine Meile pro Stunde über der Geschwindigkeitsbegrenzung lag – er dachte, du säßest in dem Wagen«, sagte sie. »Als er merkte, dass ich ihn fuhr, hat er mich so lange aufgehalten, dass ich fast zu spät gekommen wäre. Er wollte gar nicht aufhören, davon zu schwärmen, was für ein prächtiger Highland-Bursche du bist, dass du bei der Verhaftung von Nathans Männern so prima Vorarbeit für ihn geleistet hast und so freundlich warst, seinen Bruder zu schonen, damit ihm das Gefängnis erspart blieb.«

»Ja, das war nett von mir, nicht wahr?«, fragte er missmutig.

Sie lachte. »Tavish ist ein Idiot, aber er ist nicht gefährlich. Er hat versucht, sich wichtig zu machen, und geriet dabei an Leute, die viel gerissener waren als er.«

»Er hat verdammtes Glück gehabt, ohne Gefängnisstrafe davongekommen zu sein. Schließlich war er der Mittelsmann, über den Nathan und Gilly ihre Transaktionen abwickelten. Das einzige, was ihn gerettet hat, war, dass er glaubte, Gilly sei seine Cousine.«

»Was sie ja in gewisser Hinsicht auch ist«, räumte Sunny ein. »Und ich denke, es half ihm auch, dass er in seinem Laden nur Seife und kein Gift auf Lager hatte. Es war wohl tatsächlich so, dass Gilly sich das selbst beschafft hat.«

Er erschauerte. »Ja, vermutlich stimmt das. Sie war wirklich sehr findig. Wäre sie das nicht gewesen, dann wäre Tavish sicher noch stärker in ihren und Nathans Wahnsinn hineingezogen worden.«

»Armer Tavish«, sagte sie mit einem halben Lächeln. »Ich glaube, er ist weder für die Finanzwelt noch für dunkle Geschäfte geeignet. Aber er wird dein Lob sicher noch eine ganze Weile in höchsten Tönen singen. Wenn nur Hamish seine überschwängliche Begeisterung etwas zügeln würde! Die Strafpunkte im Verkehrsregister wären mir lieber, als ihm jedes Mal, wenn ich aus dem Dorf fahre, eine halbe Stunde zuhören zu müssen – zumal ich ja im Moment nicht mal einen schottischen Führerschein habe.«

Er schwieg eine Weile, dann sah er sie an. »Du musst deinen amerikanischen Pass nicht aufgeben, Sunshine«, sagte er ruhig.

Sie drückte seine Finger. »Cam, vom ersten Augenblick an, als ich einen Fuß in die Highlands gesetzt habe, habe ich mir einen Grund gewünscht, hierbleiben zu können. Wenn ich in die Staaten zurückkehre, dann sicher nur auf einen Besuch. Wenn ich deinen Namen annehme, dann will ich auch einen britischen Pass mit mir herumtragen. Es sei denn, du hast vor, mich bei der erstbesten Gelegenheit in den Flieger zurück in die Staaten zu setzen.«

Er sah sie verblüfft an und fuhr vor Schreck fast in eine Backsteinmauer.

Sie lachte. »Und mein Leben lang habe ich darauf gewartet, dass ein Mann beim Gedanken, mich gehen zu lassen, so einen Gesichtsausdruck macht. Danke. Dafür werde ich es sogar in Kauf nehmen, hin und wieder einen Knicks vor Bess zu machen.«

Er zog ihre Hand an seine Lippen. »Ich liebe dich.«

»Ich liebe dich auch. Und ich freue mich darauf, eine Cameron zu werden, mit allem, was dazugehört. Das wird später einmal wichtig sein für unsere Kinder, meinst du nicht auch?«

»Sunshine, ich glaube, ich muss anhalten«, sagte er mit belegter Stimme, »um dir wirklich zeigen zu können, wie ich das finde.«

»Fahr bitte weiter. Wir müssen im Dorf noch ein paar schnelle Entscheidungen treffen.« Sie machte es sich noch bequemer in ihrem Sitz, der sowieso schon viel zu bequem war. »Wie hat sich eigentlich in London alles entwickelt?«

»Alles lief wie erwartet. Nathan befindet sich im Augenblick in einer geschlossenen Anstalt, weil noch ein Gutachten über seine Zurechnungsfähigkeit aussteht. Hoffentlich bleibt er so lange wegsperrt, wie er es verdient. Penelope und ich hatten gestern eine Besprechung mit unseren Anlageberatern, und die Aktien wurden wieder in die richtigen Hände zurückgeführt.«

»Ist denn von Ainsworth Associates überhaupt noch etwas übrig?«

Er lächelte sie kurz an. »Ich wünschte, ich könnte das bestätigen. Penelope wird wahrscheinlich die ganze Firma umstrukturieren müssen. Diese Schweizer Bankkonten, deren Nummern wir in der Bankschließfach-Box gefunden haben, werden ihr eine ganze Weile über die Runden helfen, aber es wird ein steiniger Weg werden. Ich glaube, sie wird ihr Luxusleben in der nächsten Zeit einschränken müssen.«

»Das dient der Charakterbildung«, sagte Sunny ernsthaft.

»Das finde ich auch«, erwiderte er und lächelte ihr zu. Dann sah er wieder auf die Straße. »Die Diamanten stellen eine zusätzliche Sicherheit dar, was Rodney meines Erachtens genau so vorgesehen hat. Penelope bestand darauf, dass ich eine Auswahl von Edelsteinen und ein paar Rohdiamanten für dich behalte, ein Angebot, das ich wohlwollend angenommen habe.«

»Ich finde wirklich, du bist ein sehr anständiger Mensch, Robert Francis.«

Er lachte. »Ja, aber ich war enorm erleichtert, dass ich nur geschäftlich mit ihr zu tun hatte und nicht versuchen musste, einer Verlobung mit ihr zu entkommen. Sie wollte weder das Geld noch die Edelsteine annehmen, da sie der Meinung war, ihr Vater hätte sie mir vererbt. Aber ich habe ihr versichert, wir beide seien der Auffassung, er hätte sich das als Versicherung für sie ausgedacht.«

Er lächelte.

»Jetzt können wir ihr bei gesellschaftlichen Anlässen ungezwungen begegnen und müssen uns keine Sorgen machen, dass sie einen von uns mit einem Fluch belegt. Das ist doch eine Erleichterung, nicht?«

»Absolut«, pflichtete sie ihm bei. Sie sah einen Augenblick auf seine Hand hinunter, die um ihre gelegt war, dann blickte sie zu seinem Gesicht auf. »Machst du dir Sorgen wegen Nathan?«

»Wenn ich einen Funken Verstand hätte, würde ich das wahrscheinlich tun«, sagte er seufzend. »Jamie hat mir gezeigt, mit welchem Blick er jeden bedenkt, der ihm etwas übers Zeitreisen erzählt, um deutlich zu machen, dass er das für absoluten Unsinn hält. Ich habe ihn schon einstudiert. Willst du mal sehen?«

»Natürlich.«

Er blickte sie auf eine Weise an, die so sehr an Jamie erinnerte, dass sie laut lachen musste.

»Funktioniert es?«, fragte er.

»Ich glaube, du müsstest noch etwas mehr üben«, gestand sie lächelnd. »Aber vielleicht kannst du auch einfach darauf hoffen, dass keiner es wagt, dich so etwas Lächerliches zu fragen. Ansonsten wird es einfach unser Geheimnis sein.«

»Und Derricks und Ewans und das des gesamten MacLeod-Clans«, knurrte er. »Ich habe noch nie im Leben so vielen Leuten in einer so wichtigen Angelegenheit vertraut.«

»Vielleicht hattest du aber auch noch nie so viele Leute, denen du vertrauen konntest«, sagte sie leise. »Deine Situation hat sich verbessert.«

Er holte tief Luft. »Ja, das stimmt, sie hat sich gewaltig verbessert. Also, was haben wir heute Nachmittag auf unserem Terminplan stehen, das wir absagen können, um diese Verbesserung zu feiern?«

Sie lachte. »Nichts, also fahr weiter, mein Laird, und lass uns die letzten Details für die Hochzeit regeln. Ich kann mich ja vielleicht heute Abend aus Jamies Haus schleichen und dich vor dem Essen in den Stallungen treffen, wenn wir jetzt noch alles Erforderliche erledigen.«

Er drückte ihr die Hand, aber dann musste er sich wieder aufs Fahren konzentrieren, damit ihm keine Schafe zum Opfer fielen. Sunny war hin- und hergerissen, ob sie lieber die Landschaft oder den Mann neben sich betrachten wollte. Cameron ging aus diesem inneren Kampf als Sieger hervor. Die schottische Landschaft hatte sie schon so oft genossen, und obgleich sie ihre Schönheit liebte, konnte die Umgebung dem Mann, der neben ihr saß, doch nicht die Schau stehlen.

Sie war zutiefst dankbar, dass beides von nun an Teil ihres Lebens sein sollte.

»Nicht mal eine halbe Stunde?«, fragte er mit seinem spontanen Lächeln, das sie an ihm so liebte.

Sie seufzte und zog ihr rosafarbenes Handy aus dem Handschuhfach. »Ich rufe Emily an.«

»Ich suche eine geeignete Stelle zum Anhalten.«

Sie lachte, weil sie glücklicher war, als sie je zu träumen gewagt hatte, und ein Mann neben ihr saß, der sie bis zum Wahnsinn liebte.

Die Zeiten hatten sich wirklich zum Besseren verändert.

Die Sonne war gerade untergegangen, als Cameron mit seinem Range Rover an James MacLeods Burg vorfuhr, angemessen gekleidet für die Zeremonie, die Jamie zweifellos vorbereitet hatte, um dem Ernst des Anlasses gerecht zu werden, den der Verlust seiner Hexe bedeutete. Er hatte überlegt, ob er lieber herreiten sollte, aber es regnete, und er hatte sich nicht dem Risiko aussetzen wollen, in irgendwelche Zeitfallen, die er nicht kannte, zu geraten. Und Jamies Landkarte, von der er nun auch eine handgemalte Kopie hatte, war nutzlos, wenn die Tinte in der Nässe verlief.

Um ungeplante Reisen in andere Zeitalter zu vermeiden, hatte er den Wagen genommen. Er trug jedoch sein mittelalterliches Gewand, denn das schien ihm passend, und hatte sein Schwert mitgebracht, da er vermutete, er könnte es brauchen. Als er aus dem Auto stieg und gerade seine Schlüssel in die Tasche stecken wollte, merkte er, dass er gar keine Taschen hatte.

Er seufzte und warf die Schlüssel auf den Sitz, dann schlug er die Wagentür zu und hoffte das Beste. Er schnallte sich das Schwert auf den Rücken und fragte sich, ob er sich vielleicht lächerlich machte, aber dann schob er den Gedanken beiseite. Zweifellos waren alle anderen drinnen ebenso angezogen. Außerdem war der Hof ausschließlich von Fackeln beleuchtet. Hätte nicht Patricks schwarzer Jaguar neben Ians rotem geparkt, wäre Cameron vielleicht der Illusion erlegen, er befände sich in der Vergangenheit. Er holte tief Luft, dann stieg er die Stufen hinauf und klopfte.

Wie üblich machte Zachary Smith die Tür auf. Auch er trug ziemlich authentische Kleidung, und ein ebenfalls ziemlich authentisches Schwert hing an seiner Seite. Cameron lächelte.

»Hübsch.«

Zachary warf ihm ein kurzes Lächeln zu, bevor er sich räusperte und die Stirn runzelte. »Was wünscht Ihr?«, fragte er in bemerkenswert mittelalterlich klingendem Gälisch.

»Ich komme wegen der Hexe der MacLeods«, sagte Cameron ernst.

Zachary trat zurück. »Kommt herein, und wir werden sehen, ob Ihr ihrer würdig seid.«

»Der Himmel möge mir beistehen«, murmelte Cameron mit unterdrückter Stimme, als er eintrat.

Zachary lachte unwillkürlich. »Wenn es Euch beruhigt, mein Laird, Sunny hat sich für heute Abend alle interessanten Aktivitäten verbeten. Sie meint, wir hätten letzte Woche schon genug Schaden angerichtet.«

Cameron knurrte bei der Erinnerung. Jamie hatte ihn zu einer Turnierrunde eingeladen, und Cameron hatte gegen alle MacLeods und ihre zahlreichen Gefolgsleute – einen nach dem anderen – antreten müssen. Er hatte sich nicht beklagt, denn der Preis hatte an der Mauer auf einer Bank gesessen und die ganze Zeit über zugesehen. Er wäre wochenlang durch solche Qualen gegangen, um sie zu bekommen, und es war ihm wichtig, dass sie das wusste. Sie hatte sich bei ihm anschließend, unter den wachsamen Augen von Patrick MacLeod, mit einer Massage revanchiert; allein das war es ihm wert gewesen.

»Ich nehme an, ich habe die Prüfung bestanden«, sagte Cameron mit Nachdruck.

»Nun, ich habe Euch schließlich eintreten lassen, nicht?« Zachary schloss das Tor hinter ihm, dann trat er zur Seite. »Nach Euch, mein Laird.«

Cameron blickte in den Saal und musste einen Augenblick stehen bleiben, um das Bild in seinem Gedächtnis festzuhalten. Neben dem Kaminfeuer stand die versammelte Mannschaft: Jamie, Elizabeth und ihre Kinder; Patrick, Madelyn und Hope; Ian, Jane und ihre beiden Kleinen; Alex, Margaret samt ihren Kindern und ihrem Barden; Zachary stand neben seiner Schwester, und neben Zachary stand Joshua, Jamies Spielmann. Auch Sunnys Eltern waren angereist, und beide notierten mit Feuereifer gälische Redensarten, die sie, wie Cameron vermutete, später lang und breit diskutieren würden.

Sie waren Linguisten mit Leib und Seele, wie er schon während des Abendessens mit ihnen Anfang der Woche herausgefunden hatte, als sie ihn in allen Sprachen, in denen er behauptet hatte, sich verständigen zu können, schonungslos ausgefragt hatten. Sie waren interessante Leute, um es höflich auszudrücken. Doch immerhin hatten sie ihre Einwilligung gegeben, dass er Sunny zur Frau nahm, und dafür war er ihnen dankbar.

Mit Freude sah er die kleine Gruppe, die anscheinend gekommen war, um seinen Clan zu repräsentieren: Derrick, Ewan und – die Heiligen mochten ihn beschützen – Emily. Sie schien nicht sehr überrascht von dem, was sie hier sah, daher konnte er vermutlich der Liste von Menschen, die seine privatesten Geheimnisse kannten, noch ein weiteres Mitglied hinzufügen.

Und vor allen stand Sunshine Phillips, das einzige Licht seines Lebens.

Jamie trat vor und verschränkte die Arme vor seinem gewaltigen Brustkorb. »Was wollt Ihr, Cameron?«

Cameron neigte den Kopf nur ein ganz klein wenig. »Die MacLeod-Hexe, wenn es Euch recht ist.«

»Und wenn nicht?«

»Dann wäre ich glücklich, mit Euch die Klingen zu kreuzen«, sagte Cameron ohne Zögern. »Ein weiteres Mal.«

Jamie warf Sunny über die Schulter einen Blick zu. »Ich glaube, ich habe so viel Satisfaktion erhalten, wie mir gestattet ist.« Er schürzte die Lippen. »Nun, am besten prüfe ich dann jetzt, wie Ihr für sie sorgen wollt, im Anschluss gehen wir noch das eine oder andere Dokument durch, und dann frage ich sie, ob sie Euch haben will. Obgleich ich festhalten möchte, dass *ich* lieber noch einen Schwertkampf durchgeführt hätte.« Jamie beugte sich vor. »Bei dieser Frau müsst Ihr Euch vorsehen, dass Eure Zehen heil bleiben, Cameron. Sie tritt Euch mit grobem Schuhwerk darauf, wenn Ihr nicht vorsichtig seid.«

»Ich werde es mir merken«, versprach Cameron.

Jamie sah Zachary an. »Hol die Stühle, Bruder, und fangen wir an.«

»Immer ich«, murmelte Zachary mit unterdrückter Stimme. »Hoffentlich wächst bald jemand heran, damit nicht immer ich alles holen muss.«

»Derrick ist wahrscheinlich etwa in deinem Alter«, sagte Cameron lächelnd. »Und Ewan auch.«

Zachary nickte den beiden zu. »Dann kommt mit und helft mir.«

Cameron sah zu, wie seine beiden Männer hinter Zachary hertrabten, und war ziemlich überrascht, zu sehen, dass sie beide ebenfalls mittelalterliche Kleidung trugen. Zweifellos war das Sunnys Idee gewesen. Er musste tief Luft holen, bevor er sie anzusehen wagte. Er fing ihren Blick auf und wurde mit einem zärtlichen Lächeln bedacht. Vermutlich war ihr nicht bewusst, dass ihr Tränen in den Augen standen.

Er hatte den Verdacht, dass auch er den Tränen nahe war.

Sobald die Stühle gebracht worden waren, nickte Jamie und alle setzten sich, Jamies Familie um Jamie und Camerons um Cameron. Sunny saß neben Jamie; sie trug ein wunderschönes schwarzes Kleid, das in ihm die vage Erinnerung wachrief, wie sie in der Tür von Moraigs Cottage gestanden hatte. Aber diesmal fühlte er sich nicht unbehaglich, wofür er ausgesprochen dankbar war.

Er hätte nachher nicht sagen können, was er und Jamie besprochen hatten, obgleich er annahm, dass er ihm einen angemessenen Bericht darüber gab, was er in die Ehe einbringen würde. Und er akzeptierte die abnorm hohe Summe, die Jamie Sunny als Mitgift gewährte, schwor sich aber sogleich, einen Weg zu finden, sie nicht anzunehmen. Doch da an dieser Stelle Stolz und Tradition mit im Spiel waren, sträubte er sich nicht. Noch nicht.

Eine Bibel wurde ihnen gereicht, und er willigte gemeinsam mit Sunny in die Verbindung ein. Dann legte Jamie ihre Hand in die seine und gab sie ihm zur Frau.

Cameron blickte Sunny an und bekam weiche Knie. »Ich sehe dort drüben eine Türschwelle.«

Jamie räusperte sich. »Ihr seid mit ihr jetzt per Handschlag getraut, Cameron, aber zu Eurem Bett werdet Ihr sie erst führen, nachdem Ihr morgen mit ihr vor dem Priester gekniet seid.«

Cameron drückte Sunnys Hand. »Es ist zumindest ein Schritt in die richtige Richtung.«

»Ich gehe ihn gern«, sagte sie lächelnd.

Also führte er sie hinüber zu Jamies Tür, öffnete sie, und führte Sunny hinaus auf die oberste Stufe. Er legte ihr gegenüber das Ehegelübde ab, hörte zu, wie sie es erwiderte, dann nahm er sie in die Arme und küsste sie so leidenschaftlich, wie er es vor einem Saal voller Zeugen wagte.

Schließlich stieß er heftig den Atem aus. Es fühlte sich an, als hätte er ihn acht Jahre lang angehalten. »Ich liebe dich«, sagte er und zog sie wieder an sich. »Ich will dich nie mehr aus meinen Armen entlassen.«

»Noch ein Tag, und du wirst es nicht mehr tun müssen.«

»Wir schlafen heute Nacht im Haus deiner Schwester«, erklärte er. »Ich will kein Risiko eingehen.«

Sie reckte sich zu ihm hoch und küsste ihn zärtlich. »Einverstanden.« Sie trat neben ihn und nahm seine Hand. »Wir sind noch nicht ganz fertig. Eines musst du noch tun.«

Er sah sie fragend an. »Wirklich? Was denn?«

»Komm mit zum Feuer, dann wirst du es sehen.«

Er kehrte mit ihr in den Saal zurück, schloss die Tür hinter sich, dann ging er mit ihr hinüber zum Kamin. Sie stellte sich vor ihn hin, sah ihn lächelnd an, dann sank sie langsam vor ihm auf die Knie.

Er starrte sie einen Augenblick entgeistert an, dann streckte er die Hand aus und wollte sie wieder auf die Füße ziehen. Sie schüttelte den Kopf.

»Streckt die Hand aus, mein Laird.«

Oh nein, nicht das. Er musste sich mit dem Ärmel über die Augen fahren und wollte protestieren, tat es dann aber doch nicht. Er nahm an, es geschah nicht jeden Tag, dass ein Mann seine Angetraute vor sich knien sah, die ihm ihre Gefolgschaft schwor. Wenn sie entschlossen war, das zu tun, würde er es ihr nicht verbieten. Vielleicht könnte sie ja, weil er so gefügig einwilligte, im Gegenzug die Tränen übersehen, die ihm über die Wangen liefen.

Sunny küsste seine Hände, dann erhob sie sich.

Dann trat Derrick an ihre Stelle und kniete sich ebenfalls nieder.

»Teufel aber auch«, brachte Cameron hervor.

Derrick sah lächelnd zu ihm auf. »Gehört das zur Zeremonie, Chef?«

Cameron verdrehte die Augen, weil es leichter war, als noch mehr zu heulen. Er holte tief Luft, dann nahm er Derricks Treueschwur an. Als Nächstes nahm er Ewans Eid an, obgleich er zugegebenermaßen kaum noch etwas klar erkannte und sich ganz auf seine Ohren verlassen, um den Mann vor sich zu erkennen. Als dann auch noch Emily vor ihm niederkniete und ihre Hände in seine legte, war er vollkommen aufgelöst.

Er zog Emily wieder auf die Füße, nachdem er ihren Schwur angenommen hatte, und legte einen Arm um sie und den anderen um Sunny.

»Noch jemand?«, fragte er mürrisch. »Bevor ich hier noch ganz meine Fassung verliere.«

»Oliver hat noch die eine oder andere Frage an Sie«, sagte

Derrick mit einem Lächeln. »Ebenso wie Peter, wie Sie sich vielleicht vorstellen können. Ich denke, wir können das auf das nächste Mal verschieben, wenn Sie die beiden sehen.«

Cameron seufzte. »Vielleicht gebe ich bei der nächsten Runde ein besseres Bild ab.«

»Bringt Bier«, rief Jamie. »Und Saft für die, die welchen wollen. Wir fangen besser mit dem Abendessen an, bevor unser guter Lord Robert uns noch alle zum Weinen bringt.«

Cameron war bald abgelenkt durch das Schulterklopfen der männlichen Verwandten, durch die Küsse seiner zukünftigen Schwägerinnen und Cousinen und durch ein verlockendes Angebot von Ians Sohn Alexander, sich mit ihm zum Legospielen davonzustehlen. Er war tatsächlich versucht, es anzunehmen, schaffte es aber gerade noch, mit ihm einen Ersatztermin zu vereinbaren.

Schließlich stand er neben Jamie, während die Tische fürs Abendessen aufgestellt wurden. Er faltete die Hände hinter dem Rücken und räusperte sich.

»Danke, Jamie, für deinen Beitrag zu all dem.« Er musste eine lange Pause machen, bevor er seiner Stimme genug traute, um weiterzusprechen. »Ohne deine Hilfe hätte ich sie für immer verloren.«

Jamie klopfte ihm freundlich auf die Schulter. »Wenn ich nicht über das vielschichtige Zeitgeflecht mit all seinen romantischen Verwicklungen wache, wer soll es dann tun?«

»Ich glaube«, sagte Cameron lächelnd, »keiner ist dafür besser geeignet als du.«

»Ja, das stimmt«, pflichtete ihm Jamie bescheiden bei.

Cameron war fast versucht, Jamie zu fragen, warum er dachte, dass Moraigs Schwelle damals nicht richtig funktioniert hatte und er so viel früher als Sunny herausgekommen war, dann ließ er es aber lieber sein. Das war eine Frage, die man sich besser für ein andermal aufhob – vielleicht nachdem er ein Jahr oder so mit Sunny verheiratet war. Vielleicht gab es darauf keine Antwort. Vielleicht war es einfach das Schicksal gewesen, das in sein armseliges Leben eingegriffen hatte, um ihm sowohl seine Burg als auch seine große Liebe in einer Zeit voller Wunder zu gewähren.

Er schob diese Gedanken zur späteren Betrachtung beiseite und wandte sich wieder an Jamie. »Ich habe vielleicht eine kleine Möglichkeit, dir etwas davon zu vergelten. Mein Vater kämpfte einst gegen deinen Sohn Jesse, musst du wissen.«

Jamie blinzelte erstaunt. »Nein, das wusste ich nicht.«

»Ich erzähle dir alles von den ruhmreicheren Schlachten, wenn du das möchtest.«

Jamie räusperte sich ausgiebig. »Gerne, aber vielleicht nicht gerade heute Abend. Deine Angetraute sieht mich schon ganz finster an. Vielleicht fürchtet sie, dass ich dich doch noch dazu bringe, das Schwert zu ziehen.«

Cameron lachte und schüttelte Jamie die Hand. Einen Moment ließ er sich durch den Kopf gehen, wie absolut unwahrscheinlich es gewesen wäre, in einem anderen Jahrhundert hier in der Burg der MacLeods zu stehen, ohne dass sein armer Körper von Dutzenden feindlicher Klingen durchbohrt worden wäre, dann widmete er sich wieder ganz seiner Liebsten, die Jamie tatsächlich einen warnenden Blick zuwarf.

Der übrige Abend verlief sehr angenehm mit Essen und Gesprächen, und er spürte, wie er die Wärme eines solchen Familienlebens in sich aufsog, die ihm in all den Jahren verwehrt gewesen war.

Das alles hatte er Sunny zu verdanken.

Ein paar Stunden später saß er mit ihr vor dem Feuer in Patrick MacLeods großem Saal. Er hielt Sunny auf dem Schoß und fuhr ihr mit den Fingern durchs Haar. Sein Herz war so voll mit Gefühlen, die zu fühlen er nie erwartet hätte, dass er keine Worte dafür fand.

Er zählte stattdessen die Wohltaten auf, die ihm das Schicksal beschert hatte. Die erste und größte war, dass er eine Frau bekommen hatte, die ihn liebte, akzeptierte und begehrte für das, was er war, und nicht trotz all dem. Er hatte einen kleinen Clan mit vier Mitgliedern, die sich in dieser Nacht um ihn geschart und ihm gelobt hatten, auf Gedeih und Verderb an seiner Seite zu stehen. Er hatte noch ein paar andere Gefährten um sich, die loyal waren, obgleich sie weniger über ihn wussten. Er hatte Geld, um das Dach in Cameron Hall bis weit in die Zukunft hinein instand zu halten, Sunny hin und wieder zu einem schicken Abendessen auszuführen und ihr ein Fünfzig-Pfund-Kleid zu kaufen.

»Heiratest du mich wirklich?«, murmelte er.

Ihre Blicke trafen sich und sie lächelte. »Ja.«

»Es kann sein, dass ich das noch ein paar Jahre lang frage.«

»Und ich werde dir jedes Mal geduldig darauf antworten, auch nach dem Hochzeitstag.« Sie berührte sein Gesicht. »Bist du Glücklich?«

»Sehr. Das einzige, was noch fehlt, ist das Recht, dich zu meinem Bett zu tragen, aber das besprechen wir besser nicht hier und jetzt.«

Sie lachte. »Besser nicht.« Sie küsste ihn zärtlich, dann rutschte sie von seinem Schoß herunter und streckte die Hände zu ihm aus. »Die Türen sind verschlossen, die Tore verriegelt und ich brauche meinen Schönheitsschlaf.«

»Der Himmel möge mir beistehen«, sagte er. »Ich kann auch schon so kaum an mich halten.«

Sie lächelte und entzog sich ihm. »Wirst du morgen früh hier sein?«

»Ja.«

Er sah ihr nach, dann wartete er, bis er hörte, wie ihre Tür sich schloss, bevor er den Korridor hinunterging und seinen Kopf in Patrick MacLeods Bibliothek steckte. Patrick saß mit einem Buch in der Hand vor dem Feuer.

»Du kannst jetzt beruhigt ins Bett gehen, Mylord Sittenwächter«, sagte Cameron trocken. »Sie ist unbeschadet in ihr eigenes Schlafgemach gelangt.«

Patrick klappte sein Buch zu, dann kümmerte er sich um das Feuer. Er kam an die Tür und legte Cameron die Hand auf die Schulter.

»Du bist ihrer würdig.«

»Das ist ein großes Lob.«

»Ja, das ist es«, stimmte Patrick zu. »Du weißt, ich hätte sie dir nicht gegeben, wenn du sie dir nicht verdient hättest. Bitte brauche morgen früh beim Duschen nicht das ganze warme Wasser auf, ja?«

Cameron zog eine Grimasse. »Ich werde mir Mühe geben.«

Patrick tätschelte ziemlich kräftig seine Wange, ganau so, wie Breac es Dutzende Male getan hatte, dann lachte er und ging davon.

Cameron sah ihm nach, schmunzelte in sein hinein und suchte sein eigenes Bett auf. Er war wirklich dankbar, eine Familie zu haben.

Aber am dankbarsten war er für Sunny.

Epilog

Sunny ging die Treppen vom großen Saal zu dem Flügel der Burg hoch, der im 16. Jahrhundert als Erstes erbaut, im 18. Jahrhundert umgestaltet und dann vor ein paar Jahren von Cameron restauriert und ausgebaut worden war. Sie hatte jetzt fünf Monate Zeit gehabt, sich daran zu gewöhnen, dass das Schloss ihr Zuhause war, obgleich sie vermutlich nie durch den großen Saal unten würde gehen können, ohne dass ihr angesichts der düsteren Erinnerungen an ihre Zeitreise ins Mittelalter ein Schauer den Rücken hinunterlief.

Zeitreisen hatten bei Frauen vermutlich solche Nachwirkungen.

Die Tür zu Camerons Salon stand halb offen, daher machte sie sich nicht die Mühe, zu klopfen. Sie spähte hinein und sah Cameron und Zachary über Plänen auf dem Couchtisch vor dem Kamin brüten. Cameron blickte auf und lächelte ihr zu.

Sie stolperte, fing sich aber noch rechtzeitig, bevor er bei ihr war. Er fasste sie am Arm.

»Du trägst doch keine hohen Absätze, Liebling. Warum bist du so wacklig auf den Beinen?«

Sie stellte sich auf die Zehenspitzen, um ihn zu küssen. »Das ist alles nur wegen dir, wie üblich.«

»Mir geht es ebenso.«

Er legte zärtlich seine Arme um sie. »Brauchst du irgendetwas, oder habe ich einfach das Glück, dass du uns Gesellschaft leisten willst?«

»Ich habe dich vermisst«, gab sie zu. »Ich war draußen im Garten, aber es wurde mir dort ein bisschen zu einsam, und da beschloss ich, zu schauen, was du so treibst.«

Er hob eine Augenbraue. »Nichts, womit ich nicht sofort aufhören könnte.«

Sie lächelte. »Wirklich?«

»Setz dich, und ich kümmere mich darum.«

Sie entzog sich ihm und setzte sich auf einen Hocker neben dem Couchtisch. Sie lächelte Zachary glücklich an. »Wir sind immer noch in unserer Flitterwochenphase. Tut mir leid, dass ich dich rausschmeißen muss.«

»Nun, ich habe Cameron jetzt sowieso fast zwei Stunden lang für mich gehabt, also denke ich, dass ich seine Gastfreundschaft allmählich genügend strapaziert habe«, erwiderte Zachary trocken.

Sie sah auf die Pläne, die auf dem Tisch ausgebreitet lagen. »Arbeitest du an einem Projekt für die Stiftung?«

»Die Cameron/Artane-Stiftung für Denkmalschutz?«, fragte Zachary lächelnd. »Ja, das ist richtig. Ich frage mich allerdings, wie dein Mann es geschafft hat, im Namen als Erster genannt zu werden.«

»Sein Charme ist legendär«, sagte sie und musste unwillkürlich lächeln. »Dagegen ist nicht einmal Gideon de Piaget immun.«

»Glücklicherweise, denn ich bekam durch seine charmante Vermittlung ja auch die Stelle als leitender Architekt. Allein schon dafür werde ich unseren guten Lord Robert ständig in höchsten Tönen loben.«

Sie lächelte. »Und was ist dein erstes Projekt?«

»Eine kleine bauliche Umgestaltung eines Cottages bei Wyckham.« Zachary runzelte nachdenklich die Stirn. »Ich verstehe nicht, weshalb es architekturgeschichtlich bedeutsam sein soll, aber Gideon scheint ganz besonders erpicht darauf, daran zu arbeiten. Ich heimse eine Menge Geld dafür ein, also will ich mich nicht beklagen.«

»Stell dein Licht nicht unter den Scheffel. Du hast ein gutes Händchen für alte Sachen.«

Zachary lächelte verbindlich. »Ich habe einiges an praktischer Erfahrung. Es ist wirklich erstaunlich, was man nach dem College alles dazulernt, nicht?«

Sie lachte. »Da ich weiß, wie viel Zeit du mit Jamie auf seinen kleinen Ausflügen in die Vergangenheit verbracht hast, kann ich dem nur zustimmen. Und wenn du mit dem Cottage fertig bist, was machst du dann?«

»Ich überrede Gideon, dass er mich bei Wyckham Castle einsetzt, das so bequem hier in der Nähe liegt.« Er rieb sich nachdenklich das Kinn. »Es gehört dem Earl of Seakirk, der anscheinend mit seiner Familie verwandt ist, obgleich mir immer noch nicht ganz klar ist, wie. Ich wäre Gideon dankbar, wenn er ein gutes Wort für mich einlegen könnte. Es ist eine spektakuläre Ruine.«

»Kampierst du denn draußen in der Burgruine, wenn du im Winter dort arbeitest?«, fragte sie überrascht.

Er schüttelte lächelnd den Kopf. »Ich habe all die Jahre mit Jamie genug draußen übernachtet, aber danke der Nachfrage. Gideons Frau ist Inhaberin eines Gasthauses, das nicht allzu weit entfernt liegt, aber am liebsten wäre es mir, während der Arbeiten in Artane unterzukommen. Wer weiß, was für Schätze ich dort auf dem Speicher finde?«

»Sei vorsichtig«, sagte Sunny leichthin. »Deine Neugier wird dir eines Tages noch zum Verhängnis werden.«

Zachary sah sie mit großen Augen an. »Sunny, Artane ist nichts als eine schöne, alte Ansammlung von Steinen, und Gideons Vorfahren haben es geschafft, das Schloss im Familienbesitz zu behalten. Dort hat es nie paranormale Phänomene gegeben. Gideon hat mir das versichert.«

»Wahrscheinlich schwindelt er«, sagte sie ohne zu zögern.

Zachary lachte. »Wahrscheinlich. Aber das macht nichts. Ich habe schon so einiges gesehen.«

»Das kann ich mir gut vorstellen. Wann fängst du dort an, wenn es klappt?«

»Vermutlich erst im Februar«, erwiderte er. »Ich fliege über Weihnachten nach Hause, dann muss ich noch ein paar Projekte in London fertigstellen, bevor ich mich ausschließlich dem Trust widme. Ich hoffe, dass ich Ende Januar nach Artane zurückkehren und Gideon die Pläne zeigen kann. Cameron findet sie anscheinend ganz gut, also hoffe ich jetzt auf eine gleichermaßen positive Reaktion auf der englischen Seite der Gleichung.«

Sunny blickte auf, als Cameron sich auf die Couch setzte. Er zwinkerte ihr zu, dann sah er Zachary an.

»Ich gebe dir noch zehn Minuten, mein Freund«, sagte er munter. »Rede schnell.«

Sunny lächelte, denn Cameron hetzte Zachary nun durch die letzten Punkte, die dieser noch für wichtig hielt. Sie stützte die Ellbogen auf die Knie und legte das Kinn auf die Fäuste und beobachtete ihren Mann, Geliebten und Freund, der ihr jedes Mal den Atem raubte, wenn sie ihn ansah.

Sie konnte es immer noch kaum glauben, dass sie die Seine war. Sie hatte gedacht, sie könnte ihn nicht noch mehr lieben als damals, als sie vor ihn auf die Knie gesunken war und ihm die Gefolgstreue gelobt hatte. Und auch als sie in der Dorfkapelle am nächsten Tag neben ihm gekniet und sich bis zum Ende ihrer Tage mit ihm verbunden hatte, hatte sie gedacht, ihr Herz sei zum Bersten erfüllt von ihm.

Dann hatte er sie nach Hause auf seine Burg geführt.

Er machte sie so sanft und zärtlich zu der Seinen, damit sie, wie er gesagt hatte, an ihre erste Nacht in seinen Armen mit Zufriedenheit und Freude zurückdenken konnte.

Nachdem sie das hinter sich gebracht hatten, hatte er ihr beständig den Atem geraubt. Patrick hatte sie gewarnt, dass Cameron leidenschaftlich war, und sie genoss es, wenn sie sich ihm hingab. Nach fünf Monaten in Camerons Leben und in seinem Bett konnte sie Patricks Mutmaßung nur bestätigen. Aber sie bedauerte nichts. Er lebte und liebte mit der gleichen Intensität, und sie war dankbar für beides. Vermutlich würde der Alltag irgendwann wieder in ihr Leben einbrechen, aber bis jetzt sah sie noch keinerlei Anzeichen dafür.

Nachdem sie einen Monat lang an ihren Lieblingsorten in Italien und Frankreich auf Flitterwochen gewesen waren, waren sie nach Schottland zurückgekehrt, aber irgendwie hatte es sich so angefühlt, als seien sie noch immer nicht ganz in der Realität angekommen. Obgleich Cameron jeden Morgen meilenweit joggte, bevor sie überhaupt wach war, und schon den halben Tag hinter sich gebracht hatte, bis sie ihre Augenlider offen halten konnte, zog er sie immer noch bei jeder Gelegenheit in seine Arme.

Sie hatte begonnen, an dem Buch zu arbeiten, das sie seit Jahren schreiben wollte; es sollte nicht nur wiedergeben, was sie wusste, sondern auch das, was sie von Moraig gelernt hatte. Daneben hatte sie Stunden damit zugebracht, mit Madame Gies zu kochen, mit Cameron über sein Land zu reiten und sich um seinen Garten zu kümmern.

Sie hatte sich sogar daran gewöhnt, auch in der anderen Hälfte ihres Lebens, das sich in London abspielte, zu bestehen. Sie war auf Partys fotografiert und zu Essen in der feinen Gesellschaft eingeladen worden. Schließlich hatte sie gelernt, sich zu entspannen, wenn sie sich mit George auf dem Rückweg zu ihrem Londoner Domizil befanden. Geoffrey Segrave hatte Cameron überredet, das Haus neben seinem zu erwerben.

Ihre Hoffnungen auf ein Leben mit einem Mann, der mit einem Achtstundentag auskäme, waren vollkommen erfüllt worden, und das von einem Mann, der Hunderte Millionen Pfund am Tag verwaltete und es trotzdem nicht erwarten konnte, in Jeans und barfuß herumzulaufen, sobald der Arbeitstag vorüber war.

Und ganz gleich, ob sie in London, in Schottland oder an anderen Orten waren, zu denen Cameron geschäftlich reisen musste, trug sie stets im Herzen die Vorstellung mit sich, neben dem Mann, den sie liebte, über die Wiesen der Highlands zu wandern.

Es war so viel mehr, als sie erwartet hatte.

Als Zachary plötzlich aufstand, kehrte sie aus ihren Tagträumen zurück. Er zwinkerte ihr zu.

»Ich bin entlassen.«

Cameron lachte und schüttelte ihm die Hand. »Du findest allein raus, oder? Ich habe eine Verabredung mit meiner Frau.«

»Irgendwann schlägt für jeden mal die Stunde«, sagte Zachary seufzend und rollte seine Zeichnungen zusammen. »Ich werde dich anrufen, wenn ich etwas Neues weiß.«

»Tu das«, sagte Cameron, streckte seine Arme nach Sunny aus und zog sie auf seinen Schoß. »Aber bitte nicht heute Nachmittag. Mach die Tür hinter dir zu. Braver Junge!«

Sunny spürte, dass sie feuerrot wurde, aber Zachary lachte nur und tat wie geheißen. Sie sah Cameron an.

»Wie sieht dein Terminplan für den Nachmittag aus?«

»Angenehm leer. Was hattest du vor?«

Sie zuckte mit den Schultern, musste aber unwillkürlich lächeln. »Ich wollte eigentlich nur fünf Minuten mit dir plaudern.«

Er sah sie schelmisch an. »Und was um alles in der Welt tun wir dann mit dem restlichen Tag, wenn deine fünf Minuten um sind?«

Sie lachte. »Ich bin sicher, dir fällt etwas ein.«

»Schließ die Tür ab«, sagte er in verheißungsvollem Ton. »Bis du wieder zurück bist, habe ich mir ein oder zwei Dinge einfallen lassen.«

Sie stand auf, ging zur Tür und schloss sie ab. Dann kehrte sie zum Kamin zurück und landete in seinen Armen.

»Also, erzähl mir schnell, was du auf dem Herzen hast«, schlug er vor.

»Du hast immer nur das Eine im Sinn«, sagte sie atemlos.

»So ist das eben, wenn ein Mann acht Jahre auf die Frau warten muss, die er liebt«, sagte er mit hochgezogener Augenbraue. »Es könnte aber auch daran liegen, dass ich immer noch nicht über deinen schwarzen Minirock, den du in Paris getragen hast, hinweg bin. Ich werde ein wenig darüber nachdenken und dich wissen lassen, zu welchem Schluss ich gekommen bin. Aber jetzt los, rede.«

»Also gut«, willigte sie ein, »wenn du aufhörst, meinen Hals zu küssen. Das lenkt mich zu sehr ab.«

Er lehnte sich mit einem schweren Seufzer zurück, aber ein Lächeln umspielte seinen Mund. »Also gut. Ich gebe dir fünf Minuten.«

Sie lächelte zögernd. »Ich plane nächste Woche eine kleine Party.« Sie hielt inne. »Eine Art festliches Abendessen.«

Er sah sie überrascht an. »Du?«

»Ja, ich.« Sie schwieg erneut und fragte sich, wie er es aufnehmen würde, was sie im Sinn hatte. »Zum Essen könnte es Haggis geben.«

Er entspannte sich sichtlich. »Verstehe. Und zu welchem Anlass?«

»Zu deinem Geburtstag.«

Er sah so schockiert drein, dass sie sich fragte, ob er vielleicht verärgert war. Dann errötete er.

»Nun«, sagte er schließlich. »Ich verstehe.«

Sie legte ihm die Arme um den Hals und umarmte ihn fest. »Du bist süß.«

»Das sagst du mir immer wieder. Wer sind die Gäste?«

Sie beugte sich zurück und sah ihn an. »Die üblichen Verdächtigen: Scharen von MacLeods. John Bagley. Natürlich Emily. Derrick und eine Reihe anderer, die versprochen haben, dass sie in Verkleidung kommen werden und du sie nie und nimmer erkennen wirst. Ich glaube, Bobby kommt als Odo der Clown.«

Cameron musste anscheinend unwillkürlich lachen. »Ich bin mir nicht sicher, ob ich dir danken oder dich anschreien soll.«

»Du schreist mich nie an.«

»Nun, dann werde ich dir vermutlich einfach danken«, sagte er mit zögerlichem Lächeln. »Das kommt sehr unerwartet. Ich bin sicher, ich werde den ganzen Abend über verlegen sein.«

»Es ist kein Brunch«, erklärte sie ihm. »Also kann es nicht so schlimm werden.«

»Ich verstehe.« Er sah auf die Uhr. »Deine fünf Minuten sind um.«

»Das waren keine fünf Minuten.«

»Meine Uhr geht vor. Komm her, Sunshine, und lenk mich von dem ab, was du mir eben mitgeteilt hast, bevor mir noch unbehaglicher zumute wird.«

Sie willigte ein. Er hatte sich immerhin den Nachmittag für sie freigeschaufelt.

Es war sehr spät am Abend seines Geburtstags, als sie mit ihm auf dem dicken Teppich vor dem Kaminfeuer in seinem privaten Salon lag.

Die Party hatte alle ihre Erwartungen erfüllt. Camerons Burg war voller Leute aus dem Dorf gewesen, die ein Pint auf ihn trinken wollten: alte Männer, denen er zugehört hatte, alte Damen, zu denen er charmant gewesen war und jüngere Leute, bei denen er sich Zeit genommen hatte, um sie kennenzulernen. Sunny hatte eine öffentliche Einladung ausgesprochen und war ziemlich überrascht gewesen, wie viele sie angenommen hatten. Es war die Sache wert gewesen – allein schon wegen des gerührten Lächelns auf Camerons Gesicht.

Er war aber auch ziemlich verlegen gewesen, so sehr im Mittelpunkt zu stehen.

Sobald die Leute aus dem Dorf gegangen waren, hatten sich nur noch ihre Familie und seine Gefolgsleute um ihn versammelt, ihn geneckt, ihm zugeprostet, ihm dazu gratuliert, dass er tatsächlich so lange überlebt hatte, um sich eine so bezaubernde Hexe zu angeln.

Am Ende waren nur noch Madelyn, Patrick und Hope übrig geblieben, die mit ihnen vor dem Feuer im großen Saal zusammensaßen, während Madame Gies und ihre Leute aufräumten.

Eine Stunde später waren es nur noch sie beide gewesen.

Cameron hatte sich neben sie gesetzt, ihre Hand gehalten und mit seinem Daumen über den Warte-auf-mich-Ring gestrichen, den er ihr geschenkt hatte. Sunny hatte ihm zugesehen, über alle Maßen dankbar, dass er der Ihre war. Mit Körper, Herz und so viel von seiner Seele, wie es der Himmel erlaubte, hätte er gesagt.

Und dann hatte er sie die Treppe hoch in seine Privatgemächer geführt, wo er sie geliebt hatte bis sie, wie üblich, außer Atem gewesen war.

Aber nun atmete sie wieder ruhig, und sie hatte noch etwas, das sie ihm geben wollte. Sie stützte sich auf ihren Ellbogen und sah ihn an.

»Ich habe ein Geschenk für dich.«

Er zwirbelte ihr Haar und lächelte sie träge an. »Ich glaube, du hast mir mein Geschenk gerade schon gemacht. Und mehr als einmal, wenn mich meine Erinnerung nicht trügt.«

Sie lächelte. »Es ist eher etwas, das ich dir sagen will.«

»Ist es eine gute Nachricht?«

Sie schürzte die Lippen. »Was könnte es denn Schlimmes sein?«

»Du verlässt mich für Tavish Fergusson?«

Sie musste lachen, dann setzte sie sich auf. »Keine Chance. Warte, ich bin gleich wieder da.«

»Beeil dich.«

Sie lächelte ihn an, dann wickelte sie ein Plaid um sich und holte etwas aus ihrem Bad, das sie unter Damenhygieneprodukten versteckt hatte, denen Cameron nicht einmal nahe kommen würde, wenn er ein Schwert umgeschnallt hätte. Sie hielt es hinter dem Rücken verborgen, ging durch ihr mittelalterlich eingerichtetes Schlafgemach und dann durch den Korridor zurück zu seinem Gemach. Sie schloss die Tür hinter sich und verriegelte sie, dann ging sie zum Kamin hinüber und kniete sich auf den Teppich neben ihn hin.

»Bist du bereit?«, fragte sie.

Er setzte sich auf. »Ich bin mir nicht sicher.«

Sie reichte ihm den Schwangerschaftstest. »Herzlichen Glückwunsch, mein Lieber. Du wirst Vater.«

Das Blut wich aus seinem Gesicht. Sie fing ihn auf, dann merkte sie, dass er nur spielte. Er zog sie mit sich hinunter, rollte sie auf die andere Seite, sodass er über ihr war, dann senkte er den Kopf und küsste sie.

»Ich bin sprachlos«, sagte er und klang fast ehrfürchtig. »Und wann können wir mit dem Eintreffen dieses erfreulichen Ereignisses rechnen?«

»Ich glaube, um Mittsommer«, sagte sie und lächelte, als er sie in die Arme nahm.

»Danke«, flüsterte er.

»Ich danke *dir*«, erwiderte sie, zog ihn zu sich herunter und schmiegte sich an ihn. »Danke, Cam, dass du mir die Highlands geschenkt hast. Und einen geliebten Highlander, mit dem ich dort leben kann. Und herrliche Sommertage, voll mit endlosen Blumenwiesen.«

Er hob den Kopf und lächelte sie an. »Und was ist mit dem Regen?«

»Immerhin sind wir in Schottland«, erwiderte sie schmunzelnd. »Ich liebe den Regen.«

»Und mich?«

Sie legte ihre Hände auf sein Gesicht. »Dich liebe ich am allermeisten. Soll ich es dir zeigen?«

»Diesmal zeige ich es dir.«

Ein paar Stunden später sah Sunny im Schein des Feuers zu, wie er schlief, und ließ ihr Leben Revue passieren.

Sie dachte an den Abend zurück, an dem sie ihn das erste Mal berührt hatte, als sie vor dem Feuer in Moraigs Cottage gesessen, dem Regen auf ihrem Dach gelauscht und verzweifelt nach einem Grund gesucht hatte, in Schottland zu bleiben. Ein einfacher Mann mit einem anständigen Beruf und einem Garten wäre ihr Anlass genug gewesen.

Bekommen hatte sie stattdessen einen Mann, der die verkörperte Leidenschaft war, die weiten Highlands, die sie auf langen Spaziergängen durchstreifen konnte, Sommertage auf herrlichen Blumenwiesen und ein schönes Schloss, in dem sie es sich an den langen Winterabenden vor dem Kaminfeuer gemütlich machen konnten.

Vermutlich gab es Zeiten, in denen es das beste war, wenn man nicht bekam, was man sich wünschte. Sie schloss die Augen und legte einen Arm um ihren Liebsten.

Das Leben schenkt einem manchmal so viel mehr.

Weltbild Buchverlag
–Originalausgaben–
Deutsche Erstausgabe 2009

Projektleitung: Gerald Fiebig
Übersetzung: Edigna Hackelsberger
Redaktion: Carmen Dollhäubl
Umschlag: Zeichenpool, München
Umschlagabbildungen: © Minuto, Doreen via
Agentur Schlück GmbH (Illustration), yurok/Shutterstock (Frauenporträt),
Ruth Black/Shutterstock (Burg)
Satz: Lydia Kühn
Gesetzt aus der Adobe Garamond 11,3/12,5 pt
Druck und Bindung: CPI Moravia Books s.r.o., Pohorelice

Gedruckt auf chlorfrei gebleichtem Papier

Printed in the EU

ISBN 978-3-86800-153-2